dtv

Paul Grote

Pinot Grigio stand nicht im Testament

Kriminalroman

dtv

Von Paul Grote
sind bei dtv u. a. erschienen:
Verschwörung beim Heurigen (21018)
Sein letzter Burgunder (21391)
Die Insel, der Wein und der Tod (21645)
Am falschen Ufer der Rhône (21691)

FSC
www.fsc.org
MIX
Papier aus verantwortungsvollen Quellen
FSC® C019821

Originalausgabe 2018

Umschlaggestaltung: Alexandra Bowien/dtv
unter Verwendung von Fotos von
Helmut Rier – www.fotorier.it (oben) und von
gettyimages/Katsutoshi Hatsuzawa/orion
Karte: www.landkarten-erstellung.de
Gesetzt aus der Minion 10/12,3˙
Gesamtherstellung: Druckerei C.H.Beck, Nördlingen
Gedruckt auf säurefreiem, chlorfrei gebleichtem Papier
Printed in Germany · ISBN 978-3-423-21740-8

Om mani padme hum
Text der Gebetsmühle in Pavillon 8
auf Schloss Sigmundskron

Personen

Frank Gatow, *Fotograf*
Antonia Vanzetti, *seine Ehefrau und Winzerin*
Werner Kannegießer, *Südtiroler Winzer*
Loretta Leiterer, *seine erste Ehefrau und Mutter von Anette und Barbara*
Claudia, *Kannegießers zweite Ehefrau*
Anette Förster, *älteste Tochter aus erster Ehe*
Barbara, *zweite Tochter aus erster Ehe*
Theresa, *Tochter aus zweiter Ehe, Önologin*
Marco, *Sohn aus zweiter Ehe, studiert Önologie und Weinbau*
Ravelli, *Barbaras Freund, Anwalt und Spekulant*
Matteo, *Fotograf, Gatows Freud und Wohnungsgeber*
Marcella, *Matteos Freundin, Food-Stylistin, sie sorgt für Frank*
Carl Breitenbach, *Übersetzer und Gastdozent*
Henry Meyenbeeker, La Rioja, *gibt wichtige Hinweise*
Stefan Leiterer, *Politiker*
Oskar Bauer, *Gutsverwalter*
Dr. Passoni, *Kannegießers Hausarzt*
Dr. Cassignano, *Tierarzt*
Hella, *Theresas Freundin, reitet in derselben Equipe*
Tenente Gesso, *ermittelnder Carabiniere*
Ricardo, *ein Haflinger Wallach*

1. Kapitel

»Er ist beim Tauchen ertrunken – angeblich, wie es heißt. Aber ich glaube es nicht.«

Nach diesen Worten wandte Theresa Kannegießer ihren Kopf zur Seite und blickte in den langen dunklen Gang zwischen den Fässern. Auf der linken Seite standen die kleinen Barriques, sie waren in zwei Reihen übereinandergestapelt. Gegenüber standen die *botte da vino*, die wuchtigen Fässer, einige von ihnen mit geschnitztem Boden, teils sehr künstlerisch gestaltete Arbeiten, andere mehr grob, besondere Ereignisse der Geschichte des Weinguts markierend. Fast bedächtig ging die junge Önologin an der Reihe entlang, strich mit der Hand über die Fässer, den Kopf unter dem niedrigen Gewölbebogen gesenkt, das Gesicht noch immer abgewandt, als wolle sie vermeiden, dass der fremde Besucher in ihrer Mimik las.

»Angeblich ertrunken?« Frank Gatow war entgeistert stehen geblieben und betrachtete nachdenklich die schlanke Gestalt der jungen Frau mit dem offenen Gesicht, das die Kurzhaarfrisur besonders betonte. »Ist Ihnen klar, was Sie da gerade gesagt haben?« Seine Worte hallten dumpf in dem niedrigen Keller.

Die Önologin zog ihre verwaschene blaue Jacke fester um die Schultern, als sei ihr kalt, dabei musste sie die Kellertemperaturen gewohnt sein. Schließlich gehörten die Kontrolle der Fässer hier im Keller des Weinguts Johannishof und das ständige Probieren zu ihren wesentlichen Aufgaben, um die Entwicklung der reifenden Weine zu verfolgen und weitere Maßnahmen im richtigen Moment einzuleiten.

»Was meinen Sie damit? Können Sie sich nicht denken, was bei einem Fremden wie mir, den der Tod Ihres Vaters nicht unmittelbar etwas angeht, das Wort ›angeblich‹ auslöst?« Frank war sich selbst nicht sicher, ob er erschrocken, besorgt oder entsetzt sein sollte. Gleichzeitig kamen ihm Zweifel in den Sinn und Skepsis gegenüber dieser schwerwiegenden Behauptung. »Ich werde sicher nicht der Erste sein, mit dem Sie darüber sprechen, Signorina Kannegießer! Ein leichtsinnig dahingesagtes Wort kann ein gewaltiges Gewicht haben, es kann eine Lawine auslösen und auch zu sehr bösen Reaktionen führen.«

Dass diese Reaktionen für die junge Frau unangenehme Folgen haben könnten, war Frank Gatow in dem Moment klar geworden, als sie das Wort »angeblich« an den Satz angehängt hatte, mit dem sie die Todesumstände ihres Vaters kurz und knapp beschrieben hatte. Jemand, der so etwas aussprach, brachte sich womöglich selbst in Gefahr. Frank betrachtete sie nachdenklich. Sollte er weiter auf das Thema eingehen oder seinen Rundgang durch das Weingut fortsetzen? Schließlich war er zum Fotografieren hergekommen und nicht, um sich mit den – ja, unter Umständen auch Hirngespinsten einer jungen Frau zu befassen. Vielleicht konnte oder wollte sie sich nicht mit den schrecklichen, in gewisser Weise aber auch banalen Todesumständen ihres Vater abfinden? Das Ganze zu dramatisieren, war möglicherweise ihre Art der Trauer. Doch er musste sich mit der Frage beschäftigen, er konnte ihr schlecht ausweichen. Schließlich hatte erst der Kontakt mit ihrem Vater, Werner Kannegießer, ihn auf die Idee gebracht, den Fotoband über Südtirol, seine Weingüter, die Winzer und deren Weine zu machen. Und natürlich über die Berge, die Alpen, die Dolomiten! Sie waren ständig präsent, man brauchte nicht einmal den Kopf zu heben, immer standen sie am Horizont wie unüberwindliche Mauern. Kannegießers Weingut weit oberhalb des Kalterer Sees gehörte unbedingt in ein Buch über Südtirol. Daher, das wurde Frank jetzt bewusst, kam er um die Beschäftigung mit dem Tod des Winzers nicht herum, besonders da sein Weingut zurzeit auf Sparflamme betrieben wurde, halbherzig, wie Theresa es formuliert hatte. Bis vor einer halben Stunde war er davon ausgegangen, das Weingut Kannegießer in den nächsten Tagen aufzusuchen. Die Önologin würde ihm sicher Zutritt verschaffen. Schließlich lebte sie dort. Also musste er ihr zuhören.

Abrupt drehte sich die junge Frau um, sah Frank an und kam langsam auf ihn zu. »Ich weiß sehr genau, was ich sage!«

Das Glitzern in ihren Augen, waren das Tränen? War es Kummer, oder war es Hass? Frank merkte immer häufiger, dass seine Augen von Jahr zu Jahr schlechter wurden, eine Katastrophe für ihn als Fotografen. Ständig musste er den Dioptrienregler im Sucher korrigieren. Sein Gespür hingegen war feiner geworden.

»Und natürlich habe ich mit anderen darüber gesprochen, Herr Gatow.«

»Auch mit denen, die das vielleicht treffen oder betreffen könnte?« Das klang beinahe vorwurfsvoll.

»Sicher, das habe ich. Aber nicht mit vielen, jedoch mit denen, die es angeht. Da sind die Familien meines Vaters, zwei sind es, die beiden Töchter, die er mit seiner ersten Frau gezeugt hat …« Theresa lachte unfroh. »… meine geliebten Stiefschwestern. Dann meine Mutter und mein jüngerer Bruder. Alle von uns haben irgendwie mit Wein zu tun, schließlich wurden wir auf dem Weingut geboren, wir wurden quasi mit Wein getauft, haben dort unsere Kindheit und Jugend verbracht, haben in denselben Kinderzimmern gelebt, teils mit denselben Sachen gespielt. Das prägt – kann ich Ihnen sagen – und schafft auch Widerwillen.«

Es waren ungute Erinnerungen, der Bitterkeit ihrer Stimme nach zu urteilen. »Meine Mutter …« – Theresa suchte nach den richtigen Worten – »… ist auch ein Fall für sich. Aber ich will nicht vorgreifen, nur so viel, denn Sie werden es ja doch erfahren: Sie ist kurz nach Vaters Tod zu ihrem Freund gezogen.«

Viel weiter konnte man kaum vorgreifen, dachte Frank. Wollte sie ihn negativ beeinflussen? Die Mutter würde diesen »Freund« bereits vor dem Tod des Vaters gekannt haben. Was für eine katastrophale Ehe, gelinde gesagt, musste es gewesen sein, wenn Kannegießer von dem Freund gewusst haben sollte, aber auch falls nicht.

»Hatten Sie, Herr Gatow, mal das Vergnügen, meine Mutter zu treffen? Wahrscheinlich nicht. Stimmt, Sie waren noch nie hier. Und sie hat meinen Vater nie auf Geschäftsreisen begleitet.«

»Nein, Ihre Mutter habe ich bislang nicht getroffen.« Nach dem, was er soeben erfahren hatte, war Frank auch wenig daran gelegen. »Sie sprachen eben von wir, in Bezug auf die zweite Familie. Wer gehört dazu?«

»Mein kleiner Bruder, Marco, er ist gerade mal neunzehn Jahre alt, das Nesthäkchen, der einzige Italiener, wie es in der ersten Familie heißt. Dabei wissen sie, dass sie ihn damit beleidigen.«

Bei beiden Begriffen, sowohl beim Italiener wie auch beim Nesthäkchen, war keinerlei Herablassung aus Theresas Stimme herauszuhören. Wieso konnte sich jemand beleidigt fühlen, Italiener genannt zu werden? Schließlich waren alle Südtiroler Italiener. Doch anscheinend nahmen die anderen Theresas Bruder nicht für voll, oder verachteten sie die Kinder aus der zweiten Ehe des Vaters?

»Er ist überlastet worden, mein Brüderchen, immer, mein Vater hat ihm alles aufgebürdet, viel zu viel für sein Alter. Alles hat er können sollen, er war derjenige, der eines Tages das Weingut übernehmen sollte, der Mann, nicht ich, obwohl es eigentlich mein Interesse ist und letztlich auch mein Ziel! Ich kann es, und ich scheue die Verantwortung nicht. Marco fehlt die Vorstellung, die Vision für die Zukunft unseres Weinguts sowie der Wille, seine Ideen auch durchzusetzen. Aber er ist der ideale Erste Offizier. Ich würde gern mit ihm arbeiten, er ist absolut verlässlich. Wir beide wären das ideale Team. Außer uns ist niemand in der Familie dafür geeignet, und niemand ist so gut ausgebildet wie ich.«

Es hörte sich für Frank ein wenig zu selbstbewusst an. Er wusste nicht, wie alt Theresa war, sie mochte das Studium gerade erst hinter sich gebracht haben. Aber er war sich darüber klar, dass man mit zunehmendem Alter junge Leute immer häufiger unterschätzte, ihnen zu wenig zutraute. Seine Tochter Christine hatte ihn bereits eines Besseren belehrt: Sie war heute eine bessere Fotografin als er, auf jeden Fall kreativer, wagemutiger und distanzloser, wobei er überzeugt war, einen tieferen Blick für das zu haben, was hinter den Dingen lag, was sich unter der Oberfläche abspielte, was verborgen bleiben sollte.

»Marco sollte der Starwinzer werden«, fuhr Theresa fort, »er, der erste Sohn nach drei Töchtern. Papa wollte ihn außerdem zum versierten Taucher machen, zum richtigen Mann, wie er sagte, zumindest so, wie er sich den vorstellte. Ja, mein Vater war das, was manche einen Macho nennen. Marco kränkelt, wurde behauptet, verstehen Sie? Ich weiß es besser, es war seine Art von Protest. Fußball interessiert ihn nicht, Autos sind für ihn lediglich Mittel zur Fortbewegung. Und sich unter Wasser zwischen Korallen und bunten Fischen zu bewegen? Ein Unding, die ersten Tauchgänge mit Papa müssen die Hölle für ihn gewesen sein. Er hat sich verweigert, bewusst oder unbewusst – egal. Das ist seine Sache.« Mit einem scheinbar gleichgültigen Achselzucken setzte sie einen Schlusspunkt unter ihre Ausführungen.

Frank war inzwischen näher getreten, hatte die verstohlene Handbewegung bemerkt, mit der Theresa sich über die Augen gefahren war, aber dem Grund für die Tränen war er nicht nähergekommen. Am liebsten hätte er dieses verminte Feld familiärer Streitigkeiten sofort verlassen und wäre zum Wein zurückgekehrt, zu dem, was in den Fässern ringsum lagerte, gärte oder reifte. Die geschnitzten Motive auf den Böden der Fässer interessierten ihn. Welche Anlässe hatte es dafür gegeben, wer hatte die Schnitzereien angefertigt, wie musste er sie ausleuchten, um alle Konturen herauszuarbeiten? Am schwierigsten war es, die Reflexe in den lackierten Flächen zu vermeiden. Hier unten war alles anders, in diesem Gewölbe lebte die alte Welt des Weins, oben, im Licht, weithin sichtbar, stand die moderne Architektur.

Theresa jedoch klebte geradezu an ihrem Thema. Wieso erzählte sie ihm das alles, ihm, einem Fremden, dem sie heute zum ersten Mal gegenüberstand? Ihm wurde kalt. Bei den Kellertemperaturen von vierzehn Grad musste man in Bewegung bleiben.

»Mein Vater war zum Tauchen nicht wie in den Jahren zuvor ans Rote Meer gefahren, nicht nach Marsa Alam. Diesmal hatten ihn die Korallenriffe von Los Roques gereizt. Das ist eine Inselgruppe vor Venezuelas Küste im Karibischen Meer. Der Krieg im Nahen Osten, die Militärdiktatur in Ägypten, das hat ihn von seinen bisherigen Zielen abgehalten, nicht aber der Rat seines Arztes. Ach, es war kein Rat, Dr. Passoni hat ihm das Tauchen quasi verboten. Sein Herz würde es nicht mehr mitmachen, er sollte vorsichtig sein und auf keinen Fall mehr so tief tauchen. Als mein Vater mir das erzählte, hat er sogar noch gelacht. Bei Los Roques geht es gleich auf dreitausend Meter Tiefe runter. Doch Papa hat abgewiegelt, alles Blödsinn, hat er gemeint. Sein Herz würde es nicht mitmachen, wenn man ihm das Tauchen verböte, das hat er gesagt. Ich glaube, er hat davon geträumt, sich von einem Manta ziehen zu lassen, die dort vorkommen, obwohl es strikt verboten ist. Sie wissen ja, wie eigensinnig er war …«

Frank hatte Kannegießer für entschieden gehalten, für einen Mann, der gewusst hatte, was er wollte. Doch eigensinnig? Ja, vielleicht, irgendwie schon.

»Aber es war nicht das Herz – also doch, es war das Herz, aber ich glaube nicht, dass es von allein stehen geblieben ist.«

Theresa schwieg und schaute Frank direkt in die Augen, als müsste sie ihn mit einem offenen Blick vom Gesagten überzeugen. Für einen Moment kam bei Frank die Erinnerung an ihren Vater auf. Auch der hatte seine Worte in dieser Weise unterstrichen, mit diesem direkten Blick.

»Der Atemregler soll vereist gewesen sein, sagen die einen, er habe einen Tiefenrausch bekommen, sagen die anderen, oder er ist zu schnell aufgestiegen. Tiefenrausch lautet die Version der Leute auf der Tauchbasis, und der Herzschlag sei die Folge davon gewesen. Die bestehen natürlich auf einer Erklärung, die sie nicht in Schwierigkeiten bringt. Das könnte Kunden vergraulen. Seine Begleiter – man taucht nie allein, daran hat er sich gehalten – hatten ihn vor dem Riff angeblich kurz aus den Augen verloren, und plötzlich habe man ihn leblos im Wasser treiben sehen, nahezu schwebend. Deutsche waren nicht dabei, auch keine Italiener oder Österreicher. Es waren wohl einige

Russen, ein Holländer und zwei Franzosen – hat man uns zumindest gesagt. Die Venezolaner redeten sich raus, sprachen angeblich kein Englisch oder Französisch, die waren froh, als Papas Sarg endlich im Flugzeug war …«

Mitten im Satz kam der Wortschwall zum Erliegen. Sie starrte auf den Boden, dann kniff sie die Augen zusammen und sah Frank misstrauisch an. »Interessiert Sie das eigentlich, Herr Gatow? Um sich mein Gejammer anzuhören, sind Sie nicht hergekommen.«

Ganz sicher nicht. Frank hatte nicht einmal gewusst, dass Werner Kannegießers Tochter auf diesem Weingut arbeitete, und er war noch immer schockiert, erst heute vom Tod ihres Vaters zu erfahren.

Wie konnte eine diplomatische Antwort ausfallen? Er wollte die junge Frau nicht verärgern, doch ein tiefes Mitgefühl mit Kannegießer stellte sich nicht ein, dazu hatte er den Winzer längst nicht gut genug gekannt. Natürlich war er überrascht und betroffen. Sie waren sich sympathisch gewesen, durchaus, man war interessiert aneinander, das Gespräch war gerade erst eröffnet worden, und Kannegießer – sie waren nicht einmal beim Du angekommen – hätte die Person sein können, die Frank in Südtirols Weinwelt hätte einführen können. So gesehen war sein Tod ein Rückschlag. Sicher hatte er die besten und wichtigsten Winzer und Genossenschaften gekannt, zumal er eine Art Vorreiter in Sachen Weinbau gewesen sein soll. Besonders in Hinsicht auf die Verbesserung der Qualität und des Einsatzes von Holzfässern soll er sich einen Namen gemacht haben. Frank schätzte, dass von Kannegießer außerdem ein ehrliches Wort in Bezug auf die Kollegen zu erwarten gewesen wäre. Durch seinen Tod war Frank nun wie bei allen vorherigen Fotoreisen auf die eigene Nase angewiesen, auf die Augen und sein Gespür. Dabei war ihm immer weniger daran gelegen, hinter die Kulissen zu schauen, zumindest nicht hinter die menschlichen, da lag meistens zu viel Dreck, so kam es ihm inzwischen vor. Das lag nicht in seinem Interesse. Daran änderten auch die Ausführungen der jungen Frau nichts. Eine diplomatische Antwort, eine, die nicht verletzte, ohne zu schwindeln, wollte sie das?

»Der Tod Ihres Vaters betrübt mich sehr, sowohl menschlich wie beruflich. Er war ein interessanter Mann, den ich gern näher kennengelernt hätte. Was die Umstände seines Todes angeht: Dazu kann ich mich – das verstehen Sie sicher – nicht äußern. Zum Tauchen habe ich keinerlei Bezug, mich hat auch die Unterwasserfotografie nie interessiert. Ich sehe die Fische lieber vor mir auf dem Teller, gebraten, gegrillt oder im Salzmantel, hingegen ist mir Salzwasser immer ein Gräuel gewesen ...«

»Das geht mir ähnlich«, sagte Theresa und schien sich gefasst zu haben. »Mir sind der Kalterer See und der Montiggler See viel lieber als das Meer, nicht zum Baden, nur zum Schauen, obwohl mein Vater dauernd versucht hat, auch mir das Tauchen schmackhaft zu machen. Zu viel Druck erzeugt eben Gegendruck, wie bei Marco.«

»Und Ihre Mutter?«, fragte Frank, sich im nächsten Moment daran erinnernd, was Theresa über sie und den Freund gesagt hatte. »Wie steht sie zu Ihren Äußerungen?« Glaubte Theresa wirklich, dass ihr Vater ... dass ihn jemand ... dass er eines unnatürlichen Todes gestorben sei?

Statt zu antworten, ging Theresa zu einem Schränkchen an der Wand und entnahm ihm zwei bauchige Weingläser. Sie hielt sie trotz ihrer kleinen Hände geschickt zwischen den Fingern und trat an eines der großen Fässer. Sie ließ ein wenig Wein hineinlaufen, gerade mal eine Daumenbreite. Eines der Gläser reichte sie Frank. Er versuchte, in ihrem Gesicht zu lesen, was es mit der Mutter auf sich hatte, doch Theresa verweigerte die Antwort.

»Das ist unser heutiger Kalterer See – aus der Vernatsch-Traube. Leute Ihres Alters«, sie zwinkerte ihm zu, »kennen meist noch das Zeug, das unter diesem Namen früher in Liter- oder Zweiliterflaschen in Deutschland verkauft wurde, in den Billigketten. Da war Kalterer See noch keine geschützte Ursprungsbezeichnung. Heute würde ich einen solchen Wein als untrinkbar bezeichnen. Lambrusco aus der Emilia-Romagna war ähnlich gruselig.«

»So alt bin ich nun auch wieder nicht«, sagte Frank, ein wenig pikiert, und griff mit der linken Hand nach dem Glas. Ein Schmerz durchzuckte ihn, er hatte eine falsche Bewegung gemacht, zog die Hand zurück und streckte den rechten Arm aus. »In den Siebzigerjahren waren bei mir Limonade und Cola angesagt, dann kam das Bier, der Wein erst sehr viel später.«

»Sie dürften in etwa der Jahrgang meines Vaters sein«, schätzte Theresa, »wahrscheinlich sind Sie ein bisschen jünger. Gehören Sie zur sogenannten Toskana-Fraktion? Sie leben schließlich dort.« Sie hatte Franks Visitenkarte aus einer der vielen Taschen ihrer Jacke gezogen.

Frank stülpte die Unterlippe vor. Für die Politlinge der rosa-grünen Toskana-Fraktion hatte er niemals Sympathien gehegt.

»Habe ich etwas Falsches gesagt?« Theresas unschuldiger Augenaufschlag war viel überzeugender. »Schließlich wohnen Sie in Gaiole in Chianti.«

Frank erklärte, dass seine Frau dort ein Weingut betreibe, die Tenuta Vanzetti, und dass er sie bei seiner allerersten Fotoreportage über Wein kennengelernt habe und geblieben sei. Es sei ein wunderbarer Platz zum Leben, obwohl man in dem Geschäft kaum zur Ruhe käme, höchstens mal im Winter. Der Wein, sein Jahreszyklus und die Verkaufsaktivitäten ließen kaum Zeit zum Atemholen.

»Das kenne ich zu gut. So sah es bei uns zu Hause auch aus. Hier beim Johannishof angestellt zu sein, ist anders, aber als Inhaber und nicht als reicher Weinbaron ist man dauernd auf den Beinen. Aber Sie haben gar nicht probiert.« Sie zeigte mit ausgestrecktem Finger auf das Glas, das Frank in der rechten Hand hielt.

Er probierte nicht gern in der Frühe, er schob das Verkosten so lange wie möglich hinaus, am liebsten verlegte er es auf den Nachmittag, besser noch auf den Abend. Der Alkohol trübte seinen Blick, und Wein gehörte für ihn zum Essen, danach trank er lieber einen Grappa oder einen Cognac zum Kaffee. Er starrte auf das Glas in seiner Hand und führte es an die Nase.

Die Farbe konnte er bei der schlechten Beleuchtung im Keller nicht definieren, denn die Strahler unter den Fässern warfen symmetrische und grotesk wirkende Schatten an die rauen Mauern des Gewölbes und verfälschten das Licht. Aber der Wein war recht durchsichtig, sehr hell, bei Weitem nicht so dicht wie die Weine der Toskana. Er hatte einen schönen fruchtigen Duft, wirkte sehr frisch und jung.

»Dieser Vernatsch kommt nie ins Barrique, das bleibt unserer zweiten autochtonen Rebsorte vorbehalten, dem Lagrein. Der kann das vertragen, denn der bringt genügend Kraft, Gewicht und Gerbstoff mit. In einem Monat werde ich ihn hier abfüllen. Wie gefällt der Wein?«

Direkt danach gefragt zu werden, war Frank peinlich, obwohl ihm dieser Wein gut schmeckte, sehr gut sogar. Wenn er leichter gewesen wäre, hätte er ihn als fad empfunden. In diesem Fall war die Antwort einfach für ihn; anders war es aber, wenn man zu einem mangelhaften Wein etwas sagen sollte, zu einem, der keinerlei Struktur aufwies oder so fett war, dass man nach einem Glas bereits genug hatte, bei dem Vanillegeschmack und Nelke das Weinaroma verdrängten. Mit zunehmendem Alter und wachsender Erfahrung hatte sich Franks Geschmack immer stärker in die Richtung leichter, eleganter Weine entwickelt. Wenn er abends mit Antonia (oder auch ohne sie) auf der Loggia saß, die Füße auf der Brüstung, den Sonnenuntergang genießend oder ein Buch in Händen haltend, trank er Antonias leichtesten Chianti, genoss den Luxus, dass eigens für ihn ein Fässchen reserviert war, das sie fast mit der gleichen Liebe pflegte, die sie für ihn empfand. Sie selbst liebte mehr die Kräftigen, die Würzigen, allerdings von einer spritzigen Säure am Leben erhalten.

Die junge Önologin, die noch immer auf Franks Urteil wartete, erklärte, dass der St. Magdalener und der Meraner auch aus der Vernatsch-Traube gekeltert würden. In Italien hieß sie Schiava, und ihr wurde eine große genetische Ähnlichkeit mit der in Württemberg kultivierten Rebsorte Trollinger nachgesagt. Manche Experten sahen sie sogar als identisch an, andere wieder nicht, führte sie aus.

»Der St. Magdalener kommt aus dem gleichnamigen Dörfchen bei Bozen, und der Meraner aus dem besonders warmen Umland der Stadt. Man muss die Erträge der Vernatsch-Traube unbedingt beschränken, sonst wird der Wein unerträglich. Also – wie finden Sie ihn?«

»Sind Sie dafür verantwortlich?« Es machte Frank Spaß, sie ein wenig hinzuhalten. Ein erfahrener Kellermeister oder Önologe hätte nicht nachgefragt, ob der Wein gefällt, er hätte es im Gesicht seines Gegenübers gelesen.

»Ich bin noch nicht lange hier, erst ein Jahr, in der kurzen Zeit habe ich mich noch nicht ausprobieren können. Was wir im letzten Jahr geerntet haben, die jungen Weißen, die nicht ins Holzfass kommen, die nur im Stahltank ausgebaut werden, ja, für die bin ich verantwortlich. Die anderen stammen von meinem Vorgänger, und bei den Roten redet der Chef mit. Und? Wie gefällt er?«

»Sehr schön«, meinte Frank versöhnlich lächelnd, was mehr davon hervorgerufen wurde, dass ihn Theresas Fragen an seine Tochter erinnerte, als sie ihm ihre ersten Fotoarbeiten vorgelegt hatte. Damals war Christine fünfzehn gewesen. Dann rief er sich wieder den Grund seines Aufenthaltes hier ins Gedächtnis. Er blickte auf die Uhr, es war kurz vor elf, viel zu spät, um draußen zu fotografieren, zu viel Dunst in der Luft, zu viel Helligkeit. Er konnte die Innenaufnahmen machen, aber da gab es außer den Fassböden wenige Motive, die der Mühe lohnten, alles andere hatte er zigmal abgelichtet. Deshalb kam er auf das Thema zurück, er konnte ruhig seiner wachsenden Neugier frönen.

»Sie sagten, dass Sie mit der Familie über den Tod Ihres Vaters gesprochen hätten.«

»Das ist richtig. Angenehm ist was anderes, es war geradezu schrecklich, ein Albtraum.«

»Und? Was sagt Ihre Familie oder besser Ihre beiden Familien, die Stiefgeschwister zu Ihrem ›angeblich‹?«

Theresa Kannegießers Gesicht verfinsterte sich schlagartig. »Die ganze Bande hält mich für verrückt. Ich sei übergeschnappt, sagen sie, ich sei krank. Die Todesumstände seien klar, ich aber würde mich mit solchen Thesen ins Abseits stellen, außerdem würde das ein schlechtes Licht auf die Familie werfen. Ich würde das Ansehen meines Vaters beschmutzen, meinen sie, ich würde üble Gerüchte und Verdächtigungen in die Welt setzen. Das fiele dann auf die ganze Familie zurück. Das kommt besonders vom neuen Ehemann von Loretta – na ja, so neu ist der gar nicht«, sie kicherte, »er ist schon ziemlich alt, er ist Politiker und Jurist und meint, dass nur er sich um die Erbschaft kümmern kann, um die Aufteilung des Besitzes, weil er was von Gesetzen verstünde und über die richtigen Beziehungen verfüge. Er wirft mir vor, ich würde durch meine Behauptung eine gerechte Verteilung des Erbes hintertreiben, weil ich auf das Weingut scharf sei. Ja, das bin ich, aber ich finde, da ist nichts Unrechtes dran. Alle anderen wollen das Gut auch, besonders er. Er ist Abgeordneter in der SVP, der Südtiroler

Volkspartei, Sie wissen sicherlich besser, wie Politiker ticken. Sie, Herr Gatow, kommen schließlich aus Italien.«

Das war wieder eine Äußerung, die Frank nicht verstand und die ihn ärgerte. Schließlich waren sie hier in Italien, und auch die Südtiroler waren Italiener. Was steckte hinter diesen Vorbehalten?

»Aber auch die anderen von der sogenannten Familie sind wie …« Theresa suchte wieder das passende Wort, schaute in ihr Glas und schwenkte es, als würde das Wort sich wie die Aromen aus dem Wein lösen. »… wie die Leichenfledderer, ja, das sind sie alle. Die wollen nicht das Weingut, die wollen auch nicht die zweiundzwanzig Hektar, die wollen keinen Wein machen – die wollen das alles nur, um es zu verscherbeln, um alles zu Geld zu machen«, ereiferte sie sich. »Wissen Sie, was ein Hektar Rebland heuer kostet?« Wütend schaute sie Frank an. »Eine Million, stellen Sie sich das vor, eine ganze Million! Und meine Stiefschwester, Anette, also Lorettas Tochter, wenn Sie mir folgen, die angeblich so große Weinexpertin, einen Abschluss in Önologie hat sie zwar, den aus San Michele. Aber sie hat nie praktisch gearbeitet«, ereiferte sich Theresa weiter, »bis auf das Praktikum bei uns. Wahrscheinlich schleppt sie ein Trauma mit sich 'rum, weil sie als Kind immer hat helfen müssen, oh, die Ärmste. Die sitzt jetzt faul mit ihrem Arsch auf dem Weingut Förster, den hat sie geheiratet, wenn sie nicht mit ihren Freundinnen in Bozen durch die Laubengasse tigert und sich bei Rizzolli neue Schuhe oder bei Cocchinelle neue Handtaschen aussucht. Die darf ihr Mann dann bezahlen.«

Theresas Äußeres ließ nicht darauf schließen, dass es ihr wichtig war, in diesen Geschäften einzukaufen.

»Förster reißt sich auf seinem Weingut die Beine aus. Ich glaube, er hat sie geheiratet, weil er dachte, dass er eines Tages die beiden Weingüter zusammenlegen kann. Aber

Liebe?« Theresa lachte kurz auf und zog die Mundwinkel verächtlich nach unten. »Liebe war nie ein Wort in unserer Familie, höchstens eines von meinem Vater. Seine erste Frau war angeblich ein Fehlgriff, die zweite ebenfalls. Er verstand nichts von Frauen, dafür umso mehr von Weintrauben und von seinen Fischen. Genau diese Leidenschaft wurde ihm letzten Endes zum Verhängnis.«

Sie schien sich so in Rage geredet zu haben, dass Frank ihr dringend eine Pause verschaffen musste. »Lassen Sie uns in die Kelterhalle gehen, ich würde mich gern auch dort umsehen, wenn Sie erlauben.«

Oben angekommen, erhielt er den gleichen Vortrag, den er unzählige Male in den vergangenen zwölf Jahren, seit er sich hauptberuflich mit Wein beschäftigte, über sich hatte ergehen lassen. Aber kein Winzer, dessen Weingut er besuchte, keine Kellerei, in der er fotografierte, ersparte ihm die ewig gleiche Prozedur. Sie hätten ihm ihre kostbare Zeit gar nicht opfern müssen, er hätte sich bestens allein zurechtgefunden, die Prinzipien der Weinbereitung waren überall ähnlich, auch wenn die Technik sich veränderte. Obwohl Theresa wusste, dass er auf einem Weingut zu Hause war, erklärte sie ihm den Prozess, zeigte ihm das Tor, durch welches die Trauben angeliefert wurden, wo man sie ablud, wo die Maschine zum Entrappen stand, der durchlöcherte Zylinder, in dem die Beeren von den Rappen getrennt wurden, durch welche Röhren die weißen Trauben in die Pressen und die roten in die Gärtanks geleitet wurden. Hier standen die hohen zylindrischen Edelstahlkolosse senkrecht, andernorts waren sie waagerecht angeordnet, wodurch der Wein anders werden sollte. Man hätte beide Methoden mit den gleichen Trauben durchführen müssen, um zu erfahren, ob es in dieser oder jener Weise zu besseren Ergebnissen kommen würde. Nur – was war beim Wein besser?

Der große Unterschied zwischen diesem Weingut und anderen dieser Region war natürlich, dass es sich hier um ein Privatweingut handelte und nicht um eine der großen Genossenschaften, bei denen Hunderte von Weinbauern ihre Trauben ablieferten. Morgen würde er den ersten Vergleich ziehen können, da war er in der Genossenschaftskellerei Meran Burggräfler angemeldet. Er empfand es als beruhigend, dass es nicht zu derart persönlichen Themen kommen würde wie hier. Was Theresa zu erzählen hatte, war für Frank letztlich bedeutungslos, besonders was die Schmähungen der anderen Familienmitglieder betraf. Eine Frage jedoch blieb, wenn das, was Theresa von sich gab, nicht im Reich der Fabel untergehen sollte.

»Wenn ich noch mal auf den Tod Ihres Vaters zu sprechen kommen darf: Wie haben sich die venezolanischen Behörden verhalten? Was war von ihnen zu erfahren? Haben sie sich geäußert? Gab es Ärzte, die den Toten untersucht haben? Wird in solchen Fällen im Ausland kein Totenschein ausgestellt?«

Inzwischen war Theresa, die an Franks schnellen Rundumblick gemerkt hatte, wie wenig ihn die Kelterhalle interessierte, ins Lager vorausgegangen. Hier standen mit Weinkartons gepackte Paletten neben Drahtkörben mit nicht etikettierten Flaschen. Regale reichten bis unter die Decke, darin Einzelflaschen, Magnums, Dreiergebinde oder Sechserkartons. Ein Arbeiter war damit beschäftigt, eine Lieferung zusammenzustellen. Theresa bedeutete Frank, still zu sein, um den Mann nicht zu stören, und griff nach seinem Arm.

Aus Angst vor einer schmerzhaften Berührung zuckte er erschrocken zurück. Es war der verletzte Arm, überempfindlich und trotz langer Stunden der Krankengymnastik und Ergotherapie längst nicht so beweglich wie früher. Antonias Mitarbeiterinnen wussten um das Dilemma, viele

Nachbarn kannten das Drama ebenfalls, die mehr oder weniger direkt an den Ereignissen teilgenommen hatten. In der Öffentlichkeit verbarg er die Narben mehrerer Operationen immer unter langärmeligen Hemden oder leichten Jacken und hatte sich, um den Arm zu schonen, Bewegungen angewöhnt, die von anderen als linkisch angesehen wurden.

Die junge Önologin bemerkte sein Ausweichen und entschuldigte sich. »Sind Sie verletzt?«

Frank zögerte, ob er darüber sprechen sollte. »Es ist lange her, ich hatte einen schweren Unfall und habe mir dabei den halben Arm zerfetzt. Es hätte schlimmer ausgehen können, ich habe noch Glück gehabt: Der Arm ist drangeblieben.«

Entsetzt starrte Theresa ihn an. »Wie ist das passiert? Ein Autounfall?«

Dass Antonias damaliger Ehemann auf ihn geschossen hatte, musste er der jungen Frau nicht auf die Nase binden. Frank winkte ab. »Die Geschichte ist zu lang, darüber sprechen wir ein andermal, deshalb bin ich nicht hier. Es ist keine angenehme Erinnerung. Aber zurück zu den Latinos …«

»Ganz wie Sie meinen.«

Theresa wirkte beleidigt. Erwartete sie nach ihren Enthüllungen, an deren Wahrheitsgehalt Frank nach wie vor zweifelte, Gleiches von ihm? Er würde sich nicht darauf einlassen, und wenn er dieses Weingut verließ, war die Sache abgeschlossen. Nein, das war sie nicht. Schließlich behauptete die Tochter, dass der Mann, der ihn nach Südtirol geholt hatte, ermordet worden war. Also war das Verhalten der venezolanischen Behörden durchaus wichtig.

»Meine Mutter ist hingeflogen, hat sich um alles gekümmert, angeblich, so wie sie uns erklärte. Mich wollte sie nicht dabeihaben. Angeblich sprach sie auch mit dem Arzt der Tauchbasis. Aber ich glaube ihr das nicht.«

Schon wieder dieses Wort »angeblich«. Es schien Theresa zu gefallen. »Also zweifeln Sie auch daran?« Frank wusste, welche Dynamik Zweifel besaßen. Wenn sie einen packen, lassen sie einen nicht mehr los. Aber bei Theresas grundsätzlich feindlicher Haltung der ersten Familie gegenüber war es möglich, dass sie sich verrannt oder sich in ihren eigenen Hirngespinsten eingesponnen hatte.

»Der Arzt auf Los Roques war wahrscheinlich lediglich ein Krankenpfleger oder einer, der mal einen Erste-Hilfe-Kurs absolviert hat. Meine Mutter hielt ihn natürlich für einen richtigen Arzt. Ein Freund, der Spanisch spricht, hat den Bericht gelesen, er hat für mich angerufen und meine Ahnung bestätigt. Die zwei Inselpolizisten wollten Dollar sehen, für ihre Ermittlungen, für Auskünfte, für was auch immer. Geholfen hat's nichts. Die haben sich um nichts gekümmert und nur Probleme geschaffen, wo vorher keine waren, um an deren Beseitigung zu verdienen. Alle Vorurteile, die man Venezuela oder den Latinos generell entgegenbringt, haben sich als zutreffend erwiesen, besonders die über Korruption. Am meisten hat die Fluggesellschaft geholfen, denn anders als mit kleinen Propellermaschinen kommt man dort nicht hin und wieder weg. Die haben später reichlich an der Überführung von Papas Leiche aufs Festland verdient. Und als meine Mutter dort war, waren die Leute, die bei dem …« Theresa zögerte, sah die Zweifel in Franks Augen und entschied sich dann für die harmlosere Version. »… die also bei dem angeblichen Tauchunfall dabei waren, längst abgereist. Deren Anschriften oder E-Mail-Adressen hat sie auch nicht mitgebracht. Am schlimmsten soll es auf dem Flughafen von Caracas gewesen sein. Wie der heißt, weiß ich nicht mehr. Vier Tage hat's gedauert, bis sie den Sarg freigegeben haben, Sie können sich nicht vorstellen, welchen Papierkrieg das ausgelöst hat.«

»Also gibt es keinerlei Zeugen von dem Unfall, es gibt niemanden, der Ihre Annahme unterstützen könnte? Von bestätigen will ich gar nicht reden.«

Die junge Frau wich seinem Blick aus. »Nein!«

»Wie kommen Sie dann darauf, dass Ihrem Vater Gewalt angetan wurde? Irgendetwas muss Sie schließlich dazu veranlasst haben. Ein solcher Verdacht kommt nicht von ungefähr ...«

Bei ihr vielleicht, dachte Frank und wusste selbst nicht genau, was ihn dazu trieb, weiter auf dieses Thema einzugehen. Ein wenig hatte er das Gefühl, dass man Verrückten ihre Fantasien lassen musste, sonst wurden sie bösartig und schlugen um sich.

Bis auf sie selbst und ihren Bruder Marco hatte Theresas Ansicht nach niemand Werner Kannegießer geliebt, nicht einmal seine Frau, wie sich gezeigt habe, und die erste Frau höchstens zu Beginn der Ehe. Theresa glaubte, dass jene Frau ihn hasste, dass sie noch immer nicht verwunden hatte, dass er sie einer Jüngeren wegen verlassen hatte, wenn auch mit einer großzügigen Abfindung.

»Meine Stiefschwestern haben es ihm bis heute nicht verziehen, auch die neue Heirat nicht. Marco und mich begreifen sie als lebende Beweise des Verrats, sie fühlen sich in die zweite Reihe versetzt.« So zumindest hätte es Anette, die erste Tochter, in einem bösen Streit ihr gegenüber ausgedrückt, der beinahe tätlich geendet hatte. »In dieser Familie ist sich niemand grün. Hier ist jeder des anderen Feind.«

»Hat Ihr Vater Anlass dafür gegeben?«

»Wenn Sie seine Lebensgestaltung als Anlass sehen, dann ja. Meiner Ansicht nach hat er das nicht, aber das sieht jeder Beteiligte von seiner eigenen Warte aus. Nach ihm wurde ich am meisten angefeindet. Mein Bruder hat es leichter, weil ihn sowieso niemand für voll nimmt.«

»Hat Ihr Vater gewusst, dass seine Frau, also Ihre Mutter, ihn betrügt?« Die Frage, eigentlich viel zu indiskret, bewegte Frank mehr in dem Sinne, ob und wie jemand damit umging. Das hatte viel mit den dramatischen Umständen zu tun, unter denen er Antonia kennengelernt hatte, und sein verletzter Arm erinnerte ihn täglich daran.

»Ich würde mir das nicht gefallen lassen«, sagte Theresa, statt eine direkte Antwort zu geben. »Aber Papa liebte alle seine Kinder, auch wenn die beiden ersten das anders sehen. Das hat ihnen ihre Mutter eingeredet. Er hat niemals schlecht über Anette und Barbara gesprochen, mir gegenüber jedenfalls nicht. Und er liebte seine Fische. Er hat niemals unter Wasser gejagt, mit Harpune zum Beispiel, er aß auch keinen Fisch. Lebendig seien sie viel schöner, meinte er, und wenn er sich an ihnen freuen wolle, in ihr Element eintauche, müsste er sie schützen. Er hat viel Geld für Organisationen gespendet, Greenpeace und so, die sich um den Erhalt der Riffe und der Wale kümmern. Meine Mutter hat das fürchterlich genervt, sie meinte, er solle sich der Familie widmen und für das Geld lieber eine weitere Arbeitskraft einstellen, dann hätte er mehr Zeit für uns.«

»Ihr Vater wurde überführt, so habe ich Sie verstanden …«

Theresa nickte und schob einen Hubwagen an die Seite, den ein Lagerarbeiter im Weg hatte stehen lassen.

»Wurde er dann hier untersucht oder obduziert?« Frank zweifelte weiter, ob es einen konkreten Verdacht gab oder Theresa sich heillos verrannt hatte.

Jetzt wurde ihr Nicken heftiger. »Sie wollten ihn gleich einäschern, aber weil ich ein Riesentheater gemacht habe, wurde er obduziert. Bis auf Marco waren die anderen dagegen. Ich habe mich mit Dr. Cotarelli zusammengetan, seinem Arzt, und gemeinsam haben wir den Aufstand gemacht, bin sogar zur Polizei, zu den Carabinieri, die für

Mord zuständig sind. Die sagten aber, sie wären nicht für eventuell in Venezuela begangene Morde zuständig, da sollte ich mich an die dortige Polizei wenden. Die da drüben würden sich totlachen. Zur Zeitung bin ich auch gegangen. Klar, die haben darüber geschrieben, sehr vorsichtig, allerdings nur über den Herztod, man hätte durchaus Zweifel herauslesen können. Danach sind alle wieder über mich hergefallen: Ich würde die gesamte Familie als Mörder darstellen, darin waren sich sogar die beiden Ehefrauen einig. Sie würden dafür sorgen, dass ich in Südtirol niemals ein Bein auf den Boden kriegen würde, das heißt keine Anstellung im Weinbau. Sie würden meinen Ruf zerstören, wenn ich nicht aufhören würde, sie anzuschwärzen. Das ist mir egal, für meinen Vater ist es mir wert, dann gehe ich eben nach Deutschland, da brauchen sie gute Önologen, da gilt eine Frau was, und die sprechen meine Sprache …«

»Aber Sie müssen doch irgendeinen Anhaltspunkt dafür haben, dass Ihr Vater …« Frank weigerte sich, das Wort Mord auszusprechen. Es war schlimm genug, dass er es dachte. »Ergab die Obduktion irgendwelche Hinweise auf einen gewaltsam herbeigeführten Tod?«

»Nein …«

»Gib es Zeugen?«

»Nein …«

»Gibt es sonstige Beweise, Indizien?«

»Nein …« Theresa schwieg eine Weile mit gesenktem Blick. Dann sah sie auf: »Können Sie mir nicht helfen, die zu finden?«

»Ich?« Im Griff nach der Kamera erstarrt, blieb Frank stehen. Nein. Er würde nicht so wahnsinnig sein, sich in den Krieg dieser zerfetzten Familien um zweiundzwanzig Millionen Euro hineinziehen zu lassen.

2. Kapitel

Wie schön und erholsam konnte die Welt sein, die Natur, auch eine von Menschen gestaltete Landschaft, wenn die Macher möglichst weit weg waren, dachte Frank aufatmend, als er die schmale Straße bergab fuhr, mitten durch ein grünes Meer junger Weinblätter. Zum Kalterer See hin fielen die Weingärten sacht ab, weich, einladend und sein Gemüt beschwichtigend. Jenseits des Wassers, das so grün schimmerte wie die Umgebung, wuchs ein bewaldeter Berg in die Breite und Höhe, als wolle er betonen, dass die dahinterliegenden Berge, gestaffelt wie Theaterkulissen, die Tiefe und Perspektiven vorgaukeln, noch höher anstiegen. Doch bis an die im satten Blau stehenden Wolken reichten sie nicht heran. Alle diese Berge hatten Namen, doch obwohl Theresa sie genannt hatte, erinnerte Frank nicht einen. Anders war es bei dem in seinem Rücken liegenden Kalksteinmassiv, der Mendelklamm, die ihn mit ihrer Mächtigkeit beeindruckte, deren senkrecht aufsteigende Wand wie eine Mauer in tausendachthundert Meter Höhe an den Wolken kratzte. Winzig und verloren lag darunter das Weingut Johannishof, wo er bis vor Kurzem fotografiert hatte und wo sich die junge Theresa zwischen Holz, Glas und glänzendem Edelstahl in ihrer Arbeit vergrub, um nicht am Tod des Vaters zu verzweifeln oder von ihren Zweifeln und Vorwürfen gefressen zu werden.

Es musste grauenhaft sein, ein so katastrophales Bild von seinen Angehörigen mit sich herumzuschleppen. Dabei gingen einen die Vorgängerfamilie und deren Sprösslinge im Grunde nichts an, doch man kam an ihnen nicht vorbei. Südtirol war so klein und übersichtlich, dass es kaum möglich war, sich aus dem Weg zu gehen. Frank erinnerte sich leider zu gut an den Krieg, den Antonias verstorbener Mann Massimo aus dem Gefängnis heraus angezettelt hatte, als sie die Scheidung eingereicht hatte. Am schlimmsten war es für sie gewesen, dass er die Kinder hineingezogen und nicht nur gegen sie, sondern ganz besonders auch gegen ihn aufgehetzt hatte. Er, Frank, sei schuld daran, dass man ihn ins Gefängnis gesteckt habe, so Massimo Vanzettis Logik, denn er hätte nie auf ihn geschossen und ihm den Arm zerfetzt, wenn Frank nicht mit Antonia ein Verhältnis begonnen hätte. Das war eine Argumentation, der sich auch Sohn Piero gerne anschloss. Er war in seines Vaters schmierige Baugeschäfte mit der öffentlichen Hand eingestiegen und fühlte sich in dem Schleim, der nach Mafia roch, anscheinend äußerst wohl. Frank hielt ihn für einen Gangster, der bis heute kein Wort mit ihm sprach – und mit seiner Mutter nur das Nötigste. Sogar mit seiner Schwester Felicitas hatte er jeglichen Kontakt abgebrochen, als er erfuhr, dass sie mit seiner Tochter Christine verkehrte und die beiden jungen Frauen sich recht gut verstanden. Irgendwo stand immer ein schwarzes Schaf herum. Bei Theresa schien es eine ganze Herde zu sein. Oder existierte die nur in ihrer Fantasie?

Das Gespräch hatte Frank stärker bewegt als gedacht. Er wusste, wie schwer es war, mit einem schwierigen Schicksal fertigzuwerden. Doch im Gegensatz zu Theresa und der Familie Kannegießer hatten sie ihre Erbstreitigkeiten hinter sich. Massimo Vanzetti war noch vor der Scheidung im Gefängnis gestorben, somit hatte er Antonia als Noch-Ehefrau nicht vom Erbe ausschließen können. Sie hatte sich mit dem Weingut zufriedengegeben, es war ihr Glück, ihr Universum. Für die Kinder war weit mehr übrig.

Als Frank die Scheiben des Lancia herunterließ, wehte ihm die warme, nach Gräsern und Blumen duftende Luft um den Kopf, den schmerzenden linken Arm kühlend. Ihm war, als wäre er aus der Dunkelheit aufgetaucht, aus der Düsternis und Zukunftslosigkeit einer Geschichte wie von Edgar Allan Poe: Nicht der Untergang des Hauses Usher, sondern des Hauses Kannegießer. Frank hielt an einem Gatter, denn ein hinter ihm drängelnder Traktor wollte vorbei. Er stieg aus und setzte sich auf einen großen, sonnenwarmen Stein, ließ die Schultern sacken und atmete auf, als wäre ihm der Stein, auf dem er saß, vom Herzen gefallen.

Rechts von ihm wuchs Wein, was sonst? Außer Weinstöcken hatte er einige Gemüsegärten gesehen, die wahrscheinlich der Selbstversorgung dienten. An die Apfelplantagen im Etschtal hatte er sich noch nicht angenähert, denn er war erst seit gestern hier und noch dabei, sich in die neue Umgebung einzusehen. Und er wusste, dass er vieles erst sehen würde, wenn er die Bedeutung zwar nicht begriffen, so doch erfasst hatte. Inmitten der Reben zu sitzen oder von ihnen umgeben zu sein, war für Frank immer eine Erholung, hier fühlte er sich aufgehoben. Es war nicht das freundschaftliche Gefühl, das er seinen fünf Reihen gegenüber hegte, die Antonia ihm zum »Spielen«, wie sie es sagte, überlassen hatte. Immer nur das zu fotografieren, was andere taten, reichte ihm nicht mehr. Er wollte im Kleinen selbst ausprobieren und experimentierte mit Methoden, von denen die Winzer sprachen, die er fotografierte. Das betraf den Winterschnitt, die grüne Lese, mit der die spätere Erntemenge bestimmt wurde, das Beschneiden der Trauben selbst, denn sie reiften unterschiedlich, besonders Sangiovese mit den breiten Schultern, die er dann wegschnitt. Auf diesem Hintergrund sah er auch Antonias Hilfe bei den Texten zu seinen Fotobüchern. Denn auch sie war ständig bemüht, ihre Arbeit im Weinberg zu vervollkommnen, und gab sich selten mit dem einmal Erreichten zufrieden.

Frank schaute nach links, auch dort wuchsen Reben, aber auf eine andere Weise als gegenüber, wo sie in langer Reihe am Drahtrahmen rankten. Diese Stöcke waren hoch, sie wirkten alt, sie wuchsen an einem senkrechten Pfahl empor und breiteten die Tragruten über einem weitmaschigen Drahtgeflecht aus. Es reichte bis an die nächste Reihe, und die Pfähle stützten sich gegenseitig. So bildete sich ein Laubdach, die Trauben hingen darunter im Halbschatten. Ähnliches wurde vereinzelt in der Toskana praktiziert. Die Beeren hier waren noch winzig, hart und grün, Ende Juni konnte es kaum anders sein. Um welche Rebsorte handelte es sich? Sangiovese mit den gezackten und zweimal tief gebuchteten Blättern hätte er erkannt, Cabernet Sauvignon hatte normalerweise vier Buchten mit nicht so spitzen Zacken, und die beiden Hälften des Blattes überlappten sich am Stilansatz. Merlot hätte er auch erkannt, eines Tages war es so weit gewesen, da hatte er plötzlich den Blick dafür gehabt. Die Manier, in der früher Trauben und Blätter gezeichnet worden waren, hatte das deutlicher herausgestellt. Die Blätter der Weinstöcke dieser Pergola-Erziehung hingegen kannte er nicht. Bei der Vielfalt an Rebsorten, in Südtirol sollten es zwanzig sein, hätte er genug zu tun. Aber es ging ihm hier weit weniger um die Reben als viel mehr um die Architektur, sie war modern.

Gleich würde er zum Kalterer See hinunterfahren, sich in einem Café einen Platz am Wasser suchen und auf den See starren, um möglichst nichts zu denken außer an einen großen Eisbecher mit frischen Erdbeeren und Sahne.

Wie lange er auf Theresa hatte einreden müssen, bevor

sie ihn seine Arbeit hatte machen lassen und er fotografieren durfte. Es hatte eine Ewigkeit gedauert. Zu allem Ungemach und zu dem, was in seinem Kopf herumschwirrte, hatte er ihr versprechen müssen – so inständig, beinahe herzzerreißend hatte sie ihn gebeten, ihr zu helfen –, sie bei dem Vorhaben zu unterstützen, den Tod ihres Vaters zu klären. Er verstand nicht, wieso sie gerade ihn dafür ausgewählt hatte. Nur weil er in ihren Augen unabhängig war? Jeder andere wäre hilfreicher. Sie konnte unmöglich wissen, was damals in der Toskana geschehen war und wie die Dinge am Kaiserstuhl während der Baden-Baden Wine Challenge eskaliert waren. Es wäre beinahe in einer Katastrophe geendet, sowohl für ihn wie auch für Henry Meyenbeeker, mit dem er die Sache durchgestanden hatte. An seinen Besuch bei Henry und seiner Frau Isabella in La Rioja dachte er gern. Im folgenden Jahr waren der Freund und seine Frau bei ihnen auf der Tenuta Vanzetti zu Gast gewesen. Es war eine gute und interessante Woche gewesen, in der sie nur herumgefahren waren, Weingüter besucht und Wein probiert hatten, einfach aus Lust und Laune, ja, ein wenig Kultur hatte sein müssen, Uffizien, einige Palazzi, das »Caffè Gilli«, das niemand betreten durfte, der Gefahr lief, sein oder ihr Verlangen nach Pralinen nicht beherrschen zu können … und über seine Flucht aus dem Café auf dem Motorrad lachten die alten Kellner dort noch heute.

Ihm brummte der Kopf, die Sonne im Gesicht zu spüren, tat gut, und er nahm die Sonnenbrille ab. Viel zu fotografieren hatte es da oben nicht gegeben, jedenfalls nicht das, was ihm vorgeschwebt hatte. Aber er stand erst am Anfang. Das einzig lohnenswerte Objekt, im Prospekt des Weinguts groß herausgestellt und von verschiedenen Seiten fotografiert, war der neue Verkostungsraum. Er hatte sich – nach allen Seiten offen – wie ein Glaskasten dargestellt. Durch die Abbildungen im Prospekt war bei Frank der Eindruck entstanden, das gesamte Weingut sei in dieser Weise modernisiert worden statt nur der Teil, der vom Publikum zwecks Verkostung und Weinverkauf besucht wurde. Als Theresa ihn dorthin führte, hatte sich bei ihm sofort der Eindruck eingestellt, die Menschen hinter dem Glas wären die Fische im Aquarium. Dieser Eindruck wurde dadurch verstärkt, dass man durch den Raum hindurchschauen konnte und dahinter gleich die Rebzeilen begannen, wie die Fototapete mit Wasserpflanzen hinter dem Aquarium.

An einer Weinprobe war Frank nicht vorbeigekommen. Vielleicht hatte er auch deshalb das Gefühl, sein Schädel sei weich und das, was sich darin befand, sowieso. Er war das Probieren nicht mehr gewohnt, er schluckte zu viel dabei. Da war wieder das Gesicht der jungen Frau, Theresa, eigentlich mehr ein junges Mädchen. Er sah ihr schmales, blasses Gesicht mit den wachen blauen Augen, mit den verzweifelten Augen, die sich in jenen Momenten, in denen sie über den verstorbenen Vater sprach, verdunkelten. Zerbrechlich hatte sie auf ihn gewirkt und gleichzeitig energisch. Die leicht hochgezogenen Augenbrauen mochten Ausdruck ständiger Skepsis sein. Ehrgeizig war sie auch, möglicherweise mehr als das. Ihr ausgeprägtes Kinn ließ darauf schließen. Ähnlichkeit mit ihrem Vater, so wie Frank ihn in Erinnerung hatte, nahm er kaum wahr. Mit siebzehn hatte sie die Matura mit Auszeichnung bestanden, zwei Jahre auf einem Weingut praktiziert, dann drei Jahre studiert, und jetzt diente sie seit einem Jahr ihrem Chef auf dem Weingut Johannishof als rechte Hand. Es war von ihrem Naturell her nur zu verständlich, dass sie das väterliche Weingut für sich beanspruchte. Aber mit welchem Recht? Um das zu klären, war sie vorhin nach Bozen aufgebrochen, wo sie sich mit einem Fachmann beraten wollte. In der Auseinandersetzung stand allen Beteiligten noch vieles bevor. Die Anwälte rieben sich bereits die Hände, fürchtete Frank und war froh, kein Akteur in dieser undurchsichtigen Gemengelage zu sein.

Er fuhr weiter, überquerte die Landstraße, die oberhalb des Sees die Orte miteinander verband, die er in den nächsten Tagen aufsuchen würde, von Margreid im Süden bis nach Eppan und über Terlan und Meran weiter ins Vinschgau. Das Eisacktal kannte er lediglich von der Autobahn her, vom Brenner kommend zwischen verrosteten Leitplanken hinabrasend. Genauso häufig hatte er dort im Stau gestanden, aber weder in Klausen noch in Brixen hatte er die Straße verlassen. Diesmal würde er die Landstraßen nehmen, denn das Kloster Neustift in Brixen stand auf dem Programm.

Unten am Kalterer See war kaum noch ein Parkplatz zu finden. Die Touristensaison hatte begonnen: Menschenmassen quollen aus Bussen und wälzten sich auf »Gretl am See« zu. Das riesige Gasthaus schien sie alle zu schlucken, bot unter Sonnenschirmen an den in Reihen aufgestellten Tischen für alle Platz. In Ermangelung einer besseren Alternative beschloss Frank, sich hier auf einen Kaffee niederzulassen. Oder doch lieber der Eisbecher mit Erdbeeren? Direkt am Ufer fand er einen freien Tisch und hatte eine wunderbare Aussicht auf den Tretbootverleih, und rechts lag malerisch der Campingplatz. Aber der Kaffee war in Ordnung und die Erdbeeren frisch. Sicher waren es italienische, das bedeutete, dass man großzügig mit Spritzmitteln umging. Das Eis hingegen war nicht italienisch, das kannte er besser und dachte an seine Eisdiele »La Curva« in Panzano in Chianti. Nur allzu viele kritische Gedanken durfte man sich nicht machen, sie verleideten den Genuss.

Der stellte sich wirklich nicht ein, denn immer wieder kam Frank das Gespräch im Barriquekeller in den Sinn. Er selbst hatte bei seiner Scheidung Glück gehabt. Bei ihm als freiberuflichem Fotografen war nichts zu holen gewesen.

Für die Alimente hatte es immer gereicht und auch für Christines separates Zimmer in seiner bescheidenen Hamburger Wohnung. Je älter seine Tochter geworden war, desto häufiger und länger wohnte sie bei ihm. Bei Kannegießer hingegen schien alles maßlos kompliziert. Zwei Gruppen trafen aufeinander, die sich Theresa nach nicht einmal das Schwarze unter den Nägeln gönnten. Ein jahrelanger Rechtsstreit war abzusehen, zumal der neue Ehemann der ersten Frau, Loretta hieß sie, selbst Jurist sein sollte. Zweiundzwanzig Hektar? Das waren zweiundzwanzig Millionen Euro. Wieso verkauften sie nicht einfach und teilten? Zwei Frauen, jeweils zwei Kinder, das waren sechs Personen. Jeder hätte 3,6 Millionen gehabt. Das war nicht genug? Waren alle krank? Gab es denn kein Testament? Theresa hatte es nicht erwähnt.

Der Blick auf Tretboote war nicht sonderlich spannend, und der Lärm der Gäste in seinem Rücken hielt Frank vom klaren Denken ab. Es war auch unwichtig, was er dachte, denn das Theresa gegebene Versprechen sah er als höfliche Geste. Sie würde es kaum anders aufgefasst haben, sagte er sich, und konnte nicht erwarten, dass er sich wieder meldete. Frank überließ Gretl gern dem See und den Kuchen verschlingenden Massen und machte sich auf den Rückweg nach Bozen.

Er kannte die Stadt nicht, war zum ersten Mal hier und hatte am Vortag den Weg zu seinem Quartier nur mithilfe des Navigationsgeräts gefunden. Nicht anders erging es ihm jetzt, er wusste nur, dass er von Süden in die Stadt kommen würde und zur Sparkassenstraße musste. Die Wohnung seines Freundes Matteo lag in der Nähe des Siegesplatzes mit dem pompösen Denkmal. Mit ihm hatten Italiens Faschisten 1928 die Annexion Südtirols nach dem Ersten Weltkrieg gefeiert – und das, was sie für die »Italianität« hielten. Was für ein Wort! »Italianität«!? Es hörte sich so grässlich an wie »Deutschtum« oder »Leitkultur«, diese Begriffe aus dem ›Wörterbuch des Unmenschen‹. Er konnte sich kaum ein Land in Europa vorstellen, das in seinem Inneren zerrissener war als Italien: Stadt gegen Stadt, Provinz gegen Provinz, der Norden gegen den Süden, Familie gegen Familie … Was er heute gehört hatte, passte genau dazu.

Ihm war unverständlich, als er gestern den Wagen dort in Sichtweite abgestellt hatte, dass niemand diesen Marmor gewordenen Ausdruck italienischen Größenwahns abgerissen hatte – endlich mal ein sinnvoller Einsatz für Dynamit und Semtex.

Den silbernen Lancia, den er sich bei Antonia für seine Reisen ausborgte, stellte Frank in der Nähe des Denkmals ab und musste auf dem Weg zu seiner momentanen Bleibe wieder daran vorbei. In der gleißenden Nachmittagssonne stand der Marmor, die Säulen als Faschinenbündel dargestellt, dem Symbol römischer Herrschaft, das den damals herrschenden Konsuln und Prätoren vorangetragen wurde. Erst außerhalb der Stadtgrenzen Roms wurde ein Beil mit der Schneide nach außen hinzugesteckt, das Zeichen, über Leben und Tod zu herrschen. Was sollten hier, weit weg von Rom, die Beile in den Faschinenbündeln der Bevölkerung von Bozen demonstrieren? Bisher hatte Frank sich nie für Südtirol interessiert, jetzt hatte er gelesen, dass in der Stadt siebzig Prozent der Bevölkerung italienischer Abstammung sein sollten. Da erinnerte er sich, was Theresa über den Italiener gesagt hatte, den Rechtsanwalt, und dass die erste Familie Kannegießer den jüngsten Sprössling aus der zweiten Ehe Kannegießers, Sohn Marco, herabwürdigend als Italiener bezeichnet haben sollte. Hatten es die Südtiroler noch immer nicht verwunden, nicht den Anschluss an das österreichische Tirol gefunden zu haben? Waren die Demütigungen der italienischen Besatzung noch längst nicht vergessen? Die Idee Europas war tatsächlich in der Krise …

Auf der Talferbrücke blieb er einen Moment stehen und blickte durch das Flusstal auf die Berge, die am nahen Stadtrand steil anstiegen und die Stadt umschlossen, nur zu Eisack und Etsch hin offen. Inzwischen liebte Frank die Natur, er hatte bewusst seine Wandlung vom Stadt- in einen Landmenschen wahrgenommen. Dauernd in der Stadt zu leben, schien ihm inzwischen unmöglich. Ebenso eine dauerhafte Rückkehr in seine Geburtsstadt Hamburg, in der er sein berufliches Leben begonnen hatte. Aber mal ein wenig Stadtluft zu atmen, zumindest die einer Kleinstadt wie Bozen, eine Menschenmenge um sich zu haben, Cafés, Kino, Theater, einen Bahnhof, beim Einschlafen vor dem Fenster die Stimmen vorüberschlendernder Menschen zu hören, das Lachen junger Leute, das Schimpfen der Nachbarn, das vermisste er manchmal auf seinem Landsitz. Antonia hatte für diesen Mangel keinerlei Verständnis. Sie war froh, wenn sie nach einer Reise nach Hongkong oder Boston, wo sie ihre Weine vorgestellt hatte, wieder durch ihre Reben streifen konnte, den typischen Geruch von Ester in ihrem Keller wahrnahm und aufschreckte, wenn ein Auto vor dem Haus hielt oder ein Lastwagen Wein abholte.

An der Ecke vor dem Archäologiemuseum, wo die Überreste des im Eis des Ötztals gefundenen Menschen aufbewahrt wurden, wandte sich Frank nach links und betrat das sechste Haus auf der rechten Seite. Hier hatte sich sein Freund Matteo, Fotograf wie er, unterwegs mit einer Theater-Compagnie, vor Jahren eine Wohnung gekauft und sie ihm für die Dauer seines Aufenthaltes überlassen. Diese Unterkunft war ihm weitaus lieber als ein unpersönliches Hotelzimmer oder eine Ferienwohnung. Es gab kleine Restaurants in der Nähe, die Frank nacheinander ausprobieren würde. Seine Kochkunst hielt sich in Grenzen, die Kochkünste Antonias hingegen waren grenzenlos. Aber er lernte. Andererseits würde er sicher Empfehlungen der hiesigen

Kellereibetreiber erhalten, welcher Wein zu dieser oder jener Speise passe. Demnach wäre für Abwechslung gesorgt. Zur Not genügte ihm auch eine gute Pasta mit einem Basilikum-Pecorino-Pesto. Das bekam er noch selbst hin.

Im Flur, der mit Matteos großformatigen Schwarz-Weiß-Aufnahmen tapeziert war – sie zeigten vor allem Theaterszenen und Essen –, stellte Frank erleichtert den Fotorucksack ab, brauchte einen Moment, bis er im Küchenschrank einen Teebeutel fand, und streckte sich auf dem Sofa aus. Nach zwei Stunden wachte er auf, der Teebeutel hing noch in der Tasse, der Tee tiefschwarz, kalt und untrinkbar. Am Morgen hatte er es versäumt, eine Bestandsaufnahme der Lebensmittelvorräte zu machen. Schnell holte er es jetzt nach, um sich anschließend auf die Suche nach einem Supermarkt zu machen, der auch sonntags geöffnet hatte.

Er fand alles, was er für die Soße benötigte, und auch einen trinkbaren Tee und kehrte zurück in die Wohnung in der Sparkassenstraße, ein gewöhnungsbedürftiger Name, der ihn erheiterte. Frank brauchte lange, bis er sich durch das Chaos der Küchenschränke gegraben und die entsprechenden Gerätschaften gefunden hatte. Ein fremdes Ordnungs- oder Unordnungssystem war immer eine Herausforderung. Frank pflegte seine eigene Systematik, daher würde Matteo bei seiner Rückkehr in die Wohnung nichts mehr wiederfinden.

Ein Spaghettikocher war vorhanden, die Flasche mit dem Extra Vergine di Oliva war zur Hälfte gefüllt, es gab ein Stück steinharten Parmesan und eine Reibe. Aber Frank hatte ja den Pecorino mitgebracht. Als er beginnen wollte, den Knoblauch zu hacken, hörte er ein Geräusch an der Wohnungstür. Kam Matteo etwa zurück? Waren es Einbrecher, die von seiner Abwesenheit wussten? Ein paar Ereignisse in seinem Leben hatten ihn vorsichtig und misstrauisch werden lassen. Antonia hatte sogar ein Jagdgewehr im Haus, mit dem er einige Male geschossen hatte. Aber falls sie in ihrer ländlichen Einsamkeit überfallen worden wären, hätte ein Griff zur Waffe sie auch nicht gerettet.

Mit dem Küchenmesser in der einen Hand und seinem Smartphone in der anderen schlich Frank zur Wohnungstür. Jemand machte sich am Schloss zu schaffen. Sein Schlüsselbund steckte von innen. Er machte einen Schritt zurück hinter die Wand, jetzt war nicht mehr nur das Holz der Tür, sondern Stein zwischen ihm und dem Unbekannten.

»*Chi è?*«, fragte er laut auf Italienisch. »*Matteo non c'è!*«

Eine männliche Stimme würde jeden Einbrecher abschrecken. Doch statt einer Antwort auf seine Frage, wer da sei und dass Matteo nicht zu Hause sei, stellte eine weiche Frauenstimme ihrerseits eine Frage:

»*Sei tu, Franco? Sono io – Marcella, la ragazza di Matteo!*«

Seine Freundin? Frank legte die Sperrkette vor die Tür und öffnete sie.

»*Sempre così prudente?*« Ob er immer so vorsichtig sei, fragte die Dame, die vor der Tür stand. Sie war allein, wovon sich Frank mit einem kurzen Blick ins Treppenhaus überzeugte. Er öffnete die Tür.

La ragazza di Matteo, hatte sie gesagt. Nach dieser Erklärung hatte er eine junge Frau erwartet, eine *ragazza,* aber keine elegante, umwerfend schöne Frau um die fünfzig mit schwarzem, glänzendem Haar. Diese hier würde auch mit siebzig nicht unsichtbar sein.

»Es freut mich sehr, dass wir uns mal kennenlernen. Matteo hat viel von dir erzählt. Und deine Bücher kenne ich auch. Schön.« Sie drängte ihn selbstbewusst zur Seite, um die Einkaufstaschen in der Küche abzustellen.

Frank war von ihrem Anblick viel zu überrascht, um passende Worte zu finden. Mit so einer Frau hatte er nicht gerechnet.

»Sollen wir lieber Deutsch sprechen?«, fragte sie mit einem Hauch von einem Akzent und hielt ihm die Hand hin. »Du sagst ja gar nichts.« Kopfschüttelnd stand sie vor ihm.

Kurz drückte er ihre Hand und zog sie schnell zurück, aber von dem Blick in ihre Augen konnte er sich nicht losreißen. Dass ein Fotograf bei der Wahl seiner Liebsten sich von seinen ästhetischen Vorstellungen leiten ließ, war verständlich, allerdings war es selten, dass sie sich in ihre Modelle verguckten. Marcella hätte auch heute auf jedem Laufsteg Aufsehen erregt.

»Matteo rief mich an und meinte, ich solle ein wenig für dich sorgen. Ohne deine Frau seist du in Bezug auf Essen ziemlich hilflos. Ich habe heute zufällig mal Zeit. Ich habe das mitgebracht, was man als Grundausstattung bezeichnen könnte, aber wie ich sehe, scheinst du nicht ganz aufgeschmissen zu sein.«

Sie überblickte das von Frank angerichtete Chaos, sah die Pilze, das Öl, den Knoblauch und die Zucchini, lächelte verzeihend über die offen stehenden Schranktüren und schloss sie. »Überlass das mir, zumindest heute. Ich kenne mich hier aus. Wenn du willst, bringe ich dir was bei, ich gebe nämlich Kochkurse nach Feierabend. Nach der Arbeit in der Fakultät brauche ich was Handfestes, was zum Sehen und zum Riechen. Design und Künste müssen anfassbar sein. Seit meine Kinder erwachsen sind, jetzt koche ich für Matteo, auch beruflich. Und du …«, sie griff in eine ihrer Einkaufstaschen und zog eine Flasche Rotwein heraus, »… du machst diesen Wein schon mal auf.«

Bereits bei der Ansicht des Rückenetiketts schwante Frank etwas, und als er die Flasche drehte, sah er den Namen der Kellerei am unteren Rand des blauen Etiketts: Tenuta Vanzetti. Es war die vier Jahre alte Riserva, ein großartiger Jahrgang.

»Ich bin über alles im Bilde. Matteo und ich sind zwar auch Südtiroler, aber die Brotzeit mit Speck, Schinken, Wurst und Schüttelbrot wiederholt sich. Wir lieben die italienische Küche. Du weißt, dass Matteo eigentlich Food-Fotograf ist, Spezialist für Lebensmittelaufnahmen für Magazine und Kochbücher?«

Frank kannte Matteos Aufnahmen. Ihr Anblick machte hungrig.

»Dass ich seine Food-Stylistin bin, wusstest du nicht? Nein? Ich arrangiere die Lebensmittel, das Essen, ich bereite die Gerichte zu, er fotografiert sie nur. Na ja, ich arbeite schon unter seiner Anleitung. Ich muss ja wissen, was er will, und unsere Ideen mischen sich. Steh nicht rum, mach den Wein auf und stell ihn kalt. Ich habe gehört, dass man euren Sangiovese kühl trinken soll.«

Der nach hinten raus liegende Balkon war gerade groß genug für einen gut gedeckten Tisch und zwei Stühle. Die Flasche war leer geworden, und dass der Chianti Classico kein Heimweh hervorgerufen hatte, lag an Marcellas Anblick. Die Espressomaschine funktionierte, und der Abend war lau, es wurde dämmrig, die Stimmen aus der Nachbarschaft waren nicht zu laut, und vom Straßenverkehr hörten sie nichts. Es hätte der perfekte Abend sein können, um sich zu verlieben, aber Frank war bereits verliebt. Immer dann, wenn er sich besonders wohlfühlte, fehlte ihm Antonia umso mehr. Gleichzeitig wunderte er sich, wie gut er sich mit Marcella verstand, es war ähnlich wie mit ihrem Mann, ihrem *ragazzo,* zu ihm war die Sympathie auch spontan entstanden.

Das Gespräch drehte sich um die Umstände, die Frank veranlasst hatten, seinen Lebensmittelpunkt von Hamburg ins Chianti zu verlegen. Rein zufällig hatte er vor dreizehn Jahren einen Auftrag bekommen, Weingüter für einen Weinführer zu fotografieren, obwohl er vom Wein und

Weinbau absolut nichts verstanden hatte. Dann traf er Antonia, leckte Wein (von dem Blut sprach er besser nicht) und war geblieben.

Selbstverständlich sprachen sie über ihre Kinder, ein immer wiederkehrendes Thema. Marcellas Söhne waren jünger als seine Tochter Christine. Von ihnen hatte Marcella als Alleinerziehende viel gelernt, vor allem wie Männer ticken, und auch, sich gegen sie durchzusetzen. Es hatte ihr nichts von ihrem Charme genommen. Wirklich selbstbewusste Frauen besaßen Franks Erfahrung nach sowieso viel mehr davon.

Ihr letztes Thema war der Besuch auf dem Weingut am Vormittag und die Familie Kannegießer. Marcella kannte weder die Familie noch Theresa, und außerdem zog sich, wie sie sagte, eine unsichtbare Trennlinie durchs Land, getragen von Missverständnissen, Vorurteilen und historisch bedingten Verletzungen, angefangen vom Freiheitskampf Andreas Hofers gegen den mit Bayern verbündeten Napoleon über Mussolinis Gewaltmaßnahmen gegen die deutschsprachigen Tiroler bis zu den heutigen Bestrebungen um Autonomie und Selbstbestimmung.

»Es gibt Leute, die reden lauthals davon, dass Südtirol viel zu schade für Italien sei. Wir seien es nicht wert, diesen Landstrich zu unserem Staatsgebiet zu rechnen. In der Stadt, hier, ist es anders, Bozen sieht zwar nicht italienisch aus, aber zwei Drittel der Bevölkerung sind es. Auf dem Land hingegen findest du kaum ein Weingut mit italienischem Namen.«

Das war Frank auch aufgefallen. Unter den Weingütern, mit denen er Kontakt aufgenommen hatte, war nicht ein einziges mit rein italienisch klingendem Namen. Doppelbezeichnungen wie Kellerei und Cantina kamen häufiger vor. Ganz italienisch wurde es eigentlich erst weiter südlich bei Trient.

»Inzwischen gewinnen die rechtslastigen Parteien immer mehr Wählerstimmen, das sind Leute, die mit dem Autonomiestatut nicht zufrieden sind. Sie wollen mehr, sie wollen Selbstbestimmung, sich am liebsten Österreich anschließen. Dabei geht es ihnen und uns hier besser als sonstwo in Italien.«

»Sie wollen nicht teilen, nichts abgeben?« Frank dachte an den Streit in der Familie Kannegießer.

»Mitnichten, wir haben sogar eine Art Finanzautonomie, wir können unser Steuergeld behalten, müssen es nicht an Rom abführen wie die anderen Provinzen, die dann nichts zurückkriegen, oder sehr wenig, oder es verschwindet beim Überweisen.« Marcella lachte und breitete ergeben die Hände aus. »Rom! So ist es eben. Aber mir ist es egal, ich möchte hier nicht weg, ich finde es wunderschön, und das gilt auch für Matteo. Meine Söhne sind da anders. Obwohl es ihnen immer gut ging, sind sie viel radikaler gegen die Deutsch sprechenden Mitbürger eingestellt. Wir sind alle Europäer und sprechen beide Sprachen. Das scheinen viele zu vergessen. Doch wir kehren besser zum Ausgangspunkt zurück – zu diesem Mädchen, wie du sie nennst …«

»Theresa.«

»Wenn sich zu dem Erbstreit in der Familie die politischen Streitigkeiten gesellen, wird's schwierig für das Mädel, haarig, wenn die sich gegenseitig sogar als Deutsche oder Italiener beschimpfen. Und alle haben beruflich mit Wein zu tun? Bei derartigen Streitigkeiten und bei dem, was man aus dem Verkauf von Weinbergen erzielen kann, ist jedes Mittel recht. Das landwirtschaftlich nutzbare Land ist so teuer geworden, dass sich niemand mehr selbstständig machen kann, außer er erbt. Oder man ist reich wie der Chef der Waffenfirma Beretta. Der hat sich vom Profit seiner Mordwerkzeuge gleich mehrere Weingüter gekauft: in der Lombardei, in der Toskana, im Piemont und in den Abruzzen.«

»Was will so jemand mit Wein?« Für Frank war es absurd, wer alles sich Weingüter zulegte. Reichte die Segeljacht nicht mehr? Das waren keine Winzer, die rührten keine Hand. Das waren Unternehmer, die andere die Arbeit für sich machen ließen und sich dabei besonders schick fanden.

Marcella zuckte mit den Achseln. »Vielleicht braucht Beretta den Wein, um sich zu betrinken, damit er nicht darüber nachdenkt, wie viele Menschen mit seinen Waffen umgebracht werden. Ich finde es besonders absurd, wenn solche Leute eine Krebsstiftung ins Leben rufen, denn es geht sicherlich nur darum, Steuern zu sparen. Wenn er was wirklich Gutes tun wollte, sollte er seine Fabrik dichtmachen.«

Dann schlug sie vor, dass die Ehefrauen und Kinder von Kannegießer sich zusammensetzen, einen oder mehrere Käufer finden und denen alles verkaufen sollten.

»Wäre es nicht das Beste, sich das Geld zu teilen?«, fragte Frank.

»Am besten hält man sich aus dem Theater raus, ich jedenfalls mische mich nie in die Angelegenheiten anderer Menschen. Erstens macht man alles falsch, zweitens gerät man selbst in die Schusslinie, und drittens dankt es dir keiner. Ich nehme an, die junge Frau …«

»Theresa.«

»… also diese Theresa hält sich für was Besonderes und meint, weil sie Önologin ist, stünde ihr das Weingut zu. Ich würde mich an ihrer Stelle eventuell ähnlich verhalten. Jeder muss sehen, wo er bleibt, und dass beide Familien versuchen, sich gegenseitig das Fell über die Ohren zu ziehen, finde ich normal. So sind wir Menschen eben. Die Arbeit auf ihrem Weingut ist für dich beendet, und du hast fotografiert, was du wolltest?«

Frank bejahte die Frage.

»Dann gibt es keinen Grund für dich, sich damit weiter zu befassen. Ich nehme an, ihr werdet auch nicht wieder zusammentreffen. Sie weiß hoffentlich nicht, wo du zu erreichen bist …«

Doch, sie würde es schnell rauskriegen, dachte er, sie musste nur auf seiner Homepage nachsehen. Aber er musste ja nicht darauf eingehen.

3. Kapitel

Der Morgen war so strahlend wie am Tag zuvor. Allerdings stand ein feiner Dunst über den Bergen, der sich jedoch zum Teil mit einem UV-Sperrfilter beseitigen ließ, indem er den Anteil ultravioletten Lichts herausfilterte. Die Bilder wurden so auch bei digitalen Kameras kontrastreicher und die Farben kräftig und brillant.

Frank schulterte den Fotorucksack, verließ die Wohnung noch vor sieben Uhr. Der Morgen musste für die Arbeit genutzt werden, denn ab zehn Uhr schien die Sonne so intensiv, war die Lichtmenge so stark, dass sie alle Farben verblassen ließ, und wegen der hohen Position wurden die Schatten zu kurz und veränderten die Perspektive. Am späten Nachmittag, ab vier oder fünf Uhr, wurde das Licht wieder warm und weich, die Farben lebten auf, und mit den flach einfallenden Sonnenstrahlen wurden die Schatten länger und die Konturen deutlicher. In der Zwischenzeit musste er die Arbeit in den Innenräumen hinter sich bringen, Räume, die er nicht kannte, deren Lichtverhältnisse neu waren, aber es ging ihm mehr um die Außenansichten als ums Interieur. Er hätte die Arbeit strikt als Fotograf erledigen können, was bedeuten würde, dass er nur das fotografierte, was er sah, die Oberfläche. Mit dieser Zielrichtung hatte er als junger Mann seine Arbeit begonnen. Erst im Laufe der Jahre, auch durch die gemeinsame Arbeit mit

Journalisten, hatte er sich zu fragen begonnen, was unter der Oberfläche lag, was dahinter war, in welchem Kontext das zukünftige Bild stand, und wenn er das erkannte, wurden die Bilder anders, besser, umfassender, dann ließ sich das Objekt deutlicher in Szene setzen und der Inhalt transportieren.

Nicht anders erging es ihm bei Porträts. Je besser er jemanden kannte, den er fotografieren wollte, desto genauer wurde das Bild, es durchdrang die Schminke, die äußere Haut, drang ins Innere vor – was er manchmal nicht unbedingt als angenehm empfand, wenn die Nähe zu groß wurde und er sich dem Kern, dem Wesen näherte. Aber schaute irgendwer in der Flut der Bilder, bei denen im Zeitalter der Selfies nur das Ego im Vordergrund stand, überhaupt noch genau hin? Das Fernsehen mit rasender, unbegreiflicher Bilderfolge war der größte Feind des Hinsehens. Wer konnte überhaupt noch schauen? Frank dachte an Marcella und daran, sie zu porträtieren. Was würde er dann zu sehen bekommen, auch von sich selbst? Es konnte ungemütlich werden, sie hatten sich sowieso wieder locker verabredet …

Sorgfältig schloss er die Wohnung ab, vergewisserte sich, dass alle Schlösser eingeschnappt waren, schließlich lagerten hier wertvolle Kameras, und schulterte dann den Rucksack. Die Menschenmenge an der Ecke zur Museumstraße war nicht zu übersehen, man stand an, um dem mumifizierten Ötzi einen Besuch abzustatten. Der war zwar nicht auf seinem Arbeitsplan, doch Frank war neugierig, wie man das Museum gestaltet hatte und ob die Wissenschaftler der Attraktion den nötigen Respekt in der Präsentation gezollt hatten, denn schließlich war Ötzi ein Mensch und keine Sache, auch wenn es bereits viertausend Jahre her war, dass er gelebt hatte.

Frank wandte sich nach rechts dem entsetzlichen Denkmal der Italianität zu. Erst jetzt bemerkte er oberhalb der Säulen die Inschrift:

HIC PATRIAE FINES SISTE SIGNA. HINC CETEROS EXCOLUIMUS LINGUA LEGIBUS ARTIBUS.

Finster daneben die behelmten Köpfe der Soldaten, die aus dem Marmor herauswuchsen. Die Zeiten, in denen er Latein gelernt hatte, lagen Jahrzehnte zurück, aber mit dem Smartphone hatte er Zugriff aufs Internet, wo er die Übersetzung fand: »Hier an den Grenzen des Vaterlandes setze die (Feld-)Zeichen. Von hier aus bildeten wir die Übrigen durch Sprache, Gesetze und Künste.«

Soso, also haben vor den Faschisten die Menschen hier und weiter nördlich nur gelallt, gegrunzt oder geröchelt? Höchstwahrscheinlich: die Gallier, Germanen und Briten, wenn sie von römischen Kurzschwertern durchbohrt wurden, und die Frauen der Daker im heutigen Rumänien, die von Roms Legionären massenhaft vergewaltigt worden waren. Aber gewiss haben sich die verblendeten Barbaren nur gegen die positiven Errungenschaften der Kulturbringer gewehrt, zu denen sich dem Denkmal nach auch Mussolinis Faschisten und ihre Leitkultur zählten.

Erst als er auf der Drususallee gezwungen war, sich auf den Verkehr stadtauswärts zu konzentrieren, verlor sich Franks üble Laune, die ihm der Anblick des Denkmals bescherte. Wieso es ihn so aufbrachte, war ihm unklar. Dabei war er nach dem anregenden und unterhaltsamen Abend mit der schönen Marcella mit bester Laune aufgewacht, und sein neues Projekt schien ihm vielversprechend zu sein. Mit der Arbeit daran würde er hoffentlich auch Südtirol besser verstehen.

Er hätte die Meraner Straße nehmen können, aber das Navi führte ihn zur Sigmundskroner Straße, weithin sichtbar darüber auf der linken Seite des Etschtals die gleichnamige Festung, von der aus wohl einst die rechte Seite des Tals kontrolliert worden war, der Verbindungsweg von Italien ins Heilige Römische Reich Deutscher Nation. In der Festung, angelegt, um venezianische Söldner fernzuhalten, befand sich laut Franks Informationen ein Museum, eines von mehreren, die der Bergsteiger Reinhold Messner eingerichtet haben sollte. Vielleicht ergab sich Gelegenheit anzusehen, wie jemand, der die höchsten Berge des Himalayas bestiegen hatte, die hiesige, eher liebliche Bergwelt darstellte. Auf Berge zu klettern, war für Frank ähnlich nichtssagend, wie an Korallenriffen herumzuschwimmen, um Zwergbarsche und Grundeln zu beobachten. Die grünen Hügel der Toskana um San Martino al Vento reichten ihm von der Höhe her allemal, und um sich abzukühlen, waren ihm die Nordsee und die Adria gerade recht. Er war eben Hamburger, und das blieb man ein Leben lang. Da vor ihm, die Gipfel der Texelgruppe, die waren ihm mit dreitausenddreihundert Metern einfach zu hoch. Und oben lag zu allem Elend auch noch Schnee, es fegte sicher ein gnadenlos eisiger Wind um die Gipfel. Kein Wunder, dass der arme Ötzi dort irgendwo in der weißen Hölle umgekommen und eingefroren war. Frank grauste die Vorstellung, in diesen Höhen herumzuklettern. Er war eben kein Highlander, er schätzte es nicht besonders, wenn ihm irgendetwas den Blick in die Ferne verstellte, egal, was es war, das seinen Horizont einschränkte, in welcher Hinsicht auch immer.

Der Tschögglberg rechts der Meran-Bozner Schnellstraße, der MeBo, reichte ihm völlig – ach, auch den würde er sich nicht geben. Links des Tals grüßten die senkrechten Kalkwände der Mendelklamm, Wanderwege führten hinauf bis in tausendachthundert Meter Höhe. Wenn es dort oben etwas zu fotografieren gäbe, könnte er sich darauf einlassen, aber das wäre für ihn der einzige Grund, sich solche

Strapazen auf gut ausgebauten Wanderwegen zuzumuten. Er hatte keine Höhenangst und auch nichts gegen die Menschen, die von derartigen Ausflügen fasziniert waren, nein, insgeheim bewunderte er sie sogar, aber damit war für ihn das Thema erledigt. Sein Ziel war das Dorf Marling und die Genossenschaftskellerei Meran Burggräfler, die in den Jahren 2011 bis 2013 umgebaut, erweitert und modernisiert worden war.

Antonia hatte beim Umbau der Tenuta Vanzetti das historische Gebäude unverändert bestehen lassen und ihre Kellerei fünfzig Meter entfernt unter die Erde verlegt. Das war auch hier geschehen, doch der Verwaltungstrakt blieb oberirdisch. Obwohl das oberste Geschoss rundum verglast war, stellte sich der Aquariumseindruck von gestern nicht ein, denn die Durchsicht wurde im Mittelteil von den Büro- und Besprechungsräumen verstellt. Lediglich zu den Seiten hin war der Blick nach drei Seiten offen, was dem Gebäude die Schwere nahm. Von der unteren Zufahrt her wirkte die Kellerei mit ihrer hohen Wand jedoch wie ein Klotz, bewahrte aber durch den weißen Anstrich Leichtigkeit und durch das Eingebettetsein in einen Rebhang einen interessanten Kontrast, was eine deutliche Zugehörigkeit schuf. Der gesamte Komplex war ein mächtiger Quader, der durch seine gläserne Offenheit Eleganz vermittelte. Südtirol hatte sich zum Land des Weißweins gewandelt.

Frank war gespannt, wie der Wein zu alledem passte. Wenn das, was er jetzt vor Augen hatte, als er auf die gläserne, einladende Fassade zuging, typisch für die aktuelle Südtiroler Bauweise war, würde ihm die Arbeit hier viel Spaß machen. Wie er den neuen Stil mit der Erde, den gewaltigen Bergen, dem Holz der Weinstöcke und der Flüssigkeit in den Gläsern auch fotografisch in Übereinstimmung bringen würde, das würde sich zeigen. Die Ideen stellten sich beim Hinschauen ein.

Im Besprechungsraum fand ein erstes Gespräch mit dem Kellermeister statt. Dabei fiel es Frank schwer, sich nicht vom Anblick des inmitten der Berge liegenden Meran ablenken zu lassen. Es war nicht nur die Sicht von außen auf die Kellerei, die faszinierte, es war auch der Blick von innen nach außen. Achtzig Prozent der Flächen, von denen die Genossenschaft ihre Weine bezog, lagen rings um Meran, in den Dörfern Tirol, Algund, Lana und Marling selbst. Der Rest kam aus dem Vinschgau, einem der trockensten Alpentäler. Wasser war generell ein Problem, der Regen fehlte, neuerdings auch der Schnee auf den Bergen, denn alles, was hier wuchs, Wein oder die Äpfel im Tal, musste künstlich bewässert werden, der Rasen, Gemüse sowie Blumen im Garten. Noch gab es Wasser, noch! Es war der Rohstoff der Zukunft überhaupt. Die Eiszeiten, die Gletscher und ihre Bewegungen hatten dieses Tal geformt, den Untergrund geschaffen beziehungsweise herumgeschoben, auf dem der Wein wuchs. Und alle hundert Meter änderte sich die Beschaffenheit. Sauvignon Blanc sollte laut Kellermeister Karpfinger am besten auf Porphyr wachsen, auf einem feinkörnigen Gestein, das bei vulkanischer Aktivität entstand und nach oben geschwemmt wurde. Der Pinot Noir kam aus dem Vinschgau, aus einer Höhe von sechshundert Metern. Die Sandböden im unteren Teil der Hänge hingegen waren ideal für Vernatsch, und auch die Hitze, die dort am stärksten war, förderte sein Wachstum.

Aber dieses Gefüge war in Bewegung, der Klimawandel erforderte es, Pinot Noir und Pinot Bianco in die Höhe zu verlegen, um der zunehmenden Hitze zu entgehen, denn an den Hängen schwankten die Temperaturen im Sommer um die zwanzig Grad zwischen Tag und Nacht. Kellermeister Karpfinger sprach von einer agronomischen Formel, nach der festgelegt wurde, ob eine Lage für Weinbau geeignet war. Kriterien dafür waren die Höhe über dem Meeresspiegel, die Hangneigung, eine mögliche Horizontalabschottung und die Ausrichtung zur Sonne. Auch das Mikroklima, die klimatische Besonderheit einer Lage, musste zukünftig in diese Formel einbezogen werden.

Frank schweifte einen Moment lang ab, dachte darüber nach, wie er diese Begriffe in Szene setzen sollte. Die Hangneigung? Das war einfach, aber die Höhe über dem Meer? Das ging nur mittels tiefer liegender Bezugspunkte. Die Ausrichtung zur Sonne konnte er über die Schattenbildung realisieren. Für die Horizontalabschottung benötigte er einen erhöhten Standort, um aus der Waagerechten zu fotografieren. Nur zum Mikroklima fiel ihm ad hoc nichts ein.

Das Gespräch drehte sich weiter um Neuanlagen von Weinbergen, wie weit die Stöcke in der Reihe voneinander entfernt sein sollten, um sich im Wachstum nicht zu behindern und sich genügend Licht zu lassen. Die Entfernung richtete sich nach der Hangneigung. In diesen Reihen bewegten sich die Weinbauern beim Rebschnitt, beim Spritzen mit ihren schmalen Raupenschleppern und bei der Lese zu Fuß. Hier war der Einsatz von Maschinen nicht gewollt. Qualitätsweinbau, wie ihn die Genossenschaftsmitglieder der Kellerei Meran Burggräfler praktizierten, erforderte Handarbeit, bei der jede Traube in die Hand genommen und begutachtet wurde.

Vor der obligatorischen Verkostung stand die Kellerführung an. Auf dem Weg in die tieferen Stockwerke sprach Frank den Kellermeister auf die Organisation einer Genossenschaft an. Er wusste, wie kompliziert es war, die wenigen Mitarbeiterinnen Antonias bei Laune zu halten, bei Streitereien schlichtend einzuwirken und dafür zu sorgen, dass die Arbeit den Vorstellungen der Chefin entsprach.

»Ihre Genossenschaft hat dreihundertachtzig Mitglieder.« Für Frank war das in diesem Zusammenhang eine unvorstellbare Zahl. »Die Mitglieder bewirtschaften zusammen zweihundertvierzig Hektar. Wie bekommt man die alle unter einen Hut? Geht das überhaupt?«

Stefan Karpfinger sah genau das als eine seiner wesentlichen Aufgaben. »Ich kenne jede einzelne Lage, ich kenne alle unsere Mitglieder. Jede Lage wird von mir kontrolliert, ich bestimme den Zeitpunkt der Lese, natürlich mit dem Winzer gemeinsam, und ich weiß, was ich an Trauben von jedem zu erwarten habe.«

In der Selektionsgruppe von fünfzig Winzern wurden die Regeln beraten, nach denen die Mitglieder sich zu richten hatten: Wie war der Boden zu bearbeiten, wie wurde gespritzt, welcher Rebschnitt brachte die besten Erträge, und wie hoch sollten die Erntemengen bei bestimmten Qualitäten, Rebsorten und Lagen sein, denn die Erntemenge stand immer in Bezug zur Qualität. Danach erfolgte die Bezahlung, ebenso nach Herkunft und gelieferter Menge.

»So regelt das Geld auch das Verhalten der Winzer im Weinberg.« Die meisten Genossen waren Feierabendwinzer, die ihre Arbeit ohne fremde Hilfe erledigen konnten.

Nach diesem Gespräch, auf dem Weg zur Kellerführung, reifte in Frank der Entschluss, die Texte für sein Buch selbst zu verfassen und nicht, wie bisher, sich einen Autor zu suchen. Während Karpfinger zwischendurch ans Telefon gerufen wurde, blieb Frank am Panoramafenster stehen und schaute übers Tal der Etsch, sah das Ifinger-Massiv, das bis in zweitausendfünfhundert Meter Höhe hinaufreichte, und die daran emporrankenden Weinberge. Gneis und Schiefer bildeten die wesentlichen Gesteinsanteile. Dass Gneis aus Granit entstanden war, wusste er, und wie sich Schiefer auf den Wein auswirkte, kannte er von der Mosel. Die hatte vor drei Jahren zu Franks Pflichtprogramm gehört. Das Foto eines Weinbergs vor Schloss Tirol mit der Texelgruppe dahinter konnte er mit einem Text versehen, dass die Berge gerade diese Lagen vor den kalten Nordwinden schützte und die Öffnung nach Süden das Meraner Tal zu einem der wärmsten in den Alpen machten. Hier überstanden auch Palmen den Winter, und Merlot reifte aus, der warmes Klima und die Sonne so sehr liebte. Solch ein Wein gehörte auch in dieser Kellerei zum Portfolio, er würde ihn gern mit dem vergleichen, den Antonia kreiert hatte, einmal sortenrein und einmal mit Sangiovese verschnitten, im Stil eines Super Tuscan.

Je länger Frank die fantastische Szenerie auf sich wirken ließ, desto mehr glaubte er über Südtirol erzählen zu müssen. Bisher hatte er immer gezögert, sich sprachlich zu äußern, denn sein Metier war die fotografische Äußerung. Dabei diskutierte er seit Jahren mit Antonia und ihrer Kellermeisterin alles, was sie produzierten, und die beiden legten Wert auf seine Meinung.

Dass der Architekt Werner Tscholl, der den Um- oder Neubau der Kellerei gestaltet hatte, andere Wege ging, zeigte sich selbstverständlich auch im Keller. »Schluss mit der Gewölberomantik« war sein Motto, wobei eine faszinierende Optik kein Widerspruch zur Effizienz sein musste. Die Architektur war der Funktionalität angepasst, von der Traubenanlieferung über das Pressen zum Vergären in den riesigen Tanks und der Lagerung im großen Holzfass. Motive für Franks Auge und seine Kameras gab es genug. Die Barriques lagerten in einem Raum mit Fenstern hin zum blanken Fels, was eine wunderbare Verbindung von Stein und Wein schuf. In der Halle mit den großen Holzfässern fiel das Licht durch kleine Fenster auf Reihen stilisierter Flaschen, aufgemalt auf den geglätteten Beton, und ließ sie leuchten. Ein anderer Bereich war mittels hölzerner Latten als Laubengang geschaffen worden, beleuchtet nur vom Licht, das durch die bewusst ausgesparten Zwischenräume fiel. Hier ruhte der Wein in Fässern, er schlief, wartete auf den Moment, in dem man ihn weckte.

Das geschah oben in der Probierstube, die eher einer modernen, nach drei Seiten hin verglasten Bar glich, mit Blick über Stadt, Land und Gebirge. Jetzt begann für Frank der schwierigste Teil des Besuchs, das Probieren. Die Innenaufnahmen hob er sich für den Schluss auf, und er war froh, wenn man ihn allein ließ, wenn er auf nichts hingewiesen, von seiner Meinung abgebracht oder belehrt wurde. In dem Moment ging es ausschließlich um seine Wahrnehmung. Beim Verkosten war es anders, da dankte er für diesen oder jenen diskreten Hinweis und notierte ihn sofort, auch wenn er meinte, dass allein beim Stichwort Stachelbeere er dieselbe auch im Wein roch.

Es gab viele Weine in der Kellerei Meran Burggräfler, für ihn zu viele. Hätte er alle siebenunddreißig probiert, dann hätte er sich in die Sparkassenstraße zurückfahren lassen müssen, am besten liegend, und wäre für die fehlenden Aufnahmen morgen wiedergekommen. Antonia hatte lediglich acht Weine im Programm, vom schlichten Sangiovese über den Chianti Classico, die Riserva und die Gran Selezione hin zur Cuvée. Dann gab's noch zwei Weiße. Hier hingegen war eine Herkulesarbeit zu erledigen, wobei es vergleichsweise angenehmer war, Wein zu probieren statt den Stall des Augias auszumisten, schon des Geruchs wegen.

Es begann mit einem aromatischen Pinot Grigio aus dem Vorjahr. Der gehörte zur Festival-Linie wie auch der Weißburgunder mit dem teils grasigen, teils an gelbe Früchte erinnernden Aroma. Das war beim Weißburgunder aus der Graf-Linie ausgeprägter, einem sehr harmonischen und nach Weinbergpfirsich duftenden Wein. Der Weißburgunder aus der Top Selection danach hatte einen fast endlosen Nachklang. Drei Chardonnays probierte Frank, wobei der Goldegg, obwohl im Duft zurückgenommen und sehr diskret, ihn am meisten begeisterte.

Gewürztraminer waren für Frank ausschließlich Begleiter chinesischer und mit Curry gewürzter Gerichte. Der ältere der beiden Qualitäten aus der Linie Graf war diskreter als der jüngere, weniger deutlich, dafür eleganter. Den Riesling danach, obwohl nicht die Italo-Version, hätte er von der Rebsorte her nicht erkannt, da waren die aus dem Rheingau und von der Mosel deutlich anders.

Hier hätte er aufgehört, aber es standen noch die roten Vernatsch-Weine an, ein völlig neues Feld für ihn: Der Meraner vom Küchelberg, der aus dem Vinschgau, den Frank, er wagte es kaum zu sagen, als »felsig« empfand, was durchaus richtig war. Der Schickenburg entsprach mehr dem Meraner, obwohl er dichter war, kompakter und härter im Tannin. Beim Lagrein, dem großen Bruder des Vernatsch, hatte es Frank besonders der Segen angetan, ein gut gelagerter, runder und harmonischer Wein, aber auch die Merlot-Lagrein-Cuvée hatte Klasse.

Spätburgunder wurde mittlerweile zu seiner Lieblingssorte, daher war er auf diesen Wein gespannt, auch wenn er sich fragte, ob er überhaupt noch richtig verkostete. Wie hieß es im Song der Beatles auf dem »Sgt.-Pepper's«-Album? *We 'd like to take you home with us, we 'd love to take you home.*

Genau das war es, was er mit diesem Wein am liebsten getan hätte, ihn mit nach Hause genommen, und er bat um eine Flasche – für den Abend.

Beim Mittagessen im Dorf trank er Wasser und kehrte erst nach zwei Stunden zurück, um mit klarem Kopf die Aufnahmen zu machen.

In der Rushhour machte er sich auf den Heimweg nach Bozen, stellte den Wagen am üblichen Ort ab, ärgerte sich wieder über das schreckliche Denkmal, doch die Freude auf Spätburgunder überwog. Vor der Haustür fingerte er mit der Linken den Schlüssel umständlich aus der Tasche.

»*Signor Gatto*?!«

Da hatte ihn jemand angesprochen, hatte seinen Nachnamen betont, wie Italiener es taten, wenn sie meinten, Gatow hieße Katze. Den Koffer mit den Lampen abzustellen, einen Schritt zurück zur Haustür zu machen und in Verteidigungsstellung zu gehen, war eins. Der Mann, der ihn angesprochen hatte, war von Franks Reaktion überrascht, erschrocken zurückgetreten, so sah es zumindest aus.

»*Non abbia paura!*«, sagte er und hob beschwichtigend die Hand und versuchte es mit einem verbindlichen Grinsen. »Keine Angst! Sie scheinen ein misstrauischer Mensch zu sein. Bei manchen Gelegenheiten mag das angebracht sein, jedoch nicht hier, und schon gar nicht bei mir. Ich komme in gänzlich friedlicher Absicht.«

»Das ist reizend von Ihnen, aber woher kennen Sie meinen Namen?«, fuhr Frank ihn auf Italienisch an, längst nicht von friedlichen Absichten überzeugt. Sein Gegenüber war etwa gleich groß, er hatte dunkle, kalte Augen, unterhalb derer das verbindliche Grinsen stecken geblieben war. In seinem Blick lag etwas Geringschätziges – oder war es etwas Abwertendes, oder hielt sich der andere für überlegen? Jedenfalls war der Blick unangenehm. Der kurz gehaltene kräftige Vollbart stand in Gegensatz zu den wenigen dünnen Haaren auf dem Kopf. Dabei mochte der Mann in dem leicht schillernden, silbergrauen Maßanzug die vierzig nicht einmal erreicht haben.

»Mein Name ist Ravelli. Ich bin gekommen, um Sie zu warnen.«

»Woher kennen Sie meinen Namen?«, wiederholte Frank. Viel wichtiger war es für ihn allerdings, woher dieser Signor Ravelli wusste, wo er wohnte.

»Ich kenne auch Ihren Beruf, ich weiß, dass Sie auf der Tenuta Vanzetti zu Hause sind. Ich kenne Ihre Fotos – heutzutage, im Zeitalter des Internets, kann man sich kaum bewegen, ohne Spuren zu hinterlassen. Irgendwann ist jeder, der nicht zur anonymen Masse gehört, registriert und erfasst.«

»Was wollen Sie? Mich warnen?« Was dieser Ravelli übers Internet zu sagen hatte, war Frank sicher länger bekannt als diesem Fremden.

»Ich bin Rechtsanwalt …« Ravelli machte einen Schritt auf Frank zu. »Ich kümmere mich um alle Fragen den Nachlass von Werner Kannegießer betreffend. Und warnen möchte ich Sie davor, sich in Angelegenheiten einzumischen, die selbst für diejenigen, die sich damit auskennen, kaum zu entwirren sind. Aber – wollen Sie sich nicht erst Ihres Equipments entledigen?« Höflich wies er auf den Fotorucksack, der die Haustür versperrte. »Das alles ist teuer und unersetzbar, und man weiß nie … Entweder laden Sie mich ein, mit hinaufzukommen, oder ich lade Sie zu einem Kaffee ein. Dann lernen Sie gleich das ›Café Monika‹ kennen, hervorragende Süßspeisen, wenn Sie so etwas mögen. Es wird Ihnen gefallen. Ist nicht weit von hier, Goethestraße Ecke Mustergasse, wie ihr Deutschen sagt. Dort werde ich sicher einige Fragen beantworten, die sich unweigerlich aufdrängen. Ich sehe Ihnen an, wie neugierig Sie sind.« Er sagte es wieder mit einem Anflug von Überlegenheit. »Was ich sagen möchte, ist nicht in fünf Minuten erledigt!«

Noch längst war Frank nicht überzeugt, sich mit dem Anwalt unterhalten zu wollen, schon gar nicht wollte er ihn mit in die Wohnung seines Freundes mitnehmen. »Weshalb sollten Sie an meinem Wohlergehen interessiert sein? Das liegt keinem so nah am Herzen wie mir selbst.«

Der Anwalt wolle ihm Ärger ersparen, wie er sagte. »Nun lassen Sie uns endlich diese unerträgliche Situation beenden. Bei einem Kaffee und einem guten Grappa lässt sich alles besser besprechen«, drängte er. »Ich will Ihnen weder etwas verkaufen, noch will ich Geld von Ihnen.« Das bislang verbindliche Lächeln bekam einen fordernden Zug. »Es geht um Theresa. Sie waren gestern bei ihr, an ihrem Arbeitsplatz.«

»Sie sind mir unheimlich, *avvocato*.« Mit Anwälten hatte er ungern zu tun. Entweder gab es Streit, weil jemand seine Fotos unberechtigterweise verwendet hatte oder weil Antonias Kunden nicht zahlten, sie kosteten viel Geld, und man wusste nie genau, auf wessen Seite sie wirklich standen. »Sie wissen für mein Empfinden zu viel.« Wie mochte Ravelli von dem Besuch bei Theresa erfahren haben?

»Ihre Befürchtungen lassen sich leicht zerstreuen. Bringen Sie Ihr Gepäck weg. Bei einem Latte macchiato lässt sich alles leichter klären als hier auf der Straße.«

Frank packte Lampen und Rucksack und brachte alles in die Wohnung. Hatte er in den vergangenen Tagen nur Deutsch gesprochen, so war er ohne nachzudenken ins Italienische gefallen. Er hatte die Sprache in seiner Kindheit gelernt, als er mit seinen Eltern in Turin gelebt hatte, sein Vater war bei einer deutschen Firma beschäftigt gewesen, und er hatte eine italienische Schule besucht. Nur hier in Südtirol traf er seine Muttersprache, und wenn er für Antonia die Korrespondenz mit ihren deutschen Kunden erledigte oder deutsche Touristen und Weinhändler durch die Tenuta Vanzetti führte.

Kaum war Frank zurück auf der Straße, setzte der Anwalt im Gehen seine Rede fort und empfahl einige Sehenswürdigkeiten zur Besichtigung. Nachdem sie einige Artigkeiten über Bozen – Ravelli benutzte den italienischen Namen Bolzano – ausgetauscht hatten, erklärte der Anwalt: »Ich sagte Ihnen bereits, dass es um Theresa Kannegießer geht. Ich bin der Verlobte von Barbara, der zweiten Tochter Kannegießers aus erster Ehe. Daher mein Interesse. Ich gehöre sozusagen zur Familie.«

Dann konnte nur die Erbschaft der Grund für das Treffen sein, dachte Frank und wurde hellhörig.

»Theresa ist das erste Kind aus der zweiten Ehe. Ich will hier nicht Kannegießer und seine Lebensführung kritisieren, verstehen Sie mich nicht falsch. Ich bin vielmehr besorgt.«

Das sah man an seinen Augen, dachte Frank, und außerdem waren Anwälte immer besorgt, am meisten um ihr Stundenhonorar.

»Sie, Franco, haben die Önologin an Ihrem Arbeitsplatz auf dem Gut am Lago Caldaro aufgesucht. Wieso das, warum?« Dass die Frage des Anwalts weniger aus Interesse oder Neugier gestellt war, zeigte die Schärfe, die durchklang. Für Frank hörte es sich beinahe wie eine Befragung vor Gericht an.

Jetzt bogen sie von der belebten Museumstraße in die schmale Goethestraße und erreichten nach wenigen Schritten das Café. Frank zog draußen einen Tisch außer Hörweite anderer Gäste vor. Er fühlte sich wohler, wenn er sah, was auf der Straße geschah, denn dieser Ravelli war ihm wenig sympathisch.

»Bevor ich Ihre Frage beantworte, Signor Avvocato, weshalb ich Theresa aufgesucht habe«, bislang war Frank übertrieben freundlich geblieben, doch jetzt wurde er schärfer, »werde ich Ihnen selbst eine Frage stellen. Falls Sie nicht die Absicht haben, mir zu antworten, wird unser Gespräch in diesem Moment beendet sein.«

»*Per favore*, nennen Sie mich Pietro …«

»Von mir aus – lieber Pietro – wer hat Sie beauftragt, sich mit mir zu unterhalten? Woher wussten Sie, dass ich Theresa getroffen habe, und wieso interessiert Sie das? Rein familiäre Gründe? Sie wollen mich warnen, wie Sie sagten. Wovor? Vor wem? Was gehen mich Ihre Angelegenheiten an? Und worin bestehen überhaupt Ihre Angelegenheiten?«

Der Avvocato stöhnte. »So viele Fragen auf einmal, *caro Franco*. Um es kurz zu machen: Theresa ist ein sehr patentes Mädchen, sie ist offen, aufgeschlossen, bereit, alles Neue aufzunehmen, besonders wenn es sich um Wein handelt. Sie liebt die Reben geradezu.« Eine amüsierte oder verächtliche Geste unterstrich seine Aussage. »Vom Rest der Welt versteht sie nichts, sie ist ja noch jung. Bis auf ein Jahr als Studentin in Geisenheim ist sie nie aus Südtirol herausgekommen, *così così*, Österreich, na ja, Wien, was ist das schon? Mal kurz mit dem Vater zum Concours Mondial nach Bruxelles, soweit ich weiß …«

»Sie wissen anscheinend sehr viel«, bemerkte Frank mit hochgezogenen Augenbrauen, »und Sie scheinen großen Anteil an der zweiten Familie des Mannes zu nehmen, der ja nun leider nicht mehr Ihr Schwiegervater werden kann, *caro avvocato*.«

Der Blick, den Frank von seinem Gegenüber auffing, zeigte, dass Ravelli die Ironie verstanden hatte.

»Wie ich bereits sagte, ist Theresa ein sehr aufgeschlossenes Mädchen. Sie ist begabt, hauptsächlich mit Fantasie. So wie sie sich den Wein vorstellt, den sie machen möchte, Zukunftsmusik sozusagen, so stellt sie sich die Welt vor, hat sich in etwas verrannt, woran sie festhält wie ein Terrier an einem Stück Holz. So ist sie eben.« Ravelli fuhr sich mit einer Hand über seine Halbglatze und setzte ein äußerst besorgtes Gesicht auf. »Ich bin felsenfest davon überzeugt, sie hat ganz sicher auch mit Ihnen darüber gesprochen.«

»Und was soll das sein?« Es war meistens angebracht, sich erst einmal dumm zu stellen, was sein Gegenüber zwang, mehr preiszugeben. Dabei ahnte Frank längst, worum es ging.

»Ich bin nicht nur überzeugt, dass sie mit Ihnen darüber gesprochen hat, ich weiß es definitiv. Stellen Sie sich nicht dü…, nicht unwissender«, korrigierte sich Ravelli rasch,

»als Sie sind. Es geht um den Tod, vielmehr die Todesumstände des Vaters.«

»Mein lieber Pietro«, Frank gab seiner Stimme einen versöhnlichen Klang, »wieso sollten mich Ihre Familienangelegenheiten etwas angehen?«

»Mein lieber Franco.« Ravelli gab mit gleicher Münze zurück. »Sie haben Theresa versprochen oder zugesichert, dass Sie sie bei den Bemühungen unterstützen würden, die Todesumstände zu klären. Dabei sind diese Umstände eindeutig, ich wiederhole: absolut eindeutig. Ist das klar, verstehen Sie?«

Ravelli schien Frank vorsichtig genug zu sein, die Drohung nicht auch noch akustisch durchklingen zu lassen.

»Ich möchte auch vermeiden, dass Sie sich lächerlich machen. Es würde Ihrer Arbeit schaden, die auch für uns in Südtirol so wichtig ist. Unsere Provinz ist klein, wissen Sie? Drei Täler haben wir, das Val Venosta, das Val d'Adige und das Val d'Isarco, Vinschgau, das Etschtal und das Eisacktal, wie ihr Deutschen sagt. Sie fotografieren Weingüter, Sie wünschen Einlass, Sie verlangen Zutritt. Überall wird geredet, jeder kennt jeden, besonders unter den Deutschen, den Bauern, die waren schon immer sehr eigen …«

»Ich kenne hier keine Deutschen, ich kenne nur Italiener!«

»Ach, tun Sie nicht so scheinheilig, Franco. Sie wissen, wie es hier steht. Der Wein ist hier durchgängig die Domäne der Deutschen, der deutschsprachigen Südtiroler, wenn Sie es so korrekt haben wollen.«

Steckte hinter Ravellis Worten tatsächlich eine Drohung? Konnte der Anwalt tatsächlich seine Arbeit erschweren und den Zugang verbauen? Frank tat so, als verstünde er nicht.

»Was hat es denn mit den Todesumständen von Herrn Kannegießer wirklich auf sich? Sagen Sie's mir!«

»Was hat Theresa Ihnen erzählt?«

»Dass ihr Vater beim Tauchen ertrunken ist …«

»… und sie stellt es so dar, als hätte jemand nachgeholfen. Das wird Sie Ihnen auch gesagt haben. Sie sucht Verbündete in ihrem Wahn. Jetzt hat sie begonnen, ihre wirren Ideen ins Internet zu stellen, bei Facebook zu posten. Sie hetzt alle Welt auf, und zwar gegen uns! Wie eine Verrückte spielt sie sich auf, *come una pazza*, hysterisch ist sie, durchgedreht, gefährlich … zumindest in dieser Hinsicht«, mäßigte er sich, als er Franks zunehmend distanzierter Miene gewahr wurde. »Ich habe ihrer Mutter vorgeschlagen – ja, Claudia Kannegießer und ich sprechen miteinander, ich schätze sie durchaus –, wir sollten uns um ärztliche Hilfe für Theresa kümmern. Sie sollte eine Therapie machen und nicht die beiden Familien gegeneinander aufhetzen. Sie verhindert, dass hier endlich wieder Ruhe einkehrt. Das Weingut nimmt zwangsläufig Schaden. Das wirkt sich auf den Preis aus.«

War Ravelli endlich beim wahren Grund seiner Besorgnis angekommen?, fragte Frank sich.

»Der Arzt vor Ort hat eindeutig einen Herztod festgestellt, das hat er schriftlich bestätigt, und Dr. Cotarelli, der behandelnde Arzt, hat ihm vom Tauchen abgeraten, sogar dringend! Das weiß jeder. Und unsere kleine Theresa kann sich schlicht nicht mit der Wirklichkeit abfinden. So einfach ist das. Sie sollten alles dransetzen, sich da nicht hineinziehen zu lassen, davor möchte ich Sie bewahren.«

»Das ist äußerst freundlich von Ihnen.« Frank zögerte einen Moment, er kämpfte mit sich, ob er hierzu etwas sagen sollte, denn im Grunde langweilte ihn die Sache, doch es blieb etwas wie ein Restzweifel, und die kleine Theresa tat ihm leid. »Wie äußern sich die anderen Familienmitglieder? Soweit ich weiß, gibt es neben Ihrer Verlobten die ältere Schwester …«

»Sie meinen Anette. *Sì*, auch eine wunderbare Frau.«

Das Lächeln empfand Frank als so falsch wie inzwischen alles an Ravelli.

»Wie Theresa hat auch sie Weinbau studiert. Sie ist mit einem Winzer verheiratet, ein gut gehendes Weingut, viele prämierte Weine, aber das ist bei uns sowieso die Regel. Das Gut sollten Sie fotografieren. Wir sind in Italien die Region mit den meisten Prämierungen, den ›Tre Bicchieri‹, den ›Drei Gläsern‹, die der international anerkannte Weinführer ›Gambero Rosso‹ für Spitzenweine vergibt. Wie ich gesehen habe, ist Ihre werte Gattin auch darin vertreten, *congratulazione!* Und achtundneunzig Prozent unserer Weinfläche stehen unter dem DOC-Schutz, also der kontrollierten Herkunftsbezeichnung. Damit liegt Südtirol in Italien an der Spitze.«

»Das ist mir durchaus bekannt, Signor Ravelli«, sagte Frank mit dem Hintergedanken, dass die Auszeichnung der »Drei Gläser« sicher nicht Ravellis Verdienst war. »Was aber sagen die anderen aus der Familie?«

Der Anwalt stieß hörbar genervt die Luft aus. »Die anderen? Alle sagen, dass es Unsinn ist. Dass sie sich was in den Kopf gesetzt hat, und das muss raus.«

»Sie hat noch einen jüngeren Bruder …«

Jetzt lachte der Anwalt. »Oh, der kleine Marco? Ach, ich bitte Sie, ein Kind. Er ist sehr zart, vom anderen Ufer, wenn Sie verstehen?« Kumpelhaft rollte Ravelli mit den Augen.

Wollte er sagen, dass der Sohn schwul war?

»Man hat fast den Eindruck, dass die zweite Ehe nicht so … vorteilhaft für meinen Schwieger…, für Werner war. Wir hatten ein freundschaftliches Verhältnis miteinander, einen sehr persönlichen Umgang. Sie wissen sicherlich, wie kompliziert es wird, wenn alternde Männer sich eine wesentlich jüngere Frau nehmen.« Das empörte Kopfschütteln gehörte zum Gehabe.

»Nein, wie das ist, weiß ich nicht«, sagte Frank, jeden tadelnden Ton vermeidend. »Meine Frau ist so alt wie ich.« Er würde nichts Wissenswertes mehr erfahren, er musste das Gespräch zu einem Ende bringen. »Auf wie viele Millionen beläuft sich der Besitz, der vererbt werden wird?«

Die Art, wie Ravelli langsam Luft holte und sich aufrichtete, zeigte Frank, dass er rasend schnell darüber nachdachte, welche Antwort angebracht war.

»Da der Großteil unseres Weins in kleinteiliger Landwirtschaft angebaut wird, über die Genossenschaften, gilt sein Besitz als recht umfangreich. Hinzu kommen die Liegenschaften am Lago Caldaro, die Maschinen sind etwas sehr, sehr … wie soll ich sagen, veraltet und müssen überholt werden. Einen Gebrauchswert haben sie allerdings noch …«

»Wie viele Millionen? Ist das ein Geheimnis?«

»Man wird die Immobilie schätzen lassen müssen.«

»Ich bin fest davon überzeugt, dass Sie das längst getan haben. Werner Kannegießer ist seit zwei Monaten tot.«

»Rechnen Sie selbst, zweiundzwanzig Hektar, das ist das Wertvollste, dann die Gebäude, da kommt einiges zusammen.«

»Und wer erbt?« Das war die alles entscheidende Frage.

»Das ist nicht klar, das Testament ist noch nicht eröffnet.«

»Es gibt Gesetze, die werden Sie besser kennen als ich.«

»Gesetze?« Ravelli lachte verächtlich. »Gesetze, mein Lieber? Was glauben Sie, wo wir hier sind?«

4. Kapitel

Sie verabschiedeten sich auf der Straße vor dem Café, Frank mit dem Versprechen, sich nicht weiter in die inneren Angelegenheiten der Familie Kannegießer zu mischen.

»Sie haben es versprochen, Franco. Kann ich mich darauf verlassen?« Der Anwalt schien zu ahnen, dass sein Gesprächspartner mehr Sympathie für Theresa als für ihn empfand. Leute wie er hatten ein feines Gespür.

»Das können Sie«, sagte Frank und wunderte sich, wie leicht ihm die Lüge über die Lippen kam. Er sah Ravelli nach, der eilig zwischen den Menschen verschwand, die ihre Feierabendkäufe erledigten, denn um neunzehn Uhr schlossen die Geschäfte. Dafür füllten sich die Bars, für die Restaurants war es noch zu früh. Frank schlenderte durch die Mustergasse zum Walther-von-der-Vogelweide-Platz und dem Denkmal des mittelalterlichen Sängers. Hier steht er, bewacht von steinernen Löwen, die Leier in Händen, das Gebäude der Sparkasse in seinem Rücken. Sollte damit die Beziehung der Kunst zum Geld versinnbildlicht werden? Der Minnesänger sollte im Lajener Ried geboren worden sein, daher erhob auch Südtirol einen Anspruch auf den Minnesänger, dessen Geburtsstätte sich hoch im Eisacktal kurz vor Klausen befinden sollte. Andere wieder hatten Beweise dafür gefunden oder interpretierten historische Dokumente, dass er andernorts das Licht der Welt erblickt hatte, um sich damit zu brüsten und bei Touristen damit zu werben.

Der Bozener Dom, mit seinem Grundriss aus frühchristlicher Zeit, einer Verbindung von Romanik und Gotik, stand gleich nebenan, wunderschön anzusehen mit den bunt glasierten Ziegeln und einer Fassade aus gelbem und rotem Sandstein. Unwillkürlich erinnerte sich Frank an die Weinberge, deren Boden von ähnlich roten Gesteinsbrocken bedeckt war. Das vulkanische Porphyr, mit dem er hier zu tun hatte – in der Toskana kam es nicht vor –, wies eine ähnliche Farbe auf.

Der Glockenturm war aus dem gleichen Material gebaut worden, und angeblich hatten die Bozner nach seinem Bau lange nicht die Glocken geläutet aus Angst, die fein gearbeiteten Strebebögen könnten den höchsten Teil nicht halten und der Turm würde zusammenbrechen.

Das würde auch Frank bald, wenn er nicht in Kürze etwas zu essen bekäme. Er wandte sich nach links in die Laubengasse. Hier herrschten die internationalen Modemarken und Fastfood-Ketten, aber nach Pizza oder Burger stand ihm nicht der Sinn. Er brauchte auch kein Restaurant, in dem das Tafelwasser zehn Euro kostete, er wollte nicht groß essen, das hatte er gestern getan und bedauerte bereits, dass Marcella heute nicht für ihn kochen würde. Jedes Restaurant barg stets ein Risiko: Die einen produzierten sich, die anderen malten auf den Tellern herum, andere verzichteten auf die Preisangaben, oder man blieb hungrig, von schlechtem Essen ganz zu schweigen. So kehrte er in die Goethestraße zurück, dort hatte er ein Gasthaus bemerkt, volkstümlich, bodenständig, »Vögele« hieß das Etablissement. Früher soll es zum »Roten Adler« geheißen haben und der Treffpunkt von Widerständlern aus der Zeit von Andreas Hofer bis zu den Oppositionellen gegen die italienischen Soldaten gewesen sein, die Tirol 1918 besetzten. Beim Eintreten bekam Frank den Eindruck, dass auch die Einrichtung aus der Vergangenheit stammte.

Auf eine Marende mit Schüttelbrot, Speck und Kaminwurzen mit Gewürzgurke hatte er wenig Appetit, genauso wenig auf Gerstsuppe oder Geselchtes, daher entschied er sich für Linguine mit Schwertfisch und Auberginenschaum. Er war eben Italiener. Das Essen war ausgezeichnet, ebenso der frische Weißburgunder – auch als Pinot Bianco in der Getränkekarte aufgeführt – und die Marillenknödel mit dem Vanilleeis.

Auf dem Heimweg fand er eine kleine Bar, in der italienisch gesprochen wurde, bestellte einen doppelten Espresso, lehnte sich mit dem Rücken an den Tresen und starrte auf die Straße. Während des Essens hatte er nicht an Theresa gedacht und nicht an den Rechtsanwalt, der seine eigenen Interessen geschickt hinter denen anderer versteckte. Ravelli war mit Barbara liiert, verlobt, wie er es genannt hatte. Wer verlobte sich heute überhaupt noch? Frank hielt ihn für einen Schaumschläger und hoffte, dass sie sich nicht wieder begegnen würden. Woher wusste er, wo Frank wohnte? Wieso wusste er von dem Treffen mit Theresa? Hatte das Mädchen geplaudert und ihm gegenüber damit geprahlt, dass der Fotograf versprochen hatte, sich um ihre Interessen zu kümmern? Noch so ein Versprechen.

Auf jeden Fall würde sich Frank morgen Kannegießers Weingut ansehen. Es sollte hinter Kaltern in der Fraktion Altenburg liegen. Er wusste nicht, ob dort noch gearbeitet wurde und wer, ohne neuen Chef, das Weingut führte. Einen Önologen oder Kellermeister hatten weder Ravelli noch Theresa erwähnt.

Die Männer in der Bar redeten über Fußball, kommentierten den Sieg Bolognas über den FC Südtirol, und sein Nachbar fragte Frank nach seiner Meinung. Von dem Verein hatte Frank nie gehört, wie er gestand, was ihm mitleidige Blicke einbrachte. Aber Sport? Nein. Es reichte ihm, tagaus, tagein die zehn bis vierzehn Kilo schwere Fotoausrüstung durch Europas Weinberge zu schleppen, Lichtanlagen aufzustellen und zwischen und unter Fässern herumzukriechen, bis er die richtige Perspektive und Einstellung gefunden hatte.

Aus Theresas Einstellung zur Familie war er nicht schlau geworden. Für verrückt oder übergeschnappt hielt er sie keineswegs, wobei es durchaus möglich war, dass sie sich in die Idee mit dem Mord am Vater verrannt hatte, um der unerträglichen Wirklichkeit auszuweichen. Der Anwalt hingegen schien ihm eher panisch zu sein, überdreht. Er hätte statt der drei schwarzen Kaffee lieber einen Tee mit Baldrian, Melisse und Johanniskraut zu sich nehmen sollen. Der Mann wurde unsympathischer, je länger Frank an das Gespräch zurückdachte. Das gegebene Versprechen? Pah, es war nichts wert. Wer sagte, dass er sich daran gebunden fühlte? Bei dem Gedanken erschrak er. War er in all den Jahren so weit Italiener geworden, dass ihm ein Versprechen, das er zu halten gar nicht beabsichtigte, so leicht von den Lippen ging und er um Ausreden selten verlegen war?

Als er Matteos Wohnung betrat, kam sie ihm verlassen vor, viel leerer als gestern. Da war Marcella hier gewesen, und er ertappte sich dabei, dass er nach einem Bild von ihr suchte. Als Fotograf würde Matteo seine Freundin sicher hundertmal fotografiert haben, und irgendwo müsste ein Bild von ihr hängen. In der ehemaligen Dunkelkammer, zum Archiv umgestaltet, war es – im Format vierzig mal sechzig – auf die Wand geklebt. In diese Frau hätte Frank sich auch verlieben können, wenn – ja, wenn er nicht verheiratet wäre. Nur halbherzig schüttelte er den Gedanken an Marcella ab und suchte stattdessen nach einem Wein, um die ketzerischen Gedanken loszuwerden. Den Meraner

Spätburgunder hob er sich für später auf und griff nach einer Flasche aus Matteos Beständen.

Es war etwas gänzlich anderes, Wein zu probieren oder ihn zu trinken, zu genießen, ohne sich darum zu scheren, ob die Säure zu stark war, ob sie im rechten Verhältnis zur Süße stand und welcher Gelbton in dem Sauvignon der Kellerei Kaltern vorherrschte. Doch der Duft von Stachelbeere tat sich hervor sowie Holunderblüten. Dabei war Frank längst kein Freund mehr davon, Weine in ihre organoleptischen Eigenschaften zu zerlegen. Aber sie lediglich mit »lecker« zu beschreiben, war ihm auch zu wenig. Er setzte sich mit Flasche und Glas auf den Balkon und starrte auf die Berge, über denen die ersten Sterne aufleuchteten.

Am nächsten Vormittag fotografierte er im Vinschgau. Die Arbeit auf dem Weingut Falkenstein war erledigt, ein mächtiger Neubau an der Südseite des Tals, der moderne Linienführung in rechten Winkeln, in Holz und Natursteinblenden verband, sie setzten die Struktur der Mauer der umliegenden Weinberge fort. Und von der Terrasse eröffneten sich fantastische Ausblicke auf den Ort Naturns und über die Breite des mit Apfelbäumen bepflanzten Tals und wieder hinauf zu den Ausläufern der Ortlergruppe. Bei diesem Blickfeld war kein Platz für enge Gedanken oder gar für engstirnige Weine. Frank würde noch einmal ins Vinschgau zurückkehren müssen, um dem kleinen Weingut Reinhold Messners einen Besuch abzustatten und dem Schloss Juval hoch über Kastelbell.

Frank hatte sich beeilt, hatte sowohl die Außen- wie die Innenaufnahmen rascher hinter sich gebracht, das Licht war hervorragend gewesen, das gebrochene Licht des leicht diesigen Vormittags kam auf kurze Entfernung nicht negativ zum Tragen. Die fünfzig Kilometer bis nach Kaltern, dem italienischen Caldaro, schaffte er über die Schnellstraße in einer knappen Stunde. Er durchquerte den Ort, es war nervenaufreibend, den vielen grauhaarigen Fußgängern auszuweichen, die auch auf den Straßen auf ihrem Wegerecht bestanden. Außerhalb des Ortes ging es weiter und leicht bergan, bis Frank auf etwa siebenhundert Meter Höhe das Weingut Kannegießer erreichte.

Zum Weg hin schränkte eine hohe graue Mauer den Blick ein. Auf der rechten Seite, in die Mauer integriert, war das Wohnhaus, Frank zumindest hielt es dafür, zwei Fensterreihen ragten darüber hinaus, die erste Reihe wies rechteckige Rahmen auf, die Reihe darüber hatte Rundbogenfenster mit Halbsäulen, was dem Gebäude einen südeuropäischen, leicht maurischen Eindruck verlieh. Zwischen der nördlichen Schmalseite rechts und den Rebflächen führte ein Trampelpfad ums Grundstück, und die Mauer reichte auch hinten herum, wo sie ein weiteres, schlichteres Haus stützte. Die rückwärtige Längsseite blieb ebenfalls unzugänglich, doch Kratzspuren und herausgebrochene Steine ließen darauf schließen, dass hier mit Erfolg versucht worden war, die zweieinhalb Meter hohe Mauer zu übersteigen. Einen weiteren möglichen Zugang fand Frank erst auf der südlichen Schmalseite. Das Tor war verschlossen, es sah stabil aus und schien kürzlich gestrichen worden zu sein. Von hier aus führte ein Wirtschaftsweg auf ein ansteigendes Plateau zu. Es war die westliche Seite des Etschtals, die am meisten Sonne empfing, von der Frühe bis in den Nachmittag, und wenn sich die Schatten der gegenüberliegenden Berge bereits über den Kalterer See senkten, genossen die Reben in dieser Höhe noch Sonne. Höhenlage und Licht, zwei wesentliche Bedingungen für exzellente Weine.

Auf dem Weg zurück zur Straße bemerkte Frank die Bäume und die zwei Palmen, die weit über die Hofmauern ragten, sowie ein drittes Gebäude. Es hätte wie die anderen neuen Putz und einen frischen Anstrich gut vertragen. Das war nicht unbedingt ein Anwesen, das in seine Sammlung beispielhafter Kellereiarchitektur gehört hätte. Doch es würde ein interessanter Gegensatz zu dem glänzend polierten Beton sein, den makellos weiß gestrichenen Flächen und in seiner Verschlossenheit zu den gläsernen Wänden anderer Kellereien. Und es gab die Details wie Fenster, Erker, kleine Brunnen, Aufgänge und skurrile Wasserspeier.

Das Haupttor war angelehnt, es ließ sich leicht aufstoßen. Im gepflasterten und teils mit Kies ausgestreuten Hof standen ein blauer Kombi und ein grauer Lieferwagen: Also war jemand hier. Erst jetzt bemerkte Frank die Balkone der Häuser über offen stehenden Garagentoren, Blumeninseln rechts und links der Treppenschächte, sicherlich die Zugänge zu dem in Gänze unterkellerten Anwesen. Ein großer Garten erstreckte sich innen längs der südlichen Mauer. Da war auch ein Brunnen, aus dessen Richtung es leise plätscherte.

Es war das einzige Geräusch in der gespenstisch anmutenden Stille. Die Vögel, sonst in Scharen am Himmel und über den Wipfeln, schienen verstummt, das Summen der Fliegen in der Mittagshitze trug nicht dazu bei, dem Weingut Leben einzuhauchen, eher verstärkte es das Gefühl von Einsamkeit. Auch der Wind hielt sich zurück, dabei war es längst Zeit für den Ora, den täglich zur Mittagszeit aus Süden wehenden Wind.

Während Frank noch unschlüssig nach einer Tür schaute, hinter der er am ehesten jemanden vermutete, vernahm er in seinem Rücken eine Stimme und fuhr erschrocken herum. Er hatte niemanden kommen hören.

»Guten Tag, mein Herr! Wie kann ich … helfen?«

Es war für Frank immer wieder überraschend, auf Deutsch angesprochen zu werden. Es hatte aber auch immer etwas Familiäres. Vor ihm stand ein ernst dreinblickender, doch nicht unfreundlich wirkender Mann schwer schätzbaren Alters. Er mochte dreißig oder auch vierzig Jahre alt sein. Er war ein wenig füllig in seinem weiten Pullover, was ihn gemütlich machte, und gleichzeitig unverrückbar fest auf dem Boden stehend. Er war blond, wirkte gar nicht italienisch, und das runde Kinn war glatt rasiert. Bauernschläue war eine Eigenschaft, die Frank beim Blick in die Augen des Mannes in den Sinn kam, und gleichzeitig wirkte er ein wenig hilflos.

»Wenn Sie Wein kaufen wollen, sind Sie bei mir falsch. Wir verkaufen hier nichts … mehr. Ich gebe Ihnen gern die Adressen von Weinhändlern, bei denen Sie …« Jetzt hatte er Franks Kopfschütteln bemerkt und begriff, dass es um etwas anderes ging.

»Ich wollte eigentlich zu Herrn Kannegießer …«

»Herr Kannegießer ist leider …«

»Ich weiß«, unterbrach ihn Frank, »in der Karibik beim Tauchen … umgekommen.« Vorsichtshalber benutzte er diesen neutralen Begriff.

Doch die kurze, kaum merkbare Pause beim Luftholen war dem Mann nicht entgangen, er runzelte unwillkürlich die Stirn, und seine Haltung änderte sich, er richtete sich auf, als hätte er in einiger Entfernung etwas bemerkt, das ihm bislang entgangen war.

»Ich kannte Herrn Kannegießer. Deshalb bin ich überhaupt nach Tirol gekommen. Er hat mir von Ihrem Land vorgeschwärmt, von seinen Weinen, von den Bergen, der Aussicht.« Über die Menschen hatte er nicht gesprochen. »Ja, leider, es trifft nicht immer die Schlechtesten zu früh.«

»Wie habe ich das zu verstehen? Wer sind Sie?« Ein Anflug von Misstrauen bemächtigte sich des Mannes. Er machte einen Schritt zurück.

Frank nannte seinen Namen und woher er kam und erläuterte kurz seine Tätigkeit. »Und Sie, was machen Sie hier?«

»Ich räume auf und sorge dafür, dass noch ein wenig Glut im Kessel bleibt. Mein Name ist Bauer, Oskar, ich war auf diesem Weingut sieben Jahre lang oder sieben lange Jahre Kellermeister.«

»Sie hören auf? Wer wird sich in Zukunft um alles kümmern? Das kann doch hier nicht …« Frank sah sich achselzuckend um, »… einfach so untergehen? Soweit ich weiß, produziert das Weingut jährlich achtzig- bis neunzigtausend Flaschen Wein. Die Blüte ist vorüber, der neue Wein wächst, und es dürfte aus den Vorjahren noch vieles in Ihren Fässern schlummern, das längst nicht fertig ist, besonders die Roten. Wenn ich richtig informiert bin, machen Sie auch einen Chardonnay im Holzfass, alles trägt vermutlich Ihre Handschrift. Das gibt man doch nicht ohne Weiteres auf.«

Ein grimmiger Blick traf Frank. »Ohne Weiteres gewiss nicht. Sie scheinen eine Menge zu wissen. Wer schickt Sie?«

Frank winkte ab. »Ich lasse mich nicht schicken. Mich interessiert aus persönlichen Gründen, wie es hier weitergeht.«

»Was, bitte, sind persönliche Gründe?« Der Kellermeister blieb vorsichtig, Frank hatte beinahe den Eindruck, dass er ihn belauerte, dass er auf bestimmte Äußerungen wartete.

»Die Gründe? Ganz einfach. Freundschaft, gut gemachte Weine, Interesse an außergewöhnlichen Menschen, denen man begegnet ist, wie Ihrem ehemaligen Chef. Ist das etwa nicht mehr zeitgemäß? Außerdem erfuhr ich erst vorgestern von dem – Unglück.«

»Durch wen? Wer hat Ihnen davon erzählt?«

Die Frage war so schroff gestellt, dass Frank die Lust verging, darauf zu antworten. Es ging ihm total gegen den Strich, wenn jemand derart insistierte. »Ist das für Sie von Bedeutung?«

»Ja, das ist es, durchaus.« Der Kellermeister schien längst

nicht davon überzeugt zu sein, dass Frank hier ohne Hintergedanken aufkreuzte.

Glaubte Oskar Bauer womöglich, dass ihn einer der Erben vorgeschickt hatte, um ihm auf den Zahn zu fühlen, sein Verhalten zu testen?, fragte sich Frank. Stand die Loyalität des Kellermeisters der Familie gegenüber infrage – oder gegenüber einzelnen Mitgliedern des Clans?

»Ich traf Theresa Kannegießer, als ich das Weingut fotografierte, auf dem sie arbeitet.«

War sein Eindruck richtig, dass Oskar Bauer sich leicht entspannte? Es würde sich zeigen.

»Theresa? Soso. Haben Sie sich von ihr auch die Geschichte über den Mord unter Wasser anhören müssen?«

»Sie geht wohl davon aus, obwohl sie nur angedeutet hat, dass ihr Vater keines natürlichen Todes gestorben ist. Sie meint, er sei ermordet worden?«

»Es ist absurd. Sie lässt nicht locker, sie posaunt es in aller Welt herum.«

»Und wovon gehen Sie aus, Herr Bauer?« Frank kratzte sich vielsagend am Kinn, als könne man gar keiner anderen Meinung sein.

Bauer reagierte verschlossen, als wäre er ertappt worden, er scheute eine klare Aussage. »Kommen Sie, kommen Sie mit rein, was stehen wir hier draußen herum? Sie kennen das Weingut?« Er sah sich nach allen Seiten um, als fühlte er sich beobachtet. Oder erwartete er jemanden?

Frank verneinte, er kenne lediglich den einen oder anderen Wein des Hauses, und erzählte, dass er Kannegießer zufällig auf der London Wine Fair über den Weg gelaufen sei. Später hätten sie sich auf der Vinitaly in Verona getroffen. Es gebe Menschen, sagte er, die schlössen Zufälle aus, behaupteten, alles sei Bestimmung, was er für Unsinn halte. »Aber manche Menschen trifft man eben immer wieder und andere lediglich einmal und dann niemals mehr.«

»Das wird schon seinen Sinn haben«, meinte der Kellermeister, der inzwischen in das dreistöckige Gebäude vorgegangen war und die Tür zu einer Probierstube öffnete. Er bat Frank, sich zu setzen. Die Einrichtung mit Tisch, Eckbank und Regalen an den Wänden stammte aus den Neunzigerjahren, der Zahn der Zeit hatte an allem genagt.

»Hier sollte demnächst renoviert werden. Der Chef wollte richtig viel Geld in die Hand nehmen, um nicht hinter den anderen Gütern zurückzubleiben. Die Pläne gibt es. Sie werden inzwischen den einen oder anderen hypermodernen Neubau zu Gesicht bekommen haben. ›Architektur als Marketinginstrument‹, nannte der Chef die Neubauten, bestimmt für Architekturpreise. Ich bin da nicht ganz seiner Meinung gewesen. Vieles gefällt mir sehr, unter anderem die Kellerei Tramin und das Weingut Pfitscher. Anderes erinnert mich an verglaste Bunker und Stellwerkhäuschen. Das Alte abzureißen und lediglich neue Kästen hinzustellen, ist mir zu wenig. Man muss auch das Alte bewahren. Die Kellerei Tramin hat es gut gemacht, Elena Walch auch, sie verfügen über beides, das Alte und das Neue ... Gut, im Keller bin ich für absolute Funktionalität, da geht es um Arbeitsabläufe, denen hat die Architektur zu dienen. Bei uns wurde immer wieder nur erweitert und noch ein Keller gegraben ...«

Bauer ging zu einem Klimaschrank, nahm eine Flasche in die Hand und schaute aufs Etikett. »Rot oder Weiß?«

»Weiß, es kommt allerdings auf die Rebsorte an.«

»Pinot Grigio, ihr Deutschen nennt ihn Grauburgunder. Ach, ich vergaß, Sie sind von hier ... hat gerade die richtige Temperatur.« Bauer schenkte mehr ein, als für eine Probe erforderlich war, dann setzte er sich unter Franks erwartungsvollen Blick, der glaubte, dass Bauer bereit zum Reden sei. Wahrscheinlich redete es sich leichter mit einem Fremden als mit Leuten von hier, die alle in mehr oder weniger engen Beziehungen zu den verschiedenen Familienmitgliedern standen. Da wusste man nie, was dem einen oder der anderen zugetragen und wie das Gesagte aufgefasst wurde.

Bauer schob sein Glas auf dem Tisch herum. Das Schwenken, damit der Wein Luft bekam und sich die Aromen entfalteten, sah anders aus.

»Also – mit Theresa haben Sie gesprochen. Wie das Mädchen denkt, wie sie tickt, das weiß ich ziemlich genau, ich kenne sie viele Jahre, genau sieben sind es.« Er schien ein wenig versonnen, als er über sie sprach, und starrte dabei auf sein Glas. »Als ich hier angefangen habe, war sie gerade sechzehn und ging noch zur Schule. Sie hat viel von mir gelernt, ich glaube, mehr als von ihrem Vater. Der forderte immer und hatte zu wenig Geduld, und sie lernt schnell und gut. Die Weinstöcke haben sie mehr interessiert als der Wein. Aber sie verfügt über eine ausgezeichnete Nase. Sie wollte das Gut übernehmen, eines Tages, wenn der Vater nicht mehr gewollt oder gekonnt hätte. Das war ihr Ziel.«

»Das verfolgt sie noch immer, oder?«

»Möglich. Nur hat sie geträumt, hat sich keine Gedanken darum gemacht, wie ihre Geschwister ticken. Sie und ihr jüngerer Bruder Marco haben sich nie Gedanken darüber gemacht, wie ein Wechsel hätte vonstattengehen sollen – und das bei vier Kindern, von denen die meisten sich nicht riechen können, und bei zwei Ehefrauen, die zu Lebzeiten eine Art Nichtangriffspakt geschlossen hatten, wie ich das sehe. Der ist jetzt wohl hinfällig.«

Frank warf ein, dass es sicher klare Regelungen bezüglich des Erbes gebe.

Bauer erklärte, dass normalerweise ein Kind den Hof erbt und das, was zum Betrieb nötig ist, damit alles zusammenbleibt und eine Familie davon leben kann. »›Geschlossener Hof‹ heißt dieses System. Schön und gut, aber glauben Sie, dass sich diejenigen, die leer ausgehen, damit zufriedengeben? Das Testament hat bislang keiner gesehen. Niemand weiß angeblich, wer was erben wird. Wahrscheinlich Theresa, aber was ist mit ihrem Bruder Marco? Der Vater hat ihn gefördert, nicht konfliktfrei, aber auf seine Art eben. Die erste Frau, Loretta, beansprucht ebenfalls den Hof, wie ich hörte, weil sie alles mit aufgebaut habe. Und da ist Töchterchen Anette, die Erstgeborene. Daraus leitet sie Rechte ab. Seit der Chef tot ist, warten alle darauf, dass endlich das Testament auf den Tisch kommt, bis dahin wetzen sie die Messer. Ich mache mich lieber vorher vom Acker beziehungsweise vom Weinberg, ich kann nämlich kein Blut sehen.«

Das sollte schnodderig klingen, doch Frank entging nicht die Bitterkeit in der Stimme.

»In so einer Situation ist es interessant zu beobachten, dass Frauen den Männern in puncto Hinterhältigkeit in nichts nachstehen. Wenn es um Geld geht, besonders um viel Geld, wird der Mensch zum Tier.«

Das war für Frank nichts Neues, und er sagte es laut.

»Aber für mich ist es neu«, empörte sich Bauer. »In meiner Familie und meinem Bekanntenkreis findet man solche Leute nicht.«

Da wird auch weniger zu holen sein, vermutete Frank und behielt es für sich, es hätte den Kellermeister womöglich verletzt.

»Bei Kannegießer kommt erschwerend hinzu, dass hinter den Frauen noch andere stehen, nämlich ihre Männer.«

»Meinen Sie etwa einen Signor Ravelli?«

»Ach.« Bauer stemmte die Fäuste in die Hüften und starrte Frank mit offenem Mund an. »Unseren glücklosen Anlageberater kennen Sie bereits? Der Chef nannte ihn schon immer den Erbschleicher.«

»Ich hatte gestern das Vergnügen mit ihm«, gab Frank freimütig zu. »Ein Vergnügen war's allerdings nicht.«

»Dann stecken Sie tiefer in der Geschichte, als ich dachte. Ravelli, ja, das ist eine Type. Rechtsanwalt nennt er sich, Jurist ist er oder hat sein Examen gefälscht oder gekauft, zuzutrauen ist ihm alles. Keine Ahnung, wo er studiert hat. Nein, er arbeitet nicht als Anwalt, er ist, wie soll ich sagen, Spekulant, keine richtige Heuschrecke, dazu ist er zu unbedeutend. Er spekuliert mit dem Geld anderer und hofft jetzt, dass für ihn ein Haufen Geld abfällt, wenn Blondie erbt, damit er es verspekulieren kann.«

»Wer ist Blondie?« Frank erinnerte sich nicht, dass Ravelli diesen Namen erwähnt hatte.

»Das ist Barbara, die zweite Tochter aus erster Ehe. Sie ist die hübscheste von allen. Kannegießer hatte sich vorgestellt, dass sie sich eines Tages um die wirtschaftliche Seite des Betriebs kümmert, hat sie eine kaufmännische Ausbildung machen lassen, hat Marketingkurse und dergleichen bezahlt – wie sich Eltern das so ausmalen, dass die Kinder zusammenarbeiten. Aber der Nachwuchs geht seiner eigenen Wege.«

Frank war überrascht, dass der Kellermeister so freimütig erzählte. War er froh oder erleichtert, dass er endlich mit jemandem über das sprechen konnte, was ihn bewegte, der keine Interessen verfolgte?

»Was macht sie heute, Barbara, ich meine beruflich?«

»Sie arbeitet in einer Werbeagentur, mehr weiß ich auch nicht, mit Wein hat sie nichts zu tun. Sie ist nur hergekommen und hat Wein geholt, den trinkt dann ihr Italiener. Barbara setzt die Behauptung von Theresa mächtig zu. Sie sagt ja nicht direkt, dass jemand den Vater unter Wasser umgebracht hat, aber sie liebt dieses Wörtchen ›angeblich‹. Da schwingt immer der Vorwurf eines Mordes mit. Die anderen Geschwister haben gedroht, sie zu verklagen, wenn sie das nicht ließe, doch das lässt Theresa kalt. Sie wartet nur darauf, damit es an die richtig große Glocke gehängt wird.«

»Was bezweckt sie damit?« Frank fragte sich, ob sie wirklich davon überzeugt war oder ob sie sich den anderen Geschwistern, vielmehr Halbgeschwistern, gegenüber aufspielen wollte.

»Eigentlich ist sie ein nettes Mädchen, und sie ist ehrlich. Sie spricht nie schlecht über ihre Halbschwestern. Und ihren Bruder Marco verteidigt sie gegen alle. Ich vermute, dass sie es sich nicht vorstellen kann, dass der Vater einfach so stirbt. Sie will es nicht wahrhaben. Es *muss* was anderes dahinterstecken, es kann gar nicht anders sein! Außerdem…« Bauer neigte sich Frank verschwörerisch zu, »… wer in aller Welt sollte den Chef umbringen? Das wäre dann ein Mörder. Den eigenen Vater? Nein …« Bauer hatte die letzten Worte fast geflüstert. »Der Chef kann nur Theresa als Erbin der Kellerei eingesetzt haben, denn nur ihr hat er das zugetraut. Ob und wie sie die anderen danach auszahlen oder abfinden muss, wird er auch geregelt haben. Der Bub, also der jüngste Sohn, Marco, der ist gerade mal neunzehn Jahre alt, hat gute Anlagen, aber er ist nicht hart genug. Vielleicht, eines Tages …«

Das laute Schrillen einer Klingel in den Tiefen des jetzt unbewohnten alten Hauses ließ die beiden Männer zusammenfahren. Bauer blickte Frank erschrocken an. »Hoffentlich ist es nicht einer von denen«, sagte er leise und fuhr eindringlich fort: »Sie wissen von nichts, Herr Gatow, lassen Sie bitte nicht durchblicken, worüber wir gesprochen haben. Ich muss als neutral gelten, sonst habe ich morgen keinen Job mehr. Die guten Stellen für Kellermeister sind zurzeit alle besetzt, zumindest in den Kellereien, für die ich gerne arbeiten würde.«

»Das sind hier in Südtirol eine ganze Menge«, sagte Frank.

Bereits mit der Klinke in der Hand drehte sich Bauer noch einmal um. »Und nachher erzählen Sie mir, woher Ravelli wusste …«

Frank sah dem Kellermeister nach, der eilig im dunklen Flur verschwand. Dann umgab ihn eine beinahe greifbare Stille. Das einzige Geräusch im Raum war das leichte Klirren der Gläser, als er beim Aufstehen den Tisch zur Seite schob, darauf achtend, dass keine Flasche umfiel. Er trat ans Fenster zum Hof und sah einen großen schwarzen Audi einfahren, das typische Fahrzeug erfolgreicher Winzer. Eine blonde Frau stieg aus, in einem matt glänzenden schwarzen Kleid, das Gesicht hinter einer großen Sonnenbrille verborgen. Sie ließ die Fahrertür offen stehen, bewegte sich, als kenne sie sich hier aus, und trat neben den Kofferraum. Die Klappe öffnete sich ohne ihr Zutun. In einer herrischen Geste hob sie die Hand, schien mit dem Kellermeister zu sprechen, der außerhalb des Blickfelds blieb. Dann stemmte sie die Fäuste in die Hüften, als würde sie sich über irgendetwas empören, und schüttelte ungläubig den Kopf.

Frank wagte nicht, das Fenster zu öffnen, es hätte ein Geräusch entstehen können. Es war ihm lieber, unentdeckt zu bleiben, dabei interessierte es ihn ungeheuer, ob sich dort unten ein weiteres Familienmitglied einstellte und einen Disput mit Bauer führte. Wütend schlug die Frau die Fahrertür zu, der Kofferraum blieb offen, dann zeigte die Dame auf sich und anschließend auf Bauer. Der trat jetzt ins Blickfeld und schüttelte den Kopf. Jetzt war die Stimme der Frau zu hören, aber die Worte blieben unverständlich. Dann klangen Schritte im Haus, die Stimmen wurden laut und schallten schließlich im Korridor.

»Ich werde es selbst tun. Sie, Herr Bauer, werden mich nicht daran hindern. Hätten wir das vorher gewusst, wären Sie nie eingestellt worden.«

»Mein Arbeitsvertrag wurde nicht von Ihnen unterzeichnet, Frau Kannegießer …«

Frank wusste noch immer nicht, um wen es sich handelte. War es die lebenshungrige Witwe Claudia oder die unverheiratete Tochter Barbara?

Vor der Tür des Probierraums blieb sie stehen. »Wenn ich anordne, dass Sie mir je eine Kiste Chardonnay, Gewürztraminer, Lagrein und Vernatsch bringen, dann tun Sie das gefälligst. Immerhin ist das hier *mein* Weingut.« Die angelehnte Tür dämpfte kaum die spitze und scharfe Stimme. Da draußen war jemand wirklich wütend.

Bauer ließ sich Zeit mit seiner Antwort.

»Was ist? Gehen Sie nun oder nicht?«

Der Kellermeister blieb gelassen. »Sie werden nichts mitnehmen, Frau Kannegießer, außer Sie bezahlen den Wein. Sie sind im Irrtum. Das Weingut und selbstverständlich auch die Weine gehören vorläufig außer Ihnen vier weiteren Personen, auch die haben ein Anrecht darauf.«

»Entscheiden Sie das neuerdings oder wer?«

»Nein, ich verwalte das alles lediglich kommissarisch, auch die Warenbestände. Darüber habe ich allen Familienmitgliedern gegenüber Rechenschaft abzulegen. So wurde es beschlossen! Nach dem Ableben von Herrn Kannegießer wurde auch in Ihrem Beisein eine Inventur durchgeführt. Wenn Sie allerdings eine Erklärung über Privatentnahme unterschreiben ...«

»Das wäre ja noch schöner, dass ich meinen eigenen Wein bezahlen muss ... Nichts werde ich unterschreiben, nichts. Dann hole ich mir den Wein eben selbst. Unterstehen Sie sich, mich daran zu hindern. Andernfalls können Sie heute noch Ihre Koffer packen, Herr ... Bauer.«

Was war das hier, fragte sich Frank, eine Komödie oder ein Drama? Es fiel ihm schwer, sich das Lachen zu verbeißen. Er wurde neugierig auf die Frau, versuchte sich vorzustellen, wie von Nahem sie aussah. Wenn er Theresa richtig verstanden hatte, war ihre Mutter gleich nach Kannegießers Tod zu ihrem Geliebten gezogen? Es musste sich um

Claudia Kannegießer handeln, sie spielte sich als rechtmäßige Eigentümerin auf. Also war das weder eine Komödie noch ein Trauerspiel, es war eine Farce.

»Was ist das da draußen für ein Wagen, der silberne Lancia? Der ist nicht von hier! SI auf dem Nummernschild – das ist Siena.«

Frank wurde hellhörig. Jetzt geriet er in die Schusslinie. Er würde sich an Bauers Rat halten.

»Der Wagen gehört wohl dem Fotografen.«

»Welchem Fotografen?«

»Na, dem aus Siena.«

»Was macht ein Fotograf aus Siena hier?«

»Was ein Fotograf hier machen kann, er fotografiert eben Weingüter.«

»Ich will hier keine Italiener, das wissen Sie genau. Die veranstalten überall nur Chaos.«

»Aber Sie und Ihr Mann hatten bislang nichts dagegen, dass wir den größten Teil unserer Weine nach Italien verkaufen.«

»Das ist etwas anderes.«

»Und wieso?«

»Das verstehen Sie nicht.«

»Er ist kein Italiener, sondern Deutscher.«

»Wieso fährt er dann einen Wagen mit einer Nummer aus der Toskana? Spioniert der hier, um sich einzukaufen? Wieso sagen Sie mir das nicht gleich?«

»Sie lassen mich kaum zu Wort …«

»Wo ist der Kerl? Der läuft hier hoffentlich nicht frei rum?«

»Keineswegs.« Bauer hatte ruhig geantwortet, nicht ein einziges Mal die Stimme gehoben. Er musste gute Nerven haben, oder er war Szenen dieser Art gewohnt. »Signor Gatow sitzt gleich hinter dieser Tür im Probierzimmer.«

»Jetzt doch Signor? Ich denke, er ist Deutscher. Soll das

heißen, dass er alles mitbekommen hat?« Die Stimme von Frau Kannegießer wurde zu einem Flüstern. »Was haben Sie gesagt, wie heißt er?« Senkte sie die Stimme, oder entfernte sie sich, um sich den Wein zu holen?

Das Letzte, was Frank aus dem Munde Oskar Bauers hörte, war sein Name, dann wurde es still. Er trat ans Fenster und sah hinaus in den Hof. Dort zeigte sich niemand. Die Weinberge jenseits der Mauer glänzten in der Nachmittagssonne, dahinter war ein Streifen Wald. Den Blick in den Himmel verhinderte die Mendelklamm. Bestand dort nicht permanent die Gefahr von Steinschlag? Wie hatte Kannegießer es mit dieser Frau ausgehalten?

5. Kapitel

Schritte im Flur, die eines Mannes und die einer Frau. Claudia Kannegießer öffnete die Tür, hinter ihr wartete Oskar Bauer. Hatte die Neugier gesiegt? Frank hatte während des mitgehörten Gesprächs keinerlei Vorstellung über ihr Aussehen gewonnen, nur dass sie mit einer Leidensmiene das Probierzimmer betrat, wunderte ihn doch – nach dem forschen, wenn nicht aggressiven Auftritt gegenüber dem Kellermeister.

Rasch erfasste sie die Situation: der Fremde am Fenster, zwei Flaschen ihres Weins auf dem Tisch, vier Gläser, Papiere, ein Prospekt des Weinguts ...

»Wie gefällt Ihnen unser Pinot Grigio?«

»Sehr gut, ich hatte bisher leider nicht die Gelegenheit ...«

Sie unterbrach ihn, als wäre ihr die Antwort gleichgültig. »Sie fotografieren Weingüter, wie ich von unserem Kellermeister erfuhr?« Sie sagte es mit dem gequälten Lächeln einer Frau mittleren Alters, die vom Schicksal schlecht behandelt wurde und um den verstorbenen Gatten trauert. »Für welche Zeitschrift arbeiten Sie?«

»Ich fotografiere für meine eigenen Bücher.«

»Müssen wir dafür bezahlen, um darin zu erscheinen? Da muss ich Ihnen gleich sagen, dass ich ...«

»Ich sprach von meinen Büchern, Signora«, unterbrach Frank, »nicht von Marketingbroschüren.«

Im Bruchteil einer Sekunde änderte sich ihre Haltung. Streitlustig streckte sie den Kopf vor, was Frank an die Eidechsen erinnerte, die bei ihm zu Hause über die Loggia huschten und mit den Köpfen wackelten. Ähnlich bewegte sich Frau Kannegießer in ihrem glänzenden schwarzen und figurbetonten Kleid, irgendwas Teures aus Rom oder den Designerläden von Florenz, Antonia wüsste sofort, wo man so etwas kaufte. Erst jetzt streckte sie Frank zögerlich und mit scheuem Lächeln eine Hand mit langen, rot lackierten Fingernägeln entgegen, schnell wieder in den leidenden Zustand zurückfallend, als könne sie in ihrer Verfassung nicht einmal einen festen Händedruck ertragen. Am Handgelenk klimperte ein schweres goldenes Armband. Ihr Haar trug sie lang und offen, als hätten der Wind oder ein Föhn es über die Schultern geweht. Die Frisur wirkte mondän, zeitlos und elegant, und wie sie es schaffte, den Augen einen Ausdruck von Trauer zu verleihen, war große Schauspielkunst. Dabei tastete sie Frank mit diesen halb verschleierten, halb wachsamen und zu stark geschminkten Augen ab, ob er ihr nützlich sein konnte. Sein Leben lang hatte er hingeschaut, hatte unzählige Menschen porträtiert, wie er sie sah, sie sich selbst inszenieren lassen, anfangs hatte er nur die Oberfläche gesehen, heute blickte er in die Tiefe. Dazu brauchte es Stärke, Gleichmut oder Desinteresse. Am besten war es, wenn man über alle drei Eigenschaften verfügte. Diese Frau ging ihn nichts an, daher war in diesem Fall Desinteresse angesagt.

»Zuerst möchte ich Ihnen mein Beileid aussprechen, Frau Kannegießer.« Frank versuchte, seiner Stimme einen mitleidvollen Ausdruck zu verleihen. »Ich habe erst hier von dem Unglück erfahren.« Er erzählte ihr in Stichworten, wo und unter welchen Umständen er ihren Mann getroffen hatte, dass der Wein das Verbindende gewesen sei und dass Werner Kannegießer ihm Südtirol ans Herz gelegt habe, was ihn darüber nachdenken ließe, ihm das Buch posthum zu widmen.

»Was für eine großherzige Idee. Das halte ich für durchaus angemessen. Ich danke Ihnen schon jetzt. Sie sollten dabei bedenken, das werden Sie sicher tun, dass es große Betriebe gibt, Genossenschaften oder unabhängige Winzer, die bedeutend fotogener, das heißt moderner sind als *meine* kleine Privatkellerei. Das bezieht sich allerdings nur auf die Architektur.«

Der Kellermeister, der nur wenige Schritte in den Raum gemacht hatte und versetzt hinter ihr stand, kommentierte das besitzanzeigende Fürwort mit einem strafenden und auch mitleidigen Blick.

»Sie sind Deutscher, wie mir Herr Bauer sagte, wieso tragen Sie dann einen italienischen Namen?«

Er heiße Gatow, nicht *Gatto,* erklärte Frank. Er wusste nicht, zum wievielten Mal er es erklärte, nein, sein Name habe nichts mit Katzen zu tun, und er schätze diese Tiere auch nicht besonders, obwohl sie die Kellerei seiner Frau, die im Wald gelegen sei, mäusefrei hielten und sich auch mit Mardern anlegten. Aber da sei ihr Hund nützlicher.

Die Ausführung wurde von Claudia Kannegießer mit einem höflichen Lächeln quittiert. »Verzeihen Sie die Katze, aber wir leben in einer zweisprachigen Provinz, das erfordert diplomatisches Geschick. Das Italienische ist bei uns auf dem Lande etwas verpönt, historisch bedingt.« Jetzt wurde sie leutselig. »Und Sie leben auf einem Weingut in der Toskana? Ihre Frau führt es? Dann sind wir sozusagen Kolleginnen? Ja, schreckliche Dinge sind hier in letzter Zeit geschehen. Am schlimmsten war die Überführung meines Mannes von Venezuela hierher, zuerst von diesem erbärmlichen Archipel Los Roques in die Hauptstadt Caracas, ein Drama, beziehungsweise zum Flughafen Maiquetía. Niemand an Bord der zweimotorigen Propellermaschine durfte wissen, dass ein Toter im Laderaum war. Die Latinos sind schrecklich abergläubisch. Und dann klappte nichts, in Venezuela herrscht das Gesetz der Straße, Willkür, Demonstrationen, ach, Straßenschlachten. Ich glaube, dort herrscht immer Chaos. Es dauerte ewig, bis wir alle Dokumente zusammenhatten. Ohne die Hilfe der vielen Dollars, die jeder, der irgendwie mit dem Transfer zu tun hatte, von uns forderte, hätten wir es nie geschafft. Ich kam mir vor wie in Süditalien. Nein, nein, so schlimm ist es bei uns nicht. Hier in unserem schönen Südtirol hingegen geht alles seinen geregelten Gang.«

»Ist bereits entschieden, wer das Weingut weiterführen wird?«

Empört sah Frau Kannegießer Frank an. »Na, ich selbstverständlich! Schließlich habe ich hier die letzten zwanzig Jahre gearbeitet, genau genommen sind es sogar fast vierundzwanzig, seit ich Werner geheiratet habe …«

Der Kellermeister starrte unter die Decke und verdrehte die Augen.

»Meine Tochter Theresa ist viel zu jung dafür und leicht zu beeinflussen, ach, sie ist einfältig, wie junge Dinger manchmal sind. Sie findet sich in der Realität nicht zurecht. Sie träumt davon, so ein Weingut zu führen. Gut, das mag das Recht der Jugend sein, aber da gehört mehr dazu, vor allem Lebenserfahrung. Dabei ist sie gerade mal dreiundzwanzig Jahre alt. Sie wissen, was das bedeutet. Haben Sie Kinder, Herr Gatto?«

»Eine Tochter, sie übt den gleichen Beruf aus wie ich, sogar besser, wie ich glaube …«

»Sie Glücklicher. Leider ist es in meinem Fall umgekehrt. Ich bedauere das sehr, ich hätte es Theresa zu gern gegönnt. Aber die Pferde, wissen Sie? Nur die Pferde im Kopf, dieser Wolkenstein-Ritt, der hier jährlich veranstaltet wird. Dafür trainiert sie. Ich wünschte, sie würde dem Wein die gleiche

Aufmerksamkeit schenken. Hoffentlich verärgert sie damit nicht ihren Arbeitgeber.«

Der Kellermeister blickte seine Chefin von der Seite her an, man konnte meinen, er hielte sie für schwachsinnig. Frank fürchtete den Moment, in dem Claudia Kannegießer seine mimischen Interpretationen des Gesagten bemerkte. Frank lenkte ab.

»Sie haben noch einen Sohn?«

»Marco, ja, der ist zwar noch nicht so weit, aber vielversprechend, ein sehr intelligenter Junge, sehr vielseitig, doch er kommt leider zu wenig nach seinem Vater. Ihm fehlt die Energie, der Wille zur Durchsetzung, es ist schwer vorherzusagen, welchen Weg er gehen wird. Bis er Klarheit über sich selbst und die Welt gewinnt, stehe ich ihm zur Seite, er braucht noch ein wenig Führung. Ich kann natürlich Unterstützung gut gebrauchen, selbstverständlich von Personen, die mir gegenüber loyal sind.« Das war an die Adresse des Kellermeisters gerichtet, der die letzten Worte mit einem gelangweilten Blick gegen die Wand kommentierte.

»Herr Bauer, Sie können Ihrer Arbeit weiter nachgehen, ich kümmere mich um meinen Gast.« Hatte Frau Kannegießer seine Grimassen etwa bemerkt? »Ich werde Sie rufen, wenn er mit seiner Arbeit beginnt, dann bleiben Sie bitte an seiner Seite und unterstützen ihn.«

Der Aufpasser wurde abgestellt. So sah es Frank. Sollte damit die Kontrolle gewährleistet sein, damit er nichts zu sehen bekam, was nicht für seine Augen bestimmt war?

»Einstweilen stellen Sie mir schon mal die Weine in den Kofferraum, um die ich Sie gebeten habe.«

Oskar Bauer verabschiedete sich mit einer betont lakaienhaften Verbeugung und warf Frank einen letzten, diesmal warnenden Blick zu.

Mit Lidschlag zeigte er, dass er die Botschaft verstanden hatte. Mit dem Kellermeister würde er sich weiterhin gut verständigen. Menschen wie ihm blieb in ihrem Betrieb nichts verborgen, und seine mimischen Kommentare zeigten, dass er Vertrauen zu Frank gefasst hatte. Oder spielte er ihm etwas vor?

Als Bauer das Probierzimmer verlassen hatte, setzte sich Frau Kannegießer an den Tisch und schenkte ohne nachzudenken ein. Die Menge im Glas zeigte Frank, dass sie wenig von der Technik des Probierens verstand. Eine Daumenbreite reichte aus, die Wände des Glases zu benetzen und eine große Verdunstungsfläche herzustellen, damit die Aromen sich entfalteten und den Raum des sich nach oben hin verjüngenden Glases füllten. Ein winziger Schluck, eigentlich mehr das Benetzen der Mundhöhle und des Rachenraums reichte aus, ein Urteil über Tiefe und Harmonie sowie Dichte und Länge eines Weins zu treffen.

»In Venetien hat man den Namen Pinot Grigio fast vernichtet«, wusste Frau Kannegießer zu diesem Wein beizutragen, »als er sich allerorten größter Beliebtheit erfreute. Man hat ihn dort exzessiv angebaut und in Mengen produziert, die jeder Beschreibung spotten, das Dreifache von dem, was wir heutzutage dieser Rebsorte zumuten. Langsam haben sogar die Italiener verstanden, dass sie sich damit nur selbst schaden. Wir in Südtirol haben schon immer auf Qualität gesetzt.«

Das war mitnichten immer der Fall gewesen, dachte Frank und erinnerte sich an die Ströme von Kalterer See, die in den Siebzigerjahren nach Norden geflossen waren. Aber er blieb diplomatisch. »Das mit den übergroßen Mengen haben die deutschen Winzer nicht anders gemacht«, entgegnete Frank, dem die Kritik an »den Italienern« auf den Wecker ging. »In Rheinhessen haben sie den Riesling abgewirtschaftet, dann den Müller-Thurgau in Franken, bis er kaum noch trinkbar war, und beim Dornfelder in der Pfalz lernen sie langsam dazu.«

»Aber deutsche Rieslinge sind weltberühmt.«

»Das traf für einen kleinen Teil zu, Riesling war lange ein Synonym für sauer. Das ist glücklicherweise anders geworden.«

»Sie sind viel unterwegs, Herr Gatow, nicht wahr?« Sie stand auf, ging zur Tür, versicherte sich, dass der Kellermeister verschwunden war, dann schloss sie die Tür sorgfältig. Sie beugte sich zu Frank, als müsse sie ihm etwas anvertrauen.

»Sie werden hier viel herumkommen und viel zu hören bekommen, auch über uns.« Große Augen und ein ernster Blick unterstrichen die Wichtigkeit des Gesagten. »Das ist nach dem Tod meines Mannes nicht leicht für mich. Besonders, was die erste Ehe angeht. Bei Scheidungen teilt sich oft der Freundeskreis. Die Freunde nehmen dem einen oder anderen Ehepartner diesen Schritt übel, weil er auch das eigene Harmoniebedürfnis zerstört. Einige Freunde bleiben bei diesem Partner, andere bei dem anderen. Der neue Partner wird immer feindselig betrachtet, als wäre sie oder er der Grund für das Zerwürfnis. Sind Sie geschieden?«

»Ja, aber wieder verheiratet.« In Bezug auf die Freunde musste er ihr allerdings recht geben.

»Alles, was hier geschieht, wird mit Argusaugen beobachtet. Und Menschen, denen man höchst selten begegnet, maßen sich Urteile an, die ihnen nicht im Geringsten zustehen, verstehen Sie? Ich meine damit Werners erste Familie.«

Mit einem sekundenlangen Schweigen unterstrich sie den Ernst der Lage. Frank begann die Farce zu gefallen, obwohl sie seine Zeit auffraß. Doch für heute war alles geschafft, und Kellermeister Bauer würde ihm auch morgen die Kellertüren öffnen.

Claudia Kannegießer zählte die Personen auf, die zu Werners erster Familie gehörten. Die erste Frau heiße Loretta, sei knapp über sechzig, wie er, »und sie hasst mich bis heute!«, weil Werner sich seinerzeit für eine Jüngere entschieden habe. »Als wenn das der Grund der Trennung gewesen sei, ha!« Aus dieser Ehe seien zwei Töchter hervorgegangen, Anette und Barbara, die erste bestens verheiratet, die zweite lebe in wilder Ehe mit einem italienischen Spekulanten, der sich als Anwalt ausgebe. »Passen Sie auf, wenn Sie ihn treffen sollten, vielmehr er trifft Sie! Er verspricht Ihnen das Blaue vom Himmel, und hinterher stehen Sie nackt und dumm da und sind Ihr Geld los.«

Zwar hatte Ravelli ihn getroffen, aber weder hatte Frank nackt noch dumm dagestanden. Wahrscheinlich, weil er ihm nicht irgendwelche Schrottpapiere abgekauft hatte.

»Loretta, also Werners erste Frau, hat es in ihrer zweiten Ehe besser getroffen. Der neue Mann hatte eine gut gehende orthopädische Praxis in Bozen, angeschlossen an ein radiologisches Institut mit CT und all dem modernen Schnickschnack. Der Mann stinkt vor Geld.«

»Ich habe gehört, er sei Jurist«, warf Frank ein.

»Nein, er war mehr eine Art Modearzt, jetzt ist er Politiker. Gleichzeitig beharrt Loretta darauf, dass ihr das Weingut zusteht, weil sie es angeblich mit aufgebaut hat. Angeblich habe sie die schwersten Jahre mit Werner geteilt, wie sie überall larmoyant behauptet. Dabei hat Loretta damals als junges Ding in den Familienbetrieb eingeheiratet.«

Ähnlich wie du, meine liebe Claudia, dachte Frank und fand, das Wort »Geld« recht häufig aus ihrem Munde zu hören. »Sie kennen Loretta?«

»Wir hatten einige Male das Vergnügen, zuletzt bei der Beisetzung. Da waren sie alle da, auch Anette und Barbara.«

»Wurde Ihr Mann eingeäschert?« Frank stellte die Frage nicht ohne Hintergedanken. Wenn Theresas Behauptung der Wahrheit entspräche, würde man so verfahren haben, um mögliche Beweise bei einer Autopsie zu vernichten. Die Leiche war der einzige Beweis.

»Ja, aber erst nach der Autopsie. Weshalb fragen Sie mich das, Herr Gatto?« Claudia Kannegießer nahm sofort eine vorsichtige Habachtstellung ein.

»Weil ich nicht weiß, was hier üblich ist.« Seine Ausreden wurden immer besser. »Bei uns, also in der Toskana, werden die Toten eingeäschert.«

Hier sei eine Trennung zwischen Stadt und Land üblich, meinte die jetzt wieder offensichtlich trauernde Witwe. Auf dem Land würden die Menschen traditionell in der Erde zur letzten Ruhe gebettet, in Bozen mit größtenteils italienischer Bevölkerung sei das Urnengrab die Regel. »Wie Sie bemerken, sind wir sogar noch im Umgang mit unseren Toten gegensätzlich. Auch darüber gab es Streit. Die Kinder aus erster Ehe wollten eine Urnenbestattung, besonders Barbara, das falsche Biest. Sie schmeichelt sich immer und überall ein, das ist es, was sie am besten kann, sie hätte Politikerin werden sollen. Sie hat immer vorgegeben, ihren Vater über alles geliebt zu haben. Oh, wie hat sie ihn geliebt. Der Arme ist darauf reingefallen, obwohl ich ihn gewarnt habe. Barbara bekam alles von ihm. Er hat ihr sogar das Tauchen beigebracht und hat ihr Tauchferien am Roten Meer spendiert, noch im vorletzten Jahr, und dabei hat sie so getan, als wenn es ihr Spaß machen würde.«

»Gibt es eigentlich schon Enkelkinder?« Frank fand immer mehr Gefallen an der skurrilen Familiengeschichte, auch Shakespeare hätte seine Freude daran gehabt. King Lear? Hamlet? Die lustigen Weiber vom Kalterer See? Er hätte ein neues Stück geschrieben, eine Mischung aus den dreien, eine dramatische Komödie oder ein komisches Drama. »Hat eine der beiden Töchter Kinder?«, wiederholte er seine Frage. Vielleicht beanspruchten auch die einen Teil der Beute.

»Nach dem, was ich gehört habe, hat Barbara ihren Vater immer vertröstet. Nein, sie sei noch nicht so weit, hat er mir gegenüber erklärt. Ich glaube, es hätte ihr den Partyspaß verdorben, zu Hause bleiben zu müssen und ein Baby zu stillen. So hätte Blondie, so nennen wir sie, sich niemals in Szene setzen können. Darum ging's ihr, um die Szene. Vielleicht ist auch etwas mit Ravelli nicht in Ordnung. Mir ist noch eine andere Version zu Ohren gekommen: ›Soll ich mir jahrelang das Geschrei von Blagen anhören?‹, soll sie gesagt haben. Anette hat zwei Kinder. Großvater zu sein, hat Werner sehr gefallen. Sie ist nicht hinter meinem Weingut her, aber ihr Mann ist es, obwohl er bereits einen gut gehenden Betrieb besitzt, das Weingut Förster, es liegt zwischen St. Pauls und Andrian. Schauen Sie mal dort vorbei, die Weine lassen sich sehen. Ihm reicht es nicht, er will wachsen, den Betrieb weiter vergrößern, hat zu seinen zwanzig Hektar weitere acht dazugepachtet und macht den Genossenschaften die Mitglieder abspenstig.«

»War in der fraglichen Zeit, als Ihr Mann auf diesem Archipel weilte …«

»… Los Roques …«

»Hat ihn von der Familie jemand begleitet, vielleicht Barbara?« Bislang kannte Frank nur Theresas Version. Die zweite Tochter war die Einzige, wie er eben gehört hatte, die des Tauchens mächtig war. Oder gab es noch weitere Familienmitglieder, von deren sportlichen Ambitionen niemand wusste?

»Sie glauben um Himmels willen doch nicht den Unsinn, den meine Tochter neuerdings zum Besten gibt? Es fehlte uns noch, dass Theresa es überall herumpostet, wie man das heutzutage macht. Glücklicherweise kennt sie sich mit der digitalen Technik wenig aus, sonst wüsste bereits alle Welt von ihren verschrobenen Verdächtigungen. Wie kommen *Sie* darauf? Hat sie etwa mit Ihnen darüber gesprochen?«

Frank lächelte mit der größten Unschuld, zu der er fähig

war. »Nein, woher sollte ich sie auch kennen? Lediglich durch Erzählungen ihres Vaters. Wenn man auf einer Weinmesse dieselben Abendveranstaltungen besucht, kommt man ins Reden.«

Claudia Kannegießer griff nach dem Pinot Grigio, verkorkte die Flasche, stand auf und stellte sie in den Klimaschrank, ohne eine weitere Probe anzubieten. »Sie haben mich falsch verstanden. Auch ich liebe meine Tochter, doch Väter und ihre Töchter, das ist ein Kapitel für sich, die beiden führten sich fast wie ein Liebespaar auf, und bekanntlich macht Liebe blind. Was ich Ihnen eigentlich sagen wollte, ist, dass ich es sehr schätzen würde« – jetzt nahm ihre Stimme einen warmen, schmeichelnden Klang an –, »falls Sie etwas hören oder in Erfahrung bringen, was anderswo erzählt oder kommentiert wird, in Bezug auf uns, auf mein Weingut, über die Kinder, aus welcher Richtung auch immer, bezüglich der Todesumstände oder der ausgestreuten Gerüchte – also wenn Sie mir davon berichten würden, wäre ich Ihnen sehr zu Dank verpflichtet.«

Woher nur nahm diese Frau die Fähigkeit, in ihrem Verhalten und in ihrer Ausstrahlung derartig schnell und vielseitig zu variieren? Auch die Stimme spielte mit, sie passte sich dem jeweils gewünschten Effekt an und unterstrich ihn.

»Die anderen Kinder und ihre Mutter tun so, als wäre das Weingut auch ihr Eigentum«, fuhr sie fort, »als hätten sie ein Anrecht darauf. Dabei muss der Hof geschlossen bleiben. Bei der Teilung des Erbes ist der geschlossene Hof samt Zubehör als unteilbare Einheit anzusehen. Er kann nur einem Erben übertragen werden. Im Zweifel darüber, was als Zubehör angesehen wird, welche Sachen, Rechte und Ertragsquellen, entscheidet die Höfekommission. So steht es im Gesetz. Aber das kommt hier nicht zur Anwendung.«

»Ist das nicht alles im Testament Ihres Gatten geregelt?«

»Schön wäre es, aber das Testament hat sich bislang nicht gefunden. Sein Anwalt muss es verlegt haben. Also, wenn Sie etwas hören, lassen Sie es mich wissen, es wird Ihr Schaden nicht sein.«

Frank konnte sich nicht vorstellen, was sie damit meinte. Wollte sie ihm Geld anbieten, vielleicht Kontakte zu Winzern? Wein hatte er selbst genug. Aber keinen so schönen Pinot Grigio wie der, den sie weggeräumt hatte.

»Ich würde Sie gern mit einigen wichtigen und interessanten Personen von hier bekannt machen, einflussreich, spannend, die könnten Ihnen bei Ihrer Arbeit sicher nützlich sein …«

Als ihr Mobiltelefon klingelte, fuhr ihre Hand zielsicher in die schwarze Lederhandtasche – Victoria Beckham stand in winzigen Buchstaben unterhalb der Griffe – und kam mit einem Smartphone wieder zum Vorschein. Sie meldete sich mit einem kurzen »Ja!«, dann war sie bereits aus der Tür und im Korridor verschwunden.

Es war kein Drama, es war kein Lustspiel, es war eine Groteske. Wieso zog Claudia Kannegießer ihn in ihre Angelegenheiten hinein? Ohne Zweifel überschätzte sie die Beziehung, die zwischen ihm und Kannegießer bestanden hatte. Suchte sie Verbündete? Wofür, wobei?

Frank stand auf und stellte den Chardonnay, der ebenfalls warm geworden war, zurück in den Schrank. Er fand eine gut temperierte zweite Flasche und bediente sich selbst. Chardonnay war eine gefügige Rebsorte, weltweit angebaut und überall ein wenig anders. Dieser hier gefiel ihm gut, obwohl er die aus Chablis am liebsten trank. Und Antonia machte eine wunderbare Cuvée aus Chardonnay und Pinot Bianco, beide von einer nach Norden ausgerichteten Lage.

Wie würde es weitergehen? Er brauchte den Kellermeister, der musste ihm die Unterwelt der Kellerei zeigen. Vielleicht fand er etwas, das ins Buch passen würde? Die Ruhe tat Frank gut, der Wein ebenfalls.

Oskar Bauer kehrte mit einem süß-sauren Gesicht und seiner zukünftigen Chefin zurück, die sich Franks Handynummer notierte und ihm eine Visitenkarte reichte:

Claudia Kannegießer, Weingut Kannegießer

Sie schuf Fakten. Zuletzt fragte sie, wo er untergekommen sei, sagte, dass sie von sich hören ließe, und schwirrte ab.

Oskar Bauer ging aufatmend zum Klimaschrank und kam mit einer Flasche Grappa zurück. »Sie auch? Ich jedenfalls brauche das jetzt! Einen doppelten.«

Frank ließ sich nicht bitten. Es war ein schöner Grappa, aus dem Trester des eigenen Sauvignon Blanc gebrannt.

»So ist das, und so geht es weiter. Jeden Tag kommt einer aus der Familie und behauptet, dass das Weingut ihm gehöre, und somit auch, mein Chef zu sein. Jeder will mich auf seine Seite ziehen. Dabei sind sie froh, dass ich hier den Notdienst aufrechterhalte. Es wäre klüger, alles zu verkaufen und das Geld unter den Beteiligten zu verteilen. Ich käme den Rest meines Lebens damit zurecht. Aber alle wollen alles, keiner gönnt dem anderen etwas. Ich glaube, das hier geht den Bach runter, die Etsch … Eine Modernisierung steht an, und niemand will sich ein Leben lang oder zumindest die nächsten zwanzig Jahre verschulden. Die Einzige, die dafür infrage käme, wäre Theresa … Der Chef hatte ein Händchen für Wein, aber nicht für Frauen, ich glaube, deshalb hat er sich zu den Fischen verzogen. Die haben wenigstens nicht auf ihn eingeredet.«

Mit den Einkäufen fürs Abendessen in der Wohnung angekommen, rief Frank zu Hause an. Antonia saß wie jeden Abend, wenn er unterwegs war, am Schreibtisch, notierte die wichtigsten Ereignisse des Tages und plante den nächsten. Frank erzählte ihr vom Tod Kannegießers, verkniff sich aber jede Beschreibung der Wirren um die Nachfolge. Er wusste, wie sie darauf reagiert hätte, besonders seit den Ereignissen am Kaiserstuhl. Sie hatte sich derartige Alleingänge ein für alle Mal verbeten, dabei war es Meyenbeeker viel schlechter ergangen als ihm, denn auf den Freund war geschossen worden. Sechs oder sieben Jahre war es inzwischen her, und noch immer konnte Frank sich ein Grinsen nicht verkneifen, wenn er an das Ende der Geschichte dachte, die durchgeknallteste Weinprobe seines Lebens. Die war durch nichts zu überbieten. Dagegen war das hier gar nichts, und es betraf ihn auch nicht.

Das Treffen mit Matteos Freundin Marcella und dass sie für ihn gekocht hatte, überging er vorsichtshalber. Es war schwierig, mit Antonias Eifersucht umzugehen, es kam auf ihre Laune an, und manchmal hörte sie die Flöhe husten. Nur bei Marcella hatte er gedacht, nein, gefühlt, sie gefiel ihm zu gut, um sie zu erwähnen.

Frank bereitete das Essen vor, aber ihm stand nicht der Sinn danach, allein auf dem Balkon sitzend die Berge anzustarren, und so suchte er, mit einem Fachbuch über Südtiroler Weine in der Tasche, das Café in der Goethestraße auf. Morgen in der Frühe wollte er nach Tramin und dort die Genossenschaft fotografieren. Der Ort lag im Bozner Unterland, die italienische Bezeichnung lautete Bassa Atesina. Er war sich unschlüssig, wie er es nennen sollte, wobei er merkte, dass er immer stärker zum Deutschen tendierte, auch weil es die Sprache war, die er den Tag über gehört und gesprochen hatte. Zum Unterland gehörte nicht nur die Weinbauzone rechts der Etsch und der Autobahn, auch auf der linken Seite, die morgens im Schatten der Berge lag und erst ab mittags besonnt wurde, streckten sich Rebflächen mit einer leichten Steigung den steilen bewachsenen

Hängen entgegen. Das Tal auf einer Breite von zwei bis drei Kilometern sollte vollständig mit Apfelbäumen bepflanzt sein. Weiter oben, auf Meran zu, hatte er Ähnliches gesehen, und auch die Talsohle im Vinschgau gehörte den Obstbauern. Feinmaschige Netze überspannten dort das gesamte Tal, um die Plantagen vor Hagel zu schützen. Eine einzige Schlagstelle auf dem Apfel machte ihn unverkäuflich. Über Reben hatte Frank bislang keine Netze gesehen, wobei die mehr den Vögeln gegolten hätten.

Warm sollte es da unten sein, und die Niederschläge sollten zunehmen, aber bislang hatte Frank nicht einen einzigen Weinstock gesehen, der nicht bewässert wurde. Auch bei Kannegießer wurden die Schläuche für die Tropfbewässerung in etwa dreißig Zentimeter Höhe von Weinstock zu Weinstock geführt. Laut Statistik fiel in der Toskana ähnlich viel Regen wie hier, doch bei ihnen bewässerte kaum jemand. Das war allerdings von Jahr zu Jahr verschieden.

Frank sah für einen Moment auf, als der Kellner ihm den Campari brachte – da sah er den Mann mit dem grauen Haar, der ein Fahrrad neben sich herschob. Irgendwoher kannte er den Mittfünfziger, das hatte auch mit einem Fahrrad zu tun gehabt. Rasend schnell überlegte er, wo sie sich getroffen hatten, und obwohl es ihm auf die Schnelle nicht einfiel, rief er »Hallo!«. Das eine Wort genügte, den Mann verharren zu lassen. Unschlüssig sah er sich um.

Frank war aufgestanden, hatte den Arm gehoben, da fiel es ihm ein: »Er ist ein Blender«, rief er, ohne sich um die Reaktion der anderen Gäste im Café zu kümmern.

Der Fremde stierte ihn an, dann glitt das Leuchten der Erkenntnis über sein Gesicht, noch zögerte er, Frank bemerkte, wie er in seinem Kopf nach einem Namen suchte, ihm ging es ganz ähnlich, der Fremde war schneller:

»Frank Gatow … ja, der Blender!«

»Carl Breitenbach … aus Stuttgart …«

Beide brachen in ein erkennendes Lachen aus, Carl Breitenbach lehnte sein Rennrad gegen die Hauswand und kam auf Frank zu. Freudig schüttelten sich beide Männer die Hände, Frank bat Carl an seinen Tisch.

»Wie lange haben wir uns nicht gesehen? Das muss ewig her sein, das war beim Heurigen am Neusiedler See, frag mich nicht, in welchem Jahr. Ich erinnere mich nur an die Weinprobe im Schloss Esterházy, und du hast über diesen Blender gesprochen.«

»Genau, über den Chardonnay sind wir auf den Blender gekommen.« Frank erinnerte sich an weitaus mehr, an unangenehme Ereignisse, und langsam kehrten Bilder zurück, Bilder vom Neusiedler See, von Surfern, vom Leithagebirge, und er erinnerte sich an Carls Frau, aber nicht an ihren Namen.

»Dann bestelle ich jetzt einen Chardonnay, wenn du mitmachst«, sagte Carl. »Glaubst du, sie haben hier so etwas?«

»Mehr, als wir trinken können. Auf Blender allerdings bin ich nicht gestoßen. Angeblich wächst Chardonnay überall, alle Südtiroler Winzer führen ihn im Programm, mehr als fünfhundert Hektar sollen damit bestockt sein. Aber ich würde davorstehen und ihn am Blatt nicht erkennen. Ich bin eher Spezialist für Sangiovese. Nur das hier ist ein Café, hier gibt's zwar auch Wein, doch der Kaffee und die Eisschokolade sind wunderbar. Machst du hier Ferien?«

»Es wäre schön, wenn ich mir das erlauben könnte. Freiberufler haben immer oder niemals frei. Das müsstest du wissen. Arbeitest du noch immer als freier Fotograf?«

»Was bleibt mir übrig?«

»Du siehst nicht aus, als würdest du darunter leiden.«

»Ich kann nichts anderes, damit muss man sich abfinden, aber es geht ganz gut. Und du übersetzt weiterhin Bücher, portugiesische und englische Literatur, war es das?«

Carl Breitenbach schüttelte den Kopf. »Im Moment nicht,

dafür habe ich es etwas angenehmer getroffen. Ich arbeite gleich hier«, er wies auf das gegenüberliegende Haus, »einen Block weiter an der Uni, vorübergehend, wie alles heutzutage. Wir erarbeiten einen Studiengang für Romanistik. Statt Portugiesisch habe ich mich auf Spanisch gestürzt. Johanna – vielleicht erinnerst du dich an meine Frau – hat mir diesen Job verschafft, sie hat sich hier mit Umweltmanagement in Bergregionen beschäftigt, auch an der hiesigen Weinuni in San Michele. Die kooperieren mit der Hochschule in Geisenheim am Mittelrhein. Dort hat sie seit Jahren einen Lehrauftrag, ist spezialisiert auf Umweltmanagement.«

»Gut zu wissen. Obwohl Antonia schon sehr viel in dieser Hinsicht getan hat.« Erst jetzt stutzte Frank. »War damals nicht Stress zwischen dir und Johanna, gab es da nicht irgendeinen anderen Mann?«

Carl Breitenbach lachte. »Du meinst den Surflehrer?« Er winkte ab. »Das ist ewig lange her. Wir haben uns wieder zusammengerauft. Es hat eine Weile gebraucht, aber es ging, und heute, wo jeder zum Teil seiner eigenen Wege geht, verstehen wir uns viel besser. Außerdem ist sie von diesem Trip runter, Karriere zu machen. Es gibt Menschen, die lernen angeblich aus Erfahrung.«

»Und surft sie noch? Sie dürfte, wie wir auch, langsam in die Jahre gekommen sein.«

»Wem sagst du …« Plötzlich sprang Carl auf, machte einen Satz über die Pflanzkübel, die das Café von der Straße trennten, und stand neben seinem Fahrrad. Eine derartige Sprungkraft hätte Frank dem grauhaarigen Mann, der die fünfzig längst erreicht haben musste, niemals zugetraut.

Zwei Jugendliche, die neben dem Rad gestanden hatten, waren erschrocken zurückgewichen. Carl blickte sie böse an, holte einen Schlüsselbund aus der Tasche und schloss das Fahrrad an eine Regenrinne. Dann kam er auf normalem Weg zurück.

»Ich dachte, sie wollten es klauen. In Italien ist man besser vorsichtig.«

»Du bist hier nicht in Italien, hier ist einiges anders. Die Burschen haben das Rad bestaunt.«

»Das siehst du ihnen an?«, fragte Carl irritiert. »Überall wird geklaut. Bist du etwa ein Anhänger der Theorie, dass Südtirol nicht zu Italien gehört?«

»Keineswegs, ich habe es ironisch gemeint. Ich verstehe das Theater sowieso nicht, das mit der Dazugehörigkeit.«

Carl hingegen verstand es, wie er sagte, aber nur mit dem Wissen um die Historie. »Bei ihrer Geschichte leuchtet es mir ein, dass sie vieles anders sehen. Manche Schmach, besonders wenn sie wiederholt zugefügt wird, vergessen die Völker nicht, das bleibt, wie die Vorurteile gegen uns Deutsche. Die Animositäten hier sind vielschichtig, das reicht elend weit zurück, bis zum Anfang des 19. Jahrhunderts, als das von Napoleon geschlagene Österreich die Grafschaft Tirol an Bayern abtreten musste. Damals wurde Kriegsdienst eingeführt, die Steuern erhöht und Maßnahmen gegen die Kirche beschlossen. Damals kam Andreas Hofer auf den Plan, Gastwirt und Nationalheld. Als Napoleon nach St. Helena verbannt wurde, wurde Tirol wieder Österreich angegliedert.«

Mit Andreas Hofer hatte Frank sich nie beschäftigt. Es war ein Name, bei dem eine Melange von Katholizismus, Rückständigkeit sowie von bäuerlicher Blut- und Bodenideologie mitschwang und auch noch antijüdische Ressentiments. Ob das richtig war und wie das alles zusammenhing, was es für die Gegenwart und die Südtiroler bedeutete, war ihm unklar.

Carl hingegen kannte sich aus. »Im Ersten Weltkrieg versprachen die Entente-Mächte dem Königreich Italien, falls es mit ihnen gegen Deutschland und Österreich kämpfen würde, das Tiroler Gebiet – von Trient bis zum Brenner, das gehörte bis dahin zu Österreich.«

»Das heißt, Italien hat den südlichen Teil Tirols einfach annektiert?«

»Mit Zustimmung Englands und Frankreichs, ja. Nach Kriegsende wurden erste italienisch-faschistische Organisationen gegründet, Schlägerbanden und Rollkommandos, die jeglichen Hinweis auf Österreich entfernten. Mit der Machtergreifung der Faschisten unter Mussolini begann 1922 das, was sie die Italianisierung nannten.«

»So wie du das sagst, muss es schlimm gewesen sein.«

»Das war es auch.« Carl Breitenbach glaubte, dass die Schmach sich bis heute im kollektiven Gedächtnis hielt.

»Und wie sah diese Italianisierung aus?«, fragte Frank und erinnerte sich an Bücher über Südtirol, die er in Matteos Bücherregal hatte stehen sehen. Er würde sich den Abend damit vertreiben.

Die italienischen Militärbehörden sperrten die Grenze zu Österreich, so Carl, der sich schon vor seinem Aufenthalt hier ausführlich in die Geschichte eingelesen hatte.

»Telegrafische Apparate und sogar Brieftauben mussten abgegeben werden, und die Presse wurde zensiert. Bezirkshauptleute, so was wie Bürgermeister, ließ man durch italienische Kommissare ersetzen, die Staatsbeamten durch miserabel ausgebildete Italiener.« Carl erinnerte sich an ein Zitat von Mussolini: »Wenn die Deutschen dies- und jenseits des Brenners sich nicht fügen, dann werden ihnen die Faschisten den Gehorsam beibringen. An anderer Stelle soll er gesagt haben, dass die Methode, die man bei Deutschen anwenden muss, damit waren die Südtiroler gemeint, die der Gewalt sei und der Germanismus in den Seelen ausgetilgt werden müsse. Du kannst dir denken, was damit gemeint ist, wenn Faschisten derartigen Unsinn von sich geben.«

Nach Carls Interpretation fand damals eine Art Gehirnwäsche statt. Die Orts- und Familiennamen wurden italianisiert, was zu teils lächerlichen Bezeichnungen führte. Italienisch wurde Amts- und Gerichtssprache, und der Name Südtirol wurde verboten, stattdessen wurde Alto Adige eingeführt. Briefe mit deutschen Adressen wurden nicht mehr befördert. Deutschsprachige Lehrer und Beamte wurden in italienische Provinzen versetzt oder entlassen, italienischen Familien wurde untersagt, ihre Kinder auf die wesentlich besseren deutschsprachigen Schulen zu schicken. »Die Liste der Maßnahmen war lang, selbstverständlich wurde die Presse ausgeschaltet, hiesige Vereine verboten und Alto Adige zum Militärgebiet erklärt. Ich glaube, das reicht einstweilen«, meinte Carl. »Daher finde ich die immer noch herrschenden Ressentiments allzu verständlich.«

Frank musste widersprechen, so sehr fühlte er sich berufen, die Italiener zu verteidigen. Bis auf die modernen Faschisten der Lega Nord und Berlusconis Spießgesellen war ihm nie jemand zu nahe getreten – ach ja, es gab da einige Polizisten in Castellina und Antonias Exmann. »Aber diese Maßnahmen wurden vor fast einem Jahrhundert ergriffen. Irgendwann wird Schluss gewesen sein. Man kann sich nicht alles über Generationen nachtragen.«

Carl schien das zuletzt Gesagte nicht gehört zu haben, er starrte wieder in Richtung seines Fahrrades. Frank folgte seinem Blick. Dort stand eine Frau und schaute herüber.

»Du kennst sie?« Carl sah Frank an, der seine freudige Überraschung nicht verbergen konnte und es auch nicht wollte.

»Ich kenne alle schönen Frauen, bin ja erst drei Tage hier.« Er erhob sich. »Sie ist die Freundin meines Wohnungsgebers …«

»Ach so«, sagte Carl gedehnt, »die Freundin eines Freundes … verstehe …«

»Ja, mehr nicht!«

Frank trat auf Marcella zu und begrüßte sie mit Küssen auf beide Wangen. »Es wäre mir ein Vergnügen, wenn du dich zu uns setzen würdest.« Er wies auf Carl. »Er ist ein alter Freund aus Deutschland, wir haben uns zufällig getroffen, er arbeitet auch an der Uni.«

»Ich will nicht stören«, sagte Marcella auf Italienisch, »wir könnten ein andermal ...«

Doch da hatte Frank sie bereits am Arm ergriffen und führte sie zu ihrem Tisch. Sie würde dem Gespräch eine andere Wendung geben, für heute reichte es ihm mit Politik, die ihm ähnlich verworren erschien wie Kannegießers posthume Familiengeschichte. Er stellte Carl vor, verblüfft nahm er wahr, wie leicht Marcella von Italienisch ins Deutsche wechselte.

»Das können wir alle, man wächst hier zweisprachig auf, beide Sprachen stehen gleichberechtigt nebeneinander.«

»Das Thema hatten wir bereits abgehakt.« Frank wollte nichts weiter davon hören. Er hielt die Situation für äußerst verfahren, und das traf seiner Ansicht nach nicht nur für Italien zu, sodass er politische Debatten mied, solange sie nichts mit ihm zu tun hatten. Die Demokratie wurde einer vermeintlichen Sicherheit zuliebe abgeschafft, aber über die Verhältnisse zu räsonieren, führte zu nichts. Wie viel angenehmer war es, Marcella anzuschauen, die sich nach Carls Aufgaben an der Universität erkundigte. Beide tauschten Erfahrungen aus, und Frank lehnte sich zurück. Als ein Mann vorüberging, der Frank von seinem aufgeblasenen Gehabe an Ravelli erinnerte, unterbrach er die Unterhaltung und fragte Marcella, ob sie mal einem Rechtsanwalt Ravelli begegnet sei.

»Meinst du etwa diesen windigen Anlageberater, der sich als Anwalt ausgibt?«

»Also kennst du ihn.« Frank lachte. »Eine illustre Figur.«

»Was hast du mit ihm zu tun?«

Frank berichtete von dem Treffen und von ihrem Gespräch und dass Ravelli ihn anschließend hier, in diesem Café, totgeredet hatte. »Wie er auf mich gekommen ist? Ich weiß es nicht, ich weiß auch nicht, woher er von meiner aktuellen Unterkunft wusste.«

»Vielleicht hat ihm das deine kleine Theresa erzählt? Um sich wichtigzumachen? Er taucht regelmäßig bei Kunstevents und Vernissagen auf. Unter dem Publikum, das solche Veranstaltungen frequentiert, sucht er nach Opfern. Ich würde ihm nicht einmal meinen Regenschirm anvertrauen.«

Carl war aufgestanden und sah Marcella bewundernd an. »Wo Frank jetzt eine so angenehme Gesellschaft wie Sie hat, darf ich mich zurückziehen. Ich muss noch einkaufen, es ist bald sieben. Wir könnten uns bei Gelegenheit mal zum Essen treffen …«

Frank gefiel die Idee. »Wir treffen uns zu dritt bei mir, und Marcella kocht für uns.«

»Es passen aber keine drei Personen auf den Balkon.«

»Dann rücken wir eben zusammen …«

War Carls Blick, bevor er sich auf sein Fahrrad schwang, missbilligend, fragte sich Frank, oder tadelnd – oder war er sogar neidisch?

6. Kapitel

Strahlend weiß und beinahe unschuldig stand das Siegesdenkmal in der gleißenden Morgensonne. Frank würde den Wagen das nächste Mal woanders abstellen und einen Weg über eine andere Brücke benutzen, denn nach Carl Breitenbachs Auslassungen über die Geschichte Südtirols sah er es noch kritischer als zuvor. Die Frage nach Autonomie oder Selbstbestimmung, für andere sicher leicht zu beantworten, hatte Carl offengelassen. Selbstbestimmung bedeutete die völlige Lösung von Italien, wie die Katalanen es derzeit von Spanien betrieben – oder besser gesagt seit vierhundert Jahren? War es Wortklauberei, oder definierten die Begriffe einen anderen völkerrechtlichen Status? Ihm war es gleichgültig.

Autonomie für die Toskana würde Frank gefallen, dann wäre es mit Roms Zentralismus, der Korruption und der Unfähigkeit staatlicher Stellen zwar nicht vorbei, der Gedanke erschien geradezu undenkbar, doch allein die Reduktion der Nachlässigkeit auf ein erträgliches Maß wäre ein gewaltiger Fortschritt. Leider schwanden die Erwartungen an Italien wie auch an Brüssel von Jahr zu Jahr.

Am Abend zuvor hatte er zunächst noch lange mit Marcella geplaudert, zuletzt waren sie zusammen essen gegangen, doch nach dem Heimkommen hatte er sich – an Carl Breitenbachs Denkanstöße anknüpfend – der Geschichtsbücher aus Matteos Bücherschrank bemächtigt, sich aufs Geratewohl ein Buch herausgesucht und war jedoch nur bis zu den ersten Autonomieverhandlungen Südtirols vorgedrungen. Die waren bereits 1920 von italienischen Nationalisten torpediert worden.

Zumindest lag dieses Kapitel in dem Buch aufgeschlagen auf der Bettdecke, als um fünf Uhr der Wecker klingelte. Am Abend würde er sich weiter mit dem Thema beschäftigen, obwohl er sich lieber mit Marcella getroffen hätte. Aber das ging zu weit, es führte aufs Glatteis, wo sollte das enden? Er dachte besser nicht darüber nach, das Eis war zu dünn, und aus dem Alter für derartige Abenteuer war er eigentlich längst raus.

Das Gespräch mit Carl Breitenbach hatte ihm die Augen geöffnet. So nahm er erst jetzt wahr, als er stadtauswärts durch den neuen Teil Bozens fuhr, dass dieser Teil für die nach Südtirol beorderten Italiener bestimmt war. Er grenzte an die Industriezone, die bereits in den Dreißigerjahren von der faschistischen Regierung eingerichtet worden war. Das Ziel war eine proletarisch-industrielle Arbeiterschaft gewesen, den Faschisten verpflichtet, um die Vormacht der auf Österreich und Deutschland fixierten Bauern zu brechen. Dieser Teil Bozens hätte zu jeder Stadt gehören können. Bis auf den alpinen Hintergrund war an den schmucklosen Betonbauten nichts italienisch.

Die Ruine der Festung Sigmundskron oberhalb Bozens hingegen ließ keinen Zweifel, wo er sich befand. Die Ausfallstraße führte weiter zur MeBo, der Meran-Bozener Schnellstraße. Die heutige Tour ging bergauf in ein kurzes Waldstück, vorbei am Dorf St. Pauls, dessen dortige Genossenschaft auch einen Besuch wert sein sollte.

Der nächste Ort war Eppan. Alles hier wirkte wie neu, wie jüngst renoviert und wohlhabend. Im Vorbeifahren nahm man nichts von der alten Architektur wahr, keine einstürzenden Bauernhäuser, selten gewahrte man von Zinnen bewehrte Mauern, hier ein Gebäude mit verspielten Erkern, dort Fronten mit Doppelbogenfenstern oder Freitreppen. Anklänge dazu hatte Frank auf dem Weingut Kannegießer erlebt, wo der Einfluss einer spätgotischen Bauweise spürbar war und die italienische Renaissance deutliche Spuren hinsichtlich Symmetrie und strenger Linien hinterlassen hatte.

Diese Gebäude, historische Ansitze alter Adelshäuser, fanden sich abseits der Landstraße, verborgen hinter Bäumen, versteckt hinter dicken grauen Mauern, eingefasst von Rebgärten. An der Straße nach Kaltern hingegen herrschten Läden vor, Fachgeschäfte für Waschmaschinen, Sportgeräte und Kücheneinrichter, dazu die passenden Parkplätze. Auf dem Land schien es den Menschen gut zu gehen. Jedes zweite oder dritte Haus diente als Pension, als Hotel oder war eine Gastwirtschaft. Ferien auf dem Bauernhof hatten ebenfalls Hochkonjunktur, möglichst mit Streichelzoo.

Trotz Hochsaison war das Vorwärtskommen um diese Zeit ein Kinderspiel, lediglich Berufsfahrer teilten sich mit Frank die Straße. Die Fahrer der Lieferwagen, die an ihm vorbeirasten, gehörten sicher dem italienischen Bevölkerungsteil an, denn sie fuhren, als ginge es um das Leben von *mamma*. Diese Fahrweise war Frank vertraut, und mit ihr fühlte er sich in Antonias Lancia heimisch.

Erst hinter Kaltern begannen die Weinberge. Genau betrachtet waren es Weinfelder, endlos anmutende Flächen, die sich von der einen Seite des Tals bis zur anderen erstreckten, geteilt von der Brennerautobahn und der Eisack. In den weniger abschüssigen Wäldern der Berghänge lagen gerodete Flächen frei, auf denen sich die Weingärten weithin sichtbar mit hellem Grün abzeichneten. Die Farbe der Weinfelder variierte, je nach Rebsorte, je nach Einfall des

Lichts und je nach Ausrichtung der Rebzeilen, mal heller, mal dunkler, lediglich unterbrochen von den hölzernen Gestellen der Pergola.

An einer Parkbucht hielt Frank an und stieg aus, um sich diese Erziehungsmethode in Ruhe anzusehen. Um die Pergel richtig zu fotografieren, musste er diese Methode verstehen. Eine Rebzeile mit Pergola-Erziehung glich einem Laubengang, dessen Querstreben mit Drähten verbunden waren, an denen die Früchte tragenden Reben angebunden waren. In einer nächsten Anlage, weiter unten in Richtung See gelegen, standen sich die Gestelle gegenüber, sodass sich die Sparren berührten und ein Satteldach bildeten. Frank hatte den Eindruck, dass er hier die ältesten Weinstöcke vor sich hatte, es war auch die älteste Erziehungsmethode. Ausschließlich Vernatsch wurde nach dieser Methode gezogen. Ließ sich die übermäßige Produktion dieser Rebsorte nicht durch einen konsequenteren Rebschnitt verhindern? Für Neuanlagen wurde bereits die Guyot-Methode an Drahtrahmen bevorzugt.

Als Frank zum Wagen hinaufging, bemerkte er, dass er sich in Höhe des Weinguts Kannegießer befand, es lag von ihm aus gesehen in gerader Richtung irgendwo da in der unruhigen grünen Fläche am Fuß der Mendelklamm. Trotz der starken Eindrücke kamen ihm die Gespräche mit Theresa, mit Ravelli und der lustigen Witwe Kannegießer wieder in den Sinn. Sie verstand er am wenigsten. Sie nahm den Tod ihres Mannes anscheinend hin wie eine Selbstverständlichkeit, kalt und gefühllos. Oder verbarg sie ihre Genugtuung über den Tod des Mannes nur geschickt? War sie erleichtert oder sogar froh darüber? Kannegießer war halt tot, jeder stirbt eines Tages – das war es eben, das Leben ging weiter. Jetzt war sie am Zug. Diesen Eindruck hatte sie auf Frank gemacht. War sie deshalb zu ihrem Geliebten gezogen, oder war das nur eine weitere Behauptung Theresas?

Obwohl nichts entschieden oder aus dem Testament bekannt war, führte sich die Witwe wie die neue Herrin des Hofes auf. Dass eine Mutter sich so herablassend über ihre Tochter ausließ, war seiner Vorstellung völlig fremd. Hatte denn Theresas Vermutung etwas mit der Wirklichkeit zu tun? Aber sogar für einen Mord schien ihm Claudia Kannegießer zu gleichgültig. Und Ravelli war ein Wichtigtuer, aber kein Mörder, obwohl er handfeste Interessen verfolgte. Wenn er klug war, nahm er für risikoreiche Geschäfte besser das Geld von anderen und kein eigenes. Aber war er klug? Nein, andernfalls hätte er sich diskreter verhalten. Nein, einen Gewaltakt traute Frank ihm nicht zu.

Wie nur kam Theresa darauf, dass Werner Kannegießer ermordet worden war? War es Spekulation, das Wissen um das, was in den beiden Familien ausgekocht wurde, oder eher Ahnung? Waren es nicht ernst zu nehmende, gar paranoide Vorstellungen eines überdrehten Mädchens? Alles kam in Betracht. Woher wusste Ravelli von Franks Wohnort? Wieso wusste er überhaupt von ihm? Von Theresa? Außer ihr kannten nur Antonia, Marcella und Matteo seine gegenwärtige Adresse, neben einigen Winzern. Marcella würde sich darum kümmern, mehr über den Mann zu erfahren. Aber Mord? Die Einzige aus dem gesamten Familienkreis, die ebenfalls tauchen konnte, war Barbara, die zweite Tochter aus der ersten Ehe. Vielleicht lief sie ihm auch noch über den Weg oder suchte ihn auf? Ein interessanter Gedanke. Er war gespannt …

Und was interpretierte der Kannegießer-Clan eigentlich bisher in seine letztlich doch recht oberflächliche Bekanntschaft mit Kannegießer hinein? War das Interesse dem Umstand zu verdanken, dass Theresa ihn in die Angelegenheit reingezogen hatte? Es waren so viele Personen darin verstrickt, dass Frank sie leicht durcheinanderbrachte. Er musste sich die Namen aufschreiben, ach, es war lächerlich, es war der Mühe nicht wert. Was ging es ihn an, wer das Weingut erbte, wer leer ausging und wie die Nachkommen miteinander umgingen? Pack schlägt sich, Pack verträgt sich. Er sollte der Familie tunlichst aus dem Weg gehen.

Frank fuhr weiter, ließ den See links liegen, die Weinfelder dehnten sich aus, der Berg östlich des Sees blieb zurück, der Blick auf die von grauen Netzen geschützten Apfelplantagen in der Talsohle weitete sich, dann kam Tramin in Sicht und am Ortseingang die lokale Kellerei.

Futuristisch mutete ihn der Anblick des Gebäudes am linken Ortseingang an, einer Vision gleich, doch er war sich nicht klar darüber, welche Zukunft gesehen, gemeint oder geschaffen war und ob dieser Gedanke angebracht war. Frank hielt am Straßenrand, um das Bild vor sich wirken zu lassen. Es stellte Fragen, also bewegte es, zumindest positiv und mehr, als es die bisher gesehenen Kellereien taten. Doch auch Widerspruch war möglich. Wie sollte er das vor ihm liegende Ensemble fotografieren?

Da war der Hügel, sozusagen ein Fundament, und darauf ein Glaskasten, ein wenig wie eine der vielen Burgen des Eisacktals, umrankt oder eingeschlossen von breiten, scheinbar keinem Prinzip folgenden grünen Streben vor dunklen Scheiben, als seien sie eine Schutzhülle, als seien die Streben kreuz und quer daran heraufgewachsen, als setzten sich die Reben vom Fuß des Hügels in diesem Gebilde fort und spendeten dem Inneren Schatten.

Was dachte sich ein Architekt dabei, fragte sich Frank, und war es überhaupt wichtig, was er sich dachte? Was dachte man selbst? War nicht die Anmutung des Betrachters entscheidend, sein Gefühl, mochte es Abneigung oder Zustimmung auslösen oder Neugier? Für ihn als Fotografen war es Verzweiflung vor der Aufgabe. Mit nur einer Aufnahme ließe sich das schwer ausdrücken, was er empfand.

Ein ähnliches Gebäude hatte er bislang nirgends gesehen, nichts, was sich mit einer so luftigen, geradezu imaginären Hülle umgab, andererseits handelte es sich um ein stabiles Gitterwerk, bei dem sich nicht der Eindruck einstellte, das dahinter Verborgene sei eingesperrt. Aber es wirkte geheimnisvoll, statisch und bewegt zugleich. Sogar waagerechte Linien waren aufgelöst, die Streben waren mal breiter, wurden schmaler, liefen spitz zusammen. Der Hügel unter dem Gebilde barg die Eingeweide der Kellerei, die Tanks, die Rohre, die Fässer und die Menschen, die sie säuberten, füllten und schließlich wieder leerten und den Inhalt auf Flaschen zogen. Ein Gebäude, eine Hülle als Ouvertüre für das, was sich später zwischen Nase, Zunge und Gehirn abspielte. Eine Kellerei als vierte Dimension? Auf diese Weine war er gespannt. Der österreichische Weinführer »Falstaff« gab dieser Kellerei vier von fünf Sternen. Bekannt für ihren Gewürztraminer Nussbaumer, hatte die Genossenschaft bereits vor fünfzehn Jahren »Drei Gläser« vom italienischen Weinführer »Gambero Rosso« erhalten, die höchste Auszeichnung. Die Lage Nussbaumer würde er sich auf jeden Fall ansehen.

Erst als er näher heranfuhr, bemerkte Frank, dass es einen zweiten Gebäudeflügel gab und darunter die Einfahrt zum technischen Teil der Kellerei. Er nahm die Auffahrt zum oberen von den grünen Balken umrankten Teil. Die querstehende Empfangshalle, beide Gebäudeteile verbindend, war luftig, hell und offen, wieder Beton, aber poliert, und an den Wänden zog sich eine von innen heraus leuchtende Konsole mit Zitaten aus Patrick Süskinds Roman »Das Parfum« entlang: »Denn der Duft war ein Bruder des Atems.« Auf der Konsole standen die Weine mit den schlichten und auf diese Weise umso eleganter wirkenden Etiketten.

Beim Rundgang stockte Frank der Atem nicht, darauf

war die Anlage auch nicht ausgerichtet – anders als die heiligen Hallen der Bordelaiser Weingüter, die ihre Barriquelager inszenierten, als handele es sich um Gebetsräume. Willi Stürz, seit mehr als zwei Jahrzehnten Kellermeister der Genossen von Tramin, führte Frank. Er bewegte sich seit Jahren in der Branche, er kannte jedoch keinen Weinbaubetrieb, in dem ein Kellermeister so lange tätig war, es sei denn als Inhaber.

Zwölf Jahre lebte Frank jetzt mit Antonia zusammen, zwölf Jahre auf einem Weingut, zwölfmal hatte er den Austrieb erlebt, ebenso oft die Reife. Die Lese dieses Jahres würde die dreizehnte sein. Das war nicht sehr viel, andererseits eine extrem lange Zeit. Er hatte den Rebschnitt in allen Phasen fotografiert, den Farbrausch im Herbst, die Ruhe des Winters, das Ausbrechen im Frühjahr und die Grüne Lese im Sommer. Mit diesem Thema eröffnete er das Gespräch mit dem Kellermeister, denn es war schwer vorstellbar, dass die Rebsorte Vernatsch sich nicht kontrollieren ließ.

Sicher, auch bei der Pergola-Erziehung ließ sich regelnd auf die Menge eingreifen, wie Willi Stürz meinte. Als ersten Schritt ließ man maximal nur drei Fruchtruten stehen, und vor der Blüte waren die Triebe sorgfältig auszubrechen. Der nächste Eingriff sei bei Reifebeginn möglich, indem ganze oder auch halbe Trauben entfernt wurden.

Das Ergebnis dieses Vorgehens hätte Frank gleich im Glas vor sich haben können, doch die Sonne stieg unaufhaltsam, der Morgen, noch jung, wurde zusehends älter, Frank musste die Außenaufnahmen machen, bevor es zu hell wurde. Probieren konnte er später, wenn das Mittagslicht das Grün der Blätter in Weiß verwandelte.

Hektisch rannte er hinab in den Weinberg, wusste nicht, wie und von wo aus er beginnen sollte, wechselte die Positionen, versuchte, sich in dieses komplizierte Gebäude, nein:

Gebilde, einzusehen, wo aus jedem Winkel das Typische der Ummantelung zum Ausdruck kam. Sehr zu seinem Ärger machte sich sein Smartphone bemerkbar. Erleichtert, dass es Antonia war, nahm er den Anruf entgegen. Doch dass etwas faul war, bemerkte er bereits an der Art, wie sie ihn begrüßte.

»Was ist los, meine Liebe?«, fragte er, problemlos ins Italienische fallend. Lange um eine Sache herumzureden, gehörte nicht zu ihrem gemeinsamen Repertoire.

»Da hat ein Anwalt angerufen, bereits vor zwei Tagen, ein Mann aus Bozen namens Ravelli. Er meinte, er müsse dich dringend sprechen, gab sich nicht mit deiner Telefonnummer zufrieden, wollte unbedingt deine Adresse. Was wollte er, was ist da wieder los?«

Die Stimmlage seiner Frau kannte Frank. Hinter dem Stress, der in diesen wenigen Worten mitschwang, vermutete er ihre Angst, dass er wieder in etwas hineingeriet, das ihn in Gefahr brachte. Das Drama, das sich einst in ihrem Hause ereignet hatte, war unverschämt lebendig, unvergessen auch die lebensgefährlichen »Turbulenzen«, wie er es verniedlichend nannte, damals am Kaiserstuhl, als Antonia und Meyenbeeker als Jurymitglieder an der Baden-Baden Wine Challenge teilgenommen hatten.

Frank zögerte mit der Antwort. Wenn Antonia aus dem Gleichgewicht war, war er es bald darauf auch. Es hing viel von seiner ersten Antwort ab, besonders, dass er hier in Ruhe weiterarbeiten konnte. Diese Ruhe brauchte er, denn die Bilder der Wirklichkeit entstanden in seinem Inneren. Erst wenn sie in sein Bewusstsein vordrangen, drückte er auf den Auslöser.

»Ich kenne dich. Du zögerst, also denkst du über eine diplomatische Antwort nach, die du mir geben willst!«

»Ich denke nach, denn dieser Ravelli – er hat mich vor der Haustür abgepasst – ist ein Idiot und ein Aufschneider.

Kein praktizierender Anwalt, sondern Anlageberater oder besser gesagt Spekulant. Ich weiß nicht, was er will. Ich habe dir von Kannegießer erzählt. Er ist beim Baden verunglückt.« Das klang harmloser als Theresas Version. »Und die Familie – Ravelli gehört dazu – streitet sich ums Erbe.«

»Was hast du damit zu tun?«

»Genau das frage ich mich auch. Dieser Anwalt meint, weil ich auf dem Weingut von Kannegießer fotografiert und mit seiner jüngsten Tochter gesprochen habe, hätte ich was damit zu tun.«

»Und – hast du das?« In der Frage lag bereits die ernste Vermutung.

»Wieso sollte ich? Das geht mich so viel oder so wenig an wie die Besitzverhältnisse in dieser Genossenschaft mit ihren dreihundert Mitbesitzern, in der ich gerade arbeite.«

»Dieser Signor Ravelli tat ungeheuer wichtig.«

»Das tut er wohl immer. Er ist ein Schwätzer, der sich selbst zu wichtig nimmt.« Jetzt wusste Frank endlich, wie Ravelli auf ihn gekommen war. Aber Antonia war längst nicht beruhigt.

»Du lässt dich nicht wieder in irgendetwas hineinziehen?«

Dass sie ihm ein Nein nicht abnehmen würde, klang aus der suggestiven Frage heraus.

»Dieser Ravelli sucht Verbündete und weiß nicht, wie beschränkt mein Kontakt mit Kannegießer war. Er glaubt, wir wären Freunde gewesen, und vermutete, dass ich vielleicht etwas über ein Testament wüsste.« Frank hoffte inständig, dass Antonia nicht weiterbohren würde.

Sie tat es nicht, aber ihre Aufforderung, sie am Abend anzurufen, zeigte, dass sie längst nicht beruhigt war. Mit seiner Ruhe war es jetzt ebenfalls vorbei. Frank brauchte nicht weiter darüber nachzudenken, wie und von wo aus er das Gebäude fotografieren sollte. Er konnte sich gleich dem schwierigsten Teil seiner Arbeit widmen, denn als solches empfand er das Probieren. Dabei war er kein Mann des Wortes, ihm fiel es schwer, die richtigen Beschreibungen zu finden. Wenn er dabei beobachtet wurde, notierte er aus Verlegenheit irgendwelche Begriffe, reinen Unsinn manchmal, Beschreibungen, mit denen er später nichts mehr anzufangen wusste. Auch heute war nicht sein Tag.

Doch der klarte auf – als er den Verkostungsraum der Cantina Tramin betrat, eigentlich ein Saal. Hier entdeckte Frank sein Motiv, hier fand er die Perspektive, die er von außen gar nicht hatte finden können. Sie lag im Blick durch die großen, umrankten bis auf den Boden reichenden Fenster hinab ins Tal mit dem See oder hinauf zum gewaltigen Monte Roen und auf das Dorf Tramin zu. Nirgends bisher hatten ihn Balken, nichts anderes waren die das Gebäude umgebenden Ranken, so wenig gestört wie hier, im Gegenteil. Sie gaben der Landschaft ein neues Gesicht, verfremdeten sie, teilten sie auf in Facetten, in eine Unzahl einzelner Bilder von Weinbergen, von Häusern und Kirchen, Straßen, Berghängen und bis zu den Gipfeln reichenden Waldinseln. Für welches Bild sollte er sich entscheiden?

Das würde er jetzt nicht tun, sagte sich Frank und zückte die Kameras, das würde er später anhand der Bilder entscheiden. Als die Speicherkarte voll war, nahm er die nächste … und fotografierte, solange es das Licht zuließ. Die finale Auswahl würde das Schwierigste sein.

Dann war der Wein an der Reihe. Hoffentlich nahm ihm der Kellermeister nicht übel, dass er sich so lange mit der Architektur beschäftigt hatte, dachte Frank, als er den Einstiegswein eingeschenkt bekam. Es war eine Cuvée aus fünf Rebsorten, klar, aromatisch und fruchtig, etwas für die warmen Tage und nicht zu anspruchsvoll. Der reinsortige Weißburgunder danach war fester und hatte mehr Volumen, ein Teil war im Edelstahl, ein Teil im großen Holzfass ausgebaut worden und daher üppiger. Die Frucht erinnerte ihn an Aprikose und grünen Apfel, aber bei der Definition einzelner Aromen war er nicht besonders gut. Der Unterebner Pinot Grigio gefiel ihm gut, und es war erstaunlich, dass ein Wein, dessen Ausgangsmaterial von zahllosen Weinbauern geliefert wurde, diese Klasse erreichte, was auch an der händischen Auswahl der Trauben lag. Heu? Birne? Auf jeden Fall – und würzige Noten. Bei Weinen, mit denen Frank nicht klarkam, bat er später um eine Probeflasche, die er mit Antonia probieren und dann ihre Bewertung übernehmen würde. Aber davon emanzipierte er sich mehr und mehr.

Die Cuvée STOAN konnte er allein bewerten, so gut gefiel ihm dieser Wein mit schönen, reifen Aromen und seiner Kraft, seinem Volumen und der auf den Kalkboden zurückzuführenden Mineralität und Frische. Zart und unaufdringlich, wie nicht alle Gewürztraminer, wirkte auf ihn die Lagencuvée aus Tramin und der Montan-Region vom anderen Ufer der Etsch. War der Gewürztraminer Selida filigraner und deutlicher, akzentuierter in den Aromen, so zeichnete sich der Nussbaumer durch Diskretion, Eleganz und Festigkeit aus. Dieser war von den dreien, dem der Ort Tramin bereits von tausend Jahren den Namen gegeben hatte, die Spitze. Er war der feinste und gleichzeitig der stärkere Wein.

Eigentlich reichte es mit der Probe, doch Frank musste weitermachen, wurde konfrontiert (oder umarmt?) von einem Lagrein Rosé, der eigentlich mehr ein trockener, leichter Rotwein war. Der Vernatsch danach zeigte genau das, was Willi Stürz zuvor erläutert hatte, und es war überraschend, wie aus dem früheren Massenwein ein so delikates Gewächs werden konnte.

Mit Spätburgunder, vielmehr mit Pinot Noir hatte Antonia experimentiert, sie hatte es unbedingt wissen wollen, doch sie hatte nicht den dafür geeigneten Boden. Sandigen

Lehm gab es wenig in der Toskana. Hier war es anders, Pinot Noir erreichte ein Niveau, das Frank aus französischen Regionen und vom deutschen Kaiserstuhl kannte. Waren es die langen Vegetationsperioden, die großen Tag- und Nachtunterschiede in der Temperatur, die diese Weine derart charaktervoll und aromastark werden ließen? Und es war die Feinheit all dieser Gewächse, die sie so besonders machte. Den einem Bordeaux nachempfundenen Wein aus Merlot, Cabernet Sauvignon sowie Cabernet Franc sollte er besser in drei Jahren probieren, nach anderthalb Jahren war der Wein zu jung, ihn zu beurteilen. Der Lagrein Urban danach wäre bestimmt passend zu einem kräftigen Steak oder zum Rehbraten.

Wieso dachte er in diesem Zusammenhang an Marcella? Nein, das durfte nicht sein, es wäre sowohl Antonia wie auch Matteo gegenüber unfair. Er wies den Gedanken, sie heute wieder zum Essen einzuladen, ganz weit von sich. Aber wieso eigentlich? Musste er sich dafür entschuldigen, dass ihm diese Frau gefiel, dass sie ihn sogar reizte? Schauen und Denken waren erlaubt, beim Handeln war es etwas anderes … und er konzentrierte sich in seinem leicht angesäuseltem Zustand auf die Gewürztraminer Spätlese, die wie Gold in sein Glas tropfte.

Er ließ den Wagen auf dem Parkplatz vor der Kellerei, stellte nur den Fotorucksack hinein und zog mit einem heftigen Ruck die Jalousie über den Kofferraum. Er war wütend über sich, wütend, dass er zu viel geschluckt und zu wenig gespuckt hatte. Er war unkonzentriert vorgegangen. Es störte die Arbeit, und es wirkte unprofessionell, sicherlich war es auch demjenigen aufgefallen, der ihn bei der Probe begleitet hatte. Man wurde beobachtet, sein Gegenüber wollte wissen, wie Frank auf den Wein reagierte, und wenn er etwas notierte, waren die Augen des Begleiters meist auf das Papier gerichtet, wenn er sich nicht bereits mit dem nächsten Wein beschäftigte.

Ohne seine Umgebung richtig wahrzunehmen, war Frank einer bergan führenden Straße ins Dorf gefolgt, hatte kaum auf die Häuser und die Menschen geachtet, ständig bemüht, herrischen Radfahrern in Wurstpellen ähnelndem Outfit auszuweichen, und fand sich schließlich vor einem Brunnen mit einer Plastik wieder: Eine Frau keuchte unter einer Kiepe, aus der die Beine eines Mannes ragten. Außen auf der Kiepe hing rücklings ein Mann in Frack und Zylinder, überragt von einem gefräßigen Untier mit zahnbewehrtem Maul und spitzen Hörnern. Das Tier trug einen Mantel, unter dem ein Paar menschlicher Füße in Schnürstiefeln hervorlugte.

»Das ist das Schnappviech, es soll den Kindern Angst machen«, hörte er in dem Moment jemanden hinter sich sagen. Es war die Stimme einer jungen Frau. Er kannte diese Stimme, er brauchte einen Augenblick, bis sie sich zuordnen ließ. Hinter ihm stand Theresa.

»Sie hier?«

»Ja, merkwürdig, nicht wahr? Südtirol ist nicht groß, man trifft sich überall wieder. Der Alte da«, sie zeigte auf den Mann mit Zylinder, »das ist Egetmann Hansl, in der Kiepe der Frau steckt Zumm, und hinter den beiden steht das Schnappvieh oder auch Wudele genannt. Der Egetmann-Umzug gehört zu unseren Faschingsbräuchen. Die sind hier etwas anderes als in Köln oder Mainz.«

»Ich komme ursprünglich aus Hamburg, uns Nordlichtern fehlt jedes Verständnis für diese Umtriebe.« Frank war nicht sonderlich erfreut über die Begegnung.

»Ich muss mich bei Ihnen entschuldigen«, sagte Theresa, anscheinend auf seine Gutmütigkeit hoffend. »Ich habe Sie mit meinen Sorgen behelligt, was eigentlich nicht meine Absicht war.«

Das sah Frank etwas anders, aber er schwieg. War sie einfach nur geschickt vorgegangen, oder hatte sie sich lediglich einer neutralen Person gegenüber aussprechen müssen? Bei der Mutter, so wie er sie erlebt hatte, war das sicher nicht möglich.

»Ich habe dummerweise Ravelli gegenüber von Ihnen gesprochen, ich weiß nicht, wie ich darauf kam. Ich war ärgerlich, wütend, ich kann ihn nicht leiden, und er weiß, wie er mich in Rage bringen kann. Es ist immer dasselbe, wenn ich ihn treffe, deshalb weiche ich ihm aus. Aber er kam und hat mich …«, sie zögerte, »ich glaube, er wollte mich einschüchtern. Er ist schlimmer als dieses Schnappvieh. Er versucht immer, wenn er andere nicht mit seiner schleimigen Art rumkriegt, ihnen Angst einzujagen. Das macht er bei seinen Geldgeschäften ähnlich, habe ich jedenfalls gehört. Ich war in Wut, da habe ich gesagt, dass Sie mir helfen würden. Bitte, seien Sie mir nicht böse, Herr Gatow. Er hat mich ausgefragt, und ich habe ihm Ihren Namen gesagt. Ich hoffe nur, dass er Sie nicht belästigt hat.«

Wie sie verzagt vor ihm stand, konnte er ihr schlecht böse sein. In Theresas Alter war man nicht beherrscht, weder diplomatisch noch vorausblickend, oder aber andere zu manipulieren, war einem in die Wiege gelegt.

»Ich habe ihm wirklich nur Ihren Namen gesagt und dass Sie ein Freund von Papa gewesen sind.«

Frank stöhnte. »Bereits das war zu viel, Theresa.«

War sie erschrocken, oder tat sie nur so? »Hat er Sie etwa belästigt?«

Vollgequatscht wäre das richtige Wort gewesen, so fasste Frank im Nachhinein die Unterredung auf, doch es auszusprechen, wäre unfreundlich, seine Ausdrucksweise könnte hinterbracht werden.

»Ravelli hat mir seine Sicht der Dinge geschildert. Sie werden sich denken, dass sie von Ihrer Sicht abweicht.«

»Was hat er gesagt?«

Sprach da Besorgnis aus ihr, oder war es Berechnung? Frank blickte das Ungeheuer an. Es überragte Theresa um einiges, und in seinen Zügen lag neben der schelmischen Seite auch eine gehörige Portion Bosheit. »Was er gesagt hat? Ganz einfach, er hat mich vor Ihnen gewarnt.«

»Das wundert mich nicht! Er hat nämlich Angst vor mir, alle haben Angst. Weil ich die Einzige bin, die sagt, was mit Papa wirklich geschehen ist. Nur – ich kann's nicht beweisen.« Sie sah zu Boden, nagte am Knöchel ihrer linken Hand und packte ihre Handtasche fester, als müsste sie sich zusammenreißen.

»Gern würde ich mit Ihnen einen Kaffee trinken, da drüben. Vielleicht auch ein andermal? Die haben tolle Torten. Aber ich muss leider zurück zur Arbeit. Können wir uns nicht mal abends treffen, und Sie erzählen mir was von Ihrer Arbeit?«

Frank sah es als Vorwand, ihn weiter auf ihre Seite zu ziehen. Nein, er wollte nichts mit ihren Angelegenheiten zu tun haben. Aber ihr einen Therapeuten zu empfehlen, um mit dem Schmerz über den Tod ihres Vaters fertigzuwerden, hielt er doch für geschmacklos.

»Bitte, geben Sie mir Ihre Nummer, ich möchte Sie gern anrufen, ich weiß noch nicht, wann, denn ich habe viel zu tun. Bei uns auf dem Gut ist ein Kollege krank geworden, und ich muss seine Arbeit mitmachen. Aber abends haben Sie bestimmt Zeit, da ist es dunkel, da können Sie gar nichts fotografieren. Ich komme auch nach Bozen, und wir treffen uns dort?« Flehentlich war gar kein Ausdruck für den Ton, mit der Theresa ihre Bitte vorbrachte.

Das ließ sich unmöglich ignorieren. Er gab ihr seine Karte, wohl auch, um sie loszuwerden, wie er sich selbst eingestand, als er ihr nachsah, wie sie in Jeans und Jeansjacke beinahe männlich an der Treppe des Rathauses vorübereilte, ohne sich umzudrehen.

Die Wirkung des Alkohols war verflogen, dafür stellte sich der Hunger ein. Es war mittlerweile vierzehn Uhr, und erst am frühen Nachmittag würde das Licht wieder erträglich sein, sodass er die Arbeit an der Cantina Tramin fortsetzen konnte. Die Zeit bis dahin musste er irgendwie überbrücken.

Unter der Markise des »Goldenen Löwen« am Marktplatz wurde ein Tisch frei. Gab er sich nur deshalb mit Speck am Brettl und Kaminwurzen zufrieden, weil er insgeheim doch noch auf ein richtiges, von Marcella zubereitetes Abendessen hoffte? Kaffee passte nicht besonders gut zur kalten Küche, auch nicht mit dem gewürzten Schüttelbrot, mit Speck vertrug er sich kaum, doch er half, den Kopf endgültig klarzubekommen, und Frank beobachtete beim Essen die Vorübergehenden. Es waren ausschließlich Touristen, täglich kamen mehr, auch in den »Goldenen Löwen«. Nur in der Tischreihe direkt an der Straße saßen zwei ältere Damen, elegant, gestylt, nicht im üblichen Freizeitdress der Touristen. Das waren Einheimische. Er war sich sicher. Was ihn verunsicherte, waren die Blicke der beiden Sonnenbrillen, die sich zu häufig ihm zuwandten. Die Brillen waren riesig, insektengleich, Augen waren über den rot geschminkten Mündern nicht zu sehen. Das Haar der Dame, die näher bei ihm saß, war blond gefärbt, jedoch nicht in dem Ton, den das Haar schwarzhaariger Italienerinnen dabei annahm. Sie trug eine leichte weiße Bluse mit halblangem Arm, darüber ein Bolerojäckchen und einen langen schwarzen Rock. Modeschmuck zierte den nicht mehr ganz jungen Hals und die Handgelenke. Die Dame war relativ groß, sie kam mit ihren langen Beinen und den halbhohen Pumps unter dem Tisch nicht zurecht und rückte nervös auf ihrem Stuhl herum, dann blickte sie wieder zu Frank herüber und flüsterte mit ihrer Begleiterin.

Er schaute bewusst in eine andere Richtung und hätte

sich gern hinter einer Zeitung vergraben, als er bemerkte, dass die Dame sich erhob. Als er wieder einen Blick riskierte, stand sie neben ihm und legte die Hand auf den freien Stuhl an seinem Tisch.

»Sie gestatten?«, sagte sie auf Deutsch. Er wäre erstaunt gewesen, wenn sie es auf Italienisch gesagt hätte.

7. Kapitel

Mit einer freundlichen Geste wies Frank auf den Stuhl rechts von ihm. Als er aufstehen und ihr den Stuhl bringen wollte, stand die Dame bereits neben ihm, zog den Stuhl zurück und setzte sich. Das war sehr direkt und neu für Frank, das hatte er weder in Deutschland noch in Italien erlebt. Die Überraschung musste ihm anzusehen sein.

»Sehr freundlich, dass ich mich zu Ihnen setzen darf, Herr Gatow, es ist nur für einen Moment.«

Sie kannte seinen Namen? Franks Verblüffung nahm zu. Dann gehörte sie womöglich – nein, bitte nicht …

»Ich habe Ihr Gespräch mit der jungen Frau drüben am Brunnen beobachtet. Ich kenne sie gut«, sagte sie, und ihr spitzer Mund zeigte, dass sie ihr wenig gewogen war. »Sie ist die Tochter aus der zweiten Ehe meines Exmannes. Ich war mehr als zehn Jahre mit Werner Kannegießer verheiratet. Erstaunt? Und Sie sind, oder vielmehr waren, ein Freund von ihm, wurde mir berichtet?«

Das hörte sich für Frank mehr nach einer Feststellung denn nach einer Frage an. Er schwieg einen langen Moment, dachte nichts, war nur genervt und fühlte sich bedrängt. Wieso ließen sie ihn nicht in Ruhe? Er kannte Kannegießer, wie man Leute kennt, die man ab und an geschäftlich trifft. Über mehr als über Wein hatten sie nie gesprochen – bis auf einen Abend, wenn Frank sich genau erinnerte, als Kannegießer ziemlich betrunken gewesen war.

»Wie darf ich Sie ansprechen? Mit wem habe ich das Vergnügen?« Frank wollte höflich bleiben, gleichzeitig musste er sich rausreden und dabei höllisch aufpassen, nichts weiterzugeben, was ihm die anderen gesagt hatten oder wodurch deutlich wurde, dass er mit ihnen gesprochen hatte. Es wäre hilfreich zu wissen, was sie wusste. Mit dreien aus dem Clan hatte er bereits das zweifelhafte Vergnügen gehabt. Mit Theresa und Claudia, deren Mutter, würde die Exfrau sicherlich nicht verkehren. Dann schon eher mit Ravelli.

»Ich bin Loretta Leiterer, mein Mann ist Stefan Leiterer, er ist Abgeordneter der SVP, der Südtiroler Volkspartei.«

Frank schnappte nach Luft. Das fehlte ihm noch! Sollte ihm das imponieren? Nein, das hingegen verkomplizierte die Angelegenheit. Außerdem kostete es ihn viel Überwindung, sich seine Ablehnung der Spezies Politiker nicht anmerken zu lassen. Gegensätzlicher konnte man kaum sein. Er machte Bilder, auf denen seine Absicht klar zu erkennen war, erkannt werden sollte, statt die Wirklichkeit im Sinne der eigenen Absichten genau wie die Absichten selbst zu verschleiern. Macht langweilte ihn, außerdem verdarb sie den Charakter.

Frank setzte seine Sonnenbrille auf. Wenn die Dame an seinem Tisch, die aus der Nähe bedeutend älter wirkte, einigermaßen sensibel war, würde sie die Geste verstehen. Erst als er die Brille wieder absetzte, verstand sie es. »Danke für den Hinweis. Man ist es einfach so gewohnt, sie aufzubehalten. Sicher, ich vergaß, Sie sind Fotograf, Sie schauen hin, das gehört zu Ihrem Beruf.« Loretta Leiterer lächelte bewusst charmant, drehte die Brille in den Händen und tat verlegen. Es war der einzige Ausdruck ihrer Nervosität.

Als er ihre Augen sah, taxierend und kalt, wäre es ihm lieber gewesen, sie hätte sich und ihre Absichten weiter hinter den dunklen Gläsern verborgen. Er kannte derartige Augen, früher hatten sie ihn frösteln lassen, Sympathie war darin nicht zu entdecken. Wurde man mit solchen Augen geboren, oder formte das Leben diesen Blick? Gingen Habgier und Misstrauen immer Hand in Hand?

»Ich habe von Ihnen und Ihrer Aufgabe gehört. Eine schöne Arbeit. In unserer privaten Bibliothek steht der von Ihnen fotografierte Bildband aus der Toskana, ein gelungenes Werk.«

Man muss die Menschen loben, dann gewinnt man ihre Sympathie. Nur weshalb war Frau Kanne…, nein, Leiterer, an seiner Sympathie gelegen?

»Mein Mann und ich haben gestern Abend noch einmal in den Band hineingeschaut – diese Aufnahme, der Winzer im Anzug, eine Kiste mit Erde in Händen und darin junge Weinstöcke. Sie scheinen ein aufmerksamer Betrachter zu sein. Dann das Bild mit den gepflegten Händen dieser Frau, deren Gesicht unter dem Strohhut verborgen bleibt, wie sie nach den Reben greift …«

Das war eine Aufnahme von Antonia während der Lese, als er die Tenuta Vanzetti zum ersten Mal betreten hatte. Wozu schmierte ihm Frau Leiterer Honig ums Maul?

»Sie waren ein Freund meines Exmannes …«

»Das Gerücht hält sich hartnäckig«, seufzte Frank, »ich weiß auch nicht, wieso. Wir waren keine …«

Ohne seine Entgegnung abzuwarten, fuhr Frau Leiterer fort: »Leider muss ich in der Vergangenheit sprechen, es wäre mir lieber, er lebte noch. Er hatte noch so viel vor, so viele Weine, die zu machen waren, so viele Pläne. Nein, wir waren uns nicht gram. Das ist man direkt nach einer Scheidung fast immer, die Trauer kommt später, aber auch sie vergeht, und zu einem Mann, mit dem eine Frau Kinder hat, verliert sie die Beziehung so gut wie nie, im Guten wie im Schlechten.«

Wie war es bei ihr?, fragte sich Frank für eine Sekunde – im Schlechten? Doch dann überwog das Gefühl, sich möglichst rasch aus diesem Gespräch herauszuwinden. »Lassen Sie mich bitte erklären, wie unser Verhältnis wirklich war. Herr Kannegießer und ich, wir …«

»Es war selten, dass Werner jemanden an sich heranließ. Wie ich von unserem Kellermeister erfuhr, war er derjenige, der Sie dazu veranlasst hat, herzukommen.«

Also hatte Oskar Bauer sie informiert. Das war schnell. Welche Interessen verfolgte der Kellermeister wirklich? Wollte er sich mit allen gut stellen? Frank war beeindruckt. Ihm war gar nicht aufgefallen, dass nachts auf den Bergspitzen die Tiroler Signalfeuer gebrannt hatten. Aber dass sie ihn mit Theresa zusammen beobachtet hatte, schrieb er dem Zufall zu.

»Wie weit Werner Sie in die Beziehungen zwischen seinen beiden Familien eingeweiht hat, ist mir leider nicht bekannt …«

»Gar nicht …«, versuchte Frank einzuwerfen.

»… doch auch er hat, trotz der neuen Ehe, unsere Töchter so geliebt wie die Kinder von seiner zweiten Frau. Theresa hingegen war immer rasend eifersüchtig, sie hat mit ihren Stiefschwestern leider nichts anfangen können. Sie hält sich für etwas Besonderes, sie meint, dass sie eine ganz spezielle Beziehung zum Vater gehabt hätte und damit zum Wein. Genau das gäbe nur ihr allein das Recht auf das Weingut.«

So hatte Frank sie nicht verstanden, aber jetzt war klar, worum es ging. Loretta Leiterer war beim Thema.

»Junge Leute überschätzen sich häufig, halten sich für wichtiger, als sie sind. Nur weil sie ein wenig im Weinbau herumgestochert hat, was sie heutzutage ein Studium nennen, meint Theresa, ein Anrecht auf unser Weingut zu haben. Dabei vergisst sie die Historie. Das scheint mir bei jungen Leuten heute generell der Fall zu sein.« Eine Kunstpause sollte das Gesagte unterstreichen. »Wie soll sie auch davon wissen? Sie war halt nicht dabei, sie war längst nicht auf der Welt, als Werner und ich das Weingut aufgebaut haben.«

Soweit Frank wusste, hatte Loretta in einen seit drei oder vier Generationen bestehenden Familienbetrieb eingeheiratet. Wozu tischte Frau Leiterer ihm derartige Märchen auf? Ging sie davon aus, dass er nicht Bescheid wusste und sich auch nicht informierte? Wer andere für dümmer hielt, war auch nicht klüger.

»Theresa kennt nicht die Mühe, die Schwierigkeiten, die ein Aufbau mit sich bringt. Wir waren beide jung und unerfahren. Was er ihr darüber erzählt hat – woher soll ich es wissen? Und die Finanzierung, das Geld, das meine Familie beigesteuert hat. Es sind erst kürzlich diesbezügliche Dokumente aufgetaucht ... Aufbau, zwei Geburten, ganz schwierige Jahre, die finanziellen Sorgen, auch die Zeiten und die Weine waren anders, damals ging es Südtirol längst nicht so gut wie heute. Es war die Zeit der Attentate und Provokationen, das allgemein herrschende Misstrauen war riesig. Unsere Autonomie war längst nicht realisiert. Aber darüber unterhalten Sie sich besser mit meinem Mann, der kennt sich hervorragend aus. Seine Stellung verschafft ihm größtmöglichen Einblick.«

Mühsam verkniff Frank sich ein Grinsen. Wie wichtig man doch war, wenn frau mit einem einflussreichen Mann verheiratet war. Er wandte sich rasch ab und winkte der Kellnerin.

»Für Sie, Frau Leiterer, auch etwas?«, fragte er betont zuvorkommend, sein Grinsen in ein gewinnendes Lächeln verwandelnd, bevor er einen weiteren Kaffee für sich bestellte. Jetzt wollte er mehr wissen, er musste sie am Tisch behalten.

»Ein Glas Sekt wäre mir recht«, sagte sie und winkte der Freundin beschwichtigend zu, die gelangweilt auf ihrem

Stuhl herumrückte. Frau Leiterer ging hinüber, wahrscheinlich um ihr zu berichten. Frank bestellte derweil den Sekt.

Es war nicht so, dass Frank dieses Spiel genoss, jedoch begann er in dem Maß Gefallen daran zu finden, wie seine Neugier wuchs. Er stand am Rande eines Sumpfes, das war klar; wenn er weiterging, konnte auch er versinken, doch solange er sich am Rand aufhielt, blieb es beim Schauspiel. Wieso engagierte sich Frau Leiterer derart? Tat sie es für sich selbst oder der Töchter wegen? Eine von ihnen hatte Weinbau studiert, interessierte sich aber nicht dafür. Die andere, Blondie hatte Kellermeister Bauer sie genannt, war im Marketing, was immer das bedeutete. Anscheinend verdiente sie gut, sonst wäre Ravelli nicht an ihrer Seite geblieben. Der Volkspartei-Ehemann und Orthopäde hatte sicher auch ein gutes Einkommen und würde kaum auf ein renovierungsbedürftiges Weingut erpicht sein. Theresa schien bei allen wenn nicht verhasst, so doch äußerst unbeliebt zu sein – oder gefürchtet?

»Das Gerede über die ungeklärten Todesumstände meines Exmannes setzt uns alle einem unausgesprochenen Verdacht aus.« Frau Leiterer nahm wieder Platz. »Zumindest bringt es uns in Misskredit. Theresa stellt den Tauchunfall oder vielmehr den Herzstillstand als ›angebliche‹ Todesursache hin, das beinhaltet, dass es eine wirkliche gibt!«, wiederholte Frau Leiterer und schüttelte empört den Kopf. »Niemand aus der Familie, keiner von uns allen hat je einen Fuß auf dieses Archipel in der Karibik gesetzt.« Sie sah zu ihrer Bekannten oder Freundin hin, als müsse sie sich dort die Bestätigung für das Gesagte holen. »Und wie stehen wir da? Natürlich meint sie nur unseren Teil der Familie. Als mutmaßliche Mörder? Das wird sie Ihnen gegenüber sicher auch so dargestellt haben, nicht wahr?« Vergebens wartete sie auf Franks Antwort. »Ich vermute mal, zu ihrer Entschuldigung, dass so ein junges Ding nicht weiß, was es mit diesem dummen Geschwätz anrichtet.«

Statt eine Antwort zu geben, nickte Frank nachdenklich, was Frau Leiterer als Bestätigung ihrer Kritik auffasste. Jedes Mal, wenn er dazu ansetzte, ihr zu erklären, dass seine Beziehung zu ihrem Ex längst nicht die Bedeutung hatte, die sie ihr beimaß, unterbrach sie ihn. Es schien ihm beinahe so, als wolle sie ihn in diese Rolle drängen. Nur mit welchem Ziel?

»Wir haben überlegt, dass wir ihr gerichtlich untersagen, diese Behauptung weiter aufrechtzuerhalten. Es ist demütigend, es ist eine Beleidigung, üble Nachrede klingt viel zu harmlos. Und das betrifft nicht nur meine Familie, sondern letztlich auch die ihre.«

»Sie ist jung«, warf Frank ein, »sie ist verzweifelt, sie fühlt sich alleingelassen. Können Sie nicht mit ihr reden? Sie könnte Ihnen die Gründe dafür erläutern, weshalb sie auf dieser Behauptung beharrt. Muss man immer gleich vor Gericht gehen?«

»Sehen Sie!« Frau Leiterer richtete sich empört auf. »Da hat sie bereits erreicht, was sie wollte. Sogar Sie, der Sie so wenig damit zu tun haben, fallen auf den Humbug rein. Es geht dabei doch nur um ihre Ansprüche auf das Weingut. Bei jeder Gelegenheit schleicht sie dort herum, genau wie ihre Mutter.«

Wahrscheinlich tat Frau Leiterer nichts anderes. »Theresa ist dort aufgewachsen, es ist ihr Zuhause. Sie wohnt dort, soweit ich weiß.« Franks Einwand kam ein wenig zaghaft.

»Hat sie das gesagt? Dann hat sie gelogen. Sie ist längst ausgezogen. Für meine Töchter war es mal ihr Zuhause, Anette und Barbara könnten den gleichen Anspruch geltend machen.«

»Dann sollten sie es tun!« Konnte dieses unsägliche Gespräch nicht beendet werden? Frank blickte intensiv auf seine Armbanduhr und zerrte seinen Terminkalender aus dem Fotorucksack. Das war seine Methode, dem anderen zu signalisieren, dass weitere Termine anstünden. Er wollte hinauf zur Lage Nussbaumer, die fotografische Beziehung zwischen dem Gewürztraminer, der ihm bei der Probe am besten gefallen hatte, und dem Weinberg, dem Terroir herstellen. Aber das richtige Licht ließ auf sich warten, es war noch nicht in seinem Sinne, so weich und warm, wie er es haben wollte.

»Ich glaube, sie sucht da etwas, das es nicht gibt. Werner hat seinerzeit einen Pinot Grigio von der Lage Tannenbichl gekeltert, dem er eine lange, ach, was sage ich, eine ewige Lebensdauer prophezeit hat. Niemand hat es damals geglaubt, auch ich kann mich an den Wein nicht erinnern. Wenn es ein Rhein-Riesling gewesen wäre, gut, aber kein Pinot Grigio. Und damit sein Wein nicht gedankenlos getrunken oder verkauft wird, hat er ihn irgendwo eingemauert. So wurde es schon zur Zeit der NS-Besatzung gehandhabt, als in Europa überall die besten Tropfen vor Hitlers Horden in Sicherheit gebracht werden mussten. Ob Werner das wirklich getan hat oder nicht, weiß ich nicht. Als unsere Ehe in die Brüche ging, habe ich dem Weingut nicht mehr allzu viel Aufmerksamkeit geschenkt, sehr verständlich, nicht wahr? Ich weiß wirklich nicht, was dieses Mädchen sich denkt.«

»Dann fragen Sie sie einfach«, warf Frank ein, doch so leicht war es nicht, darum ging es Frau Leiterer nicht.

»Auf dem Weingut sind dringende Investitionen nötig. Sie kennen sich aus, Herr Gatow, Sie werden den Zustand des Weinguts bemerkt haben, und Sie kennen andere Weingüter Südtirols. Es ist mir sowieso schleierhaft, wieso mein Exmann das Weingut derart abgewirtschaftet hat. Das wirft ein sehr, na, sagen wir spezielles Licht auf seine zweite Ehe!

Ich frage Sie, welche Bank wird einem Mädchen von dreiundzwanzig Jahren einige Hunderttausend leihen? Allein deshalb kommt Theresa als Nachfolgerin überhaupt nicht infrage. Eine halbe Million wäre nötig, wir haben es durchgerechnet, wir könnten sie selbstverständlich aufbringen, für Modernisierungsmaßnahmen, obwohl es nicht mehr so leicht ist, Geld aus Brüssel zu bekommen. Unsere Hausbank hingegen kann vieles bewirken, wir haben längst mit ihr verhandelt.«

Davon war Frank überzeugt. Politiker und Banker kamen bestens miteinander aus.

»Hat übrigens Ravelli Sie bereits aufgesucht?«

Wusste sie es, oder war es ein Test, ob er ihr die Wahrheit sagte? Hatte er nach dem Treffen mit ihr darüber gesprochen? Schließlich war er der ständige Begleiter ihrer Tochter Barbara und damit eine Art Schwiegersohn. Frank hielt es für besser, bei der Wahrheit zu bleiben.

»Wir hatten das Vergnügen.«

Zum ersten Mal hörte er Frau Leiterer lachen. Nahm sie den Schwiegersohn in spe nicht für voll?

»Ein Vergnügen nennen Sie das? Er mischt sich überall ein, er glaubt, er begreift die Situation. Aber das kann niemand so gut wie ich. Er überschätzt sich, leider nicht nur in dieser Hinsicht. Er ist ein *giocatore d'azzardo*, wie die Italiener sagen, ein Glücksspieler. Manchmal finden sie eine richtig treffende Ausdrucksweise, besonders wenn es um ihre Schwächen geht.«

Diese Pauschalisierungen gingen Frank zunehmend gegen den Strich. Er merkte, wie sich sein Gefühl Frau Leiterer gegenüber veränderte, wie er mehr und mehr auf Distanz ging. Die Unterhaltung wandelte sich von einer Groteske hin zur Anklage.

»Wurden die Vermögensverhältnisse nach dem Ende Ihrer Ehe nicht geklärt, die Zahlungen für die Töchter, Unterhalt für Sie ... besteht Ihrerseits noch ein Rechtsanspruch auf das Gut?«

Er selbst hatte nach der Scheidung zehn Jahre lang Unterhalt für Christine gezahlt und auch ihr Studium finanziert. Christine war kein teures Mädchen gewesen, sie hatte während des gesamten Studiums an der Hochschule für bildende Künste in einer Fotoagentur gejobbt und ihm wenig auf der Tasche gelegen. Als er zu Antonia auf ihr Anwesen aus dem Jahr 1592 gezogen war, hatte er seine Wohnung in Hamburg-Eimsbüttel Christine überlassen. Die Frage nach dem Rechtsanspruch zu stellen, war ein Fehler, sie verlängerte das Gespräch. Es musste sich totlaufen, andernfalls käme er hier nie weg.

»Das, was bei einer Scheidung geregelt werden kann, haben wir geregelt. Mein Exmann hat sich stets korrekt verhalten, das muss ich ihm lassen. Korrekt war er immer.«

»Dann halte ich es für erstaunlich, dass sich sein Testament noch nicht hat finden lassen. Er wird gewiss die Nachfolge geregelt haben, seien Sie unbesorgt. Irgendwann taucht es auf.« Frank wählte diese Worte als eine Art Schlusssatz. Aber er hatte nicht mit Frau Leiterers Hartnäckigkeit gerechnet.

»Menschen verändern sich.«

»Nein, das glaube ich kaum«, widersprach Frank, »im Wesen bleiben sie sich fast immer gleich. Außer man wird durch traumatische Erfahrungen verändert.«

»So wie Sie damals in der Toskana?«

Frank zuckte zusammen und wurde schlagartig ernst. »Was meinen Sie damit, was war in der Toskana?«

»Ach, Herr Gatow, tun Sie nicht so unschuldig.« In gespielter Entrüstung lehnte sie sich zurück. »Glauben Sie, die Sache mit Massimo Vanzetti stand hier nicht in der Presse? Ein Baulöwe, der seinen Nebenbuhler zu erschießen trachtet? Vanzetti hat auch hier bauen lassen, und auch bei uns gab es Unregelmäßigkeiten, sowohl in der Bauausführung wie in der Abrechnung.«

Wusste Frau Leiterer das wirklich, oder hatte ihr Mann geholfen und blitzschnell über seine Partei oder sonstige politische Kanäle Erkundigungen über ihn eingezogen?

»Es war ein aufsehenerregender Prozess, und das Urteil war hart.«

»Sie sagten, Ihr Mann sei in der Südtiroler Volkspartei – hat er gleich ein Dossier über mich angefordert?«

Die Antwort klang süß und milde. »Herr Gatow. Seien Sie nicht so misstrauisch, Italien ist schließlich ein Rechtsstaat.«

»Ja, der immer weiter nach rechts tendiert.«

»Sie sympathisieren hoffentlich nicht mit den Wirrköpfen von MoVimento 5 Stelle, mit diesem Beppe Grillo, diesem *cretino?*«

»Das Programm ist nicht schlecht …«

»Mag sein, das sagte man vom Sozialismus auch, aber dann kamen die Leute, die es umsetzten, und damit begann die Katastrophe. Ich möchte mich nicht mit Ihnen über Politik unterhalten. Ihre Arbeit halte ich für ausgesprochen wichtig, besonders für Südtirol. Das sieht auch mein Mann so. Wir könnten Ihnen gern entgegenkommen. Schließlich nutzt es uns allen. Wir könnten Ihnen einige Hundert Bücher abkaufen, wenn es so weit ist, die Partei, meine ich. Ich stelle mir vor, dass Sie den Verlag dazu bewegen, einen Eindruck zu bringen: ›Unterstützt von der Südtiroler Volkspartei‹, sowie eine Erwähnung in den Danksagungen. Das muss Ihnen doch gefallen, oder? Sie sollten unbedingt meinen Mann kennenlernen. Sie werden sich gut verstehen. Dann können Sie mit ihm darüber reden – und über Politik. Wir geben am Samstag eine Party, im kleinen Kreis, bei schönem Wetter im Garten, bei schlechtem im Haus, aber wir haben hier nur gutes Wetter. Wir wohnen ein Stück oberhalb von Bozen, am Ritten, falls Ihnen das etwas sagt, allein der Traumblick ist es wert, uns zu besuchen. Ich rechne mit Ihnen!«

Als sie gegangen war, betrachtete Frank die Visitenkarte. Er war fertig mit den Nerven. Am liebsten wäre er in Matteos Wohnung gefahren und hätte sich ins Bett gelegt, die Decke über den Kopf gezogen und alles vergessen. Aber dazu war es zu warm, außerdem ließ sein Zeitplan es nicht zu. Die Lage Nussbaumer wartete, sie lag oberhalb Tramins, beinahe in Sichtweite. Der Wein, der ausschließlich mit jenen sprach, die seine Sprache verstanden, würde ihm guttun. Er ging zurück zur Kellerei, wo er den Wagen hatte stehen lassen, machte einige Aufnahmen, denn vom Ort kommend zeigten sich die Perspektive und der Schattenfall des Rankengebildes wieder neu. Am späten Nachmittag müsste er nochmals kommen, um die Aufnahmen von der abends besonnten Seite zu machen.

Die Lage Nussbaumer in vierhundertfünfzig Meter Höhe war nach dem Bauernhof benannt, der unter Denkmalschutz stand. Die Weingärten erstreckten sich auf einem leicht abfallenden Plateau. Es war eine große, nur von Wirtschaftswegen durchbrochene Fläche, eine grüne Ebene, aus der einige Bäume hervorragten und die Dächer der Nachbarhöfe. Hier wuchs hauptsächlich Gewürztraminer, die vom Traminer abstammende und nach diesem Ort benannte Rebsorte. Bereits vor tausend Jahren soll sie in irgendwelchen Analen erwähnt worden sein. Bisher hatte Frank diese Rebsorte als zu aufdringlich empfunden, zu viel vom Rosenduft, zu viel Litschi, zu schwer und parfümiert. Aber wenn sie so ausgebaut wurde wie der Nussbaumer, den er in der Kellerei Tramin probiert hatte, war sie ein Hochgenuss und ein Maß für andere, die diese Traube ebenfalls kultivierten.

Frank folgte einem der Wirtschaftswege, um einen höheren Standort zu gewinnen. *Camminare la terra*, das Land begehen. Dieser Satz war bei ihm in bester Erinnerung. Es waren Worte, die Stefano Scudiere vor vielen Jahren ausgesprochen hatte, einer der besten Weinberater in der Toskana und leider auch einer mit krimineller Energie. *Camminare la terra*, das hatte er mit Stefano gemacht und dabei von ihm gelernt, und das taten Antonia und er häufig nach dem Abendessen. Dann gingen sie so wie jetzt er durch die Rebzeilen, von Weinstock zu Weinstock, und Antonia sah, wie es jedem einzelnen von ihnen ging, ob er gesund war, unter Trockenstress litt oder unter einer Krankheit, ob die Blätterwand im richtigen Verhältnis zur Menge der Trauben stand.

Mittlerweile dürfte Stefano längst aus dem Gefängnis entlassen worden sein, denn seine weinfachliche Beratung der Bande um Avvocato Strozzi war als Unterstützung einer kriminellen Vereinigung gewertet worden, was ihm acht Jahre eingebracht hatte, von denen er nur sechs abgesessen hatte. Nur sechs! Sechs Jahre eines einzigen und kostbaren Lebens hinter Gittern. *Camminare il cortile di prigione*, nicht den Weinberg, vielmehr den Gefängnishof ablaufen. Von Stefano war Frank in die Welt des Weins, der Reben und Weine eingeführt worden, und Stefano, obwohl es ihm möglich gewesen war, hatte ihn nicht ans Messer geliefert. Er erinnerte sich nicht, wen der »Flying Winemaker«, wie er sich gern genannt hatte, hier in Südtirol beraten hatte. Es war besser, nicht an den alten Geschichten zu rühren.

Die Gedanken an Stefano und die Reben ringsum hatten Frank längst von dem Gespräch im »Goldenen Löwen« abgebracht – ihn davon befreit, wäre richtiger. Je länger er bergan stieg, je mehr er sich dem Wald näherte, Höhe gewann und sich einen Überblick verschaffte, desto mehr verblasste das Bild von Loretta Leiterer. Stattdessen betrachtete er aufmerksamer den Boden, insbesondere dort, wo es keinen Bewuchs gab. Seine Spezialisierung brachte es mit sich, dass er der Geologie nicht ausweichen konnte, obwohl er nichts davon verstand. Kalkstein und Tuff waren es hauptsächlich rund um die Tenuta Vanzetti, durchsetzt mit Kieseln und Steinen.

Um ein Bild von der Bodenbeschaffenheit zu gewinnen, war ein Bodenprofil hilfreich. Hier begann es an der Oberfläche mit feiner organischer Substanz, einer sehr dünnen Decke, und ging in tieferen Schichten über die Hangerosion hin zum Ausgangsmaterial dieser Fläche aus Mergel, Sandstein und Quarzporphyr, dem vulkanischen Anteil. Wie er gehört hatte, sollte vor Urzeiten das Eisacktal zwischen Meran und Bozen ein riesiger Vulkan gewesen sein. In einem Bodenprofil wäre ersichtlich, dass die feineren Anteile an der Oberfläche blieben und die gröberen und festen Anteile immer in der Tiefe lagen. Hier aber gab es auch in der Tiefe von einem bis zwei Metern noch humusführende Schichten, was darauf schließen ließ, dass diese Schichten von der Hangerosion begraben worden waren. Das also war die Grundlage, auf der jener Gewürztraminer wuchs, der am Vormittag als letzter Wein in seinem Glas gefunkelt hatte.

Je mehr Frank sich dem Wald näherte, desto deutlicher fielen ihm die herausgeschnittenen Flächen auf, Quadrate oder Rechtecke, die mit Reben bepflanzt waren. Um der Erwärmung zu entkommen, verlegten etliche Winzer neue Rebanlagen für Weißwein weiter in die Höhe, außerdem bevorzugten sie Flächen, die hohen Unterschieden zwischen Tages- und Nachttemperatur ausgesetzt waren, was die Aromabildung förderte. Ob diese Flächen nach der »Agronomischen Formel« ausgewählt worden waren, würde Frank erfragen müssen. In diese Formel flossen die Hangneigung, die Höhe über dem Meeresspiegel, die Ausrichtung der Rebzeilen zur Sonne und die Horizontalabschattung ein. Letzteres bewertete den Zeitpunkt, ab wann oder bis wann eine Lage von der Sonne beschienen war, denn die Dreitausender warfen lange Schatten, und in einigen Dörfern ging die Sonne sogar im Sommer bereits nachmittags unter, während sie in anderen erst lange nach Sonnenaufgang den Boden erreichte.

Carl Breitenbach war vom Nussbaumer ähnlich begeistert wie Frank, der wie üblich von jeder Kellerei, die er besuchte, die Flasche des Weins mitbrachte, der ihm als außergewöhnlich aufgefallen war. Dass der Nussbaumer bereits nach drei Stunden entkorkt würde, war nicht geplant gewesen. Er war für Antonia bestimmt. In seiner opulenten Version sollte er mit Schweine- oder Lammbraten einhergehen, mit gebratener Leber oder Kohlrouladen, doch weder konnte Frank gut kochen, noch fand sich etwas von diesen Zutaten unter Matteos Vorräten. Dabei hatte Marcella trotz Franks Protest wieder für ihn eingekauft. Sie besaß einen Schlüssel für die Wohnung, was Frank wenig störte, sie gehörte eben zu den Menschen, die gern für andere sorgten, und er ließ es sich ebenso gern gefallen.

Also blieb Carl und Frank nichts übrig, als ein Restaurant aufzusuchen. Sie fuhren nach St. Pauls, das war keine zwanzig Minuten entfernt. Den auf eine bronzezeitliche Siedlung zurückgehenden Ort würde Frank sich beim Besuch der örtlichen Genossenschaft, ebenfalls eine Empfehlung diverser Weinführer, ansehen. Der gotische Dom mit dem barocken Zwiebeltürmchen musste sich mit einem kurzen Blick begnügen. Für Carl Breitenbach, klerikalen Kunstwerken weit mehr zugetan, würde das der Grund für einen zweiten Besuch sein. Frank hingegen war fasziniert von dem Weinstock, der den »Paulser Hof« auf einer Strecke von sechzig Metern umrankte und gegenwärtig zur zweiten Runde ansetzte, dabei sollte die Rebe lediglich zwölf Jahre alt sein. In Tisens, hoch über dem Meraner Tal, nahe Schloss Katzenzungen, sollte eine dreihundertfünfzig Jahre alte Rebe der alten Weißweinsorte Versoaln eine Fläche von dreihundertfünfzig Quadratmetern überwachsen. Doch die Rebe im Restaurant »Paulser Hof« war ihm schon genug, wenn ihre Trauben auch keine fünfhundert Flaschen füllten wie die in Tisens.

Hirtenmaccaroni, Zwiebelrostbraten oder lieber Kalbsleber Venezianischer Art? Das war jetzt wichtig. Der Kalbskopf sauer war weniger nach ihrem Geschmack, daher entschieden sich beide für die Venezianische Leber.

Die Weinkarte gehörte zu den umfänglichsten, die Frank jemals vorgelegt worden war. Sich durchzuprobieren, wenn auch nur glasweise, würde mehrere Tage in Anspruch nehmen. Als Antonia an der Baden-Baden Wine Challenge teilgenommen hatte, wurden täglich bis zu fünfzig Weine probiert. Die Weine auf der Karte vor ihm hätte sie in drei Tagen geschafft. Morgen stand Kloster Neustift auf dem Programm … da würde er die Probe auf zehn Weine beschränken, mehr tat ihm nicht gut. Aber da war immer der Zwiespalt: einerseits die Neugier, andererseits die Verantwortung, ohne Promille auf die Straße zu gehen.

Vorweg bestellten sie einen Sauvignon Blanc mit dem Namen Gfill von der Kellerei Schreckbichl in Girlan. Diese Kellerei sowie die örtliche Genossenschaft wie auch die von St. Pauls fanden sich auf der Weinkarte, sie standen auch auf Franks Besuchsprogramm, das er lange vor der Reise nach Vorschlägen von Werner Kannegießer aufgestellt hatte. Bisher erwiesen sich die Vorschläge des verstorbenen Winzers als sehr hilfreich und deckten sich mit den Bewertungen der Weinführer. Zur Leber würde Frank der Empfehlung der Wirtin folgen und einen Blauburgunder trinken, Carl zog den St. Magdalener vor, eine Cuvée mit einem Schuss Lagrein, der die nötige Fülle mitbrachte, um dem kräftigen Essen etwas entgegenzusetzen.

Unweigerlich brachte Carl Breitenbach das Gespräch auf die Familie Kannegießer und erkundigte sich nach neuen Erkenntnissen, was nicht unbedingt ernst gemeint war.

»Wenn ich ehrlich bin …«

»Das hoffe ich doch«, unterbrach ihn Carl.

»… dann bin ich ganz froh, dass wir darüber reden können.« Alle, von denen er bislang mit diesem Thema konfrontiert worden war, so Frank, verfolgten persönliche Interessen, mehr oder weniger durchsichtig. Alle redeten schlecht über die anderen, jeder gab seine Sicht der Dinge zum Besten. Das war einerseits verständlich, andererseits trug es wenig zur Wahrheitsfindung bei.

»Das viele Gerede beunruhigt mich mehr, als ich mir wünsche. Zuerst hat es mich nicht berührt, was ging es mich auch an? Mittlerweile ist es anders.«

»Weshalb der Meinungswandel?«

»Ich mache mir Sorgen um das Mädchen.«

»Weil sie behauptet, dass dein Winzer keines natürlichen Todes gestorben ist? Es geht dir tatsächlich nahe, ich sehe dir deine Zerknirschung an.«

»Ja? Tut man das?« Frank bemerkte erst jetzt seine krause Stirn und die Spannung um seinen Mund. Das geschah nur, wenn ihn etwas Negatives ernstlich beschäftigte. »Du hast leider recht, es ist wegen dieser Behauptungen. Die gesamte Familie, vielmehr beide Familien sind gegen sie aufgebracht, und ich glaube, dass das Mädchen nicht begreift, was sie mit ihrer Äußerung anrichtet. Ich halte sie nicht für böswillig.«

»Du meinst, es geht ihr nicht darum, Zwietracht zu säen? Sie glaubt tatsächlich, dass es so war?«

Frank schilderte Carl, was er bislang über den Tod des Winzers erfahren hatte, und gab, soweit er sich erinnerte, die Versionen von Ravelli, dem Kellermeister Bauer, von Theresa selbst und Loretta Leiterer wieder, wobei ihm Ravellis Beweggründe am undurchsichtigsten erschienen. Bei Frau Leiterer sah er noch nicht, ob sie ein möglichst großes Stück vom Erbe für ihre Töchter abschneiden wollte oder ob es ihr um etwas anderes ging.

Carl brachte einen anderen Gedanken ins Spiel, den Frank bislang von sich gewiesen hatte. »Was ist, wenn das, was diese Theresa behauptet, der Wahrheit entspricht? Was hätte das für Konsequenzen?«

Frank trommelte mit den Fingern auf der Tischplatte, das tat er nur, wenn er wirklich sehr beunruhigt war. »Wenn Theresa die Wahrheit sagt? Das weißt du selbst, wenn ich daran denke, was du damals am Neusiedler See erlebt hast, wie sie dich gejagt haben.«

Carl betrachtete die Innenflächen seiner Hände und die Unterarme, die er sich an vielen Stellen aufgeschnitten hatte, als man ihn mit einem Motorboot in den Schilfgürtel des Neusiedler Sees getrieben hatte. Die vielen feinen Narben behinderten ihn jedoch weitaus weniger als Franks Schussverletzung.

»Du bist ein erwachsener Mann, du konntest dich wehren«, fuhr Frank fort, »Theresa hingegen ist – na ja, zwar kein Kind mehr, aber eigentlich doch, zumindest von ihrer Naivität her. Sollte es wahr sein, dann hat derjenige, den es angeht, die Signale längst gehört. Wenn er sie ernst nimmt, wird er handeln. Theresa spielt mit dem Feuer. Vielleicht weiß sie sich keinen anderen Rat.«

»Gibt es irgendwelche …« Carl suchte nach dem richtigen Begriff, denn Beweis erschien ihm falsch, wie er meinte. »Was weiß man wirklich von den Ereignissen auf der Karibikinsel?«

»Da ist nur der tote Winzer und das, was seine Witwe von sich gibt. Theresa hat bislang nichts vorgebracht, was ihre Behauptung stützt, alles beruht auf Vermutungen beziehungsweise auf ihrem Misstrauen gegenüber den anderen Familienmitgliedern und nicht ermittelten Sachverhalten.« Frank hielt es für unwahrscheinlich, dass jemand aus dem Bekanntenkreis um Werner Kannegießer oder einer seiner Freunde sich in entsprechender Weise geäußert habe. »Das hätte Theresa erwähnt.«

»Kennst du Freunde von ihm?«

»Nicht einen. Ich kenne gar niemanden, der dieser Angelegenheit neutral gegenübersteht. Er war ein Einzelgänger. Von denen, die ich getroffen habe, scheint nur Theresa ein gutes Verhältnis zu ihrem Vater gehabt zu haben. Und mit dem Sohn gab es Spannungen.«

Carl schlug vor, Theresa nach möglichen Freunden zu fragen oder mit seinem Hausarzt zu sprechen. »Dann wird Kannegießer sicher Mitglied im Weinbauverband gewesen sein, dort werden ihn alle gekannt haben, einige mehr, andere weniger. Was ist mit Zeugen? Ich verstehe nichts vom Tauchen. Ich mag zwar Fische, aber sie sind mir unter dem Surfbrett lieber, besonders wenn sie klein sind.«

»Ach, hast du Surfen tatsächlich gelernt?« Frank erinnerte sich an die ersten Versuche des Übersetzers. »Hat es dir Spaß gemacht, oder hast du es nur deiner Frau wegen angefangen?«

»Man muss was für die Beziehung tun, von allein läuft nichts. Johanna betreibt diesen Sport mit Hingabe. Also musste ich mich fügen.«

»Der Kalterer See soll ein schönes Revier sein.«

»Zum Kiten finde ich ihn zu klein, aber zum Windsurfen reicht es. Der Gardasee ist größer und schöner.«

»Da triffst du nur Deutsche. Warst du mal wieder am Neusiedler See?«

Carl stieß laut die Luft durch die Nase aus. »Gehst du gern wieder an Plätze, an denen der Teufel die Hand nach dir ausgestreckt hat?« Grimmig blickte er um sich, als erwarte er unangenehmen Besuch.

»Ich lebe in dem Haus, in dem jemand auf mich geschossen hat.«

Carl verdrehte die Augen. »Jeder hat seine eigene Art, mit Katastrophen umzugehen. Ich könnte da nicht leben.«

Frank sah ihm an, dass ihm das Thema Neusiedler See gänzlich zuwider war. Den Fall Kannegießer oder Theresa schien Carl hingegen als Denksportaufgabe aufzufassen. Es berührte ihn nicht.

»Was ist mit den anderen Tauchern? Gehen die nicht meistens in Gruppen runter, haben ein Boot mit Helfern, von dem aus sie starten? Da sind viele dabei, die es können oder können sollten, die Tauchlehrer zum Beispiel. Das wird auf … wo war das?«

»Auf Los Roques.«

»Also das wird dort nicht anders sein.«

»Von denen weiß man nichts. Als seine Frau hingeflogen ist, um die Leiche abzuholen, waren die längst wieder zu Hause. Die Witwe ist dem auch nicht weiter nachgegangen, da sie von einem Unfall ausgeht, vielmehr einem natürlichen Herztod, vor dem ihn bereits sein Hausarzt warnte. Das scheint auch die bequemste Version für die Witwe zu sein. Sie will das Weingut übernehmen, sie führt sich bereits wie die Chefin auf.«

»Kann sie das?«

»Was? Chefin oder Winzerin? Leute anschnauzen kann sie, doch meinem Eindruck nach ist sie keine Winzerin. Wofür gibt's schließlich Personal?«

Carl schlug vor, in Erfahrung zu bringen, wer auf der Insel dabei war, als es geschah. Die Einreisebehörde müsste das wissen, die Tauchschule sowie die Fluggesellschaft, heutzutage wurde jeder Hund namentlich registriert. »Wenn es hart auf hart kommt, werden die Innenminister auch die Gesichtserkennung für Haustiere einführen.«

Frank wäre an diesem Punkt ein Themenwechsel lieb gewesen, doch jetzt ließ Carl nicht locker. Denn ihn trieb nicht die Sorge um Theresa, sondern er ging weiter kühl und überlegt an die Sache heran.

»Was ist mit den Alibis der Familienmitglieder? War einer von denen zur gleichen Zeit wie der Winzer auf der Insel?«

»Theresa hätte es bestimmt erwähnt, da bin ich mir sicher.«

»Sprich noch mal mit ihr«, schlug Carl vor. »Wenn du dir wirklich Sorgen um das Mädchen machst, wenn es dich weiter beschäftigt, dann versuch, so viel wie möglich in Erfahrung zu bringen. Und wenn du zu dem Schluss kommst, dass nichts dran ist, dann red es ihr aus, bring sie zum Schweigen – nein, um Himmels willen, nicht in diesem Sinne.«

»Ich hoffe, dass kein anderer auf diese Idee kommt.«

Carl meinte, es sei das Beste, zukünftig einen Bogen um die anderen Familienmitglieder zu machen. »Du bist ein Fremder, das werden sie dir vorwerfen, eigentlich geht dich der Fall nichts an. Du machst dich ernstlich unbeliebt.«

»Ich habe den Kontakt nicht gesucht.« Frank meinte, sich verteidigen zu müssen. Theresa habe er auf einem Weingut bei der Arbeit getroffen, Ravelli habe ihn vor der Haustür abgepasst, die Frau aus erster Ehe, Loretta Leiterer, habe ihn in Tramin in einem Café angesprochen, und die Witwe sei unerwartet auf dem Weingut aufgetaucht, als er dort fotografiert habe.

»Das hat der Kellermeister so arrangiert, der wusste von deinem Kommen.«

»Im Grunde weiß ich nicht, was sie von mir wollen. Sie tun so, als gehöre ich dazu, als sei ich Kannegießers Vertrauter, ähnlich wie ein bester Freund.«

Dabei habe er nichts zu sagen, gar nichts. Er hatte den Eindruck, dass sie ihn benutzten, untereinander oder gegeneinander, sie vermuteten wohl mehr hinter ihrer Bekanntschaft.

Frank fuhr fort: »Kannegießer hatte mir, da waren wir recht angetrunken, von irgendeinem Testament erzählt, aber ich war damals in Verona, anlässlich der Weinmesse Vinitaly, recht müde und selbst ziemlich angeschickert. Ich trinke sonst nie viel, deshalb weiß ich nicht mehr, worum es da gegangen ist. Wir sind auf demselben Empfang eines großen Produzenten eingeladen gewesen. Anfangs habe ich wie immer fotografiert, dann gab's ein Diner und danach sehr viel Wein – nur zum Probieren, das verstand sich von selbst. Kanne, wie einige ihn nannten, die ihn besser kannten, war hackevoll. Ich glaube, dass er Sorgen hatte, denn andere Gäste waren erstaunt, dass er trank, das kannte man nicht von ihm.« Frank hielt kurz inne. »Bei diesem Anlass hat er mir von seiner schrecklichen Familie erzählt, ja, jetzt erinnere ich mich dunkel.«

Kanne hätte gemeint, dass er nur seiner Tochter Theresa vertraue; der Junge hätte sich noch nicht entschieden, ob er Fisch oder Fleisch sein wollte, Marco sei damals gerade mal siebzehn Jahre alt gewesen.

»Ich habe nur mit halbem Ohr zugehört. Mich interessieren solche Geschichten doch gar nicht, ich hab's auch nicht gern, ins sogenannte Vertrauen gezogen zu werden. Ich erinnere mich noch an den Satz – das bleibt aber unter uns, Carl …«

»Mit wem sollte ich darüber sprechen?«

»Man weiß ja nie … ich will keinen Ärger haben … Also, was er sagte, war, dass sie sich noch wundern würden, eines Tages, mehr oder weniger in diesem Sinn hat er sich geäußert.«

Es war mal wieder viel zu spät, als er die Haustür in der Sparkassenstraße aufschloss. Glücklicherweise erwartete ihn niemand hinter einer dunklen Ecke, doch kaum hatte er die Wohnung betreten, läutete sein Mobiltelefon. Obwohl er die Nummer nicht kannte, nahm er das Gespräch an. Es war Theresa.

Nach einer kurzen Entschuldigung für die späte Störung kam sie zur Sache. »Können wir uns morgen sehen? Bitte kommen Sie. Ich muss mit Ihnen reden, sonst werde ich verrückt. Ich bin morgen Abend auf dem Reiterhof an der Montiggler Straße, wir trainieren für den Wolkenstein-Ritt.« Sie gab Frank die genaue Adresse. »Dort stört uns keiner aus der entsetzlichen Familie, und die Pferde sind absolut verschwiegen. Bitte, tun Sie mir den Gefallen. Außerdem kann ich Ihnen dann mein Pferd vorstellen.«

Pferde? Das war nichts für Frank. Aber wie hätte er Nein sagen können, wenn ihn eine junge Frau so inständig darum bat?

8. Kapitel

Er fuhr im Schatten. Mal erreichte ihn ein Sonnenstrahl, gleich darauf war es wieder dämmrig, dann wieder folgten Licht und Schatten in schnellem Stakkato, exakt im Rhythmus der Stützen. An einigen Passagen, wenn sich das Betonband der Autobahn wieder komplett über die Landstraße schob und das Tal kaum Platz für die Straße neben der Eisack ließ, war die Dunkelheit am stärksten. Dann wieder wichen die Berge des Eisacktals zurück und gaben den Blick auf Wälder, auf Wiesen und Burgen frei. Frank erinnerte sich an die ersten Fahrten mit seinen Eltern von Hamburg nach Turin, wo sein Vater viele Jahre lang gearbeitet hatte. Tagelang, so hatte es sich in seiner Erinnerung festgesetzt, hatten sie in einem VW-Käfer gehockt und waren über Passstraßen gekrochen, durch endlose Tunnel gerollt, was ihm bis heute Unbehagen bereitete. Ähnlich war es Millionen sonnenhungriger Deutscher ergangen, die sich über die Alpenpässe in Richtung der Adriastrände gequält hatten, bevor der St. Gotthard durchstochen, der San-Bernardino-Tunnel gebaut und der Brennerpass so bequem zu befahren war wie heute. Zumindest waren ihm der Campingplatz in Rimini mit Sonnenschirmen in Fünferreihen und die Massenunterkunft in San Remo an der Riviera erspart geblieben. Ihre Ferien hatten sie bereits damals auf dem Bauernhof eines Kollegen seines Vaters im Piemont verbracht.

Diese Straße, direkt unterhalb der Brennerautobahn verlaufend, ließ die damaligen Zeiten vor Franks innerem Auge wiederauferstehen. Aber es war etwas anderes, in einem bequemen Lancia zu sitzen und zu wissen, dass er heute nur bis nach Brixen fuhr, das Ziel, in nur vierzig Kilometer Entfernung, selbst bestimmen zu können. Das Ziel dieses strahlenden Morgens, von dem er bei seinen vielen Fahrten zwischen Italien und Deutschland bisher nichts zu sehen bekommen hatte, war das Augustiner Chorherrenstift Neustift in Brixen. Kannegießer hatte es noch zu Lebzeiten empfohlen.

Die Landstraße, die sich inzwischen immer häufiger aus der Umklammerung durch die Autobahn befreite, war verbreitert worden, wurde begradigt, und kurze Tunnel sorgten für vereinfachte Straßenführung. Das Tal verbreiterte sich bei Klausen, die Autobahn, bisher mehr eine vierspurige Hochstraße, verzog sich hinter eine bewachsene Böschung; stattdessen verlangsamten nun ein Holztransport, ein Traktor und ein PKW mit Pferdeanhänger die Fahrt, Letzterer erinnerte ihn an die abendliche Verabredung mit Theresa.

Das Städtchen Klausen blieb rechts liegen, und der Weg zur oberhalb von Brixen gelegenen Stiftskellerei war rasch gefunden. Von Weitem schon definierte sich die neunhundert Jahre alte Anlage mit wuchtigen, drei Stockwerke hohen und in der Sonne strahlenden Fassaden, mit romanischem Glockenturm und dem spitzen Satteldach der Stiftskirche. Terrassierte Weinberge, gestützt und aufgeteilt von grauen Trockenmauern, umfingen oder schützten die Anlage und wuchsen steil und hoch über sie hinaus. Dahinter stiegen bewaldete Berge weiter ins fahle Blau des Morgens. Wie lange musste man hier leben, um jeden Berg mit Namen zu kennen?

Hatten die Chorherren, die Pfaffen immer schon einen guten Blick für schöne Lagen gehabt? In diesem Fall war es ein gewisser Bischof Hartmann von Brixen gewesen, der im Jahre 1142 genau hingeschaut hatte. Aber das hatte dem Teufel nicht gefallen, der ließ die Anlage fünfzig Jahre später in Brand geraten. Dann wurde eine gewaltige Mauer um den Komplex errichtet, doch statt der gefürchteten Türken waren im 16. Jahrhundert viele kleine Teufel gekommen: die Bauern, die sich von den Gottesmännern nicht hatten versklaven lassen wollen, nachdem ihnen die Kirche bereits Land, Fron und Abgaben geraubt hatte. Während der Napoleonischen Kriege dann rafften Soldaten im Kloster zusammen, was sie kriegen konnten, und brachten einen Teil ihrem Kaiser. Mussolinis Schwarzhemden führten später den nächsten Schlag …

Der Irrsinn hatte immer Methode, dachte Frank und ließ den Wagen auf dem Besucherparkplatz stehen, mal sehen, wer als Nächstes über die Chorherren herfallen würde. Gegenwärtig waren nur Banken, der Fiskus und Touristen zu fürchten, doch im Moment lag alles friedlich da. Der Morgen war herrlich kühl, die Luft rein, sie war frischer als in Bozen, wo Frank nachts in der von der Sonne aufgeheizten Wohnung um den Schlaf gerungen hatte. Oder war ihm gestern der Wein nicht bekommen? Drei Gläser hatte er getrunken, und da er gefahren war, hätte er sich eine Geldstrafe zwischen fünfhundert und zweitausend Euro einhandeln können und für drei bis sechs Monate auf den Führerschein verzichten müssen. Diese drakonischen Strafen waren der Leber und den Verkehrsteilnehmern dienlich, allerdings der Weinbranche weniger. Deshalb hatte er die Unterhaltung mit Carl Breitenbach in einem Bozener Lokal in der Nebenstraße seiner Wohnung fortgesetzt. Sie hatten viel geredet, aber er erinnerte sich kaum noch. Er wusste nur noch, dass Carl ihm geraten hatte, Theresa entweder von ihren Behauptungen abzubringen oder sie dazu zu bewegen, endlich konkret zu werden.

Nun lag vor ihm die Klosteranlage mit ihren starken Mauern, mit dem Rundturm der Engelsburg, dem sogenannten »Türkenturm« an der Mauer, dahinter befanden sich der Konventgarten und der Wunderbrunnen vor der Prälatur. Zu sehen und zu fotografieren gab es genug, bevor Frank den Stiftsverwalter treffen wollte und sich den Weinen widmen musste. Er spürte, wie Einzelheiten der Gebäude ihn in ihren Bann zogen, architektonische Geschichte erzählten, wie Bögen Schatten warfen, wie die Reihe der Fenster der Prälatur die Fläche belebte, dass runde Bögen über den Durchgängen darunter eine andere Bewegung schufen, gänzlich anders als die Geraden, die Rechtecke und die überdimensionierten Glasflächen der modernistischen Kellereien der letzten Tage. Faszinierend war auch das Farbspiel der Schindeln, mit denen der Wunderbrunnen gedeckt war, ein barockes Tor, eingefasst von Schnörkeln und Sträuchern, gekrönt vom Wappenschild des Bischofs. Die Fantasiebilder entstanden durch abgeplatzten Putz auf Jahrhunderte alten Mauern, Spuren einer lebendigen Vergangenheit, so anders als der fremdartige Neubau eines »Landhauses«, das wie ein riesiger rostroter Schuhkarton wagemutig und selbstgefällig vom Hang über die allerhöchste Rebzeile auf die Klosteranlage herabschaute. Gab es keine Ideen zwischen heimeliger Bauernstube und rechtwinkliger Nach-Postmoderne?

Es gefiel Frank, hier allein nach Perspektiven zu suchen, immer wieder überrascht von einem alten Tor, von einer Zinnen bewehrten Mauer oder einer, die der Efeu zum Leben erweckte, daneben eine Figur auf einem Sims und schließlich der überbordende Rokoko-Stil im Inneren der Basilika. Da war nicht an innerer Sammlung gelegen, da war Ablenkung im Überfluss, aber in Glaubensfragen hielt sich Frank lieber zurück und für wenig kompetent, anders als beim Wein.

Daher griff ihm die Bezeichnung »schottriger Moränenboden«, ein Geschiebe aus der Eiszeit, auf denen die hiesigen Reben wuchsen, zu kurz. Die Urgesteinsböden von Quarz und Glimmer erklärten sich mehr und wiesen darauf hin, dass von alpinen Weinen eine wahrnehmbare Mineralität zu erwarten war. Rings um das Kloster wuchsen ausschließlich weiße Trauben, die sämtlich sortenrein ausgebaut wurden.

Er war an diesem Tag der erste Gast im Stiftskeller. Der war von seiner äußeren Gestalt dem ausgehenden Mittelalter zuzurechnen und passte vom funktionalen Interieur trotz des Kreuzgewölbes in die Gegenwart – nichts lenkte von den Weinen ab. Vierundzwanzig verschiedene Gewächse wurden gekeltert, fünfzehn davon weiß. Das Portfolio war in zwei Qualitätsstufen unterteilt, die klassische Linie und die Linie Praepositus. Aufseher, Statthalter oder Feldherr, welches war die entsprechende Übersetzung aus dem Lateinischen?

Trotz des in Franks Ohren unsympathisch klingenden Namens gefielen ihm die Weine dieser Linie besser als die der klassischen Linie. Er beging den Fehler, den Sauvignon Blanc der klassischen Linie mit dem der Praepositus-Linie zu vergleichen. Hätte er jeden Wein nur für sich probiert, hätte er ihn als angenehm in der Frische empfunden, mit schönen, fruchtigen Aromen und einer leichten Säure. So empfand er den zweiten Sauvignon als schlanker, eleganter, von geringerem Bukett, dafür deutlich mineralischer. Aber es ging hier nicht um einen Wettstreit untereinander, jeder Wein wollte für sich bewertet werden.

Vom Kerner verstand er nichts. Die Kreuzung aus Riesling und Trollinger war mit hunderttausend Flaschen der wichtigste Wein des Klosterkellers. Er galt auch als Vorzeigewein speziell Südtirols, denn er reifte auch in hohen und kühlen Lagen mit einiger Sicherheit, und er brachte die

Eigenschaften mit, die allgemein von einem leichten Weißwein erwartet wurden: Frische, Jugendlichkeit, leichte Aromen, und spritzig musste er sein. Für Frank war es vorhersehbar, dass ihm der gehaltvollere und in den Aromen stärkere Kerner Praepositus besser gefiel. Da meinte er, Aprikose zu riechen und einen Hauch von Birne, und bildete sich ein, dass er eine Ingwernote wahrnahm. Normalerweise überließ er die Definition der fruchtigen Bestandteile lieber den Experten und beschränkte sich auf das Wesentliche: die Harmonie und Reinheit, statt dem Kerner Noten von grünem Apfel, Orange und schwarzer Johannisbeere anzudichten.

Wie ein Riesling schmecken sollte, der auf siebenhundert Meter Höhe auf Moränenschotter gewachsen war, wer konnte das wissen? Es ließ sich lediglich sagen, dass es ein Riesling war, den erkannte Frank, da er typisch für die Rebsorte war: Apfel und Pfirsich. Doch Honig? Aber wenn er ihn spürte, dann war es eben so! Jedenfalls war es ein schöner Wein, dessen Geschmack lange im Mund verblieb, eine Freude zum Weitertrinken.

Dann kamen die Gewürztraminer. Sie fielen eindeutig schlanker aus als die aus dem Etschtal bei Tramin, und die Aromen waren reduziert. Der Unterschied zwischen den hiesigen »Alpenweinen« und denen von warmen Hängen weiter südlich war deutlich. Was er hier wahrnahm, war der Duft weißer Rose. Er kannte diesen Duft aus Antonias Weinbergen. Dort wuchsen viele Arten dieser Blume, die in früheren Jahren dazu gedient hatte, Mehltau, der die Weinstöcke hätte befallen können, frühzeitig sichtbar zu machen. Dann drängte sich wieder der Feldherr vor, der Praepositus-Gewürztraminer mit Kraft, Volumen, mit spätsommerlichen Blüten und einem Hauch von Bittermandel. Für ein Risotto mit Birne und Gorgonzola würde dieser Wein der ideale Begleiter sein.

Sollte Frank in den nächsten Tagen diesen Gewürztraminer mitnehmen und Marcella bitten, ein Risotto für ihn zuzubereiten? Während er zur Prälatur hinüberging, um den Stiftsverwalter zu treffen, verwarf er den Gedanken. Wer sich auf dünnem Eis bewegte, spielte besser nicht mit dem Feuer.

Beim zweiten Rundgang, diesmal in Begleitung des Verwalters, verstand er mehr von der Geschichte der Klosteranlage, er begriff auch mehr und löste sich von der Oberfläche. Die Kelteranlagen waren einfach, Weißwein wurde gepresst, vergoren, gelagert und abgefüllt. Maischegärung gab es nur beim Roten, und den kelterte das Stift auf dem Markelhof in Girlan, denn die Wärme des Talkessels waren für Spätburgunder, Lagrein und Zweigelt ideal. Und es gab den Boden, den Vernatsch bevorzugte. Welche Bedeutung Bücher einst gehabt hatten, bezeugte die Bibliothek des Klosters. Es war eine gewaltige Halle, fast zu überladen vom Rokoko-Dekor, im Parterre und im ersten Rang mit Büchern gefüllt, bei denen die Frage erlaubt war, ob außer Historikern irgendwer sie jemals wieder in die Hand nähme. Wie armselig wirkte dagegen jedes Archiv digitalisierter Literatur, die in schmucklosen Blechgestellen oder in der Cloud mit unbegrenztem Speicherplatz spurlos verschwand und sich lediglich mittels Elektrizität, Mikrochips, Kupferleitungen, Prozessoren und Flüssigkristall wieder sichtbar machen ließ. Das kleinste Buch der Bibliothek, vielleicht zwei mal zwei Zentimeter groß, war millionenmal größer als der Speicherplatz, der für das Vaterunser benötigt wurde, in dem Buch in sieben Sprachen gedruckt.

Um neunzehn Uhr war Frank wie verabredet auf dem Reiterhof an der Montiggler Straße. Der Umgang mit Pferden behagte ihm wenig; sie konnten beißen und treten und jemanden über den Haufen rennen, wenn es sich auch bei den vier Pferden, die sich unter ihren Reitern auf einem Sandplatz bewegten, um die kleinen Haflinger handelte. Aber ›klein‹ war in diesem Falle auch relativ.

In den Zeiten des Automobils, in denen man sich in einem bequemen Sitz rasch und sicher fortbewegte, empfand Frank das Reiten als widersinnig und närrisch, es war absurd, dass ein Mensch sich auf ein wesentlich stärkeres Tier setzte und sich seinen Launen auslieferte. Die Haflinger, ursprünglich auf der anderen Seite des Etschtals im Dorf Hafling gezüchtet, mochten zwar kleiner sein und friedlicher als andere Pferde, aber für Frank verloren sie dadurch kaum von ihrer Bedrohung. Schön anzusehen waren sie – mit kräftig untersetztem Körper, hellbraunem Fell und weißer oder blonder Mähne, wie sie auf einer benachbarten Wiese grasten oder aus den Fenstern der Ställe schauten.

Der Reiterhof war an einem leichten Hang angelegt und erlaubte nach Norden hin einen weiten Blick bis zu schneebedeckten Alpenspitzen. Die südliche Seite wirkte geschlossen, der Berg stieg nur leicht an, Nadelwald verstellte die Sicht und rahmte die flachen Gebäude der Reitanlage ein, allesamt aus Holz mit gemauertem Fundament.

Als Frank an den Reitplatz heranging, sah er, dass es sich bei allen Reitern um junge Frauen handelte. Eine von ihnen war Theresa, er erkannte sie erst, als sie, das Gesicht vom Helm beschattet, ihm zuwinkte. Keine der Reiterinnen trug Reithosen, stattdessen Jeans und Hemden, sogar Reitstiefel schienen überflüssig, und zwei der Amazonen verzichteten auf den Helm. Jeweils eine Reiterin vollführte mit einer Lanze in der Hand eine Art Slalom zwischen hölzernen Stangen, während die anderen hinter ihr warteten. Die Stangen lagen zwei Handbreit über dem Boden auf schmalen Stützen und fielen bei der geringsten Berührung herunter, was von den Wartenden im Sattel mit Lachen oder Kommentaren begleitet wurde. Ein junger Mann rückte die von den Pferdehufen herabgestoßenen Stangen wieder zurecht.

Als Theresa zu Pferd herüberkam, trat Frank vorsichtig von der Begrenzung zurück.

»Vor diesem Pferd braucht sich keiner zu fürchten. Ricardo ist das freundlichste Pferd südlich der Alpen!«

»Hoffentlich weiß er das selbst, dieser Ricardo. Wie geht's?«

»Wenn ich im Sattel sitze, geht's mir wunderbar. Noch eine Viertelstunde, dann sattle ich ab. Ricardo bekommt Futter, dann reden wir. Okay?« Sie trabte zurück.

So locker und gelöst hatte Frank sie bisher nicht erlebt, er kannte sie lediglich angespannt und mit einem missmutigen Ausdruck. Jetzt aber lächelte sie und schien glücklich zu sein. Als sie die Gruppe erreichte, ergab sich ein neues Bild: Die vier Frauen positionierten sich mit den Tieren nebeneinander, ergriffen mit der rechten Hand eine Stange und galoppierten auf das Kommando des jungen Mannes zehn Meter, bogen an einem Pfahl hart rechts ab, wobei die innerste Reiterin ihr Pferd zurückhielt und die äußere das ihre heftig antrieb, dann setzten sie den Galopp ein kurzes Stück fort. Nach diesem Ritt wurde diskutiert und wieder angeritten. Mal blieb die eine zurück, mal war die andere zu schnell, die Positionen wurden gewechselt, und die Riege startete erneut. Das Ganze wiederholten die jungen Frauen etliche Male, dann hatten sie wohl genug.

Der junge Mann räumte den Reitplatz auf, während die jungen Frauen absattelten. Frank gesellte sich zu Theresa und ihrem Ricardo, blieb aber auf Sicherheitsabstand, mindestens eine Pferdelänge, was Theresa und die anderen Amazonen köstlich amüsierte.

»Zu Ricardo kann ich mich in die Box legen, so friedlich ist er, das ist diese Rasse sowieso. Sie wurden für die Arbeit in den Bergen gezüchtet, für Arbeiten auf den Almen, mit ihnen kann man Bäume aus dem Wald ziehen, sie tragen das Gepäck und ihre Reiter sicher über die Saumpfade im Hochgebirge, die wissen viel besser als wir, wo sie hintreten.«

»Auch beim Menschen?« Frank blieb skeptisch und auf Abstand. »Was war das heute, wofür diese Übungen?«

Theresa erklärte ihm, dass aus allen Gemeinden Südtirols Reiterinnen und Reiter zusammenkamen, um mannschaftsweise gegeneinander anzutreten, der Wettbewerb fand zum Gedenken an den Minnesänger Oswald von Wolkenstein statt.

»Der Name hört sich mittelalterlich an.«

»Das ist er auch«, antwortete Theresa und hob den Sattel vom Pferd. Das Reithalfter mit der Trense hatte sie zuvor gegen ein Weidehalfter ausgetauscht. »Wolkenstein wurde um 1377 hier auf Burg Schöneck im Pustertal geboren, so heißt es jedenfalls. Er war ein Edelmann, ein Sänger, ein Haudegen, hat sich in Politik eingemischt, hat sich dabei viele Feinde gemacht …«

Fast so wie Sie, hatte Frank sagen wollen, aber er bezwang sich. Wozu das arme Mädchen weiter verunsichern?

»Er war etwas wie ein beispielhafter Ritter und stand auch in Diensten des deutschen Kaisers Sigismund I. Wolkenstein entstammte dem niederen Adel und legte sich mit den Landesfürsten an, um ihre Macht zu beschränken, war im Kerker, wurde gefoltert und soll sogar mal einen Bischof geohrfeigt haben.«

»Folgt man dieser Tradition schon lange?«

Theresa sah ihn verdutzt an und gluckste.

»Ich meine damit nicht, Bischöfe zu ohrfeigen, sondern den Ritt zu veranstalten.«

Theresa hatte begonnen, das Pferd zu putzen, nahm dazu auch jeweils einen Huf in die Hand und reinigte ihn mit einer kleinen Bürste. »Ich glaube, es war im wahrsten Sinne des Wortes eine Schnapsidee eines Künstlers bei einer Stammtischrunde, das war 1983 beim Turmwirt in Völs.« Das Turnier beginne am Kofel in Kastelruth, beschrieb Theresa, dann reite man weiter zur Ruine Hauenstein in Seis am Schlern, dann ginge es zum Völser Weiher und schließlich bis Schloss Prösels.

Frank hatte nicht den geringsten Schimmer, wo diese Orte lagen.

»Begleiten Sie uns, dann wissen Sie's, Sie werden tolle Fotos schießen.« Zu den Prüfungen gehöre Ringstechen, erklärte Theresa, ein Galopp mit Hindernissen sowie ein Labyrinth; das sei es, was sie heute trainiert hätten, als er gekommen sei, und zuletzt müsse jede mit der Bannerstange in der Hand durch acht Tore reiten, ähnlich wie beim Slalom.

»Und das alles an einem Tag?«, fragte Frank.

»So ist es«, sagte sie lapidar. »Aber zuvor müssen wir uns bei der lokalen Ausscheidung qualifizieren, da sind dreißig Mannschaften am Start. Das findet am kommenden Sonntag statt.«

Mit diesen Ausführungen stieg Theresa beachtlich in Franks Ansehen, und auch das Pferd schien ihm Erstaunliches zu leisten. »Ihr Ricardo macht das freiwillig mit?« Frank zeigte ungläubig auf den Haflinger, den Theresa jetzt in den Stall führte und dem sie eine Schüssel mit Möhren, Äpfeln, Kraftfutter und graugrünen Pellets in den Trog schüttete. Sie ließ die Boxentür offen, lehnte sich neben dem Trog an die Wand und sah dem Pferd beim Fressen zu. Frank blieb draußen stehen.

»Wenn er es nicht wollte, würde er es mir zeigen. Ein Pferd, das nicht gern alles richtig macht und nicht siegen will, liegt niemals vorn. Kommen Sie ruhig mit in die Box, Herr Gatow. Sehen Sie nicht, wie friedlich Ricardo ist? Streicheln Sie ihn, er mag das.«

Frank lehnte dankend ab, er zog es vor, in sicherem Abstand zu bleiben. Er war aus anderen Gründen hier, als sich mit Theresas Pferd anzufreunden – was er ihr auch sagte.

Es war deutlich, wie schwer es ihr fiel, sich von ihrem Pferd, das sich wirklich äußerst friedlich benahm, loszureißen und einem unangenehmen Thema zu stellen. Sie schloss die Stalltür und wies auf eine Bank, von der aus man die Reitanlage überblickte. Auch die Mitstreiterinnen hatten ihre Tiere versorgt, hatten Frank neugierig beäugt, sich verabschiedet und sich zu ihren Autos begeben, deren Motorengeräusche leise im Wald verklangen.

Der junge Mann, ein schlaksiger, freundlicher Typ, kaum zwanzig Jahre alt, brachte Sattel und Zaumzeug in die Sattelkammer. »Mein Bruder Marco«, sagte Theresa und folgte ihm. Es dauerte eine Weile, bis sie wiederkam, zwei Pappbecher in Händen.

»Ist zwar nur Instant-Cappuccino, aber besser als nichts.« Vorsichtig stellte sie die Becher auf die Bank und setzte sich. Ruhe kehrte ein, alle Geräusche erstarben, bis auf das Zwitschern der Vögel und das Rauschen des Windes in den Tannen. Frank empfand die Situation als wohltuend, bei Theresa hingegen führte die Stille zu einer gänzlich anderen Reaktion. Unruhe schien Besitz von ihr zu ergreifen, und Besorgnis machte sich auf ihrem Gesicht breit. Die Bewegung ihrer Augen und Lippen drückte ihre innere Unruhe aus.

»Sie waren inzwischen auf unserem Weingut, wie ich gehört habe?« Ohne Franks Antwort abzuwarten, fuhr sie fort: »Sie wissen, dass ich dort nicht mehr wohne. Ich bin zu meiner Freundin Noemi gezogen.«

»Schaffen Sie das bei der Arbeit auf dem Weingut? Verträgt sich das?«

»Wenn ich das Pferd nicht hätte, würde ich verzweifeln. Oskar Bauer, den Kellermeister, haben Sie auch getroffen, wie ich erfahren habe …«

»Von wem?«, unterbrach Frank. »Kann man hier gar nichts unbeobachtet tun?«

»Hier bleibt nichts und niemand unbeobachtet. Mit Oskars Loyalität rechne ich besser nicht. Er richtet sein Fähnchen nach dem Wind beziehungsweise nach dem Stärksten.«

»Und wer ist der oder die Stärkste? Meinen Sie damit Ihre Frau Mutter?«

»Die tut nur stark, sie ist es aber nicht.«

»Wer ist es dann?«

Theresa blickte ihn eindringlich an. »Die Stärkste? Das ist Loretta, Papas erste Frau. Die haben Sie vermutlich noch nicht getroffen, ich weiß jedenfalls nichts davon. Anette, ihre Tochter, kennen Sie auch nicht? Ist auch nicht schade drum«, murmelte sie.

»Aber der Freund von Barbara hat mir sozusagen aufgelauert.«

»Pietro Ravelli, die Kanaille? Wie das?«

Frank erzählte, wie Ravelli über sie geredet hatte. Vertiefte er hier die Gräben? Er sollte sie besser zuschütten.

»Also hat der Schwätzer Sie davon überzeugt, dass ich verrückt und neurotisch bin, dass man mich einsperren müsste? Er will mich vor Gericht bringen, der Idiot. Aber das traut er sich nicht. Und – waren Sie nach dem Treffen noch im Besitz Ihrer Brieftasche?«

»Allerdings.« Frank gefiel die Definition Ravellis als Schwätzer. »Je mehr ich erfahre, desto mehr bin ich geneigt, Ihnen zu glauben. Wie nur soll man diesen Knäuel verkorkster Beziehungen und Interessen entwirren und Beweise für Ihre Vermutung finden? Sind Sie vorangekommen? Hat sich Ihr Verdacht erhärtet?«

Der Cappuccino war inzwischen abgekühlt, der Becher ließ sich anfassen. Frank kostete mehr aus Höflichkeit, denn Instant-Cappuccino erschien ihm stillos und Pappbecher als Frevel an den Ressourcen. Es widersprach allen ökologischen Zielen.

Die Erhärtung des Verdachts – diplomatischer konnte Frank seine Frage nicht formulieren –, darum ging es. Ursprünglich war er hergekommen, um ihr die Sache auszureden. So wie er es sah, beruhte alles nur auf einem vagen Gefühl, auf den Unterlassungen der Ehefrau, durch keinerlei Indizien gedeckt, geschweige denn abgesichert.

»Ich glaube, ich habe da was gefunden.«

Die Art, wie Theresa ihre Worte betonte, ließ Frank aufhorchen.

»Wenn man lange genug und intensiv sucht, hat man Erfolg. Ich bin so hartnäckig wie mein Vater. Meiner Mutter sind Sie auch begegnet, oder? Tolle Frau, nicht wahr? Dann kennen Sie ja bald die ganze Bande. Ich nehme an, Sie haben über Vaters Tod geredet. Und wie ich meine Mutter kenne, hat sie Ihnen die Ohren vollgelabert, dass ihr das Weingut gehört, dass ich keine Ahnung hätte und dass ich üble Gerüchte verbreiten würde und die Familie in Misskredit brächte. Ist es nicht so? Sie brauchen mir nicht zu antworten. Ich sehe es Ihnen an, so zerknirscht, wie Sie jetzt dreinblicken.«

»Kaum anders als Sie, Theresa. Darf ich fragen, weshalb das Verhältnis zu Ihrer Mutter so angespannt ist?«

Theresa holte tief Luft, als würde sie zu einer langen Rede ansetzen: »Sie hat mich dafür verantwortlich gemacht, dass nach meiner Geburt vieles anders war, dass sie sich nicht mehr amüsieren konnte, auf mich aufpassen musste und zu dick geworden sei. Immer habe ich ihre Augen auf mir gespürt, es war ein ständiger Vorwurf, wenn sie sich beim Essen kasteit hat – und selbstverständlich war ich nach jeder Diät verantwortlich für ihre heimlichen Fressanfälle.« Sie hatte nicht mitarbeiten wollen, lediglich repräsentieren, ihr schwebte ein bestimmtes Bild einer Unternehmergattin vor, aber die Anerkennung als Mutter hätte ihr niemals etwas bedeutet. »Sie kam mit ihrer neuen Rolle nicht zurecht. Das hat mir allerdings meine Freiheit verschafft, und so ließ sie mich später gänzlich in Ruhe.«

»Und wie ist es Ihrem Bruder dabei ergangen?«

»Das soll er Ihnen lieber selbst sagen. Ich habe Marco von Ihnen berichtet«, erklärte Theresa. »Er war einfach da, bekam sein Essen, bekam Klamotten, bekam sein Moped und bekam von meinem Vater die Anweisungen und einen Weinberg zum Experimentieren. Nur wenn man ständig zu Höchstleistungen angestachelt wird, der beste Schüler, der beste Sportler, der beste Verkoster und der beste Winzer sein soll, verliert man an allem die Lust. Zumindest hat Vater ihm bei seinem Weinberg nicht reingeredet. Ja, Marco leidet sehr unter dem Tod unseres Vaters, zeigt es jedoch nicht. Aber jetzt erzieht wenigstens niemand mehr an ihm herum.«

Theresa nippte an ihrem Instantkaffee. »Bei dem Thema verfliegt die Kraft, die mir der Umgang mit dem Pferd gibt. Dann haben Sie sich also entschlossen, mir zu helfen?«

Frank zögerte mit der Antwort und wich ihrem Blick aus. »Es kommt auf Sie an, es würde mir leichter fallen, wenn es reale Anhaltspunkte gäbe. Sie sagten, dass …«

Theresa hob den Kopf und wandte ihr Gesicht in Richtung des Parkplatzes, wo auch er seinen Wagen abgestellt hatte. »Da ist jemand gekommen. Haben Sie nicht auch etwas gehört?« Sie wirkte sichtlich beunruhigt.

Frank schüttelte den Kopf. »Vielleicht kommt eine Ihrer Freundinnen zurück?«

»Jetzt meinen Sie sicher, dass ich vollends übergeschnappt bin. Aber ich weiß, was ich höre.« Sie stand auf. »Ich bin hier seit einigen Jahren, mindestens dreimal in der Woche, und kenne hier jeden Atemzug der Bäume, ich weiß sogar, welche Tanne wie knarrt.« Sie machte einige Schritte in die

Richtung, aus der sie die Geräusche vermutete. In diesem Moment kam der junge Mann, der die Stangen beiseitegeräumt hatte, vom Parkplatz und zuckte mit den Achseln.

»Ihn haben Sie wahrscheinlich gehört.«

Theresa winkte ab. »Nein. Den Schritt meines Bruders kenne ich wirklich gut. Jetzt stelle ich Ihnen also ein weiteres Mitglied der Chaostruppe vor. Marco redet nicht viel. Und sagen Sie ihm nie, was er tun soll ...«

Der junge Mann war ausnehmend sympathisch. Er erinnerte wesentlich stärker als Theresa an ihren Vater, er war sein jugendliches und schlankes Abbild. Anders als er Frank beschrieben worden war, zeigten die Augen Entschlossenheit, aber auch eine gewisse Distanz. Hatte der Vater gehen müssen, um dem Sohn Platz zu machen, so wie ein starker Baum erst fallen musste, um den Sprösslingen Licht und Raum zu gewähren? Das Einzige, was an Marco italienisch wirkte, war das krause dunkle Haar.

Während seine Schwester den vermeintlichen Geräuschen vom Parkplatz nachschlich, standen die beiden Männer einander gegenüber, sich gegenseitig taxierend. Frank streckte ihm die Hand entgegen, die Marco erst nach einem prüfenden Blick in die Augen ergriff, sich versichernd, dass sein Gegenüber keine bösen Absichten hegte.

»Sie also sind der Italiener«, sagte Frank lächelnd, um ein Gespräch zu beginnen.

»Ja, so nennt man mich in gewissen Kreisen, die sich Südtiroler schimpfen«, antwortete der junge Mann im gleichen Ton, jedoch etwas sarkastischer. »Dann sind Sie der Knipser.«

»Für einige bin ich lediglich Frank, wir können's dabei belassen.«

»Okay.« Marco blickte seiner Schwester nach, die im Wald verschwunden war. »Ich passe auf sie auf, es muss sein. Haben Sie die Geier auf den Dächern bemerkt?«

Frank hob den Blick, sah zu den Hausdächern, dann verstand er, was gemeint war. »Ich kann noch nicht so recht zwischen Geiern und Singvögeln unterscheiden.«

»Das brauchen Sie auch nicht. Nachtigallen oder Bachstelzen gibt es bei uns nicht, dafür mehr räuberische Elstern und Falken. Es gibt noch die Krähen, die sich gegenseitig die Augen aushacken.«

»Das heißt, man muss Vogelkundler sein, um Ihre Familie zu verstehen?«

Franks Vergleich ließ den jungen Mann schmunzeln. Das Eis begann zu schmelzen. »Zumindest in unseren Kreisen. Wo ist Theresa hin?«

Als Frank ihm den Grund für ihr Verschwinden nannte, sprang er auf und lief seiner Schwester nach.

Entweder war das hier wieder Theater, dachte Frank, oder ein Trauerspiel. Welche Rolle hatte man ihm in dem Stück zugedacht, fragte er sich, wer schrieb die Texte, wer war der Dramaturg? Möglicherweise würde ihn der Besuch bei Leiterer weiterbringen, aber von einem Politiker eine klare Antwort zu erwarten, war illusorisch. Und wenn es kein Theater war – was hatte Frank dann zu erwarten?

Theresa machte beim Zurückkommen keinen Hehl aus ihrer Besorgnis. »Da ist jemand gewesen, jemand, der uns beobachtet hat. Ein Auto fuhr weg, ich war nicht schnell genug. Ich hoffe nur, dass niemand Ricardo etwas antut.«

»Das trauen Sie jemandem zu?«, fragte Frank und fühlte sich in seinen Zweifeln bestätigt. »Eigentlich bin ich hergekommen, um Sie von Ihrem Vorhaben abzubringen. Sie reißen Gräben weiter auf, die Feindschaft wächst. Ich vermute, dass die erste Familie alles unternimmt, um Ihnen das Leben schwerzumachen, zumal Herr Leiterer, der Gatte Ihrer Stiefmutter …«

»Das ist sie nicht«, fuhr Theresa heftig auf.

»… also der Mann der ersten Frau Ihres Vaters.«

»Schon besser. Ich traue jemandem noch ganz andere Sachen zu, wie Sie wissen.«

»Darf ich fragen, wer dieser Jemand ist?« Marco war herangekommen, er nickte Theresa kaum merklich zu, eigentlich war es lediglich eine Bewegung der Augen.

»Dieser Jemand – das ist Barbara, die kennen Sie noch nicht, die werden Sie aber sicher bald kennenlernen. Barbara ist die Einzige von uns allen, die was vom Tauchen versteht und die meinen Vater dabei begleitet hat, allerdings nicht in die Karibik, sondern nach Marsa Alam am Roten Meer, was letztlich egal ist. Sie weiß, was da unten geschehen kann und wie man mit Tauchgeräten umgeht.«

»Aber sie war hier, als Papa starb«, warf Marco ein, »alle waren hier.«

»Sie muss es ja nicht selbst gemacht haben. Denk an die Millionen. Für viel Geld kriegst du auch einen Russen. Von denen sollen welche in der Tauchschule gewesen sein.«

»Deren Namen und Adressen haben Sie nicht?«

Danach zu fragen, hätte ihre Mutter »versäumt«, wie Marco meinte, dabei war er sich sicher, dass man die Adressen bestimmt rauskriegen könnte, aber dazu müsste die Tauchschule bereit sein, sie auch rauszugeben.

»Die braucht man nicht«, bemerkte Frank. »Sie könnten die Mitarbeiter der Fluggesellschaft fragen oder zur Not bestechen, das ist wie immer eine Frage des Preises. Die haben die Passagierlisten, und so viele Russen wird es nicht geben, die in dem fraglichen Zeitraum dorthin gereist sind, und anders als mit dem Flugzeug kommt man von Los Roques nicht weg. Es sind hundertsechzig Seemeilen bis zum Festland.« Frank hatte sich inzwischen kundig gemacht.

»So einfach ist es nicht. Es gibt zwei Gesellschaften, die dort hinfliegen«, gab Marco zu bedenken.

Das würde die Recherche nicht wesentlich komplizieren, meinte Frank. »Aber wieso sollte es gerade ein Russe gewesen sein?« Er ärgerte sich über die Vorurteile. »Es waren sicherlich noch andere Nationen mit an Bord des Tauchbootes.«

»Kennen Sie jemanden, Herr Gatow, der gut Spanisch spricht? Jemanden, der für uns die Korrespondenz übernehmen könnte?«

Frank dachte sofort an Henry Meyenbeeker, mit dem ließen sich sogar Pferde stehlen, doch er glaubte nicht, und das sagte er laut, dass auf schriftlichem Wege etwas zu erreichen war, und Meyenbeeker war beruflich sehr eingespannt. Außerdem war es dem Freund nach seinen letzten Erlebnissen auf Mallorca absolut zuwider, wie er berichtet hatte, sich in dubiose Angelegenheiten hineinziehen zu lassen. »Also muss jemand persönlich hin«, folgerte Frank.

»Der Einzige, der Zeit hat, ist Marco«, meinte Theresa, »doch er spricht kein Spanisch, und die politische Lage dort ist nicht gerade vertrauenerweckend.«

Einen Anwalt zu beauftragen, hielt Frank für sinnlos. »Jemand von dort zieht die Angelegenheit über Jahre in die Länge, um daran mehr zu verdienen. Aber ich spreche mit meinem Freund in La Rioja, der kennt sich mit den Latinos aus. Vielleicht fällt Henry was ein, oder er verfügt über entsprechende Kontakte.«

Apropos Kontakte: Es wäre nicht korrekt, Theresa und ihrem Bruder nicht von dem Zusammentreffen mit Loretta Leiterer zu erzählen, weshalb er es schnell nachholte.

Die beiden jungen Leute hörten sich den Bericht schweigend an und schwiegen auch weiter, als Frank endete. Theresa hatte bei seinen Worten den Pappbecher ihres Cappuccino so zusammengedreht, als würde sie jemanden erwürgen, und ließ den Becher achtlos fallen.

»Wir werden noch viel Freude an der Sache haben«, sagte sie mit deutlichem Sarkasmus in der Stimme, »wir sind erst am Anfang. Ich finde es gut, dass Sie da sind.« Sie warf einen Seitenblick auf Marco, um sich seiner Zustimmung zu versichern. Er nickte bedächtig, dabei war es ihm vielleicht lieber, nicht gefragt zu werden. Er gehörte nicht zu denen, die sich nach vorn drängten.

Es gab eine Frage, die Frank bewegte und die für ihn unbeantwortet im Raum stand: »Weshalb kommen die Leute gerade zu mir – Ihre Mutter, dieser Ravelli, dann Frau Leiterer, die mich sogar eingeladen hat. Am Samstag werde ich ihren Mann treffen, vielleicht auch eine der Töchter und nicht zuletzt Sie?«

»Niemals!« Theresa rümpfte hörbar die Nase. Was ihr Vater anderen erzählt habe, darüber wisse sie nichts. »Aber von Ihnen hat er sehr positiv und freundlich gesprochen, ich glaube, vor vier oder fünf Jahren haben Sie ihn zum ersten Mal getroffen. Papa sagte, so jemanden wie Sie wünschte er sich als Freund. Ich kann mich nicht erinnern, dass er vorher jemals Derartiges gesagt hat. Einen wirklichen Freund, jemanden, dem man vertraut, hatte er hier nicht.«

Frank wusste nicht, was er dafür getan hatte, in so gutem Licht betrachtet zu werden.

»›Wenn du in Schwierigkeiten gerätst, dann wende dich an ihn‹, hat Papa gesagt. Und in Bezug auf die Raubvögel hat er mich gewarnt, niemals vor anderen, immer nur, wenn wir allein waren. ›Sie warten nur darauf, dass mein Herz versagt, dass es stehen bleibt.‹ Er wusste sehr gut um seine Herzschwäche, es war ihm egal, er hat gesagt, es sei alles geregelt. Ich würde das Weingut weiterführen. Es gebe ein Testament.« Zusammengekrümmt saß die junge Frau neben ihm auf der Bank, ein Häufchen Elend und längst nicht mehr die stolze Reiterin.

»Dann ist doch alles klar«, meinte Frank erstaunt. »Weshalb dann diese Aufregung, diese Anfeindungen?«

»Weil das Testament nicht auffindbar ist, Herr Gatow!« Marco war heftig geworden. »Entweder hat es jemand versteckt, oder sie haben es geklaut. So einfach ist das.«

»Sie, das sind meine Mutter und die erste Familie«, meinte Theresa abfällig, »sie hoffen, dass wir oder besser ich durch langwierige Streiterei das Interesse verliere und aufgebe. Für einen guten Anwalt habe ich kein Geld.«

Dem Recht nach, so erklärte sie Frank, erbten früher nur die Erstgeborenen den Bauernhof oder das Weingut, ehemals nur die Söhne, heute aber auch die Töchter. Alle später Geborenen gingen leer aus. Obwohl es in Südtirol kaum Frauen in leitenden Positionen gebe, glaubte ihr Vater, dass Frauen durchaus Weingüter führen konnten. Nichts spräche dagegen. Es gebe in Italien die Organisation Le Donne del Vino, in der sich Hunderte Winzerinnen organisiert hätten.

»Ich denke dabei zuerst an Frau Walch, Elena Walch und ihr Weingut in Tramin. Es ist eines der bekanntesten und führenden hier. Die haben etwa dreißig Mitarbeiter, in der Lese sind es natürlich mehr. Die produzieren mehr als eine halbe Million Flaschen und dazu von bester Qualität. Frau Walch und ihre beiden Töchter, das ist die fünfte Generation. Ihr Mann übernahm bereits mit neunzehn Jahren den Betrieb, klar, damals war er kleiner, aber mir unterstellt man, ich sei zu jung, ein Weingut von zweiundzwanzig Hektar zu führen, dabei bin ich viel besser ausgebildet, als er es war. Das sind aber alles nur vorgeschobene Gründe«, ereiferte sie sich.

»Glauben Sie, dass Ihnen hier einer sagt, was er wirklich denkt?« Das war keine Frage, von Marco gestellt, es war eine Feststellung. Langsam kam der Junge aus der Reserve. »Ja, klar, freundlich sind wir, sind auf Touristen und die Käufer unserer Weine und unserer Äpfel angewiesen, aber in Wirklichkeit sind wir Südtiroler verschlossen.«

»Frau Walch und ihre Töchter sind für mich lebende Beispiele, sie zeigen mir, dass es gut geht, dass ich es auch kann, und ihren Weinen kann man nur nacheifern. Es gibt da einen, den sollten Sie unbedingt probieren. Beyond the Clouds heißt er, jenseits der Wolken. Sie gehen doch zu Frau Walch?«

Frank nickte. Elena Walch war ihm seit Jahren ein Begriff, ein Besuch auf ihrem Weingut stand für morgen auf seiner Liste.

»Fotografieren Sie dort auch?«, fragte Theresa. »Dürfte ich Sie begleiten?«

»Und Ihr Bruder?« Frank blickte den Jungen auffordernd an. »Wie sieht es bei Ihnen morgen aus?«

»Gern, sehr gern!« Marco schien begeistert, er wirkte auf Frank sowieso gänzlich anders, wesentlich erwachsener, als er ihm geschildert worden war. Aber ließ sich Kannegießers erste Familie zur Familie rechnen? Wohl kaum. Sie waren Konkurrenten, wenn nicht sogar Feinde. Nach der Party bei Leiterer wüsste Frank mehr.

Theresa war das Bedauern anzusehen. »Morgen habe ich dummerweise Arbeit bis über beide Ohren. Den Termin können Sie nicht verschieben?«

»Leider nicht«, bedauerte auch Frank, denn mit Theresa an seiner Seite und ihrem Sachverstand würde er mehr sehen und begreifen, und je mehr er wusste, desto besser wurden seine Fotos. Doch wenn er zu viel wusste, schlug alles ins Gegenteil um, und Ernüchterung machte sich breit.

»Und Sie, Marco?«

»Gerne. Eigentlich hätte ich morgen eine Prüfung gehabt, aber die ist verschoben worden. Ich studiere in San Michele.«

»Weinbau«, fügte Theresa erklärend hinzu.

Dann waren es von vier Kindern drei, die von dem Metier etwas verstanden? Eine unschlagbare Truppe, wenn sie sich zusammentun würden. Aber man hatte sich für Krieg entschieden.

9. Kapitel

Den Namen Elena Walch hatte Frank bereits im ersten Jahr aufgeschnappt, in dem er sich mit Wein hatte beschäftigen müssen. Antonia war zu der Zeit dem Verband der italienischen Winzerinnen beigetreten, in dem auch Elena Walch aktiv war. Anfangs war die Beschäftigung mit Wein wirklich ein Muss für Frank gewesen und weniger ein Vergnügen, denn die Begleitumstände waren alles andere als angenehm. Die schwere Verletzung seines Arms, die zu einer dauernden Behinderung geworden war, erinnerte ihn täglich daran. Heute war es der kritisch fragende Blick Marcos, als Frank beim Zuschlagen der Autotür eine falsche Bewegung machte und der Schmerz ihn zusammenzucken ließ.

Damals, in der Toskana, vor dreizehn Jahren, hatten Elena Walchs Weine bereits einen besonderen Ruf genossen. In allen Weinführern waren sie erwähnt und gepriesen worden. Man hatte sie sogar hochtrabend als »Königin des Gewürztraminers« bezeichnet.

Dieser Frau saßen Frank und Marco nun persönlich gegenüber, in einem Pavillon, der eher mit einer modernen Cocktailbar in Berlin oder München zu vergleichen war. Allerdings war es Tag, und der Blick fiel durch die breite Glasfront in die gepflegte Gartenanlage, vom Dorf Tramin abgeschirmt durch eine hohe alte Mauer. Marco hatte er nur mit dem Vornamen als Sohn eines Freundes vorgestellt, der ihm assistierte, und Marco vergattert, sich nicht durch lokales Wissen zu verraten.

Sie hätten auch draußen an einem der Tische im Schatten alter Bäume Platz nehmen können, doch dann hätte die ehemalige Architektin aus Mailand mit den Flaschen zwischen Tisch und Kühlschrank hin- und herlaufen müssen, denn sie ließ es sich nicht nehmen, die Weine selbst vorzustellen. Die Weißen wurden selbstverständlich gut gekühlt probiert, durften aber auch nicht zu kalt sein. Die Kellerführung wollte Elena Walch anschließend selbst übernehmen. Die Innenaufnahmen ließen sich jederzeit machen, um die Weinberge zu fotografieren, würde Frank bis zum Nachmittag oder frühen Abend warten müssen. Im Frühsommer waren die Tage unendlich lang. Aber der frühe Schattenfall war im Gebirge zu berücksichtigen. Die Weinberge um Tramin, auf Italienisch Termeno, waren meist dem Tal folgend nach Osten ausgerichtet. Lediglich die Reben der Lage Kastelaz empfingen die Sonne direkt aus Süden. Dort machte die »Königin des Gewürztraminers« mit einem feinen und schmeichlerischen Wein ihrem Namen Ehre. Und der Merlot vom gleichen Hang brachte alles an Wärme und Frucht mit, was die Rebsorte zu bieten hatte.

Einunddreißig verschiedene Weine standen auf der Preisliste, zu viele für Frank, um sie zu probieren. Wieder musste er eine Wahl treffen. Da er inzwischen ein wenig mit den hiesigen Geschmacksbildern vertraut war, fiel es ihm leichter, die fünfzehn seiner Wahl zu unterscheiden und zu bewerten. Aufgeteilt waren die Weine in die Gruppen Selezione, The Favorites, Single Vineyard und nach den Lagen Castel Ringberg, Kastelaz und Kristallberg. Die Top-Qualitäten waren dann die Grandes Cuvées.

Beyond the Clouds, von Theresa empfohlen, gehörte zu den Letzteren. Der Wein war tatsächlich jenseits der Wolken auf zweitausend Meter Höhe in einem aufgelassenen

Silberbergwerk gereift. Dort betrug die Luftfeuchtigkeit neunundachtzig Prozent und die Temperatur sieben Grad, ideal für Lagerung und Reife dieses Weißweins. Frank empfand ihn wie für seine Nase gemacht, weniger für seinen Mund. Dazu waren die Aromen des Chardonnay, reife gelbe Früchte, die sich erst nach und nach entfalteten, zu filigran und wurden nicht von Vanille oder vom Nelkengeschmack der Eichenfässer verfälscht. Trotz der Feinheit, ja beinah als zerbrechlich empfand er den Wein, war seine Substanz im Mund spürbar. Die Lagerung der Flaschen jenseits der Wolken tat der Frische keinen Abbruch. Der Probewein war gerade mal zwei Jahre alt. Frank hätte ihn gern in fünf und zehn Jahren wieder probiert, was er auch Marco sagte. Und als Frau Walch sie für einen Moment verließ, erinnerte der Junge Frank an den unendlich lagerfähigen Wein seines Vaters, der dem Hörensagen nach irgendwo in den Tiefen seiner Kellerei eingemauert sei, um ihn vor dem allzu verfrühten Verkauf zu retten.

»Du wohnst auch nicht mehr auf dem Weingut?«

»Was soll ich da allein? Nein, ich bin bei Freunden untergekommen. Außerdem spukt's dort. Nein, nicht wirklich, sehen Sie mich nicht so komisch an. Man weiß nie, wer nachts kommt und Wein klaut.«

»Diebe?«, fragte Frank ungläubig.

»Nein, höchstens jemand, der einen Schlüssel besitzt, und das ist meine Mutter. Wer sich sonst noch einen hat nachmachen lassen – weiß der Geier.«

Frank schlug vor, mal gemeinsam zu suchen. »Aber erst, nachdem Oskar Bauer Feierabend gemacht hat.«

»Ich würde mich lieber auf die Lauer legen, um die Einbrecher zu erwischen. Es ist bereits einiges verschwunden.«

»Das kann gefährlich werden«, wandte Frank ein, »besonders wenn bekannt wird, dass das Weingut nachts unbewacht bleibt.«

»Das glaube ich nicht. Wer dort einbricht, weiß längst alles, der weiß auch, dass er den Erben beklaut. Aber sie sehen es als Entnahme. In meinen Augen ist es trotzdem Diebstahl.«

Demnach betrachtete Marco die Angehörigen als die Diebe, die sich womöglich auch an seinem Erbe vergriffen? Hoffte auch er auf das Weingut?, fragte sich Frank. Wenn Theresa erben würde, ging er ebenfalls leer aus.

Frau Walch brachte den nächsten Wein. Es war ein Rotwein, Kermesse, eine Cuvée fünf verschiedener Rebsorten mit dem hier selten angebauten Syrah und Petit Verdot. Dieser Wein verließ das Feld der Gefälligkeit und forderte! Es war kein Wein für jedermann, stattdessen einer mit Hintergrund, mit Stimmigkeit in der Komposition und einer sparsamen Süße. Auch das war etwas für die Zukunft. Bei diesem Niveau war klar, dass alle anderen Weine des Portfolio ebenso ihre Klasse besaßen, keiner enttäuschte, ein überzeugender Beweis und Grund dafür, dass Südtirol unter den italienischen Weinen die meisten Medaillen gewann.

Zuletzt bestand Marco darauf, die beiden Pinot Grigio zu probieren, die Grauburgunder. Auch er war begeistert. »Wenn ich es eines Tages hinkriege, dass meiner auch so wird, dann kann ich zufrieden sein.«

Aus dieser Bemerkung hörte Frank deutlich heraus, dass auch Marco Ambitionen auf das Weingut hegte.

Ähnlich überzeugend wie die folgenden Weine war die Kellerführung. Sie begann vor den fünf- bis zehntausend Liter fassenden *botte* mit geschnitzten Böden. Diese Fässer erzählten Geschichten. Dort stand eines, mit dem das hundertjährige Bestehen der Kellerei gefeiert wurde: In den Boden geschnitzt waren die Wappen der Länder und Städte Europas, die schon immer zu den Kunden des Hauses Walch gehört hatten. Frank fand sofort das Wappen seiner Heimatstadt Hamburg. Auch wenn er mittlerweile in der

Toskana zu Hause war, so verging kein Besuch in der Hansestadt, ohne dass er der »Strandperle« einen Besuch abstattete und der Zeiten gedachte, als er im Kreis von Freunden mit der Bierflasche in der Hand die Füße in den Elbsand gesteckt hatte. Die Alsterarkaden oder das »Hotel Atlantic« waren nie seine Welt gewesen.

Der Boden eines anderen, aus slawonischer Eiche gefertigten Fasses war anlässlich eines achtzigsten Geburtstags eines längst verstorbenen Vorfahren geschnitzt worden. Der Text dazu entsprach dem Denken jener Zeit:

Aus der Traube in die Tonne,
aus der Tonne in das Fass,
aus dem Fasse, dann, oh Wonne,
in die Flasche, in das Glas.

Die großen Eichenfässer hatten die längste Lebensdauer, manche waren bis zu hundert Jahre nutzbar. Aber kein Fass hielt ewig. Wenn der geschnitzte Boden eine besondere Bedeutung hatte, wurde er in ein neues Fass gleicher Ausmaße eingearbeitet. Ob das geschehen war, ließ sich leicht an der unterschiedlichen Färbung des Bodens und der Dauben erkennen. Frank empfand es als bedauerlich, dass diese Sitte in Vergessenheit geriet oder dem Kostendenken geopfert wurde. Der Trend ging dahin, den gesamten Keller bombastisch zu inszenieren, den Besucher staunen und kleinzumachen und die Aufmerksamkeit nicht mehr nur auf ein einzelnes Fass zu lenken. Das machte sich dann auch als Foto besser, großformatig in den Katalogen, die unisono auf die Harmonie von Tradition und Moderne des jeweiligen Hauses verwiesen. Und selbstverständlich war alles äußert nachhaltig. Für einige traf es zu, unter anderen für die Kellerei Tramin, die achtzig Prozent ihres Stroms selbst erzeugte und ihr Brauchwasser aufarbeitete. Frank erinnerte sich hier daran, dass Carl Breitenbach von seiner Frau Johanna erzählt hatte, sie sei Dozentin für Umweltmanagement auf Weingütern. Er würde Antonia vorschlagen, die beiden in die Toskana einzuladen und sich den neusten Ideen zu stellen, denn von Italiens Politik war hinsichtlich Umweltschutz nichts zu erwarten.

Marco verhielt sich angemessen, stellte lediglich hier und da eine kluge Frage, die seinen Hintergrund nicht offenbarte. Er trug brav die Tasche mit den Lampen und Kameras und begriff schnell, was Frank von ihm erwartete. Den Alkohol der Probe hatte er gut verkraftet, zumindest zeigte er keine Unsicherheit, weder griff er ins Leere noch schwankte er. Doch beim Anblick der hochmodernen Gäranlage für Rotweine klappte ihm der Mund auf. Frank war ähnlich erstaunt, was er jedoch nicht zeigte. Etwa zwanzig Gärtanks aus glänzendem Edelstahl waren in unregelmäßigem Oval angeordnet. Darüber verliefen Schienen, auf denen ein Wägelchen fuhr, von dem die entrappten Weinbeeren in den jeweils vorgesehenen Behälter fielen. Befüllt wurde das Wägelchen mittels eines schwenkbaren Förderbandes. Etwas Ähnliches hatte Frank in Italien noch nicht zu Gesicht bekommen. Die Idee hinter der Anlage war, die entrappten und verlesenen Beeren ausschließlich mittels Schwerkraft in die Gärtanks zu füllen und dabei jede mechanische Einwirkung zu unterlassen, um das Lesegut so schonend wie möglich zu behandeln.

Es war mal wieder zu spät oder viel zu früh für die Aufnahmen im Freien. Eine der bedeutenden Lagen des Hauses Walch war Castel Ringberg, benannt nach dem schlichten Renaissance-Schlösschen inmitten dieser zwanzig Hektar eigener Weinberge: Im Rücken die Mendelklamm, vor sich die Landstraße und den Kalterer See, nach Süden hin der Ausgang des Etschtals.

»Weiter oben am Hang bin ich aufgewachsen«, meinte Marco, als Frank ihn zu einer Brotzeit auf der Terrasse des Schlösschens einlud. »Das wissen Sie wahrscheinlich längst. Ich möchte gern hierbleiben, aber daraus wird wohl nichts. Nach allem, was ich weiß, wurde Theresa ins Testament eingesetzt.«

»Aber wo ist es? Wer hat es? Wieso taucht es nicht auf?« Es war für Frank ein Rätsel. Normalerweise wurde es bei einem Rechtsanwalt oder Notar hinterlegt. Bei diesen undurchsichtigen Familienverhältnissen bewahrte nur ein Depp es in seiner Schreibtischschublade auf. Dafür hielt er Kannegießer wahrlich nicht.

»Irgendwann taucht es auf«, meinte Marco achselzuckend. »Irgendetwas haben sie vor! Und irgendeiner von denen lauert auf den passenden Moment.«

»Was glaubst du, wann der passende Moment wäre?«

Marco wirkte ziemlich hilflos. »Ich gäbe was dafür, wenn ich's wüsste. Mir ist es nicht so wichtig, ich krieg's sowieso nicht. Mein Vater hat mir nie etwas zugetraut und mich mit Forderungen bombardiert. Wollen Sie immer der Beste sein? Papa war es auch nicht. Es gibt Genossenschaften, und nicht zu wenige, die machen viel bessere Weine, als er sie hingekriegt hat. Vielleicht bekomme ich das alte Häuschen, das weiter oben am Hang liegt. Mir würde es reichen, ich würde es renovieren und hätte was zu wohnen. Für meine Ausbildung hat er gesorgt, für mein Studium jedenfalls ist genug Geld da.«

»Wirst du fertig studieren?«

»Klar, und ich werde Theresa helfen, wenn sie mich braucht, aber mich interessiert das Wasser viel mehr. Das ist der Stoff der Zukunft. Es wird immer knapper, es hat von November bis Mai nicht geregnet. Überall auf der Welt wird rationiert, aber hier in Italien denkt keiner darüber nach. Die Alpengletscher schmelzen ab, der Pegel unserer

Talsperren sinkt. Wassermanagement ist gefragt, Umweltmanagement, der Umgang mit Ressourcen. Wir verknallen alles, was uns in die Finger kommt. Haben Sie mal den Film ›In 80 Tagen um die Welt‹ gesehen? Es ist ein alter Film und ein gutes Beispiel. Da verheizen sie zum Schluss die hölzernen Aufbauten von dem Schiff, auf dem sie reisen. So machen wir das mit der Erde. Ist ja auch nur 'n Raumschiff. Wie sehen Sie das?«

Frank erzählte, wie Antonia auf ihrem Weingut nach und nach Verbesserungen eingeführt hatte, wie Stoffe jetzt wiederverwendet und Agrogifte vermieden wurden. Mit Sonnenkollektoren hatte es angefangen. Später war die Heizung auf Holz umgestellt worden, dann hatte seine Frau unterhalb der Weinberge einen Teich zur biologischen Abwasserreinigung anlegen lassen. »Viele arbeiten inzwischen ähnlich, aber die Regierungen scheren sich wenig darum.«

»Bei uns wird in vielen erfolgreichen Betrieben genauso verfahren, nur die Politik hinkt hinterher, die hinkt dem Volk immer hinterher und kümmert sich nur um ihr eigenes Ding.«

»Ich glaube, die Lobbyisten saßen immer schon in den Parlamenten und den Regierungen.«

»Das wird mit Beppe Grillo anders. Haben Sie auch M5S gewählt, das MoVimento 5 Stelle?«

»Die Fünf-Sterne-Bewegung? *Neppure per scherzo*«, sagte Frank auf Italienisch. »Ich darf hier gar nicht wählen. Ich hätte ihn sowieso nicht gewählt; der ist mir zu demagogisch, zu populistisch, er tönt für meinen Geschmack zu laut, obwohl ich das meiste aus dem Programm für richtig halte.«

»Ich werde ihn wählen, zumindest die Bewegung. Alles, was unseren Politikern nicht passt, diffamieren sie heute als populistisch.«

»Das Problem in der Politik ist nicht die Politik, es sind

die Menschen. Wenn es nach Geld riecht, nach Frauen, nach gutem Wein und gutem Essen, werden alle gierig …«

Marco lachte über den Vergleich, dann wurde er schlagartig ernst. »Dann wäre das ja nicht anders als in unserer Familie …«

Am späten Nachmittag fotografierte Frank die Lagen rings um Castel Ringberg. Dann war die südlich ausgerichtete Lage Kastelaz an der Reihe und die gotischen Fresken mit froschfüßigen Menschen, Einhörnern, geschwänzten Bogenschützen und Fischreitern in der Kirche St. Jakob. LSD habe es damals wohl nicht gegeben, meinte Marco grinsend, doch von psychoaktiven Pilzen habe die Menschheit sicher gewusst. Wein, um sich zu berauschen, gäbe es schließlich auch seit achttausend Jahren. Doch der Schöpfer der Fresken sei eher auf einem Horrortrip gewesen.

Noch bei bestem Streiflicht waren die Lagen Barleith, Rietwies, Wadleith auf einer Hügelkuppe und Klughammer an der Reihe, letztere erst, als bereits der Nebel vom See aufstieg. Je nach Hangneigung war hier die Bestockungsdichte unterschiedlich, wobei Frank versuchte, beide Eigenschaften des Weinbergs in einem Bild deutlich zu machen. Anschließend fuhr er Marco zu seinem Motorrad nach Tramin, wo er ihn am Morgen aufgelesen hatte.

»Wann gehen wir los?«, fragte Marco. »Oder war es nur ein Spruch, dass wir uns auf die Lauer legen wegen der Diebe? Wir wollten nach den eingemauerten Flaschen suchen.«

»Ich muss sehen, wann ich Zeit dazu finde, möglicherweise am nächsten Wochenende, wenn ich nicht so früh aufstehen muss. Für mich ist morgens um fünf Uhr normalerweise die Nacht vorbei.«

Als Frank dem Jungen auf seinem Motorrad hinterherblickte, dachte er, dass er sich mal wieder rausgeredet hatte. Ein wenig schlechtes Gewissen war dabei, doch es half niemandem, wenn er das Risiko einging und nachts Wände nach Hohlräumen abklopfte. Kannegießer würde davon nicht wieder lebendig. Frank sollte sich erst einmal einen Eindruck vom Rest der Familie verschaffen.

Als er die Wohnungstür aufschloss, stutzte er und blieb stocksteif stehen. Hatte er die Tür lediglich ins Schloss gezogen und den Schlüssel nicht umgedreht? Frank horchte in den kleinen Flur. Er hörte Schritte – das nächste Geräusch schien vom Zurechtrücken eines Stuhls zu stammen, ein Räuspern. Schließlich, als jemand zu summen begann, wagte er sich weiter vor. War Matteo zurückgekommen? Einbrecher würden sicher nicht vor sich hin summen. Matteo schien es nicht zu sein, seine Stimme klang anders, also konnte es sich nur um Marcella handeln. Bei dem Gedanken erschrak er, nicht vor ihr, im Gegenteil, eigentlich vor sich selbst. Er freute sich, und gleichzeitig fürchtete er sich, eher vor seinen Gefühlen für sie. Unschlüssig verharrte er an der Tür. Blieb ihm etwas anderes übrig, als sie zu begrüßen? Sollte er wieder gehen, sich für eine oder zwei Stunden in ein Lokal setzen, bis Marcella verschwunden war? Hatte sie auf ihn gewartet? Seit er Antonia begegnet war, hatte keine Frau ihn derart in Verlegenheit gebracht wie jetzt Marcella, zu niemandem hatte er sich so sehr hingezogen gefühlt. Es wäre ihm lieber, sie wäre nie aufgetaucht, und gleichzeitig hoffte er, dass sie erschien, bevor er die Tür wieder von außen schloss.

Sie tat ihm den Gefallen. Mit einem strahlenden Lächeln, als hätte sie ihn erwartet, kam sie auf ihn zu.

»Wenn die Sonne hinter die Berge gleitet, kommen die Fotografen nach Hause. Ich habe gerade mit Matteo telefoniert. Ich soll dich grüßen.«

Erleichtert atmete Frank auf und lächelte. Marcella umarmte ihn und küsste ihn auf beide Wangen, eine Berührung, bei der ihm warm wurde und die er zurückhaltend erwiderte, obwohl er sie lieber an sich gezogen hätte. Und dann?

»Du lächelst, als hättest du diesen Tag erfolgreich hinter dich gebracht. Nun stell endlich die Fotoausrüstung ab, du stehst da, als wolltest du wieder gehen.«

Eilig brachte Frank den Fotorucksack ins Wohnzimmer, wo er später die Aufnahmen sichten und die verwertbaren auf seinen Laptop überspielen würde. Den Pinot Grigio, den Frau Walch ihm mitgegeben hatte, nahm er mit in die Küche.

»Schön, da haben wir etwas für den Abend, und der Wein passt zum Essen.« Marcella hatte sich erlaubt, wie sie sagte, einzukaufen, »aus reiner Gewohnheit, das tue ich für Matteo auch. So bleibe ich in Übung. Ich hoffe, es ist dir recht.«

Frank stimmte freudig zu, wohl wissend, dass der Zwiespalt, in den sie ihn stürzte, sich damit vergrößerte. »Was wird es geben?«, fragte er, um seine Verlegenheit zu überspielen, und als er wusste, dass es ein Wolfsbarsch war, begab er sich unter die Dusche. Das würde ihn entspannen, und das kalte Wasser zum Schluss würde ihn abkühlen und hoffentlich auf andere Gedanken bringen.

Marcella hatte zwei Wolfsbarsche vorbereitet, mit Knoblauch und in Scheiben geschnittenen Limetten gefüllt, die sie jetzt in Mehl wälzte und im Ofen in eine heiße Bratform gab. Dann kamen Schalotten, mehr Knoblauch und Rosmarin hinzu. Nach einer Viertelstunde gab sie eine dickflüssige Gemüsesoße dazu. Der Reis war längst fertig. Es war für Frank erstaunlich, wie appetitlich das Gericht schließlich aussah. Hier zeigte sie einmal mehr das Talent für ihren Beruf.

Während des Essens erzählte er von seinem Besuch auf

dem Weingut von Elena Walch. Danach übernahm er den Abwasch, obwohl es einen Geschirrspüler gab. Er brauchte den Abstand, um die intime Situation zu zweit auf dem engen Balkon aufzulösen.

Später, mit räumlichem Abstand in Matteos Wohnzimmer, gab er seinen Eindruck von Marco wieder. Er war der Ansicht, dass alle Urteile, die er bislang über ihn gehört hatte, falsch und von den jeweiligen Interessen geprägt waren. Ihn als homosexuell zu bezeichnen, betrachtete er als Unverschämtheit. Es war sicherlich als Diskriminierung gedacht in dem Sinne, dass man einen neunzehnjährigen Schwulen nicht für voll nehmen dürfe. Frank erinnerte sich nicht, von wem der Spruch stammte, wahrscheinlich von Ravelli, dem traute er es am ehesten zu. Es war Frank völlig egal, welche Art sexueller Orientierung Marco hatte, und es ging ihn nichts an. Aber je mehr man sich nach Süden bewegte, desto größer wurden die Vorbehalte.

»Du bist also bestens mit ihm klargekommen«, schloss Marcella. »Hast du auch mit ihm über den Todesfall seines Vaters gesprochen?«

»Mit ihm nicht, aber zwischenzeitlich mit einigen Mitgliedern dieser wunderbaren Familien.« Er erwähnte das zufällige Zusammentreffen mit Loretta Leiterer in Tramin.

»Zufällig nennst du das? Könnte es nicht sein, dass sie dich abgepasst hat?«

Frank hielt es für unwahrscheinlich. »Woher hätte sie wissen sollen, dass ich an diesem Tag in Tramin auftauche? Mittlerweile wird es sicher die Runde gemacht haben, dass ich Theresa mehrmals getroffen habe. Und dass du mich abends in Matteos Wohnung besuchst und wir gemeinsam essen. Ich weiß nicht, was Matteo von derartigen Besuchen hält. Mir gegenüber hat er nichts gesagt.«

»Mach dir keine Sorgen, er weiß es und hat nichts dagegen. Er findet es okay.«

Da würde Antonia ziemlich anders reagieren, dachte Frank, eifersüchtig und von Zweifeln zermürbt. Ihr erster Mann hatte sie nach Strich und Faden betrogen. Frank hielt es daher für geboten, ihr nichts von Marcella zu erzählen.

»Es reicht, wenn du dich um Theresa sorgst. Bleibt sie bei ihrer Behauptung, dass der Vater ermordet wurde?«

Frank nickte lediglich.

»Das beunruhigt dich sehr, wie mir scheint. Du magst das Mädchen?«

»Sie überblickt die Sache nicht. Sie merkt nicht, wie sie sich beide Familien zu Feinden macht. Kein Vergleich zu ihrer Mutter und zu Frau Leiterer, die ich für gefährlich halte. Und Kellermeister Bauer redet nur jedem nach dem Munde.« Frank hielt kurz inne. »Weshalb bist du eigentlich heute hergekommen?« Er erinnerte sich nicht, dass sie verabredet gewesen waren. Nach wie vor befand er sich in einem Zwiespalt der Gefühle. Wünschte er sich heimlich, dass er den Kopf verlor? Wie war es bei ihr?

»Ich musste einiges für Matteo heraussuchen, Bildmotive für seinen Auftrag aus dem Archiv fischen. Da dachte ich, du würdest dich nach einem Tag unter den Deutschen oder vielmehr den Südtirolern über ein wenig weibliche italienische Gesellschaft freuen. Es entspannt, hoffe ich zumindest.« Mit dem letzten Satz war sie in die italienische Sprache hinübergewechselt. Sie tat es mit der gleichen Leichtigkeit wie Frank.

»Frau Walch ist auch Italienerin, sie stammt aus Mailand …«

»Viele der Vorbehalte gegen uns Italiener kann ich gut verstehen. Wenn man in die Geschichte zurückgeht, die vor und nach dem Zweiten Weltkrieg, dann begreift man das Trauma der Südtiroler. Zuerst wurden sie zur Kriegsbeute, und dann hat Italien sowohl unter Mussolini wie auch in der Nachkriegszeit alles getan, um sich bei der Bevölkerung verhasst zu machen. Ich muss dir ganz ehrlich sagen, was viele italienischstämmige Landsleute nicht hören wollen: dass ich lieber hier lebe als südlich der Toskana. Da unten herrschen Verhältnisse – du wirst es besser wissen als ich, du bist näher dran –, die ziemlich schrecklich sind, hinsichtlich Korruption, politischen Machenschaften, Polizeiwillkür … und nicht zuletzt die Angst vor den Verbrecherorganisationen, die immer stärker das ganze Leben durchdringen, dann der Klerus, die schludrige Verwaltung. Schau dir an, wie übel mit den Erdbebenopfern umgegangen wird. Jahrelang leben sie in Containern, bis sie eine neue Wohnung kriegen. Da sind mir die starrköpfigen deutsch-österreichischen Italiener bedeutend lieber. Freundlich sind sie ja, aber auf ein offenes Wort musst du auch hier lange warten.«

Frank war gespannt, was Leiterer dazu sagen würde. Schließlich gehörte er einer Partei an, die Südtirols Autonomie mit erkämpft hatte und seit Jahrzehnten an der Macht war. Wenn das nicht korrumpierte? Und was den Süden Italiens betraf, so hatte er seine ganz persönlichen Erfahrungen mit der ’Ndrangheta gemacht, deren langer Arm längst bis nach Deutschland reichte, bis in den Kaiserstuhl hinein und nach Baden-Baden. Nur eine dicke Tür und ein Wall aus Weinkisten hatten ihn und seinen Freund Meyenbeeker von den Auftragsmördern getrennt. Darüber sprach er mit Marcella aber besser nicht, dazu kannte er sie zu wenig.

Wie es mit Theresa weitergehen würde, konnte Frank nicht sagen. Einige Ratschläge hatte er ihr gegeben, am folgenden Tag, am Samstag, würde sie vorbeikommen, und gemeinsam wollten sie an Meyenbeeker schreiben oder mit ihm telefonieren. Es ging um die Frage, ob er ihnen bezüglich der Kontakte nach Venezuela weiterhelfen könnte, um die Namen derer herauszufinden, die mit Werner Kannegießer den finalen Tauchgang bestritten hatten. Zumindest sprach Henry fließend Spanisch und war einigermaßen mit der Latino-Mentalität vertraut.

Der Wein tat seine Wirkung, bei einer Flasche war es nicht geblieben, er hatte auch Marcella die Zunge gelöst, sodass sie Frank mit den Erinnerungen an ihre erste Ehe überschwemmte. Das hatte ihn ernüchtert, hatte Erinnerungen hochgespült, auf die er keinen Wert legte, es waren nicht die besten. Das machte jede erotische Spannung zwischen ihnen zunichte, und wie ein guter Freund begleitete er Marcella um Mitternacht nach Hause. Hätte er es darauf angelegt – wäre sie geblieben?

Um elf Uhr riss ihn die Klingel aus dem Schlaf. Frank hatte gedacht, dass er bis dahin ausgeschlafen wäre, und deshalb Theresa zu dieser Zeit bestellt. Stattdessen taumelte er benommen durch den Flur und war erstaunt, sie zu sehen.

»Kaltes Wasser hilft in solchen Fällen«, meinte Theresa verständnisvoll.

»Sie ahnen nicht, welches Opfer ich für Sie bringe, Theresa. Es ist der einzige Tag, an dem ich ausschlafen kann.«

»Morgen ist Sonntag.«

»Nicht für mich.« Sonntagmorgen war die Zeit, in der er bei seiner Arbeit am wenigsten von herumlaufenden Personen und umherfahrenden Autos gestört wurde. »Aber morgen werde ich ausschlafen, es sei denn, die Party bei Ihrem Stiefvater ist früh vorbei.«

»Mit langem Ausschlafen wird es morgen eher nichts. Sie müssen nach Seis kommen, da findet die erste Ausscheidung für den Wolkenstein-Ritt statt. Aber es beginnt erst am Nachmittag«, meinte sie versöhnlich. »Und dann«, jetzt hörte sich Theresa verschnupft an, »möchte ich klarstellen, dass Frau Leiterer nicht meine Stiefmutter ist und Herr Leiterer schon gar nicht mein Stiefvater. Außerdem wundert es mich, dass Sie sich auf die Einladung einlassen. Diese Leute sind unerträglich.«

»Gut, gut, ich verstehe Sie. Nur wie wollen Sie erfahren, wie die Leute ticken, was sie vorhaben, wie man über Sie denkt, wenn Sie nicht mit ihnen reden? Oder wollen Sie es gar nicht wissen?«

»Ich würde diese Leute nicht aushalten.«

»Was glauben Sie, was Sie noch alles auszuhalten haben. Diese Leute denken über Sie wahrscheinlich ähnlich. Zumindest von Frau Leiterer und Ravelli weiß ich es. So, Sie gehen jetzt in die Küche und machen uns einen schönen Kaffee, irgendwo finden Sie alles, und ich versuche es mal mit dem Wasser …«

Eine Stunde später hatte Frank seinem Freund Meyenbeeker in La Rioja den Fall erläutert. Theresa hatte mitgehört und Franks Ausführungen teilweise berichtigt und präzisiert. Meyenbeeker war bereit zu helfen, auch kannte er jemanden in Caracas, der sich vor Ort darum kümmern würde, sowohl die Namen der Passagiere wie auch der an den Tauchgängen vor Los Roques Beteiligten herauszufinden.

»Wer übernimmt die Kosten?«, fragte Henry Meyenbeeker.

»Welche Kosten?«

»Na, Telefongebühren und Bestechungsgelder für die Leute bei der Fluggesellschaft und der Tauchschule.«

»Du wirst einen Weg finden, deine Ausgaben dem Finanzamt plausibel zu machen. Da bin ich mir sicher, eure Kellerei ist groß genug. Verbuch es unter Geschäftsanbahnung mit Venezuela. Du wirst nicht gleich den Präsidenten kaufen müssen. Ansonsten schick mir die Rechnung.«

»Du ziehst mich hoffentlich nicht in irgendwas rein, Frank, was du nicht überblickst?«

»Das wäre nur die Revanche. Am Kaiserstuhl war es umgekehrt.«

Der Weg hinauf zu Leiterers Villa auf dem Ritten war kurz und leicht zu finden. Frank nutzte die Gelegenheit, sich die Erdpyramiden anzusehen, ausgemergelte Zuckerpyramiden in Braun mit einem Stein obendrauf, die ihn längst nicht in der Weise faszinierten, wie in den Reiseführern beschrieben. Von dort waren es lediglich zwanzig Minuten bis zur Party. Den geparkten Wagen nach zu urteilen, von Audi über Porsche hin zu BMW, traf sich hier die obere Einkommensklasse, ein Bruchteil des lokalen Establishments.

Die Leiterer-Villa lag inmitten einer großen Rasenfläche, künstlich bewässert, desgleichen Rabatten, Stauden und Blumenkästen. Rebanlagen fassten das Grundstück ein, Zypressen setzten markante senkrechte Linien. Auf der rechten Seite des Tals nach Meran zu senkte sich die Abendsonne und überzog die Schneespitzen der Ortlergruppe mit einem rosa Hauch. Als Frank auf die Villa zuging, dachte er daran, wie weit und scheinbar offen dieser Blick war, und gleichzeitig empfand er ihn als begrenzt. Überall verstellten Berge die Sicht, in jeder Richtung erhob sich eine gewaltige Barriere, anders als die Hügel der Toskana, wo er sich weit weniger eingeschränkt fühlte und sich ihm immer neue Perspektiven öffneten. Möglicherweise empfand nur er es als Hamburger so, der die Ebene gewohnt war, den Blick in die Ferne. Die Umgebung gewann aus der Sicht von oben diesen speziellen Spielzeugcharakter. Dieser Umstand verhinderte es, die Welt ernst zu nehmen.

Das zweigeschossige Haus, obwohl weiß gestrichen, bekam von der Sonne auch einen rosafarbenen Anstrich. Mit großen Panoramafenstern, geschwungenen Balkonen in der ersten Etage, zu denen Rosenstöcke hinaufrankten, wirkte es märchenhaft kitschig. Auch die Gesichter der Gäste bekamen einen rosa Schimmer ab.

Da war zuerst die Gastgeberin, die begrüßt werden wollte. Entschlossen befreite sie sich aus dem Kreis einiger Damen und kam strahlend auf ihn zu, heute ohne Sonnenbrille, das Haar mondän nach hinten frisiert, gekleidet in blaue Seide oder einen ähnlichen Stoff, der metallisch schimmerte. Heute trug sie flache Schuhe, es war auch gesünder für den Golfrasen.

»Es ist mir eine besondere Freude, dass Sie zu uns gefunden haben … Man muss eben wissen, wo man hingehört.«

Den letzten Satz empfand Frank, wenn nicht als unverschämt, so doch als Anmaßung. »Es war nicht so schwierig«, sagte er lächelnd und reichte ihr den Strauß bunter Sommerblumen, den er am Nachmittag besorgt hatte. Wein mitzubringen, war ihm überflüssig vorgekommen, außer es wäre Antonias Chianti Classico Riserva oder sogar die Gran Selezione, die sie in besonders guten Jahren kelterte. Die Blumen enthoben ihn jeder Diskussion über die Wertigkeit der Weine und der Weinbaugebiete.

»Kommen Sie mit Ihrer Arbeit gut voran?«, fragte Frau Leiterer, ohne sich wirklich für seine Antwort zu interessieren, und führte Frank freundschaftlich am Arm zu den Gästen, die mit Wein- und Sektgläsern in Händen zusammenstanden. »Ist man Ihrem Vorhaben gegenüber aufgeschlossen?«

Als er ihr antworten wollte, hatte sie einen bärbeißigen, schnauzbärtigen Mann mit buschigen Augenbrauen erreicht, der sie einen Kopf überragte. Er trug eine modern geschnittene Filzjacke mit grün abgesetztem Kragen und grünem Revers sowie Knöpfen aus Hirschhorn und hatte andächtige Zuhörer um sich geschart. Mit überzeugungsgewohnter Stimme hielt er einen Vortrag darüber, wie die jüngsten Maßnahmen der italienischen Zentralbank zu bewerten seien.

»Das ist mein Mann«, sagte Frau Leiterer stolz und stellte Frank vor.

»Wo ist die Kamera?«, fragte Leiterer, »ich dachte, Sie sind hier, um Bilder zu machen. Nein, nein, das war ein Scherz. Ich weiß, dass Sie nur Fässer, Weinstöcke und Winzer fotografieren. Lassen Sie mich unseren Freunden noch einiges erklären, damit sie es richtig einordnen, dann werde ich mich ausschließlich Ihnen widmen.« Leiterers Gesicht drückte die Ehre aus, die für Frank damit verbunden war. »Ich weiß, dass Sie sich sehr für unsere Geschichte interessieren«, fügte er erklärend hinzu.

Leiterer, der Frank entfernt an Kannegießer erinnerte, zumindest vom Typus und Auftreten her, ähnlich selbstbewusst und durchsetzungsstark, schüttelte gestengewohnt die Hände der Neuankömmlinge. Frank wurde in die Begrüßung miteinbezogen und ihnen als bekannter Fotograf vorgestellt. Ihre Namen hatte er sofort wieder vergessen, nicht aber die Gesichter. Da kam jemand im eleganten grauen Anzug, mit offenem Hemd und langem, fettig wirkenden Haar, das fliehende Kinn gab ihm ein Aussehen, als sei er auf dem Rückzug. Der ältere Mann mit leicht gerötetem Gesicht daneben stand kurz vor dem Platzen, er hatte viel zu sagen, doch er wagte es anscheinend nie. Bewunderung lag in den Augen der braven Frau mit der ondulierten Frisur, die in vorsichtiger Distanz erstarrt war, und die andere junge Dame, ganz an der Seite des erfolgreichen Politikers, wäre vor lauter Bewunderung für ihn durchs Feuer gegangen. Einzig die überschlanke Rothaarige, die mit ihrem Mann zuletzt hinzutrat, mochte Leiterer Paroli bieten, und in einem herablassenden Augenaufschlag schätzte sie die Gattin ab. Eine feine Truppe.

Ganz anders wirkte der Kreis, der sich um den Grill geschart hatte und darauf wartete, die ersten Rippchen, Steaks und Würstl entgegenzunehmen. Nicht Wortführerin, aber doch wichtig in dieser Runde schien die etwa dreißigjährige Blondine, zu der Frau Leiterer ihn jetzt führte.

»Sie sollen natürlich auch meine wunderbaren Töchter kennenlernen, wie Sie wissen, stammen sie aus meiner ersten Ehe. Mag so eine Verbindung auch irgendwann in die Brüche gehen, die Liebe zu den Kindern bleibt erhalten.« Sie beugte sich, Vertraulichkeit heuchelnd, Frank zu. »Es sind zwei, die von ihren Eltern nur das Beste mitbekommen haben. Auf ihre Fähigkeiten, sich durchzusetzen, bin ich besonders stolz.«

Barbara, die Blondine, war die zweite Tochter, die Marketingfrau, Lebensabschnittsgefährtin Ravellis. Frank nahm nicht an, dass dieser Abschnitt von Dauer sein würde, dazu wirkte Barbara Kannegießer zu kalt und zu beherrscht. Ob sie von Natur aus so war oder Leben und Erziehung sie dazu gemacht hatten, wer wollte das sagen? Im knielangen schwarzen Kleid mit oszillierendem Muster, der Zeichnung eines Zebra nachempfunden, passte sie bestens in den Kreis der in Schwarz und Weiß gekleideten erfolgreichen Jungmanagerinnen und Jungmanager. Sie waren allesamt typische Beispiele dieser sich rücksichtslos durchsetzenden Spezies.

War sie diejenige, die als Einzige in der Familie das Unterwasserhobby des Vaters geteilt hatte? Sportlich war sie, doch wie jemand, der seinen Vater hatte umbringen lassen, sah sie nicht aus. Wem aber würde man das ansehen?

Nach der Vorstellung kam sie sofort zum Thema. »Meine Mutter hat von Ihnen erzählt, sie ist sehr eingenommen von Ihnen«, schob sie gekonnt ein. »Ich habe mir gleich zwei Ihrer Bildbände besorgt. Beeindruckend, wirklich, der vom Kaiserstuhl hat mir ausnehmend gut gefallen, der von La Rioja auch. Das zeigt sehr viel Sachverstand. Die Toskana allerdings haben Sie zu positiv dargestellt für meinen Geschmack. Haben sich die Bücher gut verkauft?«

Frank war zufrieden gewesen, die Kosten hatte er eingespielt, es war sogar noch einiges übrig geblieben.

»Ich würde gern die Bilder sehen, die Sie hier gemacht haben, wenn ich darf? Vielleicht kann ich Ihnen auch den einen oder anderen Tipp geben, wenn Sie mich wissen lassen, was Sie weiterhin vorhaben. Anschließend könnten wir gemeinsam etwas auf die Beine stellen. Ich arbeite gegenwärtig an einem Projekt …«

Während Barbara sich über dieses »Projekt« in den üblichen, wenig konkreten Marketingfloskeln erging, hatte Frank das Gefühl, dass man ihn kaufen wollte. Ihre Mutter hatte bei dem ersten Treffen etwas Ähnliches von sich gegeben, nämlich dass die Partei ihres Mannes, bei entsprechendem Eindruck, eine große Zahl der Bildbände abnehmen würde. Frank wusste aus Erfahrung, was dabei rauskam: Mehr als fünfzig würden es nie, und dreißig davon vergilbten später in irgendwelchen Magazinen.

Barbara Kannegießer bemerkte, dass Frank unaufmerksam wurde, und geschickt wechselte sie das Thema. »Mein Projekt hat nichts mit den Gründen dafür zu tun, die Sie nach Südtirol geführt haben. Ich selbst habe mit diesen Gründen auch wenig zu tun, obwohl hier alle Welt meint, vom Weinbau viel zu verstehen. Das ist auch kein Wunder, denn außer Tourismus, Apfelanbau und Wein haben wir nicht viel zu bieten. Ach, die Berge, ja, die auch. Der Dienstleistungssektor steht gut da, die Behörden funktionieren ohne Korruption, die Vorschriften behindern die Wirtschaft wenig, eigentlich ist das hier gar nicht Italien, und es ist auch nicht Österreich. Das meinte mein Vater auch, und sogar der neue Ehemann meiner Mutter ist als Politiker recht zufrieden. Selbst die Grünen geben Ruhe, sie haben eigentlich nichts zu beklagen. Klar, die Freiheitlichen und die Neofaschisten – aber darüber sprechen Sie besser mit unserem Gastgeber.«

»Sie kommen gut mit Herrn Leiterer zurecht?«

»Wenn ein anderer als Sie das fragen würde, Signor Gatow, würde ich mir die Frage verbeten. Aber da Sie ein Freund meines Vaters sind, nein, waren«, korrigierte sie sich, »werde ich Ihnen darauf eine Antwort geben. Die ist eindeutig: Ja! Als Kind liebt man seine Eltern, als pubertierender Teenager hasst man sie, als junger Mensch will man wenig mit ihnen zu tun haben. Im mittleren Alter sieht man sie kritisch und irgendwann als das, was sie sind – mit sehr viel Wohlwollen. So ging es mir auch mit meinem Vater. Er hat mir das Tauchen beigebracht, hat mir die Welt unter Wasser gezeigt, mich in ihre Vielfalt und die Stille eingeführt. Haben Sie mal getaucht? Nein? Das ist jammerschade. Meine Schwester konnte ich auch nicht davon überzeugen, und meine Halbschwester Theresa schon gar nicht. Ich glaube, dass sie auch deshalb auf der irrigen Annahme herumreitet, dass jemand Vater umgebracht haben könnte. Wie stellt sie sich das in ihrer kindlichen Fantasie vor? Unterwasserkämpfe wie bei James Bond? Theresa hat zu viele von den alten Filmen gesehen, ›Feuerball‹, oder wie sie heißen. Unterwasserscooter, britische Atombomber, die auf dem Wasser landen, dazu Heere von Froschmännern, die sich gegenseitig mit Harpunen umbringen? Sie ist verzweifelt, die Arme, das ist verständlich, in ihrem Alter ist der Tod so fern und der Vater noch so nah. Schließlich lebten sie bis vor Kurzem zusammen auf dem Weingut, beide verstanden sich prächtig. Anders als meine Schwester und ich hatte sie ihm nichts vorzuwerfen, schließlich hat er *uns* verlassen und eine neue Familie gegründet. Das schmerzt, das hinterlässt Spuren. Die können tief sein. Verstehen Sie mich bitte richtig. das soll nicht bedeuten, dass ich Theresa nicht mag. Aber das Weingut übernehmen? Dazu ist sie zu jung und unerfahren, und außerdem wird sie niemand ernst nehmen. Übrigens ist der Anwalt hier, der die testamentarischen Angelegenheiten regelt.«

»Soweit ich weiß, stehen diese Regelungen noch aus. Ist das richtig?«

»Es wird sich in Kürze sicherlich alles klären«, meinte Barbara Kannegießer und schien wirklich davon überzeugt. Sie winkte Ravelli heran, was Frank veranlasste, sich rasch nach angenehmeren Gesprächspartnern umzusehen.

10. Kapitel

Die Gastgeber begrüßten ihre Gäste mit einer kurzen Ansprache, bevor sie das Büfett eröffneten. Loretta Leiterer, die gut aussehende Mittfünfzigerin mit Hang zu Mode, Geld und Einfluss, war wieder auf den gleichen Männertyp abgefahren, hatte sich einen ähnlichen Mann wie Kannegießer gesucht; Frank hatte die Gastgeber bei ihrer Rede genau beobachtet. Dabei waren die Worte weniger wichtig gewesen, besonders nicht die des Politikers, als vielmehr seine Körpersprache. Ein leichtes Phlegma wie bei Leiterer, eine gewisse Großspurigkeit, und auch diese Art, andere gewähren zu lassen, war bei Werner Kannegießer vorhanden gewesen. Wenn Frauen sich wieder dem gleichen Typ zuwandten, wieso hatte Antonia sich dann damals für ihn entschieden? Diese Frage beschäftigte Frank eine Weile, denn bislang hielt er sich für das absolute Gegenteil ihres ersten Mannes. Hatte er etwas mit dem korrupten Unternehmer, dem Betrüger und Ehebrecher Vanzetti gemein? Besaßen sie etwa gemeinsame Züge? Ein schrecklicher Gedanke, wenn diese Theorie stimmte …

»Wer hat Ihnen denn ans Schienbein getreten?«, sagte jemand auf Italienisch zu ihm. Frank kannte die Stimme, gern hörte er sie nicht, aber er zwang sich zu einem freundlichen Gesicht. »Gefällt Ihnen die Party nicht? Ist doch alles herrlich, *vero?*, der Sonnenuntergang, das Alpenpanorama, das Büfett, die Menschen, der Wein, ein warmer Wind, und Sie müssen nicht einmal eine Kamera hoch halten und durch den Sucher blicken.«

»Sie auch hier, Signor Ravelli?« Frank konnte ihm schlecht sagen, dass seine Gegenwart nicht dazu beitragen würde, seine Laune zu heben. Wer gab sich schon gern mit Heuschrecken ab, auch wenn es sich um die Spielzeugausgabe handelte.

»Selbstverständlich muss ich dabei sein, wenn meine zukünftigen Schwiegereltern feiern. Wieso haben Sie kein Glas in der Hand, wieso keinen gefüllten Teller bei den leckeren Speisen, die uns geboten werden? Haben Sie die Lammpastete probiert? Ein Gedicht.«

»Ich bin noch ganz erfüllt von der Ansprache Ihrer zukünftigen Schwiegereltern.« Das letzte Wort sprach Frank mit süffisantem Nachdruck aus. Wenn Ravelli sich bei seinen Plänen mal nicht verrechnete. Barbara Kannegießer war nicht dumm. »Außerdem hatte ich soeben ein längeres Gespräch mit Ihrer Zukünftigen, wenn ich sie so nennen darf. Sie hat mir vom Meer vorgeschwärmt, von lebenden Fischen.«

»Ich teile ja vieles mit ihr, manches besonders gern, aber diese Vorliebe für kalte und dunkle Tiefen macht mir Angst. Ich habe die Fische lieber auf dem Teller.«

»Haben wir tatsächlich was gemeinsam?« Hoffentlich war das nicht zu provokativ, dachte Frank und nahm sich vor, sich besser zu beherrschen.

»Wir haben mehr gemeinsam, als Sie glauben. Meine Verlobte hält große Stücke auf Sie, meine Schwiegermutter auch.«

»Das wissen Sie? Da kann man sich nur freuen, wenn derart positiv von einem gedacht und gesprochen wird.«

»*Non dica di sciocchezze*«, meinte Ravelli wegwerfend, »reden Sie keinen Unsinn. Jetzt kommen Sie erst einmal mit, die Fische dort auf den Platten …«, Ravelli wies auf das Büfett, »die werden Sie aufheitern.«

Der Rat war gut, der Fisch exzellent, die Pastete ein Wunder, und die Weine der Genossenschaftskellerei Girlan, ein Weißburgunder und ein Chardonnay, schmeichelten Franks Geschmacksempfinden und standen den bislang probierten in nichts nach.

»Ihnen geht es gut?« Der Herr des Hauses, einen ausschließlich mit gedünstetem Gemüse befüllten Teller in Händen, stand überraschend neben ihm. »Mir auch«, sagte er, denn im Gegensatz zu Frank, der noch kaute, hatte er seinen Bissen gerade heruntergeschluckt. »Eine Party im eigenen Haus ist herrlich, besonders wenn nicht zu viele Politiker anwesend sind. Bis auf den da.« Leiterer wies mit der Gabel auf einen vierschrötigen Mann, der auf einige Zuhörer einredete, die ihm mit Interesse lauschten und beim Essen erschrocken innehielten, wenn er die Stimme hob, um die Aufmerksamkeit von den Tellern weg wieder auf sich zu lenken.

»Früher gehörte er zu uns. Dann wechselte er zu den Freiheitlichen – die verstehen sich als unser Kontrollorgan –, dann, da auch sie ihm nicht radikal genug waren, zur Süd-Tiroler Freiheit. So ist es immer mit den Abtrünnigen, gerade sie werden oft zu den ärgsten Gegnern. Unsere Forderung nach Autonomie gegenüber Rom ging ihnen nicht weit genug, ihre Forderungen nach Selbstbestimmung, also der völligen Trennung von Rom ging uns wiederum zu weit. Wir sind mit siebzehn Abgeordneten im Landtag vertreten, die beiden anderen zusammen lediglich mit neun. Ich würde ihn zurückholen.«

Leiterer nahm einen Gemüsehappen, bevor er fortfuhr: »Es war damals auch unsinnig und unrealistisch, Selbstbestimmung überhaupt zu fordern. Die Separatisten verstehen die Italiener nicht. Uns geht es gut, viel besser als jeder anderen Region Italiens. Aber sie scharen die Unzufriedenen um sich, denen sie mit Parolen kommen, die Trennung von Italien sei eine Chance, der Anschluss an Österreich würde uns weiterbringen, und sie fordern, darüber eine Volksabstimmung abzuhalten. Uns werfen sie Zurückweichen vor.«

»Ich dachte, diese Fragen seien geregelt.« Frank hielt Leiterer für einen ganz vernünftigen Mann. Doch auch er betrachtete sich nicht als Italiener.

»Der Konflikt schwelt seit den Neunzigerjahren weiter, wie Sie wohl bemerkt haben werden …«

»Allerdings, und es erstaunt mich.«

»Wenn man bedenkt, dass diese Spannungen seit dem 3. November 1918 existieren, ist es kein Wunder. Und wenn man sich daran erinnert, was Italiens Faschisten uns angetan haben, lässt sich das Trauma verstehen. Krach gibt es doch immer nur mit den direkten Nachbarn, von deren Bäume die Blätter auf das eigene Grundstück fallen. Den Menschen hier wurde verboten, in ihrer Sprache zu sprechen, dann wurden die Denkmäler geschleift. Die Verwaltungsposten wurden mit Italienern besetzt, die weder Deutsch sprachen noch ausgebildet waren. Die ehemaligen Beamten wurden entlassen oder nach Italien versetzt. Die traditionsbewussten Alpenvereine wurden aufgelöst und die deutschsprachige Tageszeitung verboten. Wer bislang in Südtirol gelebt hatte, lebte fortan in Alto Adige, wie sie es nannten. Man wollte die Institution des Geschlossenen Hofes auflösen, um die Macht der Bauern zu brechen. Davon dürften Sie inzwischen gehört haben.«

Frank glaubte zu wissen, was der forschende Blick Leiterers bedeutete, nämlich ob er in die Erbangelegenheiten der Familie eingeweiht war. Aber er gab nichts zu erkennen.

»Der Besitz der Bauern sollte zerstückelt werden«, fuhr der Hausherr fort, »doch das wurde durch Testamente verhindert. Kurz gesagt, hat man uns entwürdigt, gedemütigt, wie Feinde behandelt, plump, arrogant und kurzsichtig, statt uns zu gewinnen. Womit hätten sie uns auch überzeugen können? Gleichzeitig erstarkten die Nazis in Deutschland. Das bestätigte viele Südtiroler in ihrem kruden nationalistischen Gedankengut.«

»Es soll aber auch eine Menge Faschisten hier gegeben haben«, warf Frank ein.

»Sie spielen auf den VKS an, den Völkischen Kampfring Südtirols. Ja, leider, faschistische Gruppen und Parteien gab es damals überall, auch in Dänemark und in Frankreich, ähnlich wie heute. Als es nicht gelang, mit Gewalt aus Südtirolern Italiener zu machen, begann man, in großem Maßstab Italiener hier anzusiedeln, und Bozen bekam mit der Industriezone sein italienisches, Mussolini höriges Industrieproletariat. Da setzten die Südtiroler die Hoffnung auf Hitler, besonders als er Österreich ›heim ins Reich‹ holte. Man hoffte auf einen ähnlichen Anschluss …«

»Der dann nicht stattfand, nicht wahr?«

»Sie sagen es. Hitler versprach Mussolini, die Grenze am Brenner nicht anzurühren. Also blieb nur noch die Auswanderung, aber ich sehe, Ihr Glas ist leer, Herr Gatow, das darf es in meinem Haus nicht geben. Wir sollten uns mit einer Flasche bewaffnen. So lässt sich die Politik besser ertragen. Haben Sie den Vernatsch aus Girlan probiert?« Der Hausherr drängte sich durch die inzwischen beträchtlich angewachsene Schar der Gäste, die ihm bereitwillig Platz machten. Leiterer schüttelte Hände, klopfte jovial auf Schultern und verteilte freundliche Politikerblicke.

Frank war ihm dankbar für die Verschnaufpause, die jedoch sogleich von Frau Leiterer unterbrochen wurde.

»Ich hoffe, mein Mann langweilt Sie nicht mit seinen Geschichten. Er ist nun mal ein Vollblutpolitiker. Südtirol ist sein Leben. Wenn er etwas für die anderen erreichen kann, dann tut er es.«

Und für sich selbst wahrscheinlich auch, dachte Frank mit Blick auf die Villa, den Garten, die Tiefgarage, den Pool, diesmal jedoch hütete er sich vor jeder anzüglichen Bemerkung.

»Nein, er langweilt mich durchaus nicht«, sagte Frank lächelnd, »im Gegenteil. Er hilft mir, vieles zu verstehen, besonders in Bezug auf die gegenseitigen Animositäten. Im Gegensatz zu Ihnen komme ich prächtig mit meinen Italienern zurecht.«

»Ja, der Mensch ist ein merkwürdiges Wesen.« Die gespielte Zerknirschung im Gesicht von Frau Leiterer stand ihr gut. »Der Italiener ist kaum zu verstehen. Von seiner Lebensart könnten wir noch einiges mehr lernen, von seiner Küche sollten wir unbedingt mehr Gebrauch machen, aber in den meisten Bereichen ist mir eine deutliche Trennung lieber. Wie gefällt Ihnen das Büfett?« Ohne seine Antwort abzuwarten, wandte sich Frau Leiterer einem vorbeikommenden Gast zu und ließ sich entführen.

Die Eingeladenen waren bester Laune und genossen den sternklaren und warmen Abend, alle schienen sich zu kennen, niemand drückte sich in einer Ecke herum, und Ravelli, auf dessen Gesellschaft Frank den geringsten Wert legte, stand weit weg und sonnte sich im Kreis einiger Zuhörer. Ob er Mario Draghis Ankaufspolitik europäischer Staatsanleihen verteidigte? Wenn er sie überhaupt verstand ... oder verkaufte er seinen Freunden günstige Grundstücke in prosperierenden Überschwemmungs- oder Erdbebengebieten?

Das Glas war gänzlich leer, und wie gerufen stand Leiterer wieder neben ihm und schenkte ein. Für den Lagrein, der seinen Worten nach »eine reine Renaissance erlebt«, hatte er neue Gläser mitgebracht. Mit seinen Aromen roter Früchte, besonders dem von Kirschen, war die Lagrein-Merlot Cuvée eher als Begleiter des Roastbeefs und der Wildpastete des Büfetts geeignet, ein Umstand, den Frank aussprach und dazu nutzte, den Teller erneut zu füllen. Er drückte Leiterer sein Glas in die Hand, und als er zurückkam, unterhielt sich der Abgeordnete mit einer jungen, sehr gut aussehenden Frau mit langem, rotbraunem Haar, akzentuierten Augenbrauen, mit Wimpern, die ihren tiefen Blick aus dunklen Augen fast verschleierten. Leiterer und sie schienen sich sehr gut zu kennen, so eng wie sie die Köpfe zusammensteckten und miteinander flüsterten. Als Frank zu ihnen trat, fuhren sie auseinander.

»Darf ich vorstellen: Meine Stieftochter, Anette Förster, geborene Kannegießer, gestandene Önologin, Hausfrau und Mutter. Jetzt kennen Sie alle Kinder des berühmten Werner Kannegießer, so wie mir meine Frau mitteilte. Ich halte mich da raus.« Leiterer verdrehte die Augen. »Mit Anette dürften Sie alle Fragen bezüglich des Weins besprechen können. Sie ist auf dem Weingut aufgewachsen, hat Weinbau studiert und einen Winzer geheiratet.«

»Dann fließt sozusagen Wein in Ihren Adern?«, fragte Frank und gab sich galant. »Wahrscheinlich ist es die Höhenluft, die südliche Sonne und die Nähe zur Natur sowie die Erziehung zum guten Geschmack, die zu einer so aparten Erscheinung führen?«

»Dass Sie ein Schmeichler sein sollen, wusste ich bislang nicht.« Anette Förster schien das Kompliment trotzdem zu gefallen. »Der Wein verändert jeden, Herr Gatow, das wissen Sie genauso gut wie ich. Theoretisch bin ich sehr vinophil, aber meine Liebe gehört mehr der Malerei als dem Rebensaft. Es reicht, wenn mein Mann und die Kinder mir den Weinberg an den Sohlen ihrer Gummistiefel ins Haus tragen. Die Flecken meiner Aquarelle lassen sich leichter beseitigen als Rotweinflecken. Bei Acryl ist es ein wenig komplizierter.«

»Ach, wie konnte ich's vergessen«, Leiterer fasste sich

entschuldigend an die Stirn, »nach deiner letzten Vernissage habe ich dich noch nicht gefragt: Wie waren die Verkäufe?«

Wenn sie gut gewesen wären, hätte Anette Förster, geborene Kannegießer, schneller geantwortet. »Es wundert mich, bei den vielen Fragen, die du im Kopf hast, dass du überhaupt noch für irgendetwas außer Politik Zeit findest. Die Verkäufe? Sie hielten sich in Grenzen. Aber ich lasse euch jetzt allein. Wir plaudern später, Herr Gatow. Meine Mutter hat mir von dem reizenden Treffen in Tramin mit Ihnen berichtet. Es wäre sicher interessant, sich mit einem guten Freund meines Vaters zu unterhalten – es schmerzt noch immer, dass wir so früh von ihm Abschied nehmen mussten. Und der Schmerz wird bleiben …« Mit diesen Worten wandte sie sich ab. Was der Blick bedeutete, den Leiterer ihr hinterherwarf, hätte Frank zu gern gewusst. Zweifelnd? Fragend? Mitfühlend auf keinen Fall … Mangelndes Vertrauen kam Frank in den Sinn. Mit seinem Gespür lag er oftmals richtig.

Leiterer kehrte umgehend zur Lokalpolitik und Landesgeschichte zurück. »Wir sprachen eben über die Zeit vor dem Zweiten Weltkrieg. Aus der Verbindung von Hitler und Mussolini entstand ein Volksentscheid. Man stellte uns vor die Wahl: Entweder bleibt ihr italienische Staatsbürger, oder ihr müsst das Land verlassen! Auch als ›Italiener‹ bestand weiter die Drohung, südlich des Po angesiedelt zu werden. Ich finde es verständlich, dass sich unter diesen unsäglichen Bedingungen sechsundachtzig Prozent der Südtiroler fürs Gehen entschieden. Wie hätten Sie sich entschieden, Herr Gatow? ›Volkliche Flurbereinigung‹, nannte das Heinrich Himmler, als Reichsführer SS war er auch für diese ethnische Säuberung zuständig. Die Bevölkerung Südtirols war also eingeteilt in ›Dableiber‹ und ›Weggeher‹, so wurden sie tatsächlich genannt. Sicher, unter Letzteren waren viele fanatische Nazis, aber die Mehrheit, glaube ich, hatte einfach nur Angst. Auf italienischer Seite sprach man von den Deutschen, die Alto Adige verunreinigten, die über den Brenner zurückgejagt werden sollten. Die Nazis wieder brauchten Menschen, um sie in den noch zu erobernden Ostgebieten anzusiedeln, germanische Wehrbauern, und boten großzügige Entschädigungen für Haus und Hof und Vieh.«

»Und was ist daraus geworden?« Frank hörte fasziniert zu. Diese Sichtweise der Geschichte kannte er nicht.

»Dieser Wahnsinnsplan war technisch nicht durchführbar. Die Umsiedlung kam ins Stocken, die Entschädigungen ließen sich nicht beziffern, von den zweihundertzwanzigtausend Menschen, die gehen wollten, verließen nur fünfundsiebzigtausend das Land. Die Wirtschaft brach fast zusammen, die Umsiedler wurden in prekären Verhältnissen untergebracht, und eine Region, die sie aufnehmen konnte, in eroberten Gebieten, wurde nicht gefunden. Aber Hitler hatte neue Soldaten bekommen, und Südtirol war gespalten, das Vertrauen untereinander war zerstört.«

»Vielleicht bestand genau darin das Ziel der italienischen Regierung. Halten Sie das für möglich?«

»Spaltung ist eine wichtige politische Waffe. Die Spaltung hatte man bereits durch die Einteilung in Weggeher und Dableiber erreicht. Sie wirkt in einigen Familien und Nachbarschaften bis heute nach. Und auch nach dem Krieg, als wieder eine Chance für die Loslösung bestand, benahm sich Italien den Südtirolern gegenüber keineswegs besser, das Ganze mit dem Plazet der Briten und Amerikaner, die wollten kein starkes Österreich, weil dort die Russen waren. Die Italiener setzten sogar ihre Verwaltungsleute aus der faschistischen Ära ein, aber – Sie werden mich jetzt entschuldigen müssen, ich habe noch andere Gäste, obwohl es mir immer wieder ein wichtiges Anliegen ist, gerade aufgeschlossenen Menschen wie Ihnen ein etwas klareres Bild unseres Landes zu vermitteln. Besuchen Sie mich bei Gelegenheit in meinem Büro, dann reden wir weiter, zum Beispiel über Ihr Fotobuch …«

Mit diesen Worten drückte Leiterer Frank die Flasche in die Hand und steuerte auf eine Gruppe von Männern zu, in denen sich anscheinend Streit breitmachte. Frank war bereits vorher aufgefallen, dass Leiterer die Gruppe im Auge behalten hatte – sicher Parteifreunde oder -feinde, was letztlich auf dasselbe hinauslaufen konnte.

Frank betrachtete das weiße Etikett, darauf der unterstrichene Name Girlan, mehr Markenzeichen als Herkunft, Laurin der Name dieser gelungenen Cuvée aus den Rebsorten Lagrein und Merlot. War sie als Hommage an Laurin zu verstehen, den sagenhaften Zwergenkönig des Rosengartens? Der Sage nach wurde Laurin von Dietrich von Bern im Kampf besiegt, ein Gleichnis vom Sieg des Germanentums über die Romanen. Das Denkmal dieses Kampfes, in dem der Mann mit Helm und Kettenhemd den Zwergenkönig mit seiner wilden Haarpracht niederringt, stand vor dem Bozner Landtag und wurde ähnlich kritisiert wie Mussolinis Siegesdenkmal, diesmal von der anderen Seite.

Was Frank mehr bewegte, war die Frage, wieso man hier den Wein der Genossen aus Girlan anbot statt den Wein vom Weingut Förster. Genügte er nicht den Ansprüchen des Abgeordneten, oder bestanden auch hier Animositäten? Daran rührte Frank besser nicht. Schließlich war Anette Förster »nur« die Tochter seiner Frau. Allerdings war Leiterer der Einzige, der ihm bisher nicht mit negativen Äußerungen über die anderen Familienmitglieder auf die Nerven gegangen war.

Anette Förster würde Frank in Bezug auf die Todesumstände von Werner Kannegießer auch nicht voranbringen. Dann schon eher ihre jüngere Schwester Barbara. Er sah sich nach ihr um. Aber statt sie zu entdecken, fiel ihm Ravelli wieder auf, er schien sich von seinen Gläubigern losgeeist zu haben. Anette drängte gerade an ihm vorbei und tat, als bemerke sie den Freund ihrer Schwester gar nicht, lächelte stattdessen Frank jovial an wie einen Kunden, der drei Zwölferkisten des teuersten Weins kauft, und bahnte sich den Weg zu ihm.

»Was trinken Sie?« Anette nahm Frank die Flasche aus der Hand und betrachtete das Etikett. »Zu viel Rot. Und er passt nicht, Sie sollten jetzt lieber den Pinot Bianco trinken, wegen seiner angenehmen Frische. Der Lagrein ist was für später und nur zum Essen. Oder haben Sie Vorurteile?«

»Meinen Sie, dass ich so alt bin, dass ich die schrecklichen Kalterer-See-Weine der Siebzigerjahre kennen müsste?«

»Nein, so alt sind Sie wirklich nicht, Herr Gatow …«

»Ich habe meine Kindheit in Turin verbracht, wir tranken zu Hause piemontesische Weine, meine Eltern jedenfalls. Ich war bis vor nicht allzu langer Zeit Biertrinker. Dann traf ich eine Frau …«

»Ist es nicht schön, dass die Liebe einen dazu bringt, seine Gewohnheiten zu ändern? Ihr Männer würdet in euren kruden Ritualen erstarren.«

Über die Liebe wollte Frank mit dieser unbekannten Frau gewiss nicht reden. Wein war das unverfänglichere Thema. »Ich frage mich, wieso wir nicht die Weine Ihres Hauses trinken? Sie gehören schließlich zur Familie.«

»Die Antwort ist sehr einfach: Die älteren Jahrgänge sind aus, die neuen noch nicht reif genug, um sie einem verwöhnten Publikum wie diesem anzubieten.« Anette Kannegießer wies auf die Gäste. »Die meisten verstehen viel davon, stammen alle aus diesem oder dem Nachbartal, die kennen so ziemlich alle Kellereien, die Privaten, die Freien Winzer und die Genossenschaften. Wir gehören zu den Privaten, wir bewirtschaften lediglich zwanzig Hektar.«

»Lediglich? Damit liegen Sie weit über dem deutschen Durchschnitt.«

»Wir vergleichen uns lieber mit Italien.«

»Das tun nur wenige hier.«

Anette Förster lachte. »Dann sind Sie mit unseren Animositäten vertraut? Auch zwanzig Hektar sind nicht viel, es sind Steillagen und alte Reben, beides bringt nur gering Erträge, dafür beste Qualität.«

»Wenn Ihre Schwester Theresa das Weingut des Vaters weiterführt ...«

Der Blick, der Frank traf, lag zwischen ungläubigem Erstaunen und abgrundtiefer Verachtung. »Wieso sollte sie das?«, sagte sie scharf und warf mit einer schnellen Bewegung ihr auffällig langes Haar über die Schulter. »Es war der erstgeborene Sohn, der alles erbte, so war es damals unter Andreas Hofer! Und wenn es den Sohn nicht gibt, übernimmt heute das erstgeborene Kind – und das bin ich!« Ihre Körperhaltung signalisierte nicht den geringsten Zweifel.

Noch eine Akteurin mehr in dem unrühmlichen Reigen, die sich mit den anderen stritt, dachte Frank und seufzte unhörbar. Er hatte eine Meute von Hunden vor Augen, die böse knurrend am selben Knochen (oder Kadaver?) zerrte. Er sollte sich zurückziehen und auch Theresa ihrem Schicksal überlassen. Wer sich mit dieser Meute einließ – Familie war der absolut falsche Begriff –, holte sich lediglich Bisswunden.

»Ich bin der Falsche, um dazu ein qualifiziertes Urteil abzugeben.« Frank vergab sich nichts, wenn er sich mit einer Verbeugung zurückzog. Aber Anette ließ ihn nicht gehen, sie packte ihn am Arm, dummerweise am linken, und er verzog das Gesicht.

»Oh, habe ich Ihnen wehgetan?« Die Entschuldigung klang weniger mitfühlend als empört, dass ihr Gesprächspartner sich so wehleidig anstellte. »Erstens ist sie nicht meine Schwester, sondern meine Stiefschwester. Und zweitens: Wieso sollte sie oder jemand anderes aus der Familie das Weingut übernehmen können? Wer hat Sie darauf gebracht? Theresa hat Sie sicherlich beeinflusst.«

Ehe Frank antworten konnte, war sie ihm voraus.

»Sagen Sie nicht Nein, ich weiß es. Auch seine zweite Frau hat Sie belatschert. Oskar Bauer, mit dem ich einen sehr freundschaftlichen Kontakt pflege, sozusagen auf professioneller Ebene, damit das Niveau nicht absinkt, bevor ich unser Gut übernehme, hat es mir berichtet. Er hatte übrigens einen guten Eindruck von Ihnen, er hält Sie für äußerst kompetent.«

Frank war es ziemlich egal, welchen Eindruck er bei einem Mann hinterlassen hatte, dessen Tage auf diesem Posten gezählt waren. Oder deuteten sich hier Absprachen an, von denen er nichts ahnte? Von welcher Kompetenz sprach sie? Etwa von der als Fotograf? Wie wollte ein Kellermeister das beurteilen?

»Ich weiß, dass die liebe Claudia, also meines Vaters zweite Frau, der Ansicht ist, nur sie könne das Weingut führen, und sie habe auch ein Anrecht darauf. Was versteht sie vom Wein? Absolut nichts. Sie kann schwerlich Rotwein von Kretzer, also von unserem Rosé unterscheiden, und bei einer Flasche mit Drehverschluss greift sie wie üblich zum Korkenzieher.« Anette Försters Lächeln, zuerst höhnisch, wurde milde. »Man kann ihr das nicht verdenken, wo soll sie's auch herhaben? Mein Vater war sehr eigenwillig, je älter er wurde, desto weniger ließ er sich reinreden. Ich hatte Glück, dass ich ihn in seinen jungen Jahren erlebte, bevor er so engstirnig wurde. Als Kind nahm er mich überall mit hin, ich war stets an seiner Seite, später sogar auf Geschäftsreise. Du wirst das alles eines Tages mal übernehmen, sagte er immer. Er zählte auf mich. Davon ist er nie abgewichen. Wahrscheinlich habe ich aus diesem Grund auch Önologie studiert und einen Winzer geheiratet. Es ist meine Welt, sie ist mir vertraut.« Bei den letzten Worten waren ihre Stimme und ihre Worte in sanftem Einklang.

»Wieso verkaufen Sie nicht alles und verteilen den Ertrag gleichmäßig unter allen Familienmitgliedern, unter denen aus erster sowie der zweiten Ehe? Sie ersparen sich Ärger und endlose Prozesse.« Frank hätte es so gemacht, aber 3,6 Millionen, wenn man von einem Erlös von zweiundzwanzig Millionen ausging, war einigen aus der Meute allem Anschein nach zu wenig.

»Sind Sie etwa Kommunist, Herr Gatow? Sie wollen alles aufteilen? Es kommt mir nicht auf das Geld an, mir geht es darum, den Besitz als Ganzes, als traditionellen Betrieb zu erhalten, alles der Familie zu erhalten.«

Welche Familie meinte sie? Er vermutete vielmehr, dass sie das Kannegießer-Weingut dem Betrieb ihres Mannes einzuverleiben gedachte. Frank blickte auf ihre Hände. Mit diesen zarten Händen war ein Glas zu halten, ein goldenes Armband überzustreifen und eine Kreditkarte in einen Schlitz zu führen, nicht aber einen Betrieb. Er kannte die Hände der Winzerinnen, die von Antonia, die von Wanda Livonardi, ihrer besten Freundin, in deren Ehe hatte der Mann, Professor für Geologie in Bologna, die Frauenhände.

»Wieso sollte ich Kommunist sein?«, fragte Frank und war auf ihre Begründung gespannt.

»Ihr egalitärer Anspruch, alle sollen das Gleiche erhalten. Aber das Gleiche ist nur gut für Gleiche, und alle Mitglieder dieser beiden Familien sind total ungleich. Was sollte meine Schwester Barbara mit einem Weingut? Sie würde es verkaufen. Ihr Liebhaber«, sie wies mit einer Kopfbewegung in Ravellis Richtung, »würde alles mit seinen obskuren Anleihen, Fonds und Aktien verzocken, in kürzester Zeit. Was glauben Sie, weshalb sie ihn nicht heiratet? Und meine Mutter?« Anette entdeckte sie als Mittelpunkt einer Männerriege. »Sie hat, was sie braucht, mehr braucht sie nicht: ein schönes Heim, einen erfolgreichen Mann, gutes Geld, Ansehen, beste Beziehungen, jede Menge Freunde …«

Sicherlich auch die entsprechenden Feinde, diese Schlussfolgerung lag für Frank nahe, und immer die Steuerfahndung, die Guardia di Finanza im Nacken, wenn nicht sogar vor der Haustür. Wenn Leiterer auf europäischer Ebene tätig war, dann war OLAF, das Europäische Amt für Betrugsbekämpfung, zuständig. Aber Südtirol war angeblich von Korruption verschont und sauber, ein Hort der Anständigkeit, es war schließlich nicht Italien, wie man von sich behauptete. Als ihm dieses Wort in den Sinn kam – das ›angeblich‹ besaß bereits eine Geschichte –, sah er Theresa bei ihrer ersten Begegnung vor sich, da hatte sie dieses Wort ausgesprochen.

»Da bleiben nicht viele übrig, um das Weingut zu übernehmen, die etwas wie ein moralisches Anrecht hätten.«

»Das sehen Sie genau wie ich, danke, Herr Gatow. Doch es geht nicht um Moral. Es geht um Recht, und das habe nun mal ich!« Anette Kannegießer lächelte selbstgefällig. »Daran rüttelt niemand.«

»Auch nicht Theresa oder Marco als einziger männlicher Nachkomme?«

»Das Jüngelchen? Marco hat gerade mal die Schule hinter sich gebracht. Ein Wunder, dass er das geschafft hat, mit Ach und Krach, wo ihm der Vater alle Möglichkeiten bot. Nein, Marco sperrt sich, worum auch immer es sich handelt. Nichts bringt er zustande, weder im Sport noch in der Ausbildung noch im Weinberg. War sich immer zu gut für die Drecksarbeit, fürs Reinigen der Fässer, für den Traktor, für den Rebschnitt in Eiseskälte, mit seinen zarten Händen. Es hieß immer, er sei musisch begabt, aber welche Muse hat ihn geküsst? Weder Malerei noch Musik, höchstens die der gleichaltrigen jungen Männer, aber über andersartige sexuelle Orientierung darf man heutzutage nichts Negatives sagen, sonst ist man politisch unkorrekt.«

Es gab keinen Grund, weshalb Frank diese blödsinnigen Anfeindungen kommentieren sollte. Er musste nicht zeigen, dass er über Marco gänzlich anders dachte. Stattdessen brachte er das Gespräch auf Theresa.

»Ach, Herr Gatow, hat das Mädchen Sie mit ihrem kindlich-femininen Charme eingewickelt?«

»Theresa betreibt das Familien-Weingut, und Sie, Frau Förster, nutzen das zur Kooperation mit dem Ihren. Ihre Schwester macht das Marketing. Das wäre eine Lösung.«

»Es ist reizend von Ihnen, wie Sie sich für andere ins Zeug legen. Theresa ist noch ein Kind, jedoch ohne jede Erfahrung. Die soll sie erst einmal anderswo machen, sich die Welt ansehen. Wir verfügen über beste Beziehungen nach Stellenbosch in Südafrika. Da wüsste ich einen Betrieb für sie. Nein, sie ist sehr lieb, sehr bemüht und fleißig, aber eben noch ein Kind.«

Das hatte Anette im Alter von dreiundzwanzig Jahren sicher nicht von sich selbst gedacht. Die beiden waren gerade fünfzehn Jahre auseinander. Theresa nach Südafrika abschieben? Schön weit weg? Das würde sie sich nicht gefallen lassen. Aber sie wäre damit aus der Schusslinie …

»Südafrika hielte ich auch deshalb für sinnvoll, damit ihre Anfeindungen endlich ein Ende hätten. So wie ich das Mädchen einschätze, wird sie versucht haben, auch Sie davon zu überzeugen, dass beim Tod unseres Vaters jemand die Hand mit im Spiel gehabt hat. Was sie treibt, ist gefährlich, das ist Verleumdung und Lüge.« Anette war heftig geworden. »Natürlich meint sie mit ihren Anfeindungen eine von uns. Allein das zeigt, wie naiv sie ist. Stellen Sie sich vor, das bekäme jemand in den falschen Hals. Nicht auszudenken.«

Was mochte Anette Kannegießer damit meinen, fragte sich Frank.

»Sie sollte sich lieber an ihren Ricardo halten, so heißt ihr Gaul nämlich, aber das wissen Sie vielleicht längst«, schob sie schnell nach. »Pferde und kleine Mädchen – das passt besser als kleine Mädchen und Weingüter. Wer nimmt eine junge Frau wie sie ernst, noch dazu in Italien? Wie will sie einen Geschmack beurteilen? Wie einen Weinberg? Wie die richtige Bestockungsdichte bei entsprechender Hangneigung und einem niedrigen Rigolhorizont? Was weiß sie über die enzymatische Entwicklung des Weins während der Lagerung, über Maschinen und die kaufmännische Seite? Sie hat gerade erst die Uni hinter sich gebracht. Es sind nicht nur Entscheidungen über die Reben zu treffen, sondern auch über und für Mitarbeiter, Entscheidungen über deren Leben.« Anette zog alle Register einer zumindest theoretisch versierten Weinexpertin.

Wieder fiel Franks Blick auf ihre Hände. Er ging nicht auf das Gesagte ein, im Gegenteil. »Verstehen Sie etwas vom Tauchen, Frau Förster?«

Ihn traf ein Blick voller Argwohn. »Worauf wollen Sie hinaus?«

»In diesem Fall wären Sie in der Lage zu beurteilen, was auf Los Roques unter Wasser passiert sein könnte.«

»Sie wissen von – Los Roques?«, meinte sie verwundert. »Sie scheinen recht gut informiert zu sein. Das war Theresa, stimmt's? Alles Quatsch, Erfindungen eines Kindes, das zum ersten Mal mit dem Tod konfrontiert ist. Die Beziehung zwischen den beiden, zwischen Vater und Tochter war sehr eng. Unser Vater war ihr großes Vorbild und ihr Urteilsvermögen recht klein. Mein Vater ist an Herzversagen gestorben. Daran ist nicht zu rütteln. Gehen Sie ruhig davon aus, dass wir jede nur erdenkliche Möglichkeit ernsthaft in Betracht gezogen und eingehend geprüft haben.«

Es waren Frank zu viele Adjektive.

»Er hätte auf den Rat seines Arztes hören müssen. Sein Traum war es, sich an einen der riesigen Manta-Rochen zu hängen, Mantas kommen in Schwärmen aus der Tiefe herauf und ziehen an Los Roques vorbei. Mir scheint manchmal, als hätte mein Vater es sogar darauf angelegt, auf diese Art zu sterben, bei dem, was ihn am meisten faszinierte. Das Risiko war ihm bekannt. Und unter Wasser hatte er Ruhe – Ruhe vor uns allen.«

Eine interessante Selbsteinschätzung, dachte Frank. Aber die Kälte und innere Distanz, mit der Anette ihre Argumente vorbrachte, entsetzten ihn. Oder schützte sie sich damit vor dem eigenen Schmerz? »Weshalb hätte er sterben wollen? Als wir uns das letzte Mal sahen und über mein Südtirol-Projekt sprachen ...«

»Was weiß man in Wirklichkeit von einem Menschen?«, unterbrach sie schroff. »Ich dachte zuerst, Sie seien enge Freunde gewesen, aber das hat sich inzwischen ja geklärt. Wussten Sie, wie es um seine zweite Ehe bestellt war? Nein? Eine Katastrophe. Wie fühlt ein alternder Mann sich, wenn seine Frau und Mutter seiner Kinder, zumindest der letzten beiden, abends zu ihrem jungen Liebhaber geht? Wie, bitte, fühlt er sich? Mein Eindruck war immer, besonders in letzter Zeit, dass er zu Depressionen neigte. Er hat gelitten, wir wussten es, und wir haben mit ihm gelitten.«

Auf Franks Frage, ob sie versucht habe, die Todesumstände auf Los Roques aufzuklären, entgegnete sie, dass alles bereits geklärt sei, man habe mit der Polizei gesprochen, ebenso mit der Tauchschule und anderen Gästen, die bei dem fraglichen Tauchgang dabei gewesen waren.

»Das ist mir neu«, warf Frank ein, »soweit ich weiß, war von Ihnen niemand auf Los Roques, keiner sprach mit den anderen Tauchern, ebenfalls nicht mit der Polizei.«

»Seine Frau war dort ...«

»Was Sie von ihr halten, haben Sie mir eben mitgeteilt, Anette.« Aus diesem Grund habe Frank einen Bekannten gebeten, der sich in Venezuela auskennt, sich darum zu kümmern. Zum einen würde er sich um die Namen und Adressen derer bemühen, die gleichzeitig dort waren, wie auch die der Passagiere der Fluglinien, um zu prüfen, wer wann von und nach Los Roques eingeflogen ist.

Anette Förster blickte Frank entgeistert an, dann wandte sie sich kurz ab. »Das haben Sie bereits in die Wege geleitet? Hat Theresa Sie dazu angestiftet? So groß ist Ihr Misstrauen?«

»Betrachten Sie es besser als Hilfestellung. Wem sollte ich misstrauen? Aber Sie gewinnen mit dieser Maßnahme Sicherheit. Das, nehme ich an, wird Ihnen sehr wichtig sein.«

»Nein, Herr Gatow. So sehr haben Sie sich von Theresa einwickeln lassen? Sie enttäuschen mich, Herr Gatow, Sie enttäuschen mich wirklich … und jetzt entschuldigen Sie mich bitte.« Anette Kannegießer wurde laut und scharf. »Ich habe mich bereits viel zu lange mit Ihnen und diesem Thema beschäftigt, das Sie im Grunde nichts angeht. Ich fasse Ihre Einmischung nicht als Hilfe auf, ich empfinde es vielmehr als Beleidigung der tiefen Gefühle einer trauernden Familie. Ihre Aktivitäten bezüglich Los Roques werden zu nichts führen als zur Fortsetzung des Dramas, zu weiteren schwerwiegenden Zerwürfnissen innerhalb der Familie und zu weiterer Konfusion …«

Dem Pathos nach hätte man sie hier durchaus für eine Italienerin halten können. Schade, dass sie sich abwandte. Er hatte noch fragen wollen, ob sie wisse, wo Kannegießers Tauchausrüstung geblieben sei und ob sie auf Manipulationen hin geprüft worden war.

Zum Zusammenhalt wurde man meistens durch die Verhältnisse gezwungen, durch äußere Gegner wie Armut oder Feinde, weniger durch gemeinsame Interessen. Da wurde nach außen Geschlossenheit demonstriert, und im Inneren brodelte es, dachte Frank. Er hatte dabei Massimo Vanzettis Familie vor Augen. Sie hätte ihn am liebsten umgebracht, da sie ihn dafür verantwortlich machte, Antonias Ehe zerstört und ihren Exmann ins Gefängnis gebracht zu haben, und selbstredend war er auch der Schuldige für Vanzettis Tod hinter Gefängnismauern. Sein Sohn sprach bis heute kein Wort mit ihm und weigerte sich seit mehr als zehn Jahren, das Weingut zu betreten. Piero wieder hatte sein Erbe mit Zähnen und Klauen gegen Onkel, Tanten, Cousinen und Neffen verteidigen müssen, eine juristische Auseinandersetzung, die bis heute anhielt. Wenn Antonia ihren Sohn treffen wollte, verabredeten sie sich an einem neutralen Ort. Meist fuhr sie dazu nach Mailand.

Frank betrachtete die Schar der Gäste, es mochten inzwischen mehr als fünfzig Personen sein, die unter sternklarem Himmel feierten. Die ersten tanzenden Paare bewegten sich auf der Terrasse, andere wiederum konnten nicht vom Büfett lassen, und Frauen, deren Männer ein wenig zu deutlich dem Wein zugesprochen hatten, versuchten, diese, wenn nicht zum Aufbruch, so doch zur Mäßigung zu bewegen.

»In welcher Beziehung stehen Sie zum Hause Leiterer?«, fragte plötzlich eine unbekannte Dame und hielt Frank ihr Glas hin.

Er hatte nicht bemerkt, dass er noch immer die Weinflasche in der Hand hatte. Sie war längst leer, und er konnte es sich nicht erlauben, noch mehr zu trinken, der Heimweg war lang und kurvenreich. Er betrachtete die Flasche, das weiße Etikett mit dem halb gefüllten Rotweinglas, dann sah er die Dame an und hob die Flasche. »Die ist leer, wir sollten uns eine volle besorgen.«

»Ich kenne die Gastgeberin gut, sie wird uns aus der Verlegenheit weiterhelfen.« Die Dame schien zu wissen, was sie wollte, hakte sich bei ihm ein und zog ihn in Richtung der Bar, wo sie dem Kellner klarmachte, dass sie zu zweit seien und mit einem Glas Vernatsch nicht zufrieden wären.

»Ich heiße Rosemarie«, sagte sie und hielt Frank die Wange hin.

»Ich bin Frank«, sagte er und ging auf den Flirt ein. Rosemaries Parfüm gefiel ihm, ihre direkte Art auch, obwohl ihm in keiner Weise an irgendwelchen Abenteuern gelegen war. Sich zu Marcella auf Distanz zu halten, war schwierig genug.

»Sie sehen nicht so aus, als hätten Sie mit Politik zu tun, ein Parteifreund sind Sie nicht, und auch kein Widersacher.«

Frank erzählte von seiner Aufgabe, sprach über Fotografie und Wein.

Rosemarie schien etwas davon zu verstehen. »Wenn man sich vor Augen hält, welch langen Weg die Winzer bis heute zurückgelegt haben, welche Qualität sie uns heuer bieten, einfach fantastisch. Südtirol gehört inzwischen zur führenden Weinbauregion Italiens. Auch wenn man mich erschlägt, ich glaube, es ist unserer etwas anderen Mentalität zu verdanken, dem Arbeitseifer, dem Ehrgeiz und der Freude an der Arbeit, die Bestätigung daraus, die den Italienern meistens abgeht.«

»Sie wissen, dass die Ausnahme die Regel bestätigt? Ich kenne eigentlich nur Ausnahmen, Winzerinnen, Italienerinnen, die großartige Weine machen.«

»Das hat einen ganz einfachen Grund: Wir Frauen müssen uns doppelt anstrengen, um anerkannt zu werden.«

»Sie sprechen aus Erfahrung?«

»Allerdings. Ich arbeite nebenher in einer großen Genossenschaft, ich mache die Werbung.«

»Wie sieht es mit den Chancen für junge Winzerinnen aus?« Frank wollte das Gespräch auf einer möglichst unpersönlichen Ebene halten. »Können sie darauf hoffen, ernst genommen zu werden?«

»Das scheint mir nicht ganz einfach, aber nicht unmöglich. Haben Sie eine bestimmte Person im Sinn? Das haben Sie doch, oder? Jemand wie Sie fragt nicht einfach drauflos.« Rosemarie lächelte verschmitzt und stieß mit ihm an.

Frank nippte lediglich an seinem Glas. »Gewiss, ich denke an eine junge Önologin namens Kannegießer …«

»Die Tochter von Werner?«

»Sie kennen ihn?«

»Ich kannte ihn, er ist ertrunken, angeblich, wie es heißt. Aber ich wage da kein Urteil abzugeben, niemand kann das. Es geschah irgendwo in der Karibik …«

»Genau genommen auf Los Roques vor Venezuelas Küste.«

»So gut sind Sie informiert?«

In diesem Moment traten zwei Frauen hinzu, denen es kaum gelänge, auf der Heimfahrt unbeschadet durch die Serpentinen zu kommen. Sie waren bester Laune und verlangten von Rosemarie, dass sie ihnen Frank vorstellte. Sie präsentierte ihn als bekannten Hamburger Fotografen aus der Toskana und als Kenner im Fall Kannegießer.

»Dann kennen Sie die Familie auch?«, wollte eine der Freundinnen Rosemaries wissen, und stieß mit ihm an.

»Inzwischen bin ich allen begegnet, beiden Familien.«

»Das wird sehr aufschlussreich für Sie gewesen sein.« Die Freundin sah ihn erwartungsvoll an, als hoffte sie, ein Geheimnis zu erfahren. »Hat Anette eigentlich noch was mit diesem Hamburger, den ihre Schwester im Roten Meer aufgefischt und hier angeschleppt hat? Oder ist der zu Barbara zurückgeschwommen? Ich fand ihn auch toll.«

»Am Roten Meer heißt das«, meinte ihre recht beschwipste Freundin, die sich bei ihrer Freundin einhakte. »Besser als Ravelli ist der allemal.«

»Das kommt darauf an«, entgegnete Rosemarie, ihr schien das Wortspiel zu gefallen, »ob sie ihn am oder im Meer kennengelernt hat. Ich glaube eher im Meer, beide waren zum Tauchen dort, in Daress Alam oder wie das heißt …«

»*Molto può succedere*«, gab die Freundin verschwommen lächelnd zu bedenken und klapperte mit den Lidern, »auch unter Wasser. Und dann schnappt ihr die Schwester hier den Lover weg? Das heißt übrigens Marsa Alam, meine Liebe. Weißt du was darüber?«

»Halt den Mund«, fuhr Rosemarie sie scharf an und sah sich hektisch nach Anette oder Barbara um. »Da war nichts, vergiss es, nur ein kurzes Abenteuer. Sei bloß still, wenn Förster davon erfährt, gibt's Ärger. So jemanden setzt man nicht aufs Spiel …«

»Da liegst du ganz richtig«, bestätigte die Freundin. »Denn darauf kommt es wirklich an – nämlich was dabei zu verlieren ist …«

11. Kapitel

Sie kamen aus Kastelruth und Sarnthein nach Seis am Schlern, sie kamen aus Welschnofen und Klausen, von der Kugler Alm, aus Eppan und Kaltern. Ein Pferdehänger für ein oder meist zwei Tiere nach dem anderen schaffte den schwierigen Weg hinauf durch die engen Serpentinen zur Ausscheidung des Wolkenstein-Ritts. Sie brachten die knapp einhundertzwanzig Pferde nebst der entsprechenden Zahl von Reiterinnen und Reitern. Dass es in Südtirol derart viele Pferde gab, war Frank bislang nicht aufgefallen. Kaum eines hatte er bisher gesehen. Anscheinend grasten sie versteckt auf den Almen, in den Bergwäldern oder so verborgen wie Theresas Pferd nahe dem Montiggler See.

Er hatte Carl Breitenbach gefragt, ob er ihn zur Ausscheidung für den Ritt begleiten würde. Ein Ausflug in die Berge nach Völs und vielleicht danach mit der Seilbahn hinauf zur Seiser Alm auf einen Kaffee war für jeden, der kaum aus Bozen herauskam, eine willkommene Abwechslung. Leider hatte er den Bücherwurm nicht dafür begeistern können. Mit Vorbereitungen für ein Seminar am Montag hatte sich Carl herausgeredet, sodass man sich lediglich für den Abend zum Essen verabredet hatte. Frank fürchtete sich auch davor, einen langweiligen Sonntag zu erleben, doch er hatte es Theresa nicht ausschlagen können, dabei zu sein, zumal sie ihn um Fotos ihrer Vierergruppe gebeten hatte.

Er war glücklicherweise früh genug in Seis und fand einen Parkplatz nahe des von hohen Tannen gesäumten Festplatzes, der für den Wettbewerb vorbereitet worden war. Die Veranstaltung hatte mehr den Charakter eines Volksfestes als den eines Reitturniers und war weniger ein touristisches Ereignis, außer für Liebhaber der Haflinger, die davon wussten. Frank schien es, als würden sich alle in der bunten, sommerlich gekleideten Menge kennen, die auf den Bänken, den Rängen und die an den Ständen, im Dunst der Bratwürste auf ein frisch gezapftes Bier wartend.

Er drehte eine Runde um den Platz, sprach mit dem Schiedsrichter am Start, wo sich die vier Reiter nebeneinander aufstellen würden, alle die eine Hand über Kopf an der Bannerstange, um dann loszupreschen. Nach vier oder fünf Galoppsprüngen kam die harte Neunzig-Grad-Kehre nach links, dann zwanzig Meter die Gerade auf ein Tor zu, das jeder Reiter einzeln, jetzt die Stange allein tragend, von Hand öffnen musste. Es folgte ein Slalom zwischen den Stangen am Boden, das war die Übung, bei der er Theresa zugesehen hatte. Dann stellten sich die vier Reiter wieder nebeneinander auf, wieder die Hand an der Stange, und galoppierten zurück.

Die Hindernisse waren – großzügig gedacht – den Anforderungen des Westernreitens und den Arbeiten auf den Ranches nachempfunden: die Stange in der Hand zum Treiben der Rinder, kurzer, schneller Antritt, Öffnen der Tore, scharfe Kehren und gemeinsames Agieren. Über allem thronten die Kampfrichter auf ihren Hochsitzen wie beim Tennisturnier, hier in schwarzer Hose, einer schwarz-roten Weste über weißem Hemd und breitkrempigem Hut.

Für die Fotos von Theresas Equipe musste Frank sich einen Platz suchen, der ihm innerhalb einer Minute möglichst unterschiedliche Perspektiven bot, denn das war in etwa die Dauer der Prüfung. Ein Weitwinkelobjektiv würde dem nicht gerecht, er wollte dramatische Gesichter, die von Pferden und die der Menschen. Theresas Equipe sollte an fünfzehnter Position starten, also hatte er Zeit, sich ein- und umzusehen. Es war alles so eingerichtet, wie Frank es bei Theresas Training miterlebt hatte. Über den Platz schallten die Hinweise für das Publikum, Lautsprecherdurchsagen, sowohl auf Deutsch wie auf Italienisch.

Frank drehte noch eine Runde. Ein Bier war gut gegen die Mittagshitze, die Sonne brannte heiß in der Höhe von knapp tausend Metern. Wie intensiv sich Frank auch umsah, ein bekanntes Gesicht, irgendwer aus den Kellereien war nicht unter den Zuschauern, die sich an den Absperrungen drängten. Eine der Frauen meinte er schon mal gesehen zu haben, möglicherweise am Vorabend bei Leiterer, doch sie war in der Menge verschwunden, bevor er sich Gewissheit verschaffen konnte. Von den Angehörigen der ersten Familie von Kannegießer würde niemand erscheinen, das war bei dem feindlichen Verhältnis beider Familien kaum zu erwarten, höchstens um Theresa zu schaden. Außer ihrem Bruder würde niemand an ihrem Hobby Anteil nehmen.

Ein freundlicher Nachbar hatte ihm den Platz in der dritten Reihe am Anfang der Tribüne freigehalten, und während die gut gelaunten Zuschauer auf den Start warteten, ließ Frank den gestrigen Abend in Gedanken Revue passieren.

Leiterer hatte sich in geschickter politischer Manier neutral verhalten. Mit keiner Regung oder Äußerung hatte er zu erkennen gegeben, was oder wie er die Erbschaftsangelegenheit sah oder über Werner Kannegießer dachte. Was er über Südtirol und seine Geschichte zu sagen gehabt hatte, war spannend gewesen, und Frank würde gern mit ihm das Gespräch darüber fortsetzen, denn es fehlten noch einige Jahrzehnte bis zur Gegenwart. Er brauchte auch gar nicht zu versuchen, Leiterer aufs Glatteis zu führen, ihn zu einer Äußerung über Kannegießer zu veranlassen, Leiterer kannte die rutschigen Alpengletscher viel besser als er, mochten sie auch täglich weiter abtauen. Er war es gewohnt, sich vage auszudrücken, immer so, dass daraus später sowohl ein Ja als auch ein Nein entstehen konnte.

Auch Ravelli war zu Franks Erstaunen zurückhaltend aufgetreten, hatte ihm gesagt, was zu sagen war, und das Weitere den Damen der Familie überlassen. Dass Loretta Leiterer so kurz angebunden gewesen war, ganz im Gegensatz zu ihrem Treffen in Tramin, konnte mehrere Gründe haben. Zum einen den, dass sie sich nicht weiter aus dem Fenster lehnen wollte, zum anderen dass sie Frank die Sympathie für Theresa angemerkt hatte und übel nahm. Womöglich hatte sie seine Rolle auch überschätzt. Außerdem war sie Gastgeberin gewesen, und die hatten kaum Zeit für einzelne Gäste. Da er sich bedeckt gehalten hatte, konnte sie nicht sicher sein, wie er zu ihren Töchtern stand, ob er nicht dort Partei ergriffen hatte. Wer selbst ein undurchschaubares Spiel trieb, dachte von anderen meist ähnlich.

Mit Barbara Kannegießer hätte er sich gern länger unterhalten. Er hatte den Eindruck, dass sie ihm ausgewichen war. Dabei war sie diejenige, der er die Frage nach dem Tauchgerät des Vaters hätte stellen sollen. Sie war die Einzige, die Auskunft darüber geben konnte, ob etwas manipuliert worden war, das einen Herztod unter Wasser hervorrief. Frank wusste lediglich, dass ein Taucher eine Pressluftflasche mitführte, durch Gewichte den Auf- und Abtrieb steuerte und eine Tarierweste tragen musste, ähnlich wie eine Schwimmblase, um ein Gleichgewicht zwischen Auf- und Abtrieb zu erreichen und auf gleicher Tiefe zu bleiben, in einem Schwebezustand, der einen Teil des Reizes unter Wasser ausmachte.

Kannegießer war nicht richtig untersucht worden, niemand hatte eine Autopsie vorgenommen, nicht für nötig erachtet, auch nicht nach seiner Überführung. Das war ein Fehler – oder Absicht? Jedenfalls gab es so keine Grundlage für Theresas Anschuldigungen. Soweit er wusste, war Barbara in der fraglichen Zeit in Südtirol gewesen. So wie sie hatten alle ein Alibi vorzuweisen. Und vielleicht lagen alle anderen richtig mit der Ansicht, dass der Vorwurf eines unnatürlichen Todes ausschließlich der Fantasie einer jungen Frau entsprang, die sich weigerte, sich mit der schrecklichen Wirklichkeit zu arrangieren.

War es denn allen anderen mehr oder weniger recht, dass Werner Kannegießer nicht mehr lebte? Anette Förster hatte es – auch wenn sie Trauer zeigte – rein auf das Weingut abgesehen. Ihrer Meinung nach stand es nur ihr zu, und sie war Winzerin. Alle anderen, einschließlich ihrer Mutter, hielt sie für inkompetent, besonders aber Theresa, der Frank hingegen am meisten zutraute, die das deutlichste Engagement, den stärksten Biss zeigte. Aber darum ging es nicht, leider. Wenn der Teufel tatsächlich immer auf den größten Haufen schiss, würde das Ehepaar Leiterer das Weingut bekommen.

Als Politiker verfügte Leiterer sicherlich über die besten Verbindungen in die Justiz, kannte die entsprechenden Anwälte und konnte sie sich auch leisten. Möglicherweise verhinderte auch Kannegießers ehemaliger Anwalt – gegen Honorar, versteht sich – das Auffinden des Testaments. Oder er hielt es zurück. Seit Frank die Machenschaften der Anwälte von Massimo Vanzetti kannte, die sein Bauimperium strukturiert und ihn selbst mit Prozessen überzogen hatten, vertraute er keinem Anwalt mehr.

Wie war das zu verstehen, was diese Rosemarie zuletzt von sich gegeben hatte? Es war schwer genug gewesen, sich von ihr loszueisen. Wenn er sie richtig verstanden hatte, was bei vorgerückter Stunde und dem Zustand ihrer angesäuselten Freundinnen nicht ganz einfach gewesen war, hatte Barbara beim Tauchen im Roten Meer eine Bekanntschaft gemacht. Dieser Mann, ein Hamburger, hatte sie hier besucht. Und Schwesterchen Anette hatte sich den Kerl gekrallt, wohl nur für ein kurzes Intermezzo, aber fein war das nicht. Demnach kämpften auch die älteren Schwestern gegeneinander …

Eine Fanfare unterbrach Franks Gedanken. Die erste Equipe ging an den Start: vier Männer, alle in der Tracht ihrer Gemeinde, meist mit weißem Hemd und Weste, einige sogar mit blauem Schürzchen, was ein wenig albern wirkte. Einer der Reiter war sogar in Franks Alter, allerdings etwas korpulenter. Wollte der Mann sich umbringen? Ein Sturz vom Pferd war nicht ohne Weiteres wegzustecken. Einige standen zwar unverletzt sofort wieder auf, andere niemals wieder. Da brach die Kraft der vier nebeneinander startenden Pferde in einem gewaltigen Satz nach vorn durch, das innen Laufende musste zurückgehalten werden und wehrte sich mit hochgerissenem Kopf, das äußere wurde getrieben und streckte den Hals, um sofort darauf wieder gezügelt zu werden. Wie mochten die Pferde es empfinden, hier mit einem Stück Eisen im Maul herumzujagen und dem Ehrgeiz ihrer Reiter zu dienen? Kannten sie nicht ihre Kraft, ihre Überlegenheit dem Menschen gegenüber? Vergiss es, sagte sich Frank, sonst kommst du zu keinem vernünftigen Foto.

Rechts von ihm war das Tor, das vom Sattel aus geöffnet werden musste, und wenn eine Wolke von Mehlstaub aufwirbelte, war es das Zeichen, dass das Tor nicht regelkonform geöffnet worden war. Das gab Strafpunkte. Danach ließ keiner der anderen drei die Stange fallen, nur ein Pferd warf einen der Balken im Slalom in den Sand, dann versammelten sich die Reiter wieder, preschten gemeinsam zurück, zuletzt durch die rechtwinklige Kehre, und waren im Ziel. Die Zeit wurde angesagt, die Fehlerzahl, dann trat die nächste Equipe an.

Bis zum Start von Theresas Equipe blieb Frank genug Zeit, sich einzusehen, und als das Zeichen für ihren Start gegeben wurde, kannte er die dramatischen Momente des Parcours. Theresa ritt innen, hielt ihren Ricardo absolut perfekt zurück, ließ dann ihr Tier laufen, kam fehlerfrei durch die Pforte, warf beim Slalom nicht eine Stange ab und passte sich zuletzt gut in die Gruppe ein, soweit er das beurteilen konnte. Leider war ihre Zeit nicht so gut, und ihre Equipe landete auf dem sechsten Platz. Doch es würde für die Endausscheidung reichen, aber noch wurden weitere vierzehn Mannschaften erwartet. Mit den Aufnahmen war er halbwegs zufrieden, wenn auch nicht begeistert, er hatte ja lediglich siebenundfünfzig Sekunden Zeit gehabt. Drei weitere Reitergruppen wartete er noch ab, dann ging er zum Sattelplatz.

Theresa war über das Ergebnis sehr glücklich, ihre Mitreiterinnen ebenfalls, sie waren auf die Bilder eines Berufsfotografen, den Theresa vollmundig angekündigt hatte, rasend gespannt. Bisher gab es lediglich die Fotos von Freunden, mit dem Smartphone aufgenommen. Wenn man hingegen vier Bilder pro Sekunde machte und vierzehn Läufe beobachtete, bei denen man sich auf das Licht, die Zeit, Entfernung, den Bildausschnitt und Motiv einstellen konnte, war garantiert eine gute Aufnahme dabei.

Marco Kannegießer war mitgekommen und damit beschäftigt, das Pferd seiner Schwester abzusatteln. Danach würde er Ricardo auf eine nahe Wiese stellen, denn die vier jungen Frauen wollten natürlich noch Party machen, wie sie sagten. Es war ihnen klar, dass sie in der Wertung nach hinten fallen konnten, die Konkurrenz war hart, doch die Teilnahme an der Endausscheidung war ihnen sicher.

»Die findet in drei Wochen statt«, meinte Hella, eine der jungen Amazonen, von den Fotos ihres Ritts allein wegen der Dynamik in der Bewegung der Tiere begeistert. »Sind

Sie dann noch hier? Sie könnten uns begleiten. Wir starten zu vier verschiedenen Prüfungen an vier verschiedenen Orten.«

Frank war sich nicht sicher. Er würde auf jeden Fall zwischendurch nach Hause fahren, denn wenn Antonia herkommen würde, wären weitere Kellereibesuche allein ihrer Neugier wegen unvermeidlich.

Unvermittelt stand Marco neben ihm und griff nach seinem linken Arm. Blitzschnell zog Frank ihn zurück, bevor der Junge ihn berührte. Wieso hatten alle Leute es grundsätzlich auf seine kaputten Gliedmaßen abgesehen?

Marco zögerte, verunsichert von der abrupten Bewegung, doch dann beugte er sich unauffällig zu Frank. »Sehen Sie sich nicht um. Wir werden beobachtet, vielmehr meine Schwester. Das ist mir vorhin während ihres Ritts bereits aufgefallen. Da saßen eine Frau und ein ziemlich großer Mann im Publikum, er mit einem Fernglas, sie mit riesiger Sonnenbrille und langem, glatten Haar. Die stehen jetzt weiter oben, wo die Pferde zum Start gehen, noch vor dem Festplatz. Die starren wieder her, er mit einem Fernglas. Einen Hut hat er auf. Ich kenne die Frau, aber ich weiß nicht, woher. Der Mann? Keine Ahnung. Wenn Sie es einrichten können, dann sehen Sie mal unauffällig hin, aber so, dass auch meine Schwester es nicht sieht. Sie würde sich ängstigen. Seit sie überall rumerzählt, dass Vater … na, Sie wissen schon … hat sie richtig Angst. Das gibt sie nicht zu, in Wirklichkeit tut sie nur so stark.«

»Und was ist deine Meinung in Bezug auf euren Vater?«

Marco wand sich. »Fragen Sie mich das ernsthaft?« Er starrte gequält zu Boden, dann sah er Frank ins Gesicht. »Wenn alle Beweise verschwinden, wenn die Tauchgeräte nicht untersucht werden – die sind irgendwo zwischen Venezuela und Südtirol abhandengekommen, wie es heißt –, wenn es keine Obduktion gibt, wenn kein Aas weiß, wer mit ihm zusammen getaucht ist – ja, was würden Sie denken? Also, vielleicht bilde ich mir das mit den beiden, die uns beobachten, nur ein, aber Theresa meinte, dass Sie uns helfen wollen.« Ohne sich umzudrehen, ging Marco zurück zu Theresas Haflinger, dessen Fell in der Sonne golden glänzte.

Frank wusste nun, was hinter seinem Rücken geschah. Rechts von ihm stand ein leerer Pferdehänger, statt eines Hardtops diente eine Plane als Verdeck. Er machte einige Schritte zur Seite, und als eine Gruppe von Reitern hinter ihm vorbeiging, huschte er in den Hänger, passte auf, dass er nicht in Pferdeäpfel trat, und löste die Plane. Durch den entstehenden Spalt schob er das Teleobjektiv und suchte nach dem beschriebenen Paar neben der riesigen Tanne. Sie verbreitete viel Schatten, noch mehr Schatten fiel vom breitkrempigen Outdoorhut auf das Gesicht des Trägers, und die Frau, die sich hinter ihrer Sonnenbrille verbarg, war Frank bereits zuvor aufgefallen. Er kannte sie, er hatte sie bei Leiterer gesehen, er erinnerte sich vage an ihre Gesichtszüge, sie sah jedoch gänzlich anders aus als gestern. Vielleicht irrte er sich ja. Durch ein geschicktes Make-up ließ sich viel erreichen. Frank machte einige Aufnahmen von dem Paar, bevor es seinen Standort verließ. Als er in die Sonne trat und die Gesichter hätte fotografieren können, wandten ihm beide den Rücken zu. Hatten sie ihn bemerkt?

Ein Reiter führte sein Pferd zum Hänger, war bereits auf der Rampe, also beeilte sich Frank herauszukommen und wand sich durch die niedrige vordere Tür. Sich nach hinten am Pferd vorbeizudrängen, war lebensgefährlich. Sofort trat Marco auf ihn zu, sich vergewissernd, dass seine Schwester nichts davon mitbekommen hatte. Wie Frank den Ausstieg gemeistert hatte, bezeichnete er als »echt cool«. »Wie komme ich an die Fotos?«

Sie zeigten Franks Meinung nach nicht viel, doch er würde sie auf seinen Laptop laden und per Mail an Marco schicken.

»Meine Schwester halten wir da raus, einverstanden?«

Frank wollte sich noch von ihr verabschieden, doch Marco bedeutete ihm, sich nicht in den Kreis der Freundinnen zu drängen. Das gäbe nur böses Gerede.

Für einen Montagmorgen war der Besuch eines Märchenschlosses oberhalb von Entiklar gerade recht, denn märchenhaft schien das Weingut zumindest von außen und im Hintergrund von der Mendelklamm beherrscht: Zinnen auf dem Dach, ein hoher Turm, Fenster mit runden Bögen, ein Balkon mit spitzem Bogen und Rosette. Die Wände waren in hellem Beige und leuchtendem Terrakotta gehalten oder aus Naturstein gemauert. Wappen schmückten Türen und Torbögen, Efeu rankte sich um Erker, und hohe Tannen mit weit ausladenden Ästen rahmten das Weingut Tiefenbrunner ein. Davor zogen sich die üblichen Weingärten hinab ins Tal.

Dieses Schloss stand in absolutem Kontrast zu den in jüngster Zeit renovierten oder gänzlich umgebauten Weingütern. Hier überwog das spielerische Element, die Lust an der freien Gestaltung, die Freude am Schauen, die Ablehnung der gängigen Konvention, mochte sie auch noch so modern daherkommen.

Im Vorhof der unter Denkmalschutz stehenden Burg blieb Frank stehen und las, was über der Kellertür stand und sicherlich nicht nur für diesen Schlosskeller galt: Der alte gute Kellermeister, alle Abend sieht er Geister!

Solange es sich nicht um weiße Mäuse handelte, war noch alles in Ordnung, dachte Frank in Erinnerung an die intensiven Weinproben, die sein Beruf mit sich brachte. Die Tür zum Keller bewachten verwitterte hölzerne Stelen eines

Mannes und einer Frau, über der Tür stand der aus Lehm geformte, Geister sehende Kellermeister, starrte auf seinen Becher und die darüber flatternden Geister, mehr zwei kleinen Vögeln nachempfunden. Jetzt wurde er gewahr, dass sich auch an seiner Seite ein Kunstwerk befand: Oberhalb des künstlichen Teiches wölbte sich eine verspielte Grotte mit dunklen Kammern, in denen sich allerlei naiv geformtes Getier herumtrieb, mochten es Bären aus Ton oder Zement sein, Schlangen, langschnäblige und hochbeinige Vögel und eine erstaunt dreinblickende Katze. Oder sollte es sich um die Mutation eines Tigers handeln?

Schöpfer dieses Gesamtkunstwerks war Johann Tiefenthaler, ehemals Besitzer des Gutshofes. Er hatte diese Märchenlandschaft in der zweiten Hälfte des 19. Jahrhunderts angelegt, inspiriert von der Bibelgeschichte und griechischen Mythologie (und sich selbst), wozu der im Wasser stehende Poseidon passte, weniger das leicht gedrungene Krokodil im Schilf und welken Laub. Faszinierend war das alles, humorvoll und von der spielerischen Lust geprägt, etwas zu schaffen.

Über diese Lust musste auch Christof Tiefenbrunner verfügen, der mit seiner Familie in der fünften Generation das Weingut führte. Fünfundzwanzig Hektar nannte er sein eigen, drei waren in Pacht, und von vierzig Weinbauern kaufte er Trauben dazu. Das alles musste organisiert und gesteuert werden, besonders die fremden Parzellen erforderten Aufmerksamkeit, um qualitativ hochwertige Weintrauben einzufahren.

Christof Tiefenbrunner schien ein ruhiger und ernsthafter Mensch zu sein, zurückhaltend und vorsichtig in seinen Worten, beansprucht von seinem Beruf, der ihm anscheinend nicht viel Zeit zur Muße ließ. Ständige Reisen zu Messen und zu Kunden und die Führung des Gutes nebst Jausenstation im schattigen Schlosshof erforderten Einsatz und

Geschick. Sein modernes Büro oberhalb des Hofladens, wo die Weine des Guts verkauf wurden, stand in krassem Gegensatz zum verspielten Charakter des Schlossteichs.

Schlossherr zu sein, beschränkte sich nicht auf repräsentative Aufgaben, wie mancher Besucher meinen könnte. Tiefenbrunners Pflichten waren vielfältig, auch wenn er einen Önologen beschäftigte. Sie begannen bei der Prüfung des Behangs der Stöcke mit Trauben, um die Menge nicht ins Uferlose wachsen zu lassen und damit die Qualität zu verwässern. Der Wechsel der Spritzmittel gegen Pilzbefall musste der Witterung angepasst werden. Bei verspäteter Behandlung konnten echter und falscher Mehltau zu erheblichen Ernteausfällen führen. Und wenn man sich einem naturnahen Weinbau öffnete, wie Tiefenbrunner es tat, war auch die Wahl der eingesetzten Mittel gesetzlichen Regelungen unterworfen. Im Jahr 2014 war es derartig feucht in Südtirol gewesen, dass achtzehn Spritzgänge erforderlich gewesen waren. Die Kosten waren erheblich. Einen wesentlichen Bestandteil der Arbeit machte die Planung der Lese auf den verstreut liegenden Parzellen aus, meist mit unterschiedlichen Rebsorten bestockt. Da man die Rebsorten einzeln ausbaute, kam der Tankbelegung eine bedeutende Aufgabe zu. Schließlich musste entschieden werden, wann eine Rebsorte reif war, wann der Wein vom Gärtank ins Holzfass umgepumpt wurde oder ob er gleich abzufüllen sei.

Der Boden im Bozner Unterland (Dolomit und Kalk) war alkalischer oder basischer Natur, was zu hohem pH-Wert führte und damit zu höheren Säurewerten in den Weinbeeren. Gleichzeitig war dies neben Bozen der wärmste Teil Südtirols. Frank war gespannt, wie sich all das in den Weinen wiederfinden würde und ob er es herausschmecken konnte.

Durch die Probe führte Tiefenbrunners Tochter Anna. Nach ihr war auch der zweite Weißburgunder benannt, den

Frank probierte. Er hatte darum gebeten, aus den verschiedenen Selektionen oder Qualitätsstufen immer zwei Weine der gleichen Rebsorte zu verkosten, um eine Vergleichsmöglichkeit zu haben. Der Wunsch wurde ihm auch hier erfüllt. Bei niederen Qualitätsstufen wurden Trauben verwandt, die auf verschiedenen Parzellen gewachsen sein konnten und höhere Erträge brachten. Weine aus einzelnen Parzellen, besonderen Lagen und mit niedrigeren Erträgen wurden entsprechend höher eingestuft. Beim Weißburgunder, dem Pinot Bianco, war der Unterschied deutlich, doch jeder der beiden hatte seine Stunde, seine Gelegenheit und seinen Wert. Ein Wein, der zum Teil im großen Holzfass gereift war, stellte sich voller, runder und ausgeglichener dar. Auch das Verhältnis zur Frucht war gut, das Holz nahm den Wein weder seine Aromen noch die Lebendigkeit.

Der Chardonnay der Selection Turmhof (2. Rang) war kräftig und elegant, das Holz diskret, und Frank musste ihn schmatzen, um die Aromen herauszuschmecken, Banane und Ananas, typisch für die Rebsorte. Einen großen Sprung nach oben machte der Chardonnay AU. Er war als Vigna eingestuft, gleichbedeutend mit einem französischem Grand Cru oder dem Großen Gewächs, wie es in Deutschland hieß. Er verdiente auch diese Bezeichnung, obwohl ein Durchschnittstrinker ihn in seiner Mineralität und einer leichten Nussigkeit verkannt haben würde. Aber er machte Frank zusehends neugieriger. Dann kamen die Gewürztraminer, die ihn im kräftigen Geschmacksbild begeisterten, mit Aromen, die der Landschaft entsprachen, wobei die vier Jahre alte Spätlese wunderbar weich und reif war.

Eine besondere Lage war der Fennberg auf tausend Meter Höhe, leicht nach Süden hin ausgerichtet. In keiner anderen Weinbauzone Südtirols reichten die Weinberge so hoch, weder im Vinschgau noch im oberen Eisacktal. Vom Fennberg kelterte Tiefenbrunner einen Müller-Thurgau namens

Feldmarschall von Fenner. Der Freiherr wurde 1759 auf eben jenem Berg geboren, wurde Soldat und tat sich schließlich in den Befreiungskriegen gegen Napoleon hervor.

In der kühlen Höhe waren bis zu vier Lesegänge nötig, um die unterschiedlich reifenden Trauben zu selektieren. Der martialische Name irritierte, es war kein bombastischer, schwerer, schon gar kein kämpferischer Wein, sondern sehr schlank, geradezu grün, was wohl an seiner Jugend lag. Frank empfand ihn für die Rebsorte als herausragend, aber untypisch, doch was war typisch? Er konnte sich irren, er kannte sich damit wenig aus: Die Note frischer Kräuter wurde dem Wein nachgesagt, Limette und Apfel. Aber dieser Vertreter zeichnete sich mehr durch weiße Blüten und Pfirsich aus. Der Wein war ein wenig jung, gerade mal zwei Jahre alt. In fünf Jahren würde er sich gänzlich anders darstellen.

Obwohl im Süden Tirols gelegen, empfand Frank die Rotweine weder als wuchtig noch als opulent, hier waren eher Eleganz und Finesse angesagt. Die Riserva des Pinot Nero war einfach nur gut, jedes Adjektiv war überflüssig, während er die Gerbsäure beim kleinen Bruder der Selection Turmhof als zu hart empfand. Der Lagrein aus der gleichen Linie wirkte mit Aromen von Kirsche und Veilchen sowohl jung wie auch kräftig. Hingegen war die gerade mal drei Jahre alte Riserva dieser Rebsorte mit ihrer Tiefe und ihrem fruchtig-eleganten Duft auf dem Weg zu einem großen Wein. Frank bedauerte, dass er ihn dann nicht würde probieren können. Aber dann würde es wieder andere Weine zu probieren geben. Auch die Cuvée aus Cabernet Sauvignon und Merlot war auf dem gleichen Weg, vereinte sie doch die besten Eigenschaften von Struktur und Wärme sowie diskreter Opulenz beider Rebsorten. Es war ein Wein, der sich mit den Bordelaiser Gewächsen, soweit Frank es zu beurteilen wagte, durchaus messen konnte.

Als er nach der Probe auf dem Weg in den Keller war, unter dem Kellermeister mit dem Glas in der Hand hindurchgehen wollte, meldete sich sein Smartphone. Frank blieb draußen stehen und starrte aufs Mobiltelefon. Die Rufnummer war ihm neu, und er brauchte auch einen Moment, bis er die Stimme des Anrufers erkannte, was bei dem Gestammel des jungen Mannes nicht leicht war.

Er begriff nicht, was Marco wollte, der Junge stammelte immer wieder etwas von Theresa und ihrem Pferd, das sie verletzt habe, das durchgedreht sei, jetzt total ausgeflippt in der Box herumlaufe, dabei sei gestern alles in Ordnung gewesen. Er selbst habe das Pferd in den Stall gebracht. Hella hätte ihn angerufen, sie hätte Theresa gefunden, und Ricardo ließe niemanden an sich heran. Gleich käme der Tierarzt, der Notarzt sei bereits da … und ein Krankenwagen auch.

»Bitte der Reihe nach«, sagte Frank, ein wenig ungehalten, dass Marco ihn von der Arbeit abhielt. Was war da los? Theresa war verletzt? Er hatte am Vortag genug Pferde gesehen, es reichte ihm für die nächsten Jahre.

»Wir haben Theresa gefunden, vorhin, ohnmächtig ist sie, schwer verletzt. Der Arzt ist hier, der Notarzt, sie sieht fürchterlich aus, man hat sie unter Lebensgefahr aus dem Stall gezogen. Ricardo ist auf alle losgegangen.«

Frank verstand nichts, begriff nicht, was zusammengehörte, und bat um eine genauere Erklärung. »Was heißt das, ihr habt sie gefunden?«

»Können Sie nicht herkommen? Bitte, ich traue hier keinem mehr!« Wenn Frank sich nicht täuschte, mischte sich ein Schluchzen in Marcos Stimme. »Bitte kommen Sie her! Wir müssen Theresa helfen, sie liegt hier am Boden, auf einer Bahre, sie sieht grauenhaft aus, das Pferd hat auf ihr rumgetrampelt … jetzt wird sie weggebracht …«

Eine halbe Stunde später, alle Geschwindigkeitsbegrenzungen missachtend, erreichte Frank die Reitanlage am Montiggler See. Blaulicht blitzte zwischen den Tannen auf, dann erst sah er den rot-weißen Rettungswagen und das blauweiße Polizeifahrzeug. Unter den Leuten, die aufgeregt durcheinanderliefen, erkannte Frank eine der jungen Frauen, die mit Theresa geritten waren. Es war Hella. Dann stürzte Marco auf ihn zu, außer sich und nach Luft schnappend, das Haar wirr im Gesicht, Tränen in den Augen, mühsam sich beherrschend, um nicht in Schluchzen auszubrechen. Frank legte ihm die Hände auf die Schultern, um ihn zu beruhigen.

»Sie stirbt«, brachte Marco krächzend hervor, dann war es mit seiner Fassung vorbei. Er schlug die Hände vors Gesicht. »Sie sei schon lange im Koma, meint der Arzt. Vorhin erst hat Hella sie gefunden.« Er zeigte auf die Mitreiterin. »Normalerweise kommt sie früh, aber gestern haben sie lange gefeiert, deshalb wollten sie die Pferde erst gegen Mittag auf die Weide stellen. Es ist alles durcheinander hier …«

»Wo ist Theresa jetzt?«, fragte Frank, als sie Hella erreichten, und versuchte, sich in dem Chaos der auf in einstürzenden Erklärungen zurechtzufinden.

Die rothaarige Frau, inzwischen herangekommen, zeigte wortlos auf die Ambulanz. Die hintere Tür war geschlossen. »Der Notarzt kämpft um ihr Leben. Sie wissen nicht, ob sie fahren sollen, das Rütteln könnte sie umbringen, so schwer verletzt ist sie. Was können wir nur tun?« Hilfesuchend, fast flehend blickte sie von Frank zu Marco. Der zuckte wie im Krampf unablässig mit den Achseln und breitete hilflos, ja flehend, die Hände aus. Der Junge war völlig durcheinander.

Frank ging zum Krankenwagen, merkte aber bald, dass ihm hier niemand Auskunft geben würde. Andere Reiterinnen waren eingetroffen, deren Pferde ebenfalls hier standen. Überall wurde in kleinen Gruppen diskutiert.

»Hast du deine Mutter informiert?«, fragte Frank, der neben dem Rettungswagen stehen geblieben war und sich wunderte, wie ruhig, wie gefasst er blieb, fast so, als hätte er ein Unglück erwartet, wenn auch nicht in dieser Weise und Tragweite. Marco nickte, auch ihre Freundin Noemi, bei der sie wohnt, habe er benachrichtigt, doch die Mutter erreiche er nirgends, weder auf dem Festnetz noch mobil.

»Die wird bei ihrem Lover sein«, meinte Hella lakonisch. Marco kannte dessen Telefonnummer nicht.

»Der Arzt wird sein Möglichstes tun. Es wird schon gut gehen.« Frank meinte, die jungen Leute beschwichtigen zu müssen. »Ich nehme es jedenfalls an. Was hat sie für Verletzungen?«

Blutüberströmt hätte sie da im Stroh gelegen, hätte nicht auf ihr Rufen reagiert, meinte Hella, der Körper sei grotesk verzerrt gewesen. Sie hätte gleich gesehen, dass etwas Schlimmes passiert sein musste, denn sie meinte, auch den blutigen Abdruck eines Hufes auf ihrem Kopf bemerkt zu haben. Sie alle hätten einen Erste-Hilfe-Kurs für Reiter absolviert, aber sie habe sich nicht in die Box getraut und direkt den Arzt und den Tierarzt gerufen, denn Ricardo habe sich aufgeführt wie nie zuvor, wie irre, »wie unter Drogen«.

»Das Tier muss getötet werden, er ist ein Mörder«, meinte jemand, den Frank für einen der Einstaller hielt, der sich zu ihnen gesellt hatte. »Ein Pferd, das einmal tötet, tut es wieder! Es kennt nun seine Macht über uns.«

Wütend wandte sich Marco um. »Sie ist nicht tot«, fuhr er den Mann aggressiv an. »Hauen Sie ab.«

»Mäßige dich, mein Junge«, entgegnete der Mann ähnlich feindselig. »Du hast hier gar nichts zu sagen.«

Frank glaubte, sich einmischen zu müssen, und ging dazwischen. »Der junge Mann hier ist ihr Bruder, falls Sie das nicht wissen«, erklärte er, um Sachlichkeit bemüht. »Bitte lassen Sie uns allein. Wir versuchen, die Ereignisse zu klären.«

»Das Pferd ist eine Gefahr für uns alle«, wiederholte der Mann wütend, auch darüber, dass niemand seinen Vorschlag ernst nahm. An seiner Stelle trat einer der Polizisten hinzu, ließ sich das Vorgefallene berichten und machte Notizen, was ein wenig Ruhe zurückbrachte. Dann kündigte er das Erscheinen der Kriminalpolizei an, die in Fällen dieser Art tätig werden musste, was vollkommen normal sei, ein alltägliches Prozedere. Als Nächstes erschien der Tierarzt, der auch die anderen drei Pferde der Damenequipe betreute und ließ sich das Geschehen nochmals erläutern. Während Marco an der Tür des Rettungswagens blieb, gingen Hella und Frank zum Stall. Ricardo war noch immer so nervös, dass er niemanden an sich heranließ, auch den Tierarzt nicht, den er seit Jahren kannte.

Während Hella beruhigend auf das Tier einredete, nahm Frank den Veterinario beiseite. Der stellte sich mit Cassignano vor, worauf Frank ihn auf Italienisch ansprach. Möglicherweise schuf das eine vertrauensvollere Basis. »Ich verstehe absolut nichts von Pferden, aber ich habe das Tier gestern beim Wolkenstein-Ritt erlebt. Werden die Biester durch so etwas so erregt, dass sie auf Menschen losgehen?«

»Vor dem Start sind sie so nervös wie ein Mensch vor dem Wettkampf«, erklärte Cassignano, »das ist von Tier zu Tier natürlich verschieden, ähnlich wie bei uns. Es gibt die Ängstlichen und die Siegertypen. Ich kenne Ricardo gut, er wird gut gepflegt und gut gefüttert, hat sein Impfbuch, hat seinen Patientenreport bei mir, macht wie alle regelmäßig seine Wurmkur und ist mit vierzehn Jahren im besten Alter. Mir ist dieses Verhalten unerklärlich. Wenn Sie gestern dabei waren, ist Ihnen irgendetwas aufgefallen, etwas, das Sie befremdet hat?«

Frank dachte an die beiden Personen, die er beobachtet hatte, doch das hatte nichts mit den Pferden zu tun.

»Würde ich Theresa nicht so gut kennen, könnte ich mir vorstellen, dass jemand das Pferd gedopt hat«, fuhr Cassignano fort, »das ist im Reitsport üblich, damit es mehr Leistung bringt, aber sicher nicht in diesem Fall. Ich kenne Theresa lange und halte sie für absolut integer. Sie würde nichts tun, was Ricardo schaden könnte, nur um sich zu profilieren. Es gibt seitenlange Listen über verbotene Substanzen, das ist wie im Sport bei Menschen. Das Problem ist immer, nach welchem Stoff man sucht und wie man ihn nachweist. Was haben Sie überhaupt für eine Beziehung zu Theresa – und wieso sprechen Sie Italienisch? Ich habe Sie hier noch nie gesehen.«

Frank erklärte dem Veterinario die Zusammenhänge. »Erlauben Sie mir zum Schluss eine Vermutung, *dottore*, die Sie bitte vertraulich behandeln.« Frank hoffte, dass Cassignano ihn nicht für übergeschnappt hielt, aber je länger er hier war, desto mehr verdichtete sich ein Verdacht.

»Selbstverständlich, *signore*, reden Sie, es bleibt unter uns.«

»Kennen Sie die Familienverhältnisse von Theresa?«

»Wenn man näheren Umgang miteinander pflegt, bleibt das nicht aus.«

»Sie wissen von den beiden Familien Kannegießers?«

»Ich kannte ihn persönlich, leider …«

»Eben. Sie wissen, wie er gestorben ist?«

Cassignano senkte den Kopf und nickte. »Ein Tauchunfall …«

»Sehen Sie«, sagte Frank nach einer Pause, »genau da liegt das Problem. Theresa, wie soll ich sagen, hat als Einzige behauptet, dass ihr Vater – ich will nicht herumreden – ermordet wurde.«

Der Veterinario runzelte die Stirn, starrte ihn an, ungläubig zuerst, dann zweifelnd, aber nicht ablehnend. Diese Reaktion veranlasste Frank, offen weiterzusprechen.

»Ich habe Erfahrung mit Kriminalfällen, war in zwei Fälle selbst verwickelt, der eine in Deutschland, der andere in der Toskana. In beiden Fällen konnte ich zur Aufklärung beitragen. Nach allem, was ich bislang weiß, könnte Theresas Verdacht begründet sein.«

»Und Sie meinen … nein, nein, das ist nicht möglich.« Es war mehr das Entsetzen vor dem Gedanken, das Cassignano zögern ließ, als Zweifel an Franks Behauptung.

»Man muss sich diesem Gedanken stellen, dass jemand sie zum Schweigen bringen will. Ich habe ihr angeboten, bei der Aufklärung der Todesumstände des Vaters zu helfen, und bereits Nachforschungen in die Wege geleitet.«

»Es ist ein unvorstellbarer Gedanke, den Sie da äußern, *signore.*«

»Ich möchte, dass Sie das Pferd untersuchen, eine Blutprobe nehmen. Tun Sie das, was Sie in so einem Fall für richtig halten, um verbotene Medikamente und Doping- oder Aufputschmittel zu finden – im Blut, im Magen, im Urin oder im Kot.« Frank wollte den Wissenschaftler in Cassignano wecken, seine Neugier anstacheln. »Aber bitte tun Sie dem Pferd nichts. Hier schleicht jemand herum, der das Tier töten lassen will.«

»Der Mann hat nicht Unrecht«, wandte der Veterinario ein. »Das macht man in solchen Fällen, also in Fällen, in denen das Tier böse ist. Böse wird es meist durch den Menschen, durch falschen Umgang, durch Schläge, durch Quälerei und krankhaften Ehrgeiz der Reiter. Aber Ricardo ist lammfromm. Wissen Sie, wer den Vorschlag gemacht hat?«

Der Gedanke Cassignanos war gut, da wollte womöglich jemand »Beweise« vernichten. Frank sah sich um, er würde sich an das Gesicht des Mannes erinnern. Hielt sich unter den Schaulustigen jemand auf, der dem Pferd irgendeine Substanz verabreicht hatte, mittels Injektion oder im Futter?

»Wie schnell muss man sein, damit Dopingmittel oder andere Gifte nachweisbar sind?« Frank befürchtete, dass sich der Nachweis als schwierig erweisen könnte, da manche Substanzen sich verflüchtigten.

»Das ist unterschiedlich. Es müssen ja keine Dopingmittel gewesen sein, Koffein und Kokain tun's auch, die Dosis macht die Droge. Atropin ist meist schwieriger zu bekommen.«

Plötzlich bemerkte Frank, dass sich etwas verändert hatte. Das Blaulicht rotierte nicht mehr, und auf dem Reitplatz war es still geworden. Niemand sprach, alle starrten zum Rettungswagen. Die hinteren Türflügel wurden aufgestoßen, zwei weiß gekleidete Männer traten heraus. Frank eilte hinüber, gefolgt vom Tierarzt, es waren nur wenige Meter, er drängte sich wenig rücksichtsvoll durch die Anwesenden, Marco plötzlich an seiner Seite.

»Was ist mit ihr?«

»Wir konnten nichts mehr für sie tun«, sagte der Sanitäter in dem blutbefleckten Kittel, »es ist vorbei …«

12. Kapitel

Wie vor den Kopf geschlagen, mehr noch als hülle ein dichter Nebel ihn ein, saß Frank auf einer wackligen Bank, Hella und Marco neben ihm, sie alle starrten zu den Ställen hinüber. Hella hatte es unter Lebensgefahr geschafft, das Pferd so weit zu beruhigen, damit der Tierarzt die Nasenbremse anlegen konnte, eine Schlinge um Oberlippe und Nase des Tiers, die mit Gewalt zusammengezogen wurde. Für Frank, der die Prozedur fotografierte, war es ein extrem brutaler Akt, obwohl ihm Hella versicherte, dass aufgrund des Schmerzes Endorphine ausgeschüttet wurden, also körpereigene Morphine, die das Pferd in einen rauschähnlichen Zustand versetzten, der angeblich das Schmerzempfinden verringerte. So hatte Dottore Cassignano dem Tier Blut abnehmen können, das er auf Spuren von Aufputschmitteln untersuchen wollte.

»Teilen Sie die Probe und bringen Sie unbedingt eine Hälfte davon an einem sicheren Ort unter«, empfahl Frank. »Erzählen Sie am besten niemandem davon.«

»So kritisch sehen Sie die Sache hier?«

»Theresa ist tot, ihr Vater auch. In beiden Fällen sind die genauen Todesumstände unklar – obwohl sie eindeutig scheinen. Sind das nicht hinreichende Gründe?«, antwortete Frank.

»Ich hoffe, wir geraten da nicht in was Dubioses hinein.«

»Glauben Sie nicht, dass wir bereits mittendrin sind?«, unkte Frank.

Das Anlegen der Nasenbremse stellte das Pferd zwar für einen Moment lang ruhig, aber beim Abnehmen des Stricks hatten sich Hella und Cassignano mit gewaltigen Sätzen in Sicherheit bringen müssen, um nicht ebenfalls niedergetrampelt zu werden, denn Ricardo verhielt sich noch immer aggressiv, für den Veterinario ein sicheres Zeichen, dass die gespritzte oder ins Futter gemischte Substanz weiterhin wirkte. Das alles erschütterte Frank umso mehr, als er nicht wusste, wohin ihn seine Gefühle trugen. Theresa war tot. Er war erstaunt, wie sehr ihn das empörte und gleichzeitig niederschmetterte.

Dabei beschlich ihn eine böse Ahnung: Hatte er mit der Ankündigung von Nachforschungen gegenüber Anette Kannegießer dieses Ereignis erst heraufbeschworen? Theresa hatte selbstverständlich auch davon gewusst. Hatte sie unvorsichtigerweise darüber gesprochen und damit den Mörder ihres Vaters alarmiert? Frank müsste ihre Freundin Hella danach fragen.

Gestern noch hatte er Theresa reiten sehen, voller Kraft, voller Leben und Lust zu siegen, aber auch gequält von Zweifeln. Das Gestern schien ihm Jahre zurückzuliegen. Er hatte den Fehler begangen, Theresa und ihre Angelegenheiten, ihren Verdacht bezüglich des Vaters zu sehr an sich heranzulassen. Er war überzeugt, dass jemand aus der Familie das Pferd sozusagen als Mordwaffe benutzt hatte, um sie zum Schweigen zu bringen. Der Bruder kam nicht in Betracht, oder war er der perfekte Schauspieler und der größte Schweinehund? Frank glaubte allerdings nicht, dass sich seine Menschenkenntnis derart verschlechtert hatte. Die Mutter der beiden konnte er sich, trotz aller Feindschaft oder eher wegen ihres Desinteresses und Egoismus, nicht als Täterin vorstellen. Blieb das Ehepaar Förster, blieben

Ravelli und Barbara Kannegießer. Die Leiterers? Nein, für eine solche Tat war zumindest er viel zu klug, und ihr ging es zu gut. Aber manchmal, so hieß es doch, gingen Mütter für ihre Kinder durchs Feuer oder legten sogar Feuer.

Schweigen – schweigen sollte Theresa … darüber, dass ihr Vater ermordet worden war, dass es in der Familie jemanden gab, der ihn um jeden Preis beerben wollte und jegliche Nachforschungen verhindern musste. Jetzt schwieg sie. Der perfekte Mord war einer, der als solcher nicht erkannt wurde. Der Vater war beim Tauchen ertrunken, und Theresa war von ihrem Pferd getötet worden. Vater und Tochter war ihre jeweilige Leidenschaft zum Verhängnis geworden. Das ließ sich nach außen wunderbar so verkaufen, doch es war zu perfekt in Franks Augen. Er fürchtete jedoch, dass es von den Leichtgläubigen, die sich möglichst rasch zufriedenstellen lassen wollten, allzu gern akzeptiert würde.

Das Schweigen auf dem Reitplatz schmerzte in den Ohren, es ließ sich greifen und hing als Brechreiz hervorrufender Dunst zwischen den knarrenden Tannen, zwischen denen die Strahlen der Nachmittagssonne in Bündeln auf den von Nadeln bedeckten Boden trafen. Marco stand unter Schock, er hatte plötzlich zu zittern begonnen, und es war Glück, dass die Sanitäter noch geblieben waren und sich seiner annahmen. Jetzt lag er auf der Bahre, Theresa hinter einer Plane in einem Plastiksarg. Die Mitarbeiter des Beerdigungsinstituts, die sie nach Bozen bringen sollten, waren bereits einigetroffen.

Hella war blass wie die frisch getünchte Wand der Sattelkammer, und beinahe taumelnd begrüßte sie Noemi. Hella setzte sich neben sie auf den Waldboden, sie umarmten sich und sprachen kein Wort. Auch auf Franks Ansprache reagierten sie nicht. Unter diesen Umständen gab es nichts mehr zu sagen.

Es war nicht auszuschließen, dass für eine mögliche Untersuchung Beweise benötigt wurden, daher raffte Frank sich auf und begann, das Innere von Ricardos Box abzulichten. Sie war leicht einsehbar, Gitter fehlten hier völlig, der obere Teil stand offen, so hatten die Pferde einen freien Blick auf die Reitanlage. Abdrücke der Hufe, das Pferd war nur vorn beschlagen, fanden sich an den Wänden, ebenso wie Blutflecken. Ricardo musste fürchterlich gewütet haben. Wieso war Theresa dann überhaupt zu ihm hineingegangen? Ob im Stroh etwas lag, ließ sich nur feststellen, wenn Ricardo rausgeführt wurde. Doch noch traute sich niemand an ihn heran, obwohl er zaghaft zu fressen begann, was Cassignano als günstiges Zeichen betrachtete. Wenn die Polizei ihrer Aufgabe nicht nachkam, musste Frank sie übernehmen. Er befürchtete, dass in diesem Zusammenhang noch Schwierigkeiten und Ärger auf ihn zukamen. Ob er die Polizei von einem vorsätzlichen Mord überzeugen konnte, zumindest davon, dass sie in dieser Richtung ermittelten? Es würde schwierig werden.

Wie ein Polizeifotograf vorzugehen hatte, wusste er nicht. Niemand, nicht einmal die beiden Polizisten, hatte es für geboten gehalten, das, was Frank für den Tatort hielt, im Bild festzuhalten. Für sie handelte es sich dem Vernehmen nach auch nicht um einen solchen; wohl nur er selbst und Marco, der langsam zur Besinnung kam, hielten die Reitanlage dafür. Frank suchte nach dem Mann, der den Vorschlag gemachte hatte, Ricardo zu töten. Er musste gegangen sein – nein – Frank entdeckte ihn auf dem nahen Parkplatz, er stand neben einer offenen Wagentür, hatte die Sonnenbrille abgenommen, telefonierte und bekam dank der Entfernung nicht mit, dass Frank ein Bild mit dem Teleobjektiv von ihm machte, ebenso von der Autonummer, als der Wagens sich in Bewegung setzte.

Die Carabinieri trafen ein und verschafften sich einen

Überblick. In dunklen Uniformen, mit breitkrempigen Mützen, dem weißen Gurt quer über der Brust und roten Längsstreifen an der Hosennaht erinnerten sie Frank stets an Operettenfiguren. Es fiel ihm schwer, diese Gestalten ernst zu nehmen. Obendrein hatte er selbst schlechte Erfahrungen mit ihnen gemacht, Erfahrungen von Korruption und Gewalt. Ob sie sich in Südtirol anders benahmen als in der Toskana? Er hoffte es, doch jetzt ging es um Noemi. Hella kannte sie und hatte ihm ihren Namen genannt. Sie sei »Italienerin«, sei aber ganz in Ordnung. Wie lange würden sie brauchen, Südtiroler und Italiener, bis sie miteinander verschmolzen waren?

Sie war tatsächlich in Ordnung, diese Noemi. Die junge Frau, Studentin der Geowissenschaften, groß und schlaksig, wirkte mit ihrer Kurzhaarfrisur wie ein sehr junges Mädchen. Sie musste sehr hübsch sein, leider prägten jetzt Kummer und Hilflosigkeit ihre Züge. Sie hockte neben Hella, hatte sich klein gemacht, die Arme um die Knie geschlungen, als wolle sie sich in ein Schneckenhaus zurückziehen, sie lehnte sich an die Bank und blickte mit nassen Augen fragend in die Runde, als sähe sie diese Welt und ihr Elend zum ersten Mal.

Die Carabinieri interessierte das alles wenig. Einer der beiden schien aus dem Maghreb zu stammen, klein und untersetzt wie er war, mit dichtem schwarzem Vollbart, allerdings sehr gepflegt, vielleicht ein nach Südtirol strafversetzter Süditaliener? Der Kollege glich mit sommersprossigem Gesicht und einem bulligen, leicht nach vorn geneigtem Körper eher einem vierschrötigen Bergbauern, der einen Leiterwagen eigenhändig auf den nächsten Zweitausender hinaufzog. Er sprach Marco an und bat ihn mitzukommen, da man sich mit ihm ungestört unterhalten wollte, mehr bekam Frank nicht mit. Der Junge folgte brav, warf Frank jedoch einen fragenden Blick zu. Sei vorsichtig, signalisierte Frank und hoffte, dass die ungesagte Botschaft angekommen war. Marcos verstohlenes Nicken ließ sich als Bestätigung deuten.

Als sich die Carabinieri außer Hörweite befanden, wandte Frank sich an Noemi. »Wir sollten reden, Sie sollten es zumindest versuchen, Sie werden sicher von mir gehört haben …«

»Ja, Sie müssen der Fotograf sein«, sagte sie tonlos, »der mit den Beziehungen nach Venezuela …«

»Sie wissen davon? Gut, aber nicht ich verfüge über diese Beziehungen, vielmehr ein Freund in Spanien. Er ist absolut vertrauenswürdig. Bevor wir alle verhört werden, sollten wir uns absprechen. Ich wüsste gern, was Theresa Ihnen anvertraut hat.«

Das Sprechen bereitete Noemi offensichtlich große Mühe. Stammelnd begann sie zu reden, erzählte, wie Theresa auf den Tod des Vaters reagiert habe, bis Frank sie unterbrach.

»Das weiß ich von ihr selbst. Mich interessiert vielmehr, weshalb sie letzte Nacht nach ihrer Feier nochmals in den Stall zurückgekehrt ist. Wer oder was hat sie dazu veranlasst?«

Es dauerte einen Moment, bis Noemi antwortete. Es schien, als käme sie von weit her. »Wir wohnen zusammen, aber unsere Zimmer liegen weit auseinander. Ich hörte sie im Flur und dachte, ihr geht's schlecht, sie hatte einiges getrunken. In letzter Zeit, seit ihr Vater starb, ist sie ziemlich schlecht drauf. Da bin ich aufgestanden und habe in den Flur geschaut. Sie zog sich gerade die Stiefeletten an, das tut sie immer, wenn sie in den Stall geht, ohne zu reiten. Sonst nimmt sie die Cowboystiefel. Ich selbst reite nicht. Ich habe sie gefragt, weshalb sie um diese Uhrzeit rausgeht. Sie meinte, sie hätte einen Anruf bekommen, dass es Ricardo schlecht gehe, sie wolle nachsehen, was mit ihm sei.

Ich wundere mich längst nicht mehr über so was. Die vier Mädels, ich kenne sie alle, spielen mit ihren Pferden total verrückt.«

»Wissen Sie, wer der Anrufer war?«

»Nein, das hat sie nicht gesagt.« Jetzt stutzte Noemi, sie biss sich auf den Daumen und runzelte die Stirn. »Ich hätte sie fragen sollen, nicht wahr? Glauben Sie …?«

»Was ich glaube, spielt keine Rolle«, sagte Frank so gleichmütig wie möglich, »ich möchte lediglich klären, was geschehen ist, und will keine Gerüchte in die Welt setzen. Aber wer bestellt sie mitten in der Nacht hier raus?«

»Das weiß Hella sicher besser. Und wem vertraut sie, dass sie sich nachts in dessen Auto setzt?«

Das war für Frank ein richtiger und wichtiger Gedanke. Wenn es sich so zugetragen hatte, wie er inzwischen vermutete, Noemi hatte seine Befürchtungen bestätigt … bestand dann auch Gefahr für ihn, wenn er sich weiter einmischte? Wenn … hatten sie es mit einem sehr geschickten Täter zu tun.

Frank bat Noemi, mit zur Box von Ricardo zu kommen. »Es könnte sein, dass ihr bei dem Angriff das Smartphone aus der Tasche gefallen ist. Wählen Sie mal Theresas Nummer, dann wissen wir, ob es irgendwo im Stroh liegt.«

Noemi folgte seinem Rat, doch ein Rufzeichen war nicht zu hören. »Wahrscheinlich hat das Pferd darauf rumgetrampelt.«

»Glauben Sie, dass Theresa auf den Anruf eines Fremden hin hierhergefahren wäre?«

»Wenn es jemand von den Pferdeleuten gewesen wäre, dann sicher. Leider habe ich sie nicht danach gefragt, ich war im Halbschlaf, als sie losfuhr. Ach, Herr Gatow, wenn es um ihr Pferd ging, war alles andere egal.« Noemi sank wieder in sich zusammen.

Frank suchte die Sanitäter auf und fragte, ob sie in der

Kleidung der Toten ein Smartphone gefunden hätten, was diese verneinten.

»Was haben Sie hier zu tun«, hörte Frank jemanden unfreundlich sachlich fragen. Er fühlte sich angesprochen und drehte sich langsam um. Hinter ihm stand der sommersprossige Carabiniere mit ausdruckslosem Gesicht. Die würden ihnen kaum helfen, dachte Frank, sie würden den Fall höchstens komplizieren.

Um ihn zu testen, antwortete Frank in bestem Italienisch. »Diese junge Frau dort«, er wies auf den Sarg, »war eine Freundin – nein, nicht was Sie meinen.«

»Woher wollen Sie wissen, was ich meine?«, fragte der Carabiniere barsch, seine Autorität hervorkehrend.

»Ich sah es Ihnen an, Misstrauen ist Ihr Beruf.«

»Soso, Sie scheinen mir ein ganz Schlauer.«

»Wenn ich das wäre, hätte ich diesen Mordfall hier bereits gelöst.«

Der Carabiniere zog in gespieltem Erstaunen die Augenbrauen hoch, als zweifelte er an Franks Geisteszustand. »Einen Mordfall? Soso, ein Mordfall liegt vor. Und wer ist der Mörder, wenn nicht das Pferd?«

Der Gedanke vom Mord war ausgesprochen, er musste von allein weiterfliegen oder weitergetragen werden. Frank war gespannt, wo er sich niederließ, ihm schien es nicht so, als würde er sich auf der Schulter des Carabiniere niederlassen.

»Mörder ist der- oder diejenige, die Ricardo derart aufgestachelt hat, dass er seine Reiterin niedertrampelte.«

Das Erstaunen wandelte sich zu einem mitleidigen Grinsen, fast beleidigend. »Ich nehme an«, sagte der Polizist von oben herab, »dass Sie dabei waren?«

»Keineswegs. Ich habe tief und fest geschlafen.«

»Im eigenen Bett?«

»Nein, in dem von Matteo …«

Dem Carabiniere entglitten die Gesichtszüge. Wen oder was hatte er hier vor sich? Einen Schelm oder einen Schwulen? Die Vorurteile hielten sich, trotz aller gegenteiliger Gesetze, besonders bei den Uniformierten … Mühsam verbiss Frank sich das Grinsen. »Der Freund hat mir für die Dauer meines Auftrags seine Wohnung überlassen, er ist lieber ein Kollege.«

»Ich möchte Ihre Papiere sehen! Ich hoffe, Sie können sich ausweisen!«

Frank reichte ihm seinen Ausweis.

»Sie sind Deutscher?« Verblüfft betrachtete der Carabiniere das Dokument. »Und Sie leben hier?«

»Was ist so erstaunlich daran? Sie doch auch.«

Der Uniformierte war unsicher geworden, nur für einen Moment. Beamte hatten einen untrüglichen Sinn dafür, wenn sie nicht ernst genommen wurden. Dann gewann der Befehlsgewohnte in ihm Oberhand. »Was machen Sie hier, und in welchem Verhältnis standen Sie zu der Toten?«

Frank erklärte es ruhig und sachlich. Inzwischen war der bärtige Kollege hinzugetreten, Frank hatte sich wieder auf die Bank gesetzt, die Beine übergeschlagen und die Arme entspannt auf die Rückenlehne gelegt. Der Fotorucksack stand neben ihm. In einem unbeobachteten Moment hatte er die Speicherkarte seines Fotoapparats gegen eine unbenutzte ausgetauscht, man wusste nie, wozu Polizisten sich hinreißen ließen, und dass der Carabiniere auf seine Äußerung wegen eines möglichen Mordes zurückkommen würde, war klar.

Außer Hörweite besprach er sich mit seinem Kollegen, danach kamen beide Carabinieri zu Frank zurück. Jetzt würde es spannend werden. Hatten sie angebissen? Diesmal ergriff der Bärtige das Wort.

»Sie sprachen meinem Kollegen gegenüber von Mord. Es ist ein schwerer Vorwurf, für den es momentan keine Anzeichen gibt, zumindest unserer Ansicht nach.« Nach allem, was sie erfahren hätten, sei Theresa Kannegießer in die Box gegangen und dort von ihrem Pferd so schwer verletzt worden, dass sie an den Folgen eines Schädeltraumas und weiterer Verletzungen gestorben war. So jedenfalls hätte es der Arzt dargestellt. »Nun bin ich gespannt, wie Sie, Signor Gatto, zu Ihrer provokanten oder vermessenen Behauptung kommen. Den Grund dafür werden Sie uns freundlicherweise gleich nennen.«

Frank hatte, während die Carabinieri sich absprachen, überlegt, was er ihnen sagen würde und was besser nicht. Wer hier mit wem in Verbindung stand, wer Informationen weitergab oder unterdrückte, woher sollte er das wissen? Leiterer war ihm zuerst in den Sinn gekommen, er hatte als erfahrener Politiker sicher Zugriff auf Behördeninterna, wenn nicht offiziell, dann auf dem kurzen Dienstweg.

»Gewiss doch, den Grund teile ich Ihnen mit, wenn ich davon ausgehen kann, dass die Informationen bei Ihnen, das heißt in Ihrer Behörde bleiben.«

Die Carabinieri sahen sich an, ein wenig ratlos. Wen hatten sie da vor sich?, mochten sie sich fragen. Einen unverschämten Ausländer, jemanden, der nicht viel von der Polizei hielt? Oder einen, der vor staatlicher Autorität nicht kuschte? Möglicherweise auch nur einen Wichtigtuer.

»Ich habe Pferd und Reiterin gestern beim Wolkenstein-Ritt fotografiert, Theresas Equipe, die anderen sitzen dort drüben.« Frank wies auf die drei jungen Reiterinnen, die sich schweigend neben Noemi auf einem Baumstamm niedergelassen hatten. »Sie haben den neunten Platz belegt, ein fehlerfreier Ritt. Ich habe gestern das Pferd erlebt, nach dem Ritt. Es war ruhig und entspannt, absolut friedlich, es ist ohne zu mucken in den Hänger geführt worden. Heute habe ich, als ich kam, das Pferd in gänzlich anderem Zustand erlebt, aufgeregt, hypersensibel, aggressiv …«

»Verstehen Sie etwas von Pferden?«

»Nein.«

»Wer hat Sie von dem Vorfall hier benachrichtigt?«

»Der junge Mann dort drüben, Marco Kannegießer, Theresas Bruder.« Der Genannte war allein, hatte sich weit über das Geländer des Reitplatzes gebeugt, als müsste er sich übergeben, aber er schien in seinem Kummer versunken, nahm die Welt um sich herum nicht mehr wahr.

»Sie wollten uns etwas über den Mord sagen, Sie reden drum herum«, meinte der Bärtige.

»Ich komme gleich darauf. Das nur zum Pferd. Jetzt zur Reiterin. Ihr Vater, der Winzer Werner Kannegießer, ist beim Tauchen in Venezuela ertrunken – angeblich. Er soll einen Herzstillstand erlitten haben – angeblich, wie seine Tochter sagt. Ich habe mit mehreren Familienmitgliedern gesprochen, vielmehr sprachen sie mich an, da sie mich für einen guten Freund des Winzers halten, was ich nicht bin. Sie verlangten von mir, Theresa von der Behauptung abzubringen, ihr Vater sei ermordet worden, wofür es bislang keinerlei Beweise gibt.«

»Weshalb sollte jemand den Winzer – umbringen. Beim Tauchen ertrunken, sagen Sie?« Die Sommersprosse wehrte sich offensichtlich gegen den Gedanken von einem Mord.

»Das Weingut ist nebst Weinbergen mehr als zweiundzwanzig Millionen wert. Reicht das als Motiv? Ein Testament wurde bislang nicht gefunden. Ich bot mich an, Theresa bei den Nachforschungen zu helfen. Fragen Sie mich nicht, weshalb ich ihr glaubte, wahrscheinlich weil ich die anderen Familienmitglieder erlebt habe. Wem gegenüber Theresa mein Angebot erwähnt hat, weiß ich nicht. Aber jetzt ist sie tot.« Dass er Anette Förster von seinen bevorstehenden Nachforschungen erzählt hatte, erwähnte er nicht. »Ich glaube, vielmehr kann ich mir vorstellen, dass, falls die erste Hypothese stimmt, der Vater keines natürlichen Todes starb und jemand verhindern wollte, dass Theresa entsprechende Beweise beibringt. Das ist alles. Dass beide, also Vater und Tochter, bei der Ausübung ihres Hobbys ums Leben kamen, hört sich im ersten Moment plausibel an, für mich jedoch nicht.«

»Wie kann ein Pferd dazu gebracht werden, seinen Reiter anzufallen?«, fragte der Bärtige. »Es handelt sich schließlich nicht um ein Raubtier. Haflinger sind gemeinhin als friedlich bekannt.«

»Ja, besonders Ricardo. Ich habe ihn erlebt. Der Tierarzt, Dottore Cassignano, betreut ihn seit Jahren. Dreimal hat Ricardo den Wolkenstein-Ritt mitgemacht, und alles ist bestens verlaufen. Wenn man Ihnen allerdings Aufputschmittel ins Essen schüttet, erkennen Sie sich selbst auch nicht mehr, seien es Amphetamine oder Ephedrin, das führt zu Angstzuständen und damit zu Aggression, Dopamin steigert den Antrieb und so weiter, Kokain und Koffein wirken zusammen und sind besonders leicht zu beschaffen.«

»Sie sind, wie Sie sagten, Fotograf. Wieso wissen Sie von derartigen Möglichkeiten?«

»Erstens habe ich eine Portion Lebenserfahrung, zweitens habe ich mir eben im Internet auf der Seite des Reitsportverbandes die Liste der verbotenen Dopingmittel angesehen. Die sind frei zugänglich, die Liste ist sozusagen ein Kochrezept für gefährliche Mixturen. Man muss diese Mittel allerdings beschaffen, was kein größeres Problem sein dürfte, besonders nicht in Italien. Für ganz spezielle Mittel gibt es noch das Darknet.«

»Das sollen wir Ihnen alles glauben?«

»Halten Sie es, wie Sie wollen. Schauen Sie in Ihren Computer, da finden Sie ganz sicher einiges über mich …«

Sie wurden abgelenkt, denn ein Wagen war bis an die Schranke gefahren, die den Parkplatz von der Reitanlage trennte, eine Frau stürzte heraus, ließ die Wagentür offen und schrie:

»Wo ist sie, wo ist mein Kind? Ich will mein Kind sehen …« Frau Kannegießer lief auf einen der Polizisten zu, packte ihn bei den Handgelenken und schüttelte seine Arme. »Wo haben Sie Theresa hingebracht?«

»Die Mutter.« Die zwei Worte reichten aus, um die Carabinieri zu informieren. Befremdet betrachtete Frank die Szene, aufgesetzt kam es ihm vor, hysterisch und zu dick aufgetragen, im ersten Moment hatte er ihr die Bestürzung abgenommen, doch nur im ersten Moment. Er spürte die Augen des Bärtigen auf sich ruhen, als wolle er sich anhand seiner Reaktion ein Bild dieser Frau machen. Frank bemühte sich nicht, seine Abneigung zu verbergen, zumal er sich erinnerte, wie negativ sich die Mutter bei seinem Besuch des Weinguts über Theresa geäußert hatte.

»Alle haben sich negativ über Theresa ausgelassen«, sagte er vor sich hin, was für die Carabinieri bestimmt war, »sämtliche Familienmitglieder, auch die Mutter, auch sie will das Weingut, bis auf den Bruder.«

Als tauche er aus einer tiefen Versunkenheit auf, hatte sich Marco erhoben und ging auf seine Mutter zu, die zu ihm aufschauen musste, da er sie um einen Kopf überragte.

»Du hast nicht auf sie Acht gegeben!«, schrie sie und schlug ihm ins Gesicht, worauf er ihre linke Hand packte, mit der sie bereits ausholte, und mit einer Kraft, die Frank ihm nicht zugetraut hatte, nach unten bog, um einen zweiten Schlag zu verhindern. Was er sagte, war nicht zu verstehen. Als sie mit der freien Hand ausholte, hielt er auch sie fest.

Sie ist eine Schauspielerin, dessen war sich Frank gewiss, aber er sagte es nicht laut. Es stand ihm nicht an, sich einzubilden, er könne in den anderen hineinsehen und beurteilen, was in solchen Momenten mit einem Menschen geschah, noch dazu der Mutter?

Die Carabinieri beobachteten ihn weiter, um aus seiner Mimik abzulesen, was er von dem Auftritt hielt. Frank machte es ihnen leicht.

»Ich will sie sehen«, schrie Claudia Kannegießer und versuchte, sich aus dem Griff ihres Sohns zu befreien. »Ich will sie sehen.« Wütend schlenkerte sie mit den Armen, da ließ Marco sie los, und Claudia Kannegießer taumelte zurück, strauchelte, fing sich und riss die Plane zur Seite.

Der Anblick würde schrecklich sein, vermutete Frank.

Einer der Sanitäter hob den Deckel des Sargs, alle waren näher gekommen und schauten auf Claudia Kannegießer. Sie erstarrte, ihre Augen weiteten sich, der Mund klappte auf, abwehrend hob sie beide Hände, sogar die Finger spreizten sich, dann schlug sie die Hände vors Gesicht und ging in die Knie.

Nun hatten die Sanitäter wieder etwas zu tun, dachte Frank kalt und fürchtete, dass er nur noch zynisch reagierte, dass er zusehends unbarmherzig wurde, je mehr er erlebte, je älter er wurde, statt nachsichtig zu sein, altersmilde, wie es hieß. Dabei glaubte er, dass die Ohnmacht beim Anblick ihrer Tochter bislang die einzig ehrliche Reaktion war, bis auf die Überzeugung, dass nur ihr das Weingut zustand.

An der Schranke zur Reitanlage nahm Frank eine Bewegung wahr. Aus dem Wagen, der dort mit offener Tür stand, stieg ein Mann aus. Es war ein dunkler Typ, Frank ertappte sich bei dem Gedanken, dass er ihn eher für einen Italiener hielt als für einen Südtiroler, und war erschrocken, dass er diese Art zu denken annahm. Der Mann trug ein gelbes Polohemd und eine braune Hose, das wellige dunkle Haar fiel ihm in die Stirn, und der Dreitagebart machte es schwer, die Gesichtszüge zu erkennen. Mit schnellen Schritten lief er zu Frau Kannegießer und kniete sich neben sie.

»Das wird ihr Liebhaber sein«, sagte Frank kaum hörbar, »jedenfalls nehme ich das an.«

»Sie wissen ziemlich viel. Verfolgen auch Sie hier irgendwelche Interessen?«

»Die beschränken sich auf schönes Licht, um gute Aufnahmen zu machen, und auf die Hoffnung, auskunftsfreudige Winzer zu treffen.«

»Das mit dem Licht erübrigt sich wohl für den heutigen Tag«, meinte die Sommersprosse, denn die Sonne war hinter die Berge jenseits des Tals gesunken, die Schatten waren lang geworden, das Licht grau und schwer, und in dieser Schwere saß Claudia Kannegießer an ihren Lover gelehnt, umstanden von Theresas Mitstreiterinnen, den anderen Einstallern, Polizisten und Carabinieri. Der Rettungswagen verließ den Platz, dazu musste der Lover den Wagen wegfahren, der die Ausfahrt blockierte.

Plötzlich sprang Claudia Kannegießer auf und lief an Frank vorbei, den sie keines Blickes würdigte, und blieb vor Ricardos Box stehen. Ausdruckslos, zumindest schien es Frank so, betrachtete sie das Pferd.

»Tötet ihn«, sagte sie laut, »der Tierarzt soll ihm eine Spritze geben und dann nichts wie zum Abdecker! Ich will dieses verfluchte Vieh nie wieder sehen.«

Doch niemand reagierte, keiner sprach, und bis auf den Wind in den Tannen und das Knarren der Äste war kein Laut zu hören. »Ist der Tierarzt nicht mehr da?« Die Kannegießer drehte sich um. »Da sind Sie doch. Warum antworten Sie nicht? Ich will, dass Sie dem Tier die Spritze geben.«

Feindseligkeit in den Augen näherte sich der Angesprochene. »Nichts werde ich dem Tier geben. Sie haben kein Recht, eine solche Anweisung zu geben. Es handelt sich nicht um Ihr Pferd. Außerdem geht von ihm für die Allgemeinheit keine Gefahr mehr aus. Ricardo hat sich beruhigt.«

»Er hat meine Tochter getötet! Sie werden ihm die Spritze geben, jetzt sofort! Oder soll *ich* das Tier erschießen? Ja, das mache ich. Ich fahre nach Hause und hole das Jagdgewehr meines Mannes.«

Einer der Carabinieri stellte sich ihr in den Weg, als sie Anstalten machte, zu ihrem Wagen zu gehen. »Sie sind sehr erregt, *signora*. Ihre Tochter … Ich habe dafür Verständnis«, sagte er mit großer Freundlichkeit, aber auch entschieden. »Wir dürfen das nicht zulassen. Wir halten uns hier besser an das Urteil des Tierarztes. Klären Sie die Besitzverhältnisse, dann entscheiden Sie bitte in Ruhe.«

Frank war erstaunt, wie besonnen sich der Bärtige verhielt. Aber nicht so die Kannegießer, sie zeterte in einem fort, ihr Lover beteiligte sich erregt an der hitzig geführten Diskussion, bis sich beide Polizisten vor ihm aufbauten und ihn energisch aufforderten, den Platz zu verlassen.

Unbemerkt von den Streitenden hatte Frank sich Theresas Freundinnen genähert, jetzt stand er hinter Hella. »Kennst du jemanden, der einen starken Wagen fährt, einen Pferdeanhänger besitzt und den Mund halten kann?« Niemand außer ihr hatte die Worte gehört.

»Hans«, hauchte sie, »Hans ist cool, dem kann man vertrauen. Er hat beim Wolkenstein-Ritt mitgemacht. Ich kann mir denken, was Sie wollen, was Sie vorhaben, meine ich. Aber wo sollen wir das Pferd hinbringen?«

Es beruhigte Frank, dass Hella ähnlich um Ricardo besorgt war wie er.

»In der Toskana ist er gut aufgehoben und weit genug weg.«

Frank griff nach dem Smartphone, entfernte sich und rief einen befreundeten Winzer in der Nähen von Gaiole in Chianti an. Er schilderte ihm kurz den Fall. »Ihr könnt den Wallach mit euren Pferden zusammenstellen, sehen, wie er sich benimmt, und wenn sich wieder aggressive Züge einstellen, kann man den Tierarzt immer noch rufen. Aber der Zossen ist harmlos. Die Kosten übernehme ich.«

Nachdem Franks Nachbar eingewilligt hatte, war Eile geboten. »Wir sollten uns noch heute Nacht auf den Weg machen«, sagte er zu Hella, die inzwischen mit ihrem Freund gesprochen hatte. Der junge Mann hatte eingewilligt, er würde gegen dreiundzwanzig Uhr hier sein, dann würden sie Ricardo verladen, aber Marco solle fahren, und Hella solle auf jeden Fall mitkommen.

»Wunderbar, dann kann ich meine Frau überraschen.«

»Ich hoffe, sie liebt Überraschungen«, gab Hella vielsagend zurück.

Doch Frank fasste es anders auf, als sie es meinte. Antonia würde wütend werden, sie wäre mit dem, was er hier tat, keinesfalls einverstanden.

Als sich die Gruppe beim Reiterhof schließlich aufgelöst hatte, war Hella mit Noemi mitgefahren und hatte nach langem Suchen in Theresas Zimmer den Pferdepass gefunden. Die Registrierung stimmte mit dem Chip überein, den Ricardo unter der Haut trug. Damit konnten sie jeder Polizeikontrolle begegnen. Der Tierarzt war eingeweiht und hatte ihnen vorsichtshalber ein Beruhigungsmittel mitgegeben.

Wie verabredet traf Hans um dreiundzwanzig Uhr am Reitplatz mit der Zugmaschine ein, einem starken Geländewagen. Marco hatte sich dem Anlass eines Pferdediebstahls entsprechend gekleidet: schwarze Lederjacke, schwarze Hose und schwarze Stiefeletten. Für Frank war es ein gespenstisches Abenteuer, auch weil die jungen Leute sich scheuten, Licht zu machen, und er sich in der fremden Umgebung bei Nacht kaum zurechtfand und den anderen im Wege stand. Doch bei Hella und Marco saß jeder Handgriff, Ricardo ließ sich willig in den Trailer führen. Für Frank war es kein Pferdediebstahl, für ihn war es ein Akt der Beweissicherung.

Um Mitternacht brachen sie zu dritt auf, nachdem Hans

mit Hellas Wagen zurückgefahren war. Es war erstaunlich, wie sicher Marco mit dem schweren Gespann umging; erst seit einem Jahr besaß er den Führerschein. Die vierhundertdreißig Kilometer bis Gaiole, beinahe in Sichtweite der Tenuta Vanzetti, schafften sie in sechs Stunden und waren zum Frühstück um zehn Uhr bei Antonia. Sie hatte auf der Loggia decken lassen – mit Blick in das unterhalb des Guts liegende Halbrund ihrer Weinberge. Manch ein Besucher nannte es ein Amphitheater.

»*Hai perso la testa?*« Antonia stand wütend vor Frank und war zutiefst empört. Sie hatte mit ihm den Frühstückstisch auf der Loggia verlassen, beide standen sich in ihrem Büro gegenüber. »Du bist wohl von allen guten Geistern verlassen!«

Frank fand, dass sie in ihrem Ärger wunderbar aussah, feurig und voller Energie. So liebte er sie. Er wollte sie umarmen, sie küssen, aber sie wehrte sich.

»Hast du vollkommen den Verstand verloren, hast nichts aus der Vergangenheit gelernt? Denkst du auch mal ein wenig weiter? Du bringst dich in Gefahr. Was kann daraus entstehen? Zwei Tote gibt's bereits! Soll es einen dritten geben? Du mischst dich wieder in Sachen ein, die dich absolut nichts angehen! Hör auf damit. Was hast du mit diesem Mädchen zu tun? Nichts, gar nichts! Und auch nicht mit dem Vater. Und jetzt, wo beide tot sind, noch viel weniger.«

Frank wusste, dass es nicht so sehr der Ärger über sein Engagement war als vielmehr die Angst um ihn. Nicht nur wegen der Ereignisse damals um den Kauf der Weingüter, um den Tod von Niccolò Palermo und seines Sohns, auch wegen des Dramas mit Meyenbeeker am Kaiserstuhl. Das hatte sie hautnah miterlebt.

»Was soll ich machen?« Unschuldig breitete Frank die Arme aus. »Ich treffe dieses Mädchen, sie erzählt mir vom

Tod des Vaters, du weißt, dass ich ihn kannte, die anderen aus der Familie bestürmen mich, weil sie dachten, als guter Freund des Vaters hätte ich Einfluss auf die Tochter, über die sie sich das Maul zerreißen, sogar die Mutter. Was blieb mir übrig, als mich auf Theresas Seite zu schlagen? Ich wollte sie aus der Schusslinie nehmen, ihr klarmachen, dass sie sich verrannt hat, und dann konfrontierte sie mich mit den Ungereimtheiten …«

»… und Frank Gatow wurde mal wieder zu neugierig.«

»Nein, Antonia, misstrauisch wurde ich. Nichts, was Kannegießers Tod betrifft, ist überprüfbar. Hätte ich alles auf sich beruhen lassen sollen?«

»Ja, Frank, das hättest du.«

»Wenn ich so denken würde, wären wir uns nie begegnet.«

»Das stimmt nicht, du hast in Siena die Weinpräsentation des Consortiums besucht, wo ich meinen Wein vorgestellt habe …«

»Aber dein Exmann stand hinter allem, hinter der Grundstücksspekulation, hinter den Predigern, hinter Stefano Scudiere und Avvocato Strozzi, Vanzetti war die treibende Kraft!« In diesem Augenblick fiel ihm Ravelli ein. Frank verkniff sich das Grinsen. Was für eine Heuschrecke im Gegensatz zu jenem Avvocato Strozzi, dachte er, und bei Weitem nicht so gefährlich, wie Massimo Vanzetti es gewesen war.

»Und wie stellst du dir das weiter vor? Willst du in Südtirol weitermachen?«

»Sicher. Meyenbeeker hilft bei den Recherchen in Venezuela, wir müssen wissen, wer gleichzeitig auf Los Roques war, er lässt die Passagierlisten checken, ich spreche kein Spanisch …«

»Na, wenigstens einer, der vernünftig ist …«

Frank hielt es für sinnvoll, Antonia besser nicht zu erzählen, was vor zwei Jahren auf Mallorca geschehen war, da hatte Meyenbeeker bis zum Hals im Schlamassel gesteckt, sich in eine fast ausweglose Lage manövriert.

»Außerdem habe ich nicht einmal die Hälfte der nötigen Aufnahmen gemacht«, fuhr Frank fort.

»Dass dich jemand bedrohen könnte, dir etwas antut, damit du das bleiben lässt, das kommt dir nicht in den Sinn?«

»Ich werde mich eben bedeckt halten, verlass dich darauf. Und die Carabinieri haben mich für morgen einbestellt.«

»Ihr fahrt heute schon zurück?«, unterbrach ihn Antonia, trotz ihres Protests war ihr die Enttäuschung über den Kurzbesuch anzusehen. »Bleib doch noch einen Tag, für deine jungen Freunde ist genügend Platz.«

»Ich muss zurück, vormittags bin ich auf Juval, dem Weingut von Reinhold Messner, es war schwierig genug, einen Termin zu bekommen, und nachmittags wollen mich wie gesagt die Carabinieri sprechen. Ich habe sie heißgemacht, jetzt darf ich die Sache nicht kalt werden lassen.«

Antonia schwieg einen Moment, Frank blickte sie an. Beide wussten, dass keiner sich von dem einmal gefassten Entschluss würde abbringen lassen, außer der andere legte sein Veto ein. Aber das tat Antonia nicht, also war es besser, die Auseinandersetzung zu beenden.

»Unsere Gäste werden sich wundern, wo wir bleiben. Wie ist übrigens die Wohnung in Bozen? Bist du zufrieden? Ich könnte dich am Wochenende besuchen, Platz genug wirst du in der Wohnung dieses Fotografen wohl haben.«

Es war Franks Zögern, seine Unsicherheit, wie er auf Antonias Frage antworten sollte, die ihre Aufmerksamkeit erregte, denn er hatte für eine Sekunde an Marcella gedacht, und genau diese Sekunde war zu lang gewesen. Er würde nie etwas mit Marcella anfangen, doch die Möglichkeit, die Chance, das Vielleicht … Bereits das war zu viel, und Antonia hatte ein untrügliches Gespür.

»Ist was nicht in Ordnung? Willst du nicht, dass ich komme? Ist es schäbig dort, oder fehlt es an Platz? Was lässt dich zögern?«

Frank fühlte sich ertappt, obwohl es sich nur um Gedanken handelte. »Ich muss jederzeit auf die Wünsche der Winzer eingehen können.« Das war nicht gelogen. »Ich bin froh, wenn sie mir ihre Zeit zur Verfügung stellen, mir alles erklären und mich bei der Probe begleiten.« Wie glaubwürdig sich das anhörte, wusste er nicht. In Sachen Wein war sie ihm haushoch überlegen, Antonia führte die Kellerei, hatte den Neubau mit einem Architekten zusammen erdacht und den Bau geleitet, sie empfing Besucher und Journalisten, aber ihm war klar, dass er sich herausredete.

»Gehst du auch sonntags auf ihre Wünsche ein?«

Die wenigen Worte zeigten ihm, dass ihr seine Ausflüchte wohl bewusst waren. »Ja, auch am Sonntag.«

»Dann solltet ihr schleunigst aufbrechen. Bei Tag ist der Verkehr mörderisch.« Sie ging voraus durch den Flur Richtung Loggia, wo die jungen Leute frühstückten. »Ich hoffe, sie haben von unserer Debatte nichts mitbekommen.«

»Ich glaube, die stecken tiefer in der ganzen Geschichte drin als ich.« Hella war Theresas beste Freundin, und über Marco brauchte er kein Wort zu verlieren. Während der nächtlichen Fahrt hatten sie über nichts anderes als über Theresa und ihren Vater gesprochen, über die Familien Kannegießer, Förster und Leiterer. Es war gut, dass Marco am Steuer saß und sich aufs Fahren konzentrieren musste und sich nicht der Trauer um seine Schwester hingeben konnte. Dazu war später Zeit genug, sehr viel Zeit.

13. Kapitel

Der Weg hinauf zum Weingut Unterortl und zur Schlossburg Juval war grauenhaft. Anderen mochte es leichtfallen, die steile und schmale Serpentinenstrecke zu bewältigen, rechts ging es fast senkrecht hinab, Leitplanken oder ähnliche Begrenzungen fehlten, nichts würde den Wagen halten, falls Frank von der Straße rutschte. Zu allem Unglück kam ihm von oben ein Transporter entgegen, der auf der einspurigen Straße keinen Meter zurückwich.

Frank brach der Schweiß aus, die Übelkeit begann im Magen und zog sich in den Hals, das war kein guter Anfang für den Besuch eines Weinguts. Frank zog die Handbremse an. Er würde sich keinen Millimeter mehr bewegen und hier warten, bis der andere Platz machte, doch der Fahrer hinter der dunklen Scheibe dachte nicht daran. Stur blieb der Wagen stehen, fast über ihm und bedrohlich groß, als rolle er auf ihn zu. Gab der Klügere nach? War er der Klügere? Frank löste die Handbremse und rollte zurück, der Lieferwagenfahrer setzte nach, Millimeter für Millimeter. Es war ein Kampf. Frank wischte sich über die Stirn, der Angstschweiß lief ihm in die Augen. Er kannte die Wirtschaftswege in den toskanischen Wäldern, Feldwege in Spanien, Furten in Portugal, Wege, die nur aus einer Fahrspur bestanden, aber das hier verlangte ihm alle Überwindung ab, zu der er fähig war. Dann kam die Hundertachtzig-

Grad Kehre. Hinter ihm lagen nur die Schlucht und der Himmel, aber der Lieferwagen kam vorbei, nach dem kurzen Schrecken, dass er ihn anfahren und in den Abgrund stürzen würde. Frank stieg aus, setzte sich und versuchte, ruhig zu atmen und nichts zu sehen. Es war besser, nicht auf die Berge zu schauen und auf keinen Fall in die Tiefe.

Nach einer endlosen Weile hatte er sich wieder im Griff. Das alles war Ausdruck des Zwangs, den er sich antat, denn es ging ihm längst nicht wieder gut, obwohl er nur noch innerlich flatterte. In diesem Zustand sollte er Weine probieren und ein Urteil abgeben? Er war noch nicht oben, noch nicht am Weingut Unterortl angekommen. Gleichzeitig musste er sich die Erinnerung an Theresa vom Hals halten, was schwer genug war, er hätte sich nicht aufs Sehen konzentrieren können. Frank schaffte es, indem er das Fühlen kurzzeitig abstellte, so lange, bis der Wagen sicher vor der Einfahrt des an den Berg geschmiegten Weinguts und der Hofbrennerei zum Stehen brachte. Aber rechts ging es auch gleich in die Tiefe, die Steilwand gegenüber vermittelte ihm noch weniger Halt. Es war mehr der Winzer, Martin Aurich und sein freundlicher Empfang, was ihn auf festen, sicheren Boden zurückführte.

Reinhold Messner hatte die Idee und das Kapital für das Weingut unterhalb der Burg Juval gehabt. Martin Aurich, ehemals Student der Getränketechnologie in Geisenheim am Rhein, dann in der Forschungsanstalt Laimburg im Obstbau tätig, begann 1992 mit dem Aufbau und führte Unterortl seitdem zusammen mit seiner Frau Gisela. Die Comicfigur Popeye kam Frank in den Sinn, als er den Winzer vor sich sah. Nur jemand mit seiner Ausstrahlung, Überzeugung und Kraft – sie kam sicher aus dem Wein statt vom Spinat – konnte sich hier oben halten, hier leben, sich wohlfühlen und arbeiten. Und man musste die Einsamkeit aushalten, den Wind, die Sonne, den Schnee und nicht zuletzt den Berg. Er war hier auf dem Juvaler Hügel mächtiger, wesentlich gegenwärtiger als anderswo in der Vinschgau, die Texelgruppe neben sich, die Ortler gegenüber. Hier irgendwo sollte auch der Ötzi, der zottelige Mann aus dem Gletscher, während der Jungsteinzeit herumgestromert sein.

Unterortl war der absolute Gegensatz zu allen Weingütern bisher. Dreißig Parzellen summierten sich zu lediglich vier Hektar, was zu einer Produktion von fünfunddreißigtausend Flaschen führte. Damit war das Gut bedeutend kleiner als die bisher besuchten. Es war von der Bauweise her archaischer, mit seinem Satteldach und den Natursteinmauern passte es bestens in die Landschaft, obwohl Reinhold Messner durchaus ein Weingut im modernen Stil seiner quasi futuristischen Museen Ortles und Corones zuzutrauen wäre. Auch die Inneneinrichtung war erholsam, weder post- noch modern, einfach nur schlichte weiße Wände, Türrahmen aus Buche und ein weißes Tuch auf dem Tisch, an dem sie probieren würden, wenn Frank mit den Aufnahmen fertig wäre.

Die bestockten Hänge erinnerten an die Mosel, wo es wenig steilere Lagen gab, wenn Frank an den Ürziger Würzgarten dachte. Sie waren nach Osten und Süden ausgerichtet, bei westlicher Ausrichtung wäre der Wein wohl auch noch reif geworden, aber mehr als neunzig Grad Oechsle waren selten zu erwarten. Die Hitze tagsüber und die nächtliche Kühle, gerade dieser Wechsel war es, der die Aromen herausbrachte und die auch von Dachsen sehr geschätzt wurden, die dem Winzer die Trauben wegfraßen.

»Hier am Ausgang des Schnalstals herrscht ein besonderes Kleinklima. Die Thermik ist es, die den Charakter der Rebsorte bestimmt«, wie der Winzer erklärte. Er hatte sich schon früh auf Rhein-Riesling konzentriert, aber auch Müller-Thurgau gepflanzt sowie ein wenig Weiß- und auch Blauburgunder.

Die Stöcke standen eng, durften sich nicht gegenseitig beschatten und mussten allesamt bewässert werden. Einige verdorrte Stöcke waren zu sehen und würden ersetzt werden. Wasser würde bei ausbleibendem Regen und Schnee zum großen Problem Südtirols werden. Im Veneto war es das bereits, die dortige Regionalregierung verlangte von Südtirol lautstark nach Trinkwasser und Wasser für die Landwirtschaft. Trinkwasser würden Südtirols Staubecken liefern, so die Regionalregierung, aber bei den im Veneto lecken Leitungen für Brauchwasser sei es reine Verschwendung.

Sie standen am oberen Ende einer steil abfallenden Lage und diskutierten über die Folgen des Klimawandels, als Frank an der gegenüberliegenden Felswand eine Bewegung wahrnahm. Zwei Männer, klein wie Spielzeugfiguren, kletterten dort herum und erreichten eine deutlich waagerechte Linie im Fels. Das sei ein Waal, erklärte Aurich, einer der alten, vor Jahrhunderten in den Fels gehauenen Bewässerungskanäle, von denen die Berge Südtirols durchzogen seien. Heute funktionierten sie nicht mehr und würden zu Wanderwegen umgestaltet. Frank erinnerte sich, dass er ein ähnliches System in den andalusischen Alpujarras gesehen hatte, an den südlichen Hängen der Sierra Nevada, vor rund fünfhundert Jahren von den Mauren angelegt. Hier fiel die Wand senkrecht ab, zumindest wirkte es auf ihn so, und für ihn wäre es grauenhaft, nein, unmöglich, dort herumzuklettern, und es war unvorstellbar, dass dabei jemand Freude oder Hochgefühle haben konnte, es als Herausforderung statt als Selbstmord zu betrachten. Allein wenn er an die Anfahrt dachte … schrecklich. Hanglagen war er gewohnt, Steillagen suchte er zu vermeiden; dass er sich darin bewegte, verlangte der Beruf. Steilstlagen, wie an der Mosel, fotografierte er möglichst nur von Weitem.

Daher war es ihm lieb, dass Aurich ihn in die Kelterhalle

führte, die wenigen Tanks, einige wenige Barriques, das reichte für die Produktion von fünfundzwanzigtausend Litern. Bei Antonia standen sich die Zehntausend-Liter-Tanks in Reihen gegenüber.

Auf Wunsch von Reinhold Messner war ein Teil des Felsens stehen geblieben, den Aurich beim Bau der Kellerei hätte wegsprengen lassen. So ragte der Herr, der Berg, schräg in die Arbeit hinein, war nicht beseitigt, nicht überdeckt oder abgeschirmt worden, er war da, immer gegenwärtig, entfaltete seine Energie, übertrug sie auf den Wein, der hier im Werden war. Frank legte die Hand an den dunklen Fels, den Gneis, und meinte, sein Kraftfeld zu spüren. War es Einbildung?

Den Fels spürte er sofort wieder, als er das erste Glas mit dem Riesling namens Gletscherschliff vorgesetzt bekam. Für Frank war es nicht erstaunlich, denn die Reben standen seit zwanzig Jahren auf diesem Berg, holten den Extrakt aus der Tiefe, und genau den hatte er im Glas. Der Riesling Unterortl wies die gleichen Qualitäten auf, es war ein wahrer Riesling, der Typ vom Rhein und nicht der seichtere Italico mit einem anderen Geschmacksbild. Dieser hier war eine schöne Überraschung, sowohl in Bezug auf deutlich erkennbare Aromen wie auch das strahlig Harte des Felsens. Interessant war wieder einmal, dass, obwohl Frank nie zuvor einen Wein von diesen Hängen probiert hatte, er genau diesen Geschmack erwartet hatte. Anders konnte, anders durfte der Wein gar nicht schmecken. Das war ihm an anderen Orten ebenso ergangen, jedoch mit anderen Rebsorten.

Der Riesling Windbichl lohnte den tiefen, bedachtsamen Schluck, es war Quälerei, sich bei diesem Wein zurückzuhalten. Frank nippte nur, er musste heil von diesem Berg wieder runterkommen. Der Wein war kräftig und elegant, weicher als die anderen und opulent, hatte ein anderes Volumen, und doch zeigte er eine lebhafte Frische. Den

Weißburgunder konnte er nur als einen nördlichen Typ einordnen, anders als die vom Kaiserstuhl, anders als die aus dem Eisacktal, die in wärmeren Zonen wuchsen. Es war die klare, lebendige Säurestruktur, lebhaft und mineralisch. Gneis nannte Aurich seine Rotweincuvée, zwanzig Prozent vom Pinot Noir, ähnlich viel vom Zweigelt und dem St. Laurent, und dann fanden noch zwei Kreuzungen vom seltenen Gamay Eingang in diesen Verschnitt. Aber diese Weine waren nicht nach der Gärung miteinander vermählt, wie es häufig hieß, sondern als Gemischter Satz angebaut und alle Trauben miteinander gekeltert worden.

Der Pinot Noir kam zuletzt, schlank und klar, dank des kühlen Klimas, puristisch mit seinen Aromen von Kirsche über Erdbeere zu Cassis, von allem ein Hauch, leicht und wie immer interessant, mit Lust auf ein nächstes Glas, das Frank sich verkneifen musste.

Der Weg ins Tal war einfacher als gedacht, und an der Sohle angekommen, bemerkte er den Shuttlebus, der ihn sowohl zum Weingut hinauf wie auch weiter bergauf zum Castel Juval hätte fahren können. Um Letzteres nachzuholen, war es zu spät, der Blick auf die Uhr belehrte ihn, und damit kehrte die harte Wirklichkeit zurück: In einer Stunde erwarteten ihn die Carabinieri in der Dantestraße in Bozen. Er hoffte, dass es nicht zum Inferno kommen würde.

Die zwei Sterne auf den Schulterklappen zeigten Frank, dass er es bei dem vor ihm sitzenden Signor Gesso mit einem Leutnant, einem *tenente*, zu tun hatte. Da sein Deutsch schlechter war als Franks italienische Sprachkenntnisse, einigten sie sich für diese Befragung schnell auf Italienisch. Der Leutnant musterte Frank intensiv, der den Blick ähnlich entschieden erwiderte.

»Sie mögen die Polizei nicht besonders?«

»Das sehen Sie in meinem Blick? Gehört meine Einstellung gegenüber dem Staat und seinen Organen zu Ihren Ermittlungen?«

»Besten Dank, Signor Gatow, dass Sie meine Frage so offen beantworten. Nein, das tut sie nicht. Ich komme nur darauf, weil Sie einige unerfreuliche Erfahrungen gemacht haben, wie ich den Akten entnahm.«

Akten? Das musste sich auf die im Polizeicomputer gespeicherten Daten im Fall Massimo Vanzetti beziehen, schloss Frank.

»Um es vorneweg zu sagen: Ich habe mich auch mit einem Kollegen beraten, einem aus Florenz, Commissario Rionero, er kennt Sie gut. Sie erinnern sich?«

»Leider zu gut, der Fall kostete mich beinahe das Leben. Wenn meine Frau nicht gewesen wäre … und Rionero, dann …« Er beendete den Satz nicht und nahm sich vor, den Commissario am Abend anzurufen, um zu erfahren, was der Leutnant hatte wissen wollen und wie das Gespräch verlaufen war.

»Der Capitano meinte, man könne sich auf Sie verlassen«, fuhr der Tenente fort, »Sie, Signor Gatow, seien zuverlässig, Ihre Aussagen entsprächen der Wahrheit, Sie würden kooperieren. Das sind gute Voraussetzungen.«

»Bei Letzterem kommt es grundsätzlich auf das Gegenüber an, meinen Sie nicht auch, *tenente*?«

»Da bin ich ganz Ihrer Meinung«, sagte er, verbindlich lächelnd. Dahinter aber schimmerte die berufliche Härte durch. »Sie scheinen uns gegenüber nicht besonders vertrauensvoll zu sein. Woran mag das liegen?«

»Wenn Sie die Arbeit Ihrer Einheit, der Polizei generell mal kritisch hinterfragen, kämen Sie von selbst auf die Antwort. Aber ich sag's Ihnen gern: Man weiß nicht, wem Sie verpflichtet sind, wem Sie die erhaltenen Informationen weitergeben und was Sie sonst damit anstellen.« Wenn der

Leutnant die entsprechenden Informationen an höhere Stellen weitergab, wenn dieser Vorgesetzte möglicherweise mit Leiterer in Verbindung stand, war das letztlich förderlich für Gessos Karriere und sein Einkommen. Dass er persönlich Leiterer kannte, hielt Frank für wenig wahrscheinlich, auch nicht der direkte Vorgesetzte, aber dessen Chef sicherlich. Noch gab die Politik die Richtung vor. Doch es war wenig sinnvoll, diese Gedanken frei zu äußern. Allgemein zu formulieren schien Frank angebrachter.

»Nach Ihnen, Tenente, kommt der Staatsanwalt, der wieder ist der Politik gegenüber verpflichtet. In den Fall Kannegießer ist möglicherweise ein Politiker involviert. In welchem Maß, das …«

»Dazu kommen wir noch.« Gesso erklärte, dass er von seinen Kollegen informiert worden sei, mit denen Frank auf dem Reiterhof am Montiggler See gesprochen habe. Er müsse die gleichen Fragen erneut stellen, um sie dann zu strukturieren und ein Bild zu gewinnen. Schließlich handele es sich bei dem, was er behaupte, nämlich Mord, um einen der schwerwiegendsten Vorwürfe überhaupt.

Frank war mehr denn je überzeugt, dass beide Todesfälle, Theresas und der ihres Vaters, keine Unfälle waren, erst recht nach den Gesprächen auf der Reise mit Hella und Marco.

»Bevor wir beginnen, noch eine Frage: Espresso, Latte macchiato oder Cappuccino?«

»Das hört sich beinahe an wie die Frage nach dem letzten Wunsch vor der Hinrichtung.« War der Tenente einfach nur freundlich, oder wollte er bewusst für gutes Wetter und eine leichtere Zunge sorgen? »Ich entscheide mich für Crema, wenn's den denn gibt, sonst lieber einen doppelten Espresso.«

Den Cappuccino für den Kollegen brachte Gesso im Pappbecher, die zwei Espresso in Gläsern. »Nicht, dass Sie glauben, wir würden das immer so halten«, meinte Gesso, schaltete ein Aufnahmegerät ein, legte Block und Kugelschreiber zurecht und lehnte sich zurück. »Was genau fotografieren Sie hier eigentlich?«

Mit dieser Frage hatte Frank am allerwenigsten gerechnet. Über das, was die Menschen tun, reden sie am liebsten. Also war die Frage als Türöffner gedacht, um ihn zum Reden zu bringen. Wenn er den Polizisten von seinem Anliegen überzeugen würde, könnte er sich aus der Sache zurückziehen. Also spielte er mit.

»Es würde zu weit führen, Ihnen das Konzept meines Buches zu erläutern. Ich gehe vom Wein aus, fotografiere Rebsorten, mache optische Unterschiede deutlich, zeige Moränenböden, Dolomitgestein, Geröll, Schotter sowie Kiesel, Sand und Lehm. Ich versuche, soweit ich es selbst verstehe, die innere Geologie deutlich zu machen, also Quarz und Glimmer abzubilden, Schiefer und Gneis, weißlichen Kalk und rötlichen Porphyr, stelle die Reben dazu, ihre Stadien in den Jahreszeiten, die dazugehörige Umgebung, die fürs Kleinklima sorgt. Dann kommen die Menschen, die den Boden bearbeiten und den Wein kultivieren, ihre Handgriffe und Techniken, die Maschinen, mit denen sie es tun. Ich versuche, die Welt zu transportieren, die letztlich auf dem Tisch endet, wo das Glas mit dem goldfarbenen oder purpurroten Wein neben dem Teller mit den passenden Speisen steht.«

»Und wie fangen Sie die Düfte optisch ein?«

»Indem ich den Wein im Glas oder der Flasche zeige und entsprechende Blumen, Früchte oder Essenzen drum herum arrangiere beziehungsweise den Wein in dieses Umfeld stelle.«

»Eine angenehme Arbeit, eine schönere als meine auf jeden Fall. Das macht sicher Freude.«

»*Così così.*« Frank hob wedelnd die Hand. »Einerseits

und andererseits, es macht Freude, bringt aber wenig ein.«

»Ihnen scheint es doch recht gut zu gehen, dem Wagen nach zu urteilen, den Sie fahren …«

»Ich fahre gern schnell, der Wagen gehört meiner Frau …«

»… die ja wohl recht erfolgreich ein Weingut betreibt.«

»Was wissen Sie eigentlich nicht von mir?«

»Alles das, was Sie mir jetzt sagen werden.«

Frank holte weit aus, er begann mit seiner Bekanntschaft mit Kannegießer, sprach von seiner Ankunft in Südtirol, der selbst gestellten Aufgabe und dem ersten zufälligen Treffen mit Theresa Kannegießer. »Er ist beim Tauchen ertrunken – angeblich. So hat sie es wortwörtlich formuliert. Es war dieser Satz, der mich alarmierte, dieses ›angeblich‹ blieb hängen, dieses eine Wort und wie sie es betont hat, verzweifelt, mutlos, so, als würde sie niemals mit einer Aufklärung rechnen.«

Dann kam Frank auf Ravelli zu sprechen. Er berichtete vom Kaffeetrinken mit der *mini-cavaletta*, der Mini-Heuschrecke, dann habe er auf Kannegießers Weingut den Verwalter, Oskar Bauer, getroffen, dort ein Gespräch mit der Witwe Claudia mit angehört und sei mit ihr fast aneinandergeraten. Loretta Leiterer, Kannegießers erste Frau und jetzige Gattin des SVP-Abgeordneten Leiterer habe ebenfalls versucht, in dem Sinne auf ihn einzuwirken, Theresa von ihrer Behauptung abzubringen, und sie als unfähig und neurotisch dargestellt. »Ob es sich bei dem Zusammentreffen in Tramin tatsächlich um einen Zufall gehandelt hat, oder ob Signora Leiterer mich abgepasst hat, ist unklar.« Schließlich habe sie ihn zur Party am vergangenen Samstag eingeladen. Der Herr Abgeordnete habe sich in keiner Weise zum Fall direkt geäußert, was man von Politikern gewohnt sei, stattdessen habe er einen interessanten Vortrag über

Tirols Geschichte bis zum Zweiten Weltkrieg gehalten, durchaus spannend und für Frank neu. Kannegießers nicht verheiratete Tochter Barbara und Freundin des bereits erwähnten Ravelli, Pietro, habe verärgert darauf reagiert, dass Frank auf Theresas »aus der Luft gegriffene Behauptung«, wie sie meinte, ernsthaft eingegangen sei.

»Übrigens ist sie die Einzige, die das Hobby ihres Vaters teilt. Sie kann tauchen, war aber zur fraglichen Zeit hier, das sagte mir Theresa. Sie sei auch nie auf Los Roques gewesen, diesem Archipel vor Venezuela. Dann gibt es noch die große Schwester Anette, sie ist mit dem Winzer Förster verheiratet. Wie alle anderen ließ auch sie kein gutes Haar an ihrer Halbschwester.« Sie selbst hielt sich für prädestiniert, das Weingut weiterzuführen, es mit dem Betrieb ihres Mannes zusammenzulegen. Das wäre immerhin ein bedeutender Wertzuwachs von zweiundzwanzig Millionen, allein die Weinberge. »Darum geht es allen, um diese zweiundzwanzig Millionen. Da sind sie alle hinterher.«

»Das wird doch jemanden wie Sie nicht verwundern?«

»Nein, keineswegs. Aber erlauben Sie mir eine Frage, *tenente*?«

»Das, was Sie fragen, kann auch für uns hilfreich sein.«

»Nur, wenn Sie an ehrlicher Aufklärung interessiert sind.«

»Ich begreife tagtäglich mehr, welche Schäden die italienische Regierung in den Köpfen der Menschen anrichtet. Aber fragen Sie!«

»Haben Sie an Theresa eine Autopsie vorgenommen?«

»Die hat der Pathologe im Bozener Hospital vorgenommen, im Rahmen des Beweissicherungsverfahrens.«

»Und was hat die Autopsie ergeben?«

»Signor Gatow, Ihr Engagement bei der Aufklärung des Falles Vanzetti und der damaligen Morde in der Toskana in Ehren. Aber hier und heute sind Sie lediglich ein möglicher

Zeuge, und wir entscheiden, ob wir Ermittlungen aufnehmen.«

Der Tenente musste das sagen, ihr Gespräch wurde aufgezeichnet, das digitale Aufnahmegerät stand sichtbar auf dem Tisch. Frank würde die Frage vor der Tür des Büros beim Hinausgehen wiederholen.

»Nächste Frage: Hat man Theresas Mobiltelefon gefunden? Nein? Dennoch müssten Sie feststellen können, mit wem sie zuletzt gesprochen hat, wer sie in der Nacht zum Reitplatz bestellt beziehungsweise über den Zustand ihres Pferdes informiert hat.«

»Signor Gatow, das sind Annahmen, und wie ich bereits sagte …«

Frank ließ sich nicht beirren. »Es muss jemand gewesen sein, der wusste, wie sie auf die Nachricht reagieren wird.«

»Signor Gatow, ich wiederhole, die Fragen stellen wir …«

»Es müsste zu klären sein, auch wenn ihr Mobiltelefon fehlt oder zerstört wurde, wer sie angerufen hat.«

Seine Hartnäckigkeit ließ den Tenente schmunzeln, was Frank die im Grunde ihm gegenüber positive Einstellung zeigte. Damit war viel gewonnen. Und was er sagte, hatte der Tonträger aufgezeichnet.

»Die Telefonüberwachung gehört in jedem Fall zur Routine, wenn ein Anfangsverdacht vorliegt.«

»Und – wie ist es damit?«

Der Carabiniere ging nicht darauf ein. »Bei Ihrem Interesse an schwierigen Fällen haben Sie sicher von *untraceable calls* gehört, also von Anrufen, deren Quelle nicht identifizierbar ist.«

»Meinen Sie Verschlüsselungsmethoden mittels Wi-Fi Protected Access?«

»Mich würde viel mehr interessieren, wo das Pferd ist, Ricardo heißt das Tier, soweit ich weiß.«

Frank tat erstaunt. »Wie? Das Pferd ist weg? Ich denke,

es ist in seinem Stall oder wurde zum Abdecker gebracht, so wie die Kannegießer sich aufgeführt hat.«

»Sie wissen nicht, wo das Pferd sich befindet?«

Jetzt kam zum anfänglichen Erstaunen echte Empörung dazu. »Woher soll gerade ich das wissen? So ein großes Tier müsste doch zu finden sein, ich habe gehört, die hätten alle einen Chip zur Erkennung unter der Haut. Für mich sehen die alle gleich aus, egal, ob schwarz, weiß oder braun. Außerdem habe ich Angst vor den Viechern. Nun gut, Ricardo schien mir friedlich zu sein, ich habe ihn dreimal erlebt, einmal beim Training und im Stall und dann beim Wolkenstein-Ritt. Ricardo wurde gestohlen, wie im Wilden Westen? Da wurden Pferdediebe gehängt …«

Es war dem Tenente anzusehen, dass er Franks Ausführungen wenig Glauben schenkte. Frank musste nachlegen. »Um offen zu sein – das Pferd muss aufgeputscht gewesen sein, sonst wäre es nie auf Theresa losgegangen. Ob man ihr nur einen Denkzettel verpassen oder sie endgültig zum Schweigen bringen wollte? Ich halte Letzteres für wahrscheinlicher. An Warnungen hat es vorab nicht gefehlt. Der Tierarzt, Dottore Cassignano, hält es für ausgeschlossen, dass Ricardo, den er seit Jahren betreut, auf seine Reiterin losging, außer, er wurde unter Drogen gesetzt.«

»Verstehen Sie etwas von Pferden?«

»Weniger als nichts. Sie sind zu groß, beißen, treten und fressen viel, ein teures Hobby. Aber es wundert mich doch, dass das Pferd verschwunden ist. Es wäre ein Beweismittel, man müsste im Blut oder im Urin feststellen, ob ihm irgendwelche Medikamente verabreicht wurden. Ich war lange dort, habe es anfangs total aufgeregt erlebt und war Zeuge, wie es sich nach Stunden beruhigte. Sprechen Sie mit dem Veterinario, er wird es Ihnen bestätigen.«

Von der Blutprobe sagte Frank nichts, das würde er dem Tierarzt überlassen. Er hatte ihn auch bei der Blutabnahme fotografiert. Waren Tierärzte eigentlich dem Eid des Hippokrates oder einer Schweigepflicht unterworfen? Wahrscheinlich nicht. Frank jedenfalls schwieg auch darüber, dass sie am Morgen nach der Ankunft in Gaiole vom dortigen Tierarzt eine zweite Probe hatten nehmen lassen. Mit Vernebelung würden die Täter nicht durchkommen.

Die nächste Frage des Tenente machte Frank sein Dilemma deutlich.

»Wieso engagieren Sie sich derart in dieser Sache, Signor Gatow? Sie sind oder waren weder mit der jungen Frau befreundet, noch standen Sie dem Vater wirklich nahe, soweit wir wissen und wie Sie selbst bestätigen.«

Also hatten sie bereits ermittelt? Das war gut, mehr wollte Frank nicht. Er berichtete von seinen anfänglichen Zweifeln an Theresas Vermutung, aber als dann sämtliche Familienmitglieder, sozusagen der Reihe nach, auf ihn zugekommen waren und ihn hatten überzeugen wollen, dass Theresas Behauptung Hirngespinste seien, sei er immer misstrauischer geworden. Dann seien die Ansprüche auf das Weingut formuliert worden, und alle hätten einhellig Theresa vom Erbe ausgeschlossen. Es gäbe ein Testament, aber das sei noch nicht aufgetaucht.

»Es würde mich nicht wundern, wenn es jetzt, wo Theresa nicht mehr lebt, aus irgendeinem Schreibtisch hervorgezaubert wird. Zufällig, verstehen Sie? Theresa war außer ihrem Vater die Einzige, die aktiv Weinbau betrieb. Ihr Bruder lernt noch, hat aber irgendwo ein Stück Land zum Experimentieren. Aber das Wichtigste kommt jetzt. Vielleicht wissen Sie, was Schuld ist?«

Gesso wandte den Kopf zur Seite, als wolle er jemandem ausweichen, an dessen Verstand er zweifelte.

»Ich betrachte mich nicht als Christen«, sagte Frank, »ich wurde aber christlich erzogen in einer christlichen Umwelt, umgeben von Christen. Meine Frau ist katholisch. Und ein wichtiger Begriff dieser Welt ist die Schuld, entstanden aus der Sünde und gefolgt von der Sühne. Sünde lasse ich mal weg, ich beginne mit der Schuld. Die habe ich auf mich geladen, als ich Theresa meine Hilfe beziehungsweise die eines spanisch sprechenden Freundes anbot.«

»Das hört sich für mich nicht schlüssig an.«

»Ich hätte ihr helfen, aber darüber Stillschweigen bewahren müssen, Signor Gesso. Theresa wird es weitererzählt haben, wird aufgetrumpft haben, nach dem Motto, dass es jetzt dem Mörder ihres Vaters an den Kragen gehe. Dann habe ich den zweiten Fehler begangen, es Anette Kannegießer gegenüber zu erwähnen. Also sollten wir davon ausgehen, dass jetzt die gesamte Familie davon weiß. Und dann wurde Theresa mittels des Pferdes zum Schweigen gebracht.«

»Gehe ich recht in der Annahme, dass Sie den oder die Täter in diesem Kreis vermuten?«

»Nein und ja, im ersten Fall nein, im zweiten ja.«

»Das klingt mir zu wirr. Wie soll ich das verstehen? Zuerst jedoch wüsste ich gern, welche Art von Hilfe dieser spanisch sprechende Freund leisten soll.«

»Die Venezolaner werden Passagierlisten mit den Namen derer haben, die in der fraglichen Zeit nach Los Roques flogen und kurz nach Kannegießers Tod abreisten. Die muss man sich anschauen. Dann die Listen derer, die bei der Tauchschule in derselben Gruppe waren.«

»Wie heißt der spanisch sprechende Freund, der Ihnen hilft?«

»Das sage ich nicht, *tenente*. Meine Quellen bleiben einstweilen ungenannt. Das können Sie gern zu Protokoll nehmen.«

»Wie soll ich das verstehen?« Zum ersten Mal wirkte der Carabiniere irritiert und schien unsicher, wie er weiter vorgehen sollte.

Frank baute die Brücke. »Sie bekommen die Passagierlisten sofort, nachdem ich sie erhalten und geprüft habe.« Den Blick, der ihn jetzt traf, konnte er nur als feindselig betrachten.

»Wie weit liegt dieser Archipel vor der Küste?«, fragte Gesso und loggte sich gleichzeitig ins Internet ein. Die Antwort gab er sich rasch selbst. »Hundertsiebzig Kilometer von Caracas entfernt. Da hätte auch jemand ein Segelboot nehmen können. Die Insel La Orchila liegt nur fünfundvierzig Kilometer entfernt, das scheint allerdings militärisches Sperrgebiet zu sein.«

»Bei dem heute in Venezuela herrschenden Chaos bedeutet das nichts. Sie folgern, dass jemand von dort gekommen sein könnte?«

Gesso antwortete nicht, vielmehr bestand er auf der Klärung, was es mit dem Nein und Ja, im ersten und zweiten Falle auf sich habe.

»Das ist ganz einfach. Auf Los Roques kann es niemand aus dem Familienkreis gewesen sein – im Reitstall sehr wohl. Als der Vater an Herzversagen starb, befand er sich angeblich unter Wasser. Wenn es einen Angriff gab, dann nur von jemandem, der ihm als Taucher überlegen war, oder die Sauerstoffflasche war manipuliert. Die ist leider unauffindbar. Für das Verabreichen von Aufputsch- oder Dopingmitteln braucht man nur etwas ins Futter zu mischen. Bei Ricardo kann ein Kind die Box betreten, der freut sich über jeden Besuch.«

»Ja, das haben wir gesehen.«

Er hatte den Wagen in der Via Marconi zurückgelassen, denn die Dantestraße, wo sich das Hauptquartier der Carabinieri befand, war Einbahnstraße. Er hätte einen riesigen Bogen fahren müssen, wäre zu spät gekommen und hätte wieder das Siegesdenkmal passieren müssen, was ihn stets ärgerte. Es sollte noch einen ähnlichen Schandfleck geben, ein monumentales Mussolini-Relief an der Frontseite des Finanzamtes am Gerichtsplatz. Die Reiterstatue Mussolinis war glücklicherweise dem Dynamit zum Opfer gefallen. Aber so zu denken, war verboten.

Frank setzte sich hinters Steuer und starrte durch die Frontscheibe auf den Feierabendverkehr. Er wurde nicht schlau aus diesem Gesso. Hatte er ihn überzeugt? War der Carabiniere ein guter Kriminalist? Das stellte sich immer erst im Nachhinein heraus. Hatte er eine Nase, ein Gespür für Verbrechen? Hielt Gesso ihn und damit auch Theresa für Spinner? Er hatte sich brav alles angehört und nur Bedenken oder Unglauben gezeigt, als Frank sich geweigert hatte, Henry Meyenbeekers Namen zu nennen, und behauptet hatte, nichts vom Verbleib des Pferdes zu wissen. Er lächelte bei dem Gedanken, wie schnell die jungen Leute bereit gewesen waren, Ricardo in Sicherheit zu bringen. Er hatte es geschafft, ihre beiden Namen aus der Befragung herauszuhalten, denn einem Verhör hielten sie sicher nicht stand.

»Du kannst sicher sein, dass die Ermittlungsbehörden irgendwann auf die Mädels kommen«, sagte Marcella beim Auspacken der Lebensmittel, die sie für dieses Abendessen eingekauft hatte. Es würde allemal auch für Carl Breitenbach reichen, der sich ebenfalls angemeldet hatte. Es gab weder Ochsenragout mit Kräuterspatzeln noch Zanderfilet mit Berglinsen – Marcella bereitete vielmehr Pappardelle all'aretina, Bandnudeln mit Ente zu. Anderthalb bis zwei Stunden würde sie benötigen. Zwei Weine der Kellerei Girlan hatte sie mitgebracht, einen weißen Pinot Grigio als Kochwein und passend zur Vorspeise aus gebratenem Gemüse, den sie bereits jetzt öffnete, wie auch den Cabernet Sauvignon, der die Ente begleiten sollte.

Marcella breitete alle Zutaten vor sich auf dem Küchentisch aus: die Ente, dann die Nudelnester der Pappardelle, eine Karotte, Bleichsellerie, Speck, Petersilie, Salbeiblättchen, je einen Zweig Rosmarin und Thymian. Lorbeerblätter sowie Olivenöl und auch Salz und Pfeffer fanden sich selbstverständlich in Matteos Küche, die eigentlich Marcellas Reich war. Alles war so appetitlich arrangiert, als bereite sie eine Aufnahme Matteos vor, und man bekam Lust, damit zu hantieren. Aber Frank schaute ihr lieber dabei zu, es gefiel ihm, wie präzise sie mit ihren schlanken Händen zugriff und etwas beiseiteschob, wie elegant sie sich dabei bewegte, als sei sie selbst Teil des Arrangements, und er sah ihr die Freude an, mit der sie ans Werk ging. Das war es, was ihn erneut verunsicherte. Er war sich seiner selbst nicht sicher, es war ein ungeheurer Reiz, und es machte ihm Spaß. Spürte sie nicht, wie er sie insgeheim bewunderte, vielleicht sogar ein wenig mehr?

»Eine der drei Amazonen wird auf jeden Fall reden, die Mädels halten keinesfalls dicht. Stell dich darauf ein.« Mit diesen Worten unterbrach Marcella Franks gefährliche Gedankenspiele. »Vor allem, wenn sie glauben, etwas Gutes getan zu haben, nämlich ein Pferd vor der Schlachtung zu retten. Sie sind Reiterinnen, die für ihre Pferde wahrscheinlich vieles opfern.« Mit einem großen Messer und sicherem Auge machte sie sich daran, die Ente zu zerteilen.

»Das Pferd wird verschont«, sagte Frank, von Zweifeln unterschiedlichster Art geplagt, »die Ente hat dran glauben müssen.«

»Du klingst betrübt, du scheinst besorgt zu sein«, sagte Marcella, in einer Hand das Messer, in der anderen die zweite Hälfte des Vogels, »aber nicht wegen der Ente.«

»Mich lässt es nicht los, inwieweit ich die Verantwortung an Theresas Unglück trage. Ich hätte den Mund halten und im Stillen handeln sollen.«

Marcella hatte von dem Vorfall am Montiggler See im

Radio gehört, und auch in der Zeitung war ein entsprechender Bericht samt Foto erschienen. Verständlicherweise ging ihr der Tod der jungen Frau kaum nahe, Theresa war für sie eine Fremde, Theresa war nur ein Name, ein Wort, dahinter stand keine lebendige Person, nicht einmal ein Bild. Das änderte sich in dem Moment, in dem Frank sein Laptop hochfuhr und ihr die Fotos zeigte, zuerst die vom Ritt, dann die vom Pferd und der blutigen Box, von Marco und Hella, zuletzt die von der Mutter Claudia Kannegießer und dem Commissario.

»Totgetrampelt?«, war das Einzige, was Marcella dazu über die Lippen kam. Nachdenklich schob sie die Zutaten fürs Essen über den Tisch. »Wer hat ihr einen derart brutalen Tod zugedacht?«, fragte sie schockiert. »Und dazu noch durch ihr eigenes Tier. Es muss ein Mensch sein, der sie zutiefst hasste. Sie hätte auch für ihr Leben gezeichnet bleiben können.«

Dass der Tierarzt dem Pferd eine Blutprobe entnommen hatte, erschien ihr unverzichtbar, Frank hätte einen guten Beweis in Händen, falls der Test positiv wäre, sie hielt Franks Verhalten rundweg für richtig. Dass die Carabinieri nach dem Tier suchen würden, glaubte sie nicht. »Die machen sich nicht die Arbeit, wenn sie überhaupt ermitteln. Ich halte es für zweifelhaft, dass es zu Ergebnissen kommt. Dann ist dieser Leiterer involviert, bei Politikern sind sie sehr vorsichtig, ein Fehler, und es kostet sie die Karriere, oder sie werden versetzt, *al culo del mondo*«, wie sie meinte, an den Arsch der Welt. Außerdem sei es sowieso fraglich, ob mit den Passagierlisten etwas anzufangen sei, denn wonach sollte man suchen, nach welchem Namen?

Frank hatte eine Idee, er wüsste, wen er fragen sollte, wer ihn voranbringen würde … In diesem Moment schellte die Klingel, das musste Carl Breitenbach sein. Frank war erleichtert, dass der Freund die Einladung angenommen hatte, denn seine Gegenwart würde die Spannung abbauen, die sich zwischen ihm und Marcella wieder aufgebaut hatte. Es würde nicht zu einer intimen oder vertraulichen Situation kommen, vor der Frank sich fürchtete. Im Stillen redete er sich auch damit heraus, dass er nicht wusste, wie Marcella ihn betrachtete, aber eine Frau, der man gleichgültig war oder die mit einer liebenswürdigen Bekanntschaft zufrieden war, blickte einem nicht auf diese Weise lächelnd tief und lange in die Augen.

Nach der Begrüßung nahm Frank die beiden Weinflaschen entgegen, die Carl Breitenbach mitgebracht hatte. Es waren ein junger Weißburgunder und ein gereifter Lagrein Riserva namens Tor di Lupo, benannt nach der Lage nahe der Burg Wolfsthurn am westlichen Hang des Etschtals oberhalb von Bozen. Der Übersetzer hatte seinen freien Nachmittag für einen Ausflug genutzt und war in der Genossenschaftskellerei von Andrian hängen geblieben.

Da Carls Italienisch grauenvoll war, wurde die Unterhaltung auf Deutsch fortgesetzt. Für Carl waren die jüngsten Ereignisse um Werner und Theresa Kannegießer neu, er befände sich sowieso in seinem intellektuellen Elfenbeinturm, wie er sagte, und bekäme wenig mit, was er unbedingt ändern müsse. Als er fürs Wochenende einen Ausflug in die Dolomiten vorschlug, winkte Frank ab. Auf gefährlichen Pfaden herumzukraxeln, wäre nichts für sein Gemüt.

»Du beschäftigst dich also lieber mit der Lösung komplizierter Mordfälle?«, frotzelte Carl. »Das ist weit gefährlicher, vor allem, wenn man die Interessen der Beteiligten nicht kennt und raten muss, wer mit wem verbündet ist. Hier hast du den gesamten Clan gegen dich.«

»… der untereinander vollkommen zerstritten ist und in dem niemand dem anderen nichts gönnt. Das macht es leichter. Aber du hast recht, ich muss mich mehr mit ihnen beschäftigen oder versuchen, sie gegeneinander auszuspielen.«

»Der Dumme bist letztlich du!« Marcella war so weit, die Ententeile in den Ofen zu schieben. »Ich frage mich sowieso, weshalb du dich in diesen Fall verbeißt.«

Das klang für Frank nach einem Vorwurf. Wieso musste man sich entschuldigen, wenn man sich für andere engagierte? Er verstand es nicht, und seine beiden Gäste verstanden ihn nicht. Also wiederholte er das, war er bereits dem Carabiniere gesagt hatte. Auf der Party hatte er noch mit Anettes Wunsch nach Aufklärung gerechnet. Und in Bezug auf Theresa warf er sich vor, sie nicht zum Schweigen vergattert zu haben. Er hätte sie warnen müssen. »Besonders bei dieser Familie. Aber jetzt sind die Carabinieri dafür zuständig.«

»Könnte es sein, dass du dich rausredest? Und vergiss nicht, dass die Carabinieri Italiener sind, die hierher versetzt wurden«, unkte Marcella. »Es sind Fremde, die stammen nicht von hier. Also werden sie bei den Südtirolern auf taube Ohren und verschlossene Münder treffen.«

14. Kapitel

Carl Breitenbach verstand sehr wohl, wieso die beiden Volksgruppen derartige Vorbehalte gegeneinander hegten. Als Übersetzer englischsprachiger Literatur kannte er das gespannte Verhältnis zwischen Engländern einerseits und Walisern wie Schotten auf der anderen Seite, die Iren waren besonders radikal, die Engländer galten ihnen seit dem 14. Jahrhundert als Besatzer. Und noch heute flogen Steine und Gummigeschosse. Carl sah das Problem in der willkürlichen Grenzziehung der Sieger nach den Kriegen und der Diskriminierung der einheimischen Bevölkerung. Er wisse zwar davon, dass Südtirol nach dem Ersten Weltkrieg Italien sozusagen als Kriegsbeute zugeschlagen worden war, aber dass die Ressentiments bis heute gepflegt würden, hielt er für albern.

»Albern?«, empörte sich Marcella, sehr zu Franks Erstaunen. »Das mag ein Außenstehender so sehen, doch den Vorbehalten liegen tiefe Ursachen zugrunde.« Als Tochter eingewanderter Italiener und hier geboren, musste sie sich in erster Linie als Italienerin fühlen, deshalb war es umso erstaunlicher, was sie sagte. »Wir Italiener, schließlich gehöre ich dazu, haben hier schlimm gewütet. In der faschistischen Ära wurde allen, die das Land in Richtung des Großdeutschen Reiches verlassen wollten, die italienische Staatsbürgerschaft aberkannt, und allen, die bleiben wollten, drohte man mit Zwangsumsiedlung in den Mezzogiorno, was hier gleichbedeutend mit Chaos, Korruption und Rückständigkeit gesehen wurde. Heute nennt man das ethnische Säuberung. Und als es mit der Ausreise, mit Entschädigungen und dem tausendjährigen Reich nicht klappte, als der Krieg verloren war und die Männer, bis auf die Toten, auf Krücken zurückkamen, war die Bevölkerung geteilt. Die Hiergebliebenen, vorher als Verräter am Deutschtum beschimpft, feindeten diejenigen als Nazis an, die weggegangen waren, und die Kriegsheimkehrer. Da waren auch die materielle Not und der gegenseitige Hass sehr groß.«

»War es nicht im Gespräch, Südtirol wieder Österreich zuzuschlagen?« Frank hatte sich nach Leiterers Ausführungen bei der Party eigentlich darüber informieren wollen, war aber wegen Theresas Tod kaum zum Lesen gekommen.

»So war es nach dem Zweiten Weltkrieg gedacht. Aber den Briten lag mehr an einem guten Verhältnis mit Italien als mit Österreich, und sie meinten, weil das Alpenland von den Sowjets besetzt war, würde man ihnen mit den Südtiroler Kraftwerken zu viel Macht übereignen.«

»Und was hielten die Österreicher und die Südtiroler Bevölkerung davon?«, fragte Carl.

Marcella wirkte amüsiert. »Nimm es mir nicht übel, eine solche Frage kann man nur aus heutiger Sicht stellen. Damals interessierte das niemanden.« Österreich hätte den Krieg mitverloren. Und Südtirol sei von italienischer Carabinieri, vom italienischen Militär und italienischen Beamten quasi besetzt gewesen. Anders als in Deutschland hätte es in Italien keine Entnazifizierung beziehungsweise Entfernung der Gefolgsleute Mussolinis gegeben, wie Marcella erklärte. Doch hätten die Alliierten es als notwendig erachtet, die italienische Regierung zu zwingen, die österreichische Mehrheit in Südtirol anständig zu behandeln. Danach sei es wegen einer Autonomie zu Verhandlungen zwischen

Italien und Österreich gekommen. Fünfunddreißigtausend Demonstranten hätten sich auf Schloss Sigmundskron versammelt – ehemals eine Sammelstelle für Juden auf dem Weg in die Vernichtungslager des Ostens –, um gegen die Scheinautonomie zu protestieren, die nach Kriegsende vereinbart worden war. Jahrzehnte sei ergebnislos verhandelt worden, schließlich trat die Frage in den Vordergrund, ob man für Autonomie optierte oder für Selbstbestimmung.

Frank erinnerte sich dunkel daran, dass seine Eltern, als er in Turin lebte, von Bombenanschlägen gesprochen hatten. Angeblich sollten Faschisten aus Deutschland und Österreich dahintergestanden haben.

»Ja, diese Gerüchte halten sich hartnäckig.« Marcella war da anderer Meinung. »Die Bombenleger der sogenannten Feuernacht, siebenunddreißig Hochspannungsmasten haben sie in einer Nacht gesprengt, waren normale Leute: Bauern, Handwerker, Angestellte, wie sich herausstellte. Alle wurden gefasst. Viele wurden misshandelt, gefoltert, einige starben.« Später erst seien Neonazis aufgetaucht sowie fremde Geheimdienste, dann sei es zu ausländischer Einmischung gekommen und zu Toten.

Danach sei Südtirol wieder militärisch besetzt worden, Soldaten und Carabinieri hätten gewütet, Hausdurchsuchungen und Verhaftungen seien normal gewesen, Folter von Gefangenen an der Tagesordnung. »Das ergibt ein anderes Bild vom schönen Italien, wo die Zitronen blühen, aber nicht eine dieser Taten wurde bestraft. Für die Täter gab's 'ne Amnestie. Ereignisse diesen Ausmaßes, glaub mir, graben sich tief ins Gedächtnis ein.«

»Wie konnte es unter diesen Umständen zu einer so entspannten Situation wie heute kommen? Mein Eindruck ist, dass beide Volksgruppen recht friedlich zusammenleben.« Carl äußerte die Ansicht, dass nach einer so harten Repressionswelle kaum Kompromisse möglich seien.

Klugerweise habe die italienische Regierung damals deeskalierend gewirkt, wie Marcella meinte, und für abgemilderte Urteile für die Bombenleger plädiert. Das sei möglich gewesen, weil die Angeklagten vor Gericht ihren Verteidigern gefolgt seien und die Forderung nach Selbstbestimmung, also nach Trennung von Italien aufgaben und behaupteten, sie seien für eine Autonomie unter Verbleib bei Italien eingetreten.

»Man muss wissen, dass seit Kriegsende über die Rechte der Südtiroler verhandelt wurde, und erst 1969, einundzwanzig Jahre, nachdem die Forderungen aufgestellt worden waren, waren sie so weit ausformuliert, dass sie auch von der hiesigen SVP akzeptiert werden konnten.«

Marcella stand vom Küchentisch auf und sah nach der Ente im Ofen, Frank holte derweil ein Buch des Innsbrucker Professors Dr. Rolf Steininger mit dem Titel »Südtirol« von seinem Nachttisch.

»Er schreibt hier, dass Rom andererseits immer wieder die Umsetzung der Autonomie hinausgezögert hätte, und dann hätte es ewig gedauert, die Bestimmungen für ihre Durchsetzung zu formulieren.«

Für Marcella zeugte es von großem Vertrauen der Südtiroler in ihre Führung. »Sie waren von allen öffentlichen Ämtern ausgeschlossen, hatten ihre Namen und die ihrer Dörfer ändern müssen, die Sprache war verboten, ihre Feiertage waren abgeschafft, dümmer konnte man gar nicht vorgehen. Kein Wunder, dass sie erneut die Geduld verloren. Wieder kam es zu Bombenanschlägen, und die Forderung nach Selbstbestimmung wurde erneut laut. Das war die Zeit, in der ich begann, diese Ereignisse bewusst wahrzunehmen. Ich weiß noch, dass in der italienischen Gemeinde die Befürchtung bestand, die führende Stellung zu verlieren, denn im Tourismus und in der Landwirtschaft waren die Südtiroler erfolgreich, ihnen ging es viel besser als uns in der

Stadt. Für uns gab's nur Fabrikarbeitsplätze und Beamtenjobs. Das führte dann zum Wahlerfolg der Neofaschisten. Ich habe nie erlebt, dass zwei Bevölkerungsgruppen so wenig voneinander wussten …«

Carl lachte auf: »Dann sieh dir mal in Deutschland das Zusammenleben zwischen Ost und West an oder das Nebenher von Deutschen und Türken. Distanzierter geht es nicht. Die interessieren sich einfach nicht füreinander. – Mich interessiert jetzt aber mehr der Vogel hier in der Röhre, der Duft macht hungrig, von Politik wird man nicht satt, hat aber schnell genug davon.«

»Und mich interessiert, wer mich abends anruft.« Frank fürchtete, dass es Antonia war, und hoffte, dass sich der Tierarzt endlich meldete. Seine Hoffnung wurde erfüllt, Cassignano hatte die Ergebnisse vom Bluttest des Pferdes.

»Der Kollege vom Tierseucheninstitut, der die Probe untersucht hat, ist ziemlich neugierig geworden. Nur weil er mich kennt, konnte ich ihn beruhigen. Es hat mich alle Überredungskunst gekostet, dass er keine Meldung macht. Er vermutete anfangs, dass Ricardo vor dem Wolkenstein-Ritt gedopt worden sei und nicht danach, ziemlich dilettantisch sei man vorgegangen, wie er meinte. Er hat vier verbotene Substanzen gefunden, stehen alle auf der Verbotsliste. Normalerweise nimmt man nur ein Mittel oder kombiniert zwei, aber dieser Cocktail sei neu für ihn gewesen. Er wundere sich immer wieder, was sich die Reiter einfallen ließen, um ihren Ehrgeiz zu befriedigen. Auch hält er es für ein Wunder, dass Ricardo nicht vor Aufregung kollabiert ist, wobei ein Teil der Dosis bereits abgebaut war. Er muss eine super Kondition haben.«

»Da haben wir beziehungsweise hat Ricardo Glück gehabt.«

»Er ist in Sicherheit?«

»Bei guten Freunden. Sie haben dem Kollegen hoffentlich nicht gesagt, weshalb Sie die Probe genommen haben?«

»Es war schwer, mich rauszureden, ich weiß, dass er mir nicht glaubt. Wenn ich ehrlich bin, ist er immer noch skeptisch.«

Die Kontrollprobe habe er an ein privates Labor weitergereicht, um die Ergebnisse zu vergleichen, das Resultat bekäme er morgen.

Frank berichtete, dass er nach der Ankunft im neuen Stall eine weitere Probe habe nehmen lassen. Das hielt Cassignano für weitsichtig, es sei möglich, dass sie in Beweisnot kämen, da er die Probe genommen habe, aber bei gerichtstauglichen Gutachten hätte der Amtsarzt die Proben nehmen müssen. »Daran hätte ich denken müssen. Ich kenne ihn, wir kennen uns alle, Südtirol ist winzig. Der Amtsarzt ist ein scharfer Hund, für ihn gibt's nur Schwarz oder Weiß, Grautöne kennt er nicht, aber er ist ehrlich. Ja, jetzt haben wir den Beweis. Aber was fängt man damit an? Sollen wir die Unterlagen den Carabinieri übergeben? Waren Sie da? Wie war der Besuch?«

Frank warf Marcella einen Blick zu, wie lange es mit dem Essen noch dauern würde, sie nickte ihm beruhigend zu, und Frank erzählte zum zweiten Mal an diesem Abend von der Befragung, wobei sich dann auch für ihn die Frage ergab, wie es weitergehen sollte.

»Kommen Sie, Dottore, an die Ergebnisse von Theresas Autopsie heran?«

»Wozu? Mir scheint die Todesursache ziemlich klar zu sein. Und den Carabinieri anscheinend auch.«

»An einem blutüberströmten Körper werden andere Wunden leicht übersehen.«

»Verstehe. Man könnte es versuchen, möglicherweise über einen Freund in der Klinik hier. Würde eine andere Todesursache entdeckt, würde das unsere Mordtheorie untermauern. Ein Pferd als Mordwaffe klingt ziemlich weit hergeholt. Jetzt müssen wir nur noch herausfinden, wer Ricardo die Aufputschmittel ins Futter gemischt hat.«

Frank freute sich zu hören, dass Cassignano von *wir* gesprochen hatte, so war mit ihm als Verbündetem zu rechnen. Trotzdem hatte er ihm den neuen Aufenthaltsort Ricardos nicht verraten. Hella und Marco hatten auch geschworen, darüber Stillschweigen zu bewahren. Zuletzt vereinbarte Frank mit Cassignano, dass er den Kollegen in der Toskana sofort über die Kontrollprobe informierte und dieser ihn darüber, was der jüngste Test ergeben hatte.

»Soll ich die Ergebnisse diesem *tenente* übergeben?«, fragte Frank, nachdem er das Gespräch beendet hatte. Die Frage war sowohl an Carl wie auch an Marcella gerichtet.

»Ich dachte, du seist zum Fotografieren hergekommen.« Carl klang ein wenig von oben herab. »Und jetzt willst du ein vermeintliches Verbrechen aufklären? Nein, nicht eines, gleich zwei Morde.«

Das ärgerte Frank. »Du bist einer Winzerin an den Neusiedler See nachgereist, die dann ermordet wurde, und hast dich um den Fall kümmern müssen, um den Kopf aus der Schlinge zu ziehen. Und zuletzt hast du im Wasser des Neusiedler Sees um dein Leben gekämpft. Also, was kritisierst du mich?« Es hörte sich aggressiver an, als es gemeint war.

Marcella sah sich zum Eingreifen veranlasst, sie trat mit einer neuen Flasche an den Tisch. »Das ist ein Pinot Nero, ein Blau- oder Spätburgunder oder von mir aus auch ein Pinot Noir – aus Matteos Beständen. Er kauft immer bei der Genossenschaftskellerei in Andrian. Mir gefallen die Weine auch.« Sie füllte die Gläser. »Hört auf zu streiten und trinkt. Die Ente ist gleich fertig, nur die Pappardelle sind noch nicht gar.«

Der Pinot Noir aus Matteos Bestand war sehr angenehm. Höhenlagen, nach Norden und Osten ausgerichtet, die Tag-

und Nachtunterschiede, die richtige Auswahl der Klone, die dann noch auf dem richtigen Boden wuchsen, nicht zu viel Sonne, was den Wein schwer und füllig gemacht hätte, all das spielte hier zusammen. Nach Ansicht von Marcella gäbe die Kellerei optisch für Frank nicht allzu viel her, da sei es besser, nach Terlan zu fahren, das läge direkt gegenüber auf der anderen Seite des Tals.

Terlan? Ebenfalls Genossen, sie standen ganz oben im Ranking hiesiger Betriebe, Frank würde auch dort noch fotografieren. Doch jetzt beschäftigte ihn die Frage, wie es weitergehen sollte. Cassignano hatte recht, Carl hatte recht, und auch er war im Recht. Er war hineingerutscht, hatte sich hineinziehen lassen und war letztlich aktiv geworden. Sich jetzt davonzustehlen, wäre feige, er musste die Sache durchstehen. Das war er Theresa schuldig und auch ihrem Bruder. Frank musste ihn treffen, er musste alles wissen, was die erste Familie betraf, und …

»Bist du eigentlich anwesend? Weshalb hast du uns eingeladen«, wunderte sich Carl, »wenn du tatsächlich abwesend bist?« Er wirkte merkwürdig angespannt und klang schnell vorwurfsvoll.

»Ja, weshalb habe ich für dich gekocht, Franco, wenn du alles nur in dich hineinschaufelst?« Jetzt schloss sich auch Marcella der Kritik an. »Du bist in Wirklichkeit gar nicht da. Beschäftigen dich die Folgen deiner Einmischung?«

Marcellas Vermutung war richtig. Bei ihr fehlte der vorwurfsvolle Unterton, daher fiel es Frank leichter, um Nachsicht zu bitten. Im Grunde war er erleichtert, nicht allein sein zu müssen, nicht in Grübelei stecken zu bleiben, sich immer wieder vorzuwerfen, dass er Theresa davon erzählt hatte, wie er meinte, sie unterstützen zu können, und sein wichtigtuerisches Geschwätz Anette Kannegießer gegenüber. Er war ihr gegenüber zu offen gewesen. Hieß das nicht auch, dass sie in den Kreis der Verdächtigen gehörte?

Doch es war ihm kaum möglich, sich aus dem Wirrwarr seiner Überlegungen zu befreien, die letztlich zu nichts führten als zu seiner eigenen Verwirrung. Er versuchte, sich auf das Essen zu konzentrieren, was ihm nur für einige Minuten gelang. Was Carl über die Universität und seine Vorträge zu sagen hatte, interessierte Marcella, und das nicht nur aus Höflichkeit. An Frank ging es vorbei. Wäre er lieber mit ihr allein gewesen? Ja und nein, das einerseits und andererseits nagte an ihm, er wusste, was falsch und richtig war, meinte jedenfalls, es zu wissen, eigentlich war er nicht wankelmütig, doch da sah ihn Marcella wieder an, mit einem dieser unwiderstehlichen Blicke aus ihren dunklen, von langen Wimpern beschatteten Augen, ein Blick, der in ihn eindrang und dem er sich kaum entziehen konnte.

»Ich muss auf die Passagierlisten warten«, sagte er übergangslos, um diesem Blick auszuweichen, »aber wonach ich suchen soll, nach welchem Namen, das weiß ich nicht. Es sollte mich wundern, wenn ich darin die Namen Kannegießer, Leiterer oder Förster finden würde. So dumm wird niemand von denen gewesen sein.«

Da erinnerte er sich an Rosemarie, die etwas ältlich wirkende Freundin der Leiterers. Er stierte Marcella an, blickte aber in Wirklichkeit durch sie hindurch, er sah sie auf dem Fest, diese Rosemarie, frech und leicht angetrunken und interessiert an einem Flirt. Doch daran war ihm nicht gelegen gewesen.

»Was hast du?« Marcella wirkte erschrocken. »Mit dir ist heute wirklich nichts anzufangen. Schmeckt dir wenigstens der Wein?«

»Grandios, bestens, einsame Spitze, super. Kennst du hier irgendwo im Dunstkreis von Leiterer eine Frau namens Rosemarie, etwa vierzig Jahre alt, heller Typ, groß, dunkelblond, tritt ziemlich frech und selbstbewusst auf, aber es passt nicht zu ihr.«

»Woher soll ich die kennen? Ich kenne nicht einmal Leiterer, lediglich sein Foto aus der Zeitung.«

»Wäre denkbar gewesen, man kennt schließlich viele Leute, wenn man von klein auf in derselben Stadt wohnt. Hätte sein können.«

»Du denkst wohl kaum noch an etwas anderes.« Marcella hatte sich den Abend anscheinend anders vorgestellt.

»Ist doch klar, dass mich der Fall beschäftigt. Am Sonntag sehe ich sie reiten, eine junge Frau voller Jugend und Energie, kämpferisch zu Pferd – und kämpferisch legt sie sich mit dem gesamten Clan an –, in der folgenden Nacht wird sie umgebracht. Sollte mich das kaltlassen?«

»Das hat niemand gesagt.« Also gab auch Carl nach einem entschuldigenden Seitenblick auf Marcella seine Bestrebungen auf, den Abend zu retten und das Gespräch in eine gefälligere Richtung zu lenken. »Hast du irgendeine Idee, wer dahinterstecken könnte?«

Für Frank war das Motiv offensichtlich. »Außer Theresa gab es niemanden, der den Tod ihres Vaters weiterverfolgen könnte. Marco sieht sich dem allen nicht gewachsen, wie er mir während der Fahrt in die Toskana gestand. Da alle auch vorher auf Theresa einprügelten, zumindest verbal, glaube ich, dass sie die Begünstigte des Testaments war. Bei der Politik des Geschlossenen Hofes würde wahrscheinlich sie die Weinberge nebst der Kellerei geerbt haben. Die Förster will das Weingut, ihre Schwester Barbara und ihr großspuriger Galan wollen das Geld. Bei der Witwe kann ich mir nicht vorstellen, dass sie das Weingut übernehmen will, obwohl sie es vorgibt. Bleibt noch die Ex, Frau Leiterer. Sie will selbstverständlich nur das Beste für ihre Töchter. Jetzt, nach Theresas Tod, geht das grausame Spiel oder vielmehr der böse Reigen weiter …«

»Du meinst, wer als Nächster auf der Liste steht? Den Jungen, diesen Marco, den nimmt niemand ernst, das ist kein Gegner. Aber du, vielleicht bist du, Franco, der Nächste auf der Liste«, unterbrach ihn Marcella. »Es wird niemandem gefallen, wie du dich kümmerst. Falls es so ist, wie du vermutest, dann … ja, dann wärest du Theresas Mörder im Weg. Sie müssen mit dir rechnen, sie kennen dich inzwischen alle, pass auf, du wirst jetzt zur Zielscheibe. Ich vermute mal, dass Theresas Mörder auch der Mörder ihres Vaters ist, vielmehr den Mord in Auftrag gegeben hat.«

»Wir werden die Eröffnung des Testaments abwarten.«

»Wieso überlässt du das alles nicht der Polizei?« Carl wiegelte mal wieder ab. War es Besorgnis, war es Desinteresse oder hatte er Angst, mit hineingezogen zu werden? Oder hatte er im Neusiedler See zu viel Wasser geschluckt?

»Wenn ich mich recht erinnere, Carl, hatte die Polizei dich damals im Visier.«

»Das war auch was anderes.«

»Das ist es immer, auch hier. Ich traue diesem Tenente Gesso nicht. Der braucht zum Ermitteln die Erlaubnis seines Chefs. Leiterer ist Politiker, die Spitze all dieser Organisationen verkehrt im selben Restaurant; bei einem guten Essen und einem Glas Wein werden die Fakten und Personen so hingeschoben, wie man sie braucht. Vergesst nicht, dass Ermittlungen Geld kosten. Auch die Carabinieri haben ihren Etat. Man ermittelt nur mit Aussicht auf Erfolg. Wenn sie meiner Argumentation folgen und auf dem Dienstweg die Passagierlisten anfordern, kriegen sie die niemals, oder frühestens in drei Monaten. Wer weiß, ob sie das Ergebnis der Blutuntersuchung akzeptieren und entsprechend einordnen. Oder sie reden sich damit raus, dass Theresa ihr Pferd vor dem Wolkenstein-Ritt gedopt hat und sie deshalb totgetreten wurde …«

»… was durchaus möglich gewesen wäre«, wagte Carl einzuwenden.

»Das Pferd war am Sonntag nicht gedopt!« Unwirsch

griff Frank nach dem Smartphone, das sich quälend meldete. Er musste dringend den Klingelton ändern, er brauchte etwas Diskreteres als das Rufzeichen eines Telefons aus den Sechzigerjahren. Er schaute auf die Uhr. Es war nicht sehr spät, doch wer wagte es, um diese Zeit noch anzurufen?

Es war Henry Meyenbeeker. »Ich bin davon ausgegangen, dass du noch wach bist, falls du nicht mit Schlafstörungen in irgendwelchen Südtiroler Wirtshäusern herumhängst.«

Es schien, als hätte Meyenbeeker gute Laune, dann kam er sicher mit guten Nachrichten. Die konnte Frank bei seinem momentanen Befinden auch gebrauchen.

»Was sind dir die Listen wert?«

Hörte Frank da Ironie heraus? Sarkasmus konnte es auch sein. Er stellte sich vor, dass Meyenbeeker jetzt grinste.

»Wie viel willst du zahlen? Die Leute drüben in Südamerika rücken die Passagierlisten angeblich nur für Bares raus, Dollar muss es sein, Euro geht auch. Es sind immerhin zwei Gesellschaften, die Los Roques anfliegen. Also müssen zwei Leute bestochen werden und die Tauchschulen.«

»Du bist näher an dieser Welt dran als ich. Wir hier in Italien regeln unsere kleinen Deals eher mit einigen Kisten Wein.«

»Mag sein, aber den Leuten in Venezuela geht es dreckig, sie brauchen dringend Geld. Der Preis ist höher, da die Listen vertraulich und nur für die Sicherheitsbehörden bestimmt sind.«

»Wann kann ich sie haben?«

»Spätestens übermorgen. Je Airline fallen drei- bis vierhundert Dollar an. Die Tauchschulen sollen billiger sein, aber mit zwei- bis dreihundert Dollar musst du rechnen. In Venezuela ist das unter den herrschenden Verhältnissen ein Vermögen. Seit dieser größenwahnsinnige Busfahrer Maduro und seine Kanaillen an der Macht sind, ist die Inflation auf mehr als tausend Prozent gestiegen. Die paar Dollar machen dich nicht arm.«

»Einverstanden.« Frank war bereit, das Geld auszugeben, obwohl er nicht sicher war, dass ihn einer der Namen auf der Liste weiterbringen würde.

»Das kann dir niemand garantieren; was du damit machst, oder ob es dir nutzt, wirst du entscheiden.«

»Ich möchte sie gegebenenfalls weitergeben …«

»Nur wenn die Quelle ungenannt bleibt.«

»Selbstverständlich.«

»Du könntest dich aber auch selbst drum kümmern. Die meisten Vermieter von Ferienapartments auf Los Roques sind Italiener. Mit denen kannst du sicher besser umgehen …«

Bevor er antworten konnte, läutete nebenan in Matteos Wohnzimmer das Telefon. Frank war für einen Moment abgelenkt, als er Marcella aufstehen und hinübergehen sah. Irgendetwas schien sie zu ärgern.

»Was sagtest du, Henry? Ob ich mich selbst drum kümmern will? Nein, dein Vertrauensmann kann das sicher besser. Und die Liste wird brauchbar sein?«

Meyenbeeker war davon überzeugt, man verkaufe ihm keinen Schrott, die Verbindung laufe über seinen alten Freund Salgado und der wisse, wie man Leute auswählt.

In dem Moment, als Frank Henry über Theresas Tod und die jüngsten Ereignisse informieren wollte, stand Marcella gestikulierend in der Tür.

»Antonia – deine Frau …«, sagte sie leise, »sie will dich sprechen.« Marcella verdrehte die Augen, Frank deutete es als Hinweis, dass es Ärger geben würde.

»Sag ihr, dass ich gleich zurückrufe. Ja, sag ihr, dass ich gerade mit Henry aus Logroño telefoniere, sie kennt ihn, frag, ob ich – ja, ob ich grüßen soll.«

»Ärger?« Henry Meyenbeeker hatte mitgehört.

Frank ging ins Schlafzimmer und schloss die Tür, da Marcella im Wohnraum eine Schallplatte aufgelegt hatte. Eine Frau mit einer schönen Stimme am Telefon und romantische Musik im Hintergrund könnte Antonia falsch auffassen. Er wusste, wie eifersüchtig sie war. Trotzdem führte er das Gespräch mit Meyenbeeker weiter und berichtete, was in den Tagen seit ihrem letzten Kontakt vorgefallen war.

»Ein zweiter Mord? Das ist nicht gut, gar nicht gut. In Familienangelegenheiten sollte man sich nicht einmischen«, riet Meyenbeeker, »da wechseln die Fronten stündlich, und du bist der Gelackmeierte. Dass du für Aufklärung sorgen willst, dankt dir keiner, du schaffst dir lediglich Feinde. Aber jetzt kannst du schlecht einen Rückzieher machen, das wäre feige, auch deshalb, weil der Junge, dieser Marco, sonst niemanden hat.«

»Stimmt, die beiden Halbschwestern und sogar seine Mutter machen ihn fertig.«

»Darf ich dir einen guten Rat geben?« Meyenbeeker wartete die Antwort nicht ab. »Mach weiter, aber achte ganz genau auf den Moment zum Aussteigen. Da zieht jemand im Hintergrund die Strippen, dem es auf zwei Tote nicht ankommt. Quetsch den Jungen aus, auch die Pferdefreundinnen werden vieles wissen, was in der Familie vorgefallen ist. Wenn diese Theresa keinen Freund gehabt hat, wird sie sich bei ihrer Wolkenstein-Truppe ausgequatscht haben. Und such dir bei der Polizei jemanden, der dir wohlgesonnen ist, sozusagen als Rückendeckung. Kanntest du nicht mal jemanden bei der Kripo in Florenz oder Siena?«

Frank erinnerte sich gut an Commissario Rionero, auf den hatte er sich damals verlassen können. Das war lange her. »Ich müsste ihn finden können, wahrscheinlich arbeitet er in Florenz. Der den Fall behandelnde Carabiniere hat sich auch schon bei ihm über mich informiert. Rionero kannte sich auch in der Politik aus, allerdings in der Toskana.«

»Das kann hilfreich sein, besonders falls dieser zweite Ehemann der Exfrau bei seiner Volkspartei was zu sagen hat. Mit den Passagierlisten wird alles klargehen. Die Verbindung nach Venezuela funktioniert, wie mir mein Vertrauensmann sagte, trotz des gegenwärtigen Chaos. Ich lege die Dollar erst einmal aus.«

»Macht ihr euch einen schönen Abend?«

»Ja, was wäre dagegen einzuwenden?«, sagte Frank ein wenig zu forsch, doch sofort merkte er, dass Ironie Antonia gegenüber heute nicht angebracht war. »Nein, ich bin zum Fotografieren hier.«

»Das ist mir durchaus bewusst. Abends um zehn Uhr?«

»Ich habe dir erzählt, dass Matteos Freundin hier nach dem Rechten sieht.«

»Um diese Zeit? Erzähl mir nichts von Nachtaufnahmen, vielleicht den Nachthimmel des Alto Adige?«

Alto Adige? Klar, Antonia benutzte den italienischen Namen Südtirols. Sie wird einen schweren Tag gehabt haben, dachte Frank. Antonia reagierte selten so unterkühlt aggressiv.

»Würden wir uns auf den Balkon setzen, Carl Breitenbach würde da nicht mehr raufpassen, könnten wir die Sterne tatsächlich sehen.« Es war immer hilfreich, eine zweite Person zu nennen, zumal er ihn ihr gegenüber erwähnt hatte.

»Wolltest du nicht gestört sein? Hattest du dein Telefon ausgeschaltet?«

Das hörte sich schon wieder nach Misstrauen an. Was war mit Antonia los? So kannte er sie nicht.

»Ich hatte mit dem Tierarzt telefoniert, dann hat Henry Meyenbeeker angerufen, deshalb hast du mich eben nicht mobil erreicht.«

»Mit dem Tierarzt? Über Ricardo? Ich dachte, du wolltest dich aus der Sache rausziehen.« Der Vorwurf war überdeutlich. Es war Juni – das Wetter in der Toskana instabil, waren ihr einige Reben verhagelt, oder war die Rechnung eines Großkunden geplatzt?

Das durfte er keinesfalls fragen, es würde Antonia noch mehr aufbringen. Frank war sich sicher, dass sie sich so aufregte, weil eine Frau sich am Telefon gemeldet hatte. Fieberhaft überlegte er, wie er Antonia wieder beruhigen konnte.

»Du sagst ja gar nichts mehr. Hat es dir die Sprache verschlagen? Also machst du doch weiter. Suchst du das Risiko? Ist es dir bei mir auf der Tenuta Vanzetti zu langweilig?«

Das alles waren Fragen, auf die Frank nur falsche Antworten geben konnte.

»Bis die Carabinieri die Arbeit machen, zu der sie verpflichtet sind, werde ich mich drum kümmern.« Frank empfand die Antwort als zu barsch, doch es war ihm gleichgültig. »Morgen bekomme ich die Passagierlisten, anschließend übergebe ich sie dem Polizisten, und dann sehen wir weiter.«

»Da bin ich gespannt, ob das was wird, oder was du mir dann erzählst. Dann will ich dich und deinen Besuch und den romantischen Abend nicht weiter stören … Gute Nacht.« Ohne seine Entgegnung abzuwarten, legte sie auf.

Benommen starrte Frank vor sich hin. So hatte er Antonia noch nie erlebt. Dieses Verhalten hatte nicht nur mit ihm zu tun, dessen war er sich sicher. Konnte sie ahnen, wie attraktiv er Marcella fand? Widerwillig schüttelte er die Gedanken ab und trat in die Küche, die Blicke seiner Gäste auf sich gerichtet. Heftig machte er seinem Unmut Luft, allerdings ohne speziell auf seine Gefühle gegenüber Marcella einzugehen. Das tat er erst, als Carl gegen Mitternacht gegangen war.

Marcella ging es zu Franks Überraschung ähnlich wie ihm, doch sie kamen überein, ihren Gefühlen eben keinen freien Lauf zu lassen. Bei einem Abenteuer wären enorme Komplikationen zu erwarten, man müsste sich verstellen, Ausreden und Vorwände erfinden, und das war dem jeweiligen Partner nicht zuzumuten. Es war besser, man verkniff sich etwas, besser für Marcellas Beziehung zu Matteo, besser für Franks Ehe, besser für die Freundschaft zwischen ihnen. Man würde sich weiter begegnen und sich in die Augen sehen können. Als Frank mit Marcella lange nach Mitternacht aus der Haustür trat, um sie zu verabschieden, blitzte im Hausflur gegenüber etwas auf. Es war ein Blitz, vielleicht ein Reflex, eine Spiegelung? Zuerst hatte er gedacht, jemand hätte eine Flasche aus weißem Glas an die Lippen gesetzt. War jemand durch diese Haustür getreten? Hatte ein später Heimkehrer die Tür in diesem Moment geschlossen? Frank war für einen Moment im Zweifel, ob ihn von dort aus jemand beobachtet und fotografiert hatte, aber wahrscheinlich hatte sich doch nur jemand nach ihnen umgeschaut, der erst jetzt nach Hause gekommen war.

Er hatte verschlafen und damit den Termin auf dem Innerleiterhof in Schenna vergeigt. Es war ihm peinlich, nicht Wort gehalten zu haben, und seine Entschuldigung für sein Nichterscheinen klang wenig glaubhaft. Der Innerleiterhof war die Kombination von Hotel und Kellerei, das Fotografieren würde dort zu jedwedem Termin möglich sein, beruhigte man ihn. Das Problem war der Verkostungsraum, der interessierte ihn besonders, denn von ihm aus konnten die Gäste das Geschehen im Barriquekeller verfolgen. Nur da geschah selten etwas. Es mochte für Gäste eine interessante Kulisse sein, doch wenn er sich vorstellte, sich zu Hause in den Barriquekeller zu setzen, hörte er lediglich die Kühlaggregate sowie die malolaktische Gärung. Sie setzte im Frühjahr ein, wenn es warm wurde und Bakterien die scharfe Apfelsäure in die weichere Milchsäure umwandelten. Dann entwich das bei der Gärung frei werdende Kohlendioxid durch gläserne Gärröhrchen, die oben in den Spundlöchern steckten. Je nach Menge des Gases war das Blubbern lauter oder leiser, weicher oder voller. Antonia zog daraus ihre Schlüsse über den Zustand des Weins. Oder flunkerte sie ihm etwas vor?

Antonia. So extrem wie gestern hatte er sie noch nie erlebt. Er hatte etwas geradezubiegen, obwohl er sich keiner Schuld bewusst war. Gedanken waren nicht strafbar, außer bei George Orwell. Einen ähnlichen Auftritt hatte es bislang nicht gegeben, nein, es war nicht gut. Er wusste um ihre Eifersucht, um das Trauma, nach der Geburt ihrer Kinder vom damaligen Ehemann jahrelang betrogen worden zu sein. Er hatte aus seiner Vorliebe für italienische Showgirls à la Berlusconi nie einen Hehl gemacht. Frank konnte sich Antonias Reaktion nur so erklären, dass sie Angst hatte, auch Angst um ihn, dass er sich wieder einmischte. Er musste sie heute unbedingt anrufen, ihm würde etwas einfallen, die Missstimmung aufzuheben. Normalerweise konnten sie über alles miteinander reden und die Probleme, so selten sie sich auch ergaben, im Gespräch ausräumen.

Er verschob das Gespräch auf den Abend. Für den Nachmittag stand die Genossenschaft Nals Margreid auf dem Programm. In der Genossenschaft hatten sich Weinbauern entlang der Weinstraße zwischen Nals und Margreid auf einer Strecke von vierzig Kilometern zusammengefunden. Das Terroir der insgesamt hundertfünfzig Hektar war unterschiedlich, die Böden nebst Ausrichtung der Weinberge verschieden, die Rebsorten überall andere, wobei die weißen wie überall in Südtirol überwogen. Die Höhenlagen variierten von zweihundertfünfzig bis neunhundert Meter. Von der Qualität her sollte Nals Margreid ganz oben angesiedelt sein. Aber in Südtirol war alles ganz oben angesiedelt, wie Frank feststellen musste, sowohl die Qualität wie auch die Bauernhöfe. Nur die Äpfel wuchsen im Tal in einer Wolke von Spritzmitteln. Wenn er die Weinlagen fotografisch festhalten wollte, würde er auf der Strecke von vierzig Kilometern das gesamte rechtsseitige Etschtal aufnehmen müssen, deshalb musste er den Neubau der Kellerei in den Fokus nehmen.

Noch immer im Morgenmantel, eine Tasse Tee in der Hand, überlegte er, wie er den Vormittag sinnvoll nutzen könne, ob er sich wenigstens richtig ausschlafen sollte, da nahm ihm Tenente Gesso die Initiative ab. An die sonore Stimme, unterkühlt und doch fordernd, erinnerte Frank sich sofort. Er war erleichtert, dass sein Bemühen Früchte trug und der Tenente seine Einlassungen ernst nahm. Aber sicher war man nie …

»Habe ich Sie überzeugen können, sich mit dem Fall zu befassen?«

»Nicht ganz, Signor Gatow. Uns fehlen noch einige Details. Wussten Sie von der Reise des Werner Kannegießer?«

Frank dachte darüber nach, welchen Sinn oder Hintergedanken diese Frage haben könnte. »Was glauben Sie aus der Antwort entnehmen zu können, Signor Tenente?«

Jetzt zögerte der Carabiniere. »Ich habe Sie nicht angerufen, um Spiegelfechterei zu betreiben. Ich muss mich auch nicht warmlaufen. Antworten Sie mir einfach. Wir tragen Informationen zusammen und ziehen daraus Schlüsse, das ist alles. Schließlich sind Sie zu mir gekommen und bitten uns darumm zu ermitteln. *Allora?*«

»Ich wusste zwar von seinem Hobby, doch von seiner bevorstehenden Reise hat er mir nichts gesagt. Dabei wusste Kannegießer von meinen Plänen. Er war es, der mir Südtirol, seine Weine und die Architektur der neuen Kellereien schmackhaft gemacht hat.«

»Sie wissen von keinem Testament?«

»Weshalb hätte Kannegießer mir davon erzählen sollen? So persönlich waren wir nicht. Wahrscheinlich wäre ich der Letzte, der davon wüsste. Fragen Sie besser seine Angehörigen, und vergessen Sie die aus der ersten Ehe nicht.«

»Wo ist das Pferd? Wir wissen inzwischen, dass es eine Untersuchung gegeben hat.«

Also hatte der Amtstierarzt gequatscht und die Carabinieri verständigt.

»Wir haben den Befund erhalten. Nach Angaben des Amtstierarztes gleicht es einem Wunder, dass das Tier die Dosis mehrerer Dopingmittel überlebt hat. Die Mischung lässt darauf schließen, so der Amtstierarzt, dass der Cocktail nicht von einem Fachmann verabreicht worden ist, und wenn sie bereits am Morgen vor dem Ritt verabreicht worden wäre, hätte Theresa Kannegießer das Pferd nie besteigen können.«

»Aber ihr Mörder hat das Seinige erreicht – es freut mich allerdings, dass Sie, Tenente, meinem Anliegen Gehör schenken.«

In Matteos Arbeitszimmer sprang das Faxgerät an. Frank horchte auf und ging nach nebenan, das Smartphone am Ohr. Er kannte den Klang, er besaß das gleiche Gerät.

»Dass man Ihnen Gehör schenkt, Signor Gatow, haben Sie dem Amtstierarzt zu verdanken«, sagte Gesso gnädig. »Die Untersuchung wurde von einem Dottore Cassignano in Auftrag gegeben. Er bestätigte mir, was Sie gesagt haben, aber auch er wisse nichts vom Verbleib des Tieres. Dem Veterinario glaube ich, Ihnen hingegen weniger. Also – wo ist dieses Pferd? Was ist das für ein Geräusch? Ein Faxgerät?«

Frank sah, dass es ellenlange Namenslisten ausspuckte. Er überging die letzte Frage und erklärte, dass es ihm leider nicht möglich sei, über Ricardos Verbleib Auskunft zu geben. Er wisse nicht, ob Ricardo im Stall stünde, auf der Sommerweide, wo sie läge, oder ob er auf einen Paddock gebracht worden sei. Diese Art der Spitzfindigkeit würde ihm später sicher zum Nachteil gereichen, aber er würde sich rausreden.

»Es ist Ihnen leider nicht möglich? Das heißt, Sie können nicht, wollen nicht oder dürfen nicht, das sind drei Möglichkeiten, die sich daraus ergeben.«

»Sollten – haben Sie vergessen, vielleicht sollte ich nicht. Die Mutter von Theresa forderte völlig hysterisch, das Tier zum Abdecker zu schaffen, dass man auf die Idee kommen könnte, sie wollte ein Beweismittel verschwinden lassen. Also wird es jemand in Sicherheit gebracht haben.«

Frank wollte soeben zurück ins Wohnzimmer gehen, als er sich darauf besann, das Papierfach des Faxgeräts zu kontrollieren. In dem Moment kam es zum Papierstau, und das Gerät gab ein Warnsignal von sich.

»Papierstau?«, fragte der Tenente. »Ich wollte soeben danach fragen, wann ich von Ihnen die versprochenen Passagierlisten bekomme.«

»Nein, das ist nichts«, stammelte Frank, »das ist irgendetwas für Matteo, für den Fotografen, bei dem ich wohne, eine Versicherung für Kameras, ich kenne das, seitenweise Kleingedrucktes. So, ich muss mich darum kümmern, ich melde mich wieder bei Ihnen. Ich frage herum, vielleicht wissen die Frauen aus Theresas Wolkenstein-Equipe, wo das Pferd ist. Aber da sind Sie auf falscher Fährte …«

»In Bezug auf den Vater oder die Tochter oder das Pferd? Ich glaube, wir sollten uns nochmals unterhalten, Signor Gatow. Wie sieht es morgen am Nachmittag aus?«

Frank gab eine ausweichende Antwort, er habe einen Fototermin bei einem Weingut, das könne er nicht so ohne Weiteres verschieben. Das Gespräch, bedauerte er Gesso gegenüber, müsse wohl noch warten, dann verabschiedete er sich schnell.

Frank musste den Papierstau beseitigen, die Listen waren

zu wichtig. Hoffentlich ließ sich der Absender nicht von den technischen Schwierigkeiten abhalten, die entsprechenden Seiten nochmals zu schicken. Frank verzichtete auf Dusche und Rasur, schüttete sich lediglich Wasser ins Gesicht, stürzte den kalten Tee hinunter, zog sich rasend schnell an. Diesmal waren die Listen klar lesbar durchgekommen, er sortierte sie eilig, griff sein Equipment und verließ schleunigst die Wohnung. Wenn Gesso Lunte roch und auf die Listen aus war, würde er in wenigen Minuten hier sein. Vom Präsidium bis zu ihm waren es zu Fuß höchstens zehn Minuten. Ein Kopierladen, das hatte Frank gesehen, lag auf seinem Weg stadtauswärts.

15. Kapitel

Die Arbeit empfand Frank in höchstem Maße erholsam. Beim Fotografieren vergaß er alles. Keine Theresa, kein Werner Kannegießer, doch dessen gierige Nachkommenschaft lauerte im Hintergrund! Auch Los Roques war weit, sehr weit weg, irgendwo in der Karibik, und wartete auf den ersten Hurrikan der Saison. Frank sehnte sich nach Windstille in seinem Kopf, denn dort entstanden die Bilder, Frank musste sie sehen, noch bevor er durch den Sucher schaute. Dort fand er sie lediglich wieder. Dazu musste er sich zum Wesen der Dinge, der Kellereien vortasten. Er musste herausarbeiten, was die Erbauer sich gedacht hatten, wie es möglicherweise beim Betrachter ankam und wie der Weinkäufer, das Mitglied der Genossenschaft, die Mitarbeiterin des Hauses sich hier fühlte. In großen Räumen kam man sich nackt vor, in kleinen Räumen eingeschränkt, in Räumen mittlerer Größe war man weder Fisch noch Fleisch, je nach Mentalität, der Einrichtung und Farbgebung entsprechend und je nachdem, was dort zu erledigen war. Bei zu viel Glas empfand man sich leicht als ausgestellte Ware, außer denen, die sich gern zur Schau stellten oder gezeigt werden sollten. Hinter dicken Wänden wurde man versteckt, als ob die Verantwortlichen sich ihrer Mitarbeiter schämten oder nichts Gutes produzierten. Gleichzeitig konnten die Mauern schützen. All diese Funktionen ließen sich fotografisch ausdrücken.

Der Neubau der Genossenschaft Nals Margreid war den Versuch wert. Es waren wieder harte Linien und Kanten, Gerade und rechte Winkel, warmes Holz vor hartem Beton, eine versperrte und offene Sicht, sowohl in die Landschaft von der Aussichtsplattform über dem Barriquekeller wie auch in den Himmel. Frank glaubte, dass der Blick von hier aus dem von der offenen Kommandobrücke eines Kriegsschiffes glich, wenn er aus dem Hintergrund heraus fotografierte, nur friedlicher und gleichzeitig so futuristisch wie der Blick aus dem Star-Wars-Raumschiff in den Weltraum. Das war die Südtiroler Bergwelt, das Eisacktal und darüber ein wolkenloser Himmel. Von der Straße her überwogen die Ecken und Kanten, das Starre, Unverrückbare, wie eine architektonische und prämierte Behauptung in die Welt gesetzt, die so gar nicht den Weinen entsprach. Das waren saftige und vielschichtige Gewächse aus vierzehn unterschiedlichen Gebieten zwischen Nals und Margreid: ausgewogen und feingliedrig, filigran gezeichnet, rund und geschmeidig, voll und mineralisch, eine Selektion der Klasse. Der Sauvignon aus Mantele/Nals und der Cabernet der Lage Lafot, im Süden zwischen Margreid und Kurtinig gewachsen, notierte Frank als erwähnenswert; bei diesem Niveau war jedes Adjektiv überflüssig.

Es war spät geworden. Frank hatte gewartet, bis die Sonne untergegangen war, der Himmel mit den rosafarbenen Zirruswolken noch leuchtete und in der Kellerei das Licht eingeschaltet worden war, was bei den großen Glasfronten des Hauptgebäudes den Schwebezustand der Kellerei unterstrich. Mit seiner Wärme nahm das Licht den geraden Linien und rechten Winkeln des Gebäudes die Härte und gab ihm eine Behaglichkeit, während bei Tag die Klarheit und Geschäftigkeit den Charakter bestimmten.

Jetzt, beim Ausklingen des Tages, kamen die Gespenster zurück, die Gespenster der toten und die der Lebenden.

Nicht nur aus dem Grund, ihnen noch eine Weile zu entgehen, sondern auch um Marco zu informieren, machte Frank einen Abstecher in das Dörfchen Girlan, um sich mit ihm zu treffen. Marco lebte hier seit dem Auszug aus dem elterlichen Weingut. Hella zu Hause aufzusuchen, wäre Frank zu persönlich gewesen, er wollte sie nicht irgendwelchen dummen Gerüchten oder Verdächtigungen aussetzen. Die Augen der Nachbarn waren überall. Auch die Augen der Leiterers, Försters und Kannegießers, nicht zuletzt die von Ravelli, damit musste er rechnen. Und wenn das richtig war, was Frank sich zusammenreimte, was Theresa behauptet hatte – mittlerweile war er sich absolut sicher –, dann musste er auch mit den Augen derjenigen rechnen, die in Theresa eine Gefahr für ihre Interessen gesehen hatten. Er würde vorsichtig sein, nicht nur in Bezug auf seine Schritte, vorsichtig auch in Hinsicht auf die jungen Leute, die er in die Angelegenheit mit hineinzog. Marco war als Bruder von Theresa nicht daraus wegzudenken. Aber Hella?

Das Dorf Girlan lag hoch über Bozen und bot einen weiten Blick bis nach Meran, ins auslaufende Eisacktal, nur der Blick nach Süden war durch den Höhenzug verstellt, der bis an die Etsch heranreichte und den Kalterer See umarmte. Marco wohnte im Zentrum des Ortes in einem der ältesten Häuser in einer Wohngemeinschaft. Frank hatte sich angemeldet und sich auf diese Weise versichert, dass er ihn antraf. Der Junge teilte sich die Wohnung mit zwei Studenten im gleichen Alter. Das Haus gehörte den Eltern eines seiner Freunde, die, wie er sagte, seine prekäre Situation kannten und Verständnis für seine Flucht vor der Familie zeigten beziehungsweise vor dem, was davon übrig war.

Eine hohe graue Mauer schirmte das Haus zur Straße hin ab, unter dem gemauerten Torbogen bog Frank in einen engen Hof, wo er neben vier anderen Autos gerade noch Platz für den Lancia fand. Ein separater Eingang trennte die

WG vom elterlichen Teil des Hauses. Eine ausgetretene Steintreppe führte zum Eingang, wo Marco ihn auf der Brüstung mit einem Skript in Händen erwartete.

»Wäre es Ihnen recht, wenn Hella dazukäme?« Marco blickte neugierig auf den Umschlag in Franks rechter Hand. »Die Listen?« Der Junge stand auf, er schien es kaum erwarten zu können, einen Blick darauf zu werfen.

»Wenn du glaubst, dass es nützlich wäre, Hella dabeizuhaben, selbstverständlich, zumal sie als Pferdediebin neben uns aufgeknüpft wird.«

Marco grinste, ihm gefiel der Gedanke an das Abenteuer, ein Lächeln huschte über sein ansonsten meist ernstes Gesicht. Er rief Hella an, und sie versprach, sich sofort auf den Weg zu machen, sie wusste, wo Marco wohnte, es war nicht weit, sie lebte auf einem Bauernhof, der zur Gemeinde Eppan gehörte, Appiano in der italienischen Namensgebung, die keiner der jungen Leute benutzte. Während Frank noch überlegte, ob er die beiden in ein Restaurant zum Abendessen einladen sollte, forderte Marco ihn auf, mit ihm in die Küche zu kommen, wo er sich wortlos an den Herd stellte, Wasser für Makkaroni aufsetzte, eine Zwiebel schälte, Auberginen und Tomaten in Scheiben schnitt und eine Karotte schabte, so selbstverständlich, als hätte er nie etwas anderes getan. Das alles briet er zusammen mit fein gehacktem Staudensellerie in einer Kasserolle an, gab die Tomaten dazu und ließ es einkochen. Jeder Handgriff saß.

»Ich mache uns schnell einen Auflauf. Bis Hella eintrifft, ist das Essen fertig.« Er bemerkte Franks erstaunten Ausdruck. »Bei einigem habe ich mich von meinem Vater nicht beeinflussen lassen. Von ihm jedoch habe ich auch das Kochen gelernt, denn da hat er mir nicht reingeredet, anders als beim Wein, wo er mir ständig über den Mund fuhr, als hätte ich nie was richtig gemacht.«

Da war sehr viel Zorn und wenig Trauer, dafür hatte Marco

bislang keine Zeit, dachte Frank, verkniff sich aber jede Bemerkung.

»Meine Mutter hat sich um nichts mehr gekümmert, also musste ich es lernen. Und da wir beide gerne essen ...«

In diesem Moment merkte er, dass sein Satz einen Fehler aufwies, der ihn stumm werden ließ. Hilfesuchend sah er sich um, schmal die Lippen, er schluckte, zog ein Blatt von der Küchenrolle und schnäuzte sich. »Gerne aßen«, sagte er dann nur. Alle weiteren Worte waren überflüssig.

»Ich hoffe, als Wahlitaliener legen Sie auch Wert auf gutes Essen?« Während er weiter den Auflauf vorbereitete und die Makkaroni kochte, schilderte er äußerst sachlich sein erstes Semester an der Landwirtschaftsschule von San Michele all' Adige, die er seit Kurzem besuchte. Dann ging er in den Keller und kehrte mit einer Schlegelflasche zurück.

»Das ist mein Pinot Grigio, der von den zwei Hektar Kalk und Lehmschotter-Böden, die mein Vater mir überlassen hat. Wollen Sie ihn probieren? Er ist ziemlich frisch, das heißt, das Verhältnis von Zucker und Säure habe ich hingekriegt, liegt aber auch am Kalkboden, die Mineralität, meine ich. Wenn man zu früh erntet, ist die Säure höher, lässt man die Trauben länger am Stock, bekommt man mehr Extrakt, mehr Zucker, das geht aber zu Lasten der Frische. Dass er dichter wirkt als andere, kommt daher, dass ich weniger Trauben am Stock hängen lasse, das macht ihn fülliger. Alles, was mir nicht gut erscheint, schneide ich raus.«

Es war Frank klar, dass Marco redete und redete, um nicht darüber nachzudenken, dass die beiden Menschen, die ihm in seinem jungen Leben am nächsten und wichtigsten gewesen waren, nicht wiederkommen würden. Die Mutter musste sich bereits seit Längerem aus dem Staub beziehungsweise aus seinem Herzen gemacht haben.

Marco war recht anders, als ihn seine Angehörigen geschildert hatten, viel erwachsener und ernsthaft, sicher in dem, was er sagte und tat. Als er nichts mehr zu erzählen wusste, schickte er Frank an die rückwärtige Seite des Hauses, von der dortigen Terrasse aus habe er einen guten Blick in den von einer Mauer eingefassten Garten, in dem die drei Freunde Gemüse und Kräuter pflanzten.

Hella traf mit leichter Verspätung ein, der Auflauf war noch nicht fertig. Sie brachte zwei Flaschen Wein der Genossenschaft Terlan mit. Ihre Eltern waren Feierabend-Weinbauern und überließen die Erträge von zwei Hektar Rebland der Kellerei. Es war ein Sauvignon Blanc mit dem Namen Winkl, der zweite Wein war ein zweijähriger St. Magdalener, ein Vernatsch von den Hängen des gleichnamigen Dorfes am Ritten, gewachsen auf lockerem, tiefgründigem Boden, der die Weine voller und kräftiger als andernorts werden ließ.

»Marco weiß, wie man es richtig ausdrückt«, meinte Hella, er sei der Fachmann. Sie selbst arbeite für eine Firma, die auf Anlagen zur künstlichen Bewässerung spezialisiert sei. »Aber was ist nun mit den Listen?«

»Gedulde dich bis nach dem Essen«, sagte Marco, »das habe ich auch getan«, und Hella ließ sich murrend darauf ein. Es war erstaunlich, wie sprunghaft der Junge sich in der kurzen Zeit seit Frank ihn kannte, verändert hatte und noch stärker seit dem Tod der Schwester. Er war ernst und gefasst, wirkte männlich, äußerst selbstsicher, und was er sagte, schien durchdacht zu sein, ein überflüssiges Wort war von ihm nicht zu hören.

Der mitgebrachte Sauvignon Blanc machte Freude. Obwohl noch ein junger Jahrgang, empfand Frank ihn als klar in den Aromen weißer Blüten, trotz der Frische durch den alpinen Einfluss wies er einen festen Körper auf und eine Struktur, die sich am Gaumen gut anfühlte, wie es Frank ausdrückte. Er war anders als Marcos Wein, filigraner, feiner, hatte mehr Eleganz, wirkte aber zuerst flacher.

»Da möchte ich hinkommen«, bemerkte Marco anerkennend, »aber jeder hat seinen eigenen Stil – und ich kann mir den Boden nicht aussuchen, ich muss nehmen, was ich hab.«

Der Junge hat bereits eine Nase, dachte Frank, er wird seinen Stil finden, man muss ihn lassen. Genau da lag das Problem. Das beste Zeichen für einen gelungenen Wein war, dass die Flasche in kürzester Zeit geleert war. Um die Stimmung aufzuheitern, berichtete Frank während des Essens von seinen Reisen, erzählte von seinen bisherigen Fotobüchern und wie es zu der Verletzung seines linken Arms gekommen war.

»Dieser Vanzetti ist wirklich tot?«, fragte Hella entsetzt.

»Antonia ist zur Beisetzung gefahren, sie musste sich selbst davon überzeugen.«

Kaum war der Tisch abgeräumt und abgewischt, breitete Frank die Listen aus. Er nahm sich einen Satz vor, die Kopien mussten sich Hella und Marco teilen.

»Wonach sollen wir suchen?«, fragte Hella und entkorkte den Rotwein. »Gibt es irgendwelche Anhaltspunkte, irgendwelche Kriterien?« Sie schenkte ein. Der Duft war angenehm und sortentypisch für den angenehm süffigen und lebhaften St. Magdalener. Der hätte Franks Empfinden nach besser zum Auflauf gepasst, aber seine Frische machte ihn auch danach gut trinkbar, und er freute sich, die Aromen der Vernatsch-Traube wiederzuerkennen.

Frank stellte das Glas beiseite und griff nach den Listen. Er hatte sie vorgeordnet. Es gab zwei Fluggesellschaften, die täglich einen oder zwei Flüge mit kleinen, zweimotorigen Propellermaschinen absolvierten. Die Zahl der Passagiere lag jeweils zwischen vierzehn und achtzehn, größere Maschinen konnten wegen der kurzen Piste nicht auf Los Roques landen. Die Listen umfassten den Zeitraum einer Woche vor Kannegießers Tod bis einer Woche danach. So war es abgesprochen. Niemand würde, um jemanden umzubringen, heute anreisen und morgen abfliegen und sich so auffällig verhalten, andererseits würde man sich auch nicht drei Wochen vor der Tat auf den Weg gemacht haben. Dann gab es die Namen der Gäste von drei Tauchclubs.

»Jeder Name ist wichtig, der euch etwas sagen könnte, der euch an etwas oder irgendwen erinnert. Theresa wird dir, Hella, sicher anderes erzählt haben als ihrem Bruder und umgekehrt. Also, egal, was euch auffällt, welcher Name euch irgendetwas sagt, jeder Wohnort, den ihr mit irgendetwas in Verbindung bringt, kann wichtig sein, kann uns weiterhelfen. Den zweiten Satz der Listen nimmst du, Hella, nachher bitte mit nach Hause. Versteck ihn bei einer Person, der du absolut vertraust, die aber keinerlei Verbindung zu Theresa hatte.«

Konzentriert machten sie sich an die Arbeit, diskutierten Namen und Nationalitäten, verglichen An- und Abreisetermine, setzten sie zueinander in Beziehung, sortierten Eheleute aus, denn keiner von ihnen glaubte, dass ein Ehepaar einen Mord verübte, es wäre dann immerhin ein Mitwisser mehr. Und es gab jene Fluggäste gleicher Nationalität, die zu zweit gekommen und zusammen auch wieder abgereist waren. Frank zweifelte, ob dieser Gedanke richtig war, denn am Kaiserstuhl waren die Auftragsmörder der 'Ndrangheta als Pärchen aufgetreten. Aber er glaubte nicht, dass der Mörder Kannegießers dieser kriminellen Organisation angehörte. Einer von ihnen hätte im Vorbeigehen oder aus dem Hinterhalt geschossen und wäre spurlos verschwunden. Hier aber hatte jemand konsequent durchgeplant, und das mit Hintergrundwissen um die Opfer. Darin stimmten ihm Hella und Marco zu.

»Wäre Theresa nicht so konsequent bei ihrer Behauptung geblieben, wäre der Plan aufgegangen …«

»… und sie wäre noch am Leben«, warf Hella ein. »Das war es nicht wert.«

Obwohl sie von Frank eine Entgegnung erwartete, schwieg er dazu. Es ließ ihn nicht los, Theresa seine Hilfe angeboten und dann darüber geredet zu haben. Welcher Teufel hatte ihn geritten? Theresa hatte sich durch sein Hilfsangebot stark gefühlt und laut darüber gesprochen. Schweigend blätterte er weiter.

Franzosen waren unter den Fluggästen, Finnen, Italiener und Russen. Auch englisch klingende Namen waren dabei. Das Tauchpublikum war international. Niemand blieb zwei Wochen auf dem Archipel, zehn Tage waren das längste, eine Woche die Regel. Frank konzentrierte sich besonders auf diejenigen, dic drei Tage vor der Tat gekommen und drei Tage später abgereist waren und wer mit Kannegießer im Flugzeug gesessen hatte. Die Namen der Teilnehmer der Tauchschulen halfen wenig, man konnte sich die Sauerstoffflaschen sowie die restliche Ausrüstung auf der Insel leihen und ein Boot mieten und selbstständig jedem Tauchboot folgen.

Vier Namen stachen letztlich heraus: Elenor Righly aus Bristol, Lars Wenkemeyer aus Gelsenkirchen, Serjosha Yusopov aus St. Petersburg und Hans-Christian Scholz aus Hamburg. Aus Hamburg? Wer hatte über Hamburg gesprochen? Es war auch eine Frau mit deutsch klingendem Namen dabei, Brigitte Brilon – aber eine Frau als Mörderin?

Hella hielt es für möglich. »Im Rahmen unserer allgemeinen Emanzipation? Wieso nicht? In sämtlichen Sportarten sind wir vertreten, sogar beim Judo und Karate. Und Weltklasse-Schwimmer*innen* gibt es zu Hauf …«

»… in Schwärmen«, meinte Marco, dessen Miene sich über der konzentrierten Suche aufgehellt hatte, als vergäße er seinen Kummer für diesen Moment. »In Schwärmen treten sie auf, mehr unter Wasser als über Wasser.« Er stutzte. »Unter Wasser?«, sagte er fragend und blickte Hella und

Frank verstört an. »Da schwimmt unter Wasser einer zu Papa hin, wie in diesen James-Bond-Filmen, und dreht ihm den Sauerstoff ab? Und dann setzt Papas Herz aus? Vor Schreck? Meint ihr, dass es so gewesen ist?« Entsetzt, die Augen aufgerissen, hielt er sich die Hand vor den Mund, als hätte er diese Szene vor Augen und ließe das Geschehen zum ersten Mal wirklich an sich heran. »Wer ist so niederträchtig, so … abgebrüht? Was muss das für ein Schwein sein, der … und danach Theresa?« Markus beugte sich vornüber, starr vor Entsetzen, und vergrub das Gesicht in den Händen. Nur sein heftiger Atem war zu hören.

Hella blickte Frank hilflos an, er nickte nur, und sie rückte ihren Stuhl zu Marco und legte ihm den Arm um die Schultern. Frank stand auf, er konnte den Anblick des Jungen nicht ertragen, es war bitter, ihn leiden zu sehen. Er fühlte sich hilflos, machtlos, tröstende Worte kamen ihm nicht in den Sinn. Alles, was in diesem Zusammenhang gesagt werden konnte, würde banal klingen und nicht den Gefühlen des Jungen gerecht werden. Also war es besser zu schweigen.

Als Marco aufblickte, waren seine Augen wild und entschlossen, sein Gesicht eine wütende Grimasse. »Sie helfen mir, Herr Gatow? Sie müssen es. Sie machen weiter, auf jeden Fall? Allein schaffe ich es nicht. Ich will wissen, wer es war! Ich weiß gar nicht, wo oder wonach ich weitersuchen soll. Nach wem, ha!« Es war ein Ausruf der Hilflosigkeit. »Sie müssen mir helfen, Herr Gatow, sonst habe ich keinen mehr. Ja, doch, dich vielleicht, Hella. Ansonsten, glaube ich, ist diese gesamte Bande gegen mich.«

»Deine Mutter?« Doch in der Art, wie Hella es betonte, schwangen ihre Zweifel mit, und sie biss sich auf die Lippe.

»Du weißt genau, dass ich von ihr nichts zu erwarten habe, absolut nichts. Für sie bin ich lediglich ein Unfall. Mich rausdrängen? Ja, das traue ich ihr zu, aber das andere?

Nein. Ich meine besonders die anderen, unsere Vorgängerfamilie. Manchmal kann ich die sogar verstehen. Unsere Gefühle unserer Mutter gegenüber sind so wie die unserer Halbschwestern Papa gegenüber waren – oder sind. Beide haben ihren Partner und ihre Kinder verlassen. Papa hat meiner Mutter viel geboten: ein interessantes, abwechslungsreiches Leben, tolle Weine, gutes Essen, allerdings auch sehr viel Arbeit. So ist das eben bei Winzern. Uns ging es immer gut. Aber Mama hatte es sich anders vorgestellt: mit den Freundinnen shoppen gehen, rumliegen, angeben, aber nicht den ganzen Sonntag hinter einem Tischchen stehen, Wein ausschenken und hundertmal erzählen, weshalb er so und nicht anders geworden ist. Das sei was für Angestellte, meinte sie.«

Frank hatte den Eindruck, als würden Marcos Augen schwarz vor Zorn.

»Meine Mutter hat es bereits meinem Vater gezeigt, dass er von ihr nichts zu erwarten hat, sie hat es Theresa gezeigt – und mir, deutlicher geht es kaum.« Als müsste er seine Worte unterstreichen, kippte er den Rest von seinem halb vollen Glas in einem Zug hinunter. »Ich hatte manchmal das Gefühl, sie hält mich für einen Schwachkopf.«

»Du kannst mit mir rechnen.« Frank war klar, dass er inzwischen so tief in dem Drama steckte, dass er nicht mehr zurückkonnte. Er hatte sich bereits zu sehr eingemischt. »Aber lass dich nicht von Wut oder Hass leiten. Beides gibt zwar Kraft, aber nur dein Verstand und kühle Überlegung werden dich – oder uns – zum Täter führen. Wenn wir ihn kennen, werden wir sehr vorsichtig sein müssen. Niemand lässt sich freiwillig einfangen, Marco, denke immer daran. Er oder sie wird um sich schlagen, und dass er das kann, hat er gezeigt. Auch du, Hella, solltest daran denken! Seid vorsichtig, haltet die Augen offen. Wir haben zumindest einige Namen. Das kann uns weiterführen. Ich erinnere mich, dass Barbara die Einzige ist, die das Hobby deines Vaters teilte – ist das richtig?«

»Selten genug«, aber sie wusste Bescheid, unterbrach Marco Franks Redefluss. »Früher hat Papa ihr mal einen Tauchkurs spendiert, und zweimal hat sie ihn zum Tauchen ans Rote Meer begleitet.«

In dem Zusammenhang erwähnte Frank die Party am Samstag bei Leiterer. »Unter den Gästen befand sich eine Rosemarie, die war bereits ziemlich angetrunken. Ich weiß nicht, ob sie dummes Zeug redete oder die Wahrheit sagte. Eine Freundin erzählte, dass jemand aus Hamburg Barbara besucht hätte, der sich dann an Anette rangemacht hätte …«

»An die Frau von Förster? So ein Dreckskerl.« Hella war durch das gemeinsame Reiten und ihre Freundschaft mit Theresa bestens mit den Familienverhältnissen vertraut. Aber von diesem Sachverhalt wusste sie nichts.

»So habe ich es verstanden.« Frank erinnerte sich deutlich an den Abend auf dem Ritten. »Kennt einer von euch diese Rosemarie mit Nachnamen? Sie mag zwischen fünfunddreißig und vierzig Jahre alt sein, ist ein wenig füllig.« Er zögerte, sie aufgedonnert zu nennen, was seine Sichtweise widerspiegelte, nicht aber unbedingt die der anderen. Er entschloss sich, sie als »ziemlich herausgeputzt« zu bezeichnen.

»Nun sagen Sie endlich, worauf Sie hinauswollen.« Marco konnte es kaum abwarten.

Diese Rosemarie habe ihm erzählt und sich darüber lustig gemacht, dass Barbara jemanden beim Tauchen am Roten Meer kennengelernt hatte, der sie hier in Südtirol besucht und dann mit ihrer Schwester betrogen, zumindest eine kurze Affäre gehabt hatte. Ob das stimmte, sei dahingestellt. Frank wüsste gern, wie diese Rosemarie mit Nachnamen heiße oder wer der Mann sei, von dem beide Schwestern sich haben beglücken lassen.

Hella wusste von der Party, eine Freundin habe ihr davon erzählt. »Bei den kurzen Wegen hier sollte es mir nicht schwerfallen, das herauszufinden.«

Für Frank gab es weitere Unklarheiten. »Mir ist es unverständlich, dass bislang kein Testament aufgetaucht ist. Unterlagen dieser Art lässt man bei einem Notar oder Anwalt. Ich habe gehört, dass es ein Testament geben soll. Marco, wo ist es? Wer sind die Begünstigten?« Frank wurde erst hier klar, dass er dieser Frage bislang zu wenig Aufmerksamkeit geschenkt hatte.

»Keine Ahnung, Vater hat nie darüber gesprochen.«

»Kennst du seinen Anwalt oder Notar? Oder du, Hella? Hat Theresa dir etwas erzählt?«

Nöltenthaler heiße der Anwalt, meinte Marco, und Hella war überzeugt, dass Kannegießer Theresa eingesetzt hatte. »Nach allem, was sie mir erzählt hat. Wenn man gemeinsam trainiert und ausreitet, redet man auch viel. Marco als Erbe?« Sie sah ihn beinahe liebevoll an. »Niemals, du fällst raus, genau wie die Kinder aus seiner ersten Ehe. Ich denke, dass jetzt, wo Theresa nicht mehr lebt, das Testament auftaucht, verlasst euch darauf. Dann fallen alle übereinander her, auch die beiden Schwestern. Das hört man oft, wenn es was zu holen gibt. Ein Rudel Wölfe stürzt sich auf die Beute. Und wenn Marco der Begünstigte sein sollte …«

»Sie werden es vor Gericht bringen und vor den Ausschuss der Landwirtschaftskammer, damit der entscheidet.« Nach Marcos Ansicht hätte Leiterer mit diesem Gremium was zu tun. »Ich weiß nicht, in wie vielen Ausschüssen der mitmischt … dann fängt er bestimmt Krieg mit meiner Mutter an – ach, das wisst ihr noch gar nicht? Sie führt bereits Verhandlungen wegen des Verkaufs, also sie bereitet da was vor …«

»Du meinst, dass sie sondiert?« Für Frank war es ein logischer Schluss, es wunderte ihn nur, dass es so schnell kam. Oder war alles von langer Hand vorbereitet? Waren hier zwei unterschiedliche Gruppen am Werk? Hatte der Tod des Vaters nichts mit dem der Tochter zu tun?

»Sondieren nennt man das?« Marco war erst heute von einem seiner Dozenten in San Michele angesprochen worden, der sich erkundigt hatte, wie die Besitzverhältnisse momentan seien und ob Claudia Kannegießer tatsächlich über das Recht zum Verkauf der Kellerei und der Weinberge verfüge.

»Keiner kann in die Zukunft blicken«, meinte Hella besorgt, »aber falls du alles erbst, den Hof wird auch der Ausschuss kaum auseinanderreißen, dann hast du sie alle gegen dich.«

Es war für Frank wieder faszinierend, wie entschlossen dieser Neunzehnjährige wirkte. Man konnte glauben, Werner Kannegießer säße hier am Tisch.

»Ich habe keine Angst vor denen, nein! Ich würde das Weingut übernehmen, ich würde es führen. Das traue ich mir zu. Aber ich würde mich auch mit den zwei Hektar Pinot Grigio zufriedengeben, mit der Spielwiese, wie mein Vater sie nannte. Er hat mich nie dafür gelobt, die Weine nicht einmal kommentiert, aber er hat sie verkauft wie blöde. Ist ja auch kein Wunder, bei dem gruseligen dünnen Zeug, was im Veneto und in der Lombardei daraus gemacht wird. Grauburgunder nennt ihr Deutschen die Rebe wohl, Ruhländer, ach, ich vergaß, Sie sind auch kein richtiger Deutscher mehr. Aber wer ist das schon? Wir auch nicht, als deutsch-österreichische Italiener.«

Marco horchte auf, Schlüssel klimperten, die Wohnungstür schlug zu, die Stimmen zweier junger Männer wurden laut, Marcos Wohngenossen kamen nach Hause. Sie würden sich bestimmt über die Reste des Auflaufs hermachen wollen, so wie Frank in ihrem Alter. Es war Zeit zum Gehen.

»Gestatten Sie mir noch eine Frage«, sagte Hella auf der

Treppe zum Hof. »Übergeben Sie die Passagierlisten den Carabinieri?«

Frank blieb unschlüssig. »Es wird mir nichts anderes übrig bleiben, ich hab's angekündigt, um den *tenente* auf den Fall heißzumachen. Was und ob sie etwas daraus machen oder ob sie nur wissen wollen, was wir erkunden, und die Kontrolle über unser Tun behalten wollen – ich weiß es nicht. In zwei oder drei Tagen wissen wir mehr.«

Als er auf das Haus in der Sparkassenstraße zuging, dachte Frank darüber nach, ob es sinnvoll wäre, mit Marco zusammen Dottore Cassignano aufzusuchen. Nein, Cassignano war der Tierarzt. Werner Kannegießers behandelnder Arzt hieß Cotarelli. Es wäre interessant zu erfahren, was er über den Tod seines Patienten dachte. Über den schlechten Zustand des Winzerherzens hatte Frank bislang nur von Dritten gehört, die allesamt ähnliche Interessen hinsichtlich des Weinguts verfolgten und denen Theresa im Wege gewesen war. Nur wer von ihnen war so skrupellos, bis zum Äußersten zu gehen? Allerdings war es fraglich, ob der Arzt sich äußern würde, möglicherweise nur Marco gegenüber. Auch er war sein Patient.

Bevor Frank die Haustür aufschloss, die nachts meist abgeschlossen war, schaute er hinauf zu den Fenstern. Alles war dunkel, also war Marcella nicht da, was ihn beruhigte. Er hätte sich zu dieser Stunde ungern dem Zwiespalt seiner Gefühle gestellt. Er wollte sich lieber mit einem letzten Glas auf den Balkon setzen.

In Gedanken vertieft, stieg er hinauf in den dritten Stock. Normalerweise drehte er beim Weggehen den Schlüssel zweimal um, um sicherzugehen, besonders da es sich nicht um seine eigene Wohnung handelte. Jetzt aber stutzte er. Hatte er es heute Morgen nach dem eiligen Aufbruch versäumt? Frank schaltete die Flurbeleuchtung ein und sah sich um. Alles war so, wie er es verlassen hatte. Er trat ins Wohnzimmer und blieb stehen, dann öffnete er das Fenster, denn der Geruch im Raum störte ihn. Das war nicht Marcellas Parfüm, das war auch nicht der dieser Wohnung eigentümliche Geruch. Wieder sah er sich um, beunruhigt, alarmiert von dem Geruch, was ihm inzwischen lächerlich vorkam. Er hatte ihn nur beim Betreten des Raums wahrgenommen und sich mittlerweile bereits daran gewöhnt? Nein, das vage Gefühl, dass jemand, dass ein Fremder in der Wohnung gewesen war, beschlich ihn. War tatsächlich alles so, wie er es verlassen hatte? Ein Verdacht keimte auf, und er ging zum Faxgerät. Unverrückt stand es an derselben Stelle wie vorher. Aber der Papierkorb stand weiter rechts, er hatte ihn nach der Beseitigung des Papierstaus vorgezogen, das zerfetzte Blatt aus dem Gerät entfernt, es zerknüllt und fallen lassen. Es war nicht mehr da. Einen deutlicheren Beweis gab es nicht. Jemand war hier gewesen, hatte die Wohnung durchsucht, jemand, der etwas davon verstand. Oder jemand, der ihn kannte?

Was wusste er von Marcella?, fragte er sich. Lediglich dass sie Matteos Freundin war, dass sie als freie Food-Stylistin arbeitete, nicht nur für ihn Lebensmittel kamera- und fotogerecht aufbereitete. Sie war hier geboren, ihre Eltern waren Italiener, angeblich hatte sie ein Kunststudium hinter sich – angeblich. Da war es, das Misstrauen. Wenn es erst Einzug gehalten hatte, haftete es wie eine Klette, entwickelte sein Eigenleben und infizierte das weitere Denken.

Frank kannte Marcellas Wohnung nicht, weder Freunde noch Verwandte, noch hatte er sich damit beschäftigt, wer ihre sonstigen Kunden und Auftraggeber waren. Arbeitete sie als Zuträgerin, um nicht Spitzel zu sagen, für die Polizei? Nein, es war nicht ihr Parfüm. War Tenente Gesso hier gewesen? Er hatte sehr direkt nach den Listen gefragt. Je häufiger man in Kriminalfilmen vorgeführt bekam, dass Kommissare auf illegale Methoden zurückgriffen, desto eher hielt man es für möglich, dass es sich in der Wirklichkeit ähnlich verhielt.

Bisher hatte Frank sich in der Wohnung wie zu Hause gefühlt. Damit war es vorbei. In seinen schriftlichen Unterlagen war gewühlt worden, die Blätter seiner Notizen waren verschoben, zwar nur um Millimeter, aber auch die Flyer und Prospekte der Kellereien lagen anders als zuvor. Das Lesezeichen in dem Buch auf seinem Nachttisch war verrutscht. Jemand, der die Gegenstände gesichtet hatte, konnte sie kaum wieder genauso hinlegen, wie sie vorher gelegen hatten, auch wenn er darauf achtete. War es demjenigen gleichgültig gewesen? Marcella war häufig hier gewesen, bisher war ihm an ihr nichts aufgefallen, oder hatte er nur auf anderes geachtet?

In dieser Nacht schlief er unruhig, wachte mehrmals auf und stand bereits im Bad, bevor der Wecker klingelte. Vor ihm lag wieder die lange Strecke hinauf nach Brixen. Diesmal würde er die Autobahn statt der Landstraße nehmen. Er war mit Manni Nössing verabredet. Sein Hoandlhof lag oberhalb des Städtchens, seine Weinberge reichten bis in achthundert Meter Höhe hinauf. Dummerweise lagen sie auf der östlichen Seite des Tals noch im Schatten, und es würde lange dauern, bis Frank dort das richtige Licht vorfinden würde, das er brauchte. Aber das war gar nicht mal so schlecht, überlegte er, es würde ihn zum Experimentieren veranlassen.

Das war es auch, was dem Winzer den Ruf eingebracht hatte, ein Rebell zu sein, obwohl er das Aufbegehren längst hatte sein lassen und mit seinen Weinen nicht nur im italienischen Markt etabliert war. Idealismus wurde ihm nachgesagt und Eigensinn, ein Querulant soll der Sohn einer Bauernfamilie gewesen sein, ein Querkopf, aber als solchen empfand Frank diesen stämmigen jungen Vater mit den kräftigen Händen nicht, der in seiner burschikosen Art davon sprach, wie er sich vor Jahren dafür entschieden hatte, die Trauben nicht mehr in der Genossenschaft abzuliefern, sondern den Wein selbst zu keltern und zu vermarkten, für damalige Verhältnisse ein unerhörter Vorgang.

Die Voraussetzungen dazu waren gegeben: Die nötige Portion Selbstvertrauen war vorhanden, das nötige Wissen auch, insbesondere wie man sich in Szene setzt. Oder es war sein Naturell. Was ihm fehlte, eignete er sich auf Reisen an. Da war der elterlicher Hoandlhof, der zur Kellerei umgebaut wurde, im Besitz der Familie seit drei Generationen. Großzügigkeit und eine andere Zeit bewies bereits die offene Zufahrt. War es ein Haus, waren es drei, eines dazwischen gesetzt mit Balkonen und einer Aussicht, für die andere hundertfünfzig Euro pro Tag zahlten? Im Stil war es der lokalen Architektur verhaftet, auf Fensterläden war verzichtet worden, große Fenster trugen dem Wunsch nach mehr Licht Rechnung, und das spiralförmige Treppenhaus hätte als Kulisse in einem Hitchcock-Film dienen können.

Die Fläche von sechs Hektar in steilen Lagen oberhalb Brixens reichte Nössing aus, um jährlich fünfzigtausend Flaschen abzufüllen, was ihm wirtschaftliches Arbeiten ermöglichte, denn was nutzten die verrücktesten Ideen, wenn man davon nicht leben konnte? Und es gab andere Weinbauern, Unterstützer, unabhängige Geister wie er, die sich zusammentaten und dabei mitmachten, die sogenannten Freien Weinbauern.

War damit gemeint, dass die Lieferanten oder Mitglieder der Genossenschaften unfrei waren? Frank hatte bislang niemanden erlebt, den er als unfrei bezeichnen würde. Es gab Verträge, sicherlich, Absprachen, das musste sein, die Einflussnahme der Önologen der Genossenschaften auf die Arbeitsweise im Weinberg mochte stark sein, doch wie sonst wollte man die kleinteilige Weinwirtschaft organisieren? Immerhin waren die Genossenschaften demokratisch verfasst.

Die zwei Hektar Pinot Grigio, von denen Marco gesprochen hatte und auf die er hoffte, hätten niemals ausgereicht, ihn zu ernähren. Es war ein Frank durchaus bekanntes Problem. Was nutzten ihm die schönsten Fotobücher, wenn niemand sie kaufte, auch wenn sie letztlich auf Beistelltischen verstaubten und ihre Besitzer im höchsten Falle als belesene Weinkenner auswiesen? Aber Nössings Weine wurden getrunken. Einige Erwähnungen im »Gambero Rosso«, und der Erfolg stellte sich von allein ein – so mochten einige denken. Es konnte ein wichtiger Anfang sein, aber auf hohem Niveau zu bleiben, war die Kunst.

Die Wahl der Rebsorten war allerding unkonventionell: Kerner, die Kreuzung aus Riesling und Trollinger, machte in Südtirol mit dreiundachtzig Hektar lediglich 1,6 Prozent der Weinanbaufläche aus. Vom Grünen Veltliner gab es gerade mal sechsundzwanzig Hektar. Silvaner lag mit siebenundsechzig Hektar zwischen den beiden. Vom Müller-Thurgau gab es etwas mehr. Ein Gewürztraminer gehörte dann auch noch zu Nössings außergewöhnlichem Portfolio. Diesen Weinen war eine besondere Leichtigkeit und Frische zu eigen, ohne dass die Säure beißend wurde, obwohl oder gerade weil Nössing generell auf die malolaktische Gärung verzichtete, was die Weine weicher gemacht hätte. Frank nahm an, dass die Weine reduktiv ausgebaut wurden, das hieß weitgehend unter Luftabschluss. So jedenfalls machte es Antonia mit ihrem Malvasia, um die Frucht zu betonen. Antonia – an sie durfte er jetzt nicht denken, es würde ihn zu sehr beunruhigen. Er war sich sicher, dass nach dem unerfreulichen Telefonat weitere folgen würden. Dieser Gedanke störte ihn in seiner Konzentration. Es fiel ihm schwer, die Aromen der einzelnen Weine klar zu definieren. Alle waren anders, waren kernig, waren klar, ohne Schnörkel, verfügten über Gehalt und folgten einer puristischen Linie. Sogar der Müller-Thurgau, dem Frank ansonsten wenig Sympathie entgegenbrachte, gefiel ihm außerordentlich gut.

Manni Nössing war in Eile, er schien es immer zu sein, immer auf dem Sprung, mit wenig Zeit für überflüssige Worte. Das war das Los des Selbstständigen. Er fuhr den kleinen Traktor aus der Garage, setzte sich sein Söhnchen auf den Schoß, dem das anscheinend gut gefiel, und nahm in bester Laune die steile Gasse, die bald in einen ebenso steilen Feldweg übergehen würde.

Lag der Hoandlhof bereits hoch über Brixen, so reichten Nössings Flächen weiter hinauf, wo das Licht besonders klar, die Luft rein, der Lärm weit weg war, die Tage heiß, die Nächte kühl und die Witterungsperiode lang – das alles waren Voraussetzungen für einen gekonnten Bergwein, der strahlig und schlank war, der Biss hatte und sich deutlicher in der Säure zeigte als die Weine aus den niederen Tälern.

Die Tankanzeige näherte sich dem roten Bereich. Es schien Frank geraten, noch in Brixen zu tanken, bevor er sich wieder auf die Autobahn wagte. Er schraubte gerade den Tankdeckel zu, als ihn jemand von hinten ansprach. Erschrocken fuhr er herum und starrte in das Gesicht eines Mannes, der ihn um mindestens einen halben Kopf überragte. Die hohe Stirn und der späte Haaransatz gaben ihm etwas Professorales, ein Intellektueller vielleicht, auf jeden Fall kein dummer oder einfältiger Mensch, der ihn mit dunklen Augen ansah. Es schien ernst zu sein.

»Verzeihen Sie, falls ich Sie erschreckt habe. Tut mir leid. Aber da ich Sie hier treffe, rein zufällig … Sie sind Herr Gatow, wenn ich nicht irre, der Fotograf aus der Toskana?«

Rasend überlegte Frank, woher er den Mann kannte. Da

er inzwischen zum Beteiligten, ja zum Akteur geworden war, musste er sehr genau darauf achten, wer ihm entgegentrat. Irgendwo hatte er den Mann schon mal gesehen …

Der Fremde half ihm. »Wir waren zusammen auf der Party am letzten Sonnabend, bei Familie Leiterer. Sie haben sich länger mit meiner Frau unterhalten, wahrscheinlich über Werner Kannegießer, sie ist seine älteste Tochter.«

Jetzt war es Frank klar, vor ihm stand der Winzer Förster. Er hatte ihn kurz mit Anette zusammen gesehen. Frank machte sich auf den nächsten Sermon über Erbrechte, über Theresa, den unfähigen Sohn aus zweiter Ehe und Ähnliches gefasst. Zwanzig Hektar besaß Förster bereits und wollte noch zweiundzwanzig dazu?

Aber die Befürchtungen wurden nicht bestätigt. »Man sagte mir, dass Sie Weingüter fotografieren. Das Meinige ist recht konventionell, sowohl was die Weine angeht wie auch in Bezug auf die Bauweise. Wir haben bislang keine Preise bei der Architekturbiennale in Venedig gewonnen, was auch nicht zu erwarten ist, denn die Europäische Union knausert inzwischen mit ihren Hilfen, also nichts für Ihre Kamera.«

»Ihre Weine würden mich schon interessieren, ich habe mich gewundert, dass sie an dem Abend nicht gereicht wurden, immerhin gehören Sie zur Familie …«

»Das hat politische Gründe. Mein … äh … Schwiegervater hat Verpflichtungen, die sich aus seiner Position ergeben, und die stehen manchmal im Vordergrund.«

Der Blick, den Förster nach dieser diplomatisch formulierten Aussage Frank zuwarf, ließ auf andere Gründe schließen. Leiterer kaufte einen bestimmten Wein und gewann eine Stimme bei der nächsten Abstimmung? Eine Hand wusch die andere?

»Ich würde mich freuen, Ihnen meine Weine vorzustellen, da Sie, wie mir berichtet wurde, auch ein Weingut im Rücken haben … oh, wir blockieren die Zapfsäulen.«

Beide Männer fuhren ihre Wagen beiseite, gingen in die Tankstelle und zahlten. Anschließend unterhielten sie sich draußen weiter. Förster ergriff wieder das Wort.

»Ihr Zeitplan wird sehr eng sein, also müssen wir uns auf die lichtlose Zeit beschränken. Wie wär's morgen Abend?«

Förster ging es wohl kaum darum, ihm lediglich seine Weine vorzustellen, vermutete Frank, und das sagte er ihm auch.

»Sie haben durchaus recht. Sie sind mit dem Fall Kannegießer befasst ...«

»Fall nennen Sie das? Sind Sie etwa auch der Ansicht, dass ...«

»Nach dem tragischen Tod der jungen Frau, seiner Tochter, spricht einiges dafür, dass es sich zum Fall auswächst. Es herrscht viel Aufregung, es gibt böses Blut, auch Stimmung gegen Sie. Ich würde gern erfahren, wie Sie über die Sache denken und wie man, wie ich vielleicht bei der Klärung helfen kann. Seien Sie versichert, dass ich nicht im Geringsten an dem Weingut interessiert bin.«

Noch ein Akteur mehr in diesem undurchsichtigen Reigen, dachte Frank. Es könnte jedoch nicht schaden, sich mit Förster zu treffen und ihn auszufragen. Vielleicht kannte er sogar diese Rosemarie ...

»Wer ist die Frau auf dem Foto?«

Matteos Telefon hatte geläutet, kaum dass Frank die Wohnung betreten hatte.

»Auf welchem Foto bitte?«, fragte er und war sich keiner Schuld bewusst.

»Auf diesem Foto, auf dem du nachts um ein Uhr diese Frau umarmst und küsst«, sagte Antonia harsch. »Ihr scheint euch gut zu verstehen! Wo ging es denn anschließend hin?«

Rasend überlegte Frank, um wen es sich handeln könnte

und welche Frau er nachts um ein Uhr umarmt hatte. Marcella? Aber die hatte er nicht geküsst, nur bei der Verabschiedung und dann höchstens auf die Wange. In diesem unerfreulichen, beinahe inquisitorischen Ton hatte Antonia bisher erst ein einziges Mal mit ihm gesprochen, als er sich ihrer Ansicht nach zu gut mit ihrer Freundin Wanda unterhalten hatte, mit Wanda Livonardi, einer der toskanischen Wortführerinnen von Le Donne del Vino, dem Verband der Winzerinnen. Wenn es um ihn und um eine andere Frau ging, tickte Antonia aus, rationalen Argumenten war sie nicht mehr zugänglich, den irrationalen sowieso nicht. Aber wer hatte ihn fotografiert und das Bild auch noch Antonia geschickt? Genau das fragte er sie, anstatt sich zu verteidigen, was sowieso sinnlos war.

»Von wem hast du das Bild?«

»Mich interessiert, wer diese Frau ist!«

»Das wird Marcella sein, die Freundin von Matteo, in dessen Wohnung ich wohne.«

»Wieso küsst du sie?«

»Wir haben abends mit diesem deutschen Übersetzer lange zusammengesessen …«

»Bis nachts um ein Uhr?«

»… und über Kannegießer diskutiert«, entgegnete Frank ärgerlich. »Und ich habe sie nach unten begleitet.«

»Weiter nichts?«

»Bitte hör auf damit! Ich bin nicht Massimo. Dein fremdgehender Exmann ist nur noch Asche. Trenn dich endlich von diesen Gefühlen. Du bist eine wunderbare Frau, du bist schön, ich finde dich schön, ich lebe gern mit dir, bewundere dich und küsse keine andere – was soll ich sonst noch sagen? Und jetzt will ich wissen, wer dir das Bild geschickt hat, *porca miseria*. Da will mir jemand schaden, will mich von hier weghaben, ich soll die Finger von dem Fall lassen, und spiele du bitte nicht dabei mit.«

So schnell war Antonia nicht zu beruhigen. »Ein Fall ist das bereits? Hatte ich dich nicht gebeten, dich rauszuhalten?« Die Aggressivität, mit der sie die Worte vorbrachte, hatte nichts mehr mit einer Bitte gemein.

Es war aussichtslos. In Momenten wie diesen verlor Frank jeden Zugang zu ihr.

»Du kommst auf der Stelle nach Hause!«

»Antonia, versteh, ich kann hier nicht weg. Ich muss meine Arbeit zu Ende bringen, und Marco zählt auf mich, ich kann ihn unmöglich hängenlassen …«

»Aber mich kannst du betrügen.«

»Quatsch!« Frank war kurz davor, die Geduld zu verlieren, aber das würde noch weniger helfen. »Ich habe dich nicht betrogen. Ich gebe dir gern Marcellas Telefonnummer, sprich selbst mit ihr.«

»Die wird mir was Schönes erzählen, wenn sie diesen, wie heißt er?, Matteo? Wenn sie ihrerseits diesen Matteo betrügt? Du kommst nach Hause, sonst komme ich …«

»Ja«, sagte Frank und legte so viel Aufforderung in seine Stimme wie möglich, »das wäre sicherlich das Beste.«

16. Kapitel

Wie gerädert wachte er auf, bevor der Wecker klingelte, der Tag graute, Frank wälzte sich im Bett von einer Seite zur anderen. Mal war es ihm unter der Decke zu warm, dann wieder zu kalt, im Raum war es zu stickig, er riss die Vorhänge beiseite und öffnete das Fenster und legte sich wieder hin. Doch an Schlaf war nicht mehr zu denken. Er versuchte, die Gedanken an Antonia zu ignorieren, das Problem Kannegießer von sich zu schieben und die quälenden Selbstvorwürfe aus seinem Kopf zu verbannen, doch kaum gelang ihm das für einen Moment, drängte sich das Misstrauen gegenüber Marcella in den Vordergrund sowie die Zweifel an Tenente Gessos Integrität. War es nicht besser, schleunigst seine Kameras zu nehmen und zu verschwinden? Nein, das alles würde ihn verfolgen, und was er einmal begonnen hatte, musste er zu Ende führen. Außerdem setzte Marco auf ihn.

Das Smartphone, auf dem Nachttisch liegend, meldete sich, und in Erwartung schlechter Nachrichten (wer rief schon um fünf Uhr dreißig an?) griff Frank vorsichtig danach, als könne er sich an dem Gerät verbrennen. Als er die Hamburger Vorwahl auf dem Touchscreen sah und die Rufnummer seiner Tochter erkannte, hoffte er nur noch, dass das Unglück nicht zu groß war. Aus einem anderen Grund würde Christine nicht um diese Zeit anrufen.

»Wieso bist du nicht längst unterwegs, wie es sich gehört?«, fragte sie, künstlich empört. »Das Licht dort bei euch in den Bergen muss am frühen Morgen grandios sein. Oder regnet es?«

Frank sah stöhnend zum Fenster. »Nein, ich habe heute morgen zufällig keinen Termin und könnte ausschlafen.« Mühsam unterdrückte er sein Gähnen. »Was ist passiert?« Er atmete auf, es konnte kein großes Unglück sein, Christine klang alles andere als besorgt.

»Ich war gestern beim Arzt und habe mich gründlich untersuchen lassen …«

»Ja, und? Was Ernstes?« Hoffentlich nicht, sofort war die Sorge wieder da.

»Es ist ziemlich ernst. Du wirst Großvater!«

»Nein.«

»Doch!«

»Wann?« Unwillkürlich zog ein Lächeln über Franks Gesicht. Es war die schönste Nachricht seit Langem. »Wann?«, wiederholte er.

»In sechs Monaten.«

»Das ist ja wundervoll. Ist das Kind gesund?«

»Es ist alles dran, wenn du das meinst.«

»Wunderbar.« Frank saß hellwach auf der Bettkante. »Hast du es schon deiner Mutter mitgeteilt?« Sein Kontakt mit seiner geschiedenen Frau war aufs absolute Minimum beschränkt, und wenn, dann sprachen sie über ihre gemeinsame Tochter oder Belanglosigkeiten.

»Wann hätte ich das tun sollen? Wir wissen es erst seit gestern sicher. Außerdem kann ich mir nicht denken, dass es Mama besonders interessiert.«

Darauf ging Frank nicht ein. »Was sagt Konstantin dazu? Ist er glücklich, Vater zu werden?« Christines Freund kannte er seit zwei Jahren; er war ein angenehmer Mensch, eine ruhige Natur, zielstrebig, für Franks Geschmack ein wenig zu akkurat, der Gegenpol zu seiner quirligen, kreativen und auch ehrgeizigen Tochter, doch so glichen sich die Temperamente aus – hoffentlich.

»Er freut sich wahnsinnig. Aber ich habe ihm gleich gesagt: Geheiratet wird nicht! Ich habe eine riesige Bitte: Kannst du herkommen, einen oder zwei Tage? Ich brauch dich!«

Frank zögerte nicht lange. Er konnte die Termine für Montag und Dienstag noch absagen und verschieben. Wenn er noch heute oder morgen nach Hamburg flog, konnte er Mittwoch wieder hier sein. Er müsste von Mailand aus fliegen … Aber wie würde Antonia die Reisepläne in ihrer momentanen Verfassung auffassen?

»Was ist? Kannst du nicht kommen?«

»Ich kann schon, aber mit Antonia habe ich gegenwärtig Stress, du weißt, dass sie schrecklich eifersüchtig ist.«

»Du gibst ihr hoffentlich keinen Anlass?«

Franks »Nein« kam spontan, doch innerlich hegte er Zweifel. Aber die Gedanken waren frei … Dann korrigierte er sich: »Anlass schon, aber keinen Grund.«

»Du wirst es mir sicher genauer erklären. Ich könnte dir helfen, ich rufe sie an«, sagte Christine und hatte es bereits entschieden. So war sie, schnell und eindeutig. »Ich muss sowieso mit ihr sprechen. Bei dir weiß ich, dass du einverstanden wärst, aber bei ihr …«

Christine machte eine Pause, und Frank hoffte, dass ihr Ansinnen nicht zu weiteren Zerwürfnissen führte.

»Ich würde das Kind gern bei euch auf dem Weingut bekommen. Meinst du, Antonia hat etwas dagegen?«

Heute eventuell schon, fürchtete Frank, aber wozu sollte er seine Tochter nervös machen. »Sicherlich, sie mag dich sehr, sprich mit ihr, sie wird sich riesig freuen.« Vielleicht war so ein Anruf dazu angetan, sie wieder auf den Teppich zu holen und die Stimmung zu verbessern. Christine konnte

Antonia sicher besser klarmachen, wie viel ihr an seinem Besuch in Hamburg gelegen sei.

Mit Ötzi, wie der Tote aus dem Eis gemeinhin genannt wurde, hatte sich Frank nie beschäftigt. Der allgemeine Medienhype war an ihm vorbeigegangen. Der Mann vom Hauslabjoch, in einer Gletscherspalte von Schnee und Eis der Ötztaler Alpen erhalten, hatte ihn bislang nicht interessiert. Aber da er so nah war, nur einen Häuserblock vom Archäologiemuseum entfernt, ließ sich der freie Vormittag nutzen, um das Museum anzuschauen und die bei Ötzi gefundenen Artefakte. Es war auch gut, um sich abzulenken. Zu viele Fragen waren offen. Da war zum einen die Freude über die schöne Nachricht, das war sie auch für Antonia, und er war sich sicher, dass sie Christines Wunsch erfüllen würde. Doch ihm brannte gleichzeitig Antonias harsche Reaktion auf das nachts gemachte Foto unter den Nägeln. Wenn er jetzt nach Hamburg flog, war er zumindest außer Reichweite von Antonias Angst und ihren ungelösten Problemen.

Vor dem Museumsbesuch brachte er eine Kopie der Passagierlisten wie angekündigt bei den Carabinieri in der Dantestraße vorbei, es waren nur vier Blocks und bei diesem wunderbaren Wetter ein angenehmer Fußweg. Er hütete sich davor, dem Tenente die Listen persönlich in die Hand zu drücken, sondern gab sie dem Pförtner in einem Umschlag. Seit der Durchsuchung seiner Wohnung wollte er Gesso keinesfalls begegnen, war aber auf seine Reaktion gespannt. Konnte er mit den Listen etwas anfangen? Frank wartete noch immer auf eine Antwort hinsichtlich Theresas verschwundenem Smartphone und wer sie in den Stall bestellt haben könnte. Die Namen in den Passagierlisten allein würden Gesso nichts sagen, denn es fehlte ihm jeglicher Bezug. Dass er, Frank, in den Besitz der Listen gelangt war, zeigte dem Carabiniere, dass er mehr war als ein Fotograf, der junge Erntehelfer und alte Weinfässer ablichtete. Ähnlich sah er die Blutuntersuchung des Pferdes und sein Verschwinden, sozusagen die Sicherstellung eines Beweismittels, worüber er sich noch immer wie über einen gelungenen Streich freute. Dass man bei ihm mit mehr zu rechnen hatte, wusste Gesso sicherlich längst aus den Akten im Fall Massimo Vanzetti.

Auf dem Weg vom Landeskommando zum Museum überlegte Frank, wie er an den Namen des Mannes käme, den Barbara Kannegießer am Roten Meer getroffen und der die Stirn gehabt hatte, sie mit ihrer Schwester zu betrügen. Wie mochte Ravelli das aufgefasst haben? Sollte Frank es ihm stecken und beobachten, ob und wie die drei aufeinander losgehen würden, besonders die Schwestern? Dann würde auch Förster davon erfahren. Er war der Einzige, von dem Frank annahm, dass es ihn wirklich treffen würde und nicht nur seine Eitelkeit verletzte. Nein, so vorzugehen war Frank zu schmierig. Andererseits – was konnte schmutziger sein als zwei Morde?

Lange stand er vor dem kleinen Fenster der Kühlkammer, in der der Mann aus dem Schnee ausgestellt war, und starrte ergriffen auf die rotbraune Mumie. Das Eis oder die Feuchtigkeit auf seinem Körper glänzte, er wirkte wie lackiert. Den linken Arm hatte die Gestalt nach rechts über die Brust gelegt, der rechte Arm wies ausgestreckt nach unten, die Knie dieser nur aus Haut, Sehnen und Knochen bestehenden Mumie waren leicht angezogen. Der Kopf war relativ intakt, anders als ein Totenschädel.

Wenn ein anderer Besucher kam, trat Frank still beiseite, ging der Besucher weiter, schaute Frank wieder durch das winzige Viereck der Kühlkammer. Etwas wie Mitleid beschlich ihn, anders konnte er es nicht nennen. Da lag zweifelsohne ein Mensch, vielmehr das, was von ihm durch einen Zufall fünftausenddreihundert Jahre überdauert hatte. Musste das sein? Mussten die Wissenschaftler, die zu Hunderten mit ihrem Forscherdrang über dieses Wesen hergefallen waren, ihre Trophäe derart zur Schau stellen? Diente er als gewinnbringender Tourismusmagnet? Frank hätte es nicht gewollt, dass in fünftausend Jahren ihn die Menschen oder ihre verkrüppelten Nachfahren, sensationslüstern oder von stillem Grusel gepackt, anstarrten. Wieso begrub man ihn nicht mit Anstand? Er war ermordet worden, wie es hieß, eine Pfeilspitze war beim Durchleuchten im linken Schulterblatt gefunden worden, was darauf schließen ließ, dass er verblutet war. Zusätzlich hatte ihm noch jemand einen Schlag auf den Schädel versetzt. Weitere Indizien seiner mangelhaften Ausrüstung wiesen darauf hin, dass er möglicherweise auf der Flucht gewesen war. Andere Ausrüstungsgegenstände wieder zeigten einen hohen Entwicklungsstand wie ein Kupferbeil, Pfeil und Bogen für die Jagd, in der Gürteltasche befanden sich ein Baumschwamm mit antibiotischer und blutstillender Wirkung, was ihm so wenig genutzt hatte wie der Dolch aus Feuerstein.

Erschrocken fuhr Frank zusammen, als sein Telefon in der Jackentasche vibrierte. Es war Hella, sie hatte Neuigkeiten. Sie hielt sich nicht lange mit einer Vorrede auf.

»Ich habe den Namen der Frau rausgekriegt. Sie heißt Rosemarie Altinger. Sie ist Inhaberin eines Reisebüros oder einer Reiseagentur im Zentrum von Bozen.« Hella gab Frank die Adresse. »Das ist nicht weit von Ihrer Wohnung entfernt. Sie können zu Fuß gehen. Aber ich weiß ja nicht, wo Sie jetzt sind, vielleicht in irgendeinem Weinberg?« Sie lachte in ihrer frischen, unkomplizierten Art, die Frank gut gefiel. Frauen, die sich mit Pferden beschäftigten, hatte er bislang immer als eingebildet und hochnäsig wahrgenommen.

»Wie bist du an den Namen gekommen?«

»Ganz einfach. Man kennt sich hier, einer kennt den anderen, der kennt den nächsten, man fragt sich durch. Der Vorname ist selten, und er ist deutsch, also fallen siebzig Prozent aller Bewohner Bozens von vornherein weg. Und irgendwie hängt sie mit Leiterer zusammen. Wer von ihm oder seiner Frau eingeladen wird, gehört zu den Bessergestellten. Wie Sie weiter vorgehen, Herr Gatow, kann ich Ihnen auch nicht sagen. Am besten basteln Sie sich irgendeinen Vorwand.«

Der nächste Anruf, der ihn erreichte, enthob ihn der Mühe, nach diesem Vorwand zu suchen. Christine hatte mit Antonia gesprochen, die sehr verhalten auf ihren Anruf reagiert hatte, besonders auf den Wunsch, ihren Vater sofort zu sehen. Doch das Anliegen, ihr Kind auf der Tenuta Vanzetti in der Toskana zur Welt zu bringen, hatte ihr Mutterherz milde gestimmt. »Dann wird's ja ein Italiener, hat sie gesagt. Oder eine Italienerin habe ich geantwortet. – Also: Wann kommst du?«

Frank erklärte, dass er sofort ein Reisebüro aufsuchen würde, um sich nach einem Flug zu erkundigen.

Noch immer das gruselige Bild des Toten aus dem Eis vor Augen, verließ er das Museum, machte sich auf ins Zentrum und fragte sich durch.

Wenige Minuten später stand er vor der Reiseagentur Flamingo, die zum Glück auch samstags geöffnet hatte, und zwar gerade noch eine Stunde lang. Aus dem Schaufenster starrte ihn ein Pappflamingo an. Er musste weiterkommen, musste seine Vermutungen mit Fakten oder Namen untermauern. Kannegießer beherrschte sein Denken und hielt ihn von der Arbeit ab. Jetzt saß ihm nicht nur Gesso im Nacken, jetzt war Antonia hinzugekommen, und von dem oder den Mördern waren seine Aktivitäten sicher nicht unbemerkt geblieben. Bevor er das Reisebüro betrat, sah er sich um.

Rosemarie Altinger machte aus ihrer Freude, Frank wiederzusehen, keinen Hehl – zu seinem Leidwesen offensichtlich mehr an seiner Person interessiert als an seinen Reiseplänen. Das wiederum erleichterte es, auf eine persönliche Ebene zu kommen. Sie bat ihn ins Hinterzimmer, Aktenschränke oder Poster mit wunderbaren Naturaufnahmen Afrikas an den Wänden, besonders denen von Flamingos. Einer dieser Vögel aus Holz stand auch auf ihrem Schreibtisch.

Unbewusst baute sie Frank die Brücke zu seinem Thema. »Wie kamen Sie zu der Ehre, ins Haus Leiterer eingeladen zu werden?« Während sie sprach, glitten ihre Finger auf der Suche nach einem Flug nach Hamburg über die Tasten ihres Rechners. »Kannten Sie ihn oder seine Frau schon länger? Soweit ich weiß, sind Sie erst kurze Zeit hier.«

Hatte sie sich nach ihm erkundigt? Anscheinend funktionierten der Buschfunk oder die Bergfeuer der Eingeborenen bestens. Frank erklärte den Zusammenhang zwischen Kannegießer, der Familie Leiterer und den beiden Töchtern, wobei er die Bedeutung seiner Freundschaft zu dem Winzer bewusst übertrieb. »Und mit welcher seiner beiden Töchter sind Sie befreundet?«

»Mehr mit Barbara, aber am meisten habe ich mit Herrn Leiterer zu tun, ich buche seit Jahren alle seine Reisen. Das ist ein Job, der viel Vertrauen vonseiten des Kunden verlangt, und von mir Diskretion, wenn Sie verstehen.« Sie lächelte verständnisheischend.

Frank erwiderte das Lächeln. »Für Werner Kannegießer haben Sie nie eine Reise gebucht, in seine Tauchgebiete?«

»Doch, doch, bislang immer, er war ein guter Kunde, bis er sich entschied, nach Los Roques zu reisen. Dorthin habe ich keine Verbindung.«

»Aber ans Rote Meer, wohin er mit seiner Tochter reiste, mit Barbara vermutlich …« Frank versuchte, seinen Worten einen möglichst gleichmütigen Klang zu geben.

»Ja, ja.« Frau Altinger beugte sich vor, als wollte sie Frank ein Geheimnis anvertrauen. »Da reist die Gute nun Tausende von Kilometern, nur um einen Hamburger kennenzulernen. Das hätte sie einfacher haben können.« Sie strahlte Frank aus großen blauen Augen an. »Und dann fängt dieser Lump was mit ihrer Schwester an. Ja, so sind die Männer.« Verschwörerisch rückte sie noch näher. »Hans-Christian Andersen, der Märchenerzähler.« Sie lachte gehässig. »Nein, nicht Andersen, so hieß er nicht – Scholz hieß der, glaube ich jedenfalls, Hans-Christian, ein sehr gut aussehender Mann, wirklich, ein norddeutscher Hüne, durchtrainiert, ein Sportler, da kann man beide Schwestern verstehen.« Sie verdrehte die Augen, als gäbe es etwas zu genießen. »Geld soll er auch haben, er betreibt eine eigene Firma«, fügte sie bewundernd hinzu.

Wenn sie so von diesem Mann schwärmte, was konnte sie dann von ihm wollen? Frank mit seinem kaputten Arm, sein Haar lichtete sich, die Falten prägten sich tiefer ein, der Bauch wuchs glücklicherweise erst langsam. Wusste sie, dass jemand wie Scholz für sie unerreichbar bleiben würde?

»Ich schlage Ihnen vor, von Innsbruck aus zu fliegen. Da sind Sie schneller als in Mailand und vermeiden das dortige Verkehrschaos. Dieser Scholz hat es genauso gemacht, er nahm sich dann da einen Leihwagen, ich habe ihm das alles vermittelt. Dabei hätte er auch hierher fliegen können, aber da hätte er umsteigen müssen.«

»Und wer hat Sie beauftragt?«, fragte Frank und tat so, als interessierte ihn lediglich die Klatschgeschichte. »War es Leiterer oder eine der Schwestern?«

»Barbara selbstverständlich, sie wollte ihn hierhaben. Die kannten sich ja vom Roten Meer.«

»Wie lange ist das her?«

»Sie wollen es ja genau wissen. Wann sie ihn kennengelernt hat? Puh.« Sie stöhnte. »Sie fragen, Frank, als hätten

Sie ein riesengroßes Interesse daran. Aber ich sag's Ihnen, nur weil Sie es sind.« Da war wieder das vertrauliche Lächeln. »Sie war mehrmals am Roten Meer. Im Herbst war er hier und dann einige Wochen vor Kannegießers tragischem Tod. Vor einer Woche war er wieder hier, allerdings nur für zwei Tage.«

»Da hätte er ja zum Wolkenstein-Ritt kommen können.«

»Ach – Sie wissen davon? Waren Sie da?«

»Ich habe fotografiert …«

»Die Bilder würde ich mir gern ansehen.«

»Das lässt sich machen. Wissen Sie, wann genau dieser Scholz hier war?« Frank säuselte, um ja nur jedes investigative Interesse zu überspielen. »War das nach dem Tod des Mädchens, dieser Theresa, Kannegießers jüngster Tochter?«

Rosemarie Altinger lehnte sich zurück, faltete die Hände im Nacken und schmollte. »Jetzt ist mir alles klar. Man hat mich vor Ihnen gewarnt, Sie seien ein Schnüffler. Sie würden alle in der Familie gegeneinander aufbringen, genau wie die psychopathische Tochter von Kannegießer. Die soll bereits die gesamte Familie auseinandergebracht haben …«

»Ja, und jetzt ist sie tot. Zur Strafe? Sie glauben an die Geschichte mit dem Pferd?«

»Ich weiß von nichts anderem.«

Frank beugte sich vor und flüsterte: »Jemand hat das Pferd unter Drogen gesetzt, Aufputschmittel, und zwar am Abend nach dem Ritt.«

»Nein, sagen Sie bloß. Das ist ja entsetzlich. Von dem Ritt weiß ich, dabei habe ich mehrmals zugesehen, aber von irgendwelchen Medikamenten habe ich nichts gehört.« Rosemarie schien wirklich entsetzt zu sein.

»In der Nacht hat jemand Theresa in den Stall bestellt, und da ist das wild gewordene Tier auf sie losgegangen«, erklärte Frank, »und hat sie totgetrampelt. War Hans-Christian da noch hier?«

Die Reisebürofrau starrte ihn aus großen Augen an. »Nein, nein, da war er schon wieder weg. Er ist am Samstag nach Hamburg zurückgeflogen … Sie meinen, dass er …? Gott, wie schrecklich.«

Und auf dem Herflug hat er die entsprechenden Dopingmittel mitgebracht, folgerte Frank im Stillen. Auf die Idee mit dem Pferd wird jemand anderes gekommen sein, jemand, der Theresas Gewohnheiten kannte, und der oder die wird die Mittel auch Ricardo verabreicht haben.

Für heute hatte Rosemarie nur noch einen Flug von Innsbruck nach Hannover bekommen. Von dort würde Frank gut mit der Bahn weiterkommen, der ICE fuhr stündlich. Aber das Wichtigste war Scholz, Hans-Christian Scholz aus Hamburg. Es würde keinen zweiten geben, das wäre ein zu großer Zufall, es musste sich um den Mann aus der Passagierliste handeln. Er war vier Tage vor Kannegießers Tod von Caracas' Flughafen Maiquetía aus nach Los Roques geflogen und drei Tage danach wieder abgereist.

Frank tippte den Namen in sein Smartphone. Unter Hans-Christian Scholz gab es etliche Fundstellen, die alle auf dieselbe Quelle zurückgingen:

NSD – North Sea Divers, Petersen & Scholz, Bergungsunternehmen.

Ein Hans-Christian Scholz war als Junior Operating Officer angegeben. Manchmal war das Internet doch sehr hilfreich.

Um sich aus dem Gespräch und daraus möglicherweise abgeleiteten Ansprüchen zu befreien, lud Frank Rosemarie Altinger zum Essen ein. »Gleich wenn ich aus Hamburg zurück bin. Ich rufe Sie dann an.« Davor drücken konnte er sich nicht, sie wusste, mit welchem Flugzeug er zurückkommen würde. »Dann passen Sie bloß gut auf sich auf«, sagte sie ergriffen und drückte seine Hände. »Es wäre schade um Sie …«

Jetzt begann der Stress. Fast im Dauerlauf rannte er zu seiner Wohnung, warf das Nötigste in eine Reisetasche und eilte weiter zum Wagen. Heute war es ihm gleichgültig, ob er das Siegesdenkmal zu Gesicht bekam oder nicht. Wie immer in solchen Situationen war die Zufahrt zur Autobahn verstopft, oder es kam ihm nur so vor, die Autobahn war dicht befahren, ein LKW war vor einer Baustelle liegen geblieben, und der längste Stau hatte sich in einem der vielen Tunnel vor dem Brenner aufgebaut.

Auf der Höhe von Klausen erinnerte er sich ans Kloster Neustift, damit an den Wein und an seine Verabredung mit Förster, die er verschieben musste. Die Freisprechanlage erleichterte die Kommunikation beim Fahren. Er erreichte den Winzer auf seinem Mobiltelefon im Weinberg und informierte ihn über seine Reisepläne und den Grund dafür. Förster gratulierte, die Absage war ihm nicht unlieb, denn Tenente Gesso hatte ihn für Dienstag vorgeladen, am Montag war seine Frau einbestellt wie auch andere Clan-Mitglieder.

»Darf ich Ihnen einen Tipp geben? Merken Sie sich bitte genau, was er fragt und in welcher Reihenfolge er seine Fragen stellt. Überlegen Sie gut, was Sie ihn wissen lassen. Halten Sie sich mit Vermutungen zurück. Ich nehme an, Sie haben sich Ihre eigenen Gedanken gemacht. Ich bin mir nicht im Klaren darüber, ob die Carabinieri wirklich ermitteln oder ob es lediglich darum geht, Ihren Schwiegervater und seine Partei aus der Sache herauszuhalten. Das ist nur erfolgreich, wenn man weiß, was auf ihn zukommen könnte.«

Würde der Tenente eine Verbindung zwischen dem Namen des Hamburgers Hans-Christian Scholz und seiner Reise nach Hamburg sehen? Dazu müsste ihm der Name in den Listen aufgefallen sein. Hatte er sie überhaupt durchforstet?

Der nächste Anruf galt Hella. Auch ihr verschwieg er den zweiten Grund für die Reise. Er hatte mit seinem voreiligen Gerede bereits genug Schaden angerichtet. Auch sie war von Gesso vorgeladen, also wollte der Tenente sein Bild vervollständigen. Frank gab ihr für das Gespräch den gleichen Rat wie zuvor Förster, ein Verhör würde es lediglich in Bezug auf das verschwundene Pferd werden. »Dreh den Spieß einfach um, Hella, frage ihn aus, versuche herauszufinden, was er weiß und ob er den Mordvorwurf ernst nimmt. Sprich dich auf jeden Fall vorher mit Marco ab, er soll klären, wo das verdammte Testament ist oder wer es hat verschwinden lassen. Marcos Mutter wird es wissen.«

Frank wollte sich schon zurücklehnen, wenn er genug Abstand von dem vorausfahrenden Wagen hielt, ließ sich entspannt Kolonne fahren, doch dann fiel ihm ein, dass er mit dem Kellermeister reden musste.

Kleinlauter als bei ihrem ersten Gespräch eröffnete Oskar Bauer das Gespräch mit einer Entschuldigung. »Ich fürchte um meinen Job. Sie müssen verstehen, dass die Situation für mich inzwischen völlig undurchschaubar ist, ich habe Familie. Angeblich will Frau Kannegießer das Weingut übernehmen, sie wolle mich als Kellermeister behalten, meinte sie zumindest. Allerdings führt sie insgeheim erste Verkaufsverhandlungen, Vorgespräche, wie mir Kollegen berichten. Das macht meine Lage nicht aussichtsreicher. Dann sind da mögliche Erben aus der ersten Ehe, die hier auf dem Gut eine Art Bestandsaufnahme gemacht haben, die kamen gleich mit einem Anwalt. Den Namen habe ich nicht behalten. Wie sollte ich sie wegschicken? Die ließen durchblicken, dass meine Tage hier gezählt seien. Das war eine Drohung. Und was den Jungen betrifft, so muss ich mich entschuldigen, da habe ich Ihnen ein falsches Bild vermittelt. Ich kann mir vorstellen, ganz gut mit ihm zusammenzuarbeiten. Sein Vater war nicht einfach zu nehmen, doch auch mit ihm hat es letztlich funktioniert, sonst wäre ich nicht mehr hier. Der Junge schlägt nach seinem Alten, er hat eine Menge drauf, er lernt gut, man muss ihm alles nur einmal erklären, und er hat es kapiert. Aber die Mädels, Barbara und Anette, die würden das Weingut in der nächsten Minute verkaufen.«

»Ich dachte, Förster wäre daran interessiert …«

»Das ist ein Trugschluss, Herr Gatow, der war gar nicht dabei. Ich habe gehört, dass er mit seinem Weingut überfordert sei. Finanziell soll es nicht so gut gehen. Seine Frau interessiert sich keinen Deut dafür. Wenn ihm da niemand unter die Arme greift, wird er verkaufen müssen. Das ist es, was man so redet. Es kann völlig bedeutungslos sein.«

Also war das der Grund, weshalb Anette Förster hinter dem väterlichen Weingut her war? Wie wollte sie sich dann mit Schwester Barbara einigen? Es war ein Chaos, ein Knäuel voller Lügen. Jeder sagte etwas anderes, jeder widersprach jedem, einer machte den anderen schlecht, und wie es sich wirklich verhielt, wussten nur die Eingeweihten. Die würden sich hüten, ein klares Bild zu zeichnen, eines, das sich deuten ließ. Es könnte ihren Interessen widersprechen. Nur durfte es nicht zu einer neuen Gewalttat kommen, das nächste Opfer, vermutete Frank, wäre Marco – oder er selbst?

Am hinteren Ausgang des Hamburger Dammtorbahnhofs wartete Konstantin im Wagen. Sein künftiger Schwiegersohn wirkte männlicher als bei ihrem letzten Treffen vor einem Jahr. Lag es daran, dass er die Gewissheit hatte, bald Vater zu werden? Christine hatte Frank erst vor einem halben Jahr besucht, sie hatte sich auf der Rückreise aus Jordanien, wo sie in einem syrischen Flüchtlingslager fotografiert hatte, erholen müssen. Er musste sich eingestehen, dass er sich bereits jetzt darauf freute, sie einige Wochen vor, während und nach der Schwangerschaft um sich zu haben. Sie gingen sich nie auf den Wecker, im Gegenteil, insgeheim bewunderte er sie für ihren künstlerischen Blick auf harte Realität und ihren Mut, sich in politisch instabilen Regionen zu bewegen. Der brasilianische Fotograf Sebastião Salgado war zwar nicht ihr Vorbild, aber zumindest gab er ihr eine Orientierung. Frank hingegen meinte, dass die Arbeit mit dem Wein ihn hatte bequem werden lassen. Vielleicht interessierte ihn deshalb, als Ausgleich sozusagen, der Mordfall?

Hamburg war ihm in all den Jahren, die er inzwischen in der Toskana lebte, überaus fremd geworden. Er konnte es sich beim besten Willen nicht mehr vorstellen, hier zu wohnen, wo er geboren war, in dieser Stadt, die ihm Jahrzehnte als Basis diente. Hatte die Zeit als Jugendlicher in Turin ihn bereits entfremdet? Hektisch, kalt und unpersönlich empfand er die Stadtteile, die sie auf dem für Hamburg doch recht kurzen Weg nach Eimsbüttel durchquerten. Die Stabi, wie die Staatsbibliothek genannt wurde, kannte er von innen. In der Universität war er häufig zu Vorträgen oder im Audimax zu Veranstaltungen gewesen, im Abaton-Kino hatte er mit die besten Filme gesehen – die Grindel-Hochhäuser rechts schienen ihm so unbewohnt wie immer, und der Name der U-Bahn Station Hoheluftbrücke ließ ihn lächeln wie eh und je. Auch als sie schließlich die Osterstraße überquerten, stellte sich kein Heimatgefühl ein, wie er es kannte, wenn er nach einer Reise von der Autobahn die Landstraße nahm, die zur Tenuta Vanzetti führte.

Wieder auf Dauer in einer Großstadt zu leben, erschien Frank unmöglich, da waren schlicht zu viele Menschen unterwegs, von denen man niemanden kannte, zu viele Gesichter, zu viele Autos, Hamburg ein einziger Parkplatz. Von jeder Hauswand forderte ihn ein Plakat auf, etwas zu kaufen, lächelnde Frauen, entschiedene Männer, verkrampfter Wortwitz der Werbeagenturen. An jeder Ecke lockten Lichter mit Angeboten und lenkten von den eigenen Gedanken ab, schoben sich Menschen auf dem eingeengten Weg zwischen Autos und Hauswänden entlang, die dem Anschein nach nur widerwillig Platz machten. Denn diesen Platz beanspruchten alle gleichzeitig. Der Himmel war leider wie so oft grau und nieselig wie die Gesichter unter den Regenschirmen. Der Himmel, der sich über ihm und Antonia wölbte, war weit und strahlend, wenn sie auf ihrer Loggia zu Abend aßen und ein letztes Glas Wein tranken. Darin spiegelten sich die Sterne, die man nach dem dritten Glas sogar mittrank. Hier war der Himmel auf den eckigen Streifen zwischen den Dächern begrenzt, und wenn man nach oben schaute, bekam man Wasser in die Augen. Wie hielt Christine das aus? Es war gut, dass sie kommen wollte, dass sie sich so entschieden hatte, gut für das Kind.

Die Begrüßung war herzlich, die Umarmung übervorsichtig, als könne Frank im Körper seiner Tochter etwas zerdrücken.

»Ich bin nicht krank, Papa, ich kriege nur ein Kind«, sagte sie lachend und umarmte ihren Vater fester.

Wie es ihm damals ergangen war, als er Vater geworden war, erinnerte er nur dunkel. Er glaubte, dass er heute glücklicher war als damals. Er hatte kämpfen müssen, sich die Beine ausgerissen, um anschließend drei Leute mit seiner Fotografie zu ernähren.

Er sah sich in der Wohnung um, in der er selbst bis vor dreizehn Jahren gewohnt hatte. Sie war ihm vertraut, und sie war ihm fremd. Als es ihm eine Zeit lang finanziell richtig gut gegangen war, hatte er sie günstig gekauft. Allein mietfrei wohnen zu können, hatte es Christine ermöglicht, sich weitaus mehr ihren künstlerischen Neigungen zu widmen, als er es einst gekonnt hatte.

Zuerst drehte sich ihr Gespräch nur darum, wie das junge Paar die nahe Zukunft sah. Ein neuer Mensch brachte eine neue Wirklichkeit ins Leben, verlängerte quasi das eigene, Frank empfand es so, als begänne er über sich selbst hinauszudenken, sich etwas vorzustellen, allerdings sehr vage, das erst nach ihm stattfand, wenn er irgendwann nicht mehr herumstolperte.

Christine reichte ihm den Korkenzieher, mit dem er den Chianti Classico öffnen sollte, den sie zum Essen ausgesucht hatte. Dabei traf sich ihr Blick. Diesen Augen konnte er nichts verheimlichen.

»Nach dem Essen rufen wir Antonia an! Wir sagen ihr, dass wir ihren Wein trinken und an sie denken und dass sie uns fehlt. Es wird sie freuen. Bei euch liegt einiges im Argen, und das solltest du regeln. Ich verstehe ihre Reaktion, klar, immer auf dem Hintergrund dessen, was damals passiert ist. Und du bist niemand, der besonders gut erklären kann.«

Der Vorschlag war gut, Frank war ihr dafür dankbar, er wurde sofort in die Tat umgesetzt. Konstantin sprach kein Italienisch, aber Antonias Englisch war durch ihre Exportgeschäfte stark verbessert. Ihm gegenüber war sie so befangen wie er selbst, doch dass Christine kommen wollte, machte sie glücklich, dass es mit der Niederkunft erst nach dem Ende der Lese so weit sei, beruhigte sie. Und in Hamburg sei der Dezember sicher unerträglich.

Erleichtert widmete Frank sich dem Essen und dem Wein, den er kannte und schätzte. Er schmeckte in Hamburg anders als in San Martino al Vento. Hier zeigte sich das, was viele als Urlaubsphänomen betrachteten. Tranken sie den Wein nach der Rückkehr zu Hause, schmeckte er längst nicht so gut wie in den Ferien. Aber Frank erkannte ihn wieder, seine Tiefe, die Kraft, Sangiovese mit seiner Frische und der schönen Säure, den Tanninen, die weder zu hart noch zu weich waren und der die gebratene Ente, nach Thymian und Estragon duftend, hervorragend begleitete.

Trotz des freundlichen Gesprächs mit Antonia blieb Frank befangen. Er wusste, dass noch mehr auf ihn zukommen würde. Antonia würde Christine sicher von seinen Verstrickungen mit der Familie Kannegießer berichtet und mit Kritik daran nicht gespart haben. Genau so war es, und als der Espresso auf dem Tisch stand, brachte seine Tochter das Gespräch darauf. Alles wollte sie wissen, einfach alles, während Konstantin sich zurückhielt, aber seine Neugier schlecht verstecken konnte.

»Um wie viele Leute geht es eigentlich?«, fragte Christine, nachdem Frank geendet hatte. »Wie viele sind hinter dem Weingut her?«

»Ich glaube, es sind vier: der Sohn, Marco, er scheint mir der Vernünftigste und am wenigsten gierig zu sein. Nein, es sind fünf, die Heuschrecke Ravelli ist unabhängig von seiner Lebensgefährtin zu zählen, von Barbara. Förster sehe ich unabhängig von seiner Frau, von Anette. Dann gibt es noch die lustige Witwe und wahrscheinlich auch die Frau aus erster Ehe, die möglichst viel für ihre Töchter rausschlagen will.«

»Und mit all denen legst du dich an und weißt nicht einmal, wer diesen Kannegießer umgebracht hat?« Christine schüttelte ungläubig den Kopf.

Frank zögerte mit der Antwort, er überlegte, ob er seinen Schwiegersohn in spe einweihen und ihn um Hilfe bitten sollte. Durch seinen Beruf als Schiffsmakler war er sicher mit der hiesigen Hafenschifffahrt vertraut und kannte eine Menge Leute.

»Ich vermute einen Hans-Christian Scholz dahinter. Ein Mann dieses Namens war gleichzeitig mit dem Winzer auf diesem venezolanischen Archipel. Und hier in Hamburg gibt es ein Bergungsunternehmen mit Namen NSD – North

Sea Divers, Petersen & Scholz. Ein Hans-Christian Scholz ist als Juniorchef angegeben.«

»Ich könnte mich drum kümmern, mehr über die Firma und diesen Scholz herauszufinden.« Konstantins Augen leuchteten, als sei er jederzeit bereit, sich für Frank in die Bresche zu werfen. »Es ist Wochenende, ich habe frei, ich habe viele Kontakte in die Branche, ich weiß auch, wen ich zuerst anrufen …«

»Du hältst dich da schön raus«, unterbrach Christine. »Es reicht mir, dass Papa bei seinem letzten Abenteuer fast seinen Arm verloren hat.«

»Das war mein vorletztes Abenteuer«, meinte Frank grinsend und wusste, dass Konstantin keinesfalls stillhalten würde. Genau darauf hatte er gehofft.

Das wusste auch Christine. »Also warst du nur deshalb sofort bereit, herzukommen, du Schuft.«

Frank versuchte, seine Unschuldsmiene aufzusetzen, und wusste, dass er damit bei seiner Tochter nicht durchkam. »Zufällig kam beides zusammen.«

»Bei dir gibt es keine Zufälle, Papa …«

17. Kapitel

Während Konstantin vom Schreibtisch seines Büros im Hafen Erkundigungen über die North Sea Divers einholte, schaute Frank hinab auf die Norderelbe. Der Blick war grandios, es hatte aufgeklart, der Himmel geizte nicht mit seinem Licht. Eigentlich hätte man die Fenster verhängen müssen, um nicht von der Arbeit abgelenkt zu werden. Linker Hand war die Hafencity zu sehen, vorneweg das alberne, aber der dünkelhaften Hamburger Mentalität entsprechende Gebäude der Elbphilharmonie. Gegenüber war auch kaum noch etwas vom Hafenleben übrig geblieben, bis auf den Museumsdreimaster Rickmer Rickmers und den Stückgutfrachter Cap San Diego. Die wirklich großen Schiffe bogen vorher zum Containerterminal ab. Innerlich aber hatte Frank noch immer das Gebirgspanorama Südtirols vor Augen. Es war der Rahmen, Hamburg nur eine Episode des Stücks.

»Bekommt ihr für das Panorama einen Gehaltsabzug?«, fragte Frank, als er sich zu Konstantin an den Rechner setzte.

Er gab Frank ein Zeichen zu schweigen, denn er hatte den Telefonhörer am Ohr und am anderen Ende der Leitung einen ehemaligen Mitarbeiter von North Sea Divers. Schnell schaltete er den Raumlautsprecher ein.

» …. wohnt am Falkensteiner Ufer, da hat der Chef, Wilhelm Scholz, seine Villa, mit Elbblick, ist ja klar. Der Alte ist ganz in Ordnung, mit ihm kann man auskommen, er versteht das Bergungsgeschäft, ist vierzig Jahre dabei, er hat die Firma gegründet und kennt alle Beteiligten, sowohl die Taucher wie auch die Leute der Bohrinseln, für die sie gearbeitet haben, selbstverständlich auch die Reeder, die Schiffseigner. Aber mit dem Sohn habe ich mich in die Wolle gekriegt, das ging ziemlich schnell, wenn man sich seiner Meinung nicht anschloss. Er kann nicht zuhören, kann keinen Rat annehmen. Er weiß alles besser und hält sich für den Größten …«

»Frag ihn, ob er selbst taucht«, raunte Frank Konstantin zu, »oder ob er das Tauchen anderen überlässt.«

Konstantin stellte die entsprechende Frage.

»Klar, taucht er auch, da macht er allen anderen was vor. Das kann er wirklich. Er hat alle Kollegen ausgestochen. Aber deshalb muss man den Hals nicht so weit aufreißen. Er hat bei der Bundesmarine die Ausbildung zum Kampfschwimmer mitgemacht, in Eckernförde. Die lernen da, unter den Polkappen durchzutauchen und anschließend drei irakische Bohrinseln in die Luft zu sprengen. Ich habe ihn immer als skrupellosen Typen, als Draufgänger empfunden. Uns allen tat der Chef leid, dass er sich mit dem flegelhaften Sohn rumärgern muss. Wir sind einfach zu oft aneinandergeraten. Wenn wir gemeinsam unten waren, hat er uns Taucher nie als Team begriffen, wir waren immer seine Angestellten. Ich hatte irgendwann das Gefühl, dass ich mich im Notfall nicht auf ihn verlassen kann, deshalb habe ich die Firma gewechselt …«

Erneut machte Frank auf sich aufmerksam. »Weiß er, ob Scholz auch in der Freizeit taucht?« Ihn nach möglichen Südtirol-Kontakten zu fragen, war müßig, da Konstantins Informant bereits vor anderthalb Jahren die Firma verlassen hatte.

»Da hat er als Profi seine Auftritte«, sagte der Mann am Telefon, »in den Tauchparadiesen präsentiert er sich als Champion, was bei den Frauen gut ankommt. Ich weiß nicht, was die an so einem ordinären Typen finden. HC, wie wir ihn nannten, hatte, zumindest während ich da gearbeitet habe, immer einen Hang zu Kiezgrößen, wenn du weißt, was ich meine, Reeperbahn, Nutten und so … Sieh dir sein Bild auf der Homepage der Firma an, dann verstehst du's.«

»Wir schicken ihm eine Kiste Wein, wenn ich wieder zu Hause bin«, flüsterte Frank, »sag ihm das.«

Konstantin gab es weiter und fragte noch nach weiteren Kontakten. Der Informant nannte drei Namen von Geschäftsfreunden und Firmen, die gelegentlich mit North Sea Divers zusammengearbeitet hätten.

»Unser Supertaucher scheint ein recht zwielichtiger Zeitgenosse zu sein.« Konstantin verzog das Gesicht. »Es wird nicht einfach, mit ihm klarzukommen.« Frank grinste, sehr zu Konstantins Verwunderung. »Du hast dir was ausgedacht?«

»Was bleibt mir übrig? In allem, was physische Stärke angeht, ist uns der Kerl weit überlegen, unter Wasser sowieso. Auf seiner Ebene habe ich, wenn das stimmt, was dein Kontaktmann sagt, nicht die geringste Chance. Aber auf dem Trockenen und mental sind wir ihm hoffentlich überlegen. Wenn er tatsächlich Zoff mit seinem Vater hat, sollten wir diesen Umstand nutzen. Ruf den nächsten Kontakt an, ich gehe derweil Kaffee holen. Wo steht der Automat?«

Konstantin wies ihm den Weg und setzte sich wieder ans Telefon. Obwohl Wochenende war, hatte Konstantin Glück mit seinen Kontakten, und gegen Mittag verfügten sie nach einigen Telefonaten auch über eine Art Firmenprofil und über die Information, dass North Sea Divers noch immer dem Vater gehörte, der stark aufs Rentenalter zuging. Bislang hatte er seinen Sohn nicht als Teilhaber oder Nachfolger nominiert, dem ein aufwendiger Lebensstil nachgesagt wurde. Dem Hörensagen nach sollte der Sohn sich mit dem Gedanken tragen, seine eigene Firma aufzumachen, da Vater und Sohn eine recht unterschiedliche Auffassung ihres Berufs pflegten.

Als sie die Homepage des Bergungsunternehmens öffneten und das Porträt des Sohns mit einem eindeutig geschönten Lebenslauf vor sich hatten, war Frank alles klar: »Der geht glatt als Lude vom Kiez durch, es wundert mich wirklich, dass gebildete Frauen auf einen Zuhältertyp stehen.«

Hans-Christian Scholz war groß und breitschultrig, lange blonde Locken rahmten den markigen Kopf ein, die Nase war verbeult, sicher Zeichen einer für ihn nicht gut ausgegangenen Prügelei (oder einer Begegnung mit einem Hammerhai?). Das Lächeln war strahlend und selbstgefällig, der Oberkörper der eines Bodybuilders, die Oberarme versprachen eine kraftvolle Umarmung, die breiten Hände den festen Griff. Ein richtiger Mann! Lässig fiel der obere Teil seines Neoprenanzugs über die Hüften – die Aufnahme musste an einem der Strände entstanden sein, wo er zum Tauchen und nicht zum Arbeiten hingefahren war. Los Roques war das sicher nicht, eher das Rote Meer.

»Nehmen wir mein Auto, oder fahren wir mit der S-Bahn nach Blankenese?« Konstantin ordnete die mit Notizen beschriebenen Papiere ihrer Bedeutung nach. »Von meinem Wagen könnte sich jemand die Autonummer merken und mir Ärger machen, und damit Christine – und dem Kind.«

Erstaunlich, Frank fand es wirklich erstaunlich, wie schnell Männer den Beschützerinstinkt für ihr Erbgut entwickelten. Er sah seine Tochter nicht als die Fortsetzung seiner selbst. Und doch begegnete man sich selbst in seinen

Kindern. Die Frage war nur, ob man sie oder sich selbst erkannte.

Noch in Konstantins Büro bastelten sie notdürftig ein paar Visitenkarten: »Frank Heller, Ermittlungen« – dazu die Adresse von Matteo in Bozen mit seiner eigenen Mobilnummer. Beides war inzwischen sowieso bekannt. Wo Hans-Christian Scholz wohnte, hatten sie nicht herausgefunden, also blieb nur der Vater und Firmeninhaber als Ansprechpartner. Sie informierten Christine über ihren Plan und fuhren, wie Konstantin vorgeschlagen hatte, mit der S-Bahn nach Blankenese. Für den Rest der Strecke nahmen sie ein Taxi.

Frank bat den Fahrer zu warten, auch dafür würde er selbstverständlich zahlen, es werde eine kurze Unterredung, meinte er, falls Wilhelm Scholz sie nicht sowieso hinauswarf. Anscheinend hatte der Fahrer Frank nicht verstanden und fuhr wieder los, kaum dass er und Konstantin ausgestiegen waren.

Die weiße Villa am Hang der Elbe, zweigeschossig mit grünen Fensterläden und einem roten, weich geformten Dach, stammte aus den Dreißigerjahren. Gegensprechanlage und Kamera am Gartentor waren jüngeren Datums, so auch die weibliche Stimme aus dem Lautsprecher, die nach dem Begehr fragte. Jetzt kam es auf die richtige Antwort an, sonst würde sich das Tor nie öffnen.

»Es geht um Ihre Firma und um Ihren Sohn – und um seine internationalen Kontakte.« Frank nannte den Namen Heller, wie er auf der Visitenkarte stand, und hielt das Kärtchen vor das Kameraauge. »Wir kommen aus Bozen – in Südtirol.«

»Einen Moment bitte.«

Der Moment wuchs sich zu Minuten aus, dann ertönte der Summer. Frank und Konstantin durchschritten den wahrscheinlich mit der Nagelschere gepflegten Garten, drei

Stufen waren es bis zur Haustür, oben wartete ein Mann um die sechzig mit eisig verschlossener Miene. Die Ähnlichkeit mit dem Sohn war deutlich, doch fehlte dem Vater die ordinäre Komponente. Die Dame im langen eleganten Hauskleid, mit offenem Haar und der Perle im Ohr – Frank empfand sie als typisch für die Hamburger Elbvororte –, die ein wenig versetzt hinter Scholz stand, hatte nicht die geringste Ähnlichkeit mit dem Junior. Ob das die Mutter war? Zumindest war sie Scholz' Geliebte oder Ehefrau.

Letzteres war der Fall, wie Scholz erklärte. »Aber ich möchte, dass sie an der Unterredung teilnimmt. Weshalb suchen Sie mich privat auf?« Seine gesamte Person strahlte Ablehnung und tiefes Misstrauen aus – aber auch die Neugier eines gewieften Geschäftsmannes.

»Wären wir zu Ihnen in die Firma gekommen, hätte es Aufsehen erregt. Darum geht es uns nicht, im Gegenteil, wir bleiben lieber diskret. Könnten wir uns freundlicherweise einen Moment setzen?« Frank reichte Scholz die Karte.

Sie nahmen im privaten Arbeitszimmer Platz, in dem die Akten hinter Glas standen und zwei Gemälde von Segelschiffen in einem aufgepeitschten Meer die holzgetäfelten Wände zierten. Das sah Frank als ein gutes Zeichen. Scholz wies auf die Sessel am Rauchtisch.

»Unsere Hausdame hat am Wochenende frei. Tee oder Kaffee?« Frau Scholz hatte eine angenehme Stimme und ein freundliches Lächeln. »Ich mache uns einen Tee.« Sie verließ den Raum. Erst jetzt wurde Frank gewahr, dass sie von hier aus einen wunderbaren Blick über die Elbe genossen, doch er musste sich auf sein Vorgehen konzentrieren. Er entnahm Konstantins Mappe die Listen der Passagiere, die nach Los Roques geflogen waren. Er hielt sie so, dass Scholz den Text nicht lesen konnte. Mit Papieren in Händen sah man wichtig aus.

»Ich mache es kurz: Vor einem oder zwei Jahren lernte Ihr Sohn Hans-Christian beim Tauchen am Roten Meer eine Frau namens Barbara Kannegießer aus Südtirol kennen, Tochter des Winzers Werner Kannegießer. Sein Besitz wird auf zweiundzwanzig Millionen Euro geschätzt. Im Herbst letzten Jahres besuchte er diese Barbara und ließ sich gleichzeitig auf eine kurze Affäre mit ihrer Schwester Anette ein. Die wiederum ist mit einem Winzer namens Förster verheiratet. Sein Besitz liegt knapp unter dem von Kannegießer …«

»Was habe ich damit zu tun?« Den fragenden Blick von Scholz als finster zu bezeichnen, wäre untertrieben gewesen. »Was geht es mich an, und vor allem Sie, Herr Heller, mit welchen Damen mein Sohn Umgang pflegt?«

»Im April dieses Jahres reiste Ihr Sohn nachweislich zum Tauchen auf das venezolanische Archipel Los Roques.« Frank reichte ihm das Blatt, auf dem der Name unterstrichen war. »Gleichzeitig verbrachte Winzer Kannegießer dort seinen Tauchurlaub und starb unter Wasser an einem Herzinfarkt – angeblich.« Auch das Blatt mit dessen Reisedatum reichte er ihm. »Nach Aussagen der Beteiligten kannten sich beide Männer nicht und sind sich wohl nur einmal begegnet.«

In diesem Moment betrat Frau Scholz mit der Teekanne in der Hand das Büro. Entsetzt starrte sie Frank an, dann ihren Mann, der die Augen gesenkt hatte. »Sie wollen doch nicht sagen …? Sie wollen andeuten, dass Hans-Christian …?«

»Schweig!« Das eine Wort aus Scholz' Mund ließ seine Frau erstarren.

Unbeirrt fuhr Frank fort, dass die jüngste Tochter des Winzers ihm gegenüber erklärt habe, dass ihr Vater unter Wasser ermordet worden sei, und zwar von einem Taucher, der den Herzinfarkt herbeigeführt habe. »Vor einigen Tagen, genau am vergangenen Freitag, flog Ihr Sohn nach Innsbruck und nahm von dort aus einen Wagen nach Bozen. Uns ist das Reisebüro bekannt, bei dem die Reise gebucht wurde. Und die Kameras der Mautstellen erfassen jeden Wagen, die Mietwagenfirma verfügt über entsprechende Dokumente. Am Sonntag reiste Ihr Sohn dann von Hamburg nach Amsterdam.«

»Was soll das alles bedeuten?« Scholz hatte den Kopf eingezogen wie ein Stier kurz vor dem Angriff. In der Statur ähnelte er seinem Sohn sehr stark. Es fehlte nur das Scharren mit den Hufen. »Was sind das für Verdächtigungen? Sie unterstellen ihm … Das muss ich mir nicht anhören!«

»Es geht weiter, Herr Scholz. Am vergangenen Sonntag fand am Fuß der Seiser Alm ein Reitturnier statt, und in der folgenden Nacht wurde die jüngste Tochter des Winzers und mögliche Alleinerbin von ihrem Pferd im Stall totgetreten, das bis oben mit Dopingmitteln vollgestopft war, wie der Bluttest ergab. Er liegt der Polizei in Bozen vor. Sie wurde von uns gleichlautend über diesen Sachverhalt informiert.« Frank gab seinen Worten einen offiziellen Anstrich. »Wie weit die Ermittlungen sind, kann ich Ihnen leider nicht sagen. Als die junge Frau starb, war Ihr Sohn, Herr Scholz, bereits wieder abgereist. Aber gegenwärtig soll er sich hier in Hamburg aufhalten.«

Frau Scholz stand noch immer in der Tür. Die freie Hand vor den Mund gepresst, starrte sie ihren Mann an, dann sah sie zu Frank und Konstantin. »Er ist nicht unser Sohn. Er stammt aus einer frühen Verbindung meines Mannes.« Es klang wie der Versuch einer Entschuldigung, und eine leichte Röte überzog ihr Gesicht, als schämte sie sich.

»Meine Frau hat recht, aber nur insofern Hans-Christian nicht ihr, sondern mein Sohn ist. Was er mit seinem Leben anfängt, ist seine Sache. Ich kenne weder seinen Terminkalender noch seinen Umgang. Wo er seine Ferien verbringt, ist mir gleichgültig.«

»Das sehe ich etwas anders, Herr Scholz.« Vorsichtig mischte Konstantin sich ein. »Sie wissen, wer zur Mannschaft gehört, zumal Ihr Sohn zu den besten Tauchern Ihres Teams zählt. Er soll der Beste sein, ein Mann mit viel Erfahrung und ein wahrer Draufgänger, der keinerlei Gefahren scheut.«

»Wer sagt das? Was wollen Sie damit sagen?« Scholz knurrte, und Frank wunderte sich, dass ein finsterer Blick sich weiter verdunkeln konnte. Hoffentlich galt die Aggression nicht ihm. Frank hielt den Vater für einen gefährlicheren Gegner als den Sohn.

»Wer das sagt?« Konstantin lächelte unschuldig. »Leute aus Ihrer Branche sagen das. Wir wissen, dass Sie die Bergungsteams je nach Problemstellung persönlich einteilen und an allem, was in Ihrer Firma vor sich geht, größten Anteil nehmen.«

»Unsinn. Da hat man Sie falsch informiert, meine Herren. Aus dem operativen Geschäft habe ich mich zurückgezogen. Darum kümmert sich mein Sohn.« Scholz starrte heftig atmend vor sich hin. »Ich kann Ihnen leider nicht helfen. Für weitere Fragen wenden Sie sich direkt an meinen Sohn.« Damit war das Gespräch beendet, doch nicht für seine Frau.

»Er ist doch momentan hier. Erst gestern hast du gesagt …«

»Nichts habe ich gesagt!« Barsch fuhr Scholz ihr über den Mund. »Du hast mich falsch verstanden, meine Liebe.« Den eisigen Worten folgte ein verkrampftes Lächeln.

Die Empörung in den Augen der Frau strafte ihn Lügen.

»Wenn er sich hier aufhält – er soll in der Nähe des Pferdemarktes wohnen –, würden Sie uns dann freundlicherweise seine genaue Adresse oder die Telefonnummer geben?« Konstantin machte seine Sache als Assistent wirklich gut.

»Die habe ich nicht! Und jetzt, da Sie mich über alles informiert haben, muss ich Sie mit Ihren verleumderischen Vermutungen allein lassen. Machen Sie den Rest mit Ihren Carabinieri aus. Was man von italienischen Behörden zu halten hat, ist landläufig bekannt. Kommen Sie wieder, wenn Sie etwas Konkretes in Händen haben, sei es eine Vorladung oder dergleichen. Danke für Ihren Besuch, meine Herren.« Scholz stand auf.

Frau Scholz hatte die Teekanne nicht einmal abgestellt. Schade, dachte Frank, aber er hielt es für überflüssig, auf einer Fortsetzung des Gesprächs zu beharren. Konstantin stand bereits, Frank erhob sich langsamer. Er hatte erreicht, was er wollte, er hatte die Minen ausgelegt. Scholz würde drauftreten, er würde keinesfalls das Gespräch auf sich beruhen lassen, noch dazu wo der Sohn sich angeblich in Hamburg aufhielt. Ein Bergungsunternehmen mit einem Mörder als Juniorchef oder Partner? Eine Katastrophe. Das würde sich herumsprechen, nicht nur in den Klatschspalten; so etwas verziehen die Hamburger Reeder nicht. Man durfte nach Jahren in der Auslandsniederlassung gern mit einer exotischen Schönheit als Ehefrau nach Hause kommen, man durfte ein Vermögen machen, aber sauber musste es zugehen, zumindest nach außen hin.

»Würden Sie uns bitte ein Taxi rufen?«

Mit beiden Händen dirigierte Scholz den ungebetenen Besuch in den Hausflur und telefonierte von einem anderen Apparat als dem auf dem Schreibtisch. Er führte zwei Gespräche, das erste laut, man konnte mithören, vom zweiten verstanden sie nichts. Er kam zurück, nickte und öffnete die Haustür. »Den Weg finden Sie sicher allein.« Er wies auf die Gartenpforte. Seine Stimme klang scharf wie ein Messer, der Blick wirkte wie gefroren. Eine ausgestreckte Hand musste nicht geschüttelt werden. »Das Taxi ist bestellt.«

»Falls Sie noch Gesprächsbedarf haben, Herr Scholz, ich bin noch bis Dienstag in der Stadt.« Frank betonte seine Worte, als würde Scholz ihm eine riesige Freude machen, wenn er zu seiner Geburtstagsfeier käme.

Der Taxifahrer ließ auf sich warten. Nach einer Viertelstunde gingen Frank und Konstantin die Straße entlang, aus der sie den Wagen erwarteten. Sie hatten erst wenige Schritte gemacht, als ihnen ein Porsche entgegenkam. Frank zog Konstantin in eine Einfahrt. Am Steuer saß der Mann, den sie von der Homepage von North Sea Divers her kannten: Hans-Christian Scholz hielt direkt vor dem Haus seines Vaters.

»Genau damit habe ich gerechnet«, sagte Frank.

»Das hast du bezweckt«, meinte Konstantin. »Es ist nur die Frage, was jetzt passiert.«

Das Taxi kam, fuhr an ihnen vorbei und hielt hinter dem Porsche. Sie mussten zurück. In der Tür stand nur der alte Scholz und winkte den Fahrer zu sich, wechselte einige Worte mit ihm und drückte ihm etwas in die Hand. HC ließ sich nicht blicken.

Der Fahrer ging zurück zum Taxi und klemmte sich hinter das Steuer, Konstantin setzte sich auf den Beifahrersitz, Frank stieg hinten ein. Er hatte einen Verdacht. »Dauert es immer so lange von Blankenese bis hierher?«

»Ich wurde für sechzehn Uhr bestellt, jetzt ist es sechzehn Uhr.« Der brummige Fahrer sprach mit fremdem Akzent. »Also – wohin wollen Sie?«

Hatte Scholz damit bezweckt, sie hier festzuhalten, bis der Sohn eintraf, um mit ihm etwaige Gegenmaßnahmen zu ergreifen? Wenn Scholz seinem Sohn misstrauen würde, hätte er ihm in seinen Bergungsteams niemals eine führende Rolle zugebilligt.

Als das Taxi anfuhr, bestieg Hans-Christian seinen Porsche und fuhr ihnen nach, blieb auf Abstand, mal kam er näher, dann ließ er sich wieder zurückfallen, einen anderen Wagen zwischen ihnen. Er stellte sich geschickt an. Frank hätte ihn kaum entdeckt, wenn er nicht damit gerechnet hätte.

Konstantin suchte derweil auf seinem Smartphone nach den nächsten S-Bahn-Verbindungen. »Vielleicht schaffen wir gerade den nächsten Zug. Kannst du rennen? Dann sind wir Scholz los!«

Kaum hatten sie Christines Wohnung betreten und ihr von dem Ausflug berichtet, rief Frank bei Henry Meyenbeeker in Spanien an.

»Die Listen waren eine große Hilfe …« Ausführlich schilderte Frank das bisher Erreichte. »Was wir jetzt brauchen, als Beweise sozusagen, sind die Namen der Teilnehmer der Tauchfahrten am Tage von Kannegießers Tod, Aufzeichnungen über die Tauchfahrten, irgendwelche Protokolle oder Logbucheintragungen.«

»Die bekommst du aber nicht für den Preis. Der Mann in Venezuela wird mehr Geld fordern! Dollar ist die Währung. Brauchst du die Namen oder wer?« Meyenbeeker sah es ähnlich wie Frank, dass auf offiziellem Wege – von Polizei zu Polizei – bei der augenblicklichen Lage und der Unfähigkeit sowie der Untätigkeit staatlicher Behörden in Venezuela nichts zu erreichen war. »Die haben genug damit zu tun, die Opposition niederzuknüppeln.«

»Wir müssen das erledigen, damit es überhaupt weitergeht, außer uns macht es keiner.«

»Und eure Carabinieri?«

»Es wäre schön, wenn es *unsere* wären. Es sind alles Italiener. In Südtirol gehen die Uhren anders. Manch einer begreift sie noch als Besatzungsmacht. Ich habe nicht die geringste Ahnung, ob sie ermitteln.« Frank erklärte Meyenbeeker, dass er vermutete, dass sein Kontakt bei den Carabinieri seine Information lediglich daraufhin überprüfte, ob sie einem involvierten Politiker schaden könnten.

Vor dem Hintergrund riet auch Meyenbeeker zu größter Umsicht. »Du solltest diesen *tenente* trotzdem über alles informieren, am besten schriftlich, schick ihm eine E-Mail mit dem Hinweis, wer noch Kopien bekommen hat. Dann ist es offiziell, er kann sich nicht rausreden, und dich können sie später nicht zur Verantwortung ziehen. Heute wirst du nicht mehr abgeknallt, heute machen dich die Rechtsanwälte fertig, zumindest in Norditalien.«

Statt einer E-Mail erreichte Frank ein Hilferuf.

»Wann kommen Sie zurück?« Marco hörte sich äußerst besorgt an. »Irgendwer droht mir. Ich soll sofort jeglichen Kontakt zu Ihnen beenden, sofort. Sonst würde es mir schlecht ergehen, ich solle an meine Schwester denken! Wie soll ich das verstehen? Das ist doch eine schlimme Drohung, nicht wahr? Wer ist so gemein, so niederträchtig? Muss ich das ernst nehmen? Wollen die unsere gesamte Familie ausrotten?«

War das bereits eine erste Reaktion auf seinen Besuch bei Scholz? Für einen Moment wusste Frank nicht, was er erwidern sollte. Ihm fehlten nicht nur die Worte, ihm fehlten die Ideen. Das Erste, was ihm in den Sinn kam, war, dass es mit dem Abbruch des Kontakts für Marco nicht getan sein würde.

»Wann hast du die Nachricht bekommen?«

»Vor einer halben Stunde.«

Frank schaute auf die Uhr. Vor zwei Stunden erst hatte Scholz sie hinauskomplimentiert. Dann hatte der Sohn sofort Barbara über Franks Auftauchen unterrichtet, vermutete er. Oder spielte Anette eine entscheidende Rolle?

Handelten die Schwestern gemeinsam? Benutzten beide den Kampfschwimmer für ein gemeinsames Ziel, in den Besitz des Weinguts zu gelangen? Irgendwer musste das Testament kennen, musste wissen, wer eingesetzt war, andernfalls würde der- oder diejenige in Ruhe die Veröffentlichung des letzten Willens abwarten.

»Hallo, sind Sie noch dran?« Marco klang wirklich verängstigt.

»Der Anwalt, der mit deinem Vater das Testament aufgesetzt hat, kennt den Inhalt und wird folglich wissen, ob auch dein Name erwähnt ist. Der Anwalt wird den Inhalt und die Namen weitergegeben haben.«

»Darf der das denn?«

Die Frage ließ Frank schmunzeln. Marcos jugendliche Empörung machte den Jungen sympathisch, er würde noch viel zu lernen haben. Christine dagegen hatte bereits in frühester Jugend einiges lernen müssen, was die Möglichkeiten des Menschen betraf, anderen Schaden zuzufügen oder ihnen seinen Willen aufzuzwingen.

»Er darf es nicht«, sagte Frank, »aber er macht es, wenn man ihm genug verspricht.«

»Aber er ist Rechtsanwalt oder sogar Notar. Sind die nicht verpflichtet …?«

»Das sind auch nur Menschen, mein lieber Marco, die zu etwas kommen wollen. Vieles, nicht alles, ist eine Frage des Preises. Geld öffnet Türen, öffnet Münder und Dokumentenschränke. Vor einer halben Stunde hast du die Nachricht bekommen? Als Anruf oder als E-Mail?«

»Beides, sozusagen als Bestärkung. Sagt man das so?«

»War am Telefon ein Mann oder eine Frau?«

»Ein Mann, ein deutscher, die Rufnummer war unterdrückt. Und die E-Mail hatte eine Zahlenfolge als Absender. Wann kommen Sie zurück?«

Der Anrufer konnte der Kampfschwimmer gewesen sein,

die Mail konnte ebenfalls von ihm stammen. Aber er würde nicht aus eigener Initiative handeln. »Ich hatte geplant, am Dienstag zurückzufliegen. Ich könnte es vielleicht einrichten, einen Tag früher zu kommen, falls ich einen Flug kriege. Setz dich mit Hella zusammen, fahrt weg, bis ich wieder da bin, sag niemandem, wohin. Hella ist vielleicht auch gefährdet. Sie kennt sicher irgendeine abgelegene Alm, da könnt ihr ihrem Pferd Gesellschaft leisten.«

Christine, die dem Gespräch zugehört hatte, zog ein langes Gesicht. »Du willst schon zurück?«

»Du kommst bald für länger zu uns«, raunte Frank seiner Tochter zu, »dann sehen wir uns täglich.« Die nächsten Worte waren wieder für Marco bestimmt: »Geh zu den Carabinieri, such Tenente Gesso auf, sag ihm, dass du bedroht wirst und Schutz brauchst. Vielleicht nimmt er die Sache dann endlich ernst.«

»Es ist Wochenende, Herr Gatow, haben Sie das vergessen? Da ist bei denen keiner …«

Am Montag traf Frank erst spät am Abend in Innsbruck ein. Er hatte vor dem Rückflug dafür gesorgt, dass Christine zu ihrem Freund zog. Konstantin hatte nichts dagegen, es war mehr ihr Problem. Wie ihr Vater strebte sie stets nach Unabhängigkeit. Doch es bestand die Gefahr, dass über seine Verbindung nach Bozen der Kampfschwimmer Franks wahren Namen erfuhr, und wenn man Gatow eingab, gelangte man direkt auf Christines Homepage. Danach ihre Adresse herauszufinden, war nicht schwer. Das Risiko, sie zu gefährden, durfte er nicht eingehen.

Den Brenner hatte Frank nie bei Nacht überquert, in der Dunkelheit nie die kurvenreiche Strecke zwischen steilen Felswänden bewältigen müssen, und deshalb war er erleichtert, als er endlich mit der Reisetasche in der Hand in die menschenleere Sparkassenstraße einbog. Der Name ließ ihn stets lächeln, aber heute fühlte er sich unsicher und verletzbar, wenn er daran dachte, dass wieder jemand in der Wohnung gewesen sein könnte, auch wenn es Marcella gewesen sein sollte. Von ihren guten Absichten war er nicht mehr überzeugt. Oder sah er jetzt überall Gespenster? Von unterwegs hatte er sich mit dem Kellermeister und Marco für den nächsten Vormittag verabredet, als Treffpunkt war das väterliche Weingut vereinbart.

Auf dem Weg zum Weingut Kannegießer achtete er kaum noch auf die Umgebung. Hatte ihn anfangs das Alpenpanorama staunen und verweilen lassen, hatte er sich inzwischen daran gewöhnt, achtete auf den Verkehr, stets ein Auge im Rückspiegel, und dachte über das nach, was er Marco und dem Kellermeister von der Begegnung mit dem Vater des Mannes berichten sollte, den er für den Mörder von Werner Kannegießer hielt.

Marco traf gleichzeitig mit ihm ein, Bauer war längst an der Arbeit. Er und zwei Helfer hielten das Weingut am Leben.

Über seine Begegnung mit Scholz zu sprechen, war Frank unangenehm, deshalb war er erleichtert, dass der Junge zuerst mit Neuigkeiten kam. »Das Testament hat sich gefunden – angeblich. Morgen soll die Eröffnung sein, wir sollen alle kommen, die beiden Familien, also meine Mutter und ich, Barbara und Anette und Loretta. Aber ich glaube erst daran, wenn ich es vor mir sehe. Dann wüsste ich gern, wo es gewesen ist, wer es gehabt hat, ob es aus einem bestimmten Grund zurückgehalten wurde und ob's wirklich von meinem Vater ist.«

»Du zweifelst daran?«, fragte Oskar Bauer. »Kann man so ein Testament fälschen, Herr Gatow? Ich stelle mir das nicht leicht vor. Aber heutzutage wird ja alles gefälscht«, meinte er achselzuckend.

»Letztlich kommt es auf die Unterschrift an«, antwortete Frank, »und auf den Notar, der sie beglaubigt hat. Bei Gericht wird es nicht gelegen haben, dort hätte man es längst gefunden.«

»Ach, Sie kennen unsere Gerichte nicht«, Bauer winkte ab, »in der Hinsicht sind wir hier auch in Italien, gerade was die Verwaltung angeht. Die haben damals auch nur Italiener eingestellt und alle Deutschstämmigen rausgeschmissen.«

»Was glauben Sie«, fragte Frank, »was bei der Eröffnung morgen rauskommt?«

»Ich vermute nur, dass die Schlacht weitergeht, der Krieg wird längst mit härtesten Mitteln geführt. Leider sind sich Marco und seine Mutter uneins«, sagte Bauer an Frank gewandt.

»Wenn es anders wäre, würde es mir auch nicht helfen.« Marco machte nicht den Eindruck, als würde er mit fliegenden Fahnen zum Angriff übergehen. »Die anderen sind stärker.«

»Wenn du dir das einredest, mein Junge, dann sind sie es auch.« Frank ärgerte diese Haltung. Er stellte alles Mögliche an, brachte sich und womöglich seine Tochter in Gefahr, und Marco wollte kneifen. »Mit deiner Mutter ist nicht zu reden?«

»Sie meint, dass ich nichts weiter brauche, da Papa für mich die Ausbildungsversicherung abgeschlossen hat. Das schließt Wohnen, das Essen und Hochschulgebühren mit ein. Den Rest soll ich mir gefälligst selbst erarbeiten.«

»So redet sie mit dir?«

»Sie haben Frau Kannegießer doch selbst erlebt, Herr Gatow.« Bauer schüttelte den Kopf, als zweifle er an Franks Verstand. »Sie haben erlebt, wie sie ist. Ich selbst hätte nur dann eine Chance zu bleiben, wenn Marco das Weingut erben sollte. Wir kennen uns mittlerweile seit sieben Jahren.

Er studiert weiter, bringt neue Erkenntnisse mit ein, wir können es gleich umsetzen, und ich führe den Laden mit ihm zusammen und arbeite ihn weiter ein. Er macht sozusagen ein studienbegleitendes Dauerpraktikum.«

So also dachte sich Bauer seine Zukunft. Dass er mit dieser Konstruktion gut leben konnte, leuchtete Frank ein. Nur bezweifelte er, dass Marco die Kraft dazu besaß und das nötige Durchhaltevermögen für einen sich über mehrere Jahre hinziehenden Erbschaftsstreit. Es würde zum Prozess kommen, ziemlich sicher. Woher sollte der junge Mann das Geld für die Gerichtskosten nehmen? Es war besser, das nicht zu erwähnen, es hätte Marco den Mut genommen, über andere Lösungen nachzudenken.

»Sie, Herr Bauer, haben neulich davon gesprochen, dass die beiden Töchter aus der ersten Ehe sich hier umgesehen haben und mit einem Rechtsanwalt kamen.«

»Nöltenthaler meinen Sie.« Marco hatte noch mal seine Mutter gefragt. »Er hat sein Büro in Bozen in der Innenstadt. Angeblich war er immer schon Papas Anwalt. Ich kannte ihn nicht, ich habe mich nie drum gekümmert.«

»Nein, der Nöltenthaler war es nicht.« Oskar Bauer widersprach. »Anette und Barbara brachten ihren eigenen Anwalt mit. Das hätten sie sich sparen können, wir kennen uns, seit ich hier arbeite. Und dann behandeln sie mich wie einen Feind.«

Das wunderte Frank gar nicht. »Wo es um derart viel Geld geht, werden die Karten neu gemischt, ein neues Spiel, einer gegen alle, und jeder gegen jeden.« Ihm erging es nicht anders. Bis auf Marco und Bauer war er für alle anderen der Feind.

Es war Frank nicht entgangen, dass Marco unruhig auf seinem Stuhl herumrutschte. War es der Gedanke an den bevorstehenden Prozess, an das damit verbundene Hauen und Stechen?

»Wieso erzählen Sie nicht, ob Sie in Hamburg vorangekommen sind, Herr Gatow?«

»Weil du gleich vom Testament gesprochen hast. Nun gut, mach dich auf einiges gefasst! Willst du wirklich alles wissen?«

Marco nickte.

»Du erinnerst dich an den Namen Hans-Christian Scholz auf der Liste derer, die mit deinem Vater auf Los Roques waren. Den Namen haben wir auf der Homepage eines Bergungsunternehmens wiedergefunden. Der Mann ist dort Juniorchef, ehemaliger Kampfschwimmer, Berufstaucher und, wie es aussieht, auch Sporttaucher.« Frank erzählte, was er bislang herausgefunden hatte, ohne die Quellen wie Rosemarie und die Verbindung zum Reisebüro zu nennen. Aus seinem künftigen Schwiegersohn machte er einen Bekannten aus der Hafenwirtschaft, Christine hielt er gänzlich raus. Den Besuch beim Vater des Kampfschwimmers hatte er sehr bildhaft in Erinnerung und auch den Abgang.

»Zuletzt, als wir ins Taxi stiegen, kam der Mann, von dem ich glaube, dass er deinen Vater umgebracht haben könnte. Er könnte ihm entweder unter Wasser die Luft abgedreht oder ihm irgendetwas injiziert haben. Leute wie er lernen jedenfalls allerlei Methoden bei der Marine. Fahren Sie den Rechner hoch, Herr Bauer, dann können wir uns das Gesicht ansehen.«

Marco war blass geworden, als fürchte er sich vor der virtuellen Begegnung, er rückte deutlich vom Schreibtisch ab, vor dem sie saßen, Bauer hackte auf der Tastatur herum. »Wie heißt die Firma?«

»North Sea Divers …«, sagte Frank und blickte Marco an, der sich ruckartig aufrichtete, plötzlich ganz anders wirkte und aufmerksam auf die Geräusche im Haus lauschte. »Seid mal still, da ist jemand draußen, nein, hier im Haus, ich hab's gehört, ganz deutlich.«

»Das werden unsere Arbeiter sein«, beruhigte ihn der Kellermeister. Er sah auf die Uhr. »Es ist Mittagszeit, da kommen sie aus dem Weinberg. Als dein Vater noch lebte, du weißt das, haben wir häufig hier zusammen gegessen. Wir haben uns was kommen lassen oder einer hat gekocht, na ja, deine Mutter weniger.« Bauer grinste, als müsste er sich für die Frechheit entschuldigen.

»Da ist jemand!« Marco sprang auf, lief zur Tür, riss sie auf – und fuhr zurück …

»Alles gut, *va tutto bene*, alles bestens, *sono solo io,* ich bin's nur.« Die Stimme klang beruhigend.

Frank atmete auf, er kannte sie. Es war nicht Hans-Christian Scholz, wie er insgeheim befürchtet hatte. Den Mann, zu dem sie gehörte, hätte er hier und heute am allerwenigsten erwartet: Tenente Gesso stand da, mit erhobenen Armen. Endlich. Frank war maßlos erleichtert. Von jetzt an würden sie das Gespräch auf Italienisch führen.

Marco war vor dem Uniformierten zurückgewichen. Wahrscheinlich hatte er ähnlich gedacht wie er selbst, vermutete Frank, da er gerade dabei war, sich dem Anblick des Mörders zu stellen. Das war beileibe kein einfacher Schritt.

»Was treibt Sie denn um?«, fragte Frank. »Kommen ungebeten einfach so herein, einen Durchsuchungsbefehl haben Sie bestimmt nicht, sonst hätten Sie die Kavallerie mitgebracht …«

»Ach, wissen Sie, Signor Gatow, irgendwann muss ich sowieso alle Beteiligten kennenlernen. Nichts geht über den persönlichen Kontakt. Außerdem liebe ich es gar nicht, wenn andere mir meine Arbeit wegnehmen und mir danach nicht einmal Bericht erstatten. Wenn einer verreist, hat er meistens einiges zu erzählen.« Gesso war ungefragt an den Schreibtisch getreten, wo auf dem Bildschirm des Rechners das Foto des Kampfschwimmers erschienen war. Der Tenente betrachtete es lächelnd. »*Eccolo, un uomo*«, sagte er mit bewundernder Ironie, »was für ein Bild von einem Mann.«

»Sie kennen ihn?« Es würde Frank nicht wundern, wenn Gesso die letzten Tage für Ermittlungen genutzt hätte, obwohl er nicht davon ausgegangen war.

»Ich kenne ihn nur aus dem Internet. Und Sie sind ihm in Hamburg begegnet? Als ich die Liste mit den Unterstreichungen bekam, habe ich nachgeschaut. Schade um jemanden mit diesen Fähigkeiten. Das soll unser Mörder sein? Das müssen Sie mir erklären, Signor Gatow.«

»Er mag der Mörder sein, aber er ist nicht der Anstifter oder Auftraggeber, das sind andere.«

»*Sono stupito,* da staune ich ja! So weit sind Sie bereits mit Ihren Ermittlungen? Sie werden mir sicher gleich verraten, wen Sie dafür halten. Wieso fallen Sie uns eigentlich in den Rücken? Ist es Ihnen nicht möglich, Ihre Schritte mit unseren zu koordinieren? Wir freuen uns gewiss über jede Hilfe, aber wir freuen uns gar nicht, wenn uns jemand die Arbeit erschwert. *Allora,* jetzt werde ich mich erst einmal den anderen Herren vorstellen. Ich bin *tenente* Gesso von den Carabinieri, Kommando Bozen, und das hier ist ein Besuch zwecks eines Gesprächs im Rahmen unserer Ermittlungen und keine Vernehmung. Ich habe geklingelt, aber die Klingel scheint nicht zu funktionieren.« Er schüttelte dem Kellermeister und Marco die Hand. »*Piacere,* angenehm, jetzt kenne ich bis auf den Mörder alle Beteiligten persönlich.«

»Das heißt, Sie haben die Zeit meiner Abwesenheit genutzt?« Frank hoffte, dass die Ironie nicht falsch aufgefasst wurde.

»Setzen alle Deutschen immer voraus, dass nur sie wissen, was Arbeit ist?«

»Insgeheim bin ich davon ausgegangen, dass Sie ermitteln, *tenente.* Sie haben mir aber in keiner Weise bedeutet, dass Sie meine These unterstützen, dass der Vater dieses jungen Mannes«, Frank wies auf Marco, »und seine Schwester Theresa ermordet wurden.«

»Wieso glauben Sie eigentlich, dass die Carabinieri einem Ausländer, obwohl er Resident ist, interne Überlegungen mitteilen? Damals im Fall Massimo Vanzetti mögen Sie Hauptbelastungszeuge und Betroffener gewesen sein, aber deshalb muss man nicht größenwahn… äh … hochmütig werden.«

Frank starrte vor sich hin, er wollte nicht auf die Beleidigung eingehen, er wollte dem Tenente auch nicht seine Einstellung gegenüber der italienischen Polizei offenbaren. Recht zu behalten, nutzte ihm nichts, die Morde mussten aufgeklärt und Marco geschützt werden.

»Marco, bitte erzähl dem *tenente* von den Drohanrufen.«

Gesso betrachtete Frank, als würde der ihm eine neue, ebenso unglaubwürdige Story auftischen wie die vom Mord an Kannegießer. Aber inzwischen sah es zumindest so aus, als würde er daran glauben.

Marco hatte trotz Franks Rat den Montag verstreichen lassen, ohne sich an die Carabinieri zu wenden. Ohne ihn im Rücken hatte er nichts in Gang setzen wollen. Jetzt berichtete er von den Drohungen, hatte aber weder eine Stimme erkannt noch Rückschlüsse auf den Absender der E-Mail ziehen können. »Die E-Mail können Sie sofort haben.« Er griff nach seinem Smartphone und schickte sie dem Tenente.

Das Interessante an der Sache war für Frank, dass zwei Stunden, nachdem er das Haus von Scholz verlassen hatte, der Anruf und die E-Mail eingegangen waren. »Da hat jemand sofort reagiert.«

Der Tenente erklärte, dass er es als ausgesprochen entgegenkommend empfinden würde, wenn Frank ihm erzählte, weshalb er Hals über Kopf, *a rompicollo*, nach Hamburg gefahren sei. »Nachdem Sie uns freundlicherweise die Listen kommentarlos haben zukommen lassen.«

Frank berichtete noch einmal ausführlich von der Reise, ohne seine Tochter zu erwähnen, aus Konstantin machte er wieder den Mann aus der Hafenwirtschaft. »Wenn die Sache durchgestanden oder ein offizielles Verfahren eröffnet ist, kriegen Sie auch den Namen.«

»Wie soll ich das verstehen? Sie mischen sich ungebeten ein, finden jemanden, den Sie für einen Mörder halten, und warnen ihn schließlich? Das ist ja unerhört. Sind Sie völlig verrückt?« Gesso starrte Frank fassungslos an. »Es ist Ihre Verantwortung, wenn dieser Mann die Flucht ergreift – was ich an seiner Stelle tun würde«, fügte er mehr für sich selbst hinzu.

»Da Ihre Behörde, Tenente, nicht wirklich ermittelt – den Anschein macht es jedenfalls auf mich –, mich demnach auch nicht schützen würde, musste ich es selbst tun. Sie mögen ja korrekt arbeiten, geben alles an Ihren Vorgesetzten weiter – und der? Der stoppt Sie, denn ein gewisser Abgeordneter namens Leiterer kommt ins Spiel, und jetzt kommt der Clou!«

»Da bin ich aber neugierig.« Gesso sagte es mehr verächtlich, aber Marco und Oskar Bauer hingen ähnlich gespannt wie er an Franks Lippen.

»Ich glaube, nein, ich bin überzeugt, dass eine der beiden Töchter seiner Ehefrau, Anette Förster oder Barbara Kannegießer, für beide Morde verantwortlich sind. Fragen Sie die beiden nach ihren Handys. Irgendwer muss Theresa in den Stall bestellt haben, und dieselbe Person wird häufig mit Hamburg telefoniert haben. Sie könnten auch klären, ob unser Kampfschwimmer am vergangenen Wochenende von Innsbruck nach Hamburg und weiter nach Amsterdam geflogen ist. Ich hab es so gemacht.«

»Warum sollten wir es tun, wenn Sie es bereits wissen?

Geben Sie einfach alles bei uns zu Protokoll!« Der Tenente lächelte einladend. »Damit wäre das Verfahren eröffnet.«

»Nur wenn Sie mir versprechen, auf diesen jungen Mann aufzupassen.« Frank wies auf Marco. »Morgen ist die Testamentseröffnung.«

18. Kapitel

Sich mit Wein zu beschäftigen, war für Frank unvergleichlich angenehmer und entspannender, als sich mit durchgeknallten Kampfschwimmern, Mördern, gierigen Erbschleichern oder eifersüchtigen, in ihrer Eitelkeit gekränkten Töchtern aus dritter oder vierter Ehe herumzuärgern. Zu tätlichen Auseinandersetzungen war es hier glücklicherweise noch nicht gekommen. Seit Vanzetti auf ihn geschossen hatte, fürchtete er sich davor.

Diese Bedrohung schwebte über ihm, seit er um die Fähigkeiten von HC wusste. Der Mann war gefährlicher, als er gedacht hatte. Doch dieser wunderbare Tag half ihm dabei, das für ein paar Stunden zu verdrängen. Was konnte schöner sein, als an einem strahlenden Morgen wie diesem die Sonne über den felsigen Spitzen der Dolomiten aufgehen zu sehen, den ersten warmen Schimmer auf den Wangen zu fühlen, hier, in ferner Höhe, wo die Rebgärten endeten. Schroffe Felsen und Abstürze leuchteten auf, in warmem Rot wie das unendlich alte Porphyrgestein, grau vom Kalk die nackten Felswände, grün der Wald, darunter der Wein in Reihen, in Stufen und Zeilen. Mit den Augen ließ sich beinahe verfolgen, wie die Schatten im Tal sich zu dieser frühen Stunde zurückzogen und das Licht die Hänge überschwemmte, zuerst den Turm der Kirche von Terlan in den Tag hereinholte, dann ein Haus des Dorfes nach dem anderen, die Gärten, die Straßen und die kaum zu erkennenden Menschen. Aus der Höhe von neunhundert Metern schienen sie ungefährlich und friedlich. Was für ein Irrtum!

Das waren Momente, die Frank für seinen Beruf leben ließen und ihn für das frühe Aufstehen entschädigten, wenn er sich, wie heute, todmüde, den Berg hinaufgeschleppt hatte. Carl Breitenbach war abends noch bei ihm mit einigen Flaschen Wein aufgeschlagen, die unbedingt hatten probiert werden müssen. Marcella hingegen machte sich rar, er war unsicher, wie er mit ihr umgehen sollte, seine Unbefangenheit war seit der unheimlichen Wohnungsbegehung verflogen. Antonia weiter zu provozieren, wäre dumm, zumal er nicht wusste, wer für das nächtliche Foto bei der Verabschiedung verantwortlich war.

Der Abstieg durch die Weingärten dauerte viermal so lange wie der Aufstieg, denn Frank nahm die Kamera kaum vom Auge. Bei der Fülle der Bilder entstand das Problem der Auswahl, wobei er sich fragte, was er mit diesem oder jenem Foto hatte zeigen wollen. Eines aus vierzig war ihm gut genug. Die digitale Fotografie hatte die Arbeit leichter und billiger gemacht, aber auch zu billig, da jedermann glaubte, fotografieren zu können, der der Ich-Sucht der Selfies folgend gar nicht wusste, was sie oder er dabei sah.

Vor sich sah er die Kellerei, sein Ziel nach drei Stunden in der Morgensonne, ohne von irgendwem angesprochen, bedrängt, gefragt, angerufen, belehrt oder zu einem Urteil über was auch immer genötigt worden zu sein. Ganz anders, aber auch ähnlich ging es ihm, wenn er sich in Antonias stillem Barriquekeller von Fass zu Fass bewegte, den Inhalt probierte, in Düften und Aromen schwelgte, seine Eindrücke notierte und höchstens durch das ferne Horn eines Sattelschleppers gestört wurde, der vor der Kellerei mit Weinpaletten beladen wurde.

Auch die Kellerei Terlan hatte gebaut, aber mehr unterirdisch als über der Erde, mehr das Gelingen des Weins und die Funktion der Kellerei im Blick als für das Auge des Betrachters oder die Titelseite von Architektur- oder Weinzeitschriften. Das Alte war nicht abgerissen worden, sondern mit dem neuen verbunden. Das Harte war durch die Farbe des Gesteins in die Landschaft integriert, die Struktur glatter roter Wände fand sich in den Mauern des Kirchturms wieder, ebenso in den schroffen Felsen des gebirgigen Hintergrunds. Die Arbeit am und mit dem Wein stand im Vordergrund und weniger das Image.

Im Keller fand sich das gleiche Konzept. Größere Räume waren mit rotem Porphyrgestein ausgekleidet, das sich sowohl in der Umgebung fand wie auch in seiner Form als charakterbringende Note im Wein. Ein Bodenprofil in einem Aufgang zeigte die Struktur in der Tiefe: Von der sandkorngroßen, porösen Beschaffenheit der Oberfläche über steinige und wasserdurchlässige Schichten, von Gletschern hierhergeschoben, hin zu den gewaltigen, undurchdringlichen Gesteinsschichten, die Vulkane einst in diese Position brachten.

Wie Frank erfuhr, waren Tiefe, Charakter und Langlebigkeit der Weine eines der stilprägenden Ziele der Cantina Terlan. Langlebigkeit an sich konnte jedoch kein Selbstzweck sein, ging er nicht mit Qualität einher, das hieß mit Weintrauben, die diesen Anspruch einlösen konnten. Ob es sich so verhielt, würde die Weinprobe zeigen, auf die Frank wegen des herausragenden Rufes dieser Genossenschaft sehr gespannt war, obwohl er ab und zu auch daran dachte, dass in genau diesem Augenblick die Familien Förster, Leiterer und die Überlebenden der Familie Kannegießer einem Rechtsanwalt gegenübersaßen und auf den Geldsegen hofften. Und auch an Tenente Gesso dachte er, der endlich Ermittlungen aufgenommen hatte.

Der Anblick der hinter Gittern ruhenden Flaschen brachte Frank zurück in seine Wirklichkeit. Dies waren die Kostbarkeiten, einige vom Staub der Jahre, andere von dem der Jahrzehnte bedeckt oder von den zu einem Tuch verwobenen Sporen des Kellerschimmels, der den Geschmack des Weins nicht beeinflusste. Geheimnisvoll lag ein glänzender Schimmer auf den liegenden Tanks, darin Weißburgunder und Chardonnay, die auf der Hefe erst ihre wahre oder gewünschte Natur gewannen. Als Frank schließlich meinte, alle notwendigen Aufnahmen gemacht zu haben, wurde er zur Weinprobe in den Besprechungsraum gebeten. Der Verkaufsleiter, Klaus Gasser, hatte sich eigens dafür Zeit genommen.

Vierzehn Weine standen an, vierzehn, von denen nicht einer den kleinsten Makel aufwies, die wohl aber Unterschiede zeigten. Einhundertvierzig Weinbauern hatten daran teil, die auf tausendzweihundert Parzellen arbeiteten, die in einem bodenkundlichen und klimatischen Kataster erfasst waren und unterschiedliche Rebsorten kultivierten. Sie wieder erforderten ihrerseits anders geartete Bearbeitungsmethoden. Die Mühe der Weinbauern wurde belohnt durch herausragende Weine und die höchsten Auszahlungsbeträge für ihre Trauben. Dass Frank eine solche Probe sowohl professionell wie auch ohne gesundheitlichen Schaden hinter sich brachte, verdankte er dem jahrelangen Training, möglichst viel zu schmecken und zu riechen und so wenig wie möglich zu sich zu nehmen. Das hatte ihm Antonia beigebracht.

Trotzdem fühlte er sich ein wenig benommen, als er die Kellerei verließ. Der Lancia blieb unberührt, den konnte er später holen, und er machte sich zu Fuß auf in den Ort, wo er nahe der Kirche ein Café fand. Die große Flasche Wasser löschte den Durst, der Kaffee brachte den Kopf in Ordnung und die Quiche Lorraine mit Spinat den Magen. Vierzehn

Weine waren auch für ihn viel gewesen, und da ihm die Erinnerung abhandengekommen war, legte er seine Verkostungsnotizen auf den Tisch.

1. Terlaner Classic, letztes Jahr, gemischter Satz aus Sauvignon Blanc (10 %), Chardonnay (30 %), Weißburgunder (60 %), sehr gute Struktur, dicht, gute, deutliche Aromen, kein Holz.
2. Winkl, letztes Jahr (bereits ausverkauft), fein, klar, weiße Blüten, viel Körper, harmonisch, Frische durch alpinen Einfluss.
3. Terlaner Riserva, 3 Jahre alt (schwieriges Jahr wg. Kälte), dichte Farbe, gut gereift, kräftige Säure, trotzdem sehr fein.

*4. Terlaner Riserva, 10 Jahre alt, deutl. Petrolnote, Frucht tritt zurück, dunkel i. d. Aromen, positive Alterungstöne, gutes Rückgrat, Reife zeigt sich lange und deutlich am Gaumen.

5. Quarz Sauvignon Blanc, 3 Jahre alt, salzig – außergewöhnlich, feine Textur, weniger Frucht, Süße und Säure harmonisch.

*6. Pinot Bianco, 13 Jahre alt, 1 Jahr i. großem Holzfass auf Hefe, 10 Jahre Stahltank. Sehr reif, Wein für Freaks u. Kenner, lebt ewig, Kompromiss aus Langlebigkeit und Zugänglichkeit. Großartig. Flaschenform aus dem 19. Jh.

*7. Terlaner Grand Cuvée, 4 Jahre alt (nur 3.000 Fl.), gute Struktur, Dichte, feingliedrig, Eleganz und Harmonie, deutl. Restsüße, ungewohnte Länge, im Vergleich Erinnerung an große Burgunder.

8. Terlaner 1991, fantastische Eleganz, frisch trotz des Alters, Harmonie bei starker Säure, Alterungsnoten Honig, Petrol …

Das Smartphone riss Frank aus den Betrachtungen. Es war Marco. Also hatte er die Testamentseröffnung überstanden. Frank war gespannt.

»Es ist eine Fälschung!« Der Junge schrie es beinahe. »Eine ganz gemeine Fälschung. Die Drecksbande hat sich selbst eins geschrieben, wie es ihr gefällt. Und dieser Schmierenanwalt hat mitgemacht!«

»Nur mal ruhig«, sagte Frank, »immer der Reihe nach. Ihr habt euch heute also getroffen?«

»Gar nichts der Reihe nach. Anette erbt alles und ich nichts, die Kellerei, die Weinberge, unser Haus, die Autos, einfach alles … alles Anette!«

»Nur sie ist im Testament bedacht?« Frank versuchte, ruhig zu bleiben. Mit Anette als Alleinerbin hatte er nicht gerechnet – und doch … Dann war sie …?

»Meine Mutter. Sie erbt ein altes Haus in Kaltern, das mein Vater schon von seiner Mutter geerbt hat. Das ist baufällig, da muss man mehr Geld reinstecken, als es wert ist …«

»Und wieso meinst du, dass das Testament eine Fälschung ist?« Möglich war es, aber dass ein Anwalt sich dazu verstieg, eine Fälschung vorzulegen oder selbst anzufertigen … nun gut, für Geld? Bei dem Risiko musste man ihm einiges von den Millionen versprochen haben.

»Der Pinot Grigio steht nicht im Testament! Meine zwei Hektar. Die hat mein Vater unmöglich vergessen, das kann er gar nicht übersehen haben, so oft, wie er dort war. Immer hat er sich angesehen, wie ich da gearbeitet habe, aber nur heimlich. Aber ich hab's gemerkt.«

»Hast du das gleich vorgebracht, vor allen?«

»Nein …«

»Das war sehr klug. Dann kannst du das Testament anfechten.«

»Was bedeutet das?«

Frank erklärte es ihm, verschwieg ihm jedoch, dass extrem hohe Gerichtskosten auf ihn zukämen. Es hätte ihm den Mut genommen. Also traf genau das ein, was Frank erwartet hatte. Alle würden übereinander herfallen, das Weingut verfallen, und letztlich würde der Besitz verkauft werden müssen und über Honorare in die Hände der verschiedenen Anwälte übergehen.

»Barbara und Ravelli sind total ausgeflippt. Barbara hat ihre Schwester angeschrien, hat sie als hinterhältiges Luder bezeichnet, ich glaube, sie hat sich sogar mit dem – wie nennen Sie den? –, dem Kampfschwimmer – verplappert. Ravelli zischte mit Barbara rum, ich hab kaum was verstanden, weil er den zweiten Anfall kriegte. Förster wurde immer stiller und starrte vor sich hin, als wäre er gar nicht dabei. Dann kriegte Anette rote Ohren, sie hat ihren Mann nicht mehr angesehen. Alle schrien durcheinander, sogar meine Mutter ist laut geworden, sonst wird sie immer nur schneidend, wenn sie sich ärgert. Nur Förster – der schwieg, der sagte gar nichts, der machte nur ein todtrauriges Gesicht.«

»Und du?«

»Ich habe Förster angesehen, die anderen und gar nichts gesagt, als wenn ich 'nen Kloß im Halse hätte. Ich war wie gelähmt. Und jetzt bin ich wahnsinnig wütend.«

Das ist gut so, dachte Frank, die Wut gibt Kraft, man muss dem Jungen nur helfen, sie in die richtigen Bahnen zu lenken. »Gab es im Testament eine Begründung, weshalb Anette alles …«

»Ja, na klar«, unterbrach Marco, »weil sie seine Lieblingstochter war, weil sie Weinbau studiert hat, weil sie auf einem Weingut aufgewachsen ist, wie wir anderen übrigens auch, weil Förster ein Weingut besitzt und verantwortungsvoll arbeitet. Der hat dabei gar nicht mehr zugehört. Der war ganz woanders.«

Vermutlich weiß er mehr, als er von sich gibt, dachte Frank. »Wir sollten uns treffen, und du beruhigst dich erst mal. Nichts ist verloren, so wie die Konstellation aussieht, nichts, Marco. Da musst du durch, ob du willst oder nicht. Du bist der Einzige, der das Weingut erhalten kann. Denk an deinen Großvater, denk an deinen Vater. Vielleicht ist das mit dem Pinot Grigio der Schlüssel. Wo treffen wir uns?«

Nachdenklich schlenderte Frank zurück zum Wagen, den er vor der Cantina Terlan zurückgelassen hatte. Er erinnerte sich an den jahrelangen Streit um die Tenuta Vanzetti. Nein, eigentlich war es Krieg gewesen, denn Massimo Vanzetti hatte Antonia aus dem Gefängnis heraus etliche Anwälte auf den Hals gehetzt und den gemeinsamen Sohn für seinen Hass missbraucht, bis es sogar Piero zu viel wurde und er sich mit Mutter und Schwester zu einem Kompromiss gezwungen sah. Doch hier lag der Fall anders.

In diesem Fall scheute sich Frank nicht, parteiisch zu sein, er glaubte, dass der Junge das Zeug dazu hatte, das Weingut zu führen, allerdings unter der Voraussetzung, dass Kellermeister Bauer mitzog. Darauf ließ sich hinwirken. Frank erinnerte sich an einen ganz ähnlichen Fall an der Mosel. Nur stand da kein Verbrechen im Hintergrund, sondern ein tödlicher Unfall des Vaters und Winzers. Der Sohn hatte sofort sein Studium abgebrochen und war an den Fluss zurückgekehrt. Klar, er machte andere Weine als sein Vater, er lebte eben in einer jüngeren Welt. Deshalb und Theresas wegen würde Frank weiterhin helfen. Bei einem so starken Vater, wie Kannegießer es war, hatte Marco bislang keine Zeit gehabt, er selbst zu sein, sich zu entdecken, aber Selbstvertrauen ließ sich entwickeln. Es kam darauf an, ob er sich zutraute, das Weingut zu übernehmen. Frank hielt die Voraussetzungen für gegeben: Marco war neugierig, er begriff schnell, war bescheiden, spielte sich nie nach vorn, was ihm von den anderen Familienmitgliedern als Schwäche ausgelegt worden war – und deshalb hatten sie seine zwei Hektar Pinot Grigio vergessen? Was für ein dummer, was für ein saudummer Fehler, aus ihrer Sicht. Aber reichte er aus, das Testament zu Fall zu bringen?

Sie trafen sich in Girlan vor dem kleinen Café am Markt gegenüber der Kirche. Marco saß bereits draußen an einem der Tische am Springbrunnen mit der Fächerpalme, dahinter das große gelbe Haus aus der Gründerzeit. Frank hatte den Lancia in einer Nebenstraße abgestellt und war so unauffällig aus einer der schmalen Gassen auf den Markt getreten, dass Marco ihn nicht bemerkt hatte. Als er von hinten an ihn herantrat, fuhr der Junge erschrocken auf.

»War das Treffen so furchtbar?«

Nach Luft schnappend, ließ Marco sich auf einen Stuhl fallen und stöhnte. »*Dio mio*, haben Sie mich erschreckt! Nur gut, dass Sie es sind. Sie können sich nicht vorstellen, Herr Gatow, wie es war. Dass die sich nicht gegenseitig an die Gurgel gegangen sind, ist ein Wunder. Haben Sie mal eine Hundemeute gesehen, die sich ineinander verbissen hat? So müssen Sie sich das vorstellen.«

Eine Weile hätte Frank sich das anschauen mögen, doch dann hätte er sich wahrscheinlich angeekelt abgewandt. Er hatte in diesem Kreis nichts zu suchen, außer einer Mörderin einige brisante Fragen zu stellen. »Und der Notar, dieser Nöltenthaler? Wie hat der sich verhalten?«

Für einen Moment stutzte Marco. »Der Nöltenthaler?«, wiederholte er. »Jetzt, wo Sie fragen, fällt es mir ein. Der war der Ruhigste von allen, der grinste sogar, als würde ihm dieses Theater Freude machen, als stünde er über allem. Ich könnte sagen, dass er sich mit Anette durch Blicke verständigt hat, aber vielleicht ist das Einbildung, genau wie sie ihren Mann von oben herab angesehen hat, irgendwie verächtlich, nicht stolz, nein, es war aber auch Unsicherheit dabei, besonders wenn sie mich ansah, als hätte sie Angst vor mir. Ich fand sie ziemlich anders als sonst, sie schaute auch auf die Uhr, als würde sie auf etwas warten.«

Von seinem Besuch in Hamburg wusste Anette längst, davon musste Frank ausgehen. Vielleicht war Scholz inzwischen sogar hier? Gewarnt hatte er sie auf jeden Fall. Doch wenn sie jetzt gekniffen hätte, wäre ihr gesamtes Tun umsonst gewesen.

»Und ihr Mann, Förster, wie hat er reagiert?« Mit ihm stand noch das Treffen aus.

»Traurig war er, anders kann ich das nicht sagen. Bei der Schreierei habe ich nichts verstanden und nur auf die Gesichter geachtet. Verzweifelt – ja, das könnte hinkommen. Dabei sollte er eigentlich froh sein, wenn seine Frau ein Riesenvermögen erbt.«

»Vielleicht weiß er zu viel?«, unkte Frank lächelnd, um Marco Mut zu machen. »Vielleicht kennt er weitere Hintergründe und weiß, dass bald alles im Sande zerrinnen wird?«

»Ihren Optimismus hätte ich gern«, sagte Marco gequält, zwischen aufflackernder Hoffnung und Verzweiflung schwankend.

Die Wirtin kam an den Tisch und nahm die Bestellung auf, Frank nahm wie üblich Kaffee und ein großes Wasser, Marco bestellte ein großes Bier.

Ausführlich erklärte Marco noch einmal, wie er darauf kam, dass das Testament eine Fälschung sei. »Mein Vater hätte es nie vergessen. Und nur, weil sie denken, ich sei zu jung und zu blöd, haben sie meine zwei Hektar Pinot Grigio nicht aufgeführt, so wie alle anderen Lagen. Meine hatten sie einfach nicht auf dem Zettel.«

Frank hielt es sowieso für lächerlich, dass sämtliche Weinberge in einem Testament aufgelistet wurden.

»Nein, auch die Autos sind erwähnt, der Wagen meines

Vaters, der meiner Mutter, der Lieferwagen, die Kellerei mitsamt aller beweglichen Güter, die Wohnung mitsamt der Möbel … Wenn die zwei Hektar nicht erwähnt sind, heißt das, dass sie mir gehören?«

»Du solltest dich nicht mit Krümeln begnügen, die vom Tisch fallen, Marco!«

Der Junge schwieg einen Moment lang, und etwas wie Entschlossenheit flackerte in seinen Augen. »Wieso helfen Sie mir eigentlich? Was haben Sie davon? Wenn jeder nur vom Eigennutz getrieben ist …«

Diese Frage hatte Frank kommen sehen. Er seufzte, die Antwort, obwohl für ihn klar, hätte er lieber für sich behalten. Er sah sich um. Weder der Kampfschwimmer noch ein Mitglied der ach so wunderbaren Familie war zu entdecken. »Ich habe einen Fehler gemacht, einen gravierenden Fehler. Ich hätte nicht sagen dürfen, dass ich deiner Schwester helfen will. Das hat, so glaube ich, den oder die Mörder auf den Plan gerufen. Sie wollten den Grund für mein Engagement beseitigen. Das werde ich nicht wiedergutmachen können.«

»Das hat nichts mit Ihnen zu tun, Herr Gatow. Theresa hat überall rumerzählt, dass jemand unseren Vater … sie war denen sowieso im Wege. Und mich übersehen sie einfach.«

»In manchen Fällen kann das sehr hilfreich sein«, sagte Frank. »So kann ich wenigstens zur Aufklärung der Verbrechen beitragen und dazu, dass du zu deinem Recht kommst.«

»Wenn es denn meines ist«, meinte Marco nachdenklich. »Wenn das Testament echt wäre, würde ich mich fügen, aber so? Nein, nie … wie kann man so ein Ding anfechten?«

Ein wenig kannte Frank sich mit dem Thema aus. Der Fall Vanzetti hatte es ihn gelehrt. »Es gibt viele Gründe, nur die kommen bei dir nicht in Betracht. Man kann es anfechten, wenn es eine Fälschung ist, was zu beweisen wäre, da müsste ein Sachverständiger ran. Erbunwürdigkeit ist auch ein Grund, also wenn jemand den Erblasser ermordet hat oder hat ermorden lassen …«

»… was wir beweisen müssten«, unterbrach Marco.

»Sehr richtig. Und falls einzelne Verfügungen des Testaments unwirksam sind, wird das gesamte Dokument hinfällig. Da käme dein Pinot Grigio zum Tragen. Es gibt aber noch ein riesiges Problem, und das sind die Gerichtsgebühren.«

»Wieso das?« Marco schien in Deckung zu gehen. »Sind die hoch?«

»Einen Anwalt wirst du dir auf jeden Fall nehmen müssen, und die Gebühren?« Frank wagte kaum, es auszusprechen, es würde Marco zerstören. Aber er musste es wissen. »Die liegen mindestens bei einem Prozent des voraussichtlich zu erbenden Vermögens.«

»Ein Prozent – von vierundzwanzig Millionen, also zweiundzwanzig für die Weinberge und zwei für die Kellerei?« Marco fiel das Kinn herunter. »Das wären vierundzwanzigtausend Euro?« Er griff nach dem Bier und stürzte es herunter. »Dann haben sie bereits gewonnen.« Er fuhr sich mit dem Handrücken über den Mund. »Wie soll ich jemals so viel Geld zusammenkriegen? Und wenn ich verliere, ist alles weg?«

»So ist es. Aber halt erst einmal still, du hast ein Jahr Zeit für den Einspruch. Außerdem wird deine Mutter das Testament anfechten, und Barbara sowieso. Dann brauchst du das Geld gar nicht.«

Es hatte lange gedauert, bis Marco nach dieser Eröffnung die Sprache wiederfand. Dass die Verwandten über die nötigen Mittel verfügten, war ein Hoffnungsschimmer. Man müsste sie dazu bringen, auf die *Erbunwürdigkeit* einzusteigen. Barbara gönnte ihrer Schwester das Erbe sicher nicht und Frau Kannegießer schon gar nicht. Falls der Anwalt an der Fälschung beteiligt war, wovon Frank inzwischen ausging, ließe dieser Nöltenthaler sich noch am ehesten unter Druck setzen. Man müsste ihm mit der Rechtsanwaltskammer Bozen drohen, sie informieren, dann verlöre er die Zulassung. Vielleicht zauberte er aus Angst davor plötzlich das echte Testament aus dem Hut? Aber war das Vergessen eines Teils des Erbes Grund genug, das Testament für nichtig zu erklären? Dann würde man zur normalen Erbfolge zurückkehren, und das würde bedeuten, dass bei der Regelung des Geschlossenen Hofs nur eine Person alles übertragen bekäme. Bei dieser Gemengelage war es sicherer, darauf zu setzen, die Erbunwürdigkeit von Anette Förster nachzuweisen.

Dadurch, dass sie als Begünstigte genannt war, bestand für Marco einstweilen keine Gefahr mehr. Das hatte Frank versucht, ihm klarzumachen. Das würde sich allerdings in dem Moment ändern, in dem durch eine erfolgreiche Anfechtung die Erbfolge wieder offen sein würde. Bis dahin mussten sie nachweisen, dass Anette ihren Hamburger Liebhaber zum Mord am Vater angestiftet hatte. Was oder wie viel mochte sie ihm versprochen haben? Leute wie er würden niemals den Mund aufmachen. Wenn er klug wäre, wovon nicht auszugehen war, würde er sich schleunigst absetzen, wenn er das nicht längst getan hatte. Der Vater besaß Schiffe, die außerhalb der Reichweite europäischer Haftbefehle fuhren, falls Gesso denn einen ausstellen würde. Barbara war für Frank als Verdächtige gänzlich aus dem Rennen, aber das Zerwürfnis der Schwestern würde ewig dauern. Doch weder sie noch Ravelli würden sich zu irgendeiner Gewalttat hinreißen lassen. Dieser Avvocato war nur ein Wichtigtuer, ein Schwätzer …

Das Verhalten Försters gab Frank Rätsel auf. Wie war das zu bewerten? Dass seine Frau ein Weingut erbte, das seines an Größe übertraf, hatte ihn anscheinend wenig berührt. Was wusste er von dem Seitensprung seiner Frau und dem Komplott? Frau Kannegießer, die lustige Witwe, war abgespeist worden. So wie Frank Kannegießer kennengelernt hatte, einerseits leichtfertig und stur, andererseits auch verantwortungsbewusst, hätte der Winzer Theresa als Erbin des Hofes eingesetzt und sie verpflichtet, mit den Erträgen der Kellerei die anderen zu versorgen, zum Beispiel mit lebenslangem Wohnrecht für die Mutter.

Frank hätte jetzt gern mit Gesso den Fall diskutiert, aber siebzehn Uhr war vorüber, um diese Zeit arbeitete keine Behörde mehr. Er musste sich bis zum nächsten Tag gedulden. Ohne einen Plan für den Rest des Tages machte er sich zur Genossenschaftskellerei von Girlan auf, die in der Dorfmitte in die alte bauliche Substanz integriert war, ohne das Gesamtbild des Straßenzugs zu verändern. Der Innenhof mit dem neuen lichten und großzügig gestalteten Verkostungsraum war gut für eine Probe, und Frank kostete sich recht unkonzentriert durchs Portfolio. Die Weine machten ihn wieder wach, brachten ihn zu sich selbst zurück. Sie waren nicht mit denen zu messen, die er am Morgen verkostet hatte. Jeder Wein stand für sich selbst, Vergleiche waren sowieso nur angebracht, wenn die Gläser nebeneinander aufgereiht waren. Er musste hier nichts bewerten, sondern sich nur umsehen, ob nicht plötzlich jemand hinter ihm stand, der ihm die Luft abdrehte, so wie Scholz es wahrscheinlich mit Kannegießer unter Wasser gemacht hatte.

Was für ein grausiger Moment, dachte Frank, welche Panik erfasste einen Menschen, wenn man zwanzig Meter unter der Oberfläche herumschwamm, sich am Anblick von Korallen, bunten Fischen und merkwürdig sich fortbewegenden Kalmaren und wer weiß noch welchem Getier erfreute, und dann blieb einem plötzlich die Luft weg. Das Herz würde einem stehen bleiben. Genau das war geschehen. Der Weg nach oben war zwar möglich, aber zu weit … Hatte Kannegießer mit Scholz um sein Leben gekämpft?

Dessen Vater hatte so reagiert, wie Frank es sich erhofft hatte. Er würde es mit Förster ähnlich machen, das war für ihn selbst am ungefährlichsten.

In Matteos Wohnung brannte Licht? Entweder war er vorzeitig zurückgekommen, dann würde Frank sich ein anderes, längst nicht so komfortables Quartier besorgen müssen, oder Marcella war da, was ihm auch nicht lieb war. Schwerfälliger als sonst nahm er die Treppenstufen in den dritten Stock. Kamen die Frauenstimmen aus der Wohnung im zweiten Stock oder aus Matteos Apartment? Frank verharrte auf dem Treppenabsatz. Beide Stimmen kannte er, eine stammte von Marcella, die andere … das war … Antonia? Oder Hella? Nein, Hella klang jünger. Dann war es Antonia – war sie tatsächlich, wie am Telefon angedroht, für einen Kontrollbesuch angereist? Normalerweise freute er sich, sie nach einer Reise wiederzusehen, von seinen Erlebnissen zu berichten, von den Menschen, die er getroffen hatte. Normalerweise! Nur gegenwärtig wusste er nicht, wie er sie zu nehmen hatte. Einen Augenblick lang überlegte er sogar, ob er nicht besser wieder gehen und sich in irgendeine Kneipe verziehen sollte. Doch das würde die Auseinandersetzung um sein Verhalten nur verschieben, denn darum ging's – und um Marcella. Er zog den Kopf ein, atmete tief durch und schloss die Tür auf.

»Ah, da ist er … dann können wir endlich essen.« Das waren Marcellas Worte. Ihre Stimme klang freundlich, nicht als hätten die beiden Frauen sich gezankt oder spannungsgeladene Gespräche geführt. Frank hörte, wie im Wohnzimmer Stühle gerückt wurden. Antonia trat ihm als Erste entgegen, sie fiel ihm fast um den Hals.

»Ich bin froh, dass du endlich da bist.« Sie trat einen

Schritt zurück und betrachtete ihn von oben bis unten. »Ist noch alles heil? Haben die Kampftaucher dich bisher verschont? Christine hat mich angerufen und mir alles berichtet.« Abwehrend hob sie die Hände. »Von dir bekommt man ja nur geknurrte Antworten. Sogar sie ...« Antonia drehte sich um und zeigte auf Marcella, »... sogar sie weiß mehr als die Ehefrau. Das scheint wohl immer so zu sein. Nun gut, jetzt weiß ich Bescheid.«

Erleichtert dankte Frank im Stillen seiner Tochter, ein großartiges Mädchen, er schloss Antonia nochmals in die Arme und dachte dabei an Christine. Dann schaute er Antonia über die Schulter und sah, wie Marcella ihm zuzwinkerte. Was hatte das wieder zu bedeuten? Dass es gut war, dass sich zwischen ihnen nichts abgespielt hatte, oder dass sie mit Antonia einverstanden war? *Tutto a posto*, alles in Butter, sollte es wohl heißen. Es würde ein spannendes Abendessen werden, hier mit zwei unterhaltsamen, streitbaren und sehr charmanten Frauen am Tisch. Aber er wäre lieber zu Bett gegangen, am liebsten allein.

Als Vorspeise setzte Marcella ihnen Broccoli all'agro vor, wobei der gedünstete Broccoli mit Zitrone, Olivenöl, Salz und Pfeffer angemacht war. Mit dem Hauptgericht hatte Marcella wenig Mühe gehabt. »Saltimbocca geht schnell, schmeckt vorzüglich und sieht ansprechend aus. Ich musste nur die Kalbsschnitzel mit Salbei und Schinken belegen und braten – fertig. Ich habe eben deiner Frau erklärt, dass ich keineswegs speziell für dich koche.« Der heimliche Blick, den Frank auffing, besagte das Gegenteil. »Auch ich muss bei meinem Beruf in Übung bleiben, nächste Woche wirst du dich selbst versorgen müssen, Franco, da arbeite ich mit Matteo zusammen in Bologna, wir haben extra ein Studio mit Küche gemietet. Wir machen ein Kochbuch.«

»Geht das zusammen?«, fragte Antonia. »Gemeinsames

Kochen? Ich habe damit nicht die besten Erfahrungen gemacht.«

»Bei Matteo und mir schon. Wir lesen uns in die regionale Küche ein, dann denken wir uns die Gerichte aus, gehen zusammen einkaufen, ich arrangiere alles, und er fotografiert.«

Antonia, so gut kannte Frank sie, war immer noch eifersüchtig, jedoch überspielte sie es gekonnt. »Ich hätte glatt eifersüchtig sein können, denn mit gutem Essen kann man Franco immer gewinnen. Da kann er kaum widerstehen.«

Sie sprach aus Erfahrung. Er dachte bei diesen Worten nicht an Marcella, er dachte an das Essen nachts im Wald in der Nähe ihrer Kellerei, wo Antonia ihn in einem Jagdhäuschen versteckt hatte, um ihn aus der Schusslinie zu bringen. Das Wildkaninchen aus dem Tontopf und die Nacht danach waren unvergesslich, leider das, was darauf gefolgt war, auch.

Unweigerlich kam beim Espresso das Gespräch auf die Ereignisse in Hamburg, darüber war Antonia im Bilde, jedoch nicht über die am Vormittag erfolgte Eröffnung von Kannegießers Testament. Marcella behauptete, überhaupt nicht mehr auf dem Laufenden zu sein, und folgte Franks Ausführungen sehr konzentriert. Ob das Testament sich als Fälschung herausstellte oder nicht, ob die Anfechtung zum Erfolg führte, wer letzten Endes das Weingut erbte, all das war Antonia hingegen gleichgültig. Ihr war es wichtig, dass Frank keinen Schaden nahm, dass er nicht noch tiefer in die Angelegenheit hineingezogen wurde, obwohl er bereits bis zum Hals drinsteckte.

»Dass ich Angst um dich habe, besonders wo dieser Kampfschwimmer aufgetaucht ist, wirst du sicher verstehen.« Dabei schien ihr klar zu sein, dass Frank sich nicht einfach zurückziehen würde und die Dinge ihren Lauf nehmen ließ.

»Angst – ja, du weißt, wie ich darüber denke«, antwortete er. »Angst macht dumm und blind, sage ich immer. Man setzt sich hin, hält sich wie ein kleines Kind die Augen zu und glaubt, dass einen die anderen nicht mehr sehen. Aber sie sehen uns.« Er war lauter geworden, er redete sich in Rage, er hasste es, sich verteidigen zu müssen. »Du magst mir vorwerfen, dass ich zu blauäugig an die Sache herangegangen bin, dass ich mich auf Theresa eingelassen habe. Soll ich etwa so tun, als sähe ich das Offensichtliche nicht? Ich bin eben ein Hingucker«, ereiferte sich Frank weiter. »Ich bin Fotograf, ich mache die Augen auf, ich sehe die Dinge, schaue mir die Leute an, sehr genau, die Welt und die Prozesse, Abläufe, Strukturen, dann drücke ich auf den Auslöser …«

»Reg dich nicht auf, mein Lieber, das weiß ich alles. Aber kann es damit nicht genug sein?« Antonia fragte es, obwohl sie ahnte, dass Frank nie klein beigeben würde. Sie hatte ihn mit Marco und Hella erlebt, als sie das Pferd gebracht hatten, sie musste gemerkt haben, wie vertraut sie miteinander umgingen. Seitdem war ihr klar gewesen, und das sagte sie jetzt, achselzuckend, dass Frank den Jungen nicht alleinlassen beziehungsweise seiner reizenden Familie zum Fraß vorwerfen würde. Sie versuchte es trotzdem weiter, sich mit Blicken von Marcella Unterstützung erbittend.

Die ging darauf ein. »Der Junge, Marco, ist außer Gefahr, diese Anette Förster hat erreicht, was sie will, ist es damit nicht genug? Jetzt entscheiden die Gerichte. Das dauert zwar Jahre, aber mehr kannst du nicht erreichen. Wozu willst du dich möglicherweise in Gefahr bringen?«

»Ich will mich nicht in Gefahr bringen, ich will, dass dieser Taucher oder Kampfschwimmer oder was auch immer geschnappt wird und dass Anette … ich wüsste zu gern, was Förster von mir will. Ob er was weiß, ob er mit drinsteckt?«

»Es gibt keinerlei Beweise …«

»Doch, die Reiseunterlagen, Flugtickets!«

»Franco, alles sind Vermutungen, sonst hätten sich die Carabinieri längst eingeschaltet.«

»Das haben sie inzwischen getan. Und die beiden Toten? Ich habe wahrlich nichts für die Gäule übrig, aber du hast das Pferd gesehen, es ist lammfromm, es tritt seine Reiterin nicht tot! Wer hat die Medikamente in den Futtertrog geschüttet? Wer erbt das Weingut? Kannegießer wäre noch als Unfall wegen Überbelastung seines Herzens durchgegangen, aber Vater *und* Tochter? Nein!«

»Wenn er so redet, ist nichts mehr zu machen«, sagte Antonia fatalistisch und an weiteren Auseinandersetzungen wenig interessiert. »Wäre er anders, wären wir nie zusammengekommen.«

»Wie schön, dass du das einsiehst.« Für Frank sah es jedoch so aus, als wäre ihr Misstrauen in Angst umgeschlagen.

Eines aber wollte sie noch geklärt wissen. »Ich habe Marcella das Foto gezeigt, dass mir ein Unbekannter von euch beiden geschickt hat, mit Datum und Uhrzeit. Ihr habt anscheinend lange geplaudert.« Der kurze Blick von Frank zu Marcella zeigte, dass sie dem Frieden längst nicht traute. »Wer steckt dahinter? Wer macht sich die Mühe und wartet bis tief in die Nacht, um euch sozusagen in flagranti zu erwischen und mit dem Foto Zwietracht zu säen?«

»Jemand, der Franco in Misskredit bringen will«, antwortete Marcella, »dem daran liegt, dass er verschwindet. Da kommen nicht viele in Betracht.«

Frank hatte zuerst Ravelli dahinter vermutet. »Seit ich jedoch weiß, wer erbt, kann es sich nur um Anette Förster handeln, Frauen kommen eher auf so abstruse Ideen.«

»Wenn du dich da mal nicht irrst …«, meinte Marcella.

Als sie später allein waren, sprach Antonia darüber, wie sehr sie sich freute, dass Christine zu ihnen kommen würde, sie betrachtete es als einen riesigen Vertrauensbeweis. Das mochte richtig sein und war es zweifellos auch, gleichzeitig war es auch die Flucht vor dem Hamburger Winter. Frank genoss es immer wieder, den Winter im Süden zu verbringen. Die Sonne schien häufiger, die Temperatur war erträglich, die Natur lebendiger und die Mienen der Nachbarn freundlicher. Und da man auf den Weingütern weiter voneinander entfernt lebte, war auch der Gedankenaustausch, privat wie beruflich, viel intensiver, besonders mit dem Nachbarn und Grafen Ricasoli.

Er hatte es oft erlebt, und trotzdem erinnerte er sich gut an das erste Mal, wie er sie beim ersten Licht des Morgens verlassen hatte, um seiner Arbeit draußen nachzugehen. Häufig brauchte er keinen Wecker, das Licht weckte ihn, und die innere Uhr war nach der Jahreszeit gestellt. Leider war es in diesem Jahr anders, das Aufstehen machte ihm Mühe, besonders heute, wo sie dort schlafend lag, das Gesicht so entspannt wie selten, eingerahmt vom langen krausen Haar, das ihr gut stand, und zufrieden war, weiterschlafen zu dürfen.

Kaum ein Lieferwagen war zu dieser frühen Stunde auf der Straße oberhalb des Kalterer Sees nach Margreid unterwegs. Frank riskierte einen Blick nach rechts, wo weit oberhalb am Hang das Weingut Kannegießer in einem Meer von Reben lag. Die Schatten der Nacht hatten sich verzogen, die anderen Schatten waren geblieben und würden sich auch bei senkrecht stehender Sonne kaum verflüchtigen.

Ohne zu wissen, was ihn erwartete, war Frank losgefahren, er war davon ausgegangen, dass auch das Weingut Lageder mitten im historischen Teil Margreids sich mit modernster Schale nach außen hin präsentiert. Dieser Schluss war falsch. Er hätte noch gut zwei Stunden weiterschlafen können, denn alles, was es zu fotografieren gab, lag innerhalb der beiden Anwesen, das war einmal die Kellerei, zum anderen der historische Ansitz Casòn Hirschprunn mit Vinothek, Weinschenke und Osteria, dessen bauliche Substanz bis ins 13. Jahrhundert zurückreichte. Einer der vierzig Mitarbeiter hätte ihm Einlass gewähren müssen, außerhalb der Weinlese für sechs Uhr morgens ein wenig verfrüht. So schlenderte Frank an festen Mauern entlang, zwischen hohen Häusern unter Torbögen und Erkern hindurch, betrachtete die steingerahmten Fenster dieses bäuerlich geprägten Ortes im typischen Überetscher Stil, der als Spielart der Renaissance gesehen wurde, und hielt sich wach. Auf einer Bank sitzend wäre er sofort eingeschlafen, quasi als Überbleibsel einer durchzechten Nacht.

Was sich andernorts nach außen wölbte, streckte und aufzufallen oder zu beeindrucken suchte, konzentrierte sich im Weingut Alois Lageder auf das Innenleben – zugunsten des Weins. Hölzerne Konstruktionen waren auf die alten Gebäude gesetzt, Dächer mit Sonnenkollektoren ausgestattet, die Innenräume und Keller entkernt, was die Bewegungen erleichterte, die schonende, dem Gefälle folgende Beschickung der Gärtanks ermöglichte und die Arbeitsgänge von der Anlieferung der Trauben bis hin zur Abfüllung übersichtlich gestaltete. Nur die eingesetzten Maschinen, Tanks, Rohrleitungen, Schütten und Pressen glänzten technisch und waren neuesten Datums.

Das alles interessierte Antonia als Winzerin – und wer von ihrer Ehe wusste, betrachtete ihn als ihren Spion.

Hier und dort fand sich der eine oder andere Hinweis auf die biologisch-dynamische Produktionsweise dieses Guts. Zum einen war es das verwendete Material wie Holz, die Nutzung der Sonnenenergie, dann war es eine kühle, unverputzte Felswand im Keller als Hinweis, woher der Wein kam, und im Atrium zwischen den Büroräumen standen große Glasbecken mit den zwischen den Rebzeilen wachsenden Pflanzen.

Zur Weinprobe begleitete Frank einer der drei Önologen des Hauses, ein Absolvent der Geisenheimer Hochschule. Wenige Schritte von der Kellerei entfernt lag der hier Ansitz genannte Herrensitz Casòn Hirschprunn, der zum Lageder-Besitz gehörte. Bevor Frank sich dort für die obligatorische Probe niederließ, zeigte ihm der Önologe das denkmalgeschützte Ensemble. Die Räume waren bewusst nicht renoviert, sondern restauriert worden, sie sollten den ursprünglichen, über Jahrhunderte entstandenen Charakter erhalten und dabei ihre Funktion erfüllen, was Frank als gelungen betrachtete. Da waren alte blaue Tapeten, kunstvolle Kachelöfen, schmiedeeiserne Treppengeländer, grobe Balkendecken oder bestens erhaltene Kreuzgewölbe, ein Fest für die Augen und für diejenigen, die hier Feste feierten. Unter einem Kreuzrippengewölbe saß Frank auch bei der Weinprobe. Er zog es vor, dabei allein ins Glas zu riechen, ohne dass ihm jemand die Machart der Weine erklärte, was immer auf eine Beeinflussung und letztlich auf die Bewertung hinauslief.

Die Probe begann eigentlich mit der Reihe klassischer Reben, doch Frank zog es vor, den Chardonnay der drei Qualitätsstufen zu probieren und dann zur nächsten Rebsorte überzugehen. So wurden für ihn die Unterschiede deutlicher. Klar, dass ihm der LÖWENGANG aus der Reihe der Meisterstücke am besten gefiel. Die Frucht hatte sich während der Alterung zurückgezogen, dafür war er im Mund voller und deutlicher, und der Geschmack des Barrique wirkte feiner. Der Pinot Grigio war ihm nicht deutlich genug, er kam zu zart daher. Da hatte er Marcos Pinot Grigio als akzentuierter in Erinnerung. Der Sauvignon

Blanc LEHEN überzeugte durch seine Frische, aber nicht durch seinen Gehalt. Das war beim Gewürztraminer AM SAND anders: Er war fein und elegant, vielseitig und ausgewogen und zeigte eine perfekte Länge.

Die Roten dieses Hauses gefielen Frank durchweg besser. Der schlichte Pinot Noir hatte alles, was zu diesem Wein gehörte: die typischen Aromen, die Harmonie, Frische und Klarheit. Der KRAFUSS der gleichen Rebsorte bewegte sich in einer höheren Kategorie in Bezug auf das weite Aromenspektrum, das vom Duft des Barrique nicht verdrängt wurde. Süße und Säure hielten sich die Waage auf einem guten Niveau, die Tannine waren fein und weich, und die Säure ließ den Wein lebhaft wirken. Der Lagrein, die für Südtirol so typische Rebsorte, war eine Cuvée der Lagen in Bozen und Margreid. Er brachte Kraft mit, auch beim Tannin, die Frucht war stark, fast ordinär, und dabei überzeugend, insgesamt ein Wein, dem man die starke Sonne und die Wärme des Bozner Talkessels anmerkte. Der Lagrein LINDENBURG war in seiner Harmonie, in seiner Wärme und Weichheit und den Aromen roter Früchte ein großer Wein und mit vierundzwanzig Euro nicht gerade billig. Aber das war dieser Wein wert. Das Doppelte wurde für den LÖWENGANG Cabernet verlangt, eine Cuvée mit Cabernet Franc und Carmenère. Der RÖMIGBERG stand ihm in nichts nach, übertrumpfte ihn sogar noch in seiner Eleganz. Das war eine schöne Probe gewesen, an einem schönen Ort mit einem angenehmen Fluidum.

Beim Verlassen der Vinothek im Casòn Hirschprunn dachte Frank an Stefano, Stefano Scudiere, den Flying Winemaker, den Consulente oder Berater. Die Wahl falscher Partner und seine Gier hatten ihn letztlich für Jahre hinter Gitter gebracht, doch inzwischen war er wieder auf freiem Fuß. Trotz allem war Frank ihm dankbar, denn er hatte von ihm die Anfänge des Probierens gelernt, er war mit ihm die

Rebzeilen abgelaufen, hatte die Reben erklärt, ihr Wachstum, ihre Stärken und Schwächen. Er nahm sich vor, ihn nach seiner Rückkehr ausfindig zu machen. Vielleicht war er ausgewandert, irgendwohin, wo seine Vergangenheit unbekannt war und ihm nicht schadete.

Als Frank auf dem Rückweg Kaltern durchquerte, sah er den Tankwagen vor der Genossenschaftskellerei. So ein Fahrzeug erregte bei ihm stets Argwohn. Brachte es billigen Wein aus dem Süden, mit denen die hiesigen verschnitten beziehungsweise gestreckt wurden? War es ein Auftrag zum Abfüllen? Oder handelte es sich um den Transport heimischen Weins ins Ausland, wo er als Markenwein abgefüllt wurde? Alles war möglich, ein ehrliches Geschäft, oder ein krummes Ding?

Nichts anderes war von Ravelli zu erwarten, der mit Barbara Kannegießer an einem Bistrotisch vor dem Lebensmittelladen gegenüber der Haustür von Matteos Wohnung auf ihn wartete.

19. Kapitel

Zwei lange, feindliche Blicke trafen Frank. Sie ließen sich aushalten, besonders der von Ravelli, im Vergleich zu dem des Vaters von Hans-Christian Scholz. Das war ein Baum von einem Mann, groß, kräftig, energiegeladen, wenn auch mit negativer Energie. Neben ihm kam Ravelli, obwohl sympathischere Gesichtszüge, wie ein Würstchen daher. Dass Barbara sich zwischendurch bei einem richtigen Mann ein wenig Abwechslung vom Schaumschläger gönnte, war das nicht verständlich? Der musste auch Schwester Anette gefallen haben, und sie hatte allem Anschein nach sofort erkannt, dass mehr mit ihm anzufangen war. Solche Menschen erkannten in ihrer Perfidie die Gleichgesinnten blitzschnell und wussten, was sie voneinander zu halten hatten. Außerdem musste sie ihm einiges geboten haben, und hässlich war sie durchaus nicht. Vierundzwanzig Millionen durch zwei geteilt ergab zwölf für jeden, immer noch mehr als genug. Einen gebrauchten Hochseeschlepper würde Hans-Christian dafür auf jeden Fall bekommen, um sich selbstständig zu machen. Eine Tauchschule, wenn das sein Ziel war, ließ sich mit bedeutend weniger Mitteln aufbauen. Wieso gingen Verbrecher stets davon aus, nicht erwischt zu werden? Gut – die wirklich Großen kamen immer davon, es war die Frage, wen man als Verbrecher ansah.

Ravelli bestätigte ein altes Vorurteil, dass viele Italiener

Schauspieler seien. Er setzte ein gefährliches Gesicht auf und sich selbst in Szene und Bewegung, Barbara im Schlepptau. Sie war wieder ganz in edlem Schwarz, der Farbe der Erfolgreichen. Manch einer mochte sie für eine sehr gut aussehende Frau halten, wären die Kälte in ihrem Gesicht und die Unnahbarkeit in der Haltung nicht gewesen, als sie betont gemessen auf ihn zuschritt, eine Trennscheibe zwischen sich und der primitiven Welt. Diese Marketingleute wussten alles, sicher auch alles besser und hielten sich für die Schamanen des Neoliberalismus. Sicherlich empfand mal wieder nur Frank das so.

»Wir würden uns gern mit Ihnen unterhalten, Herr Gatow!« Barbara sagte es, als würde sie ihre Sekretärin auffordern, in einer halben Stunde zum Diktat zu erscheinen.

»Hier, mitten auf der Straße?« Frank blickte sich lächelnd um. Würde er die beiden überhaupt noch ernst nehmen müssen? Sie gehörten nicht mehr zu den Mitspielern!

»Wenn es sein muss, auch das.« Die Mini-Heuschrecke spielte sich wieder auf, weniger vor ihm als vor seiner Lebensgefährtin. Frank gönnte ihm das Vergnügen.

»Aber mir gefällt es nicht. Außerdem hätte ich bei dem Gespräch gern einen Zeugen dabei. Ich bin in fünf Minuten zurück.« Frank drehte sich um, ließ die beiden stehen, lief hinauf in die Wohnung, erklärte Antonia in wenigen Worten, worum es ging; glücklicherweise gehörte sie dank ihrer bäuerlichen Vergangenheit nicht zu den Frauen, die erst eine halbe Stunde vor dem Spiegel verbrachten, bevor sie das Haus verließen. In seinen Augen war sie immer schön. Erleichtert nahm er zur Kenntnis, wie froh er war, dass es mit Marcella zu nichts weiter als zu begehrlichen Blicken gekommen war.

Aus den fünf Minuten wurden zehn, aber das von Anette Förster gefoppte Pärchen wartete brav, in Antonias Gegenwart milderte sich der feindselige Ton. Frank schlug vor, das

Gespräch im »Café Monika« fortzusetzen. »Haben wir uns dort nicht vor Kurzem sehr nett unterhalten, Signor Ravelli?«

»Durchaus«, meinte er ein wenig verunsichert, *»assolutamente.«* Dass Frank ihnen freundlich lächelnd begegnete, hatte er anscheinend nicht erwartet. Und dass ihre Unterhaltung auf Italienisch und im Gehen geführt wurde, machte die Sache leichter, zumal Antonia es verstand, geschickt Gemeinsamkeiten suchend, Barbara in ein Gespräch über die Jugend auf dem väterlichen Weingut zu ziehen.

Unter diesen Umständen fiel es beiden schwer, zu ihrem feindlich-distanzierten Ton zurückzukehren, zumindest versuchte Ravelli es mit einer Kanonade von Fragen.

»Sie kommen hierher, geben vor, Weingüter fotografieren zu wollen, und führen sich auf wie der Mafiajäger? Weshalb versuchen Sie, unsere Familie zu spalten, und hetzen einen gegen den anderen auf? Weshalb ziehen Sie uns alle nacheinander in den Dreck? Was haben Sie davon, wenn Sie überall herumerzählen, dass jemand von uns den Vater und auch die Tochter ermordet haben soll? Wir werden Sie wegen übler Nachrede verklagen. Wie würden Sie sich fühlen, wenn Sie von dritter Seite erführen, dass man Sie für einen Mörder hält, Signor Gatow? Sagen Sie mir das, bitteschön, *me lo dica!* Wie kommen Sie eigentlich an venezolanische Passagierlisten?«

»Ah, davon wissen Sie?«, fuhr Frank dazwischen. »Sehr gut. Ich kann glücklicherweise auf Freunde und internationale Kontakte zurückgreifen.«

Ravelli war noch nicht fertig. »Mir haben Sie erklärt, dass die Freundschaft mit Barbaras Vater nicht von Bedeutung war, aber Sie stürzen sich in die Angelegenheit, als ginge es um Ihr eigenes Leben …«

Vielleicht tat es das inzwischen auch, schoss es Frank durch den Kopf.

»… oder als bekämen Sie was vom Erbe ab. Das Schlimmste

aber ist, dass wir zur Polizei, vielmehr zu den Carabinieri vorgeladen waren, als seien wir Verdächtige …«

Das war gut, das war bestens, freute sich Frank, und es fiel ihm noch leichter, ein freundliches Gesicht zu ziehen. Also machte Gesso endlich seine Arbeit. Das verschaffte ihm selbst Luft und Sicherheit.

»Ein guter Mann, dieser Tenente Gesso, ein fähiger Polizist«, sagte er, obwohl er bisher daran gezweifelt hatte. »An seinen Fragen werden Sie erkannt haben, wie weit die Ermittlungen fortgeschritten sind.«

Barbara fuhr sich immer wieder ins lange blonde Haar, dessen Sitz sie mehr zu interessieren schien als das Gespräch, oder war es eine Geste der Verlegenheit? Ihrer verschlossenen Miene nach prallten alle Worte an ihr ab. Als sie im Café saßen, vermied sie es, irgendwem am Tisch in die Augen zu sehen, und schob ihr Glas mit dem Prosecco auf der Tischplatte herum. Antonia saß still dabei, nippte am Cappuccino, dann wieder am Amaretto, und Frank sah ihr an, dass sie sich innerlich amüsierte, was ihn ungemein erleichterte. Eine Missstimmung zwischen ihnen war kaum zu ertragen. Wahrscheinlich begriff sie, dass sich langsam die Knoten lösten, mit Marcella nichts lief und er aus dieser Sache mit heiler Haut herauskommen würde.

»Ihre Fragen, mein lieber Ravelli, werde ich nicht beantworten. Ich könnte meinerseits viele Fragen stellen, zum Beispiel, wie Anette Herrn Scholz kennengelernt hat«, sagte Frank mit Seitenblick auf Barbara, »den ja Sie, Frau Kannegießer, in diesen Kreis eingeführt haben – willentlich oder aus Versehen?«

Ravelli versuchte sich in einer bühnenreifen Mischung aus empörtem Ankläger und Verlierer, gehörntem Ehemann und abgehalftertem Liebhaber, und Antonia strich ein heimliches Lächeln um die Augen. Barbara dagegen versteinerte zusehends.

»Sie beide sollten sich freuen, Signora Kannegießer, Signor Ravelli, dass man bemüht ist, den Tod des Vaters aufzuklären, genau wie den Mord an Ihrer Halbschwester …«

»Es war das Pferd …«

Barbaras Einwand ließ Frank nicht gelten. »Das glauben nicht einmal Sie selbst, meine Beste. Sie haben's mit den Fischen, und Ihre Schwester Anette hat keine Angst vor Pferden, wie ich erfuhr. Damit der Drogencocktail Ricardo nicht umbrachte, sondern nur wahnsinnig machte, musste man das Gewicht des Pferdes kennen, so erklärte es mir der Tierarzt. Wer hat die Drogen in sein Futter gegeben? Ihren Ausdruck größter Trauer um Theresa wird die Carabinieri sicher beeindruckt haben. Und dass Anette jetzt einzige Nutznießerin des Testaments sein soll, kann Sie keineswegs erfreut haben, außer Sie gehören indirekt zum Kreis der Begünstigten …«

»Was wollen Sie damit sagen?!«, fuhr Barbara wütend auf. »Das ist unverschämt …«

»Wir werden es anfechten«, sagte Ravelli, als hätte er darüber zu entscheiden, und erntete von Barbara einen Blick, der ihm zeigte – beabsichtigt oder nicht –, wie unbedeutend seine Rolle war.

»Claudia Kannegießer, die Witwe, wird es auch anfechten, und auch Marco, zumal es eine Fälschung ist!« Den Königshappen hatte Frank sich für zuletzt aufgehoben. »Sie wissen wirklich nicht, wer dem Anwalt das Testament diktiert hat?«

»Mein Vater natürlich!« Empört schaute Barbara auf.

»Und trotzdem wollen Sie es anfechten? Nein, das hat Ihr Vater nicht diktiert.«

»Woher wollen Sie das wissen?« Barbara war wütend, dass Frank es ebenso wusste wie sie. »Sie waren doch bei der Eröffnung gar nicht anwesend.«

Der Einwand interessierte Frank nicht. »Ihr Vater hätte

Theresa das Weingut übertragen und Sie alle auch bedacht. Er war kein ungerechter Mensch. Vielleicht machen Sie sich mal vom Hass auf ihn frei. Auch Ihr Vater hatte das Recht, sich statt Ihrer Mutter eine andere Frau zu suchen. Vergessen Sie nicht, dass Sie im Glashaus sitzen. Denken Sie an den Herrn aus Hamburg, den Sie einst unter Wasser trafen. Ich erinnere mich an eine Szene in einem James-Bond-Film, in dem er bei einem Tauchgang mit der attraktiven Begleiterin hinter einem Felsen verschwindet. Und dann steigen nur noch Blasen auf …«

Ein Seitenblick auf Ravelli zeigte, dass er die Provokation verstanden hatte. Aber die Mini-Heuschrecke reagierte nur mit gesenktem Blick und zusammengepressten Lippen. Innerlich musste er kochen.

»Dass Ihr Vater bei der zweiten Wahl keine glückliche Hand hatte, ist eben Schicksal …«, fuhr Frank fort.

»… oder schlechter Geschmack!« Ravelli versuchte es jetzt mit Überheblichkeit.

Will er sich auf meine Seite schlagen?, fragte sich Frank, wo von Barbaras Seite kein Vermögen mehr zu erwarten ist? Ravelli selbst ist auch nicht erste Wahl. Bei den vielen wunderbaren Weinen in Südtirol wird es sicher auch die passenden Männer dazu geben. Er würde darüber später mit Antonia reden.

Zurück in der Wohnung informierte Frank den Tenente telefonisch sowohl über die Testamentseröffnung als auch über die entsprechenden Vorbehalte und das Treffen mit Ravelli und Barbara.

»Mir scheint, Sie wollen bei uns anfangen«, sagte Gesso, statt sich für die Informationen zu bedanken. »Soll das Ihr Gesellenstück werden?«

»Wohl eher die Meisterprüfung. Aber ich würde es nicht aushalten, mir von anderen sagen zu lassen, was ich zu tun und zu lassen hätte. Außerdem mag ich keine Uniformen. Und Waffen sind gefährlich.«

»Ihre Waffen sind auch nicht schlecht. Ihre Strategie scheint mir weniger die offene Auseinandersetzung als vielmehr das Säen von Zwietracht zu sein, die Akteure gegeneinander auszuspielen?«

Die Zwietracht hätten wohl Kannegießers beide Ehefrauen gesät, meinte Frank. »Ich, als der bei Weitem Schwächere, habe kaum eine Wahl, mir wird diese Strategie vom Gegner quasi aufgezwungen.« Hans-Christian Scholz ließe ihn am ausgestreckten Arm verhungern, wollte Frank sagen und überlegte, ob die italienische Übersetzung *col braccio disteso a morire di fame* hieß. Er probierte es aus, und Gesso verstand, was er meinte.

»Scholz kann alles, was ich nicht kann: Er ist mir kräftemäßig überlegen, an Land sowohl wie im Wasser, er ist größer, er ist brutal, kann mit Waffen umgehen – er wäre ein spannender Gegner für Sie, Signor Gesso, wie ein Sparringspartner aus dem Handbuch für Carabinieri oder für den Zweikampf in der Arena von Verona. Netz und Dreizack, sind das Ihre Waffen? Wann verhaften Sie ihn?«

»Obwohl ich es gern täte, darf ich Ihnen leider nichts über den Stand der Ermittlungen sagen. Was haben Sie als Nächstes vor?«

»Über die nächsten Schritte meiner Ermittlung möchte auch ich Ihnen keine Auskunft geben, leider, so gern ich es täte. Sie könnten bei einem Verhör den Gegner mit falschen Fragen warnen.«

»Das ist jammerschade.« Gesso spielte den Beleidigten. »Damit nehmen Sie uns leider die Möglichkeit, Sie gegebenenfalls zu schützen, Signor Gatow.«

»Halten Sie das für nötig? Ich treffe mich lediglich mit dem Winzer Förster, dem Ehemann meiner Hauptverdächtigen.«

»Um wieder Zwietracht in einer Ehe zu säen?«

»Wenn es sein muss, Tenente. Nein, Signor Förster dürfte in den letzten Tagen sehr nervös geworden sein, er wollte mich bereits vor Hamburg dringend sprechen.«

»Könnte er der Kopf hinter allem sein?«

Der Gedanke lag Frank völlig fern. »Dann hätte er seine Frau dazu bringen müssen, mit diesem Kampfschwimmer ins Bett zu gehen.«

»Das wiederum halten Sie für unmöglich, Signor Gatow? Glauben Sie etwa an das Gute im Menschen? Was glauben Sie, zu welchen Handlungen unsere Mitmenschen in der Lage sind ...« Der Tenente lachte verächtlich. »Wer hat Sie eigentlich über die Testamentseröffnung informiert? Es muss jemand aus der Familie gewesen sein. Ich vermute mal der junge Marco. Sie haben an dem Jungen einen Narren gefressen?«

»Ich glaube, er ist der Einzige von denen, die übrig sind, der Charakter besitzt ...«

»Vermuten Sie, dass er in Gefahr ist?«, fragte Gesso nach einem langen Moment des Schweigens, denn eigentlich war alles gesagt.

»Nein, weil er nicht mehr zu den Begünstigten gehört. Sein Ausscheiden würde niemandem nutzen.«

»Und wenn er doch erbt?«

»Wie sollte es dazu kommen?«

»Wenn man Ihrer Theorie folgt und an ein echtes Testament denkt? Sie sollten sich in jedem Fall in Acht nehmen. Sie sind leichtsinnig genug gewesen. Es sind zwei Menschen umgebracht worden, und Sie haben die Spuren gefunden, die zu den Tätern führen. Außerdem sind Sie dabei, einigen Personen die Zukunft zu verbauen. Sie werden hier nicht sonderlich beliebt sein, nehme ich mal an. Wie geht es übrigens dem Pferd?«

»Genau das, mein lieber Tenente, wollte ich Sie auch gerade fragen ... haben Sie Ricardo noch nicht gefunden?«

»Ich muss dringend noch mal weg«, sagte Frank und hob beschwichtigend die Arme, um Antonias Widerspruch abzuwehren. »Nur eine Stunde, dann lade ich dich auch zum Essen ein. Es ist ganz in der Nähe, ich kann sogar zu Fuß gehen.«

»Pass auf dich auf, Franco! Denk daran, was der *tenente* gesagt hat. Ich habe absolut keine Lust auf Krankenbesuche. Außerdem muss ich morgen früh dringend zurück. Versprich mir, dass …«

»Ich verspreche alles«, sagte Frank, bereits die Klinke der Wohnungstür in der Hand. »Eine Stunde!«

Mit dem Stadtplan von Bozen auf dem Smartphone eilte er durch die Museumstraße, bog an ihrem Ende in die Franziskanergasse ein und zuletzt rechts in die Dr.-Josef-Streiter-Gasse. Er hoffte, dass er nicht zu spät kam, es war kurz vor fünf Uhr. In Italien hätte er niemanden mehr angetroffen, aber in Südtirol …

Die Kanzlei von Dr. Bernhard Nöltenthaler lag im ersten Stock. Es waren recht enge, weiß gestrichene Räume in dem alten Haus, die Büros mit den üblichen modernen, in hellbrauner Buche gehaltenen Möbeln vollgestellt. Die junge Frau am Empfang holte gerade Luft für den ersten Satz, um Frank wieder hinauszukomplimentieren. Er schnitt ihr das Wort ab.

»Dr. Nöltenthaler ist noch hier? Ich muss ihn sprechen! Es ist dringend. Sofort.« Frank zeigte auf eine Tür. »Dort?« Er hatte eine männliche Stimme gehört. Das musste der Anwalt sein.

»Ja, nein! Sie können nicht einfach … er hat Besuch … Wer sind Sie eigentlich?«

Frank blieb die Antwort schuldig, er klopfte, riss die Tür auf und sah sich dem Anwalt gegenüber.

Der erhob sich, eine massige Gestalt, indigniert, dass jemand es gewagt hatte, ohne auf sein »Herein!« zu warten, das Arbeitszimmer zu betreten. Zu viel gutes Essen, zu wenig Bewegung, dachte Frank.

Die Klientin auf dieser Seite des Schreibtisches war ähnlich entrüstet. »Das ist mein Termin«, fuhr sie auf.

»Mag sein.« Frank ließ sich nicht abweisen. »Wenn Sie bitte draußen für fünf Minuten warten würden?!« Frank griff nach ihrem Stuhl, um ihr das Aufstehen zu erleichtern.

»Was erlauben Sie sich!«, fuhr ihn der Anwalt an.

»Genau das möchte ich Sie fragen. Deshalb bin ich hier.« Frank wandte sich der Dame zu. »Es geht um das Testament von Werner Kannegießer. Er verlegt, rein zufällig, wichtige Dokumente«, Frank zeigte mit dem Finger auf den Anwalt, »oder er verwechselt Schriftstücke. Das hat Folgen. Sie sollten es sich überlegen, gnädige Frau, ob Sie mit ihm weiter...«

Die Klientin, noch immer fassungslos, war hier, um sich scheiden zu lassen. Frank sah es ihr an. Aber wie so eine Frau ausschaute, hätte er nicht sagen können. Zu dem Ausdruck von Enttäuschung kam jetzt die Empörung hinzu.

»Ich hoffe, der Herr macht keinen Ärger.« Nöltenthaler deutete der Dame gegenüber eine Verbeugung an. »Wir sprechen gleich weiter, gnädige Frau. Lassen Sie mich erst mit diesem ... diesem ... Menschen fertigwerden.« Er nahm Frank gegenüber eine drohende Haltung an.

»Ich danke Ihnen sehr.« Frank lächelte und öffnete der verstört wirkenden gnädigen Frau mit einer galanten Verbeugung die Tür, die er etwas heftig schloss. »Nun zu meinem Besuch.«

»Was fällt Ihnen ein?«

»Sie, Herr Nöltenthaler, nehmen mir die Frage aus dem Mund. Was fällt Ihnen ein? Ich möchte Ihnen einen guten Rat geben, und hören Sie gut zu, sonst sind Sie die längste Zeit im Besitz einer Zulassung als Anwalt und Notar gewesen.«

»Es wird ja immer schöner«, sagte der Anwalt, »Ihre

Vermessenheit scheint grenzenlos, ich habe davon gehört. Wollen Sie mir drohen?«

»Sie haben es erfasst, genau das will ich. Finden Sie schleunigst das richtige Testament von Werner Kannegießer, andernfalls werden Sie dieses Büro in Kürze schließen. Ich bin mir sicher, Sie haben das richtige Testament noch. Was hat Ihnen Frau Förster geboten? Übrigens – ich hatte mich nicht vorgestellt. Mein Name ist Gatow. Ich bin ein alter Freund des Verstorbenen …«

»Das habe ich mir gleich gedacht!« Nöltenthaler verzog das Gesicht. »Jetzt ist mir alles klar. Sie sind der Aufwiegler hier.«

»Das hoffe ich doch«, entgegnete Frank. »Und als Freund des Hauses weiß ich auch, dass Sie bei der Auflistung des Erbes einen Fehler begangen haben. Der Pinot Grigio stand nicht im Testament. Er fehlt. Und er gehört eindeutig zum Besitz. Ein dummer Fehler, weil alle den jungen Marco Kannegießer übersehen und ignorieren, haben auch Sie sein Experimentierfeld übersehen, das Kannegießer seinem Sohn eigens zu diesem Zweck überlassen hat. Er hat es mit besonderer Sorgfalt überwacht und wird es kaum vergessen haben. Im Übrigen glaube ich auch nicht, dass im Original alle Lagen einzeln aufgeführt sind. Hat Frau Förster ganz sicher gehen wollen? Wie viel hat sie Ihnen geboten?«

Der Anwalt schwieg und starrte Frank feindselig an.

»Sie wollen mehr hören, Dottore? Die ganze Geschichte? Ich erzähle sie Ihnen gern. Sie können sich auch mit den Carabinieri darüber unterhalten, Tenente Gesso ist zuständig. Tun Sie's möglichst bald, bevor es zu spät ist. Der Schritt vom Zeugen zum Beschuldigten ist kurz. Also, die Sache ist folgende.«

In knappen Sätzen gab Frank einen Überblick über die Ereignisse und den Stand seiner Ermittlungen, angefangen von der Urlaubsreise Kannegießers nach Los Roques über den Tod Theresas und die Recherche in Hamburg bis zur Testamentseröffnung am Vortag. Der Anwalt unterbrach ihn kein einziges Mal, lediglich sein Blick gefror von Minute zu Minute, wie wahrscheinlich der des Ötzi einst in seinem Schneegrab.

»Mein Ermittlungsstand ist dem der Carabinieri immer einen Schritt voraus.« Frank scheute sich nicht, das zu behaupten. »Ich habe die Carabinieri davon überzeugen können, die Ermittlungen aufzunehmen, inzwischen geht die Behörde selbstständig vor.«

»Haben Sie meinen Namen erwähnt?« Der Anwalt stierte Frank finster an.

Dass ihn jemand erpresst, wird er noch nicht erlebt haben, schloss Frank, doch der Blick machte ihm keine Angst. »Ich würde annehmen, dass es zu spät für Sie sein wird, wenn Sie erst vorgeladen werden, als Zeuge, und das kürzlich aufgesetzte Testament als Beweismittel vorliegt. Das wäre bitter für Ihre Karriere. Lassen Sie es verschwinden, geben Sie es als Verwechslung aus, als überholten Entwurf Ihrer Kanzlei, tun Sie der Familie gegenüber so, als hätten Sie einen riesigen Krach mit Ihrer Sekretärin deshalb angefangen …«

»Sie brauchen mir nicht zu sagen, was ich zu tun habe.«

»Anscheinend doch …«

»Ich möchte Sie bitten, auf der Stelle mein Büro zu verlassen.«

»Nur zu gern, Dottore. Ich hoffe lediglich, dass Sie die Chance zu nutzen wissen, die ich Ihnen gebe. Sollte Frau Förster im anstehenden Mordprozess auf Ihre Rolle eingehen, haben Sie allerdings verloren. Aber diese Räume lassen sich bestimmt gut weiter vermieten, zentrale Lage, verkehrstechnisch günstig und so weiter, sie eignen sich vielleicht auch als Maklerbüro?«

Auf dem Heimweg rieb Frank sich die Hände. Es war gelaufen, wie er es sich gewünscht hatte. Jetzt klebten die Smartphones an den Ohren. Ob Gesso Anette Förster abhören ließ? Wird sie sofort die Koffer packen und zu ihrem Froschmann aufs nächste Schiff ziehen? Damit wäre allen geholfen, dachte Frank. Ihre Flucht würde sicher als Schuldeingeständnis betrachtet. Frank zweifelte keinen Moment daran, dass seine Strategie zum Erfolg führte.

Antonia war da weitaus pessimistischer, zumal Frank ihr von dem Telefonat mit dem Tenente und dessen Bedenken hinsichtlich seiner eigenen Sicherheit berichtet hatte. Sie sah es ähnlich, denn ein in die Enge getriebener Mensch, egal, ob Scholz oder Anette Kannegießer, würde um sich schlagen. »Zumal der Plan nicht aufgegangen ist, dass nach Theresas Tod die Nachforschungen aufhörten.« Antonia hielt die Aussicht auf den möglichen Gewinn des Vermögens für eine so starke Triebkraft, dass die Verdächtigen kaum in ihrem Bemühen nachlassen würden, letztlich doch an das Weingut und damit zu Geld zu kommen. »Und wie rachsüchtig man sein kann, hast du bei Massimo Vanzetti erlebt. Er hätte dich erschossen, wenn ich nicht …«

Frank wandte sich ab, an ihren Ex wollte er nicht zusätzlich erinnert werden, das taten die eingeschränkte Beweglichkeit und die Schmerzen in seinem Arm tagtäglich. Und es tat seinem Selbstvertrauen nicht gut. »Ich halte Scholz für nicht so dämlich, dass er hier aufkreuzt, nur um irgendwelchen Rachegefühlen nachzugehen.«

»So jemand hält sich für unbesiegbar. Und der Anwalt? Wie viel Geld geht ihm durch die Lappen?« Antonia glaubte nicht, dass er sich mit zehn Prozent zufriedengeben würde. »Er wird eingeweiht worden sein, er muss an den Erfolg dieser Machenschaften geglaubt haben, sonst hätte er sich nie auf ein krummes Ding dieses Ausmaßes eingelassen. Allerdings – wenn er schlau ist …«

Den Rest des Abends sprachen sie nicht mehr darüber, machten sich landfein und scheuten nicht die halbstündige Fahrt hinunter an den Kalterer See ins Hotel »Ambach«. Die dortige Küche war Frank von Elena Walch empfohlen worden, was sich auf der Terrasse des Restaurants bestätigte. Direkt am Wasser, vor ihnen die grün spiegelnde Fläche des Sees mit einigen Surfern, denen der Wind weggeschlafen war. Dahinter stand das Panorama der Berge am Ende eines sacht vergehenden Tags. Die heraufziehende Nacht unter Sternen ließ sie alle möglichen Bedrohungen vergessen. Es war ein wenig wie zu Hause auf ihrer Loggia, und sie waren ganz für sich.

Antonia hat es gut, dachte Frank, als er vor dem Bahnhof in ihren Lancia stieg. Sie kann im Zug weiterschlafen. Wenn das hier vorbei ist, sagte er sich, bleibe ich für eine Woche im Bett, wohl wissend, dass er es lediglich bis zum Mittagessen des ersten Tags aushalten würde.

Er hielt an einer Bäckerei, trank einen Milchkaffee, und als er ein Vinschger Paarl, ein herzhaftes Brötchen aus Roggenmehl bestellen wollte, brachte der Bäcker den duftenden Apfelstrudel auf einem Blech aus der Backstube herein. Den konnte Frank sich nicht verkneifen. Während er durch das Schaufenster auf den in die Stadt hereinströmenden Berufsverkehr schaute, dachte er darüber nach, wie mit Förster umzugehen sei. Sie hatten sich, um ungestört reden zu können, auf Schloss Sigmundskron verabredet. Von Förster wusste Frank am wenigsten, konnte die Rolle, die der Winzer in diesem Reigen spielte, überhaupt nicht einschätzen. Über ihn war auch kaum ein Wort gefallen. Sein Wunsch, sich mit ihm zu treffen, sprach für ihn; mit Anette verheiratet zu sein, sprach gegen ihn. Frank war sich bewusst, auch damit rechnen zu müssen, den perfekten Schauspieler vor sich zu haben.

Die Festung Sigmundskron hatte er täglich gesehen, war auf seinen Wegen daran vorbeigekommen, mal näher, mal stand sie weiter in der Ferne. Als Zeichen längst vergangener Epochen erinnerte Sigmundskron daran, dass auch diese vorübergehen würde. Auf Italienisch hieß sie Castel Firmiano, doch das war weniger von Bedeutung. Bis zum Ende des Ersten Weltkriegs war das hier nie Italien gewesen.

Frank fuhr hinauf zum Parkplatz und stolperte einen steilen Weg hinab zum Haupteingang, zahlte das Eintrittsgeld und befand sich im Burghof. Hier hatten sie also gestanden, die Protestierenden, am 17. November 1957, mehr als fünfunddreißigtausend Südtiroler hatten von Rom ein Ende der Scheinautonomie gefordert und damit eine härtere Phase der Südtirol-Politik eingeleitet.

Die strategische Bedeutung der Festung muss zu Zeiten des Baus im 10. Jahrhundert bereits gewaltig gewesen sein. Von den Türmen und Mauern der Anlage führte der Blick weit über das südliche Etschtal hinüber zum Schlern und den Dolomiten. Die Sicht nach Westen bis hinauf nach Meran und die schneebedeckte Texlergruppe war frei, und es war auszumachen, wer von Norden an der Eisack entlang heranritt. Heinrich IV. war anno 1077 auf seinem Bußgang nach Canossa hier nicht durchgekommen, ihm hatten die papsttreuen Fürsten erfolgreich den Weg versperrt und ihm den gefährlicheren Weg über die französischen Alpen aufgezwungen.

Sigmundskron war seit 1995 Museum, das erste von sechs ähnlichen Einrichtungen, die der Extrembergsteiger Reinhold Messner maßgeblich gestaltet hatte, zusammen mit dem Architekten Werner Tscholl. Dessen Arbeit hatte Frank bereits in der Kellerei Meran kennengelernt. Das Museum Sigmundskron war »der Begegnung des Menschen mit den Bergen« gewidmet. Zu dieser frühen Stunde nutzten wenige Besucher diese Möglichkeit. In Ruhe und Leere entstand ein Gefühl für die Weite, für den Raum und eine vage Erinnerung an die Menschen und Heerscharen, die im Tal im Laufe von tausend Jahren vorbeigezogen waren, die einen nach oben schauend, die Besatzung argwöhnisch von den Zinnen herabblickend.

Argwohn beschlich auch Frank zwischen den Mauern. Würde Förster allein kommen? Das Unwohlsein bezog sich nicht allein darauf, es entstand auch durch den Blick über die Zinnen nach unten, der schwindeln ließ, durch schmale Fenster in die Weite, wo kaum etwas Halt bot, ebenso beim schwierigen Gang zwischen den Mauern über offene Roste statt Treppenstufen, auf denen Frank nur der Griff nach dem Geländer und der Blick nach oben half. Dann waren da die Türme, in denen sich Wendeltreppen in die Erde bohrten und die ausgestellten Bergstiefel, Rucksäcke und Seile aus den frühen Tagen des Bergsteigens auch nicht zum sicheren Schritt verhalfen. Nur der Rundturm an der nördlichen Spitze verschaffte Frank die Ruhe, die er für das Gespräch mit Förster brauchte. In diesem Turm waren die Religionsstifter aus dem Himalaya und ihre Schüler versammelt. Von den Skulpturen dickleibiger Männer im Lotussitz ging eine Strahlkraft aus, wie Frank sie selten erlebt hatte, obwohl er wenig von Religionen hielt, doch ohne jegliches Feingefühl und Sinn für Spiritualität war kein gutes Foto zu machen. Musste man nicht »Seher« sein, um gute, durchdringende, sich von der nackten Oberfläche lösende Bilder zu machen?

Was in anderen Räumen an Gemälden und Fotos der Bergwelt ausgestellt war – Motive von Fels und Eis und Schnee –, ängstigte Frank mehr, als dass es ihn beeindruckte.

»Berge sind nicht fair oder unfair – sie sind schlicht gefährlich«, so ein Zitat von Reinhold Messner. Darin gab

Frank ihm von ganzem Herzen recht. Er hielt sich lieber an seine Weinberge, dachte er, nachdem er sich im Saal der Buddhas erholt hatte. Kaum trat er wieder nach draußen, als er den Mann von der Tankstelle in Brixen auf sich zukommen sah.

Der Winzer und Ehemann von Anette Kannegießer kam allein, langsam, ernst, verkniffen, er glich einem Mann, der seiner Sorgen wegen mehrere Nächte nicht geschlafen hatte, und nicht wie einer, der glücklich war, seinen Weinbergsbesitz zu verdoppeln.

»Sie sind also der Mann, der hier alles durcheinanderbringt und Zwietracht sät. Oder sind Sie der Schlüssel?« Zögerlich gab er Frank die Hand. »Sind Sie das Problem oder Teil der Lösung?« Skepsis schwang in der Stimme mit und Angst.

Auf eine der Fragen einzugehen, erschien Frank überflüssig. Er glaubte auch nicht, dass sie ernst gemeint waren. »Sie haben um das Gespräch gebeten. Hier bin ich. Wenn Sie Ihre Fragen konkreter formulieren, kann ich sie sicher auch beantworten.« Er bemühte sich, im Ton verbindlich zu bleiben, zumal er auch neugierig war, wie sich das Treffen entwickeln würde und was Förster beizusteuern hatte.

»Es hat kürzlich zwei schreckliche Unglücksfälle gegeben …«

»Unglücksfälle nennen Sie das? Ich nenne es …«

»Wie Sie es nennen, Herr Gatow, ist mir bekannt. Da ich nicht dabei war, kann ich mir kein Urteil erlauben. Aber da Sie anscheinend mehr wissen, bin ich zu Ihnen gekommen. Ich habe auch von Ihrer Reise nach Hamburg gehört, daher wurde mir das Verhalten meiner Frau etwas klarer, denn seit vergangenem Samstag war sie nicht mehr ansprechbar – bis gestern, bis zur Testamentseröffnung.«

»Ich setze mal voraus, dass Sie wissen, in welcher Beziehung Ihre Frau zu Hamburg steht?«

Förster senkte beschämt den Kopf. »Soll ich wegen eines unüberlegten Seitensprungs mein Leben, die Existenz zweier Menschen und die unserer beiden Kinder aufs Spiel setzen?«

An Försters Kinder hatte Frank gar nicht mehr gedacht. Das komplizierte die Sache.

»Sie wissen sehr genau, dass es nicht um mögliche Seitensprünge geht. Es geht um Werner Kannegießer und Theresa, die nun beide leider nicht mehr leben, wirklich, das meine ich ernst, leider! Und ich bin überzeugt, dass Ihre Frau daran maßgeblichen Anteil hat.«

Genau das so deutlich gesagt zu bekommen, hatte Förster befürchtet. »Ich kann es nicht glauben, alles wehrt sich in mir dagegen, und doch kann ich meine Augen vor so offensichtlichen Tatbeständen nicht verschließen.« Es war Förster anzusehen, wie er litt. »Dabei wurden Sie mir vorgestellt als der Schuldige, Sie, der Unruhestifter, der alle Familienmitglieder gegeneinander aufhetzt und beide Familien ruinieren will.«

»Und das glauben Sie?«

»Ich weiß bereits länger von der Liaison meiner Frau mit diesem Hamburger – den ihre Schwester angeschleppt hat«, fügte er kleinlaut hinzu, als würde er sich dafür schämen. »Aber ich wusste nicht, zu welchen Katastrophen diese Beziehung führen würde.«

»Wissen Sie es jetzt?« Falls nicht, hätte Frank ihm die ganze Geschichte von vorn erzählen müssen. Er war es müde.

»Ich weiß so gut wie alles, denn gestern bin ich drei Stunden lang verhört worden, und aus den Fragen kann man entnehmen …«

»Von Tenente Gesso?«

»Ein harter Brocken, ja.«

So hatte Frank ihn bislang überhaupt nicht wahrgenommen. »Und welche seiner Fragen war für Sie am schwersten zu beantworten?«

»Gehen Sie immer so direkt auf Ihr Ziel zu?« Förster rang um Atem. Es schien ihm unsäglich mühevoll, weiterzusprechen.

Zögerlich griff Frank nach seinem Arm. »Kommen Sie mit, wir setzen uns. Da drinnen«, er zeigte auf den Raum mit den Religionsstiftern, »da kann man besser reden. Die Atmosphäre entspannt.« Er bugsierte Förster in eine der Nischen, wo sie sich niederließen, und ließ den Winzer verschnaufen.

»Ich war noch nie hier«, sagte der nach einer Weile und betrachtete neugierig die Statuen der Männer und die gewaltige Gebetsmühle im Zentrum des Turms. Seine Miene hellte sich auf. »Sehenswürdigkeiten und Museen seiner Heimat schaut man sich immer nur an, wenn Besuch kommt. Geht es Ihnen auch so? Wissen Sie, was da geschrieben steht?« Er blickte Frank zum ersten Mal in die Augen. Bisher hatte er jeden Blickkontakt vermieden.

Om mani padme hum

Das waren sechs Silben in Sanskrit. Sie bedeuteten, dass man in Abhängigkeit von der Praxis des Weges, der eine unteilbare Einheit von Methode und Weisheit ist, den eigenen unreinen Körper, die unreine Rede und das unreine Bewusstsein in den reinen erhöhten Körper, reine Rede und reines Bewusstsein eines Buddha verwandeln kann. Das war die Erklärung, die Frank auf Sigmundskron erhalten hatte und die er an Förster weitergab. Würde der es verstehen? Zum ersten Mal empfand Frank etwas wie Mitleid mit dem Winzer. Wie würde er es seinen Kindern beibringen?

»Ob ich wüsste, wo meine Frau in der Nacht von Sonntag auf Montag gewesen ist, in jener Nacht, als das Pferd …«

Er zögerte, blickte Frank hilfesuchend an, ob er ihm die Worte ersparen oder sie für ihn aussprechen könnte.

Frank blieb stumm, von diesem Moment an war er überzeugt, dass Förster weder in das Mordkomplott noch in die Manipulation des Testaments verwickelt war. Er war dazu nicht hart genug. Und Anette, so wie er sie von der Gartenparty bei Leiterer in Erinnerung hatte, wird ihn kleingehalten haben.

»Ich wusste nicht, wo sie war, und ich habe wahrheitsgetreu geantwortet, dass sie erst im Morgengrauen heimkam. Wenn sie ohne mich ausging, habe ich nie gefragt, wohin sie ging, es hätte nur Streit gegeben.«

»Wollen Sie wissen, wo Ihre Frau war?« Ohne die Antwort abzuwarten, und den flehenden Blick Försters ignorierend, sprach Frank weiter. »Sie hat dem Pferd Ricardo den Dopingcocktail verabreicht, sie soll die Einzige sein, die sich je für das Pferd ihrer Halbschwester interessiert hat. Tags zuvor hat ihr Hans-Christian Scholz aus Hamburg die Drogen gebracht. Mit seinen Kontakten zu Reeperbahnkreisen muss es für ihn ein Kinderspiel gewesen sein, die Mittel zu beschaffen. Er flog über Innsbruck und nahm sich dort wie sonst auch einen Leihwagen.«

»Weiß das auch dieser *tenente*?« Das Entsetzen in Försters Augen nahm zu.

Was sollte er lange herumreden, fragte sich Frank. Früher oder später würde seine Welt sowieso zusammenbrechen. Doch in diesem Moment beschlich ihn eine ganz andere Ahnung, ein Gedanke brach sich Bahn, der ihm bislang so nicht gekommen war. Welchen Anteil hatte Frau Leiterer an den Plänen, das Erbe ihres geschiedenen Mannes an ihre Töchter weiterzugeben, vielmehr an Anette? Weil sie die Erstgeborene war?

»Sie fragten, ob der Tenente von Scholz und Ihrer Frau weiß?« Frank nahm den ursprünglichen Gedanken wieder auf. »Ja sicher! Er weiß, was ich weiß, kennt die Passagierlisten, die Namen der Tauchtouristen auf Los Roques, die Ergebnisse der Blutuntersuchung von Ricardo wie auch die Reisetermine unseres Kampfschwimmers. Reicht das?«

»Macht es Ihnen eigentlich Freude, andere untergehen zu sehen?« Jetzt war Förster nicht mehr kleinlaut, nicht mehr der gebrochene Mann. Jetzt wurde er aggressiv, seine Augen wurden härter, die Schuldigen mussten gefunden werden, und das möglichst nicht im eigenen Umfeld.

»Freude, Herr Förster, sieht in meinem Leben anders aus, das wissen Sie. Gehen Sie durch Ihre Weinberge, beim Austrieb, vor der Lese, im bunten Herbstlaub und während der Winterruhe, wenn die Weinstöcke schlafen. *Camminare la terra*, die Erde begehen! Das macht Freude, nicht wahr? Es macht aber keinerlei Freude zu sehen, wenn die Täter geschnappt werden; es ist letzten Endes auch nur ein Elend zu wissen, dass diese Leute für viele Jahre inmitten anderer Verbrecher hinter Gittern leben werden. Die Verbrechen der anderen konfrontieren uns letztlich immer mit uns selbst.«

»Wie soll ich das verstehen?«

»Das stellt sich bei jedem anders dar. Finden Sie es heraus. Es gibt meistens einen Punkt, an dem jeder hätte Nein sagen müssen, danach ist es meistens zu spät …«

Auf dem Weg zurück zum Parkplatz versuchte Frank, sich vorzustellen, wie es Förster beim nächsten Zusammentreffen ergehen würde. In seiner Haut zu stecken, musste fürchterlich sein, den Kindern sagen zu müssen, dass die Mutter ihren Großvater und danach ihre Halbschwester … was für ein grauenhafter Gedanke. Mit welchem Trauma würden sie leben müssen? Die Vorstellung war so ungeheuer, dass Frank kaum auf den Weg achtete, dass er nicht bemerkte, wie ihn jemand beobachtete und ihm folgte, dass er keine

Schritte hinter sich hörte, und erst, als er etwas Kaltes und Hartes im Genick spürte, kam er zu sich.

»Geh einfach weiter, Gatow! Bleib nicht stehen, sonst knalle ich dich ab. Geh zu deinem Wagen, dann steigen wir ein. Wir fahren in die Berge … da bringe ich dir das Klettern bei!«

20. Kapitel

Er war da. Ein Schauer jagte Frank über den Rücken. Die Gänsehaut begann in den Kniekehlen und zog sich in den Nacken. Ohne jemals seine Stimme gehört zu haben, wusste er, dass Hans-Christian Scholz hinter ihm stand. Der Kampfschwimmer sprach mit breitem Hamburger Akzent, sogar ein wenig nasal. Und bei dem, was er ihm ins Genick drückte, konnte es sich nur um eine Pistole handeln. Oder bluffte er?

Das Risiko, es auszuprobieren, war zu hoch, Frank musste auf die passende Gelegenheit dazu warten. Stocksteif stand er neben dem Wagen, und seine Gedanken rasten.

Was hatte er vor? Ihn einen Berg hinaufjagen, um ihn irgendwo runterzuwerfen, damit er sich zu Tode stürzte? Nein, Scholz, nicht mit mir, sagte sich Frank. Er musste ihn beobachten, ganz genau, jede seiner Regungen, solange noch Zeit war, statt sich mit seiner eigenen Angst zu beschäftigen, die wie eine Welle auf ihn zurollte. Er war nie der Typ gewesen, der sich von Angst hatte lähmen lassen. Aber jetzt schnappte er nach Luft, das Adrenalin in seinem Körper schien ihn zu ersticken. Sein Gehirn lief heiß. Gedanken überschlugen sich, sie kamen nicht nacheinander, sie kamen gleichzeitig, und er fürchtete einen Moment lang, sich in Fluchtfantasien zu verlieren. Nein, Widerstand! Egal, wie! Niemals aufgeben. Er erinnerte sich, wie sie versucht hatten, ihn in Florenz vom Hoteldach zu werfen. Wenn sie es geschafft hätten, wäre er nicht in dieser Situation. Auch hier würde er rauskommen …

Er musste grinsen, absurd in dieser Lage, es überkam ihn unwillkürlich, er sah es vor sich, wie er mit Henry Meyenbeeker im Weinkeller jenes Kaiserstuhl-Hotels gehockt hatte, mit dem angeschossenen Koch am Boden, und von draußen versuchten zwei Auftragsmörder der 'Ndrangheta, eine Tür einzutreten, die sie von innen mit Weinkisten verrammelt hatten. Die beiden Verbrecher kamen nicht durch, in diesen bestens bestückten Weinkeller, aber auch er und Meyenbeeker kamen nicht raus. Ein Patt. Henry und er hatten das Beste aus der Lage gemacht und die teuersten Flaschen entkorkt, die wirklich großen Weine des Burgund, aus Bordeaux und dem spanischen Ribera del Duero probiert, nein, sie hatten sich daran betrunken, als wäre es ihr letztes Glas.

Doch jetzt, auf diesem Parkplatz, gab es weder ein Patt noch Weinkisten, auch Meyenbeeker war nicht da, es gab nur diesen Kampfschwimmer, eine Kampfmaschine in seinem Nacken, und die drückte härter, verlagerte den Druck dieses Gegenstandes in die Nierengegend.

»Steig in deinen Wagen! Geh, mach voran! Ich kann dich auch gleich auf dem Parkplatz abknallen.«

Das wird er nicht tun, dachte Frank, sonst hätte er es längst getan. Er will kein Aufsehen erregen. Um sie herum stiegen Menschen aus ihren Autos, Besucher, die zu Schloss Sigmundskron hinabstiegen. Es gab einen Parkplatzwächter, doch der war mit Kassieren beschäftigt. Aber wird Scholz abdrücken? Er wird schießen, sagte sich Frank, wenn ich ihn dazu zwinge, wenn ich versuche, jemandem ein Zeichen zu geben, wenn es für ihn gefährlich wird. Franks Gedanken überschlugen sich wieder, er musste sie unter Kontrolle halten, sie organisieren, sie in Bahnen lenken, die ihm nutzten. Scholz war schlagbar, denn er war ein Idiot. Diese Erkenntnis machte Frank Mut. Weshalb sonst kam er her, wo die Ermittlungen bereits liefen? Anette würde es ihm längst gesteckt haben. Glaubte er immer noch an die Millionen? War er rachsüchtig? Was hatte er mit Anette vor? Wollte er sie mit auf seine Schiffe oder die seines Vaters nehmen?

Frank schloss die Wagentür auf und wunderte sich, dass seine Hand dabei kaum zitterte. Er hatte inzwischen das merkwürdige Gefühl, neben sich zu stehen, gar nicht in sich zu sein, ihm war, als würde ein anderer das hier erleben, fast als sähe er sich in einem Film.

Scholz setzte sich auf den Rücksitz, in der Rechten die Waffe, mit der Linken fingerte er einen Zettel aus der Brusttasche seiner olivfarbenen Feldjacke. Es war mühevoll, denn Scholz trug helle, anscheinend sehr dünne Lederhandschuhe. Jetzt sah Frank auch sein Gesicht im Rückspiegel. Es war das entschlossene, brutale Gesicht aus dem Internet, mit eckigem Kinn, die Haare lang und ungepflegt wirkend. Eine Sonnenbrille verbarg Augen und Brauen.

»Glotz nicht! Fahr los, den Berg runter, Richtung Brenner, aber nicht auf die Autobahn, nur Landstraße. Schalt das Navi ein.«

»Gibt's hier nicht.« Frank zögerte, es gab kein fest eingebautes, sein mobiles Navi lag im Handschuhfach, stattdessen schaltete er die Freisprechanlage ein. »Wie du siehst, habe ich keins.«

»Du hast kein Navi, du Penner?«

»Du wirst dein Mobiltelefon benutzen müssen. Ich weiß gar nicht, wohin du willst, Hans-Christian. Ich kenne mich hier genauso wenig aus wie du.« Würde ein vertraulicher Ton Scholz verunsichern, das Du ihn zu einem Fehler verleiten?

Scholz schlug mit dem Kolben der Waffe zu, das Metall

knallte hart an Franks Hinterkopf, und für einige Sekunden benebelte ihn der Schmerz, verlor er die Orientierung, trat instinktiv auf die Bremse, fürchtete, irgendwo gegen die Leitplanken zu knallen. Vielleicht war es das Beste so? Nein …

Scholz wurde deutlich nervöser, anscheinend verunsicherte es ihn, dass er sein Smartphone benutzen, nach unten schauen und dabei Frank in Schach halten und sich in der fremden Umgebung zurechtfinden musste. Er ist schlagbar, dachte Frank erneut, er ist nicht mehr der coole Einzelkämpfer, er lässt sich von Gefühlen leiten, und diese Gedanken ließen Frank die Situation leichter ertragen. Er hatte Hoffnung, er würde mit einigermaßen heiler Haut hier rauskommen. Die Kopfschmerzen waren zu ertragen. Antonia hatte recht behalten, so einfach ging es nicht zu Ende. Er hatte die Wut, den Hass und das Gefühl der Niederlage der Gegenseite zu wenig in sein Kalkül einbezogen.

Sie erreichten die Schnellstraße und fuhren im Tunnel unter Sigmundskron hindurch. Längst hatte Frank das Gesicht des Froschmanns im Rückspiegel studiert. Seine Augen waren ununterbrochen in Bewegung, glitten von seinem Hinterkopf zur Straße, er richtete den Blick aufs Navi, dann stierte er in den Rückspiegel und wieder auf seinen Zettel. Anscheinend hatte er notiert, wohin sie fahren mussten. Scholz drehte sich nach einem möglichen Verfolger oder nach dem rückwärtigen Verkehr um und blickte schnell wieder nach vorn. Als er sich das nächste Mal umwandte, berührte Frank das Display der Freisprechanlage. Beim dritten Mal war da Hellas Nummer. Bei Scholz' nächstem Blick nach hinten wählte er sie. Es dauerte einen Moment, bis Scholz begriff, dass die Pieptöne Wählgeräusche waren. Als Hella sich meldete, holte Scholz wieder aus. Frank warf sich aufs Lenkrad, der Kolben der Waffe streifte ihn kaum, aber der Wagen schlingerte.

»Willst du, dass wir irgendwo reinknallen?«, blaffte Frank den Froschmann an, der in seiner Nervosität etwas von seiner Gefährlichkeit verlor.

»Gib mir dein Telefon!« Scholz holte wieder aus, diesmal hätte er getroffen.

Frank folgte dem Befehl, und Scholz warf das Gerät aus dem Fenster. Damit war die Verbindung zu Hella beendet. Was hatte sie mitbekommen? Wie würde sie es interpretieren? Was würde sie tun – den Tenente alarmieren? Das wäre zu schön.

Mit knappen Worten dirigierte Scholz ihn durch Bozen. »Fahr den Wegweisern zum Brenner nach, aber nicht zur Autobahn. Wenn du abbiegst, erschieße ich dich. Im Gegensatz zu dir komme ich hier auf jeden Fall raus, für so was bin ich trainiert.« Jetzt lachte er überheblich.

Das war sein nächster Fehler. Den Sieg zu wollen, war das eine, sagte sich Frank, vom Sieg überzeugt zu sein, ohne den Gegner genau zu kennen, war etwas anderes. Hochmut half dem Kampfschwimmer nicht, denn er ließ ihn unaufmerksam werden – das wiederum half Frank.

Es war müßig, sich Hoffnung zu machen, dass jemand im dichten Stadtverkehr bemerkte, dass hinter Frank jemand saß, der ihn mit einer Waffe bedrohte. Hier waren alle ausschließlich mit sich selbst beschäftigt. Im Schneckentempo fuhren sie hinter zwei Lastwagen her, der Gegenverkehr ließ sie nicht überholen, was für Scholz kaum erträglich war. Wusste er, dass die Zeit gegen ihn arbeitete? Was würde Hella unternehmen? Was tat Anette Förster unterdessen? Wie konnte es überhaupt zwischen ihr und ihrem Mann weitergehen? Irgendetwas musste geschehen …

»Da vorn biegst du ab«, sagte Scholz, etwas in seiner Stimme, das Unsicherheit verriet, »folge dem Wegweiser nach Birchabdruck …«

»Der Ort heißt Birchabruck und nicht Birchabdruck«,

korrigierte Frank, obwohl er den Namen auf dem Wegweiser zum ersten Mal las. Im Rückspiegel sah er, dass Scholz am liebsten wieder zugeschlagen hätte. »Willst du mit mir in die Dolomiten oder zum Rosengarten? Den muss man bei Sonnenuntergang anschauen, wenn die letzten roten Sonnenstrahlen auf die nackten Felsen treffen, dann …«

»Halt endlich deine Fresse.« Wieder blickte Scholz sich um, während sie in einen langen Tunnel fuhren. »Der Alte starb beim Tauchen, das Mädchen wurde vom Pferd totgetreten, und du Klugscheißer stirbst beim Klettern. Dich jage ich die Berge hoch, bis du es kannst – oder fliegen lernst.« Er lachte vor sich hin. »Soll ein schöner Moment sein, der letzte, der freie Fall, wie beim Orgasmus.«

»Das nimmt dir niemand ab, eine Klettertour. Ohne Ausrüstung?«

Der Einwand ließ Scholz grinsen. Er legte die Hand auf den Rucksack neben sich. »Was glaubst du, was hier drin ist?«

Den Rucksack hatte Frank bisher nicht bemerkt. Der Hurensohn, *figlio di putana*, schien gut vorbereitet zu sein und ziemlich genau zu wissen, was er wollte. Was hatte sein Vater ihm angetan, wie hatte er ihn erzogen, dass er so geworden war? Frank wusste inzwischen von seinem zukünftigen Schwiegersohn, dass der Mann auf dem Rücksitz einer Verbindung von Scholz' Vater mit einer Lebedame von St. Pauli entstammte, bei der das Kind die ersten zehn Jahre verbracht hatte, bis sie angeblich an einer Überdosis gestorben war. Zehn Jahre lang Kiez-Milljöh waren nicht leicht aus jemandem herauszukriegen, wenn überhaupt, aber jeder hatte eine Wahl im Leben …

Das Tal wurde schmaler, die Berge rückten heran, Wiesen in der näheren Umgebung, der Straße, dahinter stand dunkel der Tannenwald, und darüber ragten die kahlen Felsen.

»Jetzt links abbiegen!«

Frank sah den Wegweiser nach Gummer, ein anderes Schild wies auf ein Planetarium hin. Die Straße wurde schlecht, sie wurde schmal und wand sich in Serpentinen am Hang empor, dafür wuchsen die Berge jenseits des Tals weiter, Schnee auf den Spitzen und in den Falten der nördlichen Wände. Drei oder vier Kurven hatten sie bereits durchfahren, als ein stehendes Fahrzeug sie zum Halten zwang. Ein Stau hatte sich gebildet, der sich durch die nächste Spitzkehre zog. Scholz blickte sich erneut um, hektisch diesmal, als gäbe es Verfolger, schaute nach vorn und wieder zurück. Ihnen folgte ein Lieferwagen, der ebenfalls anhielt, dahinter ein weiteres Fahrzeug. Nur in der Kehre war ausreichend Platz zum Wenden, doch die war jetzt durch einen SUV mit Anhänger verstellt, der sich weder vor noch zurück bewegen konnte. Weiter vorn waren Felsen aus der Wand oberhalb über der Straße gebrochen, Geröll bedeckte die Fahrbahn. An ein Durchkommen war hier nicht zu denken.

»Ein Bergrutsch«, sagte jemand laut im Vorübergehen.

»Ich steige zuerst aus, dann du, ganz langsam.« Scholz öffnete die Wagentür. »Wenn du Zicken machst, schieße ich. Glaub ja nicht, dass ich zögere. Im Gegensatz zu dir komme ich immer von hier weg, immer!«, wiederholte er. Zweifelte er daran? Und die Häme in den Worten zeigte seine Wut, aber nicht das kalte Kalkül, den durchdachten Plan eines ausgebildeten Einzelkämpfers. Wer auf See arbeitete, rechnete nicht unbedingt mit Steinschlag. Hans-Christian Scholz schien keinem wirklich durchdachten Plan zu folgen. Er wirkte kopflos.

Jetzt sah Frank zum ersten Mal die Waffe. Es war ein Revolver mit kurzem Lauf, ein Schalldämpfer war nicht aufgeschraubt. Scholz verbarg den Revolver unter seiner Schimanskijacke. Mühsam seine Nervosität unterdrückend, stieg er aus und stellte sich neben die Fahrertür. »Jetzt du! Schön langsam.«

Frank gehorchte, vermied hastige Bewegungen, die seinen Entführer zu falschen Schlüssen verleitet hätten. Bedächtigen Schrittes ging er zum Fahrer des Wagens vor ihnen, Frank vermutete einen Italiener, denn der Wagen hatte ein Genueser Kennzeichen.

»*Cosa è successo li davanti?*« Frank war sich sicher, dass Scholz kein Italienisch verstand. »*La strada è interrotta?*« Er war gespannt, wie der andere auf die Provokation reagieren würde, zeigte sie zumindest hier Franks Überlegenheit. Zu einer Schießerei oder einem Kampf durfte es nicht kommen, in beiden Fällen wäre er eindeutig der Verlierer.

Die Reaktion kam prompt. »Komm sofort her, was redest du da?«, zischte Scholz. »Halt's Maul. Du redest mit keinem hier, klar? Was hast du gesagt?« Scholz bewegte beim Sprechen kaum die Lippen, was das Interesse des Fahrers vor ihnen besonders erregte.

Frank winkte ab, weiter wollte er ihn nicht provozieren. »Ich habe lediglich gefragt, was da vorne los sei und ob die Straße gesperrt ist.«

»Du verarschst mich nicht! Ich kann dich auch gleich hier abknallen.« Er wies auf den steilen Abhang hinter der Leitplanke.

Er redete zu viel, sagte sich Frank, wenn Scholz es wollte, hätte er es längst getan, sagte er sich wieder, und seine Hoffnung wuchs. Frank blieb direkt neben Scholz stehen und beobachtete unauffällig die Umgebung. Womöglich ergab sich hier die Gelegenheit zur Flucht?

Auch Scholz suchte nach einem Ausweg, allerdings mehr nach einer Möglichkeit, den Wagen zu wenden, doch der Rückweg war versperrt. »Komm mit!« Er dirigierte Frank an die rechte Straßenseite bis an die Leitplanke. Dahinter ging es steil einen mit Sträuchern und Bäumen bewachsenen Abhang hinab. Der Mann, den Frank angesprochen hatte, gesellte sich zu ihnen, anscheinend an einer Unterhaltung interessiert, um sich die Wartezeit zu vertreiben, was Scholz gar nicht gefiel. Er rückte von ihm ab und zog Frank an der Jacke unauffällig mit sich. Er taxierte den Fremden, dann die Umgebung, er beugte sich langsam über die Leitplanke, an der er sich mit den Knien abstützte, um den Hang hinunterzusehen.

Frank sah seine Chance. Er entschied sich im Bruchteil einer Sekunde, schob seinen Fuß vor den von Scholz, dann warf er sich mit der rechten Schulter gegen ihn.

Scholz verlor das Gleichgewicht, verharrte eine Sekunde sein Gleichgewicht suchend, riss die Hand mit dem Revolver unter der Jacke hervor, ruderte mit den Armen, drückte ab, schoss irgendwohin, der Knall war entsetzlich laut. Der Rückstoß riss ihm die Waffe aus der Hand, die im hohen Bogen die Böschung hinabfiel. Er selbst kippte wie in Zeitlupe über die Leitplanke, die Arme ausgebreitet wie beim Turmspringen vom Zehner, dachte Frank völlig ungerührt, und sah Scholz nach, der den Abhang hinabstürzte, jetzt zur Kugel zusammengerollt zwischen Büschen durchrutschte, sich festzuhalten suchte, wieder den Halt verlor. Steine prasselten, ein Ast fing Scholz auf, er klammerte sich daran, bis der Ast mit lautem Krachen brach. Scholz rutschte weiter und blieb zehn Meter tiefer auf einem Felsvorsprung liegen. Kein Laut des Erschreckens, nicht ein Hilferuf war über seine Lippen gekommen.

Entsetzt starrte der Fahrer Frank an. »Was war das? Ein Schuss? Hat der Mann auf Sie geschossen? Haben Sie ihn runtergestoßen? Wollte der Sie erschießen?«

»Das hatte er wohl vor«, sagte Frank gleichmütig, als würde ihm Derartiges alle Tage zustoßen. Er versuchte zu erkennen, ob Scholz sich bewegte und ob es ihm möglich wäre, ohne fremde Hilfe wieder heraufzuklettern oder abzusteigen? Wenn er am Leben war, würde er nicht aufgeben. Aber Scholz rührte sich nicht, zumindest sah es nicht so aus. Dann bat Frank den verschreckten Mann neben sich um sein Mobiltelefon und streckte die Hand aus. »Bitte, ich muss die Carabinieri informieren, Tenente Gesso, wenn Sie es genau wissen wollen. Der Mann dort unten ist ein gesuchter Mörder.«

Fassungslos starrte ihn der Fahrer an. »Ein Mörder?«

Es dauerte nur Sekunden, bis sich fast alle Wartenden an der Leitplanke versammelt hatten und ebenfalls nach unten starrten. Der Fahrer, von einer Minute zur anderen im Zentrum der Aufmerksamkeit, erklärte den Schaulustigen, was vorgefallen war, und wies immer wieder auf Frank, der nun mit dem Mobiltelefon des Fahrers, von den Ereignissen ungerührt, den Tenente ins Bild setzte.

»Wir müssen ihn von dort raufholen«, ließ sich eine Stimme vernehmen. »Hat jemand ein Seil?«

»Besser nicht«, murmelte Frank, was nur der Fahrer verstand und ihn fassungslos anstarrte.

»Sie wollen ihn da liegen lassen?«

Frank zuckte lediglich mit den Schultern. Er kam nicht aus dem Film raus. Er hörte, wie einer der Umstehenden vorschlug, dass man mehrere Abschleppseile miteinander verknoten sollte, dann käme man vielleicht an ihn heran.

»Ich habe die Carabinieri informiert«, sagte Frank. »Lassen Sie ihn am besten dort liegen, bis die hier sind«, riet er zur Empörung der Schaulustigen, fassungslos gegenüber seiner Gleichgültigkeit. Nein, er war nicht gleichgültig, im Gegenteil. Er war hocherfreut, er war überglücklich, als hätte er in dem Moment sein Leben zurückerhalten, als Scholz fiel, doch seine unendliche Erleichterung durfte er nicht zeigen, niemand hätte es verstanden. Sie drang nicht einmal zu ihm durch. Niemand außer ihm wusste um die Gefährlichkeit des Mannes, der sich noch immer nicht bewegte. Doch, jetzt, er musste sich bewegt haben, Frank bemerkte es an der Bewegung der am Hang sprießenden Bäumchen. Wie eine Schlange kroch Scholz am Rand des Abhangs entlang, hangelte sich vorwärts durch die Büsche, wand sich über den Abgrund und verschwand. Kein Laut drang von unten herauf, keine Schmerzensschreie, keine krachenden Äste mehr.

Gesso und seine Sirene waren bereits im Tal zu hören, doch den Wagen der Carabinieri bekam niemand zu Gesicht. Stattdessen traf der Tenente zwanzig Minuten später am Unfallort ein, atemlos keuchend stützte er sich auf das Heck des Lancia.

»Muss man sich Sorgen um Sie machen, Signor Gesso? Vielleicht das Herz? Sie sind auch nicht mehr der Jüngste.«

»Ich … habe … mir eigentlich … um Sie … Sorgen gemacht. Ihre Freundin … Hella … hat mich bereits vor Ihnen alarmiert«, er schnappte weiter nach Luft, »sie hat irgendein Gespräch mitangehört und mir … schreckliche Sachen erzählt, völlig unverständliches Zeug. Ihr Hamburger Kampfschwimmer ist hier?« Gesso kam wieder zu Atem. »Wie ich sehe, ist alles in Ordnung mit Ihnen, *tutto a posto.*« Er musterte Frank von oben bis unten, dann sah er sich nach allen Seiten um. »Wo ist er?«

Frank trat an die Leitplanke und wies wortlos nach unten, gleichzeitig bestürmten die wartenden Fahrer den Carabiniere mit ihren Beobachtungen, Fragen und Schlussfolgerungen. Und immer wieder trafen Frank misstrauische Blicke. Mit Mühe hielt Gesso ihm die aufgeregte Meute vom Leib. Jetzt keuchte der nächste Carabiniere heran und drängte die Schaulustigen beiseite.

»Was war los? Erzählen Sie – schnell.« Ohne jedoch auf Franks Erklärung zu warten, trat Gesso an die Leitplanke und blickte wieder nach unten. »Da ist er runtergestürzt?

Er hat das Gleichgewicht verloren, sagen Sie? Einfach so? Sagen Sie mal ehrlich – haben Sie ihn …?« Er machte mit der Schulter die Bewegung, die Frank vor Kurzem ausgeführt hatte.

»Was denken Sie von mir?« Frank breitete unschuldig die Hände aus. »Schauen Sie mich an. Jemand wie ich wirft keinen ausgebildeten Kampfschwimmer eine Böschung runter. Er hat ganz einfach das Gleichgewicht verloren, die Aufregung, wir kamen nicht weiter, er war am Ende …«

Gesso glaubte Frank kein Wort. »Das ist hier keine Böschung, das ist ein Steilhang. Wo ist der Kerl?«

»Sehen Sie, wie gut der drauf ist? Sogar einen derartigen Sturz überlebt er. Er hat sich verdrückt. Wir haben's alle gesehen, *non vero?*« Zustimmung heischend sah Frank sich um, und allseits wurde genickt.

»… und geschossen hat er«, sagte der Fahrer des Lieferwagens, der in der Schlange hinter dem Lancia stand. »Die Pistole ist dabei runtergefallen.«

»Sie sollten schnellstens Leute losschicken, Signor Gesso, um Scholz zu suchen, bevor er weiteres Unheil anrichtet.« Frank neigte sich vertraulich dem Carabiniere zu und erzählte, wie Scholz ihn auf dem Parkplatz überrumpelt hatte. »Er hat mich gezwungen, herzufahren, er wollte mich die Berge hochjagen, wie er sagte, bis ich das Fliegen lerne. Ja, nun ist er geflogen, die Wasserratte. So kann's gehen. Ob er sich verletzt hat? Hoffentlich, aber ich weiß es nicht, es interessiert mich auch einen Dreck. Wir sollten zu Förster fahren, da wird Scholz sich höchstwahrscheinlich mit der Frau treffen, die das alles eingefädelt hat.«

»Sie meinen Anette Förster?«

»Aber bitte mit Blaulicht. Einer Ihrer Beamten wird sicher meinen Lancia zurück nach Bozen bringen können.«

Der Fahrer des Wagens, der Franks Worte und die des

Tenente an die Umstehenden weitergab, bot sich an, derweil auf das Fahrzeug aufzupassen.

Inzwischen waren zwei weitere Carabinieri eingetroffen. Gesso gab Anweisungen, Spuren zu sichern, einer der Männer machte sich zum Abseilen fertig, andere sollten den Hang von unten nach oben absuchen, zwei Mann wurden zur Vernehmung der Zeugen abgestellt, die sich bereitwillig anboten.

Das hier konnte nicht Italien sein, dachte Frank, in Italien hätten sich alle sofort verdrückt, sich abgewandt und vorgegeben, nichts gesehen zu haben, rein gar nichts, nein überhaupt nichts, sie hätten in die andere Richtung gesehen, und auch gehört hätte man nichts, das Radio, wissen Sie, es war so laut, der Motor, nein, einen Schuss? Vielleicht ein Auspuff …

Gesso packte Frank am Arm. »Sie kommen mit!« Ohne auf eine Antwort zu warten, wandte er sich ab.

»Halt, der Zettel.« Frank lief zum Lancia. Der Zettel mit der Wegbeschreibung lag tatsächlich auf der Rückbank. »Ein Beweis. Das hat ihm jemand aufgeschrieben. Das hat er nicht selbst gemacht. Davon hat er abgelesen.«

»Erklären Sie es mir im Wagen, jetzt aber los.« Mit schnellem Schritt trabte der Tenente bergab. Schmuck sah er aus in seiner gebügelten Uniform, die Mütze unter den Arm geklemmt, die Tasche mit der Pistole an der Hüfte baumelnd. Er lief so schnell, dass Frank ihm kaum zu folgen vermochte. Jetzt war es an ihm zu keuchen.

Unten an der Einmündung der Serpentinenstraße standen mehrere Einsatzfahrzeuge. Gesso gab knappe Befehle, während Frank aus dem Film auftauchte, das Vorgefallene zu begreifen versuchte, das, was hinter ihm lag. Er begriff es nicht, nein, noch nicht. Er hatte richtig Schwein gehabt, nein, nicht nur Schwein, Sau hatte er gehabt. Es hätte verdammt anders ausgehen können, ganz schlecht für ihn.

Nein, auch unter anderen Umständen hätte er einen Ausweg gefunden. Aber jetzt mussten sie schnell sein. Der Fahrer des Tenente wartete bereits und schaltete die Sirene ein.

Während der halsbrecherischen Fahrt erfragte Gesso in der Zentrale Försters Adresse. Das Weingut lag auf der südlichen Seite des Etschtals bei Andrian an der Straße nach Nals. Er bestellte zwei weitere Fahrzeuge dorthin und gab die Anordnung, hundert Meter vor der Kellerei auf ihn zu warten. Frank hatte während der Fahrt kaum Gelegenheit, das Vorgefallene wiederzugeben. Der Fahrer raste so schnell, dass Frank mehr Angst als bei der Entführung hatte und, statt zu reden, damit beschäftigt war, auf dem Rücksitz des schlingernden Wagens Halt zu finden. Es war seine erste Fahrt mit Blaulicht und entsetzlich laut. Zumindest konnte er vom Treffen auf Sigmundskron berichten, mehr schreiend, und äußerte die Vermutung, dass Förster danach vermutlich nach Hause gefahren sei. Seine Frau wisse bestimmt, dass Scholz hier sei, und kenne seine Pläne: »… die eigentlich die ihren sind.«

»Wird er sich also zu ihr durchschlagen?«

Es war erleichternd für Frank, dass Gesso endlich ohne viele Rückfragen auf ihn einging, dass er ihn als denjenigen akzeptierte, der am tiefsten in die Sache vorgedrungen und von daher am besten informiert war.

»Es ist genauso gut möglich, dass es hier in der Nähe einen anderen Treffpunkt gibt. Oder vielleicht Genua?«

»Wieso Genua?«

»Weil es am Wasser liegt. Da sind Schiffe, möglich, dass sogar eines von seinem Vater oder von Freunden dort liegt. Jede Branche hält zusammen. Ich glaube, dass Scholz sich nur da sicher fühlt, Wasser ist schließlich sein Element.«

Der Fahrer jagte den Wagen in Rennsportmanier durch Bozen, dann ein kurzes Stück über die Meraner Schnellstraße und bog bei Andrian ab. Gerade ging es durch Obstplantagen hinauf in den Ort, dann nach rechts in Richtung Nals.

»Halt! Da ist sie!« In einem entgegenkommenden Fahrzeug, das mit Mühe auswich, meinte Frank Anette Förster hinter dem Steuer gesehen zu haben. »Sie haut ab.«

Der Fahrer nahm den Fuß vom Gas, zögerte, wusste nicht, ob er wenden und die Verfolgung aufnehmen oder weiterfahren sollte. »Der blaue Ford?«

»Genau!«

Gesso sah Frank an, als ob er Wert auf sein Urteil lege.

»Sie ist der Kopf. Sie muss man kriegen. Dann hat man den Rest.«

Aber Gesso befahl, weiterzufahren, ordnete hingegen an, dass ein anderes Fahrzeug die Verfolgung aufnehmen sollte, und setzte die allgemeine Fahndung nach dem blauen Ford neuesten Baujahrs in Gang. »Wir kriegen sie, Anette Förster kommt nicht weit. Ich hoffe, dass sie uns zu Scholz führt. Dann hätten wir beide.«

Am Ortsende bogen sie von der Hauptstraße in eine Nebenstraße und weiter oben am Hang in einen asphaltierten Wirtschaftsweg, der zur Kellerei führte. Försters Wohnhaus entsprach dem üblichen Stil lokaler Bauernhäuser ohne architektonischen Schnickschnack. Der Anbau mit den großen Toren, den Eingängen in die Kellerei, schloss sich stilistisch an: weiße Wände, durchbrochen von kleinen Fenstern, ein rotes Satteldach, Blumenkästen, Geranien, ein Obstgarten, Turngeräte für Kinder. Alles war äußerst gepflegt, es roch nach Wohlstand und Ordnung.

Niemand war auf dem Hof zu sehen, keiner kam ihnen entgegen. Eilig stiegen Frank und der Tenente aus und liefen zur Haustür, der Tenente klopfte eindringlich, niemand antwortete, die Tür war unverschlossen. Mit der Hand an der Waffe ging er voran durch einen Flur, die Tür am Ende stand offen – und auf dem Boden lag Förster mit dem Gesicht im Teppich. Er regte sich nicht.

Gesso kniete sich neben ihn und griff nach dem Hals, um den Puls zu fühlen. »Er lebt! Lassen Sie eine Ambulanz kommen«, rief er seinem Fahrer zu. Jetzt kamen auch die Polizisten des anderen Streifenwagens herein.

»Durchsuchen Sie das Wohnhaus sowie die Kellerei«, befahl er, »der Verdächtige kann hier sein und bewaffnet, er macht möglicherweise von der Schusswaffe Gebrauch, Vorsicht ist geboten!«

Förster regte sich, zog ein Bein an, krümmte sich und stöhnte, eine Hand schob sich langsam zum Hinterkopf. Er drehte sich ächzend auf die Seite. »Sie kommen spät«, meinte er gequält und versuchte, sich aufzurichten. »Sie ist weg – ich wollte sie aufhalten, aber sie hat getobt – wie eine Furie. Ich wusste gar nicht, dass sie so viel Kraft hat.« Er ließ sich auf den Teppich zurücksinken. »Holen Sie mir ein Glas Wasser – bitte.«

Frank folgte dem Wunsch, der Tenente bedeutete Förster, liegen zu bleiben, es könnte sein, dass er ein Schädeltrauma erlitten habe.

»Das habe ich sowieso«, meinte der Winzer mit verkniffenem Gesicht. »Daran ist er schuld.« Er wies auf Frank. »Was er mir heute erzählt hat, hat mich zutiefst erschüttert.« Er nahm das Glas entgegen, das Frank aus der Küche geholt hatte, und trank gierig. Dann kniff er die Augen zusammen. »Keinen Krankenwagen, bitte nicht, eine Kopfschmerztablette tut's auch, es geht schon wieder.« Förster atmete schwer, der Tenente ließ ihm Zeit und stellte vorerst keine Fragen.

Förster begann von allein. »Ich habe sie zur Rede stellen wollen, aber sie hat mich nur angebrüllt, wie spießig hier alles sei, wie entsetzlich langweilig und kleinkariert, sie habe keine Lust, ihr Leben in Kellern zwischen Fässern zu vergeuden – mit diesem langweiligen Mann, der nichts als Arbeit kenne – damit meinte sie mich –, und täglich Kinderzimmer aufzuräumen. Damit rückte sie jetzt raus – nach zehn Jahren Ehe. Verstehen Sie das? Und kein Wort über die Kinder. Mit der Arbeit im Weinberg hätte ihr der Vater bereits die Kindheit versaut. Versaut, genau dieses Wort hat sie gebraucht. Alles hätte sich nur um den Wein gedreht. Und dann ist sie über Sie, Herr Gatow, hergezogen, dass Sie sich erdreistet haben, sich einzumischen zugunsten dieser nichtsnutzigen Halbschwester. Die Worte, mit denen sie bedacht wurden, will ich lieber nicht wiedergeben. Und dieser Anwalt Nöltenthaler sei ein verfluchter Dreckskerl, der könne gar nicht richtig arbeiten. Plötzlich sei irgendwo das richtige Testament wieder aufgetaucht …«

Länger konnte Gesso sich nicht zurückhalten. »Haben Sie eine Idee, wo sie hingefahren sein könnte? Wo trifft sie den Kampfschwimmer? Hat sie dazu was gesagt?«

Förster wollte den Kopf schütteln, doch das bekam ihm gar nicht. Schmerzvoll verzog er das Gesicht. Er hatte sich inzwischen aufgesetzt und lehnte an einer Kommode.

»Sie wird in Richtung Trient gefahren sein, oder Trento, wenn Sie so wollen, jedenfalls raus aus dem Tal. Sie kennt sich aus, sie hat in San Michele studiert. Sie wird durch die Apfelplantagen fahren, Landstraßen sind sicherer, wenn man abhauen will. Ich fass es nicht, ich …« Förster schloss kraftlos die Augen.

Frank glaubte, dass Förster sehr lange brauchen würde, um sich von dem Schock zu erholen, wenn überhaupt. Das brachte ihn darauf, darüber nachzudenken, was er selbst an diesem Mittag erlebt hatte. Er sah sich um und setzte sich auf einen Stuhl. Wieso war er so ruhig? Wieso zitterten ihm nicht die Hände? Ließ er die Entführung, den Spinner mit der Pistole in seinem Rücken, nicht an sich heran, oder machte es ihm wirklich nichts aus? Im Verdrängen war er ganz gut, das jedenfalls sagte ihm Antonia immer wieder. Aber man musste nicht alles breittreten, auch nicht innerlich. Es gab noch einen weiteren guten Grund, sich nicht weiter damit zu beschäftigen: Alles war gut ausgegangen, Antonia hatte keinen Anlass mehr, ihm Vorwürfe zu machen.

21. Kapitel

Sie hatten die Reitanlage am Montiggler See als Treffpunkt ausgemacht. Frank traf als Erster ein. Außer ihm war niemand hier, nur zwei Pferde standen auf einem Paddock und schauten interessiert herüber. Wenn er den Wagen auf dem Gelände ließ, war er sicherer als in der Stadt, zumindest für eine oder zwei Nächte. Wer kam schon hier vorbei? Pferdediebstahl war kein Geschäft mehr, Pferderetter dagegen gab es mittlerweile häufiger. Er verstand nicht, dass andere sich darüber lustig machten, dass Kröten geschützt wurden, dass den Robbenschlächtern das Handwerk gelegt worden war, er hatte auch keine Angst vor Wölfen, und wer Hühner aus Legebatterien befreite, war nach seinem Verständnis ein anständiger Mensch. Aber die Warnung an einem Waldweg vor Bären im Hochgebirge, ab etwa tausend Meter, hatte er doch sehr aufmerksam studiert.

Er parkte den Wagen außen vor der Schranke, mit der die Zufahrt zur Reitanlage versperrt war, und ging zu Ricardos leerer Box. Ab übermorgen würde er wieder dort stehen, zumindest bis nach der Endausscheidung des Wolkenstein-Ritts. Danach käme er den Rest des Sommers über auf eine Alm. Heute wollten sie ihn aus Gaiole in Chianti zurückholen. Hella hatte sich wieder Wagen und Hänger ausgeliehen, und Marco schwänzte die Uni, er konnte am besten damit umgehen. Die Witwe Kannegießer hatte nach Kenntnis der Umstände und vielem Zureden auf das Töten des Haflingers verzichtet, denn ihr stand das Erbe der Tochter zu, und hatte ihn großzügig Marco geschenkt. Er wollte ihn behalten, im Andenken an seine Schwester.

Frank ließ den Blick über den Reitplatz und die Boxenzeile gleiten. Nichts deutete darauf hin, welche Tragödie sich hier vor einigen Tagen abgespielt hatte. Für den Lockruf hierher war ein nicht registriertes Mobiltelefon verwendet worden, wahrscheinlich hatte Scholz es Anette besorgt und mitgebracht.

Dort drüben hatte sie gelegen, erinnerte sich Frank, in einem Plastiksarg. Es war ein schrecklicher Tag gewesen, es schien ihm unendlich lange her zu sein, und gleichzeitig stand ihm alles so deutlich vor Augen, als sei es gestern gewesen. Was war das Ergebnis all dieser Kämpfe, dieser Gier nach dem Geld, der geheimen Absprachen, der Fälschungen und Lügen? Jeder hatte sein Trauma zu bewältigen, ohne Schaden kam niemand durch. Leider wurden die Verursacher so gut wie nie zur Verantwortung gezogen, immer litten später Unbeteiligte darunter. Der Vater war tot, seine Tochter ebenfalls, die Familie, wenn es denn je eine gewesen war, lag zerrissen darnieder, nein, zerfetzt war weitaus passender. Sie hatte sich selbst zerstört. Die Frau, die sich von Kannegießer hatte scheiden lassen, war bei der Erziehung zumindest einer Tochter komplett gescheitert. War Leiterer damals der Scheidungsgrund gewesen, oder war es die Affäre ihres Mannes mit der wesentlich jüngeren Claudia, seiner zweiten Frau? Barbara Kannegießer gab sich weiterhin mit dieser Nullnummer von Ravelli ab, der aufs große Geld hoffte. Er würde weiterträumen. Anette war auf ihrer Flucht nach Süden bereits in Kurtatsch geschnappt worden, knappe dreißig Kilometer von hier. Jetzt saß sie seit fünf Tagen im Knast und verzehrte sich nach ihrem Froschmann, Hans-Christian. Neben Anstiftung zum Mord kam der Mordversuch an Förster hinzu. Sie mochte Ende dreißig sein. Wenn sie rauskommt, das Gefängnis überlebt, begnadigt wird, was ist dann?, fragte sich Frank. Was macht das Gefängnis mit einer Frau in zwanzig Jahren? Reue ist nicht zu erwarten, höchstens Wut, Hass oder Selbstaufgabe, dazu die Schande, dass der Plan nicht aufgegangen war. Jeder war seines Unglücks Schmied. Den niedergestreckten Gatten hatte der Notarzt mittels Ambulanz ins Krankenhaus verfrachtet, wo die Platzwunde hatte genäht werden müssen.

Chaos, nichts als Horror und Leid und Tränen blieben übrig, dachte Frank. Und all diejenigen, die nicht geschnappt wurden, die mit ihren Gangsterstücken davonkamen, hinterließen das gleiche Elend. Lag die Neigung dazu in der Natur des Menschen? Eine Erziehung zum Frieden, zum friedlichen Miteinander stand in keinem Regierungsprogramm. Konkurrenz sollte das Geschäft beleben? Ja, natürlich, selbstredend, das Geschäft der Stärkeren, der Machthaber. Und Konkurrenz wurde gepredigt, damit man sich nicht gegen sie zusammenrottete. Führten nicht alle wissenschaftlichen Untersuchungen zu dem Schluss, dass kooperative Modelle allen Beteiligten mehr einbrachten? Doch dazu musste man teilen können.

Jeder im Clan der Kannegießers hätte mehr als drei Millionen bekommen, wenn sie das Weingut gemeinsam verkauft hätten. Aber nein, jeder wollte alles, restlos. Theresa hätte das Weingut geerbt, hatte Marco ihm erzählt, so stand es im Original, das Nöltenthaler aus einer seiner Schubladen oder einem Aktenordner hervorgezaubert hatte. Gerade noch rechtzeitig hatte der Anwalt den Kopf aus der Schlinge gezogen.

Frank hatte sein Versprechen sich selbst gegenüber gehalten. Es war nur gut, dass ihm die Ereignisse noch Raum zum Arbeiten gelassen hatten. Das Fotografieren und das Ermitteln waren wie Wein und Öl im selben Glas, sie vermischten sich nicht. Wenn Frank die Kamera in Händen hielt, das Bild der Umgebung auf ihn einwirkte, er nur noch sah und fühlte, wenn ES in ihm nach dem richtigen Motiv suchte, vergaß er den ganzen Schmutz, sein ES blendete ihn einfach aus. Dann war er auf der Suche nach dem, was hinter der Fassade lag, und manchmal schaute er sogar durch sie hindurch. Es war gut, das, was dahinterlag, zu sehen, aber es fiel ihm immer schwerer, es auszuhalten.

Am Morgen hatte er die Genossenschaft Schreckbichl in Girlan besucht. Dem großen rechteckigen Gebäude an der Weinstraße, die an Sigmundskron vorbei hinauf nach Girlan führte, war mit wenig Aufwand ein neues Gesicht gegeben worden. Man hatte die Fassade mit Eichenbohlen verkleiden lassen, alles Weitere hatten Regen und Sonne besorgt, sie hatten die Bohlen grau und rissig werden lassen und ihnen die Patina des Vergänglichen gegeben. Auch das Vergängliche war noch lebendig, so wie die Weinstöcke an dem Hang auf der anderen Seite der Weinstraße, der in weit auslaufendem Gefälle nach Bozen hin abfiel.

Schreckbichl, das war der Berg der Heuschrecken und der Name einer Genossenschaft – und nicht der des Schreckens. Der Vormittag in der Kellerei war angenehm gewesen, sowohl der Austausch mit den Mitarbeitern und die Weinprobe als auch die fotografische Beschäftigung mit der Front der großen Halle. Obwohl die Architekten, Herr Bergmeister und Frau Wolf, bei zivilen Konstruktionen den rechten Winkel zu lieben schienen und sich bei privaten Villen zu der einen oder anderen Schräge hatten hinreißen lassen, hatten sie hier nicht auf die Rundungen verzichtet. Sechs kreisrunde Fenster, Weinbeeren symbolisierend, angeordnet in Form einer Traube, durchbrachen das Konzept rhythmisch gegliederter und in die Tiefe verlegter Fensteröffnungen. Die grauen, abgeschrägten Umrandungen der Fenster verstärkten den Eindruck und betonten die entsprechende Symbolik. Die Rundungen fanden sich gegenüber in der luftig wirkenden Umhüllung der Halle wieder, wo dreihundert Genossen ab September ihre Trauben ablieferten. Darüber, auf flachen Dächern, lieferte die Photovoltaik den nötigen Strom, während die Anlage zur Rückgewinnung der Prozesswärme in die Tiefen der Kellerei verlegt war. Als Sichtblende oder Zaun wuchsen Weinreben wild an hellgrauen Streben und Drähten in die Höhe und gaben dem Komplex eine natürliche Anmutung.

Das Verhalten von Obmann, Kellermeister und Geschäftsführer war eine Erholung, nicht nur im Vergleich zu dem vorher Erlebten. Es machte einfach gute Laune, ähnlich wie die Weine, denn Schreckbichl wurde zu den Topbetrieben gezählt. Auf die Fotos des Morgens folgte das Gespräch über Porphyr, Kalkdolomit, Feinsandablagerungen in kleinen Seen und durch Gletscher verdichtete Moränenböden, auf denen die Reben heute wuchsen. Man sprach über die jüngsten Frostschäden, über ausbleibenden Regen und die weiteren Folgen des Klimawandels mit ansteigenden Temperaturen im Winter. Die Qualitätssteigerung durch Reduzierung der Erträge bei den Vernatsch-Trauben war ein weiteres Thema sowie die Umstellung von Pergola-Erziehung hin zum Drahtrahmen und einer höheren Bestockungsdichte. Besonders wichtig aber war das Thema, wie man dreihundert Mitglieder auf Linie bekam und sie dort hielt, mit dem Anreiz auf höhere Auszahlungsprämien für gute Trauben, mit Hilfestellung im Weinberg und guten Worten. Hinzu kamen dreißig Mitarbeiter. Frank kannte die Komplikationen, die Antonia allein mit ihren sieben Mitarbeiterinnen bewältigte. Für die einen war der Faktor Mensch im Weinbau das Wichtigste, für andere Winzer wieder war der Boden entscheidend, so wie im

Kloster Neustift. Eine dritte Gruppe sah das Wetter, sah im jährlich schwankenden Klima den entscheidenden Faktor für die Qualität des Weins.

Schreckbichl hatte das anscheinend recht gut im Griff. Fünfzehn Weine hatte Frank an diesem Vormittag probiert, alle bewegten sich auf einer Skala zwischen gut und sehr gut. Einzig einer der Spitzenweine war ihm negativ aufgefallen. Er hatte lange gebraucht, beim Chardonnay der Linie Lafóa hinter dem Holz der Eichenfässer die Aromen der Frucht herauszuriechen. Dass der Wein zu lange im Barrique gelagert hatte, glaubte er nicht, das hätte der Kellermeister nicht zugelassen. Also war der Wein entweder zu jung geöffnet worden oder brauchte mehr Luft vor dem Probieren. Unter den Weißen waren seine Favoriten der Gewürztraminer derselben Linie und der LR einer grandiosen Weißweincuvée. Bei den Roten war es der Pinot Nero der Cornelius-Linie, zu der auch der Lagrein Sigis Mundus gehörte, einfach wunderbar. Dann waren da noch …

Während er sich genüsslich an die probierten Weine erinnerte, traf Marco ein, begrüßte Frank so herzlich, wie es ihm in seinem Zustand möglich war, und öffnete die Schranke, sodass beide ihre Fahrzeuge hinter dem Heuschober als Sichtblende abstellen konnten. Marcos Freude war ehrlich. Frank war der Einzige, mit dem er außer seinen Wohngenossen und Hella offen sprach. Mit allen anderen wechselte er nur Worte über das Allernötigste. Vielleicht lag es daran, dass Frank so etwas wie väterliche Gefühle ihm gegenüber entwickelt hatte und sich für ihn verantwortlich fühlte. Das Ausmaß der jüngsten Ereignisse kam Marco erst langsam zu Bewusstsein und zeigte ihm, wie allein, wie einsam er letztlich war. Die Mutter hatte gemeint, er sei hart genug, ganz wie sein Vater, er käme schon klar. Das war für sie die einfachste Art, sich aus der Verantwortung zu stehlen. Frank erinnerte sich noch gut an ihre

Worte, als sie sich zum ersten Mal begegnet waren, und wie negativ sie sich über ihren Sohn geäußert hatte. Da glaubte sie noch, das Weingut stünde ihr zu.

»Hat man was von Scholz gehört?«, fragte Marco und ging zu Ricardos Box. »Alle sind der Meinung, dass Sie es wüssten und über einen speziellen Draht zu den Carabinieri verfügen.«

Diesen Gedanken empfand Frank wenig schmeichelhaft, als Zuträger der Polizeiorgane mochte er keinesfalls gelten. »Wer sind alle?«

»Na ja, ich habe das so dahingesagt. Jedenfalls alle, die über den Fall reden oder die meinen, dass sie was zu sagen hätten. Und – gibt es was Neues?«

»Nein, nichts! Der Kerl ist spurlos verschwunden. Er muss unverschämtes Glück gehabt haben, dass er den Sturz heil überstand. Sie suchen ihn jetzt mit internationalem Haftbefehl. Aber sie werden ihn nicht kriegen, vermute ich. Er wird sich durchschlagen, dafür sind diese Kampfmaschinen ausgebildet. Dass er den Sturz überlebt hat – auch Gesso hält es für ein Wunder. Leute wie Scholz könne man überall gebrauchen, meinte er, in illegalen Armeen, als Söldner im Nahen Osten oder bei den mexikanischen Drogenkartellen, alle bräuchten Killer.«

Frank war der Ansicht, dass der alte Scholz den Sohn niemals fallen lassen würde. »Der Alte hat Geld, verfügt über internationale Beziehungen, und ihm gehören Schiffe. In irgendeinem Staat wird sein Filius an Land gehen, und zwar unbehelligt. Nur in Europa sieht es zukünftig schlecht für ihn aus. Doch bei Papas Beziehungen hat er bald einen nagelneuen falschen Pass in Händen.«

Das nächste Motorengeräusch war etwas lauter. Hella kam mit der bereits bekannten Zugmaschine vorgefahren und hielt am Abstellplatz für die Pferdehänger. Marco koppelte ihn an.

»Ich habe uns ein wenig Proviant besorgt«, sagte sie, auf Frank zugehend und umarmte ihn. »Die Fahrt wird lang. Wir müssen morgen direkt zurückfahren. Ich werde in der Firma gebraucht.«

»Erst einmal brauchen wir dich«, erwiderte Frank lachend. »Und morgen haben wir eine Panne. Das sage ich deinem Chef zur Not persönlich.« Es machte Frank inzwischen Spaß, Ausreden zu erfinden. »Einen Tag sollten wir mindestens unten bleiben, Antonia wird sich über unseren Besuch freuen.«

»Da bin ich mir nicht so sicher«, wagte Hella einzuwenden. »Beim letzten Besuch war sie mehr besorgt als alles andere, sie hat versucht – nun gut, jetzt, wo der Fall geklärt ist, sieht alles etwas anders aus. Steht nicht rum, steigt ein, es geht los.«

Marco bat sie, hinter ihnen die Schranke abzuschließen. Frank ließ sich auf dem Beifahrersitz nieder und stellte die Rückenlehne bequemer ein, am liebsten würde er die Fahrt über schlafen. Die Strecke über Modena, Bologna und Florenz bis nach Montevarchi, wo sie die Autobahn verlassen würden, fand er mit geschlossenen Augen. Hella zwängte sich auf die Rückbank. Aber bereits vor Eppan bat Frank darum, anzuhalten. Er ertrug es nicht, dass jemand hinter ihm saß, auch wenn es sich um Hella handelte. Ähnliches hatte er bemerkt, wenn jemand hinter ihm herging. Es machte ihn nervös und unsicher. War das jetzt sein Trauma? Er sagte seinen Reisebegleitern nichts davon, wechselte auf die Rückbank und entzog sich damit auch der Verantwortung für den Weg. Seine jungen Begleiter kannten sich sowieso besser aus.

Sie fuhren durch Eppan und weiter hinunter zur MeBo. Der Wegweiser nach St. Pauls machte Frank darauf aufmerksam, dass er nach der Rückkehr bei der dortigen Kellerei vorbeischauen wollte. Ihre Weine waren hochgelobt, die Steillagen ringsum genossen einen guten Ruf. Der Blauburgunder Passion war ihm empfohlen worden sowie eine Weißburgunder Riserva. Wenn ihn auf einigen Reisen das Probieren irgendwann gelangweilt hatte, so war in Südtirol das Gegenteil eingetreten, die Neugier nahm zu, je mehr er probierte, und sein Faible für Weißweine war enorm gewachsen.

Auch die Gründung dieser Genossenschaft ging auf die Gier der Weinhändler zurück, die den Weinbauern immer weniger für ihre Trauben gezahlt hatten und selbst immer reicher geworden waren. Der Zusammenschluss von ursprünglich siebenunddreißig Weinbauern war die logische Konsequenz; heute waren es hundertfünfzig.

St. Pauls war aber nicht die einzige Kellerei, die auf dem Arbeitsplan noch nicht abgehakt war. Da gab es noch das Landesweingut Laimburg mit seinem Versuchszentrum, die unterirdische Anlage der Kellerei Bozen mit ihrem würfelförmigen und der wie von Blattadern durchzogenen Fassade des Verwaltungsgebäudes, bislang kannte er nur ein Foto davon. Dann war da das Weingut Niklas … die Liste war lang. Noch mindestens eine weitere Woche würde Antonia auf ihn verzichten müssen. Solange ihn niemand hinauf ins Gebirge schickte, war alles gut. Wahrscheinlich war das sein zweites Trauma. Matteos Wohnung stand ihm weiter zur Verfügung. Seine Arbeit am Kochbuch nahm mehr Zeit in Anspruch als geplant. Damit würde Frank in den Genuss der Endausscheidung des Wolkenstein-Ritts kommen.

Marco fuhr sehr umsichtig, bog auf die Schnellstraße von Meran nach Bozen und fuhr auf den Tunnel unter Sigmundskron zu. Die dunkle Einfahrt brachte einen Moment lang den Horror der Entführung zurück, er schlug über Frank zusammen, die Erinnerung raubte ihm den Atem, die Erinnerung daran, wie Scholz hinter ihm gesessen und ihm den Revolver auf den Schädel geknallt hatte. Die Erinnerung daran schien ihm schlimmer als der wirkliche Moment. Frank riss sich zusammen, damit die jungen Leute nichts merkten, und sehnte das Licht am Ende des Tunnels herbei. Draußen atmete er befreit auf. Die Sonne schien, die jungen Leute vorn plauderten, als hätten sie nichts von seinem Schrecken mitbekommen. Dabei wusste er, wie Marco in sich zusammenfiel, kaum dass er allein war; er hatte es ihm geschildert. Er war sehr allein. Sie hatten zwei lange Nächte darüber geredet. Die Mutter war viel zu sehr mit sich selbst beschäftigt, um ihrem Sohn eine Hilfe zu sein. Werner Kannegießer würde erst beim Prozess wieder zum großen Thema werden, für die Ermittlungsbehörden, das Gericht, die Zeugen und die Angeklagte, dann die Presse … Es war erschreckend, wie schnell jemand in Vergessenheit geriet, mochte er sich selbst auch für noch so wichtig gehalten haben. Aber Hella war für Marco da, sie übernahm Theresas Rolle der großen Schwester, damit war beiden geholfen. Hoffentlich überforderte sie sich nicht. Marco seinerseits schüttete sich mit Arbeit zu, mit dem Studium und vielleicht mit seiner zukünftigen Aufgabe als Chef des Weinguts.

Frank hatte ihm geraten, so viel und so intensiv wie möglich zu lernen, auch um Oskar Bauer kontrollieren zu können, wobei nicht das Misstrauen vorrangig war, sondern die Möglichkeit, dass auch ein Kellermeister Fehler beging, weil er es nicht besser wusste und die Önologie sich weiterentwickelt hatte. »Aber pass auf«, hatte er ihn gewarnt, »Bauer hängt sein Fähnchen nach dem Wind, du weißt, er schlägt sich gern auf die Seite des Stärkeren. Momentan hält er dich dafür.« Mindestens einen Tag länger in der Toskana zu bleiben, war auch deshalb wichtig, damit Marco sich mit Antonia austauschte. Wenn er ihr Vertrauen gewann, würde sie ihn, falls er das Weingut übernähme, unterstützen und beraten. Frank nahm sich vor, in diesem Sinne auf sie einzuwirken. Eine erfahrene Mentorin war Gold wert.

Sie passierten die Mautstelle und fädelten sich in den heftigen Verkehr auf der Autobahn nach Süden ein. Rechter Hand lag zwischen den Netzen der Obstbauern und den Bergen Tramin, sie fuhren an Kurtatsch vorbei und ließen Margreid hinter sich zurück. Linker Hand passierten sie San Michele, wo Marco studierte und Anette ihr Diplom in Önologie erworben hatte.

»Gestern Abend habe ich übrigens Herrn Leiterer getroffen«, sagte Marco übergangslos.

Erstaunt horchte Frank auf. Bisher wusste er nichts von einem möglichen Kontakt der beiden. »Von wem ging die Initiative aus, von ihm oder von dir?« Frank hielt es für wichtig, es konnte Aufschluss über Leiterers Interessen geben.

»Von ihm«, antwortete der Junge. »Keine Angst, ich lasse mich nicht mehr einwickeln. Wir haben uns abends in Kaltern getroffen, wie er sagte, sei er eigens für das Treffen rausgekommen.«

Frank vermutete eher, dass er sowieso dort zu tun gehabt hatte, schließlich sollte man bei jedem Politiker davon ausgehen, dass er nur das sagt oder erwähnt, was ihn bei seinem Gegenüber vertrauenswürdig machte. Frank glaubte nicht, dass Leiterer den Jungen wirklich ernst nahm.

»Er will sich dafür einsetzen, dass ich das Weingut übernehme«, sagte Marco. »Ich war völlig baff, jetzt, wo alles offen ist und die Höfekommission darüber entscheiden wird, wer unser Weingut weiterführt, wen sie für geeignet hält, um das Weingut zusammenzuhalten. Er meinte, ich sei die ideale Lösung, zumal ich mich mit Bauer gut verstehe.«

Bei Hella klingelten die Alarmglocken, wie sie sagte. »Woher weiß er das? Bestimmt nicht von deiner Mutter.«

»Wie will er das machen, sich dafür einsetzen?« Das war für Frank die Frage. »Hat er sich dazu geäußert?«

»Er ist Mitglied in dieser Kommission und im Landwirtschaftsausschuss seiner Partei. Er sei froh, dass alles so gelaufen ist, natürlich sei das mit Anette äußerst bedauerlich, besonders für seine Frau geradezu eine Katastrophe.«

»Ja, tatsächlich, geradezu …«, warf Frank sarkastisch ein.

»… aber in allen Familien gäbe es schwarze Schafe, und er hat mir sein Beileid ausgesprochen.«

»Ach, wie reizend.« Darin erschöpfte sich Hellas Kommentar.

»Wie auch immer. Mir hilft es.« Marco fasste es als Lichtblick auf. Frank allerdings war überzeugt, dass Leiterer längst mit der Staatsanwaltschaft und dem Richter die Strategie für den Prozess gegen seine Stieftochter festgelegt hatte, um seinen Namen so weit wie möglich aus der Affäre herauszuhalten. Die Mitglieder der infrage kommenden Strafkammer kannte er sicherlich. Und wenn er den Jungen für sich gewann, ließe sich von der Erbmasse womöglich einiges für Stieftochter Barbara rausschlagen. Das alles behielt Frank einstweilen besser für sich. Es würde Marco lähmen. Erst nach und nach würde er dem Jungen seine Sicht der Dinge vermitteln. Er durfte ihn nicht überfordern und dadurch verschrecken.

»Wann wird diese Kommission entscheiden?«

»Bis dahin könne es Wochen oder sogar Monate dauern, meinte Leiterer. Ich soll mich gedulden, er könne den Prozess beschleunigen, es würde alles gut ausgehen, ich solle mich in der Kellerei schon mal einrichten.«

Leiterer war nicht dumm. Stieftochter Anette war ausgefallen beziehungsweise eingefahren, Kannegießer und seine Tochter waren tot, also blieb Marco als Einziger übrig, um an den Erfolg des Vaters anzuknüpfen. »Der Wind hat gedreht, und er richtet sein Fähnchen ebenfalls danach aus, genau wie Oskar Bauer. So lernst du, wie Politiker ticken. Oder weißt du das längst?«

»Nein, ich lerne es gerade. Sie reden genau wie mein Vater. Aber man darf sich nicht daran gewöhnen, finde ich, und man darf es ihnen nicht durchgehen lassen.«

»Die werden so geboren, Marco.« Frank hatte in der Hinsicht die Hoffnung aufgegeben. Schließlich lebte er seit zwölf Jahren in Italien.

»Die üblen Typen kommen so auf die Welt.« Hellas Ansicht nach waren sie deshalb im Vorteil. »Sie machen sich keine Gedanken über Recht oder Unrecht. Die Guten müssen erst lernen, dass es die Schlechten gibt, also brauchen sie mehr Zeit dazu und müssen Erfahrungen machen, deshalb hecheln sie immer hinterher!«

»Das heißt, man muss ständig auf der Hut sein?« Danach schwiegen alle eine Weile und betrachteten die Berge, die langsam zurückwichen, bis Hella das Gespräch auf Ricardo und den Wolkenstein-Ritt brachte, ein angenehmeres Thema.

»Nina wird mit uns reiten, als Ersatz für Theresa. Sie hat kein eigenes Pferd, und sie kann es auch noch nicht so gut. Wir rechnen uns keine Chance auf einen Platz aus. Wir planen vielmehr eine Aktion. Wir reiten zusammen los und bleiben bei der letzten Prüfung, wo es die meisten Zuschauer gibt, mitten im Parcours stehen. Alles ist abgesprochen. Wir sitzen ab und entrollen eine schwarze Trauerfahne – für Theresa, die eigentlich dabei sein sollte – und es wohl auch ist, irgendwo, wo man dann selbst eines Tages vielleicht sein wird.«

Hella stockte, sie konnte nicht weitersprechen, Tränen rollten ihr übers Gesicht. Es war das erste Mal, dass Frank sie weinen sah.

»Dafür werden wir zwar disqualifiziert«, fuhr Hella stockend fort, »das ist uns egal. Im nächsten Jahr sind wir jedenfalls wieder dabei.«

Die Art, wie sie es vorbrachte, gefiel Frank, und er lächelte still vor sich hin. Das wäre neben dem Wein auch für ihn ein Grund, wieder nach Südtirol zu kommen. Aber dann würde er Marcella besser aus dem Weg gehen – oder doch nicht?

Danksagung

Mehrmals schon bin ich über die Brennerautobahn an Bozen vorbei in Richtung Verona gefahren, das erste Mal im Jahr 1976. Die Strecke erfordert sehr viel Aufmerksamkeit, daher hatte ich dem Land ringsum nur wenig davon geschenkt. Als ich mich entschied, diesen Roman zu schreiben, wusste ich kaum etwas über Südtirol. Ich begann mit der Vorrecherche, stellte Kontakte zu Weinfachleuten und Winzern her, zu Politikern und – eher unbeabsichtigt – zu Reitern. Es waren die Menschen, die dann vor Ort mein Bild prägten, ihre Weine, ihre Ansichten und ihre Werke. Und es ergab sich ein sehr komplexes Bild.

Mein Dank gebührt in erster Linie den Winzern und Winzerinnen wie Elena Walch und den Mitarbeitern der genossenschaftlich organisierten Kellereien. Da ist Stefan Kapfinger der Kellerei Meran Burggräfler zu nennen, Alex Ferrigato und Max Niedermayr von Schreckbichl, Martin Aurich vom Castel Juval und selbstverständlich Christof Tiefenbrunner. Günther Pertoll stellte mir das Landesweingut Laimburg vor, Willi Stürz nahm sich Zeit, mir die Weine der Kellerei Tramin zu erklären, und Dr. Urban von Klebelsberg zeigte mir in Klausen das Kloster Neustift und seine Rebanlagen. Johann Ebner, den ich von der Jury der Berliner Wine Tropy her kannte, führte mich bei St. Pauls ein, Jo Pisterer, Geisenheim-Absolvent, bei Alois Lageder. Und Klaus Gasser ließ es sich nicht nehmen, mich mit den Weinen von Terlan vertraut zu machen.

Andreas Raifer, Wein- und Apfelbauer und Freizeitreiter aus Girlan nahm mich mit zum Wolkenstein-Ritt, was dem Roman eine ungeplante Wendung gab. Übrigens: Ein Pferd mit dem Namen Ricardo gibt's wirklich … Auch ihm meinen aufrichtigen Dank.